El puente de Clay

El puente de Clay

Markus Zusak

Traducido del inglés por
Laura Manero Jiménez y Laura Martín de Dios

Lumen

narrativa

Título original: *Bridge of Clay*

Primera edición: diciembre de 2018

© 2018, Markus Zusak
© 2018, Penguin Random House Grupo Editorial, S. A. U.
Travessera de Gràcia, 47-49. 08021 Barcelona
© 2018, de la presente edición en castellano:
Penguin Random House Grupo Editorial USA, LLC.
8950 SW 74th Court, Suite 2010
Miami, FL 33156
© 2018, Laura Manero Jiménez y Laura Martín de Dios, por la traducción

Adaptación de la cubierta original de Isabel Warren-Lynch y Ericka O'Rourke:
Penguin Random House Grupo Editorial

ISBN: 978-1-949061-36-9

Impreso en Estados Unidos – *Printed in USA*

Nota del autor

En inglés, «barro» se dice *clay*: una palabra con dos significados. El primero es el diminutivo del nombre de *Clayton*. El segundo es el material extraído de la tierra que se utiliza en construcción, alfarería y escultura.

Ambos significados son importantes en *El puente de Clay*: uno por el nombre de pila del protagonista, y el otro por la naturaleza del barro, el material. El libro puede leerse sin tener esto en mente, pero saberlo ayudará a aportar mayor sentido a Clay, su historia y su puente.

Con mis mejores deseos y todo mi respeto,

M. Z.

Para Scout, Kid y Little Small,
para Cate,
y en memoria de K. E.,
gran amante del LENGUAJE

antes del principio

la vieja me

En el principio hubo un asesino, un mulo y un chico, aunque esto no es el principio, es antes, soy yo, y yo soy Matthew, y aquí me tienes, en la cocina, de noche —la vieja desembocadura de la luz—, aporreando las teclas sin parar. La casa está sumida en el silencio.

Ahora mismo, todos duermen.

Estoy sentado a la mesa de la cocina.

La máquina de escribir y yo, yo y la vieja ME, como decía nuestro difunto padre que solía decir nuestra difunta abuela. En realidad, ella la llamaba «mi vieja y fiel ME», pero yo nunca he sido muy dado a las florituras. A mí, si por algo se me conoce es por los moratones y el pragmatismo, la altura y la fuerza, las palabrotas y algún que otro arranque de sentimentalismo. Si eres como la mayoría, te preguntarás por qué iba yo a molestarme en hilar una frase y mucho menos a saber nada sobre poemas épicos o los antiguos griegos. A veces está bien que te subestimen de esa manera, pero aún está mejor cuando alguien se da cuenta. En mi caso, tuve suerte:

Para mí fue Claudia Kirkby.

También hubo un chico, un hijo, un hermano.

Sí, siempre hubo un hermano, y fue él —de nosotros, de los cinco— quien cargó con todo sobre los hombros. Como siempre, me lo contó tranquila y pausadamente y, por supuesto, no se equivocaba. Sí que había una vieja máquina de escribir enterrada en el viejo patio de un viejo pueblo de patios viejos, aunque más me valía contar bien los pasos o acabaría desenterrando el cadáver de una perra o una serpiente (cosa que hice, en ambos casos). Supuse que si la perra y la serpiente estaban allí, la máquina de escribir no podía encontrarse demasiado lejos.

Un perfecto tesoro sin piratas.

•

Cogí el coche al día siguiente de mi boda.

Salí de la ciudad.

Conduje toda la noche.

Atravesé kilómetros y kilómetros de vacío, y unos cuantos más.

El pueblo en sí era una dura y remota tierra de leyenda; se veía desde lejos. Estaba ese paisaje pajizo y esos cielos maratonianos. Lo rodeaba un páramo agreste sembrado de maleza y eucaliptos, y era cierto, joder si era cierto: la gente caminaba encorvada e inclinada. Ese mundo los había postrado.

Fue en la puerta del banco, junto a uno de los muchos bares, donde una mujer me indicó el camino. Era la mujer más recta del pueblo.

—Tuerza a la izquierda en Turnstile, ¿de acuerdo? Luego siga derecho unos doscientos metros y vuelva a torcer a la izquierda.

Era castaña, vestía bien —botas, vaqueros, una camisa lisa de color rojo— y entornaba un ojo al sol con encono. Lo único que la delataba era un triángulo invertido de piel en la base del cuello, fatigado, viejo y surcado, como el asa de un baúl de cuero.

—¿Lo tiene?

—Lo tengo.

—De todos modos, ¿qué número busca?

—El veintitrés.

—Ah, anda detrás de los viejos Merchison, ¿no?

—Bueno, para ser sincero, la verdad es que no.

La mujer se acercó más y en ese momento reparé en sus dientes, blancos y brillantes aunque amarillos, muy similares al insolente sol. Le tendí la mano al ver que se aproximaba, y ahí estábamos ella, yo, sus dientes y el pueblo.

—Matthew —me presenté.

La mujer se llamaba Daphne.

Volví al coche y, mientras tanto, ella le dio la espalda al cajero automático y caminó hacia mí. Incluso se había dejado la tarjeta, y se plantó a mi lado con una mano en la cadera. Yo estaba a punto de sentarme al volante cuando Daphne asintió, segura. Lo sabía. Era como si lo supiera casi todo, como una mujer al tanto de las noticias.

—Matthew Dunbar.

Lo dijo, no lo preguntó.

Ahí estaba yo, a doce horas de casa, en un pueblo que no había pisado en mis treinta y un años de vida, y parecía que todos hubieran estado esperándome.

Nos miramos largo rato, al menos unos segundos, de manera franca y directa. Varias personas aparecieron y pasaron de largo.

—¿Qué más sabe? ¿Sabe que he venido por la máquina de escribir?

Abrió el otro ojo.

Se midió con el sol del mediodía.

—¿La máquina de escribir? —Eso la dejó descolocada—. ¿De qué narices habla?

Aproximadamente en ese mismo momento, un anciano empezó a preguntarle a gritos si era suya la maldita tarjeta que estaba formando una maldita cola frente al maldito cajero, y Daphne corrió a recuperarla. Tal vez podría haberle explicado que en toda aquella historia había una vieja ME, de cuando en las consultas de los médicos se utilizaban máquinas de escribir y las secretarias aporreaban las teclas. Si le hubiese interesado o no, eso nunca lo sabré. Lo que sí sé es que sus indicaciones fueron precisas.

Miller Street:

Una tranquila cadena de montaje de amables casitas asándose al sol.

Aparqué el coche, cerré la puerta y crucé el crujiente césped.

Fue más o menos entonces cuando me arrepentí de no haber llevado a la chica con la que acababa de casarme —mejor dicho, la mujer, y madre de mis dos hijas— y, por supuesto, también a mis hijas. A ellas sí que les habría gustado aquello; habrían paseado, saltado y bailado por todas partes con sus piernas larguiruchas y sus melenas radiantes. Habrían hecho la rueda por el césped, gritando: «¡Y no nos miréis las braguitas, ¿vale?!».

Menuda luna de miel:

Claudia estaba en el trabajo.

Las niñas estaban en el colegio.

Aunque hasta cierto punto me gustaba, claro; a una buena parte de mí le gustaba en buena parte.

Inspiré, espiré y llamé a la puerta.

Dentro, la casa era un horno.

Los muebles estaban achicharrados.

Los cuadros acababan de salir de la tostadora.

Tenían aire acondicionado. Estaba estropeado.

Hubo té y galletas de mantequilla, y el sol se aplastaba contra la ventana. También había sudor de sobra en la mesa. Goteaba de brazo a mantel.

En cuanto a los Merchison, eran gente hirsuta y honrada.

Eran un hombre de camiseta azul de tirantes, con unas imponentes patillas que parecían cuchillas de carnicero forradas de pelo, y una mujer llamada Raelene. La mujer llevaba pendientes de perla, rizos apretados y un bolso, y aunque vivía yendo eternamente a la compra, se quedó. En cuanto mencioné el patio y que podría haber algo enterrado en él, decidió que debía esperar. Cuando acabamos el té y de las galletas no quedaban más que migas, me situé frente a las patillas.

—Habrá que ponerse manos a la obra —dijo él, lisa y llanamente.

Fuera, en el patio alargado y reseco, me dirigí a la izquierda, en dirección al tendedero y a una banksia avejentada y agonizante. Volví la vista un momento: la casita, el tejado acanalado. El sol seguía bañándola aunque empezaba a recostarse, inclinándose hacia el oeste. Cavé con pala y manos, y ahí estaba.

—¡Mierda!

La perra.

De nuevo.

—¡Mierda!

La serpiente.

Ambos reducidos a huesos.

Mis dedos los desenterraron con delicadeza.

Los dejamos en el césped.

—¡Caramba!

El hombre lo dijo tres veces, aunque con mayor énfasis la tercera, cuando por fin encontré la vieja Remington, gris bala. Aquella arma enterrada iba envuelta en tres capas de plástico resistente, tan transparente que se veían las teclas: primero la Q y luego la W, después la sección central de la F y la G, la H y la J.

Me la quedé mirando un momento, sin más.

Las teclas negras parecían dientes de monstruos, aunque cordiales.

Finalmente alargué las manos, sucias, y la extraje con cuidado. Rellené los tres hoyos. La desembalamos y, agachados, la examinamos con detenimiento.

—Menudo bicho —comentó el señor Merchison.

Las cuchillas forradas de pelo se movían nerviosamente.

—Ya lo creo —convine. Era magnífica.

—Quién me iba a decir a mí esta mañana que me encontraría algo así…

La levantó y me la entregó.

—¿Quieres quedarte a cenar, Matthew?

Esa fue la señora Merchison, que continuaba sin salir del todo de su asombro. Aunque no había asombro que valiese ante la cena.

Alcé la vista, aún en cuclillas.

—Gracias, señora Merchison, pero todavía estoy digiriendo las galletas. —Volví a mirar la casa, que ya estaba envuelta en sombras—. En realidad, debería ponerme en camino. —Les estreché la mano—. No saben cuánto se lo agradezco.

Eché a andar con la máquina de escribir a salvo entre mis brazos, pero el señor Merchison no pensaba consentirlo.

Me dio el alto con un campechano «¡Eh!».

¿Y qué iba a hacer yo?

Tenía que existir una buena razón para haber desenterrado los dos animales, así que me di la vuelta a la altura del tendedero —un viejo y gastado tendedero de sombrilla, igual que el nuestro— y aguardé a lo que tuviera que decir y que finalmente dijo.

—¿No olvidas algo, amigo?

Señaló con la cabeza los huesos de la perra y la serpiente.

Y así me marché de allí.

Ese día, en el asiento trasero de mi vieja ranchera iban los restos óseos de una perra, una máquina de escribir y la erizada espina dorsal de una serpiente de Mulga.

Más o menos a medio camino, me detuve en el arcén. Conocía un lugar, un pequeño desvío —con una cama y un buen descanso—, pero decidí no tomarlo. Al final me recosté en el coche, con la serpiente junto al cuello. Mientras me quedaba dormido, pensé en que los «antes del principio» están por todas partes, porque muchísimo antes de muchas cosas hubo un chico en ese viejo pueblo de patios viejos que se arrodilló en el suelo cuando la serpiente mató a la perra y la perra mató a la serpiente... Aunque todo eso está aún por llegar.

No, de momento esto es lo único que necesitas saber:

Volví a casa al día siguiente.

Volví a la ciudad, a Archer Street, donde todo empezó de verdad y discurrió de muchas y diversas maneras. La bronca sobre por qué narices me he traído la perra y la serpiente hace horas que ha amainado, y los que debían irse se han ido y los que debían quedarse se han quedado. Discutir sobre el contenido del asiento trasero del coche con Rory nada más llegar fue la guinda del pastel. Con Rory precisamente. Él mejor que nadie sabe qué, por qué y quiénes somos:

Una familia destartalada por la tragedia.

Un «¡Catapum!» de cómic con muchachos, moratones y mascotas.

Estábamos hechos para ese tipo de reliquias.

En mitad del tira y afloja, Henry sonrió de medio lado, Tommy se echó a reír y ambos dijeron: «Como siempre». El cuarto de nosotros dormía, como llevaba haciéndolo desde que me había ido.

En cuanto a mis hijas, se quedaron boquiabiertas cuando entraron y vieron los huesos.

—¿Para qué los has traído a casa, papá? —preguntaron.

Porque es imbécil.

Sorprendí a Rory pensándolo, al instante, aunque jamás lo habría dicho delante de las niñas.

En cuanto a Claudia Dunbar —de soltera Claudia Kirkby—, sacudió la cabeza y me tomó de la mano. Y parecía feliz, tanto que casi hizo que me derrumbara. Estoy seguro de que era porque yo estaba contento.

Contento.

«Contento» es un adjetivo aparentemente simplón, pero escribo y te cuento todo esto porque así es como nos sentimos, ni más ni menos. Yo en concreto porque ahora adoro esta cocina y su gran y terrible historia. Tengo que contártelo aquí. Es lo más apropiado. Estoy contento de oír mis anotaciones estampándose en la página.

Delante tengo la vieja ME.

Más allá, una accidentada mesa de madera llena de arañazos.

Hay un salero y un pimentero desparejados y un regimiento de migas irreductibles. La luz del recibidor es amarilla, la de aquí es blanca. Estoy sentado, pienso y tecleo. Aporreo las teclas sin parar. Escribir nunca es fácil, pero resulta más sencillo cuando tienes algo que contar:

Deja que te hable de nuestro hermano.

El cuarto chico Dunbar, Clay.

A él le ocurrió todo.

Todos cambiamos por él.

primera parte

ciudades

retrato de un asesino de mediana edad

Si antes del principio (de este escrito, al menos) hubo una máquina de escribir, una perra y una serpiente, en el principio en sí —once años antes— hubo un asesino, un mulo y Clay. Sin embargo, incluso en los principios alguien tiene que ser el primero, y ese día solo podía ser el Asesino. Al fin y al cabo, fue él quien nos puso una decisión por delante y nos obligó a mirar atrás. Lo hizo con su llegada. Llegó a las seis.

Además, el momento también resultó de lo más apropiado: otra abrasadora tarde de febrero. El sol había horneado el hormigón y continuaba en lo alto, ansioso. Era un calor casi corpóreo, y llegaba con él, o mejor dicho, él lo llevaba incorporado. En toda la historia de los asesinos, este debía de ser el más patético con diferencia:

Con un metro setenta y ocho, era de estatura mediana.

Con setenta y cinco kilos, tenía un peso normal.

Pero no te dejes engañar: era un páramo con traje; encorvado, deshecho. Se apoyaba contra el aire como si esperase que este acabara con él, solo que no lo haría, al menos no ese día, pues de pronto no parecía la mejor ocasión para andar concediendo favores a un asesino.

No, ese día el Asesino lo notó.

Lo olió.

Era inmortal.

Lo cual más o menos lo resumía todo.

Típico del Asesino no ser asesinable en el momento en que más le habría valido estar muerto.

Durante un rato larguísimo, por lo menos diez minutos, permaneció en la desembocadura de Archer Street, aliviado por haber llegado, aterrado de estar allí. A la calle no parecía importarle demasiado; la brisa era densa pero desenfadada, su fragancia tostada resultaba tangible. Más que estar aparcados, los coches parecían colillas aplastadas, y los cables eléctricos se combaban bajo el peso de palomas mudas y acaloradas. A su alrededor, toda una ciudad se alzó y anunció:

Bienvenido a casa, Asesino.

Una voz muy cálida, a su lado.

Diría que te has metido en un lío viniendo aquí… En realidad, llamarlo lío es quedarse corto, te has metido de lleno en la boca del lobo.

Y él lo sabía.

El calor no tardó en asediarlo.

Archer Street se empleó a fondo, casi frotándose las manos, y el Asesino poco menos que se incendió. Sintió cómo el fuego crecía en las entrañas de la chaqueta, y con él llegaron las preguntas:

¿Sería capaz de seguir caminando y rematar el principio?

¿Sería capaz de llegar al final?

Durante un instante se permitió un último lujo: la calma que precede a la tempestad. Luego tragó saliva, se masajeó la hirsuta coronilla y se dirigió al número 18 con firme determinación.

Un hombre con un traje en llamas.

Por supuesto, ese día se encaminaba hacia cinco hermanos.

Nosotros, los chicos Dunbar.

De mayor a menor:

Yo, Rory, Henry, Clayton, Thomas.

No volveríamos a ser los mismos.

Aunque, siendo justos, él tampoco. Para que puedas hacerte una ligera idea de dónde se metía el Asesino debería contarte cómo éramos:

Muchos nos consideraban por civilizar.

Unos bárbaros.

En gran parte tenían razón:

Nuestra madre había muerto.

Nuestro padre había huido.

Jurábamos como carreteros, siempre andábamos a la greña y tratábamos de machacar al otro al billar, al ping-pong (en mesas de tercera o cuarta mano, y a menudo instaladas sobre el suelo irregular del patio trasero), al Monopoly, a los dardos, al fútbol australiano, a las cartas, a cualquier cosa que cayera en nuestras manos, como si nos fuera la vida en ello.

Teníamos un piano que no tocaba nadie.

La tele cumplía cadena perpetua.

Al sofá le habían caído veinte años.

A veces, cuando sonaba el teléfono, uno de nosotros salía, cruzaba el porche a la carrera e iba a la casa de al lado, la de la vieja señora Chilman. La mujer acababa de comprar un bote de salsa de tomate y no podía abrir el puñetero tarro. Luego, quien fuese, volvía dando un portazo y la vida continuaba.

Sí, para los cinco, la vida siempre continuaba:

Era algo que nos inculcábamos los unos a los otros con cada golpe, sobre todo cuando las cosas iban fabulosamente bien o rematadamente mal. Eso pasaba cuando salíamos a Archer Street al final de la tarde. Paseábamos por la ciudad. Los edificios de apartamentos, las calles. Los árboles atribulados. Recogíamos las conversaciones mantenidas a voz en grito que arrojaban bares, casas y bloques, convencidos de que esos eran nuestros dominios. Como si pensáramos reunirlo todo y llevárnoslo a casa, bajo el brazo. Poco importaba que al día siguiente, al abrir los ojos, nos encontrásemos con que todo se había esfumado y solo quedaban edificios y luz brillante.

Ah, y una cosa más.

Quizá la más importante.

En nuestra pequeña lista de mascotas disfuncionales, que supiésemos, éramos los únicos que teníamos un mulo.

Y menudo mulo.

El animal en cuestión se llamaba Aquiles, y la historia de cómo acabó llegando a nuestro patio de las afueras, en uno de los barrios con hipódromo de la ciudad, es una señora historia. Por un lado estaba relacionada con la pista de entrenamiento y los establos abandonados que había detrás de nuestra casa, con una ordenanza municipal desfasada y con un triste y orondo anciano que cometía faltas de ortografía. Por otro, con nuestra difunta madre, nuestro huido padre y el más pequeño de los hermanos, Tommy Dunbar.

En su momento, ni siquiera se consultó a todos los de la casa, y la llegada del mulo resultó controvertida. Tras una de las muchas discusiones acaloradas con Rory…

(«¡Eh, Tommy! ¿Qué está pasando aquí?»

«¿Qué?»

«¿Cómo que qué? ¿Te estás quedando conmigo? ¡Hay un burro en el patio!»

«No es un burro, es un mulo.»

«¿Qué más da?»

«Un burro es un burro, un mulo es un cruce entre…»

«¡Como si es un cruce entre un caballo de carreras y un puto poni de las Shetland! ¿Qué hace debajo del tendedero?»

«Comer hierba.»

«¡Eso ya lo veo!»)

… nos las apañamos para quedárnoslo.

O mejor dicho, fue el mulo el que se quedó.

Como ocurría con la mayoría de las mascotas de Tommy, también en lo tocante a Aquiles surgieron algunos problemas. Sobre todo uno en particular: el mulo tenía aspiraciones. Después de que la mosquitera pasara a mejor vida, todos sabíamos que entraba en casa cuando alguien dejaba la puerta trasera entornada, si no abierta del todo. Ocurría al menos una vez por semana, la misma frecuencia con que yo estallaba. Y mis estallidos sonaban más o menos así:

—¡Mecagüen… todo! —Por aquel entonces era un malhablado de mucho cuidado, especialmente conocido por unir el «Me cago en» y hacer énfasis en el «todo»—. ¡Joder, estoy hasta los huevos de repetir siempre lo mismo! ¡Que cerréis la puerta!

Etcétera.

Lo que nos lleva de vuelta al Asesino y a cómo podía saberlo.

Tal vez contaba con la posibilidad de que ninguno de nosotros estuviese en casa cuando él llegara. O con que tendría que decidir entre utilizar su vieja llave o esperar en el porche delantero para formular su única pregunta, para plantearnos su propuesta.

Seguro que esperaba, incluso buscaba, burla y desdén.

Pero nada parecido a lo que encontró.

Menuda andanada:

El resentimiento de la casita, el embate del silencio.

Y el allanador del mulo, ese carterista.

Serían las seis y cuarto cuando Archer Street lo acompañó paso a paso hasta allí. El cuadrúpedo se quedó a cuadros.

Y así fue.

El primer par de ojos con que topó el Asesino fueron los de Aquiles, y con Aquiles siempre había que andarse con ojo. Estaba en la cocina, a unos pasos de la puerta trasera, frente a la nevera, con esa acostumbrada expresión de «¿Y tú qué miras?» plantada en su alargada y ladeada cara. Incluso mascaba, con los ollares hinchados. Indiferente. Al mando de la situación. Si estaba custodiando las cervezas, lo bordaba.

¿Y bien?

En ese momento, Aquiles parecía llevar el peso de la conversación.

Primero la ciudad y ahora el mulo.

En realidad, hasta cierto punto tenía un asomo de sentido. Si en algún lugar de la ciudad tenía que aparecer un ejemplar equino, solo podía ser allí; los establos, la pista de entrenamiento, la voz lejana de los locutores del hipódromo.

Pero ¿un mulo?

La sorpresa fue mayúscula, y el entorno desde luego no ayudó. Aquella cocina poseía una geografía y un clima propios:

Paredes nubladas.

Suelo agostado.

Un litoral de platos sucios que se extendía hacia el fregadero.

Y luego el calor, el calor.

Incluso la vigilante beligerancia del mulo disminuyó un instante a la vista de aquel calor contundente. Era peor allí dentro que fuera; una hazaña nada desdeñable.

Aun así, Aquiles no tardó en retomar su tarea, ¿o el Asesino estaba tan deshidratado que alucinaba? Con la de cocinas que debía de haber en el mundo… Por un instante pensó en llevarse los nudillos a los ojos y estrujárselos hasta deshacerse de esa visión, pero ¿para qué?

Era real.

Estaba seguro de que ese animal —ese pedazo de mulo pasota, gris, manchado, rojizo, castaño, greñudo, de ojos grandes y ollares carnosos— estaba plantado con firmeza en el agrietado suelo, victorioso, con la intención de dejar algo meridianamente claro:

Habrá muchas cosas que un asesino pueda hacer, pero jamás, bajo ningún concepto, debería volver a casa.

calentando al estilo clay

En la otra punta de la ciudad, mientras el Asesino se encontraba con el mulo, estaba Clay, y Clay calentaba. En realidad, Clay siempre calentaba. En ese momento se encontraba en un viejo edificio de apartamentos, con una escalera bajo sus pies, un niño a la espalda y una nube de tormenta en el pecho. Tenía el pelo, corto y oscuro, pegado a la cabeza, y un fuego ardía en cada uno de sus ojos.

A su lado, a la derecha, corría otro chico —rubio, un año mayor— tratando de no quedarse atrás mientras no dejaba de azuzarlo, y a su izquierda volaba una border collie. En resumidas cuentas, teníamos a Henry, Clay, Tommy y Rosada (a la que llamábamos Rosy) haciendo lo de siempre:

Uno de ellos hablaba.

Uno de ellos entrenaba.

Uno de ellos se sujetaba como si le fuese la vida en ello.

Incluso la perra se dejaba el pellejo.

Previo pago a un amigo, para este método de entrenamiento contaban con una llave que les facilitaba el acceso al edificio. Diez dólares por un mazacote de hormigón habitado. No estaba mal. Corrían.

—Venga, so manta —dijo Henry (el negociante, el simpático) junto a Clay. Trotaba entre risas mientras echaba el resto. Se le escapó una sonrisa sesgada; la atrapó con la mano. En ese tipo de ocasiones se comunicaba con Clay mediante insultos exitosamente testados—.

¿Tú te has visto? —prosiguió—, eres un blandengue. —Echaba los hígados por la boca, pero tenía que continuar hablando—. Tío, eres más blando que un huevo pasado por agua. Da grima verte correr así.

Tampoco tardaron demasiado en cumplir con otra de sus tradiciones.

Tommy, el más pequeño, el coleccionista de mascotas, perdió una de las zapatillas.

—Mierda, Tommy, creía haberte dicho que te las ataras mejor. Vamos, Clay, menudo paquete, das pena. ¿Y si te lo tomas en serio de una vez, joder?

Cuando llegaron al sexto piso, Clay se quitó a Tommy de encima y cargó contra el bocazas de la derecha. Aterrizaron sobre las baldosas enmohecidas. Clay sonrió a medias, los demás rieron y a nadie le importó el sudor. En medio de los forcejeos, Clay inmovilizó a Henry con una llave de cabeza, lo levantó y le hizo dar vueltas a su alrededor.

—Colega, necesitas una ducha pero ya. —Típico de Henry. Siempre decíamos que, para cargárselo del todo, habría que partirle la boca dos veces—. Es insoportable, te lo juro.

Henry sentía el alambre del brazo de Clay atenazándole su cuello de bocazas.

Para interrumpir, Tommy, en la plenitud de sus trece años, cogió carrerilla, saltó sobre ellos y los tres acabaron por tierra; brazos, piernas, chicos, baldosas. A su alrededor, Rosy brincaba y pegaba la barriga al suelo con la cola en alto y el cuerpo adelantado. Patas negras. Manos blancas. Ladraba, pero ellos continuaron peleando.

Cuando por fin se cansaron, se quedaron tumbados de espaldas. En aquella planta, la última del edificio, había una ventana, una luz mugrienta y torsos de respiración agitada. El aire era denso y descansaba su aplastante peso sobre sus pulmones. Henry lo engullía con fruición, pero se le escapó el corazón por la boca.

—Qué cabrón, Tommy. —Lo miró y sonrió—. Chaval, creo que acabas de salvarme la vida.

—Gracias.

—No, gracias a ti. —Señaló con un gesto a Clay, que estaba incorporado sobre un codo y tenía la otra mano metida en el bolsillo—. No entiendo por qué aguantamos a este pirado.

—Yo tampoco.

Pero lo hacían.

Para empezar, era un chico Dunbar y, en el caso de Clay, convenía tenerlo en cuenta.

Aunque ¿qué tenía de particular?

¿Qué había que saber respecto a Clayton, nuestro hermano?

Hacía años que le perseguían preguntas, como por qué sonreía pero no reía nunca.

Por qué peleaba, aunque nunca para ganar.

Por qué le gustaba tanto subir al tejado.

Por qué corría con la intención de que le reportara no placer, sino malestar, como una especie de introducción al dolor y al sufrimiento, y a aguantarlo siempre todo.

Aunque ninguna de esas incógnitas era su preferida.

Eran preguntas de calentamiento.

Nada más.

Después de descansar tumbados de espaldas, hicieron tres tandas más, y Rosy recuperó la zapatilla perdida por el camino.

—Eh, Tommy.

—¿Qué?

—La próxima vez átatelas más fuerte, ¿vale?

—Claro, Henry.

—Con nudos dobles, o te faltará campo para correr.

—Que sí, Henry.

En la planta baja, le dio una palmada en el hombro —la señal para volver a encaramarse a la espalda de Clay—, subieron de nuevo las escaleras y bajaron en el ascensor. (Algunos lo considerarían hacer trampa, aunque en realidad así era mucho más duro, porque se acortaba el tiempo de recuperación.) Después de la última subida, Henry, Tommy y Rosy utilizaron el ascensor, pero Clay optó por la escalera. Ya fuera, se dirigieron al tanque que conducía Henry y montaron el número de siempre:

—Rosy, baja de ahí. —La perra se había sentado al volante con las orejas levantadas en triángulos perfectos. Parecía a punto de poner la radio—. Vamos, Tommy, sácala de ahí, haz el favor.

—Venga, preciosa, deja de hacer el tonto.

Henry metió una mano en el bolsillo.

Un puñado de monedas.

—Clay, toma, nos vemos allí arriba.

Dos chicos iban en el coche, el otro corría.

—¡Eh, Clay! —Por la ventanilla.

Continuó corriendo. No se volvía, pero los oía de todas formas. Lo mismo de todas las veces.

—¡Si puedes, compra margaritas, eran sus preferidas, ¿recuerdas?!

Como si no lo supiera.

El coche se incorporó al tráfico con el intermitente.

—¡Y que no te timen con el precio!

Clay corrió más deprisa.

Alcanzó el pie del promontorio.

Al principio lo entrenaba yo, luego se ocupó Rory, y si bien yo lo hacía con un ridículo sentido de la integridad propio de la vieja escuela, Rory lo sometía a verdaderos suplicios, aunque nunca pudo con él. En cuanto a Henry, había encontrado el modo de sacarle provecho; lo hacía por dinero, pero también porque le gustaba, como no tardaremos en comprobar.

Resultó claro, aunque chocante, desde el principio:

Podíamos decirle lo que tenía que hacer.

Lo hacía.

Podíamos torturarlo.

Lo soportaba.

Henry podía echarlo a patadas del coche porque había visto a unos colegas que volvían a casa a pie bajo la lluvia, y Clay bajaba del vehículo y echaba a correr. Luego, cuando pasaban por su lado gritando «¡No seas manta!» por la ventanilla, aceleraba más. Tommy, sintiéndose un judas, se volvía hacia el parabrisas trasero y Clay los seguía con la mirada hasta que perdía el coche de vista. Veía aquel pelo mal cortado haciéndose cada vez más pequeño. En resumidas cuentas:

Tal vez diese la sensación de que lo entrenábamos.

Nada más lejos de la realidad.

A medida que pasaba el tiempo, cada vez hubo menos palabras y más métodos. Todos sabíamos qué quería, pero no qué iba a hacer cuando lo consiguiera.

¿Para qué narices entrenaba Clay Dunbar?

A las seis y media estaba apoyado en la valla del cementerio, con el cuerpo inclinado hacia delante y unos tulipanes a sus pies. Era un lugar elevado y bonito; a Clay le gustaba. Miró el sol, apacentándose entre los rascacielos.

Ciudades.

Esa ciudad.

Allí abajo, el tráfico regresaba al redil. La luz cambiaba. El Asesino había llegado.

—¿Hola?

Nada. Apretó con más fuerza los barrotes de la valla.

—¿Joven?

Finalmente se volvió y se topó con una anciana que señalaba algo mientras se sorbía los labios. Debían de saber bien.

—¿Le importa? —Sus ojos no tenían forma, el vestido le colgaba derrotado sobre los hombros y llevaba medias. Le daba igual el calor que hiciese—. ¿Le importa si cojo una flor?

Clay miró la profunda arruga, un largo surco que se extendía sobre sus ojos. Le dio un tulipán.

—Gracias, gracias, joven. Es para mi William.

El chico asintió y entró detrás de ella por la verja abierta. Navegó entre las tumbas. Cuando llegó, se agachó, se levantó, se cruzó de brazos, volvió el rostro hacia el sol de la tarde. No se enteró de cuánto tardaron Henry y Tommy en aparecer junto a él, uno a cada lado, la perra con la lengua fuera, frente a los epitafios. Todos ellos permanecieron con las manos en los bolsillos, encorvados aunque rígidos. Si la perra hubiera tenido bolsillos, también habría enterrado las patas en ellos, seguro. A partir de ese momento, toda la atención se centró en la lápida y las flores que había delante, marchitándose ante sus ojos.

—¿No había margaritas?

Clay lo miró.

Henry se encogió de hombros.

—Venga, Tommy.

—¿Qué?

—Dáselo, le toca.

Clay extendió la mano. Sabía lo que había que hacer.

Cogió el limpiamuebles y roció la placa metálica. A continuación, le tendieron la manga de una camiseta gris y frotó el monumento con ganas.

—Te has dejado un poco.

—¿Dónde?

—¿Estás ciego? ¡Ahí, en la esquina! ¡Pero ¿dónde miras?! ¡¿Es que no tienes ojos en la cara?!

Clay los observó mientras hablaban y luego lo pulió con movimientos circulares. La manga quedó negra; la boca sucia de la ciudad. Los tres vestían camisetas de tirantes y pantalones cortos viejos. Los tres apretaron los dientes. Henry le guiñó el ojo a Tommy.

—Buen trabajo, Clay. Habrá que ir tirando, ¿no crees? No querrás llegar tarde al gran evento.

Tommy y la perra partieron detrás de él, como siempre.

Luego Clay.

—Los mejores vecinos siempre son los del otro barrio —soltó Henry cuando Clay los alcanzó.

De verdad, no decía más que chorradas.

—Odio venir aquí, lo sabes, ¿verdad? —dijo Tommy.

¿Y Clay?

Clay —el callado, o el de la sonrisa— se volvió una última vez y contempló la soleada barriada de estatuas, cruces y lápidas.

Parecían premios de consolación.

Hasta el último de ellos.

bárbaros

De vuelta en la cocina del número 18 de Archer Street, la situación había llegado a un punto muerto.

El Asesino retrocedió lentamente y se adentró en la casa. El silencio que reinaba en ella era sobrecogedor —un parque gigantesco para recreo y ensañamiento de la culpabilidad—, aunque engañoso. El zumbido de la nevera, la respiración del mulo, que además no era el único animal que vivía allí. El Asesino percibió el movimiento al recular por el pasillo. ¿Lo husmeaban, lo acechaban?

Lo dudo mucho.

No, los animales no suponían una amenaza ni muchísimo menos; a quienes temía de verdad era a dos de nosotros, los mayores.

Yo era el responsable:

El sostén de la familia desde hacía tiempo.

Rory era el invencible:

El grillete humano.

Hacia las seis y media, Rory estaba en la acera de enfrente, apoyado en un poste de telégrafo, sonriendo con gesto sombrío y socarrón, sonriendo porque sí; el mundo estaba podrido, igual que él. Tras una breve búsqueda, se extrajo un largo pelo de chica de la boca. Su dueña, quien fuese, estaba ahí fuera, en alguna parte, aunque en la mente de Rory yacía con las piernas abiertas. Una chica a la que nunca conoceremos ni veremos.

Poco antes se había tropezado con una que sí conocíamos, una chica llamada Carey Novac. Justo frente al camino de entrada de su casa.

Carey olía a caballo, y era ella quien lo había saludado de lejos.

Había bajado de la vieja bici.

Tenía los ojos de color verde bueno y el cabello caoba —una melena kilométrica—, y le había dado un mensaje, para Clay. Estaba relacionado con un libro; uno de los únicos tres que importaban.

—Dile que me sigue gustando Buonarroti, ¿vale?

Rory se había quedado de piedra y no había movido ni un dedo, solo los labios.

—Borna... ¿qué?

La chica continuó su camino hacia el garaje entre risas.

—Tú díselo, ¿vale? —Pero entonces se apiadó de él y se inclinó hacia atrás, con sus brazos pecosos y su seguridad absoluta. Carey desprendía cierto aire de generosidad; calor, sudor, vida—. Ya sabes, ¿Miguel Ángel?

—¿Qué?

Ahora estaba incluso más confuso. Como una chota, pensó. Muy mona, pero como una chota. ¿A quién le importa una mierda Miguel Ángel?

Sin embargo, se le quedó grabado.

Encontró aquel poste, se apoyó en él un rato y luego cruzó la calle de camino a casa. Le había entrado hambre.

En cuanto a mí, estaba allí metido, allí fuera, atrapado en el tráfico.

Alrededor, delante y detrás de mí, una larga reata de coches avanzaba en fila siguiendo el camino indicado hacia hogares de todo tipo y condición. Una obstinada ola de calor entraba por la ventanilla de la ranchera (la misma que aún conduzco) mientras pasaba junto al desfile interminable de vallas publicitarias, escaparates y personas. Con cada pequeño avance, la ciudad se abría paso en el interior del vehículo, donde topaba con mi característico olor a madera, lana y barniz.

Saqué el antebrazo por la ventanilla.

Me sentía pesado, como un tronco muerto.

Tenía las manos pegajosas a causa de la cola y la trementina, y lo único que quería era llegar a casa para poder ducharme y preparar la cena, y tal vez leer o ver una película antigua.

No era mucho pedir, ¿no?

Llegar a casa y relajarse.

Pues ni de coña.

bernborough

Henry había puesto sus reglas para esos días.

Primera, tenía que haber cerveza.

Segunda, tenía que estar fría.

Por eso mismo dejó a Tommy, a Clay y a Rosy en el cementerio; se reuniría con ellos más tarde, en Bernborough Park.

(Bernborough Park, para quien no esté familiarizado con el barrio, es un viejo campo de atletismo. Por entonces no había más que una grada cochambrosa y cristales rotos para llenar un aparcamiento. También era el emplazamiento de los entrenamientos más infames de Clay.)

Antes de subir al coche, sin embargo, Henry creyó necesario dar a Tommy unas cuantas instrucciones de última hora. Rosy también prestó atención.

—Si ves que llego tarde, diles que se tranquilicen y que paren el carro, ¿vale?

—Claro, Henry.

—Y que tengan el dinero preparado.

—Claro, Henry.

—¡Joder, Tommy, ya te vale con tanto «Claro, Henry»!

—Vale.

—Tú sigue y te saco ahí fuera con él. ¿Es eso lo que quieres?

—No, gracias, Henry.

—No sabes cómo te entiendo, enano. —Una sonrisa sucinta al final de un repaso bien dado, aunque divertido. Le dio un manotazo en la oreja, con cariño pero contundente, y le echó el guante a Clay—. Y tú, hazme un favor. —Le cogió la cara entre las manos—. No olvides que vas con estos dos.

En medio de la nube de polvo que levantó el coche, la perra miró a Tommy.

Tommy miró a Clay.

Clay no miró a ninguno de los dos.

Se tocó el bolsillo, y una parte inmensa de sí mismo sintió el anhelo —de echar a correr, de nuevo—, pero, con la ciudad abriéndose ante ellos y el cementerio a sus espaldas, se acercó y se colocó la perra bajo el brazo.

Se levantó, y Rosy sonreía.

Tenía ojos de trigo y oro.

Se reía del mundo a sus patas.

Bajaban por Entreaty Avenue, la gran cuesta que había ascendido hacía un rato, cuando por fin la dejó en el suelo. Pisaron los franchipanes podridos de Poseidon Road, la arteria del barrio del hipódromo. Un kilómetro oxidado de tiendas.

Mientras Tommy suspiraba por la tienda de mascotas, Clay se moría por otros lugares; por las calles y los monumentos de cierta chica.

Lonhro, pensó.

Bobby's Lane.

La adoquinada Peter Pan Square.

La chica tenía el cabello caoba y ojos verde bueno, y era aprendiz de Ennis McAndrew. Su caballo favorito se llamaba Matador. Su carrera favorita era la Cox Plate, desde siempre. Su ganador favorito de esa carrera era el magnífico Kingston Town, hacía más de tres décadas. (Lo mejor siempre pasa antes de que naciéramos nosotros.)

El libro que leía se titulaba *El cantero*.

Uno de los únicos tres que importaban.

En el calor de Poseidon Road, los chicos y la perra torcieron hacia el este y poco después emergió ante ellos: la pista de atletismo.

Se acercaron y desaparecieron en ella colándose por un agujero de la valla.

Esperaron en la recta, al sol.

En cuestión de minutos apareció la clientela habitual: polluelos de buitre sobre el cadáver de un campo de atletismo. Los hierbajos invadían las calles; la pista roja de tartán estaba medio levantada. El área interior se había convertido en una selva.

—Mira —dijo Tommy, y señaló.

Desde todas direcciones no paraban de llegar chicos en la cima de su gloria pubescente. Aun de lejos se veían sus sonrisas socarradas y podían contarse sus cicatrices de ciudad. También se percibía su olor: la esencia a hombres en ciernes.

Clay los observó un rato desde la última calle. Bebían, se rascaban las axilas. Arrojaban botellas. Algunos pateaban la pista llagada. Poco después, decidió que ya había visto suficiente.

Colocó una mano en el hombro de Tommy y se dirigió a la sombra de la grada.

La oscuridad lo engulló.

cautivo de los griegos

Para el Asesino, en la sala de estar, resultó un incómodo consuelo encontrarse a los demás, a los que solíamos referirnos como la panda de mascotas taradas de Tommy. Y luego estaban los nombrecitos, claro. Algunos sublimes, diría, aunque otros, la verdad, ridículos. Primero vio el pez de colores.

Siguió una mirada de soslayo procedente de cerca de la ventana, donde había una pecera sobre un soporte y un pez que embestía y retrocedía, arremetiendo contra el cristal.

Las escamas parecían plumas.

La cola, un rastrillo dorado.

AGAMENÓN.

Una etiqueta medio arrancada y pegada en la parte inferior lo anunciaba en apretadas letras de trazo infantil escritas con rotulador verde. El Asesino conocía el nombre.

Al lado, en el gastado sofá, entre el mando a distancia y un calcetín sucio, dormía una enorme bestia gris, un gato atigrado de gigantescas garras negras y una cola con forma de signo de exclamación, que respondía al nombre de Héctor.

En muchos aspectos, Héctor era el animal más odiado de la casa. Ese día, a pesar del calor que hacía, estaba ovillado como una cepachona y peluda, salvo la cola, que llevaba clavada como un arma de angora. Cuando cambiaba de postura, el pelo salía volando en desbandada, pero él continuaba durmiendo, íntegro, y ronroneando. Solo había que acercarse a él para que encendiese el motor. Aunque se tratase de un asesino. Héctor nunca había tenido muchas manías.

Por último, aunque no por ello menos importante, en la estantería había una jaula, un armatoste alargado.

Dentro había un palomo que esperaba con suma gravedad pero contento.

La puerta estaba abierta de par en par.

Algunas veces, cuando se erguía y caminaba, movía la cabeza morada arriba y abajo con gran economía, marcando un ritmo perfecto. Aquella era toda su actividad, un día tras otro, mientras esperaba para encaramarse al hombro de Tommy.

Por entonces lo llamábamos Telly.

O Te.

Pero nunca, en ninguna ocasión, por su exasperante nombre completo:

Telémaco.

Dios, cómo odiábamos a Tommy por esos nombres.

Solo se lo permitíamos por un motivo: porque todos lo entendíamos.

El mocoso sabía lo que hacía.

El Asesino, que se había adentrado unos pasos, echó un vistazo. Eso parecía ser todo:

Un gato, un pájaro, un pez de colores, un asesino.

Y, por supuesto, el mulo de la cocina.

Una cuadrilla bastante inofensiva.

En esa extraña luz, en el calor sofocante y entre los demás artículos de la sala de estar —un portátil viejo y vejado, el sofá de cojines manchados de café, los libros de texto amontonados en la moqueta— el Asesino notó que lo acechaba, a su espalda. Solo le faltó decir «¡Bu!».

El piano.

El piano.

Joder, pensó, el piano.

Vertical y de madera de nogal, estaba en el rincón, con la boca cerrada y un mar de polvo encima:

Insondable y sereno, tremendamente triste.

Un piano, nada más.

Tal vez te parezca inocuo, pero no te dejes engañar, porque al Asesino le empezó a temblar el pie izquierdo. Fue tal la pena que estalló en su pecho que podría haber salido despedido hacia atrás por la puerta de la calle.

Qué momento para oír las primeras pisadas en el porche.

Y entonces la llave, la puerta, Rory, y ni un solo segundo para recomponerse. Cualquier discurso que el Asesino hubiese preparado había abandonado su garganta, en la que también echaba en falta el aire. Solo quedaba allí el regusto de su corazón desbocado. Además, apenas alcanzó a verlo de manera fugaz, porque el chico atravesó el pasillo como una exhalación. Lo verdaderamente vergonzante fue que no supo decir de quién de nosotros se trataba.

¿Rory o yo?

¿Henry o Clay?

No era Tommy, eso seguro. Demasiado grande.

Solo había percibido un cuerpo en movimiento y, de pronto, el grito exultante procedente de la cocina.

—¡Aquiles! ¡Pero qué cabrón!

La nevera se abrió y se cerró, momento en que Héctor levantó la cabeza. Saltó a la moqueta y estiró las patas traseras con ese típico temblor gatuno antes de dirigirse a la cocina sin prisas. La voz cambió de inmediato.

—Héctor, ¿qué narices quieres, bola de sebo? ¡Vuelve a subirte a mi cama esta noche y te juro que te retuerzo el pescuezo! —El susurro de las bolsas de bollos, tarros sonando al abrirse. Una nueva risa—. Ay, el bueno de Aquiles…

Por descontado, no hizo nada al respecto. Ya se encargará Tommy, pensó. O incluso mejor, ya me lo encontraría yo más tarde. Eso no tendría precio. Y listo.

Igual de deprisa que había entrado, se produjo un nuevo atisbo fugaz en el pasillo, se oyó un portazo y al instante había desaparecido.

Como puedes imaginar, le costó recuperarse de algo así.

Muchos latidos, muchas inspiraciones.

Hundió la cabeza, sus pensamientos dieron gracias.

El pez de colores arremetió contra el cristal.

El pájaro lo observó con atención y luego empezó a desfilar, de un extremo a otro, como un coronel. El regreso del gato no se hizo esperar. Héctor entró en la sala de estar y se acomodó como si concediera audiencia. El Asesino estaba convencido de que oía su propio pulso: su estruendo, su fricción. Lo notaba en las muñecas.

Al menos algo había quedado claro.

Tenía que sentarse.

Sin perder tiempo, hizo del sofá su bastión.

El gato se relamió y se abalanzó sobre él.

El Asesino volvió la vista, lo sorprendió en pleno vuelo —una bola sebosa de pelo gris de rayas— y se preparó para recibirlo. Aunque solo fuese un momento, se preguntó si debía acariciarlo. En cualquier caso, a Héctor le traía sin cuidado; se puso a ronronear en su regazo como si pretendiese echar la casa abajo. Incluso empezó a panderetear con las patas, sin compasión, sobre los muslos del Asesino. Y entonces llegó alguien más.

Apenas podía creerlo.

Vienen.

Vienen.

Los chicos vienen, y aquí estoy yo, con el gato doméstico más pesado de la historia plantado encima. Era como estar atrapado bajo un yunque, y uno que no dejaba de ronronear.

Esa vez se trataba de Henry, quien se dirigió a la cocina con paso decidido, apartándose el pelo de los ojos. Tal vez le resultase mucho menos gracioso, pero sin duda no más urgente:

—Vaya, qué bien, Aquiles, gracias por estos buenos momentos. Fijo que Matthew vuelve a pillarse un cabreo esta noche.

¡Cómo no!

A continuación abrió la nevera y esta vez recordó sus modales.

—Tío, ¿te importaría apartar un poco la cabeza? Gracias.

Se oyó el chocar de las cervezas mientras las sacaba del frigorífico y las iba lanzando a la nevera portátil. Poco después se ponía en marcha de nuevo hacia Bernborough Park, y el Asesino, de nuevo también, se quedaba solo.

¿Qué estaba ocurriendo?

¿Nadie era capaz de intuir al Asesino?

No, no iba a ser tan sencillo. Y esta vez lo habían dejado allí, aplastado en el sofá, meditando sobre la duración de aquella invisibilidad innata. Se sentía atrapado por ella —entre el alivio que le proporcionaba su misericordia y la vergüenza que acompañaba a su impotencia— y permaneció allí sentado, sin más, en silencio. A su alrededor, un ciclón de pelo gatuno se arremolinaba en la luz crepuscular. El pez de colores reanudó su batalla contra el cristal y el palomo marchó con paso firme.

El piano lo vigilaba a su espalda.

el grillete humano

Cuando el último de ellos apareció en Bernborough Park, hubo apretones de manos y risas. Hubo alboroto. Hubo tragos a la típica manera adolescente, ávidos, con la boca bien abierta. Hubo «¡Eh!» y «¿Qué hay?» y «¿Dónde andabas, so subnormal?». Sin saberlo, eran unos virtuosos de la aliteración.

En cuanto bajó del coche, el primer punto en el orden del día de Henry fue asegurarse de que Clay estaba en el vestuario de las gradas. Allí se encontraría con la tanda de esa tarde: seis chicos, expectantes. Y lo que ocurriría sería lo siguiente:

Saldrían del túnel.

A continuación, los seis chicos se distribuirían por la pista de los cuatrocientos metros.

Tres en la marca de los cien metros.

Dos en la de doscientos.

Y uno entre la de trescientos y la meta.

Por último, y lo más importante, los seis harían todo lo que estuviera en sus manos para impedir que Clay completara una sola vuelta. Cosa que era más fácil de decir que de hacer.

En cuanto a la pandilla de espectadores, debían adivinar el resultado. Cada uno de ellos cantaba un tiempo concreto y ahí era donde entraba Henry. Henry se encargaba, encantado, de las apuestas. Una tiza en una mano, un viejo cronómetro colgado del cuello y listo.

Ese día, varios chicos lo abordaron enseguida al pie de la gradería. Para Henry, muchos de ellos ni siquiera eran reales, solo motes con chicos incorporados. Por lo que a ti y a mí respecta, menos a dos de ellos, a todos los demás solo los veremos aquí y aquí los dejaremos, y serán así de descerebrados por siempre jamás. Si lo piensas, es hasta bonito.

—¿Y qué, Henry? —preguntó Lepras.

¿Qué otra cosa puedes hacer salvo compadecer a un tipo con un mote así? Estaba cubierto de costras de todo tipo, tamaño y color. Por lo visto, a los ocho años había empezado a hacer el idiota con la bici y no había parado desde entonces.

Henry estuvo a punto de apiadarse de él, pero acabó decidiéndose por una sonrisita.

—¿Qué de qué?

—¿Está muy cansado?

—No mucho.

—¿Ya ha subido la escalera de Crapper? —Ese fue Chugs. Charlie Drayton—. ¿Y la colina del cementerio?

—A ver, está bien, ¿vale? Como una rosa. —Henry se frotó las manos con entusiasta ilusión—. Y encima tenemos a seis de los mejores ahí abajo. Incluso a Starkey.

—¡Starkey! Así que ese cabrón ha vuelto… Entonces creo que voy a añadir como mínimo otros treinta segundos.

—Venga ya, Trucha, a Starkey se le va la fuerza por la boca. Clay pasará por su lado como si nada.

—¿Cuántos pisos dices que tiene ese bloque de apartamentos, Crapps?

—Seis —contestó Henry—, y la llave ya está un poquito oxidada, colega. Consíguenos otra y hasta puede que te deje apostar gratis.

Crapper, pelo encrespado, cara encrespada, se pasó la lengua por los crespos labios.

—¿Qué? ¿En serio?

—Bueno, igual por la mitad.

—Eh, ¿cómo es que Crapps puede apostar gratis? —protestó un chico al que llamaban Fantasma.

Henry lo interrumpió antes de que tuviese que interrumpir nada.

—*Desgrrasidamente*, so blanqueras, Crapps tiene algo que podemos usar, por lo tanto es útil. —Lo acompañó mientras le daba la charla—. Tú, por el contrario, eres un inútil. ¿Lo pillas?

—Vale, Henry, *quid pro quo* —intervino Crapper, con la esperanza de obtener un trato mejor—: mi llave a cambio de tres apuestas gratis.

—*¿Quid pro quo?* Joder, ¿qué eres? ¿Francés?

—No creo que los franceses digan *quid pro quo*, Henry. Creo que es italiano.

Esa voz había procedido de fuera del corrillo; Henry la buscó.

—Chewie, ¿has sido tú, pedazo de orangután? ¡Había oído que ni siquiera tenías puta idea de inglés! —Luego se dirigió a los demás—: Será capullo…

Se echaron a reír.

—Muy buena, Henry.

—Vas listo si crees que hacerme la pelota te va a servir de algo.

—Eh, Henry. —Crapper. Un último intento—. ¿Y si…?

—¡Jodeeer…! —exclamó con voz exasperada, aunque Henry era más dado a fingir el enfado que a enfadarse en sí. A sus diecisiete años, había sufrido gran parte de lo que significaba ser un Dunbar, y siempre con buena cara. También sentía debilidad por los miércoles en Bernborough y por los chicos que seguían desde la valla lo que allí sucedía. Adoraba que aquello fuese el gran acontecimiento de mediados de semana. Para Clay solo era un calentamiento más—. Muy bien, cabrones, ¡¿quién es el primero?! ¡Apuesta mínima de diez o a cascarla!

Se subió de un salto a un banco astillado.

A partir de ahí, las apuestas empezaron a llegar a gritos de aquí y de allá, desde 2:17 a 3:46 o un sonoro 2:32. Con su trozo de tiza verde, Henry anotaba los nombres y los tiempos en el suelo de hormigón, junto a las apuestas de las semanas anteriores.

—Venga, va, Murgas, espabila.

Murgas, también conocido como Vong, o Kurt Vongdara, llevaba un buen rato dudando. Se tomaba muy pocas cosas en serio, pero por lo visto esta era una de ellas.

—Vale, ya que está Starkey, pon, joder…, 5:11 —se decidió.

—Madre mía… —Henry, en cuclillas, sonrió—. Y recordad, chicos, no vale cambiar de opinión ni borrar la tiza…

Vio algo.

A alguien.

No habían coincidido en la cocina de casa por minutos, pero allí sí lo vio, innegable e inconfundible, con su pelo óxido oscuro y sus ojos de chatarra, mascando chicle. Henry no cabía en sí de gozo.

—¿Qué pasa? —Una pregunta colectiva, a coro—. ¿Qué ocurre? ¿Qué…?

Henry señaló hacia arriba con un gesto de la cabeza que coincidió con el aterrizaje de la voz en medio de la tiza.

—Caballeros…

Durante unos segundos, un «Oh, mierda» completamente impagable se dibujó en el rostro de los chicos, y un instante después se pusieron en acción.

Todo el mundo cambió sus apuestas.

señales de humo

Muy bien, se acabó.

Estaba harto.

Por muy abatido, arrepentido y avergonzado que se sintiese, el Asesino había llegado a un límite; podíamos despreciarlo, pero no iba a permitir que lo ignorásemos. Aunque, bien mirado, su siguiente movimiento también podía considerarse un gesto de cortesía: ya que había entrado en la casa sin permiso, qué menos que avisarnos.

Se quitó a Héctor de encima.

Se acercó al piano.

En lugar de levantar la tapa que cubría las teclas (de ningún modo se veía capaz de hacer frente a algo así), descubrió las cuerdas, y seguramente fue peor lo que encontró, porque allí, en su interior, había dos libros de color carbón y un viejo vestido azul de lana. Uno de sus botones estaba dentro de un bolsillo y, debajo del vestido, lo que el Asesino buscaba: un paquete de cigarrillos.

Lo extrajo, despacio.

Su cuerpo se dobló.

Luchó con todas sus fuerzas para enderezarlo.

Volver a cerrar el piano y regresar a la cocina exigió un gran esfuerzo. Rebuscó un encendedor en el cajón de los cubiertos y se plantó ante Aquiles.

—A la mierda.

Era la primera vez que se atrevía a hablar. El mulo no parecía por la labor de atacarlo, cosa que lo animó, y el Asesino se dirigió al fregadero.

—Ya puestos, también podría fregar los platos.

los idiotas

Dentro, las paredes de los vestuarios estaban tristemente cubiertas de grafitis tan chapuceros que daban vergüenza ajena. Clay estaba sentado, descalzo, ajeno a todo aquello. Frente a él, Tommy se dedicaba a arrancar las hierbecitas que se habían enredado en el pelo de la barriga de Rosy, aunque la border collie no tardó en acercarse a Clay, que le agarró el morro con suavidad.

—Dunbar.

Como todo el mundo esperaba, había otros seis chicos con él, cada uno de ellos relegado a su pequeña zona de grafiti. Cinco charlaban y bromeaban. El sexto, la bestia humana llamada Starkey, alardeaba de chica.

—Eh, Dunbar.

—¿Qué?

—Tú no, Tommy, so cenutrio.

Clay levantó la vista.

—Toma.

Starkey le lanzó una cinta de carrocero que lo alcanzó en el pecho. Cuando el rollo cayó al suelo, Rosy lo cogió entre los dientes. Clay se concentró en la pelea de la perra con el rollo mientras Starkey se dedicaba a echar bilis.

—No quiero excusitas cuando te deje fino ahí fuera, solo eso. Bueno, eso y que tengo vívidos recuerdos de cuando, de pequeños, te ponías la mierda esa de cinta. Además, hay cristales rotos por todas partes. No querría que te lastimases tus preciosos piececitos.

—¿Has dicho «vívidos»? —preguntó Tommy.

—¿Es que un tío duro no puede tener vocabulario? También te he llamado «so cenutrio», y te va que ni pintado.

A Starkey y a la chica les hizo gracia, y Clay no pudo evitar que la chica le gustara. Se fijó en el pintalabios y en su sonrisa sucia. También le gustaba el tirante del sujetador, que le resbalaba del hombro. No le importaba la forma en que se tocaban y medio se sobaban, ella sentada a horcajadas en el muslo de él, una pierna a cada lado. No iba más allá de la mera curiosidad. Primero, no era Carey Novac. Segundo, no se trataba de nada personal. Para los de fuera, los chicos de dentro eran los engranajes de una hermosa maquinaria; un pasatiempo reprochable. Para Clay, eran compañeros con un propósito común. ¿Cuánto daño podían hacerle? ¿Cuánto sería capaz de aguantar?

Clay sabía que faltaba poco para salir, de modo que apoyó la espalda, cerró los ojos e imaginó a Carey a su lado; el calor y la luz de sus brazos. Las pecas de su rostro formaban un diagrama de puntos —de un rojo intenso, aunque minúsculos— o, mejor aún, una de esas tareas escolares donde hay que unirlos. En su regazo descansaba el libro de tapas claras que compartían, con sus cuarteadas letras en bronce: EL CANTERO.

Debajo del título decía: «Todo lo que siempre quiso saber sobre Miguel Ángel Buonarroti, una cantera inagotable de genialidad». En el interior, nada más abrirlo, se apreciaba el borde arrancado de una página, la de la biografía del autor. El punto de lectura era un boleto de apuestas reciente:

Royal Hennessey, Carrera 5

#2 - Matador

A ganador: 1$

Carey se levantó y se inclinó hacia él.

Sonreía con ese gesto curioso tan propio de ella, como si lo mirara todo de frente. Se acercó y dio el primer paso. Posó su labio inferior sobre el superior de Clay mientras sujetaba el libro entre ambos. «En ese momento comprendió que aquello era el mundo, y que el mundo no era más que una visión.»

Mientras citaba una de sus páginas favoritas, su boca tocó la de Clay —tres, cuatro, puede que cinco veces—, hasta que se separó ligeramente:

—¿El sábado?

Clay asintió con la cabeza, porque el sábado por la noche, fecha para la que solo faltaban tres días, se verían en el mundo real, en ese otro campo caído en el olvido preferido de Clay. Un lugar llamado Los Aledaños. Allí, en ese lugar, se tumbarían uno al lado del otro. El pelo de Carey ya podía hacerle cosquillas durante horas, que él jamás lo apartaba ni se lo recolocaba.

—Clay… —Carey se desvanecía—. Es la hora.

Pero Clay no quería abrir los ojos.

Mientras tanto, un chico con los dientes salidos, al que llamaban Hurón, quedó fuera, y Rory, como siempre, entró en la competición. Cada vez que aparecía para revivir los viejos tiempos ocurría lo mismo.

Bajó por el túnel y llegó al deprimente vestuario. Incluso Starkey dejó de fanfarronear con la chica. Rory levantó un dedo y lo apretó con fuerza contra sus labios. Le revolvió el pelo a Tommy sin demasiada delicadeza y se plantó delante de Clay. Lo observó, sonriente, despreocupado, con sus inestimables ojos de chatarra.

—Eh, Clay. —No pudo resisitirse—. Aún andas metido en estas chorradas, ¿eh?

Clay le devolvió la sonrisa, ¿qué otra cosa iba a hacer?

Sonrió, pero no levantó la mirada.

—¿Listos, chicos?

Henry, cronómetro en mano, les dio el aviso.

Tommy se dirigió a Clay cuando este se levantaba; todo formaba parte del ritual.

Le señaló el bolsillo como si nada.

—¿Quieres que te la guarde?

Clay no dijo nada, pero contestó.

Siempre la misma respuesta.

Ni siquiera negó con la cabeza.

Después de eso, dejaron los grafitis atrás.

Salieron del túnel.

Se recortaron contra la luz.

En el estadio había una veintena de idiotas, una mitad a cada lado, para animarlos con sus aplausos. Idiotas aplaudiendo a idiotas; la leche. Era lo que mejor se les daba.

—¡Vamos, chicos!

Las voces eran cálidas. Más aplausos.

—¡Corre con todas tus fuerzas, Clay! ¡Machácalos, tío!

La luz amarilla resistía tras las gradas.

—¡No te lo cargues, Rory!

—¡Dale duro, Starkers, feo cabrón!

Risas. Starkey se detuvo.

—¡Eh! —Apuntó con un dedo y se puso peliculero—. Igual primero practico contigo.

Lo de «feo cabrón» le traía sin cuidado, pero no soportaba lo de «Starkers». Miró atrás y vio a su chica aventurándose entre los asientos de madera ajada de las gradas. No quería mezclarse con aquella gentuza; estaba claro que con uno era suficiente. Starkey arrastró su mole para dar alcance a los demás.

Se demoraron un instante en la recta, pero los chicos del vestuario no tardaron en distribuirse. Los tres primeros serían Seldom, Maguire y Spa: dos ágiles y fuertes, y un muro de ladrillos contra el que estamparse.

La pareja de los doscientos serían Schwartz y Starkey, un perfecto caballero y un auténtico animal. De todas maneras, en el caso de Schwartz, tal vez fuese la integridad personificada, pero en la pista se mostraba implacable. Después todo serían sonrisas radiantes y palmaditas en la espalda, pero primero lo arrollaría como un tren en la red de lanzamiento de disco.

Los apostadores también habían empezado a tomar posiciones.

Se repartieron entre las gradas, hacia la última hilera de asientos, para poder ver por encima del área interior.

Los chicos de la pista estaban listos:

Se masajearon los cuádriceps a puñetazos.

Hicieron estiramientos y se dieron palmadas en los brazos.

En la marca de los cien metros, mantenían una calle de distancia entre ellos. Los envolvía un aura excepcional, sus piernas estaban encendidas. El sol se ponía tras ellos.

En los doscientos, Schwartz movía la cabeza de un lado a otro. Pelo rubio, cejas rubias, mirada concentrada. A su lado, Starkey es-

cupió en el suelo. Sus sucias patillas se mantenían en actitud de alerta, perpendiculares a las mejillas. Tenía una especie de felpudo por
pelo. Una vez más, escoró la mirada y escupió.

—Eh —le llamó la atención Schwartz, aunque sin apartar los
ojos de la marca de los cien metros—. Puede que nos rebocemos
encima de eso dentro de nada.

—¿Y?

A continuación, y por último, hacia el final de la recta, tal vez a
unos cincuenta metros de la meta, estaba Rory, como si ese tipo de
juegos fuesen lo más normal del mundo, como si aquel fuese el propósito de la pista.

el pañuelo del mago

Por fin, el ruido de un motor.

La puerta del coche sonó como una grapadora.

Trató de ahogarlo, pero el pulso del Asesino se aceleró, sobre todo en el cuello. Era tal su desesperación que estuvo a punto de pedirle a Aquiles que le deseara suerte, aunque en última instancia el mulo también mostraba cierta vulnerabilidad. La bestia olfateó el aire y movió una pata.

Pasos en el porche.

Una llave entrando y girando en el ojo de la cerradura.

Olí el humo al instante.

En el umbral, una larga y muda retahíla de improperios abandonó mis labios. A la sorpresa y el horror que asomaron como el pañuelo de un mago le siguieron una indecisión infinita y un par de manos inertes. ¿Qué hago? ¿Qué narices hago?

¿Cuánto tiempo me quedé allí parado?

¿Cuántas veces me planteé dar media vuelta y desandar mis pasos?

En la cocina (según supe mucho más tarde), el Asesino se levantó en silencio. Respiró el aire sofocante y, agradecido, miró al mulo:

Ni se te ocurra dejarme ahora.

el de la sonrisa

—Tres... Dos... Uno... ¡Ya!

El cronómetro hizo clic y Clay salió disparado.

Últimamente siempre lo hacían así. A Henry le encantaba cómo daban la salida en la televisión a los esquiadores que se lanzaban montaña abajo y había adoptado el mismo sistema.

Como de costumbre, al inicio de la cuenta atrás Clay estaba alejado de la línea de salida. Imperturbable, inexpresivo, se encontraba cómodo descalzo. Sus pies alcanzaron la línea cómodamente para el «ya». Solo cuando empezó a correr notó un par de lágrimas, amargas y ardientes, anegando sus ojos. Solo entonces cerró los puños; ahora sí estaba listo para aquella panda de idiotas, para aquel mundo megaadolescente. No volvería a verlo ni a formar parte de él.

Las malas hierbas se mecían a su paso, se apartaban de su camino con un raudo vaivén. Incluso su aliento parecía querer escapar de él. Y aun así en su rostro no se dibujaba ninguna emoción, únicamente dos surcos salados que empezaron a secarse cuando enfiló la primera curva, en dirección a Seldom, Maguire y Spa. Clay sabía dónde golpear. Tenía una o dos de la mayoría de las cosas, pero también más de mil codos.

—Ya viene.

Muy serios, convergieron hacia él.

Lo tumbaron en la calle cuatro, armados de antebrazos y un sudor nocivo; las piernas de Clay continuaron corriendo en el aire trazando una diagonal, pero, de alguna manera, el impulso que llevaba jugó a su favor. Clavó una mano en el caucho, luego una rodilla y lanzó a Maguire por detrás de su espalda; esquivó la cara de Seldom. En cuanto comprendió que había descolocado al pobre chico, aprovechó para derribarlo, sin miramientos.

Fue entonces cuando el rollizo Brian «Spa» Getty —también conocido como Míster Lorzas— entró en escena, hambriento de pelea. Con el puño cerrado, rodeó el cuello de Clay con su brazo y pegó su abundante pecho a la espalda de su oponente.

—Ya eres mío —susurró con voz ronca y rabiosa.

A Clay no le gustó que le susurraran. Tampoco le entusiasmó demasiado lo del «Ya eres mío», y apenas un segundo después había un penoso saco tirado entre las malas hierbas. Un saco sangrando por una oreja.

—¡Joder!

Un chico menos.

Sí, podía olvidarse de Spa, pero los otros dos volvieron a la carga: uno maltrecho, el otro malcarado. No fue suficiente. Clay se abrió paso a empujones. Se alejó a grandes zancadas. Cogió la gastada recta.

Entonces observó con atención a los dos siguientes, que no lo esperaban tan pronto.

Schwartz se preparó.

Starkey escupió de nuevo. Ese tipo era un maldito surtidor. ¡Una gárgola!

—¡Vamos!

Había hablado la bestia que habitaba en la laringe de Starkey; una llamada a las armas. A esas alturas ya debería saber que tratar de encender o amenazar a Clay era una pérdida de tiempo. Allí atrás, los tres primeros chicos estaban encorvados, solo eran formas desdibujadas, mientras él se abría hacia el exterior para virar repentinamente. Se decidió por Starkey, que en lugar de escupir, cambió de dirección. La bestia humana reaccionó justo a tiempo para deslizar un dedo en la cinturilla de los pantalones de Clay, y luego, por supuesto, llegó Schwartz.

Según lo prometido, lo arrolló como un tren.

El expreso de los 2:13.

Su flequillo perfecto se levantó cuando lo sepultó; medio cuerpo en la calle uno, medio cuerpo en el muro de maleza. Starkey le siguió con las rodillas y corneó la mejilla de Clay con su vello facial. Incluso lo pellizcó entre todas las patadas, los arañazos, la sangre, los empujones y el aliento a cerveza de Starkey. (Dios, la pobre chica de las gradas.)

Sus piernas se agitaban en el aire como si estuvieran asfixiándose.

Aunque parecía venir desde kilómetros de distancia, una queja llegó desde las gradas.

—¡No se ve una mierda!

Si seguían adentrándose en la zona interior, los espectadores tendrían que correr a la curva.

El forcejeo continuó entre la vegetación de Bernborough Park, pero Clay siempre encontraba la manera de zafarse. Para él no había victorias, ni derrotas, ni tiempos, ni dinero al llegar a la meta. Por mucho que trataran de contenerlo, era incontenible. Por mucho daño que le hicieran, no podían hacerle daño. O, al menos, no el suficiente.

—¡Sujétale esa rodilla!

Una sensata sugerencia por parte de Schwartz, aunque llegaba demasiado tarde. Una rótula libre significaba un Clay libre; se los quitó de encima de un empujón, salvó el centenar de kilos a sus pies y aceleró.

Hubo ovaciones, y silbidos.

Una manada de motes descendió en estampida por las gradas en dirección a la pista. Desde donde estaba Clay, sus gritos sonaban muy vagos —como la música que llegaba hasta su dormitorio con el viento nocturno del sur—, pero allí estaban, eso sin duda, igual que Rory.

Durante ciento cincuenta metros, Clay tuvo la superficie terrosa y rojiza para él solo. El corazón resonaba con fuerza en su pecho, los surcos secos y salados se resquebrajaron.

Arremetió contra la luz menguante, contra sus opulentos y obstinados rayos.

Bajó la vista hacia sus pasos, hacia el ancho elástico del tartán.

Arremetió contra los gritos de entusiasmo de los chicos que lo animaban desde las sombras de las gradas. Entre ellos, en algún lugar, estaba la chica de labios rojos y su hombro rebelde y despreocupado. No había nada sexual en sus pensamientos, solo la misma voluntad de entretenimiento que antes. Pensó en ella de manera deliberada porque estaba a punto de enfrentarse a una verdadera tortura. No importaba que fuese la primera vez que llegaba a esa marca en un tiempo récord. Nada. No significaba nada, porque allí, a cincuenta metros de la meta, aguardaba Rory como un rumor.

Cuando atacase, Clay sabía que debía ser decidido. Si vacilaba, estaba perdido. Mostrarse timorato sería su fin. Poco antes del encuentro definitivo, en el extremo derecho de su campo visual apareció el estruendo de veinticuatro chicos. Estaban a punto de tirar la grada abajo, pero antes que a ellos vislumbró a Rory. Rudo y socarrón, como siempre.

¿Y Clay?

Luchó contra el impulso de apartarse, a izquierda o derecha. Prácticamente trepó a él y consiguió superarlo. Notó la anatomía de su hermano, su amor y su ira cautivadora. Chico y suelo colisionaron; tenía trabado un pie. Un brazo alrededor de su tobillo era lo único que se interponía entre él y algo que siempre se había considerado inalcanzable. Era imposible superar a Rory. De ninguna de las maneras. Y sin embargo, allí estaba Clay, arrastrándolo tras de sí. Se volvió para quitárselo de encima, estiró un brazo, pero, a pocos centímetros de la cara de Rory, una mano se alzó como un titán surgiendo de las profundidades. Estrujó los dedos de Clay sin esfuerzo en un apretón aterrador y, sin soltarlo, tiró de él hacia abajo.

Clay se estampó contra el suelo a diez metros de la meta. ¿Qué peculiaridad tenía la ligereza de Rory? Que en ella residía la ironía de su mote. Un grillete humano implicaba un lastre; en cambio, Rory era como una bruma. Te volvías y allí estaba, pero cuando alargabas la mano había desaparecido y se encontraba en otro lugar, creando peligro más adelante. Lo único con masa y peso eran la intensidad y el óxido de su pelo y esos duros ojos grises de metal.

Lo tenía bien cogido sobre la pista roja y enterrada. Las voces se precipitaban sobre ellos desde las gradas y el cielo vencido.

—Vamos, Clay. No me jodas, diez metros, si casi lo tienes.

—¿Qué haría Zola Budd, Clay? ¿Qué haría el Escocés Volador? ¡Pelea hasta la meta! —gritó Tommy.

Rosy ladró.

—No te lo esperabas, ¿eh, Rory? —exclamó Henry.

Rory levantó la vista y sus ojos le sonrieron, burlones.

—¿Quién cojones es Zola Budd? —Esta vez se trataba de alguien que no era un Dunbar, dirigiéndose a Tommy—. O el Escozor Volador, ya puestos.

—Escocés.

—Lo que sea.

—¡A ver si os calláis de una vez, que aquí se están dando una buena!

Era lo habitual cuando empezaba el forcejeo.

Los chicos se recreaban con el espectáculo, medio deseando tener el coraje suficiente para emularlos, aunque agradecidos hasta la médula por su falta de agallas. Las bravatas eran una medida de seguridad, porque había algo ligeramente macabro en los chicos de la pista, hechos trizas, con pulmones y jadeos de papel.

Clay se revolvía, pero Rory siempre estaba allí.

Solo una vez, al cabo de unos minutos, estuvo a punto de zafarse. De nuevo, Rory lo ató corto. Esta vez Clay veía la línea de meta, casi olía la pintura.

—Ocho minutos —informó Henry—. Eh, Clay, ya está, ¿no?

Formaron un tosco aunque indudable pasillo; sabían qué era el respeto. Si a alguien se le ocurría sacar un teléfono, ya fuese para grabar o para hacer una foto, se le echarían encima y sería debidamente apaleado.

—Eh, Clay. —Henry, un poco más alto—. ¿Ya?

No.

Lo dijo, como siempre, sin decirlo, porque aún no sonreía.

Nueve, diez minutos, en nada se plantaron en los trece. Rory llevaba un rato pensando en estrangularlo cuando, cerca de la marca de los quince minutos, Clay se relajó por fin, lanzó la cabeza hacia atrás y sonrió con placidez. A modo de desvaída recompensa, vio a la chica en lo alto, en la sombra, con el tirante del sostén incluido, a través de las piernas de los demás.

—Gracias a Dios —suspiró Rory.

Se dejó caer al suelo, desde donde vio a Clay arrastrarse —poco a poco, ayudándose con la mano buena, y con la otra a remolque— hasta la línea de meta.

música asesina

Me recompuse.

Entré en la cocina con decisión…, y allí, junto a la nevera, estaba Aquiles.

Junto a la montaña de platos limpios, fui mirando al asesino y al mulo, intentando decidir de cuál encargarme primero.

El mal menor.

—Aquiles —dije. Debía mantener el enfado, el hartazgo, bajo control—. Por amor de Dios, ¿esos capullos han vuelto a dejarse abierta la puerta de atrás?

El mulo, como de costumbre, aguantó el tipo, impertérrito.

Parco y pasota, formuló el par de preguntas de rigor:

¿Qué?

¿Qué tiene de extraño?

Tenía razón, era la cuarta o la quinta vez en lo que iba de mes. Seguramente muy cerca del récord.

—Venga —dije, agarrándolo por la crin para sacarlo de allí lo antes posible.

En la puerta, volví la vista hacia el Asesino por encima del hombro.

Por encima del hombro, pero sin desprecio.

—Que lo sepas, tú eres el siguiente.

como un huracán

Había oscurecido, pero la ciudad estaba viva.

El silencio reinaba en el interior del coche.

Ya solo quedaba volver a casa.

Antes, las cervezas habían pasado de mano en mano.

Seldom, Spa, Maguire.

Schwartz y Starkey.

Todos se habían llevado algo de dinero, como el tal Lepras, que había apostado catorce minutos exactos. Cuando empezó a regodearse, lo mandaron a hacerse un injerto de piel. Henry se quedó con el resto. Todo orquestado bajo un cielo rosa y gris. El mejor grafiti de la ciudad.

En cierto momento, Schwartz estaba contándoles la historia de los escupitajos de los doscientos metros cuando la chica hizo la pregunta. Estaba matando el tiempo en el aparcamiento con Starkey.

—¿Qué cojones le pasa a ese tío? —Aunque no fue esa; la pregunta en cuestión llegaría en cuestión de pocos minutos—. Venga a correr y venga a pelear. —Pensó en ello y se echó a reír—. Pero ¿qué mierda de juego es ese? Sois una panda de tarados.

—Tarados —repitió Starkey—, muchas gracias.

La rodeó con un brazo como si fuese un cumplido.

—¡Eh, encanto! —Henry.

Tanto la chica como la gárgola se volvieron, y Henry sesgó una sonrisa.

—¡No es un juego, se entrena!

La chica del tirante indolente se llevó una mano a la cadera, y ya te imaginarás qué preguntó. Henry hizo lo que pudo:

—Eso, Clay, ilumínanos. ¿Para qué narices entrenas?

Pero esa vez Clay le dio la espalda al hombro. Sentía el pulso en el rasguño del pómulo, cortesía de las patillas de Starkey. Metió la mano buena en el bolsillo, muy pausadamente, y luego se agachó.

No está de más mencionar que el motivo exacto por el que entrenaba también era un misterio para nuestro hermano. Solo sabía que se estaba preparando, a la espera del día que lo descubriera. Y el caso es que ese día había llegado. Le aguardaba en la cocina de casa.

Carbine Street, Empire Lane y luego el trecho de Poseidon Road.

A Clay le gustaba el camino de vuelta a casa.

Le gustaban las mariposillas apostadas en lo alto de las farolas. Se preguntaba si la noche las excitaba o las serenaba y sosegaba; en cualquier caso, por lo menos daba un sentido a su existencia. Esas mariposillas sabían qué hacer.

Poco después llegaron a Archer Street.

Henry: conduciendo, con una mano, sonriente.

Rory: los pies en el salpicadero.

Tommy: medio dormido, apoyado en la jadeante Rosy.

Clay: sin saber que había llegado la hora.

Finalmente, Rory no pudo soportarlo más; esa calma.

—Mierda, Tommy, ¿tiene que jadear tan fuerte esa perra, joder?

Tres de ellos rieron; una risotada rápida y rotunda.

Clay miró por la ventanilla.

Tal vez lo apropiado habría sido que Henry condujese dando tumbos y que se hubiese montado en el camino de entrada, pero nada más lejos.

Puso el intermitente junto a la casa de la señora Chilman, la vecina.

Torció tranquilo hacia la nuestra, con un giro todo lo grácil de lo que era capaz su coche.

Faros apagados.

Puertas abiertas.

Lo único que traicionó la paz absoluta fueron los portazos. Cuatro disparos rápidos contra la casa, tras los que se dirigieron derechos a la cocina.

Cruzaron el jardín, juntos.

—A ver, capullos, ¿alguno sabe qué hay de cena?

—Sobras.

—No está mal.

Sus pies pisaron el porche.

—Ahí vienen —dije—, así que ya te puedes preparar para irte.

—Lo comprendo.

—¿Tú qué vas a comprender?

Todavía intentaba averiguar por qué había dejado que se quedara. Apenas unos minutos antes, cuando me había explicado el motivo de su visita, mi voz había rebotado contra los platos y se había abalanzado sobre la garganta del Asesino.

—¿Que quieres qué?

Tal vez fuese el convencimiento de que aquello ya estaba en marcha, de que iba a suceder de todas maneras. Si había llegado el momento, que así fuera. Además, a pesar del estado lamentable del Asesino, intuía que había algo más. Había determinación y, sí, me habría encantado echarlo… Oh, cogerlo por el brazo. Obligarlo a levantarse. Despacharlo a empujones por la puerta. ¡Habría sido un gustazo, joder! Pero también nos habría dejado desprotegidos. El Asesino podía volver a atacar cuando yo no estuviera.

No. Mejor así.

La manera más segura de controlar la situación era plantarnos los cinco ante él en una demostración de fuerza.

Vale, un momento.

Dejémoslo en cuatro, y un traidor.

Esta vez fue instantáneo.

Tal vez Henry y Rory no habían apreciado antes el peligro, pero en ese momento impregnaba toda la casa. La confrontación se respiraba en el ambiente, igual que el olor a cigarrillo.

—Chist. Cuidado —susurró Henry, lanzando un brazo hacia atrás.

Cruzaron el pasillo.

—¿Matthew?

—Aquí. —Grave y pensativa, mi voz lo confirmó.

Durante un momento, los cuatro se miraron, alerta, confusos, rebuscando en algún manual interior qué paso debían dar a continuación.

—¿Estás bien, Matthew? —insistió Henry.

—Estoy genial, venid aquí.

Se encogieron de hombros, abrieron las manos.

Ya no había motivos para no entrar, y uno tras otro encaminaron sus pasos hacia la cocina, donde la luz desaguaba como en la desembocadura de un río. Pasó de amarilla a blanca.

Dentro, yo estaba de pie junto al fregadero, con los brazos cruzados. Detrás de mí estaban los platos, limpios y relucientes, como una pieza de museo rara y exótica.

A su izquierda, en la mesa, él.

Dios, ¿oyes eso?

¿Sus corazones?

En ese momento, la cocina era un pequeño continente en sí misma, y los cuatro chicos se hallaban en tierra de nadie, como ante una especie de migración de grupo. Cuando llegaron junto al fregadero, formamos una piña en la que Rosy también encontró su lugar. Es curioso cómo somos los chicos, que no nos importa tocarnos —hombros, codos, nudillos, brazos—, y así fue como todos miramos a nuestro asesino, que estaba sentado, solo, a la mesa. Hecho un verdadero manojo de nervios.

¿Qué había que pensar?

Cuatro chicos, pensamientos agitados, y un despliegue de dientes por parte de Rosy.

Sí, la perra supo de manera instintiva que también debía despreciarlo, y fue ella la que rompió el silencio; gruñó y se dirigió hacia él, despacio.

Señalé al suelo, tranquilo y tajante.

—Rosy.

Se detuvo.

La boca del Asesino no tardó en abrirse.

Pero nada salió de ella.

La luz era de un blanco aspirina.

La cocina empezó a abrirse en ese momento, o al menos lo hizo para Clay. El resto de la casa se desprendió y el patio se precipitó al vacío. Un golpe de guadaña apocalíptico que arrasó y seccionó la ciudad, las afueras y todos los campos caídos en el olvido. Negro. Para Clay solo existía ese lugar, la cocina, que en una tarde había pasado de clima a continente, y de pronto a aquello:

Un mundo con mesa y tostadora.

Con hermanos y sudor junto al fregadero.

El calor asfixiante persistía, un ambiente sofocante y arenoso, igual que el aire antes de un huracán.

Como si estuviese perdido en aquellas reflexiones, el Asesino tenía una expresión distante, aunque no tardó en arrastrarla de vuelta. Ahora, pensó, tienes que hacerlo ahora, y lo hizo, realizó un esfuerzo colosal. Se levantó, y su tristeza tenía algo de aterrador. Había imaginado ese momento en incontables ocasiones, pero había llegado allí vacío por dentro. Era una mera carcasa. Para el caso, podría haber salido de dentro del armario o aparecido debajo de la cama:

Un monstruo manso y confuso.

Una pesadilla, repentinamente viva.

Pero entonces, sin más, se acabó.

Se produjo una declaración muda, y años de sufrimiento sostenido resultaron intolerables ni un segundo más; la cadena se resquebrajó y acabó rompiéndose. La cocina había visto de todo ese día y se detuvo con un chirrido de frenos en ese punto: cinco cuerpos enfrentados precisamente a él. Cinco chicos unidos, pero de pronto uno estaba solo, de pie, desprotegido —porque ya no tocaba a ningún hermano—, y esa sensación le gustó y le repugnó a la vez. Acogió ese sentimiento, también lo sufrió. No le quedaba más que dar un paso hacia el único agujero negro de la cocina.

Volvió a meter la mano en el bolsillo, y cuando sacó lo que guardaba allí, estaba hecho pedazos; los mostró en la mano extendida. Eran cálidos, rojos y de plástico, los trozos de una pinza destrozada.

Y, después de eso, ¿qué quedaba?

La voz de Clay se proyectó en el silencio, desde la oscuridad hacia la luz:

—Hola, papá.

segunda parte

ciudades
+
aguas

la cometedora de errores

Una vez, en la marea del pasado Dunbar, hubo una mujer de muchos nombres, y menuda mujer era.

Primero, el nombre con el que nació: Penelope Lesciuszko.

Luego, con el que la bautizaron al piano: la Cometedora de Errores.

Por el camino la llamaron la Chica del Cumpleaños.

El apodo que se puso ella misma fue la Novia de la Nariz Rota.

Y, por último, el nombre con el que murió: Penny Dunbar.

De una forma bastante oportuna, vino de un lugar cuya mejor descripción era una frase tomada de los libros con los que creció.

Vino de unas aguas agrestes.

Hace muchos años, e igual que muchos otros antes que ella, Penelope llegó con una maleta y una mirada amusgada.

Se quedó atónita con la luz aplastante que encontró aquí.

Con esta ciudad.

Era tan ardiente y amplia, y blanca.

El sol era una especie de bárbaro, un vikingo del cielo.

Saqueaba, desvalijaba.

Le ponía las manos encima a todo, desde el más alto edificio de hormigón hasta el más pequeño gorro de baño del agua.

En su antiguo país, en el Bloque del Este, el sol era casi siempre de juguete, apenas un chisme. Allí, en aquella tierra lejana, eran las nubes y la lluvia, el hielo y la nieve los que llevaban los pantalones, y no esa cosita amarilla tan curiosa que asomaba su rostro de vez en cuando; allí, los días cálidos estaban racionados. Incluso durante las tardes más estériles y enjutas había probabilidad de precipitación. De llovizna. De pies mojados. Era la Europa comunista en el apogeo de su lenta caída.

Eso la definía a ella en muchos sentidos. Fugitiva. Sola.

O, mejor dicho, solitaria.

Jamás olvidaría cómo aterrizó aquí, completamente aterrorizada.

Desde el aire, en el avión que sobrevolaba en círculos la ciudad, le pareció que esta se encontraba a merced de su propia clase de agua (de la variedad salada), pero una vez en tierra no tardó mucho en sufrir la fuerza feroz de su verdadero opresor; su rostro quedó moteado de sudor al instante. Fuera, aguardó junto a un rebaño, una manada, no: una horda... de personas tan perplejas y pegajosas como ella.

Después de una larga espera, los rodearon a todos y los condujeron a una especie de pista interior. Todas las luces eran fluorescentes. El aire era calor, de suelo a techo.

—¿Nombre?

Nada.

—¿Pasaporte?

—*Przepraszam?*

—Madre mía. —El hombre de uniforme se puso de puntillas y miró por encima de las cabezas y catervas de inmigrantes nuevos. ¡Menuda turba de rostros sórdidos y sofocados! Encontró al hombre que buscaba—. ¡Eh, George! ¡Bilski! ¡Aquí tengo una para ti!

Pero entonces la mujer, que casi había cumplido los veintiuno aunque aparentaba dieciséis, lo agarró de la cara con firmeza y sostuvo su librito de color gris como si quisiera estrangular el aire de sus bordes.

—Pashporrte.

Una sonrisa, de resignación.

—Está bien, guapa. —Lo abrió y probó suerte con el acertijo de su nombre—. Leskazna... ¿qué?

Penelope lo ayudó, tímida pero desafiante.

—Less-choosh-ko.

No conocía a nadie aquí.

Los que habían pasado nueve meses con ella en el campamento de las montañas austríacas se habían separado. Mientras que habían enviado a una familia tras otra hacia el oeste, al otro lado del Atlántico, Penelope Lesciuszko realizaría un viaje más largo y, de pronto, aquí estaba. Todo lo que le quedaba por hacer era llegar al campamento, aprender inglés mejor, encontrar un trabajo y un lugar para vivir. Después, lo más importante, comprar una estantería para libros. Y un piano.

Esas pocas cosas eran todo lo que deseaba del nuevo mundo que se desplegaba abrasador ante ella, y con el paso del tiempo las consiguió. Consiguió esas, ya lo creo que sí, y muchas más.

Estoy seguro de que en este mundo has conocido a ciertas personas de las que, tras escuchar las historias de sus infortunios, te has preguntado qué hicieron para merecerlo.

Nuestra madre, Penny Dunbar, era una de esas.

El caso es que ella nunca habría dicho que tuvo mala suerte; se habría apartado un mechón de melena rubia tras la oreja, habría afirmado no lamentar nada y que ganó mucho más de lo que perdió jamás, y gran parte de mí coincide con ella. La otra parte se da cuenta de que la mala suerte siempre logró encontrarla, sobre todo en momentos cruciales:

Su madre murió al nacer ella.

Se rompió la nariz el día antes de su boda.

Y luego, por supuesto, su muerte.

Su muerte fue algo digno de ver.

Cuando nació, el problema fue la edad y la presión; sus padres eran ambos bastante mayores para tener hijos y, tras horas de coraje y quirófano, la carcasa de su madre acabó destrozada y muerta. Su padre, Waldek Lesciuszko, acabó destrozado y vivo. La crio lo mejor que pudo. Era conductor de tranvía y tenía muchas particularidades y peculiaridades, y la gente decía que se parecía no a Stalin en sí, sino a una estatua suya. Tal vez fuera por el bigote. Tal vez fuera algo más. Bien podía ser por la rigidez del hombre, o por su silencio, pues era un silencio que se salía de lo común.

En privado, sin embargo, había otras cosas, como el hecho de que poseía el gran total de treinta y nueve libros, y con dos de ellos estaba obsesionado. Es posible que fuera porque había crecido en Szczecin, cerca del Báltico, o porque adoraba los mitos griegos. Fueran cuales fuesen los motivos, siempre regresaba a ellos: un par de poemas épicos cuyos personajes se hacían a la mar. De gama media, los guardaba en la cocina, en una estantería combada pero larga, catalogados en la H:

La *Ilíada*. La *Odisea*.

Mientras que otros niños se iban a la cama con cuentos de perritos, gatitos y ponis, Penelope creció con «el veloz Aquiles», «el ingenioso Odiseo» y todos los demás nombres y sobrenombres.

Estaba «Zeus, el que trae las tormentas».

«Afrodita, la que ama las sonrisas.»

«Héctor, el que trae el terror.»

Su tocaya: «La paciente Penélope».

El hijo de Penélope y Odiseo: «el talentoso Telémaco».

Y siempre uno de sus preferidos:

«Agamenón, rey de hombres».

Muchas noches se tumbaba en la cama y salía flotando sobre las imágenes de Homero y sus recurrentes apariciones. Una y otra vez, los ejércitos griegos zarpaban con sus barcos por ese «oscuro mar color vino», o se internaban en sus «aguas agrestes». Mientras navegaban hacia «la rosada alba que alargaba ya sus dedos», la callada niña se sentía fascinada; su fina tez de papel se iluminaba. La voz de su padre llegaba como en un oleaje cada vez más suave hasta que, por fin, se quedaba dormida.

Ya volverían los troyanos al día siguiente.

Ya lanzarían y relanzarían sus embarcaciones al agua los aqueos de larga melena para llevársela de nuevo consigo la noche siguiente.

Además de eso, Waldek Lesciuszko le proporcionó a su hija otra herramienta para disfrutar la vida: le enseñó a tocar el piano.

Sé lo que estarás pensando:

Que nuestra madre tuvo una educación muy culta.

¿Obras maestras griegas antes de dormir?

¿Lecciones de música clásica?

Pero no.

Solo eran los vestigios de otro mundo, de una época diferente. Esa pequeña colección de libros que habían ido heredando era casi la única posesión de la familia. El piano lo ganaron en una partida de cartas. Lo que ni Waldek ni Penelope sabían todavía era que ambas cosas resultarían fundamentales.

Harían que la niña se sintiera cada vez más cerca de él.

Y luego la enviarían lejos para siempre.

Vivían en un apartamento de una tercera planta.

En un edificio como todos los demás.

Desde lejos, eran una lucecita en un Goliat de hormigón.

De cerca, resultaba sobrio pero recogido.

El piano estaba bien erguido junto a la ventana —negro y ner-vudo, y suave y sedoso a la vez—, y el hombre se sentaba con ella a horas determinadas, por la mañana y por la noche, con un aire estricto y ecuánime. Su bigote paralítico quedaba firmemente acampado entre la nariz y la boca. Solo se movía para pasarle la página.

En cuanto a Penelope, tocaba y se concentraba en las notas sin pestañear. En los primeros tiempos fueron canciones infantiles y más adelante, cuando su padre la envió a unas clases que no se podía per-mitir, fueron Bach, Mozart y Chopin. A menudo era el mundo exte-rior el único que pestañeaba durante el rato que dedicaba a practicar. Se transformaba; de helado a ventoso, de despejado a sombrío. La niña sonreía al empezar. Su padre se aclaraba la garganta. El metró-nomo hacía clic.

A veces, ella lo oía respirar en algún punto en mitad de la músi-ca. Le recordaba que estaba vivo, que no era la estatua que la gente afirmaba en broma. Incluso cuando Penelope sentía crecer la ira del hombre ante una nueva andanada de errores, su padre siempre se quedaba atrapado en algún punto entre una cara de pocos amigos y un cabreo absoluto. Le habría encantado verlo estallar, aunque solo fuera una vez: que se diera una palmada en el muslo, o que se tirase de los avejentados pelos. Jamás lo hizo. Se limitó a llevar a casa una vara de pícea, y le golpeaba los nudillos con un azote económico cada vez que ella dejaba caer las manos o volvía a cometer un error. Una mañana de invierno, cuando todavía no era más que una niña pálida y de espalda apocada, recibió veintisiete azotes, por veintisiete pecados musicales. Y su padre le puso un apodo.

Al final de la lección, mientras fuera caía la nieve, hizo que parase de tocar y le sostuvo las manos, azotadas y pequeñas y calientes. Se las apretó, aunque con suavidad, entre sus propios dedos obeliscos.

—*Już wystarczy* —dijo—, *dziewczyna błędów…* —Que ella, para nosotros, traducía como—: Ya es suficiente, cometedora de errores.

Eso fue cuando tenía ocho años.

Cuando cumplió los dieciocho, su padre decidió sacarla de allí.

El dilema, por supuesto, era el comunismo.

Una única gran idea.

Un millar de limitaciones y defectos.

En su infancia, Penelope nunca se percató de nada.

¿Qué niño lo hace?

No tenía con qué comparar.

Durante años, no se dio cuenta de lo custodiados que estaban esa época y ese lugar. No vio que, aunque todas las personas eran iguales, en realidad no lo eran. Nunca levantó la mirada hacia los balcones de hormigón ni se fijó en cómo vigilaba la gente.

Con la política cerniéndose lúgubre en lo alto, el gobierno se ocupaba de todo, desde tu trabajo hasta tu cartera y todo lo que pensabas y en lo que creías…, o al menos lo que decías que pensabas y creías. Si se sospechaba, aunque solo fuera vagamente, que eras miembro de Solidarność —el Movimiento de Solidaridad—, ya podías dar por hecho que te lo harían pagar. Como he dicho, la gente vigilaba.

Lo cierto es que siempre fue un país duro, y triste. Era una tierra a la que habían llegado invasores desde todos los puntos cardinales y a lo largo de todos los siglos. Aunque, si hay que escoger, casi se diría que era más duro que triste, y la era comunista no fue diferente. Al final terminó por ser una época en la que ibas de cola en cola, todas largas, y por cualquier cosa, desde suministros médicos hasta papel higiénico o las menguantes existencias de alimentos.

¿Y qué podía hacer la gente?

Hacer cola.

Esperar.

La temperatura caía bajo cero; eso no cambiaba nada.

La gente seguía haciendo cola.

Esperaba.

Porque no tenía más remedio.

Lo cual nos lleva de nuevo a Penelope y a su padre.

Para la niña, nada de eso importaba tanto, o al menos no todavía.

Para ella no era más que una infancia.

Un piano y parques helados, y Walt Disney los sábados por la noche; una de las numerosas pequeñas concesiones procedentes de un mundo opulento y occidental.

En cuanto a su padre, el hombre iba con cuidado.

Estaba alerta.

Mantenía la cabeza gacha y se guardaba sus ideas políticas en las sombras de la boca, pero ni siquiera eso le reportaba mucho consuelo. No meterte en líos mientras todo un sistema se venía abajo a tu alrededor solo garantizaba que sobrevivirías más tiempo, no que fueras a sobrevivir. Cuando un invierno interminable se acababa al fin, solo lo hacía para regresar en un tiempo récord, y ahí estabas otra vez, en el trabajo:

Horas intempestivas, por turnos.

Amigable aun sin amigos.

Luego estabas en casa:

Callado pero con preguntas.

¿Hay alguna manera de salir de aquí?

La respuesta surgió y empezó a tomar forma.

Para él seguro que no.

Sin embargo, puede que para la niña sí.

De los años que pasaron entretanto ¿qué más se puede decir?

Penelope creció.

Su padre envejeció a ojos vista, su bigote se volvió del color de la ceniza.

Para ser justos, a veces hubo momentos buenos, hubo grandes momentos; viejo y adusto como era, Waldek sorprendía a su hija puede que una vez al año y le echaba una carrera hasta el tranvía. Solía ser para ir a una de esas lecciones de música de pago, o a un recital. En casa, durante sus primeros años de instituto, él le hacía de pareja rígida y regular en el salón de baile de la cocina. Las ollas clamaban. Un taburete desvencijado acababa derribado. Tenedores y cuchillos se estrellaban contra el suelo, la niña reía y el hombre se desmoronaba; y sonreía. La pista de baile más pequeña del mundo.

Uno de los recuerdos más vivos de Penelope era el de su décimo tercer cumpleaños, cuando volvieron a casa pasando por el parque infantil. Se sentía demasiado mayor ya para esas cosas, pero de todas formas se sentó en un columpio. Muchas décadas después relataría ese recuerdo, una vez más, para el cuarto de sus cinco chicos: el hijo que adoraba las historias. Fue en sus últimos meses de vida, estando tumbada en el sofá, medio en sueños, medio sedada por la morfina.

«De vez en cuando —le diría— veo todavía la nieve que se derrite, los edificios pálidos e inacabados. Oigo las ruidosas cadenas. Puedo sentir los guantes de mi padre en la espalda. —Por entonces ya izaba sus sonrisas; su rostro se hundía—. Recuerdo que gritaba por miedo a subir demasiado alto. Le suplicaba que parase, pero no quería que lo hiciera. La verdad es que no.»

Y por eso le resultó tan duro:

Por ese corazón de color en mitad de tanto gris.

Para ella, al verlo en retrospectiva, salir de allí no fue tanto una liberación como un abandono, sí. Por mucho que su padre amara a su griego elenco de amigos marineros, ella no quería dejarlo solo con ellos. A fin de cuentas, ¿qué se le había perdido al veloz Aquiles en esa tierra de hielo y nieve? Al final moriría congelado. ¿Y cómo podía Odiseo ser lo bastante ingenioso para ofrecerle la compañía necesaria para mantenerlo con vida?

Para ella, la respuesta estaba clara.

No podía.

Pero entonces, por supuesto, sucedió.

Cumplió los dieciocho.

Su huida se puso en marcha.

A su padre le llevó dos largos años.

En apariencia, todo iba viento en popa: ella había acabado la escuela con buenos resultados y trabajaba en una fábrica local, de secretaria. Tomaba notas en todas las reuniones, era responsable hasta del último bolígrafo. Revolvía todos los papeles y respondía de todas las grapadoras. Ese era su puesto, su sitio, y sin duda los había muchísimo peores.

También fue más o menos por entonces cuando empezó a implicarse cada vez más en varios conjuntos musicales, acompañando a personas aquí y allá, y también interpretando solos. Waldek la animaba a hacerlo, y pronto comenzó a viajar para actuar. Las restricciones habían empezado a controlarse menos a causa del desorden general, pero también (lo cual representaba una amenaza mayor) por el hecho de que la gente, aunque pudiera marcharse, siempre tenía familiares que se quedaban. De una forma o de otra, a Penelope le concedían a veces permiso para cruzar la frontera, y en una ocasión incluso pudo viajar al otro lado del Telón. En ningún momento imaginó siquiera que su padre estuviera sembrando la semilla de su deserción; en su interior, era feliz.

Pero el país, por entonces, estaba de rodillas.

Los pasillos de los mercados estaban casi del todo vacíos.

Las colas se habían intensificado.

Muchas veces con granizo, y luego aguanieve y lluvia, los dos aguardaban juntos durante horas esperando pan, y entonces, cuando les llegaba el turno, ya no quedaba nada. Y él no tardó en darse cuenta; lo supo.

Waldek Lesciuszko.

La estatua de Stalin.

Era irónico, la verdad, porque no le había dicho ni una palabra a su hija; estaba decidiendo por ella, la obligaba a ser libre o, al menos, le imponía la decisión.

Había sacado adelante su plan, día tras día, y ya había llegado el momento.

La enviaría a Austria, a Viena, a tocar en un concierto —una festividad galesa de Eisteddfod— y le dejaría muy claro que no debía regresar jamás.

Y, para mí, así fue como empezamos los chicos Dunbar.

los aledaños

De manera que ahí estaba, nuestra madre.
Hielo y nieve, hace todos esos años.
Y, mira, ahí está Clay, en el futuro lejano.
¿Qué podemos decir de él?
¿Dónde y cómo empezó la vida de nuevo al día siguiente?
En realidad fue bastante sencillo, con muchísimo por delante:
Se despertó en el dormitorio más descomunal de la ciudad.

Para Clay era perfecto, otro sitio singular pero sagrado: era una cama, en un campo, con la explosión del alba y los tejados a lo lejos; o, para ser más exactos, era un viejo colchón tirado y medio deshecho en el suelo.

En realidad iba allí a menudo (y siempre en sábado por la noche), pero hacía ya muchos meses que no se quedaba hasta la mañana siguiente, en el descampado de detrás de nuestra casa. Aun así, seguía siendo un privilegio extrañamente reconfortante; ese colchón había sobrevivido mucho más tiempo del que le correspondía.

Teniendo eso en cuenta, todo parecía normal cuando al fin abrió los ojos.

Aquello estaba tranquilo, el mundo estaba callado, como en un cuadro.

Pero entonces se le vino todo encima y se precipitó sobre él.

¿Qué es lo que he hecho?

Oficialmente se llamaba Los Aledaños.

Una pista de entrenamiento con unos establos adyacentes.

Pero eso había sido años atrás, en otra vida.

En aquellos tiempos pasados, ahí era donde los propietarios arruinados, los entrenadores sin blanca y los jockeys pelados iban a trabajar y a rezar:

Un velocista vago. Un fondista sin astucia. Por favor, por el amor de Dios, ¿no podía alguno de ellos destacar de entre el montón?

Lo que recibieron fue un regalo especial del Club Nacional de Jockeys.

Ejecución hipotecaria. Aniquilación.

El plan era venderlo, pero llevaban ya casi una década y, como era típico del funcionamiento de aquella ciudad, todavía no habían conseguido nada. Lo único que quedaba era un vacío, un paddock gigantesco e irregular con un jardín de esculturas de residuos domésticos:

Televisores torturados. Lavadoras estropeadas.

Microondas catapultados.

Un colchón que resistía.

Todo aquello y mucho más se repartía esporádicamente por todo el terreno, y mientras que la mayoría de la gente lo veía como una simple estampa de barrio descuidado, para Clay era digno de conservación, era un recuerdo. A fin de cuentas, allí era donde Penelope se había asomado por encima de una valla y había decidido quedarse a vivir en Archer Street. Era donde todos nos habíamos reunido un día con una cerilla encendida mientras soplaba el viento de poniente.

Otro detalle destacable era que, desde su abandono, la hierba en Los Aledaños no había crecido mucho; era el anti-Bernborough Park.

Hierba baja y rala en algunas zonas, fibrosa y hasta las rodillas en otras, y en una de estas últimas era donde Clay acababa de despertar.

Años después, cuando le pregunté por ello, se quedó callado un buen rato. Me lanzó una mirada por encima de esta mesa. «No lo sé —repuso—, a lo mejor se entristeció demasiado para seguir creciendo… —Pero interrumpió ahí la idea. Para él, aquello era una diatriba sentimentaloide—. Bueno, mejor olvida que he dicho eso.»

Pero no puedo.

No puedo olvidarlo porque nunca lo comprenderé:

Una noche encontraría allí la belleza absoluta.

Y cometería su mayor error.

Pero regresemos a esa mañana; el primer día después del Asesino, con Clay hecho un ovillo que, entonces, se desplegó. Más que salir, el sol lo avisó de que era de día. Clay tenía algo ligero y liso en el bolsillo izquierdo de sus vaqueros, debajo de la pinza rota de la ropa. Decidió no hacerle caso por el momento.

Estaba tumbado de través sobre el colchón.

Le dio la sensación de que la oía…

Pero es por la mañana, pensó, y jueves.

En momentos como ese, pensar en ella le dolía:

Su melena sobre el cuello de él.

Su boca.

Sus huesos, su pecho y, por último, su aliento.

«Clay. —Algo más fuerte esta vez—. Soy yo.»

Pero tendría que esperar al sábado.

lloró todo el trayecto hasta viena

En el pasado, ella vuelve a estar ahí, sin sospechar nada de nada..., porque Waldek Lesciuszko no había ni respirado siquiera de una forma que pudiese indicar lo que estaba planeando.

El hombre era meticuloso.

Latente.

¿Un concierto en Viena?

No.

A menudo me pregunto lo que debió de ser para él: comprar el obligatorio billete de vuelta sabiendo que ella solo aprovecharía la ida. Me pregunto cómo fue mentirle y hacerle solicitar de nuevo el pasaporte, como era preceptivo cada vez que uno salía, aunque fuera por un período breve. Así que Penelope lo solicitó, como siempre.

Tal como he dicho antes, ella ya había asistido a otros conciertos.

Había ido a Cracovia. A Gdansk. A la Alemania Oriental.

También hubo una vez que viajó a una pequeña ciudad llamada Nebenstadt, al oeste del Telón, pero incluso eso estaba a tiro de piedra del Este. Los conciertos siempre eran acontecimientos destacados pero no demasiado, porque ella era una pianista bella, y brillante, pero no «¡brillante!». Solía hacer esos viajes sola y nunca dejó de regresar a la hora convenida.

Hasta esa vez.

Esa vez su padre la había animado a que se llevara una maleta más grande, y una chaqueta de más. Por la noche le añadió varias mudas y calcetines extra. También metió un sobre entre las páginas de un libro: uno negro de tapa dura, que formaba parte de dos a juego. El sobre contenía palabras y dinero:

Una carta y dólares estadounidenses.

Después envolvió los dos libros con papel marrón.

Encima, en letra importante, decía: PARA LA COMETEDORA DE ERRORES, QUE LO MEJOR QUE TOCA ES CHOPIN, LUEGO MOZART Y LUEGO BACH.

Cuando ella levantó la maleta por la mañana, le pareció inmediata y obviamente más pesada. Fue a abrir la cremallera para comprobarlo cuando su padre la interrumpió:

—He metido un pequeño regalo, para el camino… Y ahora tienes prisa. —La empujó por la puerta—. Ya lo abrirás en el tren.

Y ella lo creyó.

Llevaba un vestido azul de lana con botones grandes y gruesos.

Su melena rubia le llegaba a media espalda.

Su expresión era suave y decidida.

Por último, tenía las manos frías y livianas, y perfectamente limpias.

No parecía en absoluto una refugiada.

En la estación fue extraño, porque aquel hombre que jamás había mostrado la más mínima emoción estaba de repente tembloroso y con los ojos humedecidos. Su bigote era vulnerable por primera vez en su rotunda vida.

—*Tato?*

—Este maldito aire frío.

—Pero si hoy no hace tanto frío.

Ella tenía razón, no lo hacía, era un día suave y soleado. La luz era clara, y bañaba de plata toda la ciudad con su gris glorioso.

—¿Me lo vas a discutir? No deberíamos discutir cuando alguien se marcha.

—Sí, *tato*.

Cuando el tren se acercó, su padre se alejó un poco. Visto en retrospectiva, resulta evidente que apenas lograba no venirse abajo, que se tiraba de los bolsillos desde dentro. Los manoseaba para distraerse, para mantener la emoción a raya.

—*Tato*, el tren está aquí.

—Ya lo veo. Estoy viejo, pero no ciego.

—Pensaba que no debíamos discutir.

—¡Ya estás discutiendo conmigo otra vez! —Él nunca le levantaba la voz así, ni en casa, ni mucho menos en público, y no decía nada con sentido.

—Lo siento, *tato*.

Después de eso, se dieron un beso en cada mejilla, y un tercero en la derecha.

—*Do widzenia*.

—*Na razie*. Hasta la vuelta.

No, no volverás.

—*Tak, tak. Na razie*.

El resto de su vida, ella sintió un alivio inmenso porque, cuando subió al tren, se volvió y le dijo:

—No sé cómo voy a tocar sin ti azotándome con la vara.

Siempre le decía lo mismo.

El viejo asintió con la cabeza, casi sin dejarle ver cómo su rostro se demudaba y se desaguaba, un mar de lágrimas tan ancho como el Báltico.

El Báltico.

Así era como lo explicaba ella siempre. Sostenía que el rostro de su padre se había transformado en una masa de agua. Las arrugas profundas, los ojos. Incluso el bigote. Todo quedó anegado por la luz del sol y un agua fría, helada.

Durante una hora larga estuvo mirando por la ventanilla del vagón la Europa del Este que pasaba junto a ella. Pensó en su padre muchas veces, pero no fue hasta que vio a otro hombre —algo así como un Lenin— cuando se acordó del regalo. La maleta.

El tren seguía traqueteando.

Sus ojos encontraron primero la ropa interior, y los calcetines, luego el paquete marrón, y Penelope no había atado cabos todavía. Las mudas extras se explicaban tal vez por las excentricidades de un anciano; le sobrevino cierta felicidad cuando leyó la nota sobre Chopin, Mozart y Bach.

Pero entonces abrió el paquete.

Vio los dos libros negros.

La impresión de las cubiertas estaba en inglés.

Ambos llevaban «Homero» escrito arriba del todo y luego, respectivamente, *Ilíada*, *Odisea*.

Cuando pasó el pulgar por las páginas del primero y encontró el sobre, lo comprendió súbita y severamente. Se puso de pie y susurró un «*Nie*» al tren medio lleno.

> Querida Penelope:
>
> Te imagino leyendo esta carta en tu viaje a Viena, y te lo digo de entrada: no des media vuelta. No regreses. No te recibiré con los brazos abiertos; al contrario, te apartaré de mí. Creo que comprenderás que ahora hay otra vida para ti, hay otra forma de vivir.

Dentro de este sobre tienes todos los documentos que necesitas. Cuando llegues a Viena, no tomes un taxi para ir al campamento. Son demasiado caros y llegarías muy temprano. Hay un autobús que te llevará allí. Tampoco digas que estás intentando salir por motivos económicos. Di solo esto: que tienes miedo de las represalias del gobierno.

Supongo que no será fácil, pero lo conseguirás. Sobrevivirás y vivirás, y un día espero que volvamos a vernos, y que me leas estos libros en inglés, porque supongo que será ese el idioma que hablarás. Si resulta que no vuelves nunca, te pido que se los leas a tus hijos, si es eso lo que ocurre ahí fuera, en el oscuro mar color vino.

Lo último que diré es que solo he enseñado a una persona en este mundo a tocar el piano, y que, aunque has sido una gran cometedora de errores, ha sido un privilegio y un placer. Es lo que más y mejor he amado.

Atentamente, con todo mi amor,

WALDEK LESCIUSZKO

Bueno, ¿qué hacer?

¿Qué decir?

Penelope, la Cometedora de Errores, siguió de pie unos segundos más, luego se dejó caer de nuevo en su asiento, despacio. Se quedó callada y temblorosa, con la carta en las manos y los dos libros negros en el regazo. Sin hacer ni un solo ruido, empezó a llorar.

Junto al veloz paso del rostro de Europa, Penelope Lesciuszko lloró sus lágrimas silenciosas y solitarias. Lloró todo el trayecto hasta Viena.

las cartas sobre la mesa

Clay nunca había bebido, y por lo tanto nunca había tenido resaca, pero imaginaba que debía de ser justo así.

Sentía la cabeza por los suelos, y la recogió.

Se quedó sentado un rato, después se arrastró desde el colchón y encontró a su lado, en la hierba, el plástico grueso con que lo protegía. Con los huesos cansados y las manos temblorosas, lo remetió bien, después caminó hacia la valla —una de esas cercas blancas de rigor en cualquier campo deportivo, todo pasamanos, sin estacas— y descansó la cara contra la madera. Inspiró las arandelas ardientes.

Durante un buen rato intentó olvidar:

El hombre sentado a la mesa.

El quedo ruido de fondo de unos hermanos y un sentimiento de traición.

Ese puente suyo procedía de muchos momentos, pero allí, esa mañana en Los Aledaños, procedía sobre todo de la noche anterior.

Ocho horas antes, cuando el Asesino se marchó, hubo diez minutos de silencio incómodo.

—Joder —dijo Tommy para romperlo—, parecía un muerto viviente.

Cogió a Héctor y se lo colocó sobre el corazón. El gato ronroneó, un bulto rayado.

—Merecía tener un aspecto mucho peor —repuse yo.

—Vaya asco de traje. —Y—: Me importa una mierda, me voy al bar —dijeron Henry y Rory, uno detrás de otro.

Estaban allí plantados como dos elementos fundidos, como arena y óxido combinados.

Clay, por supuesto, famoso por no decir prácticamente nada, no dijo nada. Ya debía de haber hablado bastante para toda la noche. Por un momento se preguntó: ¿por qué ahora? ¿Por qué había vuelto a casa justo ahora? Pero entonces se dio cuenta de qué día era: 17 de febrero.

Metió la mano herida en un pequeño cubo de hielo y mantuvo la otra apartada del rasguño de la cara, por muy tentador que fuera tocarlo. Sentados a la mesa estábamos él y yo, en silencioso desacuerdo. Yo tenía una cosa muy clara: solo había un hermano por el que preocuparse, y era el que tenía delante de mí.

Hola, papá…, hay que joderse.

Miré el hielo, que se meneaba alrededor de su muñeca.

Vas a necesitar un cubo de cuerpo entero, colega.

No lo dije, pero estaba seguro de que Clay me lo leía en la cara, porque había perdido la batalla y se había puesto dos dedos con forma de gatillo en la herida de debajo del ojo. Ese cabroncete medio mudo incluso asintió un poco con la cabeza, justo antes de que la pila de platos limpios, con toda su estrafalaria altitud, se precipitara en el fregadero.

Eso no detuvo el pulso, sin embargo. Qué va.

Yo seguí mirándolo fijamente.

Clay siguió con sus dedos.

Tommy dejó a Héctor en el suelo, recogió la vajilla y enseguida regresó con el palomo (Te, oteando desde su hombro), como si le faltara tiempo para salir de allí. Iría a ver cómo estaban Aquiles y Rosy: los dos exiliados, en el patio de atrás, en el porche. Cerró la puerta con vehemencia.

Por supuesto, antes, cuando Clay había pronunciado esas fatídicas palabras, los demás nos quedamos tras él como testigos en la escena de un crimen. Uno espeluznante. Pasmados y desbordados, teníamos muchas cosas que considerar, aunque solo recuerdo una:

Ahora sí que lo hemos perdido para siempre.

Aunque yo estaba dispuesto a pelearlo.

—Tienes dos minutos —dije, y el Asesino asintió despacio. Se dejó resbalar sobre su silla hasta clavarla en el suelo—. Venga, adelante. Dos minutos no dan para mucho, viejo.

¿Viejo?

El Asesino se extrañó y se resignó en un mismo aliento. Sí que era un hombre viejo, un viejo recuerdo, una idea olvidada…, y aunque podría haber sido de mediana edad, para nosotros era como si estuviera muerto.

Bajó las manos a la mesa.

Resucitó su voz.

Le salió a plazos mientras él se dirigía a la sala con torpeza:

—Necesito, o, en realidad, me preguntaba… —Ya no parecía su voz, no para ninguno de nosotros. La recordábamos algo más a la izquierda, o a la derecha—. He venido para preguntar…

Y menos mal de Rory, porque, con una voz chamuscada que sonó como sonaba siempre, descargó una contestación contundente a los timoratos balbuceos de nuestro padre.

—¡Por el amor de Dios, escúpelo de una puta vez!

Nos dejó paralizados.

A todos, temporalmente.

Pero entonces Rosy ladró otra vez, yo me arranqué con un poco de «Haz que se calle esa maldita perra» y, en mitad de todo eso, desde algún lugar, llegaron las siguientes palabras:

—Está bien, mirad. —El Asesino había encontrado una forma de seguir—. No perderé más tiempo, y sé que no tengo ningún derecho, pero he venido porque ahora vivo lejos de aquí, en el campo. Es una parcela de tierra y hay un río y estoy construyendo un puente. He aprendido por las malas que el río se desborda. Puedes quedarte atrapado en cualquiera de las dos orillas y… —La voz estaba llena de astillas, como una estaca de valla en su garganta—. Necesitaré ayuda para construirlo y he venido a preguntar si alguno de vosotros podría…

—No. —Yo fui el primero.

De nuevo, el Asesino asintió con la cabeza.

—Tienes una cara dura de cojones, ¿eh? —Rory, por si no lo habías adivinado.

—¿Henry?

Henry cogió mi testigo y se mostró tan afable como siempre frente a aquel atropello.

—No, gracias, colega.

—No es tu colega… ¿Clay?

Clay sacudió la cabeza.

—¿Tommy?

—No.

Uno de nosotros mentía.

A partir de ahí se impuso una especie de silencio apaleado.

La mesa, con una muchedumbre de migas de tostada, se extendía árida entre padre e hijos. En el centro había un salero y un pimentero desparejados, como un dúo cómico. Corpulento el uno, alto el otro.

El Asesino asintió y se marchó.

Al salir, sacó un pequeño trozo de papel y lo dejó en la mesa para que hiciera compañía a las migas.

—Mi dirección. Por si cambiáis de idea.

—Vete ya. —Crucé los brazos—. Y deja los cigarrillos.

La dirección quedó hecha pedazos al instante.

Lo tiré a una caja de madera que teníamos junto la nevera y en la que había toda clase de botellas y periódicos viejos.

Unos nos quedamos sentados, otros de pie, otros apoyados.

La cocina estaba en silencio.

¿Qué se podía decir?

¿Tuvimos una charla trascendental sobre la importancia de estar más unidos que nunca en momentos como ese?

Por supuesto que no.

Dijimos nuestras escasas frases y Rory fue el primero en marcharse, directo al bar. Los Brazos Desnudos. Al salir puso una mano mojada y cálida, apenas un momento, en la cabeza de Clay. En el bar, seguramente se sentaría donde todos nos habíamos sentado una vez —incluso el Asesino—, una noche que nunca olvidaríamos.

Luego Henry salió por la parte de atrás, tal vez a ordenar unos libros viejos, o unos discos, de esos que acumulaba tras comprarlos en mercadillos de garaje de fin de semana.

Tommy lo siguió poco después.

Cuando Clay y yo llevábamos un buen rato sentados, se levantó sin decir nada para ir al baño. Se dio una ducha y luego se quedó de pie ante el lavamanos. La loza estaba llena de pelos y pasta de dientes, unidos por arenilla. Quizá era todo lo que necesitaba para demostrarse que de cualquier cosa podía salir algo grande.

Pero, aun así, evitó el espejo.

Después fue a donde empezó todo.

Su cúmulo de sitios sagrados.

Estaba Bernborough Park, sin duda.

Estaba el colchón de Los Aledaños.

El cementerio de la colina.

Años antes, sin embargo, y por un buen motivo, todo empezó allí.

Se dispuso a subir al tejado.

Esa noche salió por la puerta de la calle y dio la vuelta pasando junto a la casa de la señora Chilman; de la valla a la caja de contadores, y luego a las tejas. Tal como era su costumbre, se sentó más o menos en el centro, camuflándose, cosa que hacía cada vez más con el pasar de los años. En los primeros tiempos subía casi siempre durante el día, pero había acabado prefiriendo que los transeúntes no lo vieran. Solo se sentaba en el caballete del borde cuando alguien se encaramaba allí con él.

Observó la casa de Carey Novac, al otro lado de la calle, en diagonal.

El número 11.

Ladrillo marrón. Ventanas amarillas.

Sabía que ella estaría leyendo *El cantero*.

Estuvo un rato mirando las diversas siluetas, pero pronto se volvió hacia otro lado. Por mucho que le gustara ver aunque solo fuera un atisbo de ella, no había subido al tejado por Carey. Ya se había sentado allí arriba mucho antes de que ella llegara a Archer Street.

Entonces se desplazó un poco, una decena de tejas a la izquierda, y contempló la amplitud de la ciudad. La trama urbana había salido trepando de su abismo, enorme, extensa y hecha de calles iluminadas. La fue interiorizando poco a poco.

—Hola, ciudad.

A veces le gustaba hablarle; tanto para sentirse menos como para sentirse más solo.

Tal vez fuese media hora después cuando Carey salió, apenas un instante. Puso una mano en la barandilla y levantó la otra, despacio, en alto.

Hola, Clay.

Hola, Carey.

Luego, otra vez adentro.

Para ella el día siguiente tendría un duro comienzo, como siempre. Sacaría su bici por el césped a las cuatro menos cuarto para ir a los Establos McAndrew, en el hipódromo de Royal Hennessey.

Hacia el final, Henry subió directo desde el garaje, con una cerveza y una bolsa de cacahuetes. Se sentó en el borde, cerca de un ejemplar de *Playboy* que había en el canalón; una miss Enero muerta y marchita. Le hizo un gesto a Clay para que se le uniera y, cuando llegó, le entregó sus ofrendas: los frutos secos y la cerveza sudorosa.

—No, gracias.

—¡Pero si habla! —Henry le dio unas palmadas en la espalda—. Eso son dos veces en tres horas, esta sí que es una noche para los anales. Más me vale bajar mañana al quiosco y echar otro boleto de lotería.

Clay miró en silencio a lo lejos:

El oscuro compost de rascacielos y arrabales.

Luego se fijó en su hermano, y en la seguridad de sus tragos de cerveza. Le gustó la idea de ese boleto de lotería.

Los números de Henry eran del uno al seis.

Algo después, Henry hizo un gesto en dirección a la calle, donde
Rory llegaba subiendo la cuesta con un buzón cargado al hombro.
Tras él, el poste de madera se arrastraba por el suelo. Lo lanzó a nues-
tro césped, triunfal.

—¡Eh, Henry, tira un cacahuete, larguirucho de mierda! —Se
paró un momento a pensar, pero se le olvidó lo que iba a decir. Aunque debía de ser algo gracioso, debía de ser para partirse el pecho,
porque se rio de camino al porche. Subió los escalones medio torcido
y se tumbó haciendo bastante ruido sobre los tablones.

Henry suspiró.

—Vamos, será mejor que bajemos a por él.

Y Clay lo siguió hasta el otro lado, donde Henry había apoyado
una escalera de mano. No miró hacia Los Aledaños, ni al inmenso
telón de fondo de tejados inclinados. No, lo único que vio fue el
patio, y a Rosy corriendo alrededor del tendedero. Aquiles estaba
masticando en la luz de la luna.

En cuanto a Rory, pesaba como un tonel, pero de alguna manera consiguieron lanzarlo a la cama.

—El muy cabrón… —dijo Henry—. Debe de llevar encima
veinte jarras.

Tampoco habían visto nunca a Héctor moverse tan deprisa. Su
expresión de alarma cuando saltó de colchón en colchón y luego salió por la puerta no tuvo precio. En la otra cama, Tommy dormía
contra la pared.

En su dormitorio, después, mucho después, el viejo radiodespertador
de Henry (también regateado en un mercadillo de garaje) decía que
era la 1.39, y Clay estaba de pie, de espaldas a la ventana abierta. An-

tes, Henry se había sentado en el suelo a escribir una redacción para clase a toda prisa, pero hacía ya varios minutos que no se movía, tumbado encima de las sábanas, y Clay se sintió seguro al pensar:

Ahora.

Apretó los dientes con fuerza.

Salió al pasillo con la intención de dirigirse a la cocina, y, antes de lo esperado, se encontró junto a la nevera, y con la mano dentro de la basura de reciclaje.

La luz llegó como salida de la nada.

¡Joder!

Blanca y pesada, le dio un cintarazo en los ojos como si fuera un hooligan. Levantó las manos cuando se apagó otra vez, pero todavía sentía la punzada y el dolor. En la renovada oscuridad que lo engullía estaba Tommy, plantado allí solo en calzoncillos y con Héctor a su flanco. El gato era una sombra serpenteante de sí mismo y unos ojos atónitos por la luz.

—¿Clay? —Tommy caminó hacia la puerta de atrás. Sus palabras babeaban, medio dormidas y andantes—. *'Quil 'sita 'mer…* —En un segundo intento, casi consiguió descifrar el código de la frase—. Aquiles mesita comer.

Clay lo tomó de los brazos, le dio media vuelta y lo miró mientras enfilaba somnoliento el pasillo. Incluso se agachó y le dio una palmadita al gato, con lo que desencadenó varios ronroneos breves. Por un momento pensó que Rosy ladraría, o que Aquiles soltaría un rebuzno, pero no lo hicieron, y él volvió a rebuscar en la caja.

Nada.

Y aunque se la jugó abriendo la nevera —solo un resquicio, para tomar prestada algo de luz—, no logró encontrar ni un solo pedazo de aquel papel asesino. Menuda conmoción, por eso mismo, regresar entonces y encontrárselo, bien pegado con celo, encima de su cama.

la chica del cumpleaños

Huelga decir que Penelope no llegó a ir al Eisteddfod, no llegó a ensayar ni a recorrer esa ciudad de tejados aguamarina. Se quedó en la Westbahnhof, en el andén, sentada en su maleta y con los codos en las rodillas. Sus dedos limpios y livianos tocaban los botones de su vestido azul de lana, y cambió su billete de vuelta por uno para regresar antes a casa.

Horas después, cuando el tren estaba a punto de salir, se puso en pie. Un revisor, sin afeitar, con sobrepeso, se asomó desde la puerta del vagón.

—*Kommst einer?*

Penelope solo lo miró, afligida de indecisión y retorciéndose uno de esos botones, el del centro del pecho. Su maleta estaba ante ella. Un ancla a sus pies.

—*Nah, kommst du jetzt, oder net?!* —El desaliño del hombre tenía algo de encantador—. ¿Vienes o no? —Incluso sus dientes estaban estibados con holgura. Se inclinó como un colegial y no hizo sonar un silbato, sino que exclamó hacia la cabeza del tren—: *Geht schon!* —Y sonrió.

Sonrió con su amplia boca de dientes tintineantes, y Penelope sostuvo entonces el botón ante sí, en la palma de su mano derecha.

Tal como había previsto su padre, sin embargo, lo consiguió.

No era más que maleta y vulnerabilidad y, exactamente como había predicho Waldek, salió adelante.

Había un campamento en una plaza llamada Traiskirchen, que era un ejército de literas y lavabos con oscuros suelos color vino. El primer problema fue encontrar el final de la cola. Suerte que tenía muchísima práctica; la Europa del Este le había enseñado a esperar su turno. El segundo problema, una vez dentro, fue vadear la charca de rechazo en la que se metió con los pies hasta los tobillos. Aquello sí que eran aguas agrestes; resultó ser una prueba de coraje y resistencia.

Las personas de la cola estaban cansadas e inexpresivas, y cada una temía muchas posibilidades, pero una por encima de todas las demás. Bajo ningún concepto podían devolverlas a casa.

Cuando Penelope llegó, la interrogaron.

Le tomaron las huellas, la interpretaron.

Austria era básicamente un lugar de asentamiento temporal y, en la mayoría de los casos, tardaban veinticuatro horas en hacerte los trámites y enviarte a un hostal. Allí esperabas la aprobación de otra embajada.

Su padre había considerado muchas cosas, pero no que el viernes sería un mal día para llegar. Conllevaba tener que aguantar el fin de semana en ese campamento, que no era una fiesta que dijéramos. Pero Penelope aguantó. Al fin y al cabo, como explicaba ella misma, tampoco fue un infierno, sobre todo comparado con lo que soportaba otra gente. Lo peor era no saber.

La semana siguiente tomó otro tren, esta vez hacia las montañas, hacia otra serie de literas, y Penelope empezó la espera.

Estoy seguro de que podríamos haber escarbado más en los nueve meses que pasó allí, pero ¿qué sé yo, en realidad, de todo ese tiempo? ¿Qué sabía Clay? Resulta que la vida en las montañas era uno de los pocos períodos de los que Penelope no contaba mucho… Cuando lo hacía, sin embargo, hablaba con sencillez y belleza, y supongo que también lo que podría considerarse tristeza. Tal como se lo expuso una vez a Clay:

Hubo una breve llamada telefónica y una vieja canción.

Apenas unos retazos para explicarlo todo.

Durante los primeros días había visto a otras personas llamar desde una vieja cabina telefónica que había en la carretera. Se alzaba como un objeto extraño junto a la vastedad del bosque y el cielo.

Era evidente que la gente llamaba a casa; tenían lágrimas en los ojos y, a menudo, después de colgar les costaba salir de allí.

Penelope, como muchos, dudaba.

Se preguntaba si sería seguro.

Había oído bastantes rumores de que el gobierno pinchaba los teléfonos para que cualquiera se lo pensara dos veces. Como ya he dicho antes, eran los que se quedaban atrás quienes recibían el castigo.

Lo que la mayoría de ellos tenían de su parte era que supuestamente se habían marchado para una temporada más larga. ¿Por qué no iban a llamar a casa durante las semanas que estaban fuera? Para Penelope no era tan sencillo; ella ya debería haber regresado. ¿Pondría a su padre en peligro con una llamada? Por suerte estuvo merodeando por allí el tiempo suficiente para que un hombre llamado Tadek se fijara en ella. Tenía una voz, y un cuerpo, como los árboles.

—¿Quiere llamar a casa, joven?

Al ver que era reacia a hablar, fue a tocar la cabina, como para demostrarle que no le haría ningún daño.

—¿Hay alguien de su familia en el movimiento? —Y luego, aún con más exactitud—: *Solidarność?*

—*Nie.*

—¿Alguna vez ha molestado a quien no debía, si sabe lo que quiero decir?

Entonces ella negó con la cabeza.

—Ya me parecía a mí que no. —Sonrió mucho, como si le hubiera tomado prestados los dientes al revisor de tren austríaco—. Muy bien, pues déjeme preguntar. ¿Son sus padres?

—Mi padre.

—¿Y está segura? ¿De verdad no ha causado ningún problema?

—Estoy segura.

—¿Y él?

—Es un viejo conductor de tranvía —contestó— que apenas habla.

—Ah, bueno, entonces me parece que todo irá bien. Ahora mismo, el Partido se encuentra en un estado tan lamentable que no creo que tengan tiempo para preocuparse de un viejo trabajador del *tramwaj*. Es difícil tener certeza sobre nada en la actualidad, pero de eso sí que estoy totalmente seguro.

Fue entonces, contaba, cuando Tadek miró por entre los pinos y sus corredores de luz.

—¿Ha sido un buen padre para usted?

—*Tak*.

—¿Y se alegrará de tener noticias suyas?

—*Tak*.

—Bueno, pues tome. —Se volvió y le lanzó unas monedas sueltas—. Salúdelo de mi parte. —Y se alejó.

De la conversación telefónica teníamos once pequeñas palabras, traducidas:

—¿Diga?

Nada. Solo los crujidos de la línea.

Él repitió su pregunta.

Esa voz, como cemento, como piedra.

—¿Diga?

Ella estaba perdida entre los pinos y las montañas, sus nudillos eran de un blanco huesudo.

—¿Cometedora de errores? —preguntó—. Cometedora de errores, ¿eres tú?

Y ella lo imaginó en la cocina, imaginó la estantería con sus treinta y nueve libros. Su cabeza ya estaba apoyada en el cristal cuando, de algún modo, dijo:

—Sí.

Después colgó con suavidad.

Las montañas todas de lado.

Ahora, a por la canción, unos cuantos meses después, una noche, en la pensión.

La luna contra el cristal.

La fecha era el cumpleaños de su padre.

En el Este, por aquel entonces se le daba más importancia al día del santo, pero fuera del país todo se sentía con más intensidad. Penelope le había confesado a una de las mujeres lo señalado de la fecha.

No tenían *wódka*, pero en aquel lugar había aguardiente de sobra, y de pronto llegó una bandeja llena de vasos. Cuando los repartieron, el propietario levantó su propio vaso y miró a Penelope, que estaba en el salón. Había allí una decena larga de personas, más o menos, y cuando ella oyó las palabras «Por tu padre» en su propio idioma, alzó la mirada, sonrió y ya fue solo cuestión de no venirse abajo.

En ese momento, otro hombre se puso de pie.

Era Tadek, por supuesto, que con gran tristeza —y belleza también— empezó a cantar:

Sto lat, sto lat,
Niech żyje, żyje nam.
Sto lat, sto lat,
Niech żyje, żyje nam.

Eso ya fue demasiado.

Llevaba acumulándolo desde los primeros días de su llamada telefónica, y ya no fue capaz de contenerlo más. Penelope se irguió y cantó, pero algo en su interior se derrumbó. Entonó la canción de bienaventuranza y compañerismo de su país y se preguntó cómo había podido abandonar a su padre. La letra le llegaba en enormes oleadas de amor y odio hacia sí misma, y cuando terminaron, muchas de aquellas personas estaban llorando. Se preguntaban si volverían a ver a sus familias; ¿debían sentirse agradecidas o condenadas? Lo único que sabían con certeza era que eso ya no estaba en sus manos. Había empezado y debía terminar.

Como nota al pie, la letra que abre la canción dice:

«Cien años, cien años,

que vivas cien años».

Y, mientras la cantaba, Penelope sabía que él no los viviría.

Que nunca volvería a verlo.

A Penelope le resultó difícil no revivir esa sensación y acabar convirtiéndose en ella durante el tiempo que le quedaba allí, en especial viviendo con tanta calma.

Todo el mundo la trataba muy bien.

Les gustaba —su carácter pacífico, su educada inseguridad—, y empezaron a referirse a ella como la Chica del Cumpleaños, casi siempre a sus espaldas pero también a su lado. De vez en cuando, sobre todo los hombres, se lo decían directamente y en distintos idiomas, cuando limpiaba o hacía la colada o le ataba los cordones a un niño.

—*Dzięki, Jubilatko.*

—*Vielen Dank, Geburtstagskind.*

—*Děkuji, Oslavenkyně...*

Gracias, Chica del Cumpleaños.

Y una sonrisa se abría paso en su interior.

Entretanto, lo único que había era la espera, y el recuerdo de su padre. A veces tenía la sensación de que iba arreglándoselas a pesar de él, pero eso era en sus momentos más oscuros, cuando la lluvia atacaba desde las montañas.

Esos días, sobre todo, trabajaba más horas y trabajaba con más ahínco.

Cocinaba y limpiaba.

Lavaba los platos y cambiaba las sábanas.

Al final pasaron nueve meses de pesarosa esperanza y sin piano alguno antes de que por fin un país diera su consentimiento. Penelope se sentó junto a su litera con el sobre en la mano. Miró por la ventana, a nada en concreto; el cristal estaba blanco y ahumado.

Aún ahora, no puedo evitar verla todavía allí, en esos Alpes que imagino a menudo. La veo tal como era, o como Clay la describió una vez:

La futura Penny Dunbar, haciendo una cola más, para volar lejos y al sur, en línea semirrecta, hacia el sol.

Cuando Clay abrió la puerta de la casa y se detuvo unos pasos por detrás de mí, continué comiéndome los cereales.

—Otro buzón, hay que joderse… —dije.

Clay sonrió, sentí que era una sonrisa nerviosa, pero entonces decidí no andarme con más rodeos. Al fin y al cabo, llevaba la dirección en su bolsillo; yo había pegado el papel lo mejor que había podido.

Al principio no me moví.

—Bueno, ¿lo tienes?

De nuevo, intuí que asentía.

—Pensé ahorrarte la molestia de tener que rescatarlo tú mismo. —Mi cuchara hizo ruido contra el cuenco. Unas gotas de leche saltaron a la barandilla—. ¿Lo llevas en el bolsillo?

Otro asentimiento.

—¿Piensas ir?

Clay me observó.

Observó sin decir nada mientras yo, como había hecho a menudo desde hacía un tiempo, intentaba comprenderlo de alguna manera. Él y yo nos parecíamos mucho físicamente, solo que yo le sacaba por lo menos quince centímetros. Tenía el pelo más grueso, y también el cuerpo, pero solo era por mis años de ventaja. Mientras que yo trabajaba todos los días de rodillas sobre moquetas, suelos de madera y cemento, Clay iba al instituto y corría sus kilómetros. Sobrevivía a su régimen de abdominales y flexiones; estaba delgado, tenso y tirante. Supongo que podría decirse que éramos dos versiones diferentes de lo mismo, sobre todo en los ojos. Ambos teníamos fuego en la mirada, y no importaba de qué color fueran los ojos, porque en ellos el fuego lo era todo.

Sonreí en mitad de la escena, aunque dolido.

Sacudí la cabeza.

Las farolas se apagaron justo entonces con un parpadeo.

Había preguntado lo que había que preguntar.

Ahora, a decir lo que hacía falta decir.

El cielo se expandió, la casa se tensó.

No me acerqué, no me enderecé, no lo intimidé.

—Clay —fue lo único que dije.

Más adelante me confesó que eso fue lo que lo puso de los nervios:

La calma de la situación.

En ese extraño tono de dulzura, algo tañó en su interior. Fue bajando sin parar desde la garganta al esternón y luego a los pulmones, y entonces la mañana inundó la calle. Al otro lado, las casas se erguían desiguales y calladas, como una pandilla de colegas violentos que solo estuviesen esperando mi orden. Ambos sabíamos que no los necesitaría.

Un par de segundos después, aparté los codos de la barandilla y bajé la mirada hasta dejarla en su hombro. Podía preguntarle por el instituto. ¿Y el instituto qué? Pero ambos conocíamos la respuesta. ¿Quién era yo, precisamente yo, para decirle que siguiera estudiando? Yo, que lo había dejado antes de terminar.

—Puedes irte —dije—. No puedo detenerte, pero…

El resto quedó interrumpido.

Una frase tan difícil como la tarea en sí; porque ese, en definitiva, era el quid de la cuestión:

Estaba el irse y el volver.

Estaba el crimen, luego enfrentarse al castigo.

Regresar y que te dejaran entrar:

Dos cosas muy diferentes.

Podía alejarse de Archer Street y cambiar a sus hermanos por el hombre que nos había abandonado, pero regresar a casa implicaría vérselas conmigo.

—Una decisión importante —dije, de una forma más directa esta vez, mirándolo a la cara, y no al hombro—. Y supongo que una consecuencia demoledora.

Clay primero me miró a la cara, luego apartó los ojos.

Los detuvo en mis muñecas endurecidas, curtidas por el trabajo, mis brazos, mis manos, la yugular de mi cuello. Vio la renuncia de mis nudillos, pero también la voluntad de hacerla a un lado. Lo más importante, sin embargo, es que también percibió ese fuego en cada uno de mis dos ojos, suplicándole como estaban:

No nos dejes por él, Clay.

No nos dejes.

Pero si te vas…

El caso es que ahora estoy convencido.

Clay sabía que tenía que hacerlo.

Solo que no estaba seguro de si sería capaz.

Cuando volví a entrar en la casa, él se quedó un rato allí, varado en el porche con el enorme peso de la decisión sobre él. A fin de cuentas, lo que le había prometido era algo que ni siquiera yo mismo había logrado pronunciar. ¿Qué era lo peor que se le podía hacer a un chico Dunbar, de todas formas?

Eso Clay lo tenía muy claro, y también que había motivos para marcharse y motivos para quedarse, y que todos ellos eran lo mismo. Estaba atrapado en algún lugar, en la corriente —la de destruir todo lo que tenía para convertirse en todo lo que necesitaba ser—, y tenía el pasado, cada vez más cerca, sobre él.

Se detuvo a contemplar la desembocadura de Archer Street.

casas de papel

Y la marea, al llegar, trae consigo una victoria, pero también las penalidades del camino. Porque quizá lo más justo que puede decirse de la entrada de Penelope en la vida de la ciudad es que estaba constantemente dividida y atónita.

Primero sintió una gran gratitud hacia ese lugar que la había acogido.

Luego sintió miedo de su novedad, y del calor.

Y después, cómo no, la culpa:

Cien años que él jamás viviría.

Qué egoísta, qué cruel marcharse.

Era noviembre cuando llegó aquí, y aunque no suele ser el mes más caluroso del año, sí tuvo alguna que otra semana de brutal recordatorio de que el verano se iba acercando. Si alguna vez hubo un momento en el que no llegar, fue uno como ese: un mapa meteorológico binario de calor, canícula, calor. Hasta los autóctonos parecían estar sufriendo.

Además de eso, era evidente que ella era una intrusa; su habitación del campamento pertenecía claramente a un escuadrón de cucarachas y, ¡madre de Dios!, jamás había visto unos animalejos tan aterradores. ¡Qué grandes! Por no decir implacables. Todos los días luchaban contra ella por su territorio.

No es de extrañar que lo primero que comprara aquí fuera un bote de Baygon.

Y luego un par de chancletas.

Como mínimo, ya había entendido que en este país se podía llegar muy lejos con calzado cutre y unos cuantos botes de insecticida. La ayudó a ir tirando. Días. Noches. Semanas.

El campamento en sí estaba enterrado en las profundidades del rebelde manto de barriadas.

Allí le enseñaron desde lo más básico hasta a hablar el idioma. A veces recorría las calles exteriores con sus hileras de casas peculiares; cada una colocada en el centro de un césped gigantesco y bien cortado. Eran casas que parecían hechas de papel.

Cuando le preguntó al profesor de inglés por ellas, dibujando una casa y señalando un papel, él soltó una sonora carcajada.

—¡Ya, ya! —Pero enseguida le dio una respuesta—. No, no son de papel. Son paneles de fibrocemento.

—Fi-bro-ce-men-to.

Sí.

Otro apunte sobre el campamento y su sinfín de pequeños apartamentos era que se parecía mucho a la ciudad; se desparramaba, aun en un espacio tan apretado.

Allí había personas de todos los colores.

De todos los idiomas.

Había gente orgullosa con la cabeza bien alta, pero también los peores casos clínicos de pies arrastrados que esperase uno conocer jamás. Luego había otros que sonreían todo el tiempo, como para mantener la duda a raya. Lo que todos ellos tenían en común era que parecían gravitar, en diferente grado, alrededor de personas de su misma nacionalidad. La patria tiraba más que la mayoría de las cosas, y así las personas iban conectando.

En ese sentido, Penelope sí que encontró a otros de su mismo rincón del mundo, e incluso de su ciudad. Solían mostrarse muy hospitalarios, pero eran familias…, y la sangre tiraba más que la patria.

De vez en cuando la invitaban a algún cumpleaños o a la celebración de un santo —o incluso improvisaban una sencilla reunión con *wódka* y *pierogi*, *barszcz* y *bigos*—, aunque siempre les resultaba extraño lo deprisa que se marchaba ella. El aroma de esa comida en el aire sofocante… le parecía tan fuera de lugar como ella misma.

Pero eso no era lo que la molestaba, en realidad.

No, lo único que temía de verdad era la escena y el estruendo protagonizados por hombres y mujeres poniéndose en pie y soltando la garganta para interpretar una vez más el «Sto Lat». Le cantaban a su hogar como idea perfecta, como si jamás hubieran tenido motivos para marcharse de allí. Evocaban a familiares y amigos, como si esas palabras pudieran acercárselos.

Sin embargo, como ya he dicho, también había gratitud por otras ocasiones, como en Fin de Año, cuando recorrió el campamento a medianoche.

En algún lugar cerca de allí había fuegos artificiales; los vio por entre los edificios. Enormes penachos de rojo y verde, y vítores lejanos, y ella enseguida se detuvo a contemplarlos.

Sonrió.

Vio las piruetas de luz en el cielo y se sentó en la calle pedregosa. Penelope se estrechó con sus propios brazos, a lado y lado, y se meció muy suavemente a sí misma. *Piękne*, pensó, qué bonito. Y allí era don-

el asesino en su bolsillo

Penelope cruzó mundos y Clay cruzó la valla.

Recorrió el pequeño camino entre Los Aledaños y su casa, donde la empalizada era de un gris espectral. En aquellos momentos ya habíamos instalado allí una puerta de madera, para Aquiles, para que Tommy pudiera sacarlo a pasear y volver a entrarlo. Ya en el patio trasero, Clay dio gracias por no haber tenido que trepar; las mañanas del día después eran bastante horribles de por sí, claro está, y los segundos siguientes hablarían también por sí solos:

Primero siguió el slalom marcado por las manzanas del mulo.

Después, el laberinto de cacas de la perra.

Los dos culpables estaban durmiendo todavía; uno de pie en la hierba, la otra despatarrada en el sofá iluminado por las luces del porche.

Dentro, la cocina olía a café; yo me había adelantado a mi hermano, y en más de una cosa, claramente.

Había llegado el momento de que Clay se las viera conmigo.

Igual que hacía de vez en cuando, yo había salido a desayunar al porche de delante.

Estaba junto a la barandilla de madera, con el cielo flamígero y los cereales fríos. Las farolas seguían encendidas. El buzón de Rory continuaba tirado en el césped.

de viviría. Esa idea hizo que cerrara los ojos, acalorada, y le hablara a la tierra candente.

—*Wstań* —dijo—. *Wstań, wstań.*

Levántate.

Pero Penelope no se movió.

Todavía no.

Aunque pronto lo haría.

la movedora de culos y el minotauro

—Venga, despierta.

Mientras Penny va llegando, Clay empieza el proceso de retirarse, vadeando poco a poco.

Ese primer día, después de mi ultimátum en el porche delantero, se dirigió hacia las bolsas de bollos y el café que quedaba. Después se secó la cara en el baño y me oyó mientras me iba a trabajar. Me planté junto a Rory:

Yo, con mi ropa vieja y sucia del trabajo.

Rory todavía medio dormido, medio muerto después de la noche anterior.

—Eh, Rory. —Lo zarandeé—. ¡Rory!

Intentó moverse, pero no podía.

—¡Mierda, Matthew, ¿qué pasa?!

—Ya sabes qué pasa. Hay otro maldito buzón ahí fuera.

—¿Y ya está? ¿Cómo sabes que he sido yo?

—No pienso contestarte a eso. Lo que te estoy diciendo es que saques ese trasto de ahí y lo devuelvas a su sitio.

—Si ni siquiera sé de dónde lo saqué.

—Lleva un número escrito, ¿o no?

—Sí, pero no sé de qué calle.

Y entonces, el momento que Clay estaba esperando:

—Mecagüen… ¡todo!

Clay notaba mi furia desde el otro lado de la pared, pero enseguida llegaron los aspectos prácticos:

—Muy bien, no me importa lo que hagas con él, pero cuando llegue a casa luego espero que ya no esté. ¿Entendido?

Luego, cuando Clay entró, descubrió que habíamos mantenido toda la conversación con Héctor liado como un luchador de lucha libre alrededor del cuello de Rory. El gato estaba mudando el pelo y ronroneando, las dos cosas a la vez, y sus ronroneos empezaban a alcanzar una tesitura de tórtola.

Al percibir una nueva presencia en el umbral, Rory habló con un tono apagado.

—¿Clay? ¿Eres tú? ¿Puedes hacerme un favor y quitarme a este maldito gato de encima? —Tras lo cual esperó a librarse de las dos últimas garras tercas, y entonces—: ¡Ahhhhhh! —Soltó un gran suspiro de alivio.

Un poco de pelo de gato salió flotando hacia arriba, luego le cayó encima. La alarma del teléfono de Rory empezó a protestar; había estado tumbado encima, atrapado por Héctor.

—Supongo que has oído a Matthew, ese pedazo de quejica. —A pesar del atroz dolor de cabeza, le ofreció un cansado esbozo de sonrisa—. No te importaría tirar ese buzón en Los Aledaños por mí, ¿verdad?

Clay asintió con la cabeza.

—Gracias, chaval. Venga, ayúdame a levantarme, que más vale que me vaya a trabajar. —Pero primero lo primero: se alejó unos pasos para darle a Tommy un buen tortazo en toda la cabeza—. Y tú: te dije que mantuvieras a ese gato tuyo… —reunió fuerzas—: ¡FUERA DE MI PUTA CAMA!

Era jueves, y Clay se fue al instituto.

El viernes lo dejó para siempre.

Esa segunda mañana fue al aula de una profesora que tenía pósteres colgados de la pared y cosas escritas por toda la pizarra. Los dos pósteres eran bastante cómicos: Jane Austen con un vestido de volantes, sosteniendo una barra de pesas por encima de la cabeza. La leyenda rezaba: LOS LIBROS SON DUROS DE PELAR. El otro era más bien una pancarta que decía: MINERVA MCGONAGALL ES DIOS.

Tenía entonces veintitrés años, esa profesora.

Se llamaba Claudia Kirkby.

A Clay le caía bien porque, en aquella época, cuando iba a verla, la profesora hacía a un lado la cortesía y corrección apropiadas. Entonces sonaba la campana y ella se lo quedaba mirando.

—Venga, chaval, no te pases… Mueve el culo y a tu clase. —A Claudia Kirkby se le daba bien la poesía.

Tenía una melena castaño oscuro y los ojos castaño claro, y una mancha de sol en mitad de la mejilla. Tenía una sonrisa hecha para aguantar cualquier cosa, y pantorrillas, unas pantorrillas preciosas, y tacones, y era bastante alta y siempre iba bien vestida. Por algún motivo, le caímos bien desde el principio; incluso Rory, que había sido una pesadilla.

Cuando Clay entró antes de clase ese viernes, ella estaba de pie junto a su mesa.

—¿Cómo va eso, señor Clay?

Estaba repasando unas redacciones.

—Lo dejo.

Ella se quedó inmóvil, abruptamente, y levantó la mirada.

Nada de «Mueve el culo y a tu clase» ese día.

Se sentó y lo miró con preocupación.

—Hummm… —dijo.

A eso de las tres yo estaba en el instituto, sentado en el despacho de la señora Holland, la directora. Ya había ido allí unas cuantas veces antes: en el preámbulo de la expulsión de Rory (pero eso será en aguas que están aún por llegar). Era una de esas mujeres de pelo corto y estilosas, con mechones grises y blancos, y ojos pintados con raya por debajo.

—¿Qué tal le va a Rory? —preguntó.

—Tiene un buen trabajo, pero no ha cambiado mucho.

—Bueno, mmm, salúdalo de nuestra parte.

—Lo haré. Le gustará.

Pues claro que le gustaría, al muy cabrón.

Claudia Kirkby también estaba allí, con sus majestuosos tacones, falda negra y blusa color crema. Me sonrió, como siempre, y supe que debería haberlo dicho —«Me alegro de verla»—, pero no fui capaz. Al fin y al cabo, aquello era una tragedia. Clay iba a dejar los estudios.

—Bueno, mmm, como le he dicho, mmm, por teléfono... —La señora Holland era una de las peores adictas al «mmm» que he visto jamás. Conocía a albañiles que lo decían menos que ella—. Tenemos, mmm, aquí al joven Clay que quiere, eeeh, dejarnos. —Maldita sea, acababa de soltarnos también un «eeeh»; la cosa no pintaba nada bien.

Miré a Clay, que estaba sentado a mi lado.

Levantó la mirada pero no dijo nada.

—Es un buen estudiante —añadió la directora.

—Ya lo sé.

—Como lo fue usted.

No reaccioné.

—Pero tiene dieciséis años —continuó diciendo la mujer—. Por, mmm, ley, la verdad es que no podemos impedírselo.

—Quiere dejarlo e irse a vivir con nuestro padre —dije.

Me habría gustado añadir «una temporada», pero no me salió, no sé por qué.

—Comprendo, bien, mmm, podríamos buscar el instituto más cercano a donde viva su padre.

Llegó de repente:

Una tristeza terrible y abrumadora me golpeó en ese despacho, en su luz medio oscura, medio fluorescente. No habría ningún otro instituto, ningún otro nada. Hasta ahí habíamos llegado y todos lo sabíamos.

Me volví hasta más allá de Claudia Kirkby y vi que también ella parecía triste, y diligente y decididamente dulce.

Algo después, cuando Clay y yo íbamos ya hacia el coche, nos llamó y vino tras nosotros, y allí estaban sus pies raudos y silenciosos. Había abandonado los tacones cerca del despacho.

—Toma —dijo, tendiéndole una pequeña pila de libros—. Puedes marcharte, pero tienes que leerte esto.

Clay asintió y le habló con gratitud.

—Gracias, señorita Kirkby.

Nos dimos la mano y nos despedimos.

—Buena suerte, Clay.

Y también sus manos eran bonitas, pálidas pero cálidas, y había un brillo en sus ojos de sonrisa triste.

En el coche, Clay se puso a mirar por la ventanilla y habló como de pasada pero con rotundidad.

—¿Sabes? —dijo—, le gustas.

Lo dijo mientras salíamos del recinto.

Resulta extraño pensarlo, pero un día me casaría con esa mujer.

Luego fue a la biblioteca.

Llegó allí a las cuatro y media, y a las cinco estaba sentado entre dos pilones enormes de libros. Todo lo que pudo encontrar sobre puentes. Miles de páginas, cientos de técnicas. Cada modalidad, cada medida. Todas las jergas. Los leía por encima y no entendía nada, pero le gustaba mirar los puentes: los de arco, los colgantes y los voladizos.

—¿Hijo?

Alzó la mirada.

—¿Te gustaría sacar alguno de estos en préstamo? Ya son las nueve. Es hora de cerrar.

En casa le costó cruzar la puerta, no encendió la luz. Su bolsa azul de deporte desbordaba de libros. Le había dicho a la bibliotecaria que tenía que marcharse una temporada larga y había conseguido que le alargaran el plazo de préstamo.

Quiso la suerte que, cuando entró, yo fuera el primero al que vio, merodeando por el pasillo como el Minotauro.

Nos quedamos quietos, ambos bajamos la mirada.

Una bolsa así de pesada se anunciaba a sí misma.

En la penumbra, mi cuerpo solo se vislumbraba pero mis ojos estaban encendidos. Esa noche me encontraba cansado, me sentía mucho mayor de los veinte años que tenía; era un anciano, afligido y canoso.

—Venga, entra.

Al pasar, Clay vio que tenía una llave inglesa en la mano; estaba arreglando el grifo del baño. No era ningún minotauro, era el maldito servicio de mantenimiento. Los dos seguimos mirando esa bolsa de libros, y el pasillo pareció encogerse a nuestro alrededor.

Y entonces llegó el sábado, y a esperar a Carey.

Por la mañana, Clay acompañó a Henry en el coche para cargar libros y discos de mercadillos de garaje, y estuvo viendo cómo conseguía bajarles el precio con su labia. En el camino de entrada de una casa encontraron una recopilación de relatos titulada *El corredor de obstáculos*, una bonita edición de bolsillo con un atleta saltando una valla grabado en relieve en la cubierta. Pagó un dólar y le entregó el libro a Henry, que lo sostuvo, lo abrió y sonrió.

—Chaval —dijo—, eres un caballero.

Después de eso, las horas fueron cayendo.

Pero también había que ganárselas.

Por la tarde fue a Bernborough para dar varias vueltas a la pista. Se puso a leer sus libros en lo alto de la gradería y comenzó a entenderlos. Términos como «compresión», «puntal» y «contrafuerte» empezaron a cobrar sentido poco a poco.

En cierto punto, bajó esprintando el canal de escalones entre las hileras de bancos astillados. Recordó haber visto allí a la chica de Starkey, y sus labios le hicieron sonreír.

Ya no faltaba mucho.

Pronto iría a Los Aledaños.

los privilegios de la libertad

Penelope consiguió llegar al final del verano.

La prueba que tuvo que superar fue la decisión de disfrutarlo.

Su primer intento de playa fue un doblete típico: una mezcla de quemaduras solares y viento del sur. Nunca había visto a tanta gente moverse tan deprisa, ni acabar azotada por tantísima arena. Mirándolo por el lado positivo, podría haber sido peor; al principio, cuando vio las carabelas portuguesas flotando serenas en el agua, le parecieron seres puros y místicos. Solo cuando empezaron a llegar niños corriendo por la playa con diferentes grados de sufrimiento, se dio cuenta de que les habían picado. *Biedne dzieci*, pensó, pobres niños, al verlos dirigirse escopeteados hacia sus padres. Mientras la mayoría de ellos temblaban ya bajo las duchas, llorando y sollozando sin cortapisas, una madre en concreto intentaba evitar que su hija se frotara con la arena. La niña no hacía más que recogerla a aterrorizados puñados y rascarse la piel con ella.

Penelope las contemplaba sin poder hacer nada.

La madre se ocupó de todo.

La calmó y la abrazó, y cuando la tuvo y supo que la tuvo, levantó la mirada hacia la inmigrante que estaba ahí al lado. No hubo más palabras, solo una joven que se agachó y acarició el cabello enredado de la niña. La madre vio a Penelope y asintió, y se llevó de allí a la pequeña. Pasarían años antes de que Penelope supiera que los días malos de carabelas portuguesas eran algo insólito.

El otro hecho que la sorprendió fue que la mayoría de los niños regresaron al agua, aunque no mucho rato esta vez, por culpa del viento huracanado que parecía haber salido de la nada arrastrando pedazos de cielo oscurecido.

Para rematarlo, esa noche no consiguió dormir, acosada por el dolor punzante de sus quemaduras y por el repiqueteo de las patas de los insectos.

Pero las cosas iban mejorando.

El primer momento memorable fue cuando encontró un trabajo. Se convirtió oficialmente en mano de obra no cualificada.

El campamento estaba vinculado a lo que entonces se conocía como el CES —el servicio de empleo del gobierno—, y cuando fue a visitar su oficina tuvo suerte. O, al menos, suerte a su peculiar manera. Después de una larga entrevista y un mar de formularios gubernamentales, le concedieron permiso para hacer el trabajo sucio.

En resumen, los servicios públicos.

Ya sabes cuáles.

¿Cómo podían tantos hombres mear con tan poca precisión? ¿Por qué dibujaba y emborronaba la gente, por qué decidía cagar en todas partes menos en la taza del váter? ¿Eran esos los privilegios de la libertad?

Leía las pintadas de los cubículos.

Bayeta en mano, recordaba una clase reciente de inglés y se la recitaba al suelo. Era una forma estupenda de presentar sus respetos a ese nuevo lugar: internarse en su calor, frotar y fregar sus asquerosidades. Además, había cierto orgullo personal en el hecho de saber que estaba bien dispuesta a hacerlo. Mientras que antes se sentaba en un almacén frío y frugal a sacarle punta a los lapiceros, ahora vivía de rodillas, aspirando los aromas del amoníaco.

Después de seis meses, casi podía tocarlo.

Su plan estaba cobrando forma.

Sí, claro, las lágrimas afloraban aún todas las noches, y a veces durante el día, pero no cabía duda de que estaba haciendo progresos. Su inglés, por pura necesidad, iba tomando cuerpo, aunque a menudo consistía en una sintaxis calamitosa y revuelta, llena de falsos comienzos y finales interrumpidos.

Décadas después, incluso cuando ya daba clases de inglés en un instituto que había al otro lado de la ciudad, en casa a veces forzaba un fuerte acento, y nosotros nunca podíamos reprimirnos, nos encantaba y la jaleábamos, le pedíamos más. Nunca consiguió enseñarnos su lengua materna —ya era bastante difícil practicar al piano—, pero nos encantaba que una ambulancia pudiera ser una «ambulantsia», y que nos dijera que nos «cayárramos» en lugar de que nos calláramos. Y el zumo solía ser «sumo». O «¡Silentsio!» Que no puedo oírrme pentsarr». Y en alguno de los cinco primeros puestos, además, estaba «desgraciadamente». Nos gustaba mucho más «desgrrasidamente».

Sí, aquellos primeros días todo se reducía a esas dos cuestiones religiosas:

Las palabras, el trabajo.

Le escribía cartas a Waldek, y le llamaba siempre que podía permitírselo, tras comprender, por fin, que él estaba a salvo. Su padre le había confesado todo lo que había hecho para sacarla de allí, y que quedarse en el andén aquella mañana había sido el punto culminante de su vida, por mucho que pudiera haberle costado. Una vez, Penelope incluso le leyó algo de Homero en su inglés chapurreado, y sintió con seguridad que su padre, sonriendo, se derrumbaba.

Lo que ella no podía saber era que los años pasarían de esa forma, casi demasiado deprisa. Frotaría varios miles de váteres, fregaría hectáreas de baldosas desportilladas. Soportaría esos crímenes de lavabo y trabajaría también en sitios nuevos, limpiando casas y apartamentos.

Pero, claro, lo que tampoco podía saber era:

Que su futuro pronto quedaría decidido, y por tres cosas relacionadas.

Una fue un vendedor de música que sufría de sordera.

Luego, un trío de inútiles con un piano.

Antes, sin embargo, fue una muerte.

La muerte de la estatua de Stalin.

carey y clay y matador en la quinta

Nunca olvidó el día en que la vio por primera vez en Archer Street o, mejor dicho, el día en que ella levantó la mirada y lo vio a él.

Fue a principios de diciembre.

Había llegado entrada la tarde, después de siete horas de trayecto desde el campo con su padre y su madre. Detrás de ellos llevaban un camión de mudanzas, y no tardaron en cargar con cajas, muebles y electrodomésticos hasta el porche y luego al interior de la casa. También había sillas de montar, unas cuantas bridas y estribos; utensilios ecuestres importantes para su padre. Él también había sido jockey una vez, en una familia de jockeys, igual que los hermanos mayores de ella. Todos montaban en ciudades con nombres extraños.

Debió de ser unos buenos quince minutos después de llegar cuando la chica se detuvo y se quedó inmóvil en mitad del césped de la entrada. Debajo de un brazo llevaba una caja, debajo del otro, la tostadora, que por algún motivo se había soltado durante el viaje. El cable colgaba hasta sus zapatos.

—Mira —dijo, y señaló al otro lado de la calle, con tranquilidad—. Allí arriba hay un chico, en ese tejado.

Un año y varios meses después, la chica llegaba a Los Aledaños un sábado por la noche con un susurro de pies.

—Hola, Clay.

Él sintió la boca, la sangre, el calor y el corazón de ella. Todo en un solo aliento.

—Hola, Carey.

Eran más o menos las nueve y media, y la había estado esperando en el colchón.

También había mariposas nocturnas. Una luna.

Clay estaba tumbado boca arriba.

La chica se detuvo un momento en el borde, dejó algo en el suelo, luego se tumbó de lado y le echó una pierna por encima de manera desenfadada. El cosquilleo caoba del pelo de ella cayó sobre la piel de él y, como siempre, le gustó. Intuía que ella se había percatado del rasguño de la mejilla, pero era demasiado lista para preguntar, o para buscar otras heridas.

Aun así, no pudo evitarlo.

—Cómo sois los chicos… —dijo, y le tocó la herida. Luego esperó a que Clay hablara.

—¿Te está gustando el libro? —La pregunta resultó vagamente pesada al principio, casi como si hubiera que subirla con polea—. ¿Sigue siendo bueno la tercera vez?

—Mejor aún. ¿Rory no te lo ha dicho?

Intentó recordar si Rory le había dicho algo al respecto.

—Me lo encontré en la calle —dijo ella— hace unos días. Creo que fue justo antes de…

Clay casi se sentó, pero ahogó el impulso.

—¿Antes de… qué?

Ella lo sabía.

Sabía quién había vuelto a casa.

Clay lo pasó por alto de momento, prefería pensar en *El cantero* y en el viejo resguardo de apuesta desvaído que hacía de punto de libro, en Matador en la quinta.

—Bueno, ¿por dónde vas? ¿Ya se ha ido a trabajar a Roma?

—Y a Bolonia también.

—Qué rápida. ¿Sigues enamorada de su nariz rota?

—Huy, sí, sabes que no puedo evitarlo.

Él le ofreció una sonrisa breve y amplia.

—Yo tampoco.

A Carey le gustaba el hecho de que a Miguel Ángel le partieran la nariz de adolescente por ser un listillo; un recordatorio de que era humano. Una insignia de imperfección.

Para Clay era algo más personal.

Él sabía de otra nariz rota también.

Hace tiempo —hace mucho tiempo, unos días después de que ella llegase—, Clay estaba en el porche de la entrada, comiendo una tostada con un plato encima de la barandilla. Fue justo al terminársela cuando Carey cruzó Archer Street. Llevaba una camisa de franela y unos vaqueros viejos; la camisa, remangada hasta los codos. El último retazo de sol junto a su hombro:

El brillo de sus antebrazos.

El ángulo de su rostro.

Incluso sus dientes, que no eran del todo blancos, no estaban del todo rectos, pero aun así tenían algo, cierta cualidad; como el vidrio de mar, eran suaves por la erosión, porque los desgastaba mientras dormía.

Al principio ella se preguntó si la había visto siquiera, pero entonces él bajó los escalones con timidez, el plato aún en sus manos.

Desde esa distancia cercana pero cautelosa, ella lo analizó: interesada, desenfadadamente curiosa.

La primera palabra que Clay le dijo fue «Perdona».

La pronunció hacia abajo, hacia el plato.

Después de un silencio cómodo y acostumbrado, Carey volvió a hablar. Su barbilla rozó la clavícula de él, y esta vez pensaba obligarlo a enfrentarse a ello.

—O sea que —dijo— ha vuelto… —Allí sus voces nunca eran susurros (solo palabras serenas, amigas, relajadas), y entonces se lo confesó—: Me lo ha dicho Matthew.

Clay sintió el pulso en el rasguño.

—¿Has visto a Matthew?

Ella asintió contra su cuello, solo un poco, y se apresuró a tranquilizarlo.

—Llegaba a casa el jueves por la noche cuando él estaba sacando la basura. Es difícil esquivar a los chicos Dunbar, ¿sabes?

Y Clay estuvo a punto de venirse abajo justo entonces:

El apellido Dunbar, y saber que pronto se marcharía.

—Debió de ser bastante duro —dijo ella—, ver… —Se corrigió—. Verlo.

—Hay cosas más duras.

Sí, las había, y ambos lo sabían.

—¿Matthew dijo algo sobre un puente?

En efecto, se lo había dicho. Esa era una de las características más inquietantes de Carey Novac: siempre parecías contarle más de lo que debías.

De nuevo un silencio. Una mariposa nocturna dando vueltas.

Ella habló más cerca esta vez, y él pudo sentir las palabras mismas como si se las fuera posando ahí, sobre la garganta.

—¿Te marchas para construir un puente, Clay?

Y esa mariposa que no quería irse.

—¿Por qué? —le había preguntado, en ese césped delantero de hacía tanto—. ¿Por qué me pides perdón?

La calle se había quedado a oscuras.

—Ah, pues porque el otro día debería haberme acercado para ayudaros a descargar. Y me quedé ahí sentado.

—¿En el tejado?

A él ya le gustaba.

Le gustaban sus pecas.

El modo como se distribuían en su rostro.

Solo se veían si mirabas de verdad.

Clay viró entonces hacia un lugar en el que no había ni rastro de nuestro padre.

—Oye —dijo, y volvió la mirada—. ¿Me enseñarás por fin tus tretas esta noche?

Ella se acurrucó más aún y dejó que se saliera con la suya.

—Eh, a mí no me hables así. Sé un caballero, por Dios.

—«Tretas», he dicho, no… —Su voz se desvaneció, y todo ello formaba parte del ritual, cada vez que iban a Los Aledaños. Poco importaba que la noche del sábado fuese el peor momento para pedir consejos sobre cómo apostar, porque todas las carreras importantes ya se habían corrido y ganado esa tarde. El otro día de carreras, aunque menos prestigioso, era el miércoles, pero, como he dicho, la pregunta no era más que un ritual—. ¿Se comenta algo en las sesiones de entrenamiento?

Carey sonrió a medias, divertida de poder seguirle el juego.

—Huy, sí, tengo un par de tretas para ti. Tengo unas tretas de campeonato. —Sus dedos le rozaron la clavícula—. Tengo a Matador en la quinta.

Él sabía que, aunque Carey se alegraba de decírselo, en ese momento sus ojos estaban a punto de llorar, así que la abrazó con un poco de fuerza extra… Y Carey aprovechó la inercia para deslizarse hacia abajo y posar la cabeza sobre el pecho de él.

A Clay se le desbocó el corazón.

Se preguntó hasta qué punto lo oiría ella.

En aquel césped, habían seguido hablando. Ella pasó a las estadísticas.

—¿Cuántos años tienes?

—Prácticamente quince.

—¿Sí? Yo prácticamente dieciséis.

Entonces se le acercó más e hizo un gesto, levísimo, en dirección al tejado.

—¿Por qué no estás ahí arriba esta noche?

Clay se aceleró; ella siempre lo aceleraba, pero no de una forma que le molestara.

—Matthew me ha dicho que me tome un día libre. Me grita a todas horas por ese tipo de cosas.

—¿Matthew?

—Puede que lo hayas visto. Es el mayor. Se le da bien decir «me-cagüen todo».

Y entonces Clay sonrió y ella aprovechó la oportunidad.

—Pero ¿por qué subes ahí?

—Ah, bueno… —Pensó en la mejor forma de explicarlo—. Se puede ver hasta bastante lejos.

—¿Puedo acompañarte algún día?

Le sorprendió que se lo pidiera, pero no pudo reprimirse y empezó a bromear con ella.

—No sé. No es fácil subir ahí arriba.

Carey se rio y mordió el anzuelo.

—Y una mierda. Si tú puedes subir, yo también.

—¿Y una mierda?

Los dos sonrieron de medio lado.

—No te distraeré, te lo prometo. —Pero entonces tuvo una idea—. Si me dejas subir, llevaré prismáticos.

Sus ideas parecían ir siempre dos pasos por delante.

Cuando estaba allí con Carey, a veces Los Aledaños parecía más grande.

Los trastos viejos se erguían como monumentos distantes.

El barrio parecía más lejano aún.

Esa noche, después de las tretas de Carey y de lo de Matador, ella le habló con tranquilidad sobre los establos. Él le preguntó si algún día llegaría a montar en una carrera de verdad, y no solo en los entrenamientos y las preparatorias. Carey le respondió que McAndrew no le había dicho nada, pero que el hombre sabía lo que se hacía. Si lo incordiaba, solo conseguiría retrasarlo meses.

Todo ese rato había tenido la cabeza apoyada en el pecho de él, por supuesto, o la había subido hasta su cuello, la preferida de las cosas preferidas de Clay. En Carey Novac había encontrado a alguien que lo conocía, que era como él, casi de una forma trascendental. Incluso sabía que, de haber podido, ella habría dado cualquier cosa a cambio de compartir con él también eso:

El motivo por el que llevaba consigo la pinza.

Habría dado su formación de jockey, o su primera victoria de Grupo 1, y por supuesto cualquier participación en categorías inferiores. Incluso habría dado un puesto en La Carrera que Paraliza el País, estoy convencido, o en la competición que amaba más que ninguna otra: la Cox Plate.

Pero no podía.

Sin embargo, lo que sí comprendió, y sin dudarlo ni un segundo, fue de qué forma despedirse de él. Así que, con calma, delicada pero realista, le suplicó:

—No lo hagas, Clay, no vayas, no me dejes… Pero ve.

De haber sido un personaje de una de las epopeyas de Homero, habría sido «Carey Novac, la de ojos claros», o «Carey, la de ojos valiosos». Esa vez le hizo saber exactamente lo mucho que lo echaría de menos, pero también que esperaba —o le exigía, más bien— que hiciera lo que tenía que hacer.

No lo hagas, Clay, no me dejes… Pero ve.

Aquel día del pasado, cuando Carey se marchaba ya, reparó en algo:

En mitad de Archer Street, la chica se dio la vuelta.

—Oye, ¿cómo te llamas?

El chico, delante del porche:

—Clay.

Un silencio.

—¿Y? ¿Es que no quieres saber cómo me llamo yo?

Pero lo dijo como si lo conociera desde siempre, y Clay cayó entonces en la cuenta y se lo preguntó, y la chica regresó junto a él.

—Carey —respondió, y volvió a marcharse.

—Oye, ¿cómo se escribe eso? —gritó él tras pensarlo un poco.

Entonces ella se acercó corriendo y le quitó el plato.

Con el dedo, escribió su nombre entre las migas, con cuidado, luego se rio porque era difícil descifrarlo…, pero los dos sabían que las letras estaban ahí.

Después le sonrió, breve pero cálidamente, y cruzó la calle para irse a su casa.

Estuvieron allí veinte minutos más y en silencio; también Los Aledaños estaba en silencio a su alrededor.

Y eso era siempre lo peor:

Carey Novac se apartó.

Se sentó en el borde del colchón y, cuando se levantó para marcharse, se agachó otra vez. Se arrodilló junto a la cama, donde se había detenido al llegar, y sostuvo en alto un paquete envuelto en papel de periódico. Despacio, lo dejó bien colocado junto a las costillas de él. No dijeron nada más.

No hubo ningún «Toma, te he traído esto».

Ni «Para ti».

Ni un «Gracias» por parte de Clay.

Solo cuando ella se hubo marchado, él se enderezó por fin, lo abrió y todo le dio vueltas al ver lo que había dentro.

muerte en la tarde

Para Penelope todo iba muy bien.

El discurrir de los años seguía su curso.

Ya hacía mucho que había salido del campamento, vivía sola en un apartamento de planta baja, en una calle que se llamaba Pepper Street. Le encantaba ese nombre.

Ahora trabajaba también con otras mujeres: una tal Stella, una tal Marion, una tal Lynn.

Trabajaban en parejas, no siempre las mismas, surcando la ciudad para limpiar. Por supuesto, en ese tiempo también había estado ahorrando para un piano de segunda mano, y esperaba con paciencia poder ir a comprarlo. En su pequeño apartamento de Pepper Street tenía una caja de zapatos debajo de la cama con los billetes enrollados dentro.

También siguió perfeccionando su inglés, y lo sentía más cercano cada noche. Su ambición de leer tanto la *Ilíada* como la *Odisea* de principio a fin parecía cada vez una posibilidad más real. A menudo se sentaba hasta bien pasada la medianoche con un diccionario al lado. Muchas veces se dormía así, en la cocina, con la cara toda arrugada y de lado sobre la calidez de las páginas; era su constante Everest inmigrante.

Qué típico, y qué perfecto.

Aquella, a fin de cuentas, era Penelope.

Cuando la hazaña inalcanzable estaba al alcance de su mano, el mundo se venía abajo.

Era como en esos dos libros, en realidad.

Justo cuando una guerra estaba a punto de ganarse, un dios se entrometía. En ese caso, la destrucción:

Llegó una carta.

Le informaban del suceso: él había muerto en la calle.

Su cuerpo se derrumbó junto al viejo banco de un parque. Por lo visto, su rostro estaba medio cubierto de nieve y su mano era un puño, hundido contra su corazón. No era un gesto patriótico.

El funeral se había celebrado antes de la fecha de la carta.

Fue algo discreto. Él había muerto.

Aquella tarde, su cocina estaba llena de sol, y la carta, cuando la dejó caer, se balanceó como un péndulo hecho de papel. Se coló debajo de la nevera, y Penelope pasó muchos minutos a gatas, intentando alcanzar ahí debajo, al fondo, para recuperarla.

Joder, Penny.

Ahí estabas.

Ahí estabas, con las rodillas todas magulladas y tirantes, y la mesa llena de cosas detrás de ti. Ahí estabas, con tus ojos borrosos y el pecho abatido, tu rostro en el suelo —una mejilla y una oreja—, tu espalda esquelética en el aire.

Gracias a Dios que hiciste lo que hiciste después.

Nos encantó lo que hiciste después.

el puente de clay

Esa noche, cuando Carey se marchó de Los Aledaños y Clay abrió el paquete envuelto en papel de periódico, fue de la siguiente manera:

Quitó el celo con suavidad.

Alisó y dobló la sección de hípica del *Herald* y se la remetió debajo de la pierna. Solo entonces miró el regalo en sí, una vieja caja de madera, y la sostuvo, marrón castaño y llena de rozaduras, con ambas manos. Tenía el tamaño de un viejo libro de tapa dura, bisagras oxidadas y un pestillo roto.

A su alrededor, Los Aledaños parecían espaciosos, abiertos.

Ni una brizna de brisa.

Levedad.

Abrió la tapita, que rechinó como un suelo de madera y cayó hacia atrás.

Dentro había otro regalo.

Un regalo dentro de un regalo.

Y una carta.

Normalmente Clay habría leído primero la carta, pero para llegar a ella tuvo que levantar el mechero. Era un Zippo hecho de peltre, más o menos de la forma y el tamaño de una caja de cerillas.

Antes de pensar siquiera en cogerlo, ya lo tenía en la mano.

Después lo hizo girar.

Después lo dejó caer en su palma.

Le sorprendió lo pesado que era, y cuando le dio la vuelta, vio las palabras; deslizó los dedos por ellas, grabadas en su pecho metálico:

«Matador en la quinta».

Esa chica era especial.

Cuando abrió la carta, estuvo tentado de abrir también el Zippo, para alumbrarse con su luz, pero la luna le bastaba para leer.

Su letra era pequeña y precisa:

Querido Clay:

Cuando leas esto ya habremos hablado, pero solo quería decir que sé que pronto te marcharás, y que te echaré de menos. Ya te echo de menos.

Matthew me ha hablado de un lugar lejano y de un puente que tal vez construyas. Intento imaginar de qué estará hecho ese puente, pero, en fin, no creo que importe. Quisiera decir que esta idea es mía, pero seguro que de todas formas la conoces, de la sobrecubierta de *El cantero*: TODO LO QUE HIZO JAMÁS NO SOLO ESTABA HECHO DE BRONCE O DE MÁRMOL O DE PINTURA, SINO DE ÉL MISMO..., DE TODO LO QUE LLEVABA DENTRO.

De una cosa estoy segura:

Ese puente estará hecho de ti.

Si te parece bien, me quedaré el libro de momento, quizá para asegurarme de que vuelvas a por él, y de que vuelvas también a Los Aledaños.

En cuanto al Zippo, dicen que nunca hay que quemar los puentes, pero te lo ofrezco de todas formas, aunque solo sea para que te dé suerte, y para que te acuerdes de mí. Además, un mechero parece tener sentido. Ya sabes lo que dicen del barro, ¿no? Claro que lo sabes.

Besos,

CAREY

P. D.: Perdona por el estado de la caja de madera, pero, no sé por qué, creo que te gustará. Supuse que no te vendría mal, para guardar tus tesoros. Llévate algo más que una pinza.

P. D. 2: Espero que te guste la inscripción.

Bueno, ¿qué hacer?

¿Qué decir?

Clay siguió sentado, en un silencio inmóvil, en el colchón.

Se preguntó:

¿Y qué es lo que dicen del barro?

Pero entonces, enseguida, lo supo.

En realidad lo había comprendido antes de terminar la pregunta, y se quedó en Los Aledaños un buen rato, leyendo la carta una y otra vez.

Al final, cuando interrumpió su inmovilidad, solo fue por el pequeño mechero pesado. Lo sostuvo contra su boca y por un momento casi sonrió:

«Ese puente estará hecho de ti».

No era tanto que Carey hiciese las cosas a lo grande o que reclamara atención o amor, ni siquiera respeto. No, con Carey se trataba de pequeños gestos, de su sencillo toque de autenticidad. Y así, como siempre, lo había conseguido:

Le había transmitido el valor que le faltaba.

Y le había dado nombre a esta historia.

los transportistas

En el suelo de la cocina, Penelope se decidió.

Su padre había querido que tuviera una vida mejor, y eso era lo que haría:

Se desprendería de su docilidad, de su cortesía.

Iría para allá y alcanzaría la caja de zapatos.

Sacaría el dinero y lo aferraría en la mano.

Se lo metería en los bolsillos y caminaría hasta el tren... recordando todo el rato la carta, y Viena:

«Hay otra forma de vivir».

Sí, la había, y ese día iría a por ella.

Bez wahania.

Sin dudarlo.

Ya tenía los establecimientos localizados mentalmente.

Había ido antes y conocía cada tienda de música por su ubicación, sus precios y sus diversas especialidades. Había una en concreto que siempre parecía llamarla. Los precios eran la primera parte; aquello era todo lo que podía permitirse. Pero también le había gustado su carácter caótico: las partituras rizadas, el busto mugriento de Beethoven poniendo ceño en un rincón, el vendedor encorvado sobre el mostrador. Era un hombre alegre y de cara puntiaguda, y casi siempre comía cuartos de naranja. También gritaba para imponerse a su sordera.

—¡¿Pianos?! —se había desgañitado la vez que entró ella. Lanzó una piel de naranja a la papelera y falló. («¡Mierda, desde un metro!») Sordo como estaba, aun así le había notado el acento—. ¿Para qué querría un piano una viajera como usted? ¡Es peor que un peso de plomo atado al cuello! —Se quedó quieto y alargó una mano hacia la Hohner más cercana—. A una muchacha delicada como usted le iría bien una de estas. Veinte pavos. —Abrió la cajita y deslizó los dedos sobre la armónica. ¿Era esa su forma de decirle que no podía permitirse un piano?—. Se la puede llevar a todas partes.

—Es que no me voy a ningún sitio.

El viejo cambió de táctica.

—Desde luego. —Se lamió los dedos y enderezó la espalda un poco—. ¿Cuánto tiene?

—Por ahora no mucho. Creo que… trescientos dólares.

El hombre rio escudándose tras una tos.

Un poco de pulpa de naranja cayó en el mostrador.

—Mire, guapa, sueña usted despierta. Si lo que quiere es uno bueno, o medio decente al menos, vuelva cuando tenga uno de los grandes.

—¿Uno de los grandes?

—¿Mil?

—Ah. ¿Puedo probar alguno?

—Faltaría más.

Pero no llegó a tocar ningún piano, ni en esa tienda ni en las otras. Si necesitaba mil dólares, necesitaba mil dólares, y solo entonces encontraría uno, lo tocaría y lo compraría, todo el mismo día.

Y ese día, de hecho, había llegado.

Aunque le faltaran cincuenta y tres dólares.

Entró en la tienda con los bolsillos a rebosar.

Al vendedor se le iluminó la cara.

—¡Está usted aquí!

—Sí. —Le costaba respirar. Sudaba a mares.

—¿Tiene mil dólares?

—Tengo… —Sacó los billetes—. Novecientos… cuarenta y siete.

—Sí, pero…

Penny plantó las manos en el mostrador y dejó dos huellas de garras en el polvo, los dedos y las palmas bien pegajosos. Su rostro quedaba a la altura del de él; sus omóplatos amenazaban con dislocarse.

—Por favor. Tengo que tocar uno hoy. Pagaré el resto cuando llegue el dinero, pero tengo que probar uno, por favor, hoy.

Por primera vez, el hombre no la forzó a aceptar su sonrisa; sus labios solo se abrieron para hablar.

—Está bien. —Con un gesto le indicó que lo siguiera, al tiempo que echaba a andar—. Por aquí.

La llevó al piano más barato, por supuesto, y era bonito, de color nogal.

Ella se sentó en la banqueta, levantó la tapa.

Contempló el paseo entarimado de teclas:

Algunas estaban melladas, pero, por entre los huecos de su desesperación, ella ya se había enamorado, y eso que aún no había producido ni un sonido.

—¿Y bien?

Penny se volvió despacio para mirar al hombre y por dentro estaba a punto de venirse abajo; era otra vez la Chica del Cumpleaños.

—Bueno, adelante.

Y ella asintió. Se concentró en el piano y recordó un viejo país. Recordó a un padre y sus manos en la espalda de ella. Se vio en el aire, subiendo muy alto, con una estatua tras los columpios, y Penelope tocó y lloró. A pesar de una sequía tan larga de piano, tocó de una forma preciosa (uno de los nocturnos de Chopin) y lamió las lágrimas de sus labios. Se las sorbió, las succionó, y lo tocó todo bien, a la perfección:

La Cometedora de Errores no cometió ningún error.

Y, a su lado, el olor a naranja.

—Ya veo —dijo el hombre—, ya veo. —Estaba de pie junto a ella, a su derecha—. Creo que entiendo lo que quiere decir.

Se lo dejó por novecientos y organizó la entrega.

El único problema era que el vendedor no solo tenía un oído atroz y una tienda que era un caos, también su escritura era una catástrofe. De haber sido aunque fuera solo un poco más legible, mis hermanos y yo ni siquiera existiríamos…, porque en lugar de leer 3/7 Pepper Street de su propio puño y letra, envió a los transportistas al número 37.

Como puedes imaginar, los hombres se mosquearon un poco.

Era sábado.

Tres días después de que ella lo comprara.

Mientras uno llamaba a la puerta, los otros dos empezaron a descargar. Habían bajado el piano del camión y lo tenían ya en el camino de entrada. El jefe estaba hablando con un hombre en el porche, pero no tardó en gritarles algo.

—¿Qué narices hacéis vosotros dos?

—¿Qué?

—¡Que nos hemos equivocado de casa, puñetas!

Entró y usó el teléfono del hombre, y luego regresó mascullando.

—Ese imbécil —dijo—. Ese estúpido comenaranjas… ¡Menudo capullo!

—¿Qué pasa?

—Es un apartamento. Puerta tres, en el número siete.

—Pero, mira, allí abajo no hay sitio para aparcar.

—Pues aparcaremos en mitad de la calle.

—A los vecinos no les va a hacer mucha gracia.

—Tú sí que no les haces gracia a los vecinos.

—¿Y eso qué quiere decir?

La boca del jefe adoptó gestos diversos de reprobación.

—Está bien, dejadme que baje hasta allí. Vosotros dos sacad el carro. Como lo hagamos rodar calle abajo, las ruedecillas del piano se irán a tomar viento, y nosotros iremos detrás. Voy a llamar a la puerta. Lo último que nos faltaba es acabar llevándolo hasta allí y que no haya nadie en casa.

—Bien pensado.

—Sí, claro que está bien pensado. Y ahora ni se os ocurra volver a tocar ese piano, ¿de acuerdo?

—De acuerdo.

—No hasta que yo os lo diga.

—¡De acuerdo!

En ausencia del jefe, los dos hombres miraron al hombre del porche:

El que no quería un piano.

—¿Cómo va eso? —les preguntó.

—Un poco cansados.

—¿Quieren algo de beber?

—No… Seguro que al jefe no le gusta.

El del porche era de estatura mediana, tenía el pelo oscuro y ondulado, ojos aguamarina y un corazón desvencijado…, y, cuando el jefe regresó caminando, había una mujer de aspecto tranquilo, con la cara pálida y los brazos bronceados, en mitad de Pepper Street.

—Venga —dijo el hombre. Salió del porche mientras subían el piano al carro—. Yo me ocupo de un extremo, si quieren.

Y así fue como, un sábado por la tarde, cuatro hombres y una mujer hicieron rodar un piano de madera de nogal por un tramo considerable de Pepper Street. En extremos opuestos del rodante instrumento estaban Penelope Lesciuszko y Michael Dunbar; y Penelope no podía tener ni idea. Aunque sí se fijó en cómo le divertían a ese hombre los transportistas, y en el cuidado que ponía en el bienestar del piano, no tenía forma de saber que allí se escondía una marea que la arrastraría al resto de su vida y que, además, le daría otro apodo y un nombre definitivo.

Tal como le dijo a Clay cuando se lo contó:

—Resulta extraño pensarlo, pero un día me casaría con ese hombre.

la última oleada

Como era de esperar en una casa de chicos y jóvenes, aunque uno de nosotros iba a marcharse, no hablamos mucho del tema. Se marchaba y punto.

Tommy lo sabía.

El mulo también.

Clay había vuelto a pasar la noche en Los Aledaños y se había despertado el domingo por la mañana con la caja aún en las manos.

Se sentó y releyó la carta.

Sostuvo el mechero y «Matador en la quinta».

Entró en casa con la caja y guardó en ella la dirección del Asesino pegada con celo, la escondió debajo de su cama, bien al fondo, y luego hizo tranquilamente sus abdominales en la moqueta.

Cuando iba más o menos por la mitad apareció Tommy; lo veía con el rabillo del ojo cada vez que descendía. Llevaba al palomo, Te, en el hombro, y una ligera brisa agitaba los pósteres de Henry. Casi todos eran de músicos; antiguos. Y unos cuantos de actrices; jóvenes y femeninas.

—¿Clay?

Tommy aparecía triangulado en su campo visual con cada abdominal.

—¿Podrás ayudarme con sus cascos cuando acabes?

Terminó y lo siguió al patio, donde Aquiles estaba cerca del tendedero. Clay se acercó y le ofreció un azucarillo con la mano abierta, luego se agachó y le dio unos golpecitos en una pata.

El mulo levantó el primer casco; estaba limpio.

Luego el segundo.

Cuando acabó de revisar los cuatro, Tommy se sentía dolido, como solía pasarle, pero no había nada que Clay pudiera hacerle. No hay forma de obligar a un mulo a cambiar de opinión.

Para animarlo, sacó dos azucarillos blancos más.

Uno se lo dio a Tommy.

El patio estaba inundado de mañana.

Había un puf vacío tirado en el porche; se había resbalado desde el asiento del sofá. En la hierba había una bici sin manillar, y el tendedero se erguía alto bajo el sol.

Rosy no tardó en salir del refugio que le habíamos construido a Aquiles en la parte de atrás. Llegó hasta el tendedero de sombrilla y empezó a dar vueltas a su alrededor mientras el azúcar se deshacía en sus lenguas.

Hacia el final, Tommy se atrevió a preguntarlo:

—¿Quién me ayudará con esto cuando te vayas?

A lo que Clay respondió haciendo algo que lo pilló a él mismo por sorpresa:

Agarró a Tommy del cuello de la camiseta y lo lanzó encima de Aquiles, a pelo.

—¡Mierda!

Tommy se llevó un buen susto, pero un instante después se dejó hacer: se inclinó hacia delante sobre el mulo y se echó a reír.

Después de comer, Clay salió por la puerta de entrada, pero Henry lo retuvo.

—¿Y tú adónde narices te crees que vas?

Una breve pausa.

—Al cementerio. Puede que a Bernborough.

—Espera —dijo Henry mientras cogía las llaves—. Voy contigo.

Cuando llegaron allí, se apoyaron en la valla con el cuerpo inclinado hacia delante y luego navegaron entre las tumbas. Al llegar a la que buscaban, se agacharon, se abstrajeron, se cruzaron de brazos, se plantaron bajo el sol de la tarde; contemplaron los cadáveres de los tulipanes.

—¿No había margaritas?

Rieron.

—Oye, ¿Clay?

Ambos estaban encorvados pero tensos, y Clay se volvió para mirarlo a la cara; Henry estaba afable como siempre, pero también diferente en cierto sentido, como si mirase por entre las estatuas.

Al principio solo dijo:

—Dios…

Un largo silencio.

—Dios, Clay. —Y se sacó algo del bolsillo—. Toma.

Mano con mano:

Un enorme fajo de billetes.

—Cógelo.

Clay lo miró con más atención.

—Es tuyo, Clay. ¿Sabes las apuestas de Bernborough? Pues no te creerías cuánto hemos llegado a ganar. Y nunca te he pagado.

Pero no, aquello era más, era demasiado. Un pisapapeles de billetes.

—Henry…

—Venga, cógelo.

Y cuando lo hizo, sostuvo el grueso del papel en la mano.

—Oye —dijo Henry—, eh, Clay. —Y sus miradas se encontraron, como debía ser—. Podrías comprarte un teléfono, joder, como las personas normales… Para avisarnos cuando llegues.

Y Clay, con una sonrisa, de desdén:

No, gracias, Henry.

—Está bien. Pues gástate hasta el último centavo en el maldito puente. —La más pícara de las sonrisas juveniles—. Pero devuélvenos el cambio cuando hayas acabado.

En Bernborough Park dio varias vueltas y, después de rodear los vestigios de la red de lanzamiento de disco, recibió una agradable sorpresa: porque allí, en la marca de los trescientos metros, estaba Rory.

Clay se detuvo, las manos en los cuádriceps.

Rory le clavó sus ojos color chatarra.

Clay no levantó la mirada, pero sonrió.

Lejos de sentirse enfadado o traicionado, Rory estaba en algún punto entre la comprensión absoluta y la excitación ante la perspectiva de una buena pelea.

—Hay que reconocerlo, chaval… Los tienes bien puestos —dijo.

Entonces Clay se irguió por completo, callado al principio, mientras Rory continuaba hablando.

—Te vayas tres días o tres años…, sabes que Matthew te matará, ¿verdad? Cuando vuelvas.

Asentimiento de cabeza.

—¿Estarás listo para la que te espera?

—No.

—¿Quieres estarlo? —Lo pensó un momento—. O a lo mejor no regresas nunca.

Clay se encolerizó, por dentro.

—Regresaré. Echaré de menos estos *tête-à-têtes* nuestros.

Rory sonrió de medio lado.

—Sí, muy bueno, oye… —Se estaba frotando las manos—. ¿Quieres practicar un poco? ¿Crees que yo he sido duro contigo en esta pista? Pues espérate a Matthew.

—Da igual, Rory.

—No durarás ni quince segundos.

—Pero sé encajar una paliza.

Rory se acercó un solo paso.

—Eso ya lo sé, pero quizá podría enseñarte a aguantar un poco más.

Clay lo miró, justo en la nuez.

—No te preocupes, es muy tarde.

Y Rory supo mejor que nadie… que Clay estaba listo, ya lo estaba. Llevaba años entrenando para ello, y ya podía yo matarlo todo lo que quisiera.

Clay no moriría y punto.

Cuando volvió a casa con el dinero en la mano, yo estaba viendo una película, la primera de *Mad Max*; una desazón que le iba al pelo. Antes de empezar, Tommy estaba conmigo y me suplicó que viéramos otra cosa.

—¿No podemos ver una peli que no sea de los ochenta, por una vez? —dijo.

—No vamos a hacerlo, esta es del setenta y nueve.

—¡Justo lo que iba a decir! O de los ochenta o de antes. Ninguno de nosotros había nacido. ¡Ni de lejos! ¿Por qué no podemos…?

—Ya sabes por qué —lo interrumpí. Pero entonces vi esa expresión suya, como a punto de echarse a llorar—. … Mierda. Lo siento, Tommy.

—No es verdad.

Tenía razón, no lo sentía. Aquello era parte intrínseca de ser un Dunbar.

Cuando Tommy se fue, llegó Clay. Ya había depositado el dinero en la caja. Fue al sofá y se sentó conmigo.

—Eh —dijo mirando hacia mí, pero no aparté la vista de la pantalla.

—¿Todavía tienes la dirección?

Asintió y nos pusimos a ver *Mad Max.*

—¿Otra vez los ochenta?

—No empieces tú también.

Estuvimos callados hasta esa parte en que el terrorífico jefe de la banda dice: «Te presento a Cundalini… Y él quiere que le devuelvas su mano», y entonces miré a mi hermano, sentado junto a mí.

—No va de farol —comenté—, ¿verdad?

Clay sonrió, pero no dijo nada.

Nosotros tampoco.

Por la noche, cuando todos los demás dormían ya, él se quedó levantado y dejó la tele encendida, con el sonido bajado del todo. Miró a Agamenón, el pez de colores, que lo examinó a su vez con calma antes de darle un último cabezazo a la pecera con ganas.

Clay se acercó a la jaula y, deprisa, sin previo aviso, sacó al palomo. Lo apretó en su mano, pero con suavidad.

—Eh, Te, ¿estás bien?

El pájaro se meneó un poco y Clay lo sintió respirar. Notó los latidos de su corazón a través del plumaje.

—Tú estate quieto, chico…

Y deprisa, sin pensárselo, le dio un tirón en el cuello y arrancó una pluma diminuta; limpia, gris y con el borde verde, quedó en la palma inmóvil de su mano izquierda.

Después volvió a meter al ave en su jaula.

El palomo lo miró con seriedad, luego marchó de un extremo a otro.

Después, a por las estanterías y los juegos de mesa:

Scrabble, Careers, Conecta Cuatro.

Debajo de todos ellos, el que buscaba.

Lo abrió y se distrajo un momento con la película de la tele. Parecía una buena —en blanco y negro, una chica discutiendo con un hombre en una cafetería—, pero entonces vio las riquezas del Monopoly. Encontró primero los dados y los hoteles, después tocó la bolsa que quería, y enseguida tuvo en sus dedos la ficha: la plancha.

Clay, el de la sonrisa, sonrió.

Cerca de la medianoche le resultó más fácil que a cualquier otra hora. En el patio no había cacas de perro ni de mulo; menos mal de Tommy.

Pronto llegó junto al tendedero, con las pinzas prendidas por encima de él en hileras de colores cambiantes. Levantó una mano y descolgó una con cuidado. Había sido azul intenso, ahora desvaído.

Entonces se arrodilló, cerca del poste.

Por supuesto, Rosy se acercó. Aquiles acudió a hacer guardia junto a él con sus cascos y sus patas. Su crin cepillada pero enredada… Y Clay alargó un brazo, se apoyó contra él y le puso una mano en el borde de un espolón.

Después sostuvo a Rosy, muy despacio, por una única pata blanca y negra:

En el dorado de sus ojos encontró un adiós para él.

Le encantaba esa mirada canina de medio lado.

Después salió hacia allá atrás, hacia Los Aledaños.

En realidad no estuvo mucho tiempo allí; era como si ya se hubiese marchado, así que no quitó el plástico. No, lo único que hizo fue despedirse y prometer que volvería.

En la casa, en la habitación que compartía con Henry, miró dentro de la caja; la pinza era el objeto que faltaba. A oscuras vio todo lo que contenía, desde la pluma hasta la plancha, el dinero, la pinza y la dirección del Asesino pegada con celo. Y el mechero metálico, por supuesto, con una inscripción de ella para él.

En lugar de dormir, encendió la lamparilla. Volvió a hacer la maleta. Se puso a leer sus libros y las horas le pasaron volando.

Poco después de las tres y media sabía que Carey no tardaría en salir:

Se levantó y volvió a meter los libros en la bolsa de deporte, el mechero se lo llevó en la mano. En el pasillo volvió a palpar las palabras grabadas con finura en el metal.

Abrió la puerta sin hacer ruido.

Se detuvo en la barandilla, en el porche.

Hacía siglos que había estado ahí conmigo. El ultimátum de la puerta de entrada.

Carey Novac apareció enseguida con una mochila a la espalda y una bici de montaña a su lado.

Lo primero que vio él fue una rueda: los radios.

Luego a la chica.

Su pelo suelto, sus pasos presurosos.

Llevaba vaqueros. La camisa de franela de siempre.

El primer lugar al que miró Carey fue al otro lado de la calle y, cuando lo vio, dejó la bicicleta. Se quedó allí tirada, apoyada en un pedal, con la rueda trasera traqueteando mientras ella se acercaba despacio. Se detuvo justo en el centro de la calle.

—Eh —dijo—, ¿te ha gustado?

Lo dijo en voz baja, aunque pareció que lo gritaba.

Un delicioso desafío.

La quietud de Archer Street antes del alba.

En cuanto a Clay, pensó en muchas cosas que decirle en ese momento, que decirle y que hacerle saber, pero lo único que dijo fue:

—Matador.

Aun desde lejos pudo ver sus dientes no del todo blancos, no del todo rectos, cuando su sonrisa se abrió en plena calle. Por fin ella levantó una mano, y en su rostro él vio una expresión que le era extraña, como de no saber qué decir.

Cuando se marchó, echó a andar mirándolo, y le sostuvo la mirada un momento más.

Adiós, Clay.

Solo cuando la imaginó al final de Poseidon Road, volvió a mirarse la mano, donde vio el mechero en la penumbra. Lo abrió con lentitud y calma, y la llama se elevó bien recta.

Y así lo hizo.

Fue a vernos a cada uno de nosotros en la oscuridad: a mí, que estaba tumbado ocupando todo el largo de la cama; luego la sonrisa dormida de Henry, y el disparate de Tommy y Rory. Como detalle final (para con ellos dos) desenredó a Héctor del pecho de Rory y se lo echó a su propio hombro como una pieza de equipaje más. Al llegar al porche, lo dejó en el suelo y el gato atigrado ronroneó, pero también él sabía que Clay se marchaba.

¿Y bien?

Primero la ciudad, luego el mulo, ahora era el gato el que hablaba.

O quizá no.

—Adiós, Héctor.

Pero no se marchó, todavía no.

No, durante un buen rato, unos cuantos minutos por lo menos, esperó a que el alba llegara a la calle, y cuando lo hizo, fue dorada y deslumbrante. Se encaramó a los tejados de Archer Street, y con ella llegó también una oleada que rugía:

Ahí, en algún lugar, hubo una cometedora de errores y una lejana estatua de Stalin.

Hubo una chica del cumpleaños que empujó un piano rodante.

Hubo un corazón de color en mitad de tanto gris y casas flotantes de papel.

Todo ello recorrió la ciudad, hasta más allá de Los Aledaños y de Bernborough. Subió por las calles y, cuando por fin Clay se marchó, lo hizo con luz y una marea creciente. Primero le llegó a los tobillos, luego a las rodillas y, cuando dobló la esquina, le alcanzaba ya hasta la cintura.

Y Clay volvió la mirada atrás, una última vez, antes de zambullirse en ella —de partir con ella— en dirección a un puente, atravesando un pasado, en dirección a un padre.

Nadó esas aguas doradas y encendidas.

tercera parte

ciudades + aguas
+
criminales

el corredor

La corriente lo arrastró hasta allí.

Entre los árboles.

Llevaba años imaginando ese momento —que sería fuerte, que se sentiría seguro y preparado—, pero esas imágenes habían quedado barridas; Clay era una mera carcasa.

Tratando de recuperar su determinación, esperó inmóvil en aquel corredor de robustos eucaliptos. Sintió una opresión en los pulmones: la sensación de que se aproximaban más olas, aunque esta vez solo eran de aire. Necesitó recordarse que debía inspirarlas.

Allí era adonde conducían las aguas.

Allí era adonde huían los asesinos.

Hubo ratos de descanso y lectura mientras dejaba atrás las lejanas subdivisiones de la ciudad. Una perezosa cremallera de metal y un paisaje puro e infinito de contornos irregulares. En su ignorancia, era un lugar de gran sencillez. Una línea férrea, y tierra, y kilómetros y kilómetros de vacío. Un pueblo llamado Silver, y no, no era el pueblo que quizá imaginas (el de la perra, la ME y la serpiente), era un pueblo a medio camino.

Casas pequeñas. Jardines cuidados.

Y serpenteando a su paso, seco y agostado, un río ancho y defor-me. Tenía un nombre extraño, pero a Clay le gustaba:

El Amohnu.

Por la tarde, a su llegada, sopesó la idea de que fuese el río el que lo condujese hasta su padre, aunque al final se decidió por el pueblo. Compró un mapa desplegable en la gasolinera. Caminó siguiendo los oxidados carteles indicadores y las latas de cerveza, ebrias y tumbadas. Encontró una carretera, de norte a oeste, y dejó el pueblo atrás.

A su alrededor, el mundo se vaciaba a medida que Clay avanzaba. Era como si se encrespara, incesante, y luego estaba esa otra sensa-ción, la de que, además, pretendía romper contra él. Había un silen-cio obvio que se acercaba lentamente, y lo sentía a cada paso. Cuanto más vacío el mundo, más próximo estaba el camino que conducía al hogar solitario de nuestro padre.

En algún lugar en medio de ninguna parte existía un desvío de la carretera, a la derecha. El número aparecía en el bidón que hacía de buzón, y Clay lo reconoció, por la dirección que llevaba en la caja de madera. Tomó el camino de tierra que conducía hasta la casa.

Al principio, el terreno era abierto y despejado, pero tras unos pocos centenares de metros y una colina de pendiente suave, llegó al corredor de árboles. A la altura de la vista, los troncos parecían mus-los musculados, gigantes allí plantados. El suelo estaba alfombrado de corteza y largas tiras de muda que se desmenuzaban bajo sus pies. Clay se quedó donde estaba, no quiso avanzar.

Más allá había un coche aparcado, pero aún en esta orilla:

Un Holden, un armatoste rojo y alargado.

Aún más allá, al otro lado del río seco, había una cancela, en la luz. Y al otro lado de la cancela había una casa; una joroba, con ojos tristes y boca.

Alrededor, entre las altas y espinosas hierbas había vida. Agachado entre el brezo, los matorrales y una maleza que recordaba a Bernborough, el aire se asfixiaba. Había un rumor efervescente de insectos, eléctrico y erudito. Una lengua condensada en una sola nota. Relajada.

Clay, en cambio, se debatía. Acababa de descubrir una hemorragia interna reciente de miedo y culpa, y duda, que avanzaba tejido a tejido.

¿Cuánto más podría retrasarlo?

¿Cuántas veces podía abrir el cofrecito de madera y sacar cada uno de los objetos que contenía?

¿O rebuscar en la bolsa de deporte?

¿Cuántos libros podía hojear y leer?

¿Cuántas cartas podía componer para Carey sin llegar a escribirlas?

En cierto momento se protegió con la mano del cintarazo de luz vespertina.

—Adelante.

Lo dijo en voz alta.

Le sorprendió la audacia de las palabras.

Y aún más que se atrevieran a salir una segunda vez.

—Venga, adelante, chaval.

Adelante, Clay.

Ve y dile por qué estás aquí. Míralo a la cara curtida y a los ojos asesinos hundidos. Que el mundo vea cómo eres en realidad:

Ambicioso. Obstinado. Traicionero.

Hoy no eres un hermano, pensó.

Ni un hermano ni un hijo.

Hazlo, hazlo ya.

Y lo hizo.

el asesino no fue siempre el asesino

Sí, echó a andar, pero ¿hacia quién se dirigía exactamente Clay esa tarde? ¿Quién era en realidad, de dónde era, y qué decisiones e indecisiones había tomado para convertirse en el hombre que era y que no era? Si imaginamos que el pasado de Clay llegó allí con la marea, entonces hemos de pensar que el Asesino viajó hasta ese mismo lugar desde una tierra firme, lejana e inmutable, y que nunca fue un gran nadador. Tal vez se resuma mejor así:

En el presente había un chico dirigiéndose hacia lo que hasta ese momento solo era un puente asombroso e imaginado.

En el pasado hubo otro chico cuyo camino —mucho más largo y dilatado en el tiempo— acabó en el mismo lugar, pero en la edad adulta.

A veces tengo que recordármelo.

El Asesino no fue siempre el Asesino.

Igual que Penelope, él también venía de muy lejos, pero se trataba de un lugar que se encontraba en este lugar, donde las calles eran amplias y ardientes y la tierra era amarilla y seca. Lo rodeaba un páramo agreste sembrado de maleza y eucaliptos, y la gente caminaba encorvada e inclinada; vivía en un estado constante de sudor.

De casi todo lo que tenía, solo tenía uno:

Un colegio, un instituto.

Un río, un médico.

Un restaurante chino, un supermercado.

Y cuatro bares.

Al final del pueblo, una iglesia se suspendía en el aire y la gente se cocía a fuego lento en su interior: hombres trajeados, mujeres con vestidos de estampados floreados, niños con camisa, pantalones cortos y botones, todos muriéndose por descalzarse.

En cuanto al Asesino, de pequeño quería ser mecanógrafo, como su madre. Ella había trabajado para el único médico del pueblo y se pasaba el día aporreando las teclas de la vieja Remington, gris bala, en la consulta. A veces también se la llevaba a casa para escribir cartas y le pedía a su hijo que la transportara.

—Venga, a ver esos músculos —le decía—, ¿me echas una mano con la vieja y fiel ME?

El chico sonreía mientras cargaba con ella.

Las gafas de su madre tenían un ribete rojo recepcionista.

Su cuerpo rollizo imponía, sentada a su mesa.

Tenía una voz sumamente correcta, y siempre lucía sus cuellos con audacia y apresto. A su alrededor, los pacientes esperaban acompañados de su sudor y sus sombreros, de su sudor y sus estampados floreados, de su sudor y sus niños sorbiéndose los mocos; esperaban con el sudor en el regazo. Escuchaban los directos y los ganchos de izquierda de Adelle Dunbar mientras ella machacaba la máquina de escribir en un rincón. Después de cada visita, el viejo doctor Weinrauch asomaba la cabeza, como el granjero de la horca que aparece en ese cuadro, *American Gothic*, y les sonreía, cada vez.

—¿El siguiente para el potro de tortura, Adelle?

Por costumbre, ella consultaba la lista.

—Le toca a la señora Elder.

Y fuera quien fuese —ya se tratase de una mujer coja con hipotiroidismo, un anciano impregnado de bar y con el hígado encurtido, o un niño de rodillas peladas con una misteriosa erupción en los pantalones— se levantaba y sudaba hasta la consulta, donde relataba sus diversas dolencias. Sentado entre ellos, en el suelo, estaba el chico de la secretaria. El niño construía torres en la moqueta raída, y devoraba cantidades ingentes de cómics llenos de crímenes, caos y catapums. Olvidaba las malas caras de los pecosos abusones del colegio y pilotaba naves espaciales por la sala de espera: un gigantesco sistema solar en miniatura en un pueblo en miniatura gigantesco.

Se llamaba Featherton, el pueblo de las plumas, aunque no había en él más pájaros que en cualquier otro lugar. Cierto, puesto que vivía en Miller Street, cerca del río, la habitación del niño se inundaba —al menos en época de lluvias— con el canto de bandadas de pájaros y su sinfonía de chillidos y risotadas. Al mediodía, los cuervos se alimentaban de los restos de animales atropellados en la carretera mientras esquivaban los semirremolques a saltitos. A última hora de la tarde, las cacatúas, blancas, de ojos negros y cabezas amarillas, chillaban bajo el cielo abrasador.

Aun así, con o sin pájaros, Featherton era famoso por algo más.

Era una tierra de granjas y ganado.

Una serie de minas profundas.

Pero sobre todo era una tierra de fuego:

Era un pueblo donde aullaban sirenas, y hombres de todo tipo, y unas cuantas mujeres, se enfundaban monos naranja y salían a adentrarse entre las llamas. Casi siempre, tras un paisaje desnudo y negro carbonizado, volvían todos, pero algunas veces, cuando el fuego rugía algo más de lo habitual, salían treinta y tantos y volvían veintiocho o veintinueve, tambaleantes; todos con mirada triste y atacados por la tos, pero callados. Era entonces cuando se les decía a los niños y niñas de brazos y piernas flacuchos, y a los rostros curtidos: «Lo siento, hijo» o «Lo siento, guapa».

Antes de ser el Asesino, fue Michael Dunbar.

Su madre había quedado como única responsable de un hijo único.

Como ves, en muchos sentidos, Michael era casi la mitad perfecta de Penelope: idénticos y opuestos, una especie de simetría diseñada o destinada. Mientras que ella provenía de un lugar lejano y húmedo, el de él era remoto y seco. Mientras que él era el hijo único de una única madre, ella era la única hija de un hombre único. Y por último, como pronto veremos —y este era el mayor de los espejos, el paralelismo del destino más evidente—, mientras que ella tocaba Bach, Mozart y Chopin, él estaba obsesionado con una expresión artística propia.

Una mañana, durante las vacaciones de primavera, Michael, que entonces tenía ocho años, se encontraba en la sala de espera de la consulta, en la que estaban a treinta y nueve grados; era lo que marcaba el termómetro que colgaba en el marco de la puerta.

Cerca, el viejo señor Franks olía a tostada.

Todavía le quedaba mermelada en el bigote.

A continuación venía una niña del colegio que se llamaba Abbey Hanley:

Tenía el pelo lacio y negro y unos brazos portentosos.

El niño acababa de arreglar una nave espacial.

El cartero, el señor Harty, estaba peleándose con la puerta, y Michael dejó el pequeño juguete gris cerca de los pies de la niña y ayudó al achacoso hombre, que se había plantado allí como un desventurado mesías, con la luz infernal a sus espaldas.

—Eh, Mikey.

Por alguna razón, odiaba que lo llamasen Mikey, pero el joven asesino en ciernes se apretujó contra el marco de la puerta y lo dejó pasar. Se volvió justo a tiempo de presenciar cómo Abbey Hanley se levantaba para entrar en la consulta y aplastaba la nave espacial con el pie. Llevaba unas chancletas implacables.

—¡Abbey! —la reprendió su madre entre risas. Con un leve matiz avergonzado—. Eso no ha estado bien.

El niño, testigo del triste atropello, cerró los ojos. Incluso con ocho años sabía lo que significaba «mala puta», y no se echó atrás a la hora de pensarlo. Por otro lado, con pensarlo tampoco conseguía nada y también sabía lo que eso significaba. La niña esbozó un «Lo siento» bastante desvergonzado con una sonrisa y se dirigió con paso fatigoso a la consulta del viejo Weinrauch.

A un metro, el cartero se encogió de hombros. Faltaba un botón donde su panza se empeñaba en asomar con firme determinación.

—Ya tenemos líos de faldas, ¿eh?

Para partirse.

—No mucho —contestó Michael en voz baja, sonriendo—. No creo que lo haya hecho adrede.

La mala puta.

—Oh, ya lo creo que sí —insistió Harty.

Franks, el de la tostada con mermelada, completamente de acuerdo, expectoró una sonrisilla y Michael intentó cambiar de tema.

—¿Qué hay en la caja?

—Yo solo reparto, chaval. ¿Qué te parece si la dejo aquí y tú haces los honores? Va dirigida a tu madre, a la dirección de casa, pero he pensado que también podía traérosla a la consulta. Adelante.

Cuando la puerta se cerró, Michael le echó otro vistazo.

Giró en torno a la caja con recelo en cuanto comprendió de qué se trataba; no era la primera vez que veía una de aquellas:

El primer año la entregaron en persona, junto con condolencias y una pila rancia de bollos.

El segundo año la dejaron en el porche de la entrada.

Esa vez se habían limitado a enviarla por correo.

Caridad para críos carbonizados.

Por supuesto, Michael Dunbar no estaba carbonizado, pero su vida, por lo visto, sí. Todos los años, a principios de primavera, época en que solían comenzar los incendios incontrolados, un grupito filantrópico del lugar, llamado el Club de la Última Cena, se arrogaba la tarea de apuntalar las vidas de las víctimas del fuego, tanto si estaban físicamente quemadas como si no. Adelle y Michael Dunbar cumplían los requisitos, y ese año fue todo igual de típico que los anteriores: ya casi parecía una tradición que la caja se enviara con la mejor de las intenciones y, al mismo tiempo, estuviera llena hasta arriba de auténtica basura. Los muñecos de peluche siempre estaban vilmente mutilados. Era seguro que ningún puzle llegaba con todas las piezas. A los Legos les faltaban piernas, brazos o cabezas.

En esa ocasión, cuando Michael fue a buscar unas tijeras, lo hizo sin entusiasmo, pero cuando regresó y abrió la caja, ni siquiera el señor Franks pudo evitar echar un vistazo. El niño extrajo una especie de montaña rusa con cuentas de ábaco en un extremo y luego unos cuantos Legos, de los grandes, para niños de dos años.

—Vaya, ¿es que han robado el puñetero banco? —comentó Franks.

Por fin se había limpiado la mermelada.

Lo que vino después fue un oso de peluche con un solo ojo y media nariz. ¿Lo ves? Tratado con brutalidad. Apaleado en el callejón oscuro de algún niño, entre el dormitorio y la cocina.

Luego una colección de revistas *Mad*. (Vale, de acuerdo, eso no estuvo mal, aunque la página final desplegable ya estuviera rellenada en todas ellas.)

Y por último, por extraño que pareciese…, ¿qué era aquello?

¿Qué narices era aquello?

¿Es que se reían de ellos?

Porque allí, en el fondo de la caja, reforzando la base, había un calendario titulado *Hombres que cambiaron el mundo*. ¿Querían que Michael Dunbar escogiera una nueva figura paterna?

A ver, podía quedarse directamente con enero y John F. Kennedy.

O abril: Emil Zátopek.

Mayo: William Shakespeare.

Julio: Fernando de Magallanes.

Septiembre: Albert Einstein.

O diciembre, donde aparecía una breve reseña sobre la vida y obra de un hombre diminuto y de nariz rota que, con el tiempo, se convertiría en todo lo que el asesino en ciernes admiraba.

Por supuesto se trataba de Miguel Ángel.

El cuarto Buonarroti.

Lo más extraño del calendario no era tanto el contenido como el hecho de que estuviese desfasado, pues era del año anterior. Seguramente solo lo habían metido para dar mayor consistencia a la caja, y resultaba evidente que estaba muy usado: cada vez que pasaba una página y aparecía la foto o la imagen del hombre del mes, en muchos de los días habían garabateado un compromiso o algo que hacer.

4 de febrero: matriculación coche.

19 de marzo: Maria M. Cumpleaños.

27 de mayo: cena con Walt.

Quienquiera que fuese el dueño del calendario cenaba con Walt el último viernes de todos los meses.

Pasemos a un pequeño apunte sobre Adelle Dunbar, la recepcionista de ribete rojo:

Era una mujer práctica.

Cuando Michael le enseñó la caja de Legos y el calendario, frunció el ceño y bajó las gafas.

—¿Ese calendario está… usado?

—Sí. —De pronto, Michael descubrió que precisamente eso le atraía—. ¿Puedo quedármelo?

—Pero si es del año pasado. Trae, echémosle un vistazo. —Lo hojeó. No reaccionó de manera exagerada. Tal vez se le pasase por la cabeza salir en busca de la responsable del envío de aquel despropósito de caja caritativa, pero no lo hizo. Sofocó el asomo de rabia. Lo empaquetó en su voz correcta y cortés e, igual que su hijo, pasó página—. ¿Crees que existe un calendario de mujeres que cambiaron el mundo?

El niño se quedó desconcertado.

—No sé.

—Bueno, ¿crees que debería existir?

—No sé.

—Pues sí que hay cosas que no sabes, ¿eh? —Aunque se ablandó—. Se me ocurre una idea. ¿De verdad lo quieres?

Viendo que, de repente, cabía la posibilidad de perderlo, quiso quedárselo más que nunca. Asintió como si acabaran de ponerle pilas nuevas.

—Vale. —Ahora venían las condiciones—. ¿Qué te parece si buscas veinticuatro mujeres que también hayan cambiado el mundo? Cuéntame quiénes son y qué han hecho, y luego podrás quedártelo.

—¿Veinticuatro?

El niño estaba indignadísimo.

—¿Algún problema?

—¡Aquí solo hay doce!

—Veinticuatro mujeres. —Adelle estaba disfrutando del momento—. ¿Ya has terminado de protestar o prefieres que sean treinta y seis?

Se recolocó las gafas y reanudó su trabajo sin más. Michael volvió a la sala de espera. Al fin y al cabo, había unas cuentas de ábaco que arrinconar y las revistas *Mad* que defender. Las mujeres tendrían que esperar.

Al cabo de un minuto, volvió con paso distraído junto a una Adelle que estaba empleándose a fondo con la máquina de escribir.

—¿Mamá?

—¿Sí, hijo?

—¿Puedo poner a Elizabeth Montgomery en la lista?

—¿Elizabeth qué?

Era su programa de televisión repetido preferido de todas las tardes.

—Ya sabes, la de *Embrujada*.

Adelle no pudo reprimirse. Se echó a reír y remató el trabajo con un contundente punto final.

—Claro.

—Gracias.

Michael estaba demasiado concentrado en el breve intercambio verbal para percatarse del regreso de Abbey Hanley, que salía del infame potro de tortura del médico llorosa y con el brazo dolorido.

Si se hubiera percatado, habría pensado:

Puedes estar segura de que a ti no voy a ponerte en la lista.

Fue un poco como encontrarse junto a un piano, o en el aparcamiento de un instituto, no sé si sabes a qué me refiero, porque resultaba extraño pensarlo, pero un día se casaría con esa niña.

la mano de un crío

Se acercó al río, un tajo seco, tallado en la tierra. Se abría camino a
través del paisaje como una herida.

Ya en el margen, se disponía a descender hasta el lecho cuando
vio varias vigas de madera, fuera de lugar y medio enterradas. Eran
como astillas descomunales, en ángulo y magulladas, dejadas allí tal
cual por el río, y experimentó un nuevo cambio.

No hacía ni cinco minutos que se había dicho que no era ni un
hijo ni un hermano, pero allí, entre los últimos retazos de luz, en lo
que de pronto parecía la boca de un gigante, había desaparecido
cualquier pretensión de existencia independiente. Porque ¿cómo te
diriges al encuentro de tu padre sin ser hijo? ¿Cómo abandonas un
hogar sin admitir que procedes de algún lugar? Las preguntas trepa-
ron junto a él hasta la otra orilla.

¿Nuestro padre lo oiría llegar?

¿Se acercaría al extraño que había junto al lecho de su río?

Cuando alcanzó el margen opuesto, intentó no pensar en ello; se
estremeció. La bolsa de deporte pesaba una tonelada a su espalda y la
maleta se agitaba en lo que de pronto no era más que la mano de un crío.

Michael Dunbar, el Asesino.

Nombre y apodo.

Clay lo vio, varado en un campo ensombrecido, delante de la casa.

Lo vio, como nosotros, desde muy lejos.

hombres y mujeres

Había que reconocérselo al joven Michael Dunbar.

Tenía verdadera determinación.

Consiguió el calendario de grandes hombres, pero solo después de lograr que su madre lo ayudara a encontrar las veinticuatro mujeres requeridas, entre las cuales Michael incluyó a la propia Adelle, de la que dijo que era la mejor mecanógrafa del mundo.

Habían necesitado varios días, y una pila de enciclopedias, pero no les había costado hallar las mujeres que habían cambiado el mundo:

Marie Curie, la Madre Teresa.

Las hermanas Brontë.

(«¿No cuentan como tres?»)

Ella Fitzgerald.

¡María Magdalena!

La lista era interminable.

Por otra parte, tenía ocho años y era tan sexista como cualquier niño a su edad; solo los hombres entraron en su cuarto. Solo los hombres estuvieron colgados en la pared.

Aun así, debo admitirlo.

Era bonito, aunque de una forma extraña: un niño que vivía una vida real al ritmo que marcaba un pueblo sudoroso y que, al mismo tiempo, tenía otro marco temporal en el que lo más parecido a un padre era un conjunto de pruebas documentales sobre algunas de las figuras más relevantes de la historia. Al menos esos hombres, a lo largo de los años, despertarían su curiosidad.

Conoció a Albert Einstein con once años, se informó sobre él. No aprendió nada sobre la teoría de la relatividad (solo sabía que el hombre era un genio), pero le encantaba aquel anciano que ocupaba media página del calendario con el pelo electrificado y la lengua fuera. A los doce, se iba a la cama e imaginaba que entrenaba a gran altitud con Emil Zátopek, el legendario corredor de fondo checo. A los trece se interesó por los últimos años de Beethoven sin haber oído ni una de sus notas.

Y entonces, a los catorce:

Se produjo la verdadera revelación, a principios de diciembre, cuando bajó el calendario de la pared.

Pocos minutos después, se sentó con él entre las manos.

Otros pocos minutos después, seguía mirándolo.

—Dios mío.

Durante años, habían sido muchas las mañanas y las noches que le había echado un vistazo al gigante de la última página, más conocido como el *David*, o el *David* de Miguel Ángel, pero por primera vez lo veía de verdad. Decidió a quién debía su lealtad al instante. Cuando volvió a levantarse, ni siquiera estaba seguro de cuánto tiempo había estado allí, contemplando la expresión del rostro de David, una estatua atrapada en la indecisión. Resuelta. Asustada.

También había una fotografía más pequeña en la esquina. *La creación de Adán*, de la capilla Sixtina. La curvatura del techo.

—Dios mío… —repitió.

¿Cómo se podía crear algo así?

Decidió recurrir a libros prestados y, entre la biblioteca pública de Featherton y la del instituto, consiguió reunir la friolera de tres títulos sobre Miguel Ángel. La primera vez leyó uno después de otro; luego, un par al mismo tiempo. Los repasaba todas las noches, con la lamparita encendida hasta entrada la mañana. El siguiente paso consistió en buscar algunas obras, memorizarlas y dibujarlas de nuevo.

A veces se preguntaba por qué se sentía así.

¿Por qué Miguel Ángel?

Se sorprendía pronunciando su nombre mientras cruzaba la calle.

O haciendo una lista de sus obras preferidas, sin ningún orden en concreto:

La batalla de los centauros.

El *David.*

El *Moisés.* La *Piedad.*

Los *Prisioneros*, también llamados los *Esclavos.*

La inconclusión de estos últimos siempre lo había intrigado, figuras gigantescas atrapadas dentro del mármol. Uno de los libros, titulado *Miguel Ángel: el maestro*, hablaba extensamente acerca de esas cuatro esculturas en particular y el lugar en que se ubicaban en ese momento, en la Galería de la Academia de Florencia, donde mostraban el camino hacia el *David* (aunque dos más habían escapado a París). En una cúpula de luz se alzaba un príncipe —una perfección— y flanqueándolo, acompañando al visitante, se hallaban aquellos reclusos tristes pero espléndidos, en una pugna eterna por lo mismo, por abrirse paso a través del mármol:

Todos marcados de hoyos, blancos.

Sus manos constreñidas en piedra.

Eran codos, costillas y extremidades torturadas, y todos se retorcían entre forcejeos; una lucha claustrofóbica por su vida, en busca de aire, mientras los turistas discurrían junto a ellos… con paso deliberado y decidido en dirección a él:

La realeza, resplandeciente, allí delante.

Uno de ellos, *Atlas* (el libro de la biblioteca estaba lleno de imágenes del titán, tomadas desde múltiples ángulos), aún cargaba con un prisma de mármol sobre la nuca y se debatía con su peso y su mole: sus brazos, una erupción marmórea; su torso, una guerra con piernas.

Como a la mayoría, el *David* fascinaba al Michael Dunbar adolescente, aunque tenía debilidad por aquellos esclavos hermosos y herniados. A veces recordaba una línea, o un aspecto, para reproducirla sobre el papel. A veces (y esto lo avergonzaba un poco) deseaba poder ser el propio Miguel Ángel, convertirse en él solo durante uno o dos días. A menudo permanecía tumbado en la cama deleitándose con esa idea, aunque consciente de que llegaba varios siglos tarde y de que Featherton estaba muy lejos de Italia. Además (y esta era la mejor parte, creo), nunca había destacado por sus dotes artísticas en el colegio y, con catorce años, el dibujo ni siquiera era una de sus asignaturas.

Eso y que su techo era plano y medía tres por cuatro.

Adelle, por su parte, lo animaba.

A lo largo de los años anteriores, y en los venideros, le compró más calendarios, y libros: las grandes maravillas naturales del mundo, y también las creadas por el hombre. También de otros artistas —Caravaggio, Rembrandt, Picasso, Van Gogh—, y él los leía y copiaba sus obras. A Michael le gustaban sobre todo los retratos del cartero de Van Gogh (tal vez como una especie de homenaje al viejo Harty); recortaba las fotografías de los calendarios a medida que pasaban los meses y las pegaba en la pared. Llegado el momento, volvió a apuntarse a clase de dibujo en el instituto y poco a poco fue superando a los demás.

Sin embargo, no fue capaz de deshacerse de aquel primer calendario.

Continuó siendo el epicentro de su habitación.

—Bueno, debería irme ya —dijo un día que Adelle bromeó al respecto.

—¿Y se puede saber adónde vas?

Al recordar la cita mensual para cenar, Michael esbozó lo más parecido a una sonrisa de complicidad que conseguiría exhibir jamás.

—A casa de Walt, por supuesto.

Iba a sacar a la perra.

—¿Y qué tendrá hoy para cenar?

—Espaguetis.

—¿Otra vez?

—Te traeré las sobras.

—No te preocupes, lo más probable es que me encuentres dormida sobre la mesa.

Le dio una palmadita a la vieja y fiel ME.

—Vale, pero no le des demasiado a las teclas, ¿de acuerdo?

—¿Yo? —Encajó una nueva hoja de papel en las entrañas de la máquina gris—. Ni hablar, les escribo a unos amigos y listo.

Ambos rieron, casi sin motivo; tal vez porque eran felices.

Michael se fue.

A los dieciséis años, ganó corpulencia y le cambió la forma del pelo.

Ya no era el niño que las pasaba moradas para levantar la máquina de escribir, sino el chico apuesto de ojos aguamarina, pelo oscuro y ondulado y físico de atleta. Demostró tener aptitudes para el fútbol australiano, o para cualquier otra cosa que en esos momentos se considerase importante, que es tanto como decir los deportes.

No obstante, a Michael Dunbar no le interesaban.

Entró en el equipo de fútbol del instituto, por supuesto, de zaguero, y se le daba bien. Detenía a la gente. Solía comprobar que el rival no se hubiese hecho daño, y era bueno en las escapadas, así como en asistir a alguien para anotar o anotar él mismo.

Fuera del campo, tenía cierta aura de amabilidad que lo distinguía de los demás, y también una extraña determinación. No le resultaba fácil integrarse, le costaba abrirse; prefería depositar sus esperanzas en encontrar a alguien que lo conociera bien.

Como era tradición (al menos en el ámbito deportivo), luego llegaron las chicas, predecibles, con sus faldas, sus zapatos y su bebida a juego. Mascaban chicle. Y compartían copas.

—Eh, Mikey.

—Ah…, hola.

—Eh, Mikey, algunas de nosotras vamos a ir al Astor esta noche.

A Mikey no le interesaba; por un lado, Miguel Ángel era el único hombre al que amaba de corazón y, por el otro, había tres chicas que lo tenían muy ocupado:

Primero, la gran mecanógrafa, la que aporreaba en la sala de espera.

Luego estaba la vieja perra pastora rojiza que se sentaba en el sofá con él para ver las reposiciones de *Embrujada* y *Superagente 86* y dormía en el suelo, con el pecho agitado, mientras él limpiaba la consulta, tres noches por semana.

Y por último estaba la que se sentaba en el extremo derecho de la primera fila de su clase de lengua, encorvada y encantadora, delgaducha como un ternerillo. (Y confiaba en que ella se diese cuenta.) En aquella época, tenía ojos gris humo, vestía un uniforme verde a cuadros y el pelo le llegaba a la cintura.

La aplastanaves de la sala de espera también había cambiado.

Por las noches, Michael paseaba por el pueblo con Luna, la perra pastora rojiza, a la que habían bautizado así por la luna llena que acampaba sobre el tejado cuando su madre la llevó a casa.

Luna era de color ceniza y anaranjado, y dormía en el suelo del cobertizo trasero mientras el chico dibujaba sentado al banco de carpintero de su padre o pintaba en el caballete, regalo de Adelle por su decimosexto cumpleaños. Rodaba sobre sí misma y sonreía al cielo cuando él le rascaba la barriga en el césped.

—Vamos, chica.

Y ella iba. Corría a su lado sin preocupaciones mientras él atravesaba meses de anhelo y bosquejos, de anhelo y retratos, de anhelo y paisajes; su obra y Abbey Hanley.

Siempre, en ese pueblo que se ensombrecía poco a poco —Michael sentía el avance de la oscuridad a kilómetros de distancia—, la veía allí delante. El cuerpo de Abbey era una pincelada. Su largo pelo negro, un trazo que seguir.

Tanto daba qué calles decidiera recorrer, chico y perra siempre acababan en la carretera. Y se detenían junto a los alambres de una valla.

Luna esperaba.

Jadeaba y se relamía.

Michael colocaba los dedos sobre los nudos de la alambrada y se inclinaba hacia delante, mirando el techo de chapa de un hogar alejado.

Había muy pocas luces encendidas.

La televisión lanzaba destellos azulados.

Todas las noches, antes de irse, Michael esperaba unos minutos con la mano en la cabeza de la perra.

—Vamos, chica.

Y ella iba.

Nunca atravesó la alambrada hasta que murió Luna.

Pobre Luna.

Fue una tarde como cualquier otra, después del instituto:

El pueblo estaba bañado por el sol.

La perra yacía inerte cerca del escalón de la puerta de atrás, con una serpiente de Mulga, también muerta, en el regazo.

Para Michael fue un «Oh, Dios» y pasos apresurados. Había dado la vuelta a la casa y entonces oyó el rasguño de una cartera caída al arrodillarse en el suelo, junto a Luna. Nunca olvidaría el hormigón caliente, el cálido olor a perro y la sensación de apoyar la cabeza sobre su pelo rojo anaranjado.

—Oh, Dios, Lunita, no...

Le suplicó que jadeara.

No lo hizo.

Le rogó que rodara sobre sí misma y sonriera, o que trotara hacia su cuenco. O que bailara, alternando las patas, a la espera de una avalancha de pienso.

No lo hizo.

No quedaba nada salvo un cuerpo y unas mandíbulas, una muerte de ojos abiertos, y se arrodilló bajo el sol del patio trasero. El chico, la perra y la serpiente.

Más tarde, poco antes de que Adelle llegara a casa, trasladó a Luna un poco más allá del tendedero y la enterró junto a una banksia.

Tomó un par de decisiones.

Primero, cavaría un hoyo aparte —medio metro a la derecha, tal vez— y en él depositaría la serpiente; amiga y enemiga, una junto a otra. Segundo, cruzaría la alambrada de la casa de Abbey Hanley esa noche. Caminaría hasta la derrotada puerta de entrada y la luz parpadeante y azulada del televisor.

Por la noche, en la carretera, detrás de él quedaban el pueblo y las moscas, y el dolor por la pérdida de la perra, un aire desnudo y sin jadeos. Lo acompañaba el vacío. Pero también otra sensación. Esa emoción embriagadora de hacer que algo ocurra: la novedad. Y Abbey. El «ella lo es todo».

Por el camino, se había recordado una y otra vez que no debía demorarse en la alambrada, pero no pudo evitarlo. Su vida se redujo a minutos, hasta que tragó saliva y se plantó frente a la puerta... y Abbey Hanley la abrió.

—Hombre —dijo ella, y el cielo estaba repleto de estrellas.

Un exceso de colonia.

Un chico de brazos ardientes.

La camisa le venía demasiado grande en un paisaje demasiado grande, y se quedaron en un camino de entrada inundado de hierbas. Dentro, el resto de la familia comía helados de supermercado, y el tejado acanalado se cernía y se inclinaba por encima de su cabeza mientras buscaba las palabras, y la inventiva. Las palabras las encontró. La inventiva, no.

—Hoy ha muerto mi perra —le dijo a las canillas de la chica.

—Ya me extrañaba que anduvieses solo. —Sonrió, casi con altanería—. ¿Soy la sustituta?

¡Menudo corte le acababa de dar!

Él no se amilanó.

—Por una mordedura. —Hizo una pausa—. De serpiente.

Y esa pausa, de algún modo, lo cambió todo.

Mientras Michael se volvía para mirar la oscuridad creciente, la actitud de la chica pasó de arrogante a estoica en escasos segundos. Avanzó unos pasos y se detuvo junto a él, mirando en la misma dirección. Lo bastante cerca para que sus brazos se tocaran.

—Mataría a cualquier serpiente con mis propias manos antes de permitir que también se acercara a ti.

Tras aquello, se hicieron inseparables.

Veían esas telecomedias antiguas y repetidas hasta la saciedad, *Embrujada* por él y *Mi bella genio* por ella. Se sentaban junto al río o paseaban por la carretera hasta salir del pueblo para ver cómo el mundo se ensanchaba. Limpiaban la consulta y escuchaban los latidos del otro con el estetoscopio del doctor Weinrauch. Se tomaban la tensión mutuamente hasta que tenían los brazos a punto de explotar. En el cobertizo trasero, él dibujaba sus manos, sus tobillos, sus pies, pero el rostro se le resistía.

—Venga ya, Michael… —Abbey rio y deslizó la mano por su pecho—. ¿No te sale mi cara?

Por fin aprendió.

Encontró el humo de sus ojos.

Su intrépida sonrisa burlona.

El dibujo era tan realista que parecía a punto de ponerse a hablar.

—Veamos lo bueno que eres: ahora con la otra mano.

Una tarde, lo condujo hasta la granja de la carretera. Colocó una caja de libros del instituto contra la puerta de su habitación, le tomó la mano y lo ayudó con todo lo demás: los botones, los corchetes, a tumbarse en el suelo.

—Ven aquí —dijo, y hubo moqueta y calor de hombros y espaldas y cinturas.

Había sol en la ventana, y libros y trabajos a medio terminar por todas partes. Respiración —la respiración de Abbey— y caída, sin más. Y vergüenza. Una cara vuelta hacia un lado y obligada a regresar al frente.

—Mírame, Michael, mírame.

Y la miró.

Aquella chica, su pelo y su humo.

—¿Sabes…? —el sudor entre sus pechos—, ni siquiera te dije que lo sentía.

Michael desvió la mirada.

Se le había dormido el brazo, debajo de ella.

—¿El qué?

Ella sonrió.

—Lo de tu perra y… —Estaba al borde de las lágrimas—. Y haber pisado la nave espacial esa mañana en la sala de espera.

Y Michael Dunbar podría haber dejado el brazo allí debajo para siempre; estaba atónito y aturdido, atontado.

—¿Te acuerdas de eso?

—Pues claro —contestó ella, y volviéndose hacia arriba, dirigiéndose al techo, añadió—: ¿Todavía no lo entiendes? —Tenía la mitad del cuerpo en la sombra, con el sol en las piernas—. Ya te quería por entonces.

la casa del asesino

Nada más cruzar el lecho seco del río, Clay le estrechó la mano a Michael Dunbar en la oscuridad. Ambos notaron el pulso en los oídos. Empezaba a refrescar. Por un momento, Clay imaginó el río, en plena crecida, solo por oír algo, por tener una distracción. Cualquier cosa de la que hablar.

Pero ¿dónde estaba el agua, joder?

Hacía un momento, al verse, se habían estudiado con curiosidad antes de bajar el rostro. Hasta que estuvieron a escasos metros el uno del otro no volvieron a mirarse más de un segundo.

La tierra parecía viva.

Por fin era noche cerrada y todo continuaba en silencio.

—¿Te ayudo con las bolsas?

—No, gracias.

La mano de su padre estaba espantosamente fría y húmeda. El hombre tenía los ojos nerviosos y parpadeaba sin parar. Clay había oído en sus palabras el rostro vencido, el paso fatigado y la voz apenas usada. Conocía todo aquello muy bien.

Cuando se dirigieron a la casa y se sentaron en el escalón de la entrada, el Asesino se hundió en parte. Separó los antebrazos, se sostuvo la cara.

—Has venido.

Sí, pensó Clay, he venido.

De haberse tratado de cualquier otra persona, habría alargado el brazo y habría colocado la mano sobre su espalda para decirle que no pasaba nada.

Pero no pudo.

Había una sola idea en su mente, y la repetición de esa idea.

He venido. He venido.

Ese día, tendría que conformarse con eso.

Cuando el Asesino se recuperó, aún transcurrió un buen rato antes de que entraran. Cuanto más te acercabas, más desazonada parecía la casa:

Canalones oxidados, escamas de pintura.

Estaba rodeada de hierbajos virulentos.

Delante de ellos, la luna brillaba sobre el camino rendido.

Dentro, había paredes de color crema y una gran onda expansiva hueca; todo olía a soledad.

—¿Un café?

—No, gracias.

—¿Té?

—No.

—¿Te apetece comer algo?

—No.

Se sentaron en el silencio de la sala de estar. La mesa de café estaba cargada de libros, revistas y planos de puentes. Un sofá los engulló, a padre e hijo.

Madre mía…

—Disculpa…, ha sido un poco una sorpresa, ¿no?

—No pasa nada.

A eso lo llamo yo congeniar.

Finalmente volvieron a levantarse y el Asesino le enseñó la casa.

Fue una visita corta, pero útil para saber dónde iba a dormir y dónde estaba el baño.

—Te dejo por si quieres deshacer el equipaje y darte una ducha.

En la habitación había un escritorio de madera, sobre el que Clay colocó todos los libros. Metió la ropa en el armario y se sentó en la cama. Lo único que quería era volver a estar en casa; se habría echado a llorar solo por poder cruzar la puerta. O subir al tejado con Henry. O ver a Rory tambaleándose por Archer Street, con todo un barrio de buzones a la espalda...

—¿Clay?

Levantó la cabeza.

—Ven a comer algo.

Le rugió el estómago.

Se inclinó hacia delante, con los pies pegados al suelo.

Cogió la caja de madera, cogió el mechero y miró la inscripción de «Matador», y la pinza nueva.

Por muchas y variadas razones, Clay no pudo moverse.

Todavía no, pero pronto.

el viento costero nocturno del sur

Por supuesto, Abbey Hanley nunca pretendió acabar con él.

Fue una de esas cosas que pasan.

Pero una de esas cosas lleva a otras, que conducen a más coincidencias, que conducen muchos años después a chicos y cocinas, a chicos y odio, y sin esa chica perdida en el pasado nada de todo ello existiría:

Ni Penelope.

Ni los chicos Dunbar.

Ni el puente, ni Clay.

En aquellos años, por lo que se refiere a Michael y a Abbey, todo era hermoso y sincero.

Él la amaba con líneas y color.

La amaba más que a Miguel Ángel.

La amaba más que al *David* y que a esos prisioneros petrificados en pugna.

Al acabar el instituto, tanto Abbey como él obtuvieron buenas notas, notas que les permitían ir a la ciudad, números mágicos de escapismo.

En Main Street hubo alguna que otra palmadita en la espalda.

Unas cuantas felicitaciones.

A veces, sin embargo, también había un ligero desdén, una especie de «¿Por qué narices quieres irte?». Se les daba mejor a los hombres, sobre todo a los mayores, con sus rostros maduros y un ojo entornado al sol con encono. Las palabras surgían sesgadas.

—Así que te vas a la ciudad, ¿eh?

—Sí, señor.

—¿Señor? ¡Todavía no estás allí, puñetas!

—Mierda… Perdón.

—Bueno, tú no vuelvas hecho un cantamañanas, ¿de acuerdo?

—¿Disculpe?

—Ya me has oído… Que no vuelvas pavoneándote por aquí como todos esos malnacidos que se han ido. Tú no olvides nunca de dónde eres, ¿entendido?

—Entendido.

—Ni lo que eres.

—Vale.

Sin duda Michael Dunbar era un malnacido puesto que era de Featherton, pero también un cantamañanas en potencia. El caso es que nadie dijo nunca: «Y no hagas nada que te valga el sobrenombre de Asesino».

Allí fuera le esperaba todo un mundo y las posibilidades eran infinitas.

El día que llegaron los resultados, durante las vacaciones de Navidad, Abbey le dijo que había estado esperando junto al buzón. Michael casi podría haber pintado la escena:

La abundancia de cielo vacío.

Una mano en la cadera.

Se había cocido al sol durante veinte minutos antes de regresar a por una tumbona y una sombrilla de playa, a miles de kilómetros del mar. Luego a por una neverita portátil y unos cuantos helados; Dios, tenía que irse de allí.

En el pueblo, Michael se dedicaba a lanzar ladrillos a un tipo encaramado a un andamio que a su vez se los lanzaba a otro tipo. En algún lugar, mucho más arriba, alguien los iba colocando mientras levantaban un nuevo bar para mineros, granjeros y obreros.

A la hora de comer, volvió a casa y vio su futuro, doblado, asomando en el cilindro reservado para la propaganda.

Haciendo caso omiso del mal augurio, lo abrió. Sonrió.

Cuando llamó a Abbey, la chica había entrado corriendo y jadeaba.

—¡Yo aún sigo esperando! Creo que este pueblo de mala muerte quiere retenerme aquí un par de horas más solo para castigarme.

Más tarde, sin embargo, Abbey apareció en su trabajo y se detuvo detrás de él. Michael se volvió y soltó los ladrillos, uno a cada lado. La miró de frente.

—¿Y bien?

Ella asintió.

Y se echó a reír, igual que Michael, hasta que una voz descendió entre ellos.

—¡Eh, Dunbar, pedazo de inútil, date brillo! ¡¿Dónde están los puñeteros ladrillos?!

—¡Pura poesía! —replicó la omnipresente Abbey.

Sonrió y se fue.

Pocas semanas después, se marcharon de verdad.

Sí, hicieron las maletas y pusieron rumbo a la ciudad, y ¿cómo se resumen cuatro años de aparente e idílica felicidad? Si a Penny Dunbar se le daba bien utilizar una parte para contar el todo, estas partes se quedaron únicamente en eso, en fragmentos y momentos a la deriva:

Condujeron once horas, hasta que vieron despuntar el horizonte de la ciudad.

Pararon en el arcén y lo admiraron en toda su extensión. Abbey se subió al capó.

Continuaron el viaje hasta llegar a ella y formar parte de ella, y la chica empezó a estudiar Empresariales mientras Michael pintaba y esculpía, indiferente a los genios que lo rodeaban.

Ambos tenían empleos de media jornada:

Una servía copas en una discoteca.

El otro trabajaba en la construcción, de albañil.

Por la noche, caían rendidos en la cama, y el uno en el otro.

Eran pedazos, ofrecidos y aceptados.

Una estación tras otra.

Un año tras otro.

De vez en cuando, por las tardes, comían *fish and chips* en la playa y contemplaban las gaviotas, que aparecían como por arte de magia, como conejos salidos de una chistera. Sentían la miríada de brisas marinas, todas ellas distintas, y el peso del calor y la canícula. En ocasiones, simplemente permanecían allí sentados mientras se aproximaba un nubarrón gigantesco, como una nave nodriza, y luego corrían bajo la lluvia que le seguía. Una lluvia que caía con la contundencia de una ciudad, acompañada del viento costero nocturno del sur.

También hubo momentos destacados, y cumpleaños, sobre todo uno en particular en el que ella le regaló un libro —un bello ejemplar de tapa dura, con letras en bronce— titulado *El cantero*. Michael se quedaba despierto para leerlo, mientras ella dormía pegada a sus piernas. Siempre, antes de cerrarlo, regresaba a la primera página, a la breve biografía del autor, debajo de la cual, hacia la mitad de la página, Abbey había escrito:

Para Michael Dunbar, mi único

amor, amor

y amor.

<small>ABBEY</small>

Y, por supuesto, poco después tocó volver a casa para casarse en un tranquilo día de primavera, mientras los cuervos graznaban fuera dispuestos a lanzarse al abordaje, como piratas de interior:

La madre de Abbey sollozó de felicidad en el banco de delante.

Su padre cambió la gastada camiseta de tirantes del trabajo por un traje.

Adelle Dunbar se sentó junto al buen médico, con los ojos radiantes tras unas gafas nuevas de ribete azul.

Y Abbey hecha un mar de lágrimas ese día, toda ojos húmedos, ahumados, y vestido blanco.

Y Michael Dunbar de joven, sacándola en brazos a la luz.

Y el regreso en coche, unos días después, y la parada a medio camino, junto al río, que ofrecía un espectáculo imponente, demencial, bramando corriente abajo —un río con un nombre extraño, pero un nombre que les encantaba—, el Amohnu.

Y tumbarse allí, bajo un árbol, y el pelo de Abbey haciéndole cosquillas y él sin intención de apartárselo, y Abbey diciéndole que le gustaría volver y Michael contestando: «Claro, ahorraremos dinero, nos haremos una casa y vendremos aquí cuando queramos».

Abbey y Michael Dunbar:

Dos de los malnacidos más felices que jamás tuvieron los arrestos de irse.

Y ajenos a todo lo que estaba por llegar.

un buen descanso

La noche fue larga, y Clay solo oía el fragor de sus pensamientos.

En cierto momento, se levantó para ir al lavabo y encontró al Asesino medio engullido por el sofá, enterrado entre libros y diagramas.

Se detuvo a su lado, a mirarlo.

Echó un vistazo a los libros y los bocetos que descansaban sobre el pecho del Asesino. El puente parecía su sábana.

Luego llegó la mañana, aunque la mañana distaba mucho de ser la mañana, eran las dos de la tarde, y Clay se despertó en la cama sobresaltado, inquieto, con el sol en la garganta, como Héctor. Su presencia en la habitación era abrumadora.

Cuando se incorporó, estaba mortificado por completo; se levantó apresuradamente. No. No. ¿Dónde está? Sin perder tiempo, se precipitó al recibidor, salió y se plantó en el porche en pantalones cortos. ¿Cómo he podido dormir tanto?

—Eh.

El Asesino se lo quedó mirando.

Acababa de doblar la esquina de la casa.

Se vistió y se sentaron a la mesa de la cocina, y esta vez sí que comió algo. El reloj blanco y negro del viejo horno apenas había pasado de

las 2.11 a las 2.12 y Clay ya había dado buena cuenta de varias reba-
nadas de pan y de una considerable cantidad de huevos asesinos.

—Adelante, vas a necesitar de todas tus fuerzas.

—¿Disculpa?

El Asesino continuó masticando, sentado, en el lado opuesto.

¿Sabía algo que Clay ignoraba?

Sí.

El chico había estado llamando a alguien toda la mañana.

Había dormido y gritado mi nombre.

Un sueño largo y ya voy retrasado.

Ese era el pensamiento recurrente de Clay mientras continuaba
comiendo, a su pesar, y luchaba por quitarse aquella comezón de
encima.

Pan y palabras.

—No volverá a suceder.

—¿Disculpa?

—Nunca duermo tanto. De hecho, apenas duermo.

Michael sonrió; sí, era Michael. ¿Eso que volvía a correr por sus
venas era la antigua sangre que le daba la vida? ¿O solo lo parecía?

—Clay, no pasa nada.

—No es… ¡Dios! —Había querido levantarse de manera preci-
pitada y había golpeado la mesa con la rodilla.

—Clay, por favor.

Por primera vez, Clay estudió el rostro que tenía delante. Era una
versión mayor de mí, aunque sin fuego en los ojos. Sin embargo, nos
parecíamos en todo lo demás: el pelo negro, incluso el cansancio.

Esta vez apartó la silla debidamente, pero el Asesino alzó una
mano.

—Espera.

Clay había decidido irse, y no solo de la habitación.

—No —dijo—, yo…

La mano, otra vez. Curtida y callosa. Manos de albañil. La agitó como si espantara una mosca revoloteando sobre un pastel de cumpleaños.

—Calla. ¿Qué crees que te espera ahí fuera?

Es decir:

¿Qué te ha hecho venir aquí?

Clay solo oía los insectos. Aquella nota única.

Y entonces lo asaltó la idea de algo grande.

Se levantó, inclinado sobre la mesa.

—Nada —mintió.

El Asesino no se dejó engañar.

—No, Clay, te ha traído hasta aquí, pero tienes miedo, por eso es más fácil quedarse ahí sentado y discutir.

Clay se enderezó.

—¿De qué estás hablando?

—Solo digo que no pasa nada… —Se interrumpió y lo estudió con atención. Un chico al que no podía tocar, o alcanzar—. No sé cuánto tiempo estuviste ayer entre esos árboles, pero algo debió de animarte a continuar…

Joder.

El pensamiento llegó con el calor.

Me vio. Toda la tarde.

—Quédate —dijo el Asesino— y come. Porque mañana tengo que enseñarte… Hay algo que tienes que ver.

zátopek

Por lo que se refiere a Michael y Abbey Dunbar, supongo que es el momento de preguntar:

¿De verdad eran felices?

¿Qué había de cierto en ello?

¿Cuál era la cruda realidad?

Empecemos por la obra artística.

Sí, él sabía pintar, y a menudo lo hacía de maravilla. Sabía reproducir un rostro o ver las cosas de una manera distinta. Sabía plasmarlo en un lienzo o en papel, pero, a fin de cuentas, lo tenía muy claro: trabajaba el doble que los demás estudiantes, quienes de alguna manera lo hacían más rápido. Además, su verdadero don se limitaba a una sola área, algo a lo que también se aferraba.

Se le daba bien pintar a Abbey.

Estuvo a punto de dejar la escuela de Bellas Artes varias veces.

Lo único que se lo impedía era la idea de presentarse ante ella y admitir su fracaso, por eso al final se quedaba. Consiguió sobrevivir a base de buenos trabajos y pinceladas de genialidad simplemente añadiéndola a ella en un fondo. «Eh, me gusta esta parte de aquí», siempre comentaba alguien. Toda la paciencia y la inspiración se la debía a ella.

Para el trabajo final, encontró una puerta abandonada y la pintó en ella, por ambos lados. En uno, Abbey alargaba la mano hacia el picaporte; en el otro, se alejaba. Entraba siendo adolescente; la chica con el uniforme del instituto, con aquella delicadeza huesuda y su melena infinita. Detrás, se iba —tacones altos, melenita corta, resuelta—, volviendo la vista hacia todo lo que quedaba en medio. Cuando recibió la evaluación, sabía lo que diría antes de leerla. Tenía razón:

La idea de la puerta está bastante trillada.

Dominio de la técnica, pero poco más, aunque admito que quiero conocer a la chica.

Quiero saber qué ha ocurrido entre ambas imágenes.

Tanto daba qué sucediese en el mundo que separaba una y otra, sabías que a esa mujer le iría bien en el otro lado; especialmente, según resultó, sin él.

Cuando regresaron a la ciudad, ya casados, alquilaron una casita en Pepper Street. El número 37. A Abbey la habían contratado en un banco —el primero en el que había solicitado empleo— y Michael trabajaba en la construcción y pintaba en el garaje.

Sorprende lo pronto que aparecieron las grietas.

Ni siquiera transcurrió un año.

Hubo cosas que enseguida saltaron a la vista, como que todo lo decidía ella:

La casa que habían alquilado, los platos ribeteados de negro.

Iban al cine cuando se le ocurría a ella, no a él, y mientras que la carrera de Abbey experimentó un impulso inmediato, él seguía donde siempre había estado, en aquellas losas de cemento. Daba la sensación de que ella era toda fuerza vital y él solo una vida. En el principio, el final fue así:

Era de noche.

En la cama.

Ella suspiró.

Él levantó la cabeza para ver qué ocurría.

—¿Qué pasa?

—Así no —contestó ella.

Y de ahí pasaron al «Pues dime cómo» y al «Ya no te enseño más» y al «¿A qué te refieres?» y a ella incorporándose y diciendo: «A que no puedo enseñártelo todo, no puedo llevarte todo el rato de la mano. Tienes que descubrirlo tú».

A Michael le asombró la calma con que Abbey descargó sus golpes, con la oscuridad pegada a la ventana.

—En todo el tiempo que llevamos juntos, creo que nunca has… —se interrumpió.

—¿Qué?

Solo un pequeñísimo trago de saliva, para prepararse.

—Tomado la iniciativa.

—¿La iniciativa? ¿En qué?

—No sé, en todo, en decidir dónde vivimos, lo que hacemos, lo que comemos, dónde, cuándo y cómo…

—Bueno, yo…

Abbey se incorporó un poco más.

—Tú nunca me tomas sin más. Nunca haces que me sienta deseada, por encima de todo. Es como…

Michael no quería saberlo.

—¿Como qué?

—Como si aún fueras el chico al que arrastré al suelo, en casa… —contestó Abbey en un tono ligeramente más suave.

—Yo…

Pero no hubo nada más.

Solo «yo».

Yo y el vacío.

Yo y la desazón, y la ropa colgada en una silla. Aunque Abbey no había acabado.

—En eso y puede que en todo lo demás, ya te lo he dicho…

—¿Todo lo demás?

En ese momento, la habitación parecía hecha de retales a punto de descoserse.

—No sé. —Se sentó más derecha, de nuevo, tratando de reunir valor—. Si no fuese por mí, puede que aún estuvieses en casa con todos esos que te llaman cantamañanas, los paletos en camiseta de tirantes y todos los demás. Puede que aún siguieras limpiando ese cuchitril de consulta y lanzando ladrillos a unos tíos que a su vez se los lanzaban a otros de más arriba.

Michael se tragó el resentimiento, y una buena ración de oscuridad.

—Fui yo quien te buscó.

—Cuando murió tu perra.

Michael acusó el golpe.

—La perra. ¿Cuánto tiempo llevabas esperando para soltar eso?

(Estoy seguro de que Michael no pretendía hacer un juego de palabras con dos de las acepciones del verbo «soltar».)

—No lo tenía guardado, ha salido sin más. —Abbey cruzó los brazos, aunque no llegó a taparse del todo, y estaba hermosa y desnuda y tenía unas clavículas muy rectas—. Puede que siempre haya estado ahí.

—¿Tenías celos de un perro?

—¡No! —exclamó, porque Michael continuaba dando palos de ciego—. Es solo que… ¿Por qué tardaste meses en acercarte hasta mi puerta después de tanto mirar y esperar? Porque en realidad querías que lo hiciera yo por ti, que saliese a buscarte a la carretera.

—No lo hiciste.

—Pues claro que no… No podía. —No sabía muy bien dónde mirar y decidió hacerlo al frente—. Dios, no lo entiendes, ¿verdad?

Ese último golpe fue como un tañido fúnebre, una verdad queda y cruda. El esfuerzo que requería la había debilitado, aunque solo fuese de manera momentánea, y volvió a deslizarse hacia abajo, sobre él, y apoyó una mejilla pétrea sobre su cuello.

—Lo siento —dijo Abbey—. Lo siento mucho.

Pero, por alguna razón, él no quiso dar el tema por zanjado.

Tal vez para recibir la cercana derrota con los brazos abiertos.

—Dime cómo. —El regusto de su voz. Seco y arenoso. Aquellos ladrillos se los habían lanzado a él y se los había ido tragando uno tras otro—. Dime cómo puedo arreglarlo.

De pronto, el hecho de respirar fue una final olímpica. ¿Dónde estaba Emil Zátopek cuando se le necesitaba? ¿Por qué no había entrenado como ese checo loco? Un atleta con esa resistencia seguro que sería capaz de hacer frente a una noche así.

Pero ¿Michael?

—Dime cómo, lo arreglaré. —De nuevo.

—Es que es justo eso.

La voz de Abbey fue horizontal; la dejó allí, sobre su pecho. Sin angustia, sin esfuerzo.

Sin deseo de arreglar ni de arreglo.

—Quizá no hay nada que solucionar —insistió Abbey—. Quizá es… —Se detuvo en seco. Comenzó de nuevo—. Quizá no estamos… tan bien como creíamos.

Michael, agonizando, utilizó su último aliento:

—Pero yo… —Se interrumpió, prosiguió a rastras—. Mucho.

—Ya lo sé —Y su voz estaba impregnada de lástima, aunque despiadada—. Yo también, pero quizá no es suficiente.

Si Abbey hubiera finalizado la conversación con una pulla, él se habría desangrado en la cama.

el amohnu

La noche, después de haber dormido tanto y tan profundamente durante el día, resultó tan desapacible y agitada como la última. Echó un vistazo al contenido de la caja de madera y pensó en la mañana del porche:

La leche saltando a la barandilla.

La yugular de mi cuello.

Vio a Aquiles y a Tommy, y a Rory.

Y a Carey.

Por supuesto pensó en Carey, y en el sábado, y en si, a pesar de todo, iría a Los Aledaños. Se moría de ganas por saberlo, pero nunca se lo preguntaría, y en ese momento se detuvo y lo comprendió; una revelación categórica y contundente.

Se levantó y se apoyó, inclinado, sobre el escritorio.

Ya no estás allí, pensó.

Te has ido.

El Asesino también estaba en pie poco después del alba, y juntos recorrieron el río como si se tratara de un camino, partiendo desde la casa.

El terreno dibujaba un suave ascenso a medida que el lecho del río ganaba altitud.

Pocas horas después, sin embargo, trepaban por gigantescas rocas abatidas, sujetándose a sauces y eucaliptos rojos. Ya fuera abrupto o gradual, había algo inmutable en el paisaje: su fuerza casi palpable. Los terraplenes transmitían una sensación de corpulencia. Los sedimentos contaban su historia irrefutable.

—Mira esto —dijo el Asesino.

Se encontraban en una zona muy boscosa; de entre las sombras de las frondas en lo alto, por todas partes parecían descolgarse escalerillas hechas de luz. Su pie en un árbol con las raíces a la vista. Un manto de musgo, y follaje.

Y esto, pensó Clay.

Se hallaba junto a una roca enorme que parecía haberse desencajado.

Aquel tipo de ascenso continuó más de medio día, hasta que se detuvieron a comer en un saliente alargado de granito, desde el que contemplaron los prados salpicados de colinas.

El Asesino abrió su mochila.

Agua. Pan y naranjas. Queso y chocolate negro. Todo pasó de una mano a otra, pero apenas dijeron nada. Sin embargo, Clay estaba seguro de que compartían pensamientos similares, sobre el río, sobre su demostración de fuerza:

Así que esto es a lo que nos enfrentamos.

Emplearon el resto de la tarde en el camino de vuelta. De vez en cuando uno tendía una mano para ayudar al otro, pero a su regreso, ya de noche, en el lecho del río, no habían vuelto a intercambiar más palabras.

Aun así, era entonces o nunca.

Si alguna vez hubo un momento idóneo para empezar, fue ese.

Pero no lo fue.

No exactamente:

Continuaban existiendo demasiadas preguntas, demasiados recuerdos; pero uno de ellos tenía que dar el primer paso, y fue el Asesino, como correspondía, quien claudicó. Si alguien debía intentar establecer una relación de camaradería, era él. Habían caminado muchos kilómetros juntos ese día, así que lo miró y preguntó:

—¿Quieres construir un puente?

Clay asintió, pero desvió la mirada.

—Gracias —dijo Michael.

—¿Por qué?

—Por venir.

—No he venido por ti.

Estrechando lazos familiares al estilo Clay.

una galería de abbeys

En muchos sentidos, creo que es cierto, que incluso los malos momentos están llenos de buenos momentos (y grandes momentos), y con su separación ocurrió lo mismo. Todavía estaban esas mañanas de domingo en que ella le pedía que le leyera, en la cama, besándolo con su aliento matutino, y Michael, irremediablemente, se rendía. Le encantaba leerle *El cantero*. Primero pasaba un dedo por las letras.

—¿Cómo se llamaba ese sitio, donde aprendió a trabajar el mármol, y la piedra? —le preguntaba ella.

Y él contestaba, con placidez.

El pueblo se llamaba Settignano.

O:

—Vuelve a leer lo que dice sobre los *Prisioneros*.

Página 265:

«Eran extravagantes y retorcidos —poco elaborados, incompletos—, y aun así colosales, monumentales, en una lucha que parecía para por siempre eterna».

—¿«Para por siempre»? —Abbey rodó hasta colocarse sobre él y lo besó en la barriga; siempre adoró aquella barriga—. ¿Crees que es una errata?

—No, creo que es adrede. El autor cuenta con que pensemos que es un error... Imperfecto, como los *Esclavos*.

—Ajá. —Ella lo besó y volvió a besarlo, por toda la barriga, y empezó a ascender, hacia el torso—. Me encanta cuando haces eso.

—¿El qué?

—Luchar por lo que amas.

Pero no supo luchar por ella.

O, al menos, no como ella quería.

Para ser justos, Abbey Dunbar no tenía ni una pizca de maldad, pero a medida que el tiempo se dilataba y los buenos momentos encogían, cada día resultaba más patente que sus vidas iban por caminos separados. Mejor dicho, ella cambió y él continuó siendo el mismo. Abbey nunca hizo blanco en él ni lo atacó. Pero de pronto Michael se aferraba a algo que se había vuelto escurridizo.

Al echar la vista atrás, recordaba las películas. Recordaba sesiones del viernes por la noche en que todo el cine reía, incluso él, y Abbey permanecía impasible. Y luego, cuando la hueste de espectadores estaba en absoluto silencio, ella sonreía ante algo privado que solo entendían la pantalla y ella. Ojalá él hubiera sabido reír al mismo tiempo que ella, tal vez las cosas habrían ido bien…

Se detuvo.

Aquello era ridículo.

El cine y las palomitas de plástico no aumentan las posibilidades de aniquilación, ¿no? No, fue más como una recopilación: un «grandes éxitos» de dos personas que habían viajado juntas tan lejos como habían podido, para acabar desvaneciéndose como las últimas notas de una canción.

A veces ella invitaba a amigos del trabajo a casa.

Tenían las uñas limpias.

Tanto los hombres como las mujeres.

Ni se acercaban a un solar en obras.

Además, Michael pintaba mucho en el garaje, por lo que sus manos siempre estaban polvorientas o salpicadas de color. Él bebía café de cafetera; ellos, de máquina.

En cuanto a Abbey, cada vez tenía el pelo más corto, la sonrisa más formal, y al final fue lo bastante valiente para irse. Tal vez Abbey le tocase el brazo como antaño, haciéndole un comentario o contándole un chiste. O bromease con él, le guiñase un ojo o le sonriese, pero cada vez era menos convincente. Él sabía muy bien que después cada uno ocuparía un territorio distinto de la cama.

—Buenas noches.

—Te quiero.

—Yo también.

A menudo, él se levantaba.

Iba al garaje y pintaba, pero notaba las manos muy pesadas, como endurecidas, como atrapadas en cemento. A menudo, también cogía *El cantero* y leía páginas como por prescripción médica; las palabras servían para aliviar el dolor. Leía y trabajaba hasta que le ardían los ojos, y con una verdad que le rondaba y que acababa echándosele encima.

Ahí estaban Buonarroti y él.

Solo un artista en la sala.

Tal vez, si hubiesen reñido…

Quizá era eso lo que faltaba.

Algo de temperamento.

O tal vez haber limpiado más.

No, fue, pura y simplemente, una constatación:

La vida de Abbey Dunbar señalaba en una dirección distinta a la del chico al que una vez amó y al que debía dejar atrás. Donde en otro tiempo él la pintaba y ella lo amaba por ello, en ese momento solo parecía una forma de no perderla. Podía captarla riendo mientras lavaba los platos. O de pie junto al mar, con los surfistas a su espalda, tras el paso de la ola. Aquellos cuadros seguían siendo preciosos y expresivos, pero donde en otro tiempo solo había en ellos amor, en ese momento había amor y necesidad. Había nostalgia; amor y abandono.

Y entonces, un día, ella se interrumpió a media frase.

—Es una pena… —susurró.

El silencio casi absoluto de las afueras.

—Es una verdadera pena, porque…

—¿Qué?

Como era cada vez más habitual, en realidad él no quería oírla; le dio la espalda a la respuesta. Estaba frente al fregadero de la cocina.

—Creo que en realidad quieres más a la versión que pintas de mí… Me pintas mejor de lo que soy.

El sol lanzaba destellos.

—No digas eso. —Él murió en ese mismo instante. El agua era gris, como si se hubiera nublado—. No vuelvas a decir eso.

Cuando llegó el final, ella se lo dijo en el garaje.

Él sujetaba un pincel con la mano.

Ella había hecho las maletas.

Él debía quedarse los cuadros.

Ella escuchó con expresión compungida sus preguntas fútiles. ¿Por qué? ¿Había otra persona? ¿Es que el matrimonio, el pueblo, todo, no significaban nada?

Pero incluso en ese momento en que la rabia tendría que haberse impuesto a la razón, de las vigas solo pendían hebras de tristeza, que se mecían y agitaban como telarañas, frágiles y, en el fondo, sin ningún peso.

A sus espaldas, una galería de Abbeys observaba la escena:

Ella reía, bailaba, lo absolvía. Ella comía y bebía y se estiraba, desnuda, en la cama, mientras la mujer que Michael tenía delante —la que no estaba pintada— se explicaba. No había nada que él pudiese decir o hacer. Suficientes disculpas para llenar un minuto. Por todo.

La penúltima súplica de Michael fue una pregunta.

—¿Te está esperando él fuera?

Abbey cerró los ojos.

Y la última, en una especie de acto reflejo, fue esta:

En un taburete, junto al caballete, estaba *El cantero*, boca abajo. Alargó la mano y se lo tendió. Y por alguna extraña razón, ella lo aceptó. Tal vez solo para que, muchos años después, un chico y una chica fuesen tras él... Se lo quedarían, lo leerían y se obsesionarían con él, tumbados en un colchón, en un viejo campo caído en el olvido, en una ciudad de campos caídos en el olvido, y todo eso tendría su origen en ese momento.

Ella lo aceptó.

Lo sostuvo en la mano.

Se besó los dedos y tocó con ellos la cubierta, y tenía un aspecto muy triste, y en cierto modo aguerrido; se lo llevó, y la puerta se cerró de golpe tras ella.

¿Y Michael?

Oyó el motor desde el garaje.

Otro hombre.

Se dejó caer sobre el taburete salpicado de pintura y le dijo «No» a la chica que lo rodeaba. El ruido del motor se hizo más audible, luego disminuyó y finalmente se desvaneció por completo.

Permaneció sentado mucho tiempo, callado, tembloroso, y se echó a llorar sin hacer ruido. Lloró sus lágrimas silenciosas y solitarias ante el rostro de las pinturas que se arremolinaban en torno a él, hasta que la tormenta amainó, y se tumbó, se ovilló en el suelo. Y Abbey Dunbar, que ya no era Abbey Dunbar, lo veló toda la noche en sus múltiples formas.

pont du gard

Durante los cuatro o cinco días siguientes, padre e hijo siguieron la misma rutina. Trabajaban codo con codo, en una especie de colaboración cauta, como dos boxeadores en los primeros asaltos. Ninguno de los dos parecía dispuesto a asumir un riesgo demasiado grande por miedo a acabar noqueado. Michael, especialmente, caminaba sobre seguro. No quería más «No he venido por ti». Eso no le hacía ningún bien a nadie o, como mínimo, a él.

El sábado, el día que Clay más añoró su hogar, recorrieron el río en sentido contrario, y en alguna ocasión le asaltó la tentación de hablar.

Al principio solo se trataba de cosas simplonas.

¿El Asesino trabajaba en algún lado?

¿Cuánto hacía que vivía allí exactamente?

Pero fueron haciéndose más incisivas, o directas:

¿A qué narices estaba esperando?

¿Cuándo se pondrían manos a la obra?

¿Lo del puente era una forma de retrasar lo inevitable?

Le recordó a Carey y el viejo McAndrew: hacer preguntas solo la alejaba de la meta. En el caso de Clay, sin embargo, había mucho más detrás.

Tratándose de alguien que en otro tiempo adoraba que le contasen historias, preguntar era algo que en algún momento se le había dado bien.

Casi todas las mañanas, el Asesino se acercaba al río y se quedaba allí un rato.

A veces, durante horas.

Luego regresaba y leía o escribía en sus montañas de papeles desperdigados.

Clay, por su lado, salía también.

En ocasiones recorría el río hasta las grandes rocas.

Se sentaba en ellas, añorándonos.

El lunes fueron al pueblo a comprar comida.

Cruzaron el lecho del río, su aridez.

Se llevaron el armatoste rojo.

Clay envió una carta a Carey y un saludo para todos a través de Henry. Mientras que la primera era un relato detallado de gran parte de lo que había ocurrido, lo segundo fue lo típico entre hermanos.

> Hola, Henry:
> Todo bien por aquí.
> ¿Vosotros?
> Díselo a los demás.
> CLAY

Recordó que Henry le había aconsejado que se comprara un teléfono, una idea bastante oportuna teniendo en cuenta que la nota se parecía mucho a un mensaje de texto.

Le dio un millón de vueltas a si debía escribir su nueva dirección en los sobres y al final decidió hacerlo solo en el de Henry. Pero ¿decírselo a Carey? No lo tenía claro. No quería que ella se sintiera en la obligación de responderle. O tal vez temía que no lo hiciese.

Todo cambió el jueves, al menos ligeramente, por la noche: Clay no regresó de inmediato a su habitación.

Se quedó en la sala de estar, y Michael no dijo nada, se limitó a mirarlo de soslayo, con cautela. Clay estaba en el suelo, cerca de la ventana. Había acabado el último de los libros prestados —los de la generosa Claudia Kirkby—, y se puso con un almanaque sobre puentes; el que leía más a menudo. El título no era muy acertado, pero le encantaba el libro en sí. *Los mejores puentes de todos.*

Al principio le costó concentrarse, pero media hora después, la primera sonrisa despuntó en su cara al llegar a su puente preferido.

El Pont du Gard.

«El mejor» no era la mejor expresión para describir el puente, que además hacía las veces de acueducto.

Construido por los romanos.

O por el diablo, según decían.

Sonrió mientras admiraba los arcos —media docena, gigantescos, en la base, once en el nivel medio y treinta y cinco en el superior—, y sintió que la sonrisa se ensanchaba.

Repentinamente consciente de ello, levantó la vista.

Por poco.

El Asesino había estado a punto de pillarlo.

El domingo al atardecer, Michael encontró a Clay en el lecho del río, que interrumpía la carretera.

—Tengo que irme, diez días —anunció, manteniéndose a cierta distancia.

Pues sí, trabajaba.

En las minas.

A seis horas de allí en dirección oeste, pasado el viejo pueblo de Featherton.

Mientras hablaba, el sol se ponía con pereza, a lo lejos. Los árboles proyectaban sombras cada vez más alargadas.

—Puedes volver a casa esos diez días o quedarte aquí.

Clay se levantó y se volvió hacia el horizonte.

El cielo, tras un gran esfuerzo, se desangraba.

—¿Clay?

El chico lo miró y compartió con él la primera insinuación de camaradería, o un pedazo de sí mismo. Le dijo la verdad:

—No puedo volver a casa. —Era demasiado pronto para intentarlo—. No puedo volver… Aún no.

Michael contestó sacando algo del bolsillo.

Era un folleto de una inmobiliaria, con fotos del terreno, la casa y un puente.

—Anda —dijo—, échale un vistazo.

El puente era una belleza, sencillo, de caballete, construido con traviesas de tren y travesaños de madera. En su día se tendía sobre el espacio en el que se encontraban.

—¿Estaba aquí?

Asintió.

—¿Qué te parece?

Clay no vio razón para mentir.

—Me gusta.

El Asesino se pasó una mano por el pelo ondulado. Se frotó un ojo.

—Se lo llevó el río… poco después de que me mudara aquí. Y apenas ha llovido desde entonces. Lleva así de seco una buena temporada.

Clay dio un paso hacia él.

—¿Quedó algo?

Michael señaló unos cuantos tablones medio enterrados en el lecho.

—¿Nada más?

—Nada más.

El rojo aún rugía frente a ellos, una silenciosa avenida de sangre.

Regresaron a la casa.

—¿Es por Matthew? —preguntó el Asesino en los peldaños de la entrada. Más que pronunciarla, le había tendido la insinuación—. Dices mucho su nombre, en sueños. —Vaciló—. La verdad es que los dices todos, y los de otra gente. Nombres que no había oído nunca.

Carey, pensó Clay, pero Michael dijo «Matador».

—Matador en la quinta —dijo.

Ya era suficiente.

No tientes a la suerte.

Clay lo miró y el Asesino lo entendió. Regresó a la pregunta original.

—¿Te dijo Matthew que no podías volver?

—No, no exactamente.

No hizo falta añadir nada más.

Michael Dunbar imaginaba la alternativa.

—Debes de echarlos de menos.

En su interior, Clay se enfureció con él.

Pensó en chicos, patios y pinzas de tender.

—¿Tú no? —contestó, mirándolo a los ojos.

Temprano, muy temprano, cerca de las tres de la mañana, Clay percibió la sombra del Asesino, de pie junto a su cama. Se preguntó si aquello le recordaría, como le ocurría a él, la última vez que se había plantado a su lado de esa manera, la terrible noche que nos abandonó.

Al principio pensó que se trataba de un intruso, pero sus ojos no tardaron en adaptarse a la oscuridad. Reconocería esas manos de matarife en cualquier parte. Oyó la voz vencida:

—¿El Pont du Gard?

En voz baja, muy baja.

O sea que al final sí lo había pillado.

—¿Es tu preferido?

Clay tragó saliva y asintió en la oscuridad.

—Sí.

—¿Y alguno más?

—El de Ratisbona. El Puente del Peregrino.

—Ese es de tres arcos.

—Sí.

Las ideas se sucedieron.

—Entonces ¿te gusta la Percha?

La Percha.

El gran puente de la ciudad.

El gran puente de casa:

Un puente de arco distinto, de metal, que se alzaba sobre la carretera.

—Es extraordinaria.

—¿En femenino?

—Para mí sí.

—¿Por qué?

Clay cerró los ojos con fuerza y volvió a abrirlos.

Penny, pensó.

Penelope.

—Porque sí.

¿De verdad necesitaba explicárselo?

Lentamente, el Asesino retrocedió hacia el resto de la casa.

—Nos vemos pronto —dijo. Aunque luego añadió, en un acto temerario y esperanzado—: ¿Conoces la historia del Pont du Gard?

—Tengo sueño.

Joder, pues claro que la conocía.

Por la mañana, sin embargo, con la casa vacía, se detuvo en la cocina cuando lo vio sobre el papel, en gruesos trazos de carboncillo.

Alargó un dedo y lo tocó:

DISEÑO DE PUENTE DEFINITIVO. PRIMER BOCETO

Pensó en Carey y pensó en puentes de arco, y de nuevo su propia voz lo sorprendió.

—Ese puente estará hecho de ti.

cinco años y un piano,
después de una mano sobre otra

Cinco largos años estuvo tendido en ese garaje, en el suelo, hasta que ocurrió.

Algo hizo que se levantase:

El piano.

Una dirección confusa.

La luz de la tarde.

Con ella llegó una mujer acompañada de música y dos poemas épicos, y ¿qué otra cosa iba a hacer Michael Dunbar?

En cuestión de segundas oportunidades, no podría haber sido más afortunado.

Bueno, pero ¿qué ocurrió en esos cinco años?

Firmó los papeles del abogado, con manos temblorosas.

Dejó de pintar, para siempre.

Sintió la tentación de regresar a Featherton, pero también recordó la voz en la oscuridad y la cabeza sobre su cuello:

Puede que aún estuvieses allí.

Además de la humillación.

Volver sin la chica.

«¿Dónde está?», preguntaría la gente.

«¿Qué ha ocurrido?»

No, no podía volver, nunca. Correría la voz, pero eso no significaba que él quisiese oírla. Tenía más que suficiente con sus propios pensamientos.

«¿Qué?»

Lo asaltaban a menudo, mientras cenaba o se cepillaba los dientes.

«¿Que ella lo ha dejado?»

«Pobre chico.»

«Bueno, no puede decirse que no se viera venir... Ella era un culo inquieto y él, bueno, nunca fue un lince, ¿no?»

No, era mejor quedarse en la ciudad. Era mejor quedarse en casa y notar cómo su perfume se desvaía poco a poco. Al fin y al cabo, siempre había trabajo. La ciudad crecía. Siempre había un par de cervezas, ya fuese solo en casa o con Bob y Spiro, o con Phil, compañeros con mujer e hijos, o sin nada, como él.

De vez en cuando volvía a Featherton, pero solo para visitar a su madre. Le alegraba verla participando en los típicos acontecimientos de pueblo pequeño. Puestos de pasteles, el desfile del día del Anzac, bolo césped con el doctor Weinrauch los domingos. Aquella era su vida.

Cuando le contó lo de Abbey, apenas dijo nada.

Cubrió la mano de su hijo con la suya.

Lo más probable era que estuviese pensando en su marido, quien se había adentrado en las llamas. Nadie sabía por qué algunos entraban y ya no volvían. ¿Es que no querían salir tanto como los demás? En cualquier caso, Michael Dunbar nunca albergó dudas respecto a Abbey.

Lo siguiente, los cuadros; ya no soportaba mirarlos.

Su imagen despertaba preguntas.

Dónde estaba.

Con quién estaba.

Sentía la tentación de imaginarla en movimiento, con otro hombre. Un hombre mejor. Sin sutilezas.

Quería ser menos superficial, decir que esas cosas no importaban, pero sí lo hacían. Llegaban dentro, a un lugar profundo en el que no quería aventurarse.

Una noche, al cabo de unos tres años, reunió los cuadros en un lado del garaje y los cubrió por completo, con sábanas: una vida tras un telón. Sin embargo, una vez que el trabajo estuvo hecho, no pudo resistirse y echó un último vistazo: pasó una mano por el más grande, en el que Abbey aparecía con los zapatos en la mano, en la orilla.

—Adelante —dijo ella—, quédatelos.

Pero ya no quedaba nada.

Volvió a bajar las sábanas.

Mientras el tiempo que faltaba intentaba darle alcance, la ciudad engulló a Michael.

Trabajaba, conducía.

Cortaba el césped; un tipo majo, un buen inquilino.

¿Cómo iba a saberlo?

¿Cómo iba a saber que dos años después el padre de una chica inmigrante moriría en un banco de un parque europeo? ¿Cómo iba a saber que ella, en un arranque de amor y desesperación, compraría un piano y que se lo entregarían no a ella, sino a él, y que la vería en mitad de Pepper Street junto a un trío de inútiles con un piano?

En muchos sentidos, Michael nunca había dejado el suelo del garaje, y muchas veces lo imagino de esta manera:

Se incorpora y se pone en pie.

El lejano murmullo del tráfico —muy parecido al mar— suena de fondo durante cinco largos años, y repito para mí mismo, una y otra vez:

Hazlo, hazlo ya.

Ve hacia esa mujer y ese piano.

Si no vas ahora, no existiremos ninguno de nosotros —ni hermanos, ni Penny, ni padre, ni hijos— y lo único que tienes que hacer es aceptarlo, decidirte y llegar hasta donde puedas con ello.

cuarta parte

ciudades + aguas + criminales
+
arcos

la pila de clay

Ese lunes, después de que Michael se marchara antes del alba y Clay viera el boceto en la cocina, este se preparó el desayuno y fue a la sala de estar. Las anotaciones, las páginas y los cálculos del Asesino estaban separados en siete pilas en la mesa de café. Unas eran más altas que otras, pero todas ellas tenían un letrero encima. En cada pila había una piedra, o una grapadora, o unas tijeras, para impedir que las hojas salieran volando. Despacio, fue leyendo todos los letreros:

MATERIALES

AYUNTAMIENTO

ANDAMIOS

EL DISEÑO VIEJO (CABALLETE)

EL DISEÑO NUEVO (ARCOS)

RÍO

y

CLAY

Clay se sentó.

Dejó que el sofá lo devorase.

Deletreó el nombre de Carey en las migas de su tostada y luego alcanzó la pila titulada ANDAMIOS.

A partir de ahí, se pasó todo el día leyendo.

No comió ni fue al baño.

Solo leyó y miró y aprendió todo lo posible sobre el puente que Michael Dunbar tenía en la cabeza, y que era un enorme garabato a carboncillo y lápiz grueso. Sobre todo EL DISEÑO VIEJO. Esa pila de papel tenía ciento trece páginas (las contó), llenas de costes de la madera, técnicas y sistemas de polea, y de por qué pudo fallar el puente anterior.

EL DISEÑO NUEVO tenía seis páginas en total; reunidas la noche anterior. La primera hoja de esa pequeña pila de papel decía una única cosa, pero muchas veces.

PONT DU GARD.

Las que seguían estaban llenas de bocetos y dibujos desparramados, y también había una lista de definiciones:

«Sillares» y «Dovelas».

«Salmeres» y «Cimbra».

«Rosca» y «Clave».

Viejos predilectos como «Contrafuerte» y «Luz».

Resumiendo, los sillares eran bloques de piedra estándar; a las dovelas ya se les había dado forma para el arco. El salmer era el punto final de presión, la piedra donde el arco se encontraba con el pilar. Su preferida, sin embargo, aunque no sabía por qué, era la cimbra: la armadura sobre la que se construía el arco; una curvatura construida en madera. Primero lo sostenía, después se retiraba de debajo: la primera prueba de todo arco y su supervivencia.

Luego CLAY.

Miró la pila de CLAY muchas veces mientras leía todo lo demás. La idea de ponerse con ella le emocionaba, pero también lo retenía.

Encima, el pisapapeles era una vieja llave oxidada, y debajo había una sola hoja.

Ya era entrada la tarde cuando la leyó por fin.

Levantó la llave, la sostuvo sin fuerza en la palma de su mano y, al darle la vuelta al letrero del título, esto fue lo que encontró escrito debajo:

Clay:

Ve a la página 49 de EL DISEÑO VIEJO.

Buena suerte.

MICHAEL DUNBAR

Página 49.

Allí era donde se explicaba la importancia de cavar una zanja que cruzara los cuarenta metros de ancho del río, y de trabajar en todo momento sobre el lecho de roca. Como constructores de puentes noveles, decía, tendrían que llegar más allá de donde llegaría un experto, para asegurarse de que no corrían riesgo alguno. Incluso había un boceto: cuarenta por veinte metros.

Leyó ese párrafo muchas veces, después se detuvo y lo pensó:

Cuarenta por veinte.

Y a saber con cuánto de profundidad.

Más le valdría haber empezado por esa pila.

Había perdido todo un día de cavar.

Después de una breve búsqueda, vio que la llave abría el cobertizo de detrás de la casa y, cuando entró, Clay encontró la pala esperando con benevolencia en el banco de trabajo. La levantó y miró a su alrededor. También había cerca un pico, y una carretilla.

Volvió a salir y, con la última luz de la tarde noche, se dirigió al lecho del río. Esta vez vio un perímetro marcado con espray naranja brillante. No se había fijado antes porque había estado dentro todo el día.

Cuarenta por veinte.

Se lo repetía mentalmente mientras recorría el borde.

Clay se agachó, se enderezó, contempló la luna que salía…, pero el trabajo no tardó en hacerle llegar su invitación. Sonrió a medias pensando en Henry, y en que sin duda le habría gritado una cuenta atrás.

Estaba ahí fuera él solo mientras el pasado que cargaba sobre las espaldas convergía… Tres segundos más y: ¡ya!

La pala y la unión con la tierra.

las vidas de antes de tenernos

En la marea del pasado Dunbar, los rumbos de Michael y Penelope se cruzaron y, por supuesto, todo empezó con el piano. También debería confesar que, para mí, ese momento inicial y el sueño de una felicidad duradera siempre han sido una especie de misterio. Supongo que como el tiempo que pasaron juntos los padres de cualquiera de nosotros: esas vidas de antes de tenernos.

Aquella tarde soleada, aquí, en la ciudad, empujaron el instrumento por Pepper Street y se lanzaron miradas fugaces mientras los transportistas del piano reñían:

—¡Oye!

—¿Qué?

—Que no estás aquí por tu cara bonita, ¿sabes?

—¿Y eso qué quiere decir?

—¡Quiere decir que empujes! Muévelo hacia aquí, imbécil. ¡Hacia aquí!

El uno al otro, con gran secretismo:

—No sé qué cobraremos por esto, pero aguantar a este tío no se paga con dinero, ¿a que no?

—Ya lo sé, y que lo digas.

—¡Eh, espabilad! La chica le está poniendo más ganas que vosotros dos juntos. —Y entonces, a Penelope, desde el contorno vertical del piano—: Oiga, ¿no estará buscando trabajo, por casualidad?

Ella sonrió con gentileza.

—Oh, no, gracias. Ya tengo unos cuantos.

—Se nota. No como estos dos inútiles. ¡Eh! ¡Por aquí!

Y allí, en ese instante, ella volvió la mirada y el hombre del número 37 le ofreció la curva de una sonrisa de complicidad, aunque enseguida volvió a guardársela dentro.

En el apartamento, sin embargo, una vez el piano estuvo bien colocado junto a la ventana, Michael Dunbar dijo que ya se iba. Ella le preguntó qué podía ofrecerle para agradecerle su ayuda, si un vino o quizá una cerveza, o *wódka* (¿de verdad dijo eso?), pero él no quiso ni oír hablar del asunto. Se despidió de ella y se marchó. Cuando Penelope se puso a tocar, no obstante, lo vio a él escuchando; sus primeras notas experimentales. El piano todavía había que afinarlo.

Michael estaba fuera, junto a la alineación de cubos de la basura. Cuando ella se levantó para cerciorarse, ya se había ido.

Las semanas que siguieron, sin duda hubo un algo en el ambiente.

Hasta el día del piano no se habían visto nunca, pero de pronto se encontraban por todas partes. Si él estaba en la cola de Woolworths con papel higiénico debajo del brazo, ella esperaba en la caja de al lado con un saco de naranjas y un paquete de galletitas glaseadas. Después del trabajo, cuando ella torcía por Pepper Street, él bajaba de su coche algo más arriba.

En el caso de Penelope (y era algo que la avergonzaba), a menudo daba unas cuantas vueltas a la manzana, exclusivamente por esos pocos segundos que tardaba en recorrer la fachada de la casa de él. ¿Estaría en el porche? ¿Habría una luz encendida en la cocina? ¿Saldría él y la invitaría a pasar y a tomar un café o un té, o lo que fuera?

Aquello tenía cierta sinergia, por supuesto, si pensamos en Michael y en Luna, y en los paseos por aquel Featherton de hacía tanto tiempo. Incluso cuando se sentaba al piano, a menudo miraba a ver; tal vez él estuviera otra vez junto a los cubos.

En cuanto a Michael, se resistió.

No quería volver a verse en «ese lugar», donde todo era bonito pero podía derrumbarse. En su cocina pensaba en Penelope, y en el piano, y en su propio palacio frecuentado por el fantasma de Abbey. Había visto los brazos de esa nueva mujer, y el amor en sus manos mientras ayudaba a empujar el instrumento por la calle…, pero era capaz de obligarse a no ir en su busca.

Acabó siendo meses después, en abril, cuando Penny se puso unos vaqueros y una blusa.

Subió por Pepper Street.

Estaba oscuro.

Se dijo que era ridícula, que era una mujer, no una niña. Había viajado miles de kilómetros para llegar allí. Se había visto metida hasta los tobillos en el oscuro suelo color vino de unos lavabos, así que eso no era nada, nada en comparación. Sin duda podía cruzar una verja y llamar a la puerta de un hombre.

Sin duda.

Y lo hizo.

—¿Hola? —dijo—. Bueno, creo… ¿Supongo que me recuerda?

Él estaba inmóvil, igual que la luz; el espacio que quedaba tras él en el pasillo. Y entonces, de nuevo, esa sonrisa. Surgió de repente, luego se perdió.

—Claro que sí… El piano.

—Sí. —Se estaba aturullando y no era inglés lo que se formaba en sus labios; cada frase era exactamente eso: un pequeño castigo. Había tenido que plantar su propio idioma en el centro e ir abriéndose camino a su alrededor. De alguna forma consiguió preguntarle si le gustaría ir a visitarla. Ella podía tocar el piano, bueno, si es que a él le gustaba el piano, y también tenía café y tostadas de pan dulce con pasas y…

—¿Galletitas glaseadas?

—Sí… —¿Por qué con tanto rubor?—. Sí. Sí, también tengo.
—La recordaba. ¡La recordaba!

Él la recordaba y, en ese instante, a pesar de todas las advertencias y la disciplina para consigo mismo, la sonrisa que había retenido dentro se le escapó. Fue casi como en esas películas del ejército —las cómicas— donde el desastroso y desventurado recluta intenta por todos los medios saltar un muro y cae a plomo por el otro lado; estúpido y torpe, pero agradecido.

Y Michael Dunbar sucumbió:

—Me encantaría ir a oírla tocar… Solo me llegaron unas pocas notas aquel primer día, cuando se lo entregaron. —Luego, un momento; uno largo—. Oiga, ¿no le apetece pasar?

En la casa de él se respiraba cordialidad, pero también algo inquietante. Penelope no acababa de identificarlo, pero Michael sí, desde luego. La vida que fue una vez, y que había desaparecido.

En la cocina, se presentaron.

Él le indicó una silla.

Se fijó en cómo ella se fijaba en sus manos polvorientas y rudas y, sin más, todo comenzó. Durante un buen rato, por lo menos tres horas, estuvieron sentados a la mesa, que estaba arañada y era cálida y de madera maciza. Bebieron té con leche y galletas, y hablaron de Pepper Street y la ciudad. Del trabajo en la construcción y en la limpieza. Lo cierto es que a él le sorprendió la facilidad con que le salían a ella las palabras una vez dejó de preocuparse por su inglés. Al fin y al cabo, Penelope tenía muchas cosas sobre las que hablarle:

Un nuevo país, y ver el océano.

La conmoción y el terror del viento del sur.

En cierto momento, él le preguntó más acerca del lugar del que procedía y cómo había llegado allí, y Penelope se llevó una mano a la cara. Se apartó del ojo un parche de cabello rubio, y la marea empezó a retirarse lentamente. Recordó a la niña pálida que escuchaba mientras le leían esos libros, una y otra vez; pensó en Viena y en su ejército de literas alineadas. Sobre todo, sin embargo, habló del piano, y del mundo frío y yermo de la ventana. Habló de un hombre y un bigote, y un amor sin aspavientos.

—Crecí con la estatua de Stalin —dijo, con mucha calma y en voz muy baja.

A medida que transcurría la noche, se contaron el uno al otro sus historias sobre por qué y de dónde estaban hechos. Michael le habló de Featherton: los incendios, las minas. El sonido de los pájaros junto al río. No mencionó a Abbey, todavía no, aunque estaba presente en el borde de todas las cosas.

Penelope, por el contrario, a menudo sentía que haría mejor callando un poco, pero de repente tenía muchísimo que decir. Cuando habló de las cucarachas, y del terror que le habían causado, Michael se rio, pero con compasión; en sus labios apareció una levísima tirantez de asombro por las casas hechas de papel.

Cuando ella se levantó para irse, era ya pasada la medianoche y se disculpó por hablar tanto.

—No —dijo Michael Dunbar.

Estaban junto al fregadero, él lavaba las tazas y los platos.

Penelope los secaba; al final se quedó.

Algo había nacido en ella, y por lo visto en él también. Años de delicada aridez. Lugares enteros por conquistar, o por vivir. Justo cuando cada uno de ellos se dio cuenta de que nunca había sido atrevido ni lanzado, sintieron aproximarse otra verdad: que en esa ocasión tendrían que serlo.

Sin esperas, sin cortesías.

Tendrían que mostrar su alma agreste.

Él no tardó en sentirse superado.

No podía aguantar ni un segundo más aquel sufrimiento mudo, así que dio un paso, alargó un brazo y se la jugó: sus manos cubiertas aún de espuma jabonosa.

La agarró de la muñeca con tanta serenidad como firmeza.

No sabía cómo ni por qué, pero le puso la otra mano en el hueso de la cadera y, sin pensarlo, la abrazó y la besó. Le mojó el antebrazo, le mojó la ropa, solo ese trozo de la blusa…, donde apretó la tela con fuerza y cerró el puño.

—Madre mía, lo siento, yo…

Y, sí, Penelope Lesciuszko le dio el susto de su vida:

Tomó su mano mojada y se la introdujo debajo de la blusa; la llevó exactamente al mismo lugar, pero sobre su piel…, y le entregó una frase del Este:

—*Jeszcze raz.*

En voz muy baja, muy seria, casi sin sonreír, como si las cocinas estuvieran hechas para eso.

—Significa «otra vez» —dijo.

el chico de las manos ensangrentadas

Era sábado —faltaban la mitad de los días hasta el regreso de su padre— y Clay echó a andar por la carretera, alejándose de la propiedad, en la oscuridad de cuando acaba de caer la noche.

Sentía el cuerpo en parte elástico, en parte rígido.

Tenía las manos en carne viva y cubiertas de ampollas.

Por dentro estaba a punto de estallar.

Llevaba desde el lunes cavando solo.

El lecho de roca no era ni mucho menos tan profundo como él había temido, pero, a veces, aun unos centímetros conllevaban un trabajo durísimo. En ocasiones pensaba que nunca llegaría a dar con él... Y entonces, el dolor de la piedra.

Cuando terminó, ya no recordaba qué noches había dormido unas horas dentro ni las que había trabajado hasta la mañana; a menudo se había despertado en el lecho del río.

Tardó un rato en darse cuenta de que era sábado.

Y al atardecer, no al amanecer.

Y en ese estado de delirio, y con esas manos ensangrentadas y encendidas, decidió ver de nuevo la ciudad y preparó muy poco equipaje: la caja y su libro preferido sobre puentes.

Entonces se duchó y ardió, se vistió y ardió, y así salió tambaleándose hacia el pueblo. Solo una vez flaqueó y se volvió para echar una mirada a su trabajo, y eso fue todo lo que hizo falta:

Se sentó en mitad de la carretera con el fragor del paisaje a su alrededor.

—He acabado.

Solo dos palabras, y cada una de ellas le supo a tierra.

Se quedó tumbado un rato; el suelo palpitante, el cielo estrellado. Luego se obligó a caminar.

como esquiadores en la ladera
de una montaña

Esa primera noche en el 37 de Pepper Street, cuando ella se marchó, ya estaba acordado.

Él la acompañó a casa y dijo que iría a verla a su apartamento el sábado a las cuatro de la tarde.

La calle estaba oscura y vacía.

No dijeron mucho más.

Al devolverle la visita, él se había afeitado y le llevó margaritas.

Ella tardó un rato en tocar el piano. Cuando por fin lo hizo, él se sentó a su lado y, al terminar, puso un dedo en el extremo derecho del teclado.

Ella asintió para indicarle que lo dejara caer, que apretara.

Pero la nota más aguda del piano es caprichosa.

Si no la presionas con la fuerza suficiente, o con la fuerza adecuada, no produce ningún sonido.

—Otra vez —dijo ella, y sonrió, nerviosa.

Ambos sonrieron, y esta vez consiguió hacerla sonar.

Como un beso en la mano de Mozart.

O en la muñeca de Chopin o Bach.

Y entonces fue ella quien se lanzó:

Al principio con duda, y vergüenza, pero al final le posó un beso en la nuca, muy leve, muy suave.

Y después se comieron las galletitas glaseadas.

Hasta no dejar ni una.

Cuando lo pienso ahora y repaso todo lo que nos contaron, y en especial lo que le contaron a Clay, me pregunto qué es lo más importante.

En este caso, creo que es lo siguiente:

Durante seis o siete semanas después de eso, estuvieron quedando y haciéndose visitas arriba y abajo de Pepper Street. Michael Dunbar sentía que la novedad y la melena rubia de Penelope hacían brotar algo en su interior. Cuando la besaba, saboreaba Europa pero también un sabor que no era Abbey. Cuando las manos de ella se aferraban a los dedos del Michael que se levantaba para marcharse, le transmitían el tacto de alguien en busca de asilo, y ese alguien era ella pero también era él.

Al final se lo contó, en los escalones del número 37.

Era una mañana de domingo, gris y templada, y los escalones estaban frescos: que él ya había estado casado antes, y que se había divorciado. Que ella se llamaba Abbey Dunbar. Que él había estado tirado en el suelo del garaje.

Pasó un coche por delante, y una chica en bicicleta.

Le contó que había quedado devastado; vivía, resistía, solo. Que había querido verla mucho antes de la noche en que ella se acercó a su puerta. Había querido, pero no había sido capaz. No podía arriesgarse a caer de nuevo en algo así; otra vez no.

Es extraño, supongo, cómo surgen las confesiones:

Lo admitimos casi todo, pero lo que de verdad cuenta es el casi.

En cuanto a Michael Dunbar, fueron dos cosas las que se calló.

En primer lugar, no pensaba reconocer que también él era capaz de crear algo cercano a la belleza: los cuadros.

Además (y esto fue una extensión de lo anterior), tampoco confesó que, en lo más hondo de sus más tenebrosos abismos, no le daba tanto miedo que lo abandonaran otra vez como el hecho de condenar a otra persona a ser segundo plato. Así era como se había sentido con Abbey, y con la vida que una vez tuvo y que perdió.

Aunque, claro, ¿qué elección tenía, en realidad?

Aquel era un mundo en el que la lógica se veía desafiada por unos transportistas de piano amigos de las discusiones. Era un mundo en el que el destino podía plantarse en mitad de la calle, pálido y bronceado a la vez. Dios mío, si incluso estaba metido Stalin, ¿cómo iba a negarse?

Tal vez sea cierto que no somos nosotros quienes tomamos esas decisiones.

Pensamos que sí, pero no.

Damos vueltas a todos nuestros barrios.

Pasamos por delante de esa puerta en cuestión.

Cuando tocamos una tecla de piano y no suena, la volvemos a tocar, porque tenemos que hacerlo. Necesitamos oír algo, y esperamos que no sea un error...

En realidad, Penelope nunca debió acabar en esa ciudad.

Nuestro padre nunca debió divorciarse.

Pero allí estaban, acercándose con paso firme y de manera bastante oportuna, a una especie de línea de salida. Les habían dado la cuenta atrás, como a los esquiadores de la ladera de la montaña, y solo estaban esperando el «¡Ya!».

el tradicionalista

En la estación de Silver, vio acercarse el resplandor del tren nocturno.
Desde lejos parecía una antorcha lenta y mágica.
Dentro, sin embargo, se estaba en la gloria.
El aire era fresco, el asiento lo acogió con calidez.
Su corazón era como una parte del cuerpo rota.
Sus pulmones, una especie de figuras de cera.
Se reclinó ligeramente y durmió.

El tren llegó a la ciudad justo pasadas las cinco de la madrugada del domingo, y un hombre lo sacudió para despertarlo.

—Eh, chaval, ¡chaval!, que ya hemos llegado.

Clay se sobresaltó, consiguió levantarse y, a pesar de todo —del enorme dolor de cabeza, de las punzadas de las agujetas al levantar la bolsa de deporte—, oyó la llamada inconfundible.

Casi percibió la luz trémula de su hogar.

Mentalmente ya estaba allí, contemplando el mundo de Archer Street; subido en lo alto del tejado, viendo la casa de Carey. O, detrás, Los Aledaños. Incluso oía la película de nuestra sala de estar… Pero no. En realidad tuvo que recordarse que no podía presentarse allí, y menos aún así.

Para ir a Archer Street todavía tendría que esperar.

En lugar de eso, echó a andar.

Descubrió que cuanto más se movía menos le dolía todo, y así peinó la ciudad hasta Hickson Road, hasta llegar bajo el puente. Allí descansó contra su pared inclinada. Los trenes pasaban traqueteando por encima. El puerto, tan azul que casi no podía mirarlo. Las hileras de remaches sobre sus hombros. El gran arco gris que llegaba hasta el otro lado.

En femenino, pensó, por supuesto que en femenino.

Se reclinó y le costó horrores marcharse.

Llegada la tarde por fin consiguió ponerse en marcha, sin embargo, y recorrer las curvas de Circular Quay; payasos, un músico con una guitarra. Los tradicionales didgeridoos.

El ferry de Manly le saludó.

El olor a patatas fritas calientes estuvo a punto de acabar con él.

Fue a pie hasta el tren, hizo transbordo en Town Hall, luego contó las paradas y volvió a caminar. Habría sido capaz de arrastrarse si hubiera hecho falta para llegar al barrio del hipódromo, porque por lo menos había un lugar al que sí podía ir.

Cuando llegó, casi en lo alto de la colina, por primera vez en mucho tiempo le prestó la debida atención a la lápida:

PENELOPE DUNBAR
UNA MUJER DE MUCHOS NOMBRES:
la Cometedora de Errores, la Chica del Cumpleaños,
la Novia de la Nariz Rota, y Penny
******

MUY AMADA POR TODOS
PERO SOBRE TODO
POR LOS CHICOS DUNBAR

Tras leerla, se puso en cuclillas.

Cuando más sonrió fue en la última parte. Nuestro hermano se tumbó, su mejilla fue lo primero en tocar la tierra, y se quedó un buen rato allí solo. Lloró en silencio, casi una hora...

Últimamente pienso en ello muy a menudo, y desearía haber podido estar allí. Ya que sería el siguiente en darle una paliza y castigarlo con dureza por sus pecados, no sé cómo, pero desearía haberlo sabido todo.

Lo habría abrazado y se lo habría dicho en voz baja.

Clay, vuelve a casa, le habría dicho.

pintura en el piano

Así que acabarían casándose.

Penelope Lesciuszko y Michael Dunbar.

En cuanto a tiempo, les llevó aproximadamente un año y siete meses.

En cuanto a aspectos más difíciles de ponderar, les costó un garaje lleno de retratos y un poco de pintura en el piano.

Les costó un giro a la derecha y un accidente de tráfico.

Y una forma: la geometría de la sangre.

Ese período consiste sobre todo en una suma de pinceladas.

La línea temporal reducida a momentos.

A veces son muy dispersos, como el invierno y ella aprendiendo a conducir. O septiembre y las horas de música. Hubo todo un noviembre lleno de torpes intentos por parte de él para hablar el idioma de ella, y luego de diciembre hasta febrero y entrado abril, y por lo menos unas cuantas visitas al pueblo natal de él, con su calor sofocante y su sudor.

Entretanto, por supuesto, hubo películas (y él no la miraba para saber si debía reír) y el recién descubierto amor de ella por el vídeo, sin duda su mayor maestro. Cuando daban una película en televisión, ella la grababa para practicar inglés; todo un catálogo de los ochenta, de *E.T.* a *Memorias de África*, de *Amadeus* a *Atracción fatal*.

La *Ilíada* y la *Odisea* siguieron presentes. Hubo partidos de críquet en la tele. (¿De verdad podían durar la friolera de cinco días enteros?) Y un sinfín de viajes salados en ferry sobre esas aguas brillantes coronadas de blanco.

Y se formaron también estelas, de duda, cuando ella lo veía desaparecer en algún lugar obstinadamente custodiado de sus adentros. Otra vez los dominios del fantasma de Abbey; un paisaje tan vasto como baldío. Ella lo llamaba entonces por su nombre:

—Michael. ¿Michael?

—¿Qué? —se sobresaltaba él.

Bordeaban los límites del enfado, o de pequeños hoyos de leve irritación, y ambos sentían lo deprisa que podían agrandarse. Pero justo cuando ella pensaba que él iba a decirle: «No vengas a buscarme, no me llames», en realidad él le ponía una mano en el antebrazo. Los miedos de Penny, a lo largo de los meses, se aplacaron.

A veces, sin embargo, los momentos se expanden.

Se detienen y se despliegan por completo.

Para Clay, esos momentos eran los que Penny le describió durante sus últimos meses de vida, cuando estaba sedada y sudada en morfina, y desesperada por contárselos como debía. Los más memorables eran un par de ellos, y ambos tuvieron lugar de noche y con exactamente doce meses de diferencia entre sí.

Penelope los veía como dos títulos:

La noche que por fin me lo enseñó.

Y *Pintura en el piano.*

Estaban a 23 de diciembre, la noche antes de Nochebuena.

El primer año la celebraron juntos en la cocina de Michael, quien le dijo, tan pronto como acabaron de cenar:

—Ven, voy a enseñarte algo.

Salieron al garaje.

Era extraño que en todos los meses que hacía que se conocían ella nunca hubiese puesto un pie allí dentro. En lugar de ir por la entrada lateral, él levantó la puerta de persiana de delante. Un estruendo que sonó como un tren.

Dentro, cuando encendió la luz y apartó el telón de sábanas, Penny se quedó atónita…, porque allí, entre las motas de polvo flotantes, había incontables lienzos, todos ellos tensados sobre armazones de madera. Algunos eran enormes. Otros, del tamaño de un bloc de dibujo. Y en todos ellos estaba Abbey, que a veces era una mujer y a veces, una niña. Podía ser traviesa o reservada. En algunos, la melena le caía hasta la cintura; en otros la llevaba cortada a la altura del escote, o recogía sus ondas en alto con los brazos. Sin embargo, en todos era una fuerza vital, nunca pasaba mucho tiempo antes de que reclamara de nuevo tu atención. Penelope se dio cuenta de que, al ver esos cuadros, cualquiera sabría que quien los había pintado sentía algo incluso más intenso de lo que los retratos podían sugerir. Estaba en cada una de las pinceladas que tenías delante, y en cada una de las que no se habían plasmado. En la precisa tensión del lienzo y en los errores perfectamente intactos, como una gota de malva en el tobillo, o una oreja que flotaba junto a ella, a un milímetro del rostro.

Su perfección no importaba:

Todo ello estaba bien.

En un cuadro, el mayor de todos, donde sus pies se hundían en la arena, Penny sintió que podía pedirle los zapatos que sostenía sobre una mano abierta y generosa. Mientras ella los miraba, Michael se sentó junto a la entrada abierta, con la espalda contra la pared, y Penny, cuando hubo visto suficiente, fue a sentarse también a su lado. Sus rodillas y sus codos se tocaban.

—¿Abbey Dunbar? —preguntó.

Michael asintió.

—Hanley de soltera…, y ahora no tengo ni idea.

Ella sintió que el corazón se le desbocaba y aceleraba por la garganta. Lo obligó a volver poco a poco a su lugar.

—Yo… —Michael casi se interrumpió—. Siento no habértelo enseñado antes.

—¿Sabes pintar?

—Sabía. Ya no.

Al principio ella sopesó qué debía pensar, o hacer…, pero entonces se negó en redondo. No le pidió que la pintara a ella; no, jamás competiría con esa mujer. Y entonces le tocó el pelo. Le pasó la mano por él y dijo:

—Pues no me pintes nunca. —Luchó por encontrar el valor—. Haz otras cosas en lugar de eso…

Era un recuerdo que Clay atesoraba con cariño, porque a ella le resultó difícil contárselo (aunque la muerte era una motivación sin igual): cómo Michael se acercó entonces a ella, que lo llevó directa al lugar donde Abbey lo había dejado, donde él había estado tirado, deshecho, en el suelo.

—Le dije —le contó al niño, y estaba tan marchita ya—. Le dije: «Llévame exactamente a donde estuviste», y enseguida lo hizo.

Sí, habían ido hasta allí y se habían abrazado y entregado el uno al otro, habían sufrido y luchado, habían expulsado a la fuerza todo lo indeseado. Y solo quedó la respiración de ella, los sonidos de ella, la marea creciente de lo que llegarían a ser; y se abandonaron a ello todo el rato que hizo falta…, y entre asalto y asalto se tumbaban a hablar. Penelope solía ser la primera en hacerlo. Le contó que de niña se había sentido sola y que quería por lo menos cinco hijos, y Michael contestó que muy bien. Incluso bromeó diciendo:

—¡Dios mío, espero que no tengamos cinco niños!

La verdad es que debería haber ido con más cuidado.

—Nos casaremos.

Fue él; le salió así, sin más.

A esas alturas estaban rasguñados y magullados; los brazos, las rodillas y los omóplatos.

—Encontraré la forma de pedírtelo. Puede que dentro de un año por estas fechas —prosiguió.

Y ella, bajo él, sonrió y lo abrazó con fuerza.

—Por supuesto —dijo—, está bien. —Le dio un beso y lo hizo girar. Luego, un último y casi silencioso—: Otra vez.

Y un año después llegó el segundo título.

Pintura en el piano.

23 de diciembre.

Era un lunes por la tarde, con la luz enrojeciendo fuera.

El aire traía el bullicio de los hijos de los vecinos, que jugaban a lanzarse pases de fútbol australiano.

Penelope acababa de cruzárselos.

Los lunes siempre llegaba a casa sobre esa hora, poco después de las ocho y media. Había terminado el último de sus trabajos de limpieza, el despacho de un abogado, y esa noche hizo lo de siempre:

Dejó el bolso al lado de la puerta, caminó hasta el piano y se sentó.

Solo que esta vez hubo algo diferente. Abrió la tapa y, en las teclas, encontró unas palabras escritas con simplicidad pero con belleza:

P|E|N|E|L|O|P|E L|E|S|C|I|U|S|Z|K|O
P|O|R F|A|V|O|R
C|Á|S|A|T|E C|O|N|M|I|G|O

Él se había acordado.

Se había acordado; cómo se tapó ella la boca con la mano, y cómo sonrió, y cómo le ardieron los ojos, disipada toda duda, olvidada ya, mientras temblaba sobre esas letras. No quería molestarlas ni correr la pintura. Aunque llevara horas seca…

Pero enseguida encontró el valor.

Dejó que sus dedos cayeran suavemente entre las palabras FAVOR y CÁSATE.

Se volvió.

—¿Michael? —llamó.

No hubo respuesta, así que salió de nuevo y los niños ya no estaban; estaban la ciudad y el aire rojo y Pepper Street.

Él había ido a sentarse, solo, en los escalones de su casa.

Más tarde, mucho después, mientras Michael Dunbar dormía en la cama individual que a menudo compartían en el apartamento de ella, Penelope volvió a salir, a oscuras.

Encendió la luz.

Giró el regulador para bajar la intensidad a una penumbra y se sentó en la banqueta del piano. Sus manos se deslizaron despacio y, con suavidad, tocó las teclas más agudas. Las presionó delicada pero sincera y decididamente, ahí donde había usado la pintura sobrante.

Tocó las teclas del S|Í.

el chico que salió del horno

—Si no lo veo no lo creo. Pensaba que solo empezarías.

Eso fue lo que dijo Michael Dunbar sobre la gigantesca zanja que había cavado un chico solo en menos de una semana. Debería haberlo imaginado.

—¿Qué narices has hecho, cavar de día y de noche?

Clay bajó la mirada.

—A ratos dormía.

—¿Junto a la pala?

Entonces levantó la vista y el Asesino le vio las manos.

—Madre de...

En cuanto a Clay, cuando me contó lo de esa pequeña proeza en concreto, habló más sobre el período siguiente que sobre la hazaña en sí. Se moría por ver al menos Archer Street y Los Aledaños, pero no podía, por supuesto; por dos motivos.

Primero, no estaba en condiciones de enfrentarse a mí.

Y segundo, regresar y no enfrentarse a mí le parecía hacer trampa.

No, después del cementerio había vuelto a coger el tren hacia Silver y luego había pasado unos cuantos días recuperándose. No había ni una sola parte de él que no le doliera; sin embargo, las manos llenas de ampollas fueron lo peor. Durmió, pasó horas tumbado y esperó.

Cuando el Asesino llegó, dejó el coche al otro lado del río, entre los árboles.

Bajó a pie y se detuvo en el fondo de la zanja.

A lado y lado había sendos aluviones de rocas y montones de tierra.

Los miró y sacudió la cabeza, luego alargó la vista hacia la casa.

Dentro, buscó a Clay, lo examinó de arriba abajo en la cocina. Suspiró, dejó caer los hombros y sacudió la cabeza una vez más, dividido entre el asombro y una consternación total. Por fin tuvo algo que decirle:

—Hay que reconocerlo, chaval, los tienes bien puestos.

Clay no pudo evitarlo.

Esas palabras.

Se fueron y regresaron, varias veces, y en ese momento Rory apareció en la cocina. Como si hubiera salido del horno, directo desde Bernborough Park y la marca de los trescientos metros de esta historia:

Hay que reconocerlo, chaval…

Exactamente las mismas palabras que le había dicho su hermano.

Y Clay fue incapaz de contenerse.

Echó a correr por el pasillo y se sentó en el suelo del baño. Con las prisas, cerró de un portazo y…

—¿Clay? Clay…, ¿estás bien?

La interrupción fue como un eco, como si le gritaran debajo del agua; y Clay emergió dando bocanadas de aire.

la novia de la nariz rota

En cuestión de bodas no había mucho que organizar, así que se plantaron allí bastante deprisa. En cierto punto, Michael se preguntó qué hacer con toda la producción artística —los retratos de Abbey—, si conservarla, destruirla o tirarla; Penelope, al principio, lo tenía claro.

—Deberías quedártelos —dijo—, o venderlos. No merecen que los destruyas. —Alargó un brazo con calma y tocó uno—. Mírala, es muy guapa.

Pero fue justo entonces cuando lo sintió:

Una llamarada, los celos.

¿Por qué no puedo ser yo así?, se preguntó al pensar una vez más en esos vastos y distantes dominios del interior de él, a los que a veces se retiraba para evadirse de su lado. En ocasiones como esa lo deseaba desesperadamente —ser más y mejor que Abbey—, pero los cuadros eran la prueba tangible: hubo un tiempo en que ella lo era todo.

Fue un alivio que, al final, los vendiera:

Expusieron uno de los más grandes en una rotonda, cerca de Pepper Street, con un cartel y la fecha de la venta de arte..., y al caer la noche alguien lo robó. En el garaje, el día señalado, duraron una hora. Se los llevaron deprisa porque a la gente le gustaron; tanto Abbey como Penny por igual.

—Deberías pintar a esta de aquí —le decían muchos comprado-
res a Michael, y hacían un gesto hacia Penelope.

Él solo podía sonreírles.

—Esta de aquí es mucho mejor en persona —contestaba.

Después de eso, el siguiente obstáculo lo puso la típica mala suerte
de Penelope:

No fue tanto lo que ocurrió —puesto que fue una equivocación
suya—, como el hecho de que ocurriera justo entonces: la mañana
antes de que se casaran. Penny dobló la esquina de Lowder Street
hacia Parramatta Road con el viejo sedán de Michael.

En el Bloque del Este nunca había conducido, pero seguía teniendo los ojos entrenados para ese lado. Aquí, se había presentado
a los exámenes y había aprobado con una seguridad razonable, de
manera que a menudo conducía el coche de Michael. Nunca tuvo
ningún problema, pero eso no le sirvió de nada aquel día. Realizó
un giro perfecto a la derecha y se incorporó al carril equivocado de
la calle.

El vestido de novia que acababa de recoger yacía con fluidez y
recato en el asiento de atrás, y el coche recibió el impacto en un lateral, como si un demonio le hubiese dado un mordisco. Penelope se
quebró las costillas. Se dio un golpe en la nariz y se la rompió; su
cara chocó contra el salpicadero.

El conductor del otro coche empezó a maldecir, pero se calló en
cuanto vio la sangre.

Ella pidió perdón en dos idiomas diferentes.

Entonces se presentó la policía, y también unos competitivos hombres con grúas que negociaron, sudaron y fumaron. Cuando llegó la

ambulancia, intentaron convencerla para que fuera al hospital, pero dijeron que no podían obligarla.

Penny insistió en que estaba bien.

En su blusa se veía una forma extraña y alargada:

Un mural oblongo de sangre.

No, iría a ver a su médico de cabecera, y todo el mundo estuvo de acuerdo: aquella mujer era más dura de lo que parecía.

Los agentes bromearon fingiendo que la detenían y la acompañaron a casa sin complicaciones. El más joven de los dos, el que mascaba chicle de hierbabuena, también se ocupó del vestido.

Lo dejó con delicadeza en el maletero.

Cuando llegó a casa, sabía lo que tenía que hacer.

Asearse.

Tomarse un té.

Llamar a Michael y luego al seguro del coche.

Como era de esperar, no empezó por ninguna de esas cosas.

No, con toda la fuerza que fue capaz de reunir, dejó el vestido en el sofá y se sentó al piano, primero completamente abatida y después desolada. Tocó la mitad del «Claro de luna» sin poder ver las notas, ni una sola vez.

En la consulta del médico, una hora después, no gritó.

Michael le sostuvo la mano mientras le apretaban las costillas con cuidado y le colocaban la nariz en su sitio de golpe.

Ahogó un grito y tragó saliva.

Cuando ya salían, sin embargo, se vino abajo y de pronto se vio tumbada en el suelo de la sala de espera. La gente alargaba el cuello para mirar.

Mientras Michael la ayudaba a ponerse de pie, vio en un rincón el habitual alijo de juguetes para niños, pero enseguida hizo un gesto para quitárselos de la cabeza. La sacó en brazos por la puerta.

De nuevo en casa, en su viejo sofá gastado, se tumbó con la cabeza en el regazo de él. Le preguntó si podía leerle la *Ilíada*, y para Michael fue un momento de revelación, pues en lugar de haber pensado lo evidente: «No soy tu difunto padre», se ocupó de ella de verdad. Fue consciente de algo, un hecho al que se acostumbraría: la amaba más que a Miguel Ángel y a Abbey Hanley juntos.

Le secó la lágrima de la mejilla.

Vio que tenía sangre en los labios agrietados.

Cogió el libro y le leyó de él, y ella lloró y luego durmió, todavía sangrando…

Allí estaban «el veloz Aquiles», «el ingenioso Odiseo» y todos los demás dioses y guerreros. Los que más le gustaban a él eran «Héctor, el que infunde pavor» —también llamado «domador de caballos»—, y «Diomedes, hijo verdadero de Tideo».

Estuvo haciéndole compañía toda la noche.

Leyó, volvió páginas y siguió leyendo.

Luego llegó la boda, que transcurrió como estaba previsto, al día siguiente.

El 17 de febrero.

La concurrencia fue pequeña:

Unos cuantos compañeros de trabajo del lado de Michael.

Una liga de limpiadoras del de Penny.

Adelle Dunbar estaba allí, y también el viejo Weinrauch, que le ofreció antiinflamatorios a la novia. Por suerte, la hinchazón había remitido, pero todavía sangraba de vez en cuando y, por mucho que intentaron taparlo, se le veía relucir un ojo morado a través del maquillaje.

También la iglesia era pequeña, aunque parecía grande y tenebrosa. Era oscura, con vitrales de plomo, un Cristo colorido y torturado. El sacerdote era alto y tenía una calva incipiente. Rio cuando Michael se inclinó hacia ella y dijo:

—¿Lo ves? Ni siquiera un accidente de tráfico ha podido librarte de esta.

Aunque también se entristeció mucho al ver la primera gota de sangre resbalar hasta el vestido y expandirse como en las pruebas con papel de tornasol de la clase de ciencias.

La ayuda llegó en avalancha desde todos los rincones del público, y Penny contuvo una sonrisa con un sollozo.

—Te casas con la novia de la nariz rota —dijo tras aceptar el pañuelo que le ofrecía Michael.

—Bien hecho, hijo —dijo el sacerdote cuando lograron parar la hemorragia, y prosiguió con vacilación.

El Cristo colorido siguió contemplándolos hasta que se convirtieron en Michael y Penelope Dunbar.

Se volvieron, como hacen casi todas las parejas, y sonrieron a la congregación.

Firmaron los papeles pertinentes.

Recorrieron el pasillo central de la iglesia, hacia las puertas que se abrían por delante de ellos a la luz blanca y caliente del sol... y cuando pienso en ello, vuelvo a ver ese sueño; esa felicidad tan difícil de alcanzar a la que se aferran y que cobra vida en sus manos

En esas vidas de antes de tenernos, todavía quedaban dos capítulos más.

guerra de las rosas

De nuevo, pasó el tiempo.

Pasaron semanas, más bien un mes, y lo ocuparon de formas diversas.

Empezaron, como debían, por lo más duro:

El vaciado de tierra del río.

Trabajaron de sol a sol y rezaron para que no lloviera, lo cual habría hecho que todo aquello careciera de sentido. Si el Amohnu bajaba, y bajaba con fuerza, con él llevaría barro y tierra.

Por la noche se sentaban en la cocina, o en el borde del sofá frente a la mesa de café, a diseñar el andamio con precisión. Entre los dos hicieron otras tantas maquetas: de la cimbra y del puente en sí. Michael Dunbar tenía una mente matemática y metódica para los ángulos de piedra. Le hablaba al chico de la trayectoria, y de cómo cada bloque tenía que ser perfecto. Clay se ponía malo solo con pensar en las dovelas; ni siquiera sabía si decía bien la palabra.

Agotado, tanto física como mentalmente, se iba adormilado al dormitorio y leía. Sacaba todos los objetos de la caja. Encendía la llama una sola vez.

Añoraba a todo el mundo, cada vez más a medida que pasaban las semanas, cuando un sobre apareció en el buzón. Dentro, dos cartas manuscritas.

Una de Henry.

Otra de Carey.

Ese era el acontecimiento que había estado esperando todo el tiempo que llevaba en el Amohnu, pero no las leyó enseguida. Antes subió hacia las rocas y los eucaliptos rojos y se sentó en la moteada luz del sol.

Las leyó en el orden en que las había encontrado.

Hola, Clay:

Gracias por tu carta de la otra semana. La guardé un poco antes de enseñársela a los demás, no me preguntes por qué. Te echamos de menos, ¿sabes? No dices casi nada, pero te echamos de menos. Las tejas seguramente son las que más te añoran, diría yo. Bueno, ellas y yo los sábados... Cuando voy a los mercadillos de garaje me llevo a Tommy para que me ayude, pero ese crío, más inútil y no nace. Ya lo sabes.

Lo menos que podrías hacer es venir a vernos. Tienes que quitártelo de encima y punto, ya lo sabes. Joder, pero ¿cuánto se tarda en construir un puente?

Atentamente,

Señor don HENRY DUNBAR

P. D.: ¿Puedes hacerme un favor? Cuando vuelvas, llama y dime a qué hora crees que llegarás a casa. Deberíamos estar todos aquí en ese momento. Por si acaso.

Mientras leía la carta, Clay no sintió más que gratitud por la «henricidad» de esas palabras. De verdad que no decía más que chorradas, pero Clay las echaba en falta, no podía evitarlo. Eso, y que era de lo más galante; la gente solía olvidar ese rasgo de Henry, solo veían egoísmo y dinero. Pero las cosas iban mejor si tenías a Henry cerca.

Luego escribía Tommy, y era evidente que tanto a Rory como a él les habían pedido que contribuyera. O, mejor dicho, los habían coaccionado. Tommy iba el primero:

Hola, Clay:

No tengo mucho que decir, solo que Aquiles te echa de menos. Le he pedido a Henry que me ayude a revisarle los cascos: ¡¡¡¡¡¡ESO sí que es ser INÚTIL!!!!!!

(Y yo también te echo de menos.)

Luego Rory:

Eh, Clay: ven a casa, por lo que más quieras. Echo de menos nuestros pequeños tetatets.

¡Ja!

Pensabas que no sabría escribir *tête-à-tête*, ¿a que sí?

Oye, hazme un favor. Dale un abrazo al viejo de mi parte.

Es broma, dale una patada en las pelotas, ¿vale? Una buena.

Dile: «¡ESTO DE PARTE DEL PUTO RORY!».

Vuelve a casa.

Era curioso: Tommy se expresaba con claridad, pero era Rory el que siempre conseguía emocionarlo, el que le hacía sentir las cosas con mayor peso. Tal vez fuera porque Rory era la clase de persona que en realidad no deseaba querer a nadie, ni nada, pero quería a Clay, y lo demostraba de formas extrañísimas.

Querido Clay:

¿Cómo puedo expresar en un papel lo mucho que te echo de menos, y cómo es sentarse en Los Aledaños los sábados e imaginar que estás ahí, a mi lado? No me tumbo. No hago nada. Solo voy con la esperanza de que aparezcas, pero no vienes, y sé por qué. Tiene que ser así, supongo.

Es raro, porque estas pocas semanas han sido las mejores del mundo, y ni siquiera puedo contártelo.

La semana pasada conseguí mi primera monta. ¡¿Te lo puedes creer?! Fue el miércoles y con un caballo que se llama Guerra de las Rosas: un viejo currante que solo estaba allí para cubrir el cupo, y no le di con la fusta ni una vez, solo le hablé y así conseguí que llegara tercero a la meta. ¡¡¡Tercero!!! ¡Flipante! Era la primera vez que mi madre iba a la pista en años. Los colores de mi chaquetilla eran negro, blanco y azul. Te lo contaré todo cuando vengas a casa, aunque tardes en volver. Tengo otra carrera la semana que viene…

Ay, que con todo esto ni siquiera te he preguntado.

¿Cómo estás?

Echo de menos verte en el tejado.

Y para acabar, he vuelto a terminarme *El cantero*. Ya sé por qué te gusta tanto. Porque hizo todas esas grandes cosas. Espero que tú también logres hacer algo grande ahí donde estás. Lo harás. Tienes que hacerlo. Lo harás.

Hasta pronto, espero. Nos veremos en Los Aledaños.

Te enseñaré mis tretas.

Te lo prometo.

Besos,

CAREY

Bueno, ¿qué hacer?

¿Qué decir?

La leyó muchas veces, apartado río arriba, y lo supo.

Después de un buen rato pensándolo, calculó que llevaba fuera setenta y seis días ya, y supo que el Amohnu era su futuro, pero que ya era hora de volver a casa a enfrentarse a mí.

la casa del 18 de archer street

Cuando Michael Dunbar se casó con la Novia de la Nariz Rota, lo primero que hicieron fue volver a empujar el piano Pepper Street arriba, al número 37. Hicieron falta seis vecinos más del barrio, y esta vez una caja de cervezas. (E, igual que con los chicos de Bernborough, si había cerveza, tenía que estar fría.) Rodearon la casa hasta la parte de atrás, donde no había escalones que subir para entrar.

—La verdad es que deberíamos llamar a aquellos tipos —dijo Michael después. Apoyó un brazo en lo alto del nogal, como si el piano y él fueran amigos—. Al final sí que tenían bien la dirección.

Penny Dunbar solo pudo sonreír.

Tenía una mano sobre el instrumento.

La otra sobre él.

Varios años después también se marcharon de allí; compraron una casa y se enamoraron de ella. Estaba relativamente cerca, en el barrio del hipódromo, y tenía una hípica detrás.

Fueron a verla un sábado por la mañana:

La casa del 18 de Archer Street.

El agente inmobiliario que esperaba dentro les preguntó cómo se llamaban. Por lo visto no se había producido ninguna otra muestra de interés ese día.

La casa en sí tenía un pasillo, una cocina. Tenía tres dormitorios, un baño pequeño, un patio alargado con un viejo tendedero de sombrilla, y ambos lo imaginaron de inmediato: vieron niños en el césped y el jardín, y los estallidos de insurrección de la infancia. A ellos les pareció el paraíso, y pronto se enamorarían más aún.

Con un brazo en el poste del tendedero y un ojo en las nubes en lo alto, Penny oyó un sonido que le hizo volverse hacia el agente.

—Disculpe —dijo—, pero ¿qué es ese ruido?

—¿Perdón?

El hombre había temido ese momento, que tal vez era la causa de que hubiera perdido a todas las demás parejas a las que les había enseñado la propiedad, las cuales seguramente habían tenido sueños parecidos e ideas de cómo sería su vida allí. Es probable que incluso hubieran visto a los mismos niños sonrientes pelearse por unas tácticas futbolísticas sucias, o arrastrar muñecos por la hierba y la tierra.

—¿No lo oye usted? —insistió ella.

El agente se ajustó la corbata.

—Ah, ¿eso?

La noche anterior, cuando habían mirado en el Gregory's cómo llegar hasta allí, habían visto que detrás de la casa había un campo, pero lo único que ponía en el callejero era «Los Aledaños». De pronto Penny estaba segura de que oía un ruido de cascos acercándose por la parte de atrás, e identificó también el olor colindante: a animal, a heno, a caballos.

El agente intentó hacerlos entrar otra vez a toda prisa.

No funcionó.

Penny se sintió atraída por el chacoloteo que oía al otro lado de la valla.

—Eh, Michael —dijo—. ¿Podrías levantarme, por favor?

Michael cruzó el patio hacia donde estaba Penny.

Los brazos de él y los muslos menudos de ella.

Al otro lado, Penny vio los establos, vio la pista.

Detrás de la valla había un camino que torcía por la esquina de la casa; la señora Chilman era la única vecina. Luego estaban la hierba y los edificios de tejados inclinados, y la cerca blanca de rigor en todo campo deportivo; desde aquella distancia, parecía hecha de mondadientes.

En el camino había unos mozos de cuadra llevando a unos caballos de la pista a los establos. La mayoría de ellos no la vieron, algunos saludaron con la cabeza al pasar. Un par de minutos después, un viejo mozo llegó con el último caballo y, cuando el animal agachó la cabeza hacia él, el hombre la apartó con un gesto brusco del hombro. Justo antes de ver a Penny, le dio un suave manotazo en el belfo.

—Venga —dijo—, quita.

Penny, por supuesto, sonrió al ver todo aquello.

—¿Hola? —Se aclaró la garganta—. ¿Hola?

El caballo la vio al instante, pero el mozo estaba distraído.

—¿Qué? ¿Quién me habla?

—Aquí arriba.

—Madre mía, guapa, ¿me quiere matar de un susto? Puñetas… —Era de complexión robusta y tenía el pelo rizado, con el rostro y los ojos humedecidos. El caballo tiró de él hacia la valla; tenía una mancha blanca desde las orejas hasta los ollares, pero el resto era color caoba. El mozo vio que era inútil intentar detenerlo—. Muy bien, allá vamos. Adelante, guapa.

—¿De verdad?

—Sí, dele unas palmaditas. No se preocupe, es el caballo más cobarde de por aquí.

Antes de tocarlo, Penny se aseguró de que Michael estuviera bien, porque, la verdad sea dicha, ella era ligera pero no ingrávida, y a él empezaban a temblarle los brazos. Puso la mano en la mancha del animal, esa gran textura blanca, y fue incapaz de disimular su emoción. Lo miró a esos ojos curiosos que tenía. ¿Azúcar? ¿Tienes un poco de azúcar?

—¿Cómo se llama?

—Bueno, su nombre para las carreras es City Special. —Él mismo le dio una palmadita al animal entonces, en el pecho—. Pero en los establos lo llamamos Glotón, y no por nada, el muy puñetero.

—¿Es rápido?

El hombre se mofó.

—Se ve que es usted nueva en el barrio, ¿verdad? Todos los caballos de estos establos son unos jamelgos inservibles.

Aun así, Penelope estaba encantada. Cuando el caballo echó la cabeza hacia arriba para que le diera palmadas con más fuerza, se echó a reír.

—Hola, Glotón.

—Tenga, dele esto. —El mozo le pasó unos cuantos azucarillos mugrientos—. Qué más da. De todas formas es una causa perdida, puñetas.

Por debajo de ella, Michael Dunbar estaba pensando en sus brazos y en cuánto más podrían seguir sosteniéndola.

El agente estaba pensando: «VENDIDA».

violencia fraternal

Esta vez le tocaba a Clay dejar solo a su padre con la casa y el Amohnu.

Se plantó a su lado junto al sofá, con la mañana todavía oscura.

Sus manos ya estaban curadas, las ampollas eran cicatrices.

—Estaré fuera un tiempo.

El Asesino despertó.

—Pero volveré.

Era una suerte que Silver estuviera en una línea principal; los trenes pasaban dos veces al día en ambas direcciones. Cogió el de las 8.07.

En la estación, recordó.

Esa primera tarde, al llegar allí.

Aguzó el oído.

La tierra seguía cantando junto a él.

En el tren, leyó un rato, pero en su estómago se habían despertado los nervios. Como un niño con un juguete de cuerda.

Al final dejó el libro.

Lo cierto es que no valía la pena.

En todo lo que leía, lo único que veía era mi cara, y mis puños, y la yugular de mi cuello.

Cuando llegó a la ciudad, a media tarde, se demoró en la estación e hizo la llamada. Una cabina telefónica cerca del andén 4.

—Diga, aquí Henry. —Clay oía que iba por la calle; el sonido del tráfico cercano—. ¿Diga?

—Yo también estoy aquí.

—¿Clay? —La voz llegó más tensa, más rápida, desde el móvil asido con fuerza al otro lado—. ¿Estás en casa?

—Todavía no. Esta noche.

—¿Cuándo? ¿A qué hora?

—No lo sé. Sobre las siete, quizá más tarde.

Eso le daría unas cuantas horas todavía.

—Eh… ¿Clay?

Esperó.

—Buena suerte, ¿vale?

—Gracias. Hasta luego.

Deseó estar de vuelta entre los eucaliptos.

Durante un rato pensó en hacer casi todo el trayecto a pie, pero al final cogió el tren y el autobús. Bajó una parada antes de lo habitual, en Poseidon Road. El atardecer había caído sobre la ciudad.

Solo se veía una cubierta de nubes.

Algo así como cobriza, en su mayor parte oscura.

Echó a andar y se detuvo, se apoyó contra el aire como si esperase que este acabara con él, solo que no lo haría…, y se vio, antes de lo que habría deseado, en la desembocadura de Archer Street:

Aliviado por haber llegado al fin.

Aterrado de estar allí.

Todas las casas tenían las luces encendidas, la gente ya había regresado.

Como si presintieran la escena que estaba próxima, las palomas llegaron salidas de la nada y se atrincheraron en los cables eléctricos cercanos. Se posaron en las antenas de televisión y, ¡milagro!, también en los árboles. Las acompañaba un único cuervo, rollizo y de plumas pesadas, como una paloma camuflada con gabardina.

Pero no engañaba a nadie.

Enfiló hacia nuestro jardín delantero —uno de los pocos que no tenía valla ni verja, solo césped—, que estaba sin una hoja y recién cortado.

El porche, el tejado, los parpadeos de una de mis películas.

Era extraño que el coche de Henry no estuviera, pero Clay no podía entretenerse con eso. Siguió caminando despacio, y entonces:

—Matthew.

Al principio solo lo dijo, como si llevara cuidado de parecer confiado y calmado.

Matthew.

Solo mi nombre.

Eso fue todo.

Sin apenas perturbar el silencio.

Y de nuevo unos cuantos pasos más, hasta que sintió el manto de hierba, y ahí, en el centro del jardín, encarando la puerta, esperó que yo saliera; pero no lo hice. Tendría que gritar o aguantar y aguardar, y escogió, de hecho, lo primero. El «¡MATTHEW!» que gritó fue muy poco propio de él, y dejó en el suelo la bolsa y los libros que llevaba en ella, su lectura.

Al cabo de unos segundos oyó un movimiento, y entonces Rosy soltó un ladrido.

Yo fui el primero de nosotros en aparecer.

Salí al porche, vestido casi exactamente con lo mismo que llevaba Clay, solo que mi camiseta era azul oscuro, y no blanca. Los mismos vaqueros deslavazados. Las mismas deportivas desgastadas en la suela. Estaba viendo *Rain Man*, ya llevaba unas tres cuartas partes de película.

Clay. Cómo me alegraba de volver a verlo…, pero no.

Mis hombros se vinieron abajo, pero apenas un poco; no podía demostrar lo mucho que me iba a costar hacer lo que tenía que hacer. Debía parecer dispuesto y seguro.

—Clay.

Era la voz de aquella mañana perdida en el pasado.

El asesino en su bolsillo.

Incluso retuve a Rory y a Tommy cuando salieron, casi con benevolencia. Protestaron, pero levanté la mano.

—No.

Se quedaron atrás, y Rory dijo algo que Clay no pudo oír.

—Como te pases, me meto, ¿vale?

¿Fueron solo susurros?

¿O hablamos a un volumen normal y Clay no nos oyó por el ruido que acaparaba sus oídos?

Cerré los ojos un momento, me dirigí a la derecha y bajé; no sé cómo serán estas cosas entre otros hermanos, pero nosotros nunca nos andábamos con rodeos. No éramos Clay y el Asesino, tanteándose como boxeadores; ese era yo, y me acerqué a él casi a la carrera, y no pasó mucho tiempo antes de que lo tumbara.

Peleó, claro que peleó, se dejó la piel, y envistió y se rebolvió y calló, pues no había ortografía que valiera en eso, ni belleza tampoco. Ya podía entrenar y sufrir todo lo que quisiera, que aquello no era un entrenamiento al estilo Clay, era la vida a mi estilo, y le di de pleno a la primera; sin más palabras que las que guardaba en mi interior:

Nos mató.

Nos mató, Clay, ¿es que no te acuerdas?

No nos quedó nadie.

Nos abandonó.

Muertos es lo que estábamos…

Pero en aquel momento esos pensamientos no eran pensamientos ni mucho menos, eran nubes de puñetazos certeros, y cada uno de ellos daba en el blanco de una verdad.

¿Es que no te acuerdas?

¿Es que no lo ves?

Y Clay.

El de la sonrisa.

Si nos miro ahora, después de todo lo que me contó más adelante, lo veo claramente pensando:

Tú no lo sabes todo, Matthew.

No lo sabes.

Debería habértelo contado…

Lo del tendedero.

Lo de las pinzas…

Pero Clay no podía decir nada, ni siquiera recordaba la primera vez que había caído, solo que había sido con tanta fuerza que dejó un tajo profundo en la hierba, una cicatriz, y que el mundo era incoherente. Le dio la impresión de que empezaba a llover, pero, la verdad sea dicha, era sangre. Sangre y dolor y levantarse y caer, hasta que Rory gritó basta.

Y yo…, con el pecho hinchado, reclamando aire.

Y Clay en la hierba, hecho un ovillo y volviéndose luego hacia el cielo. ¿Cuántos cielos había, en realidad? Ese en el que quería concentrarse estaba rompiéndose, y con él llegaron las aves. Las palomas. Y un cuervo. Se metieron en bandada en sus pulmones. Ese sonido apergaminado de las alas aleteando, deprisa, y espléndidas, al unísono.

La siguiente persona a la que vio fue una chica.

No dijo nada. Ni a mí, ni a Clay.

Solo se agachó y le dio la mano.

¿Cómo iba a decirle «Bienvenido a casa»? Así que, en realidad, por sorprendente que parezca, fue Clay quien dio el paso de hablar.

Yo estaba unos cuantos metros a la izquierda.

Tenía las manos temblorosas y ensangrentadas.

Respiraba, casi sin querer.

Mis brazos estaban inundados de sudor.

Rory y Tommy se mantenían a poca distancia, y Clay levantó la mirada hacia la chica. Los ojos verde bueno.

—¿Guerra de las Rosas? —dijo, y sonrió con serenidad.

Y vio cómo ella cambiaba su deplorable angustia por una sonrisa larga y esperanzada, como los caballos cuando entran en la recta final.

—¿Está bien?

—Creo que sí.

—Dame un minuto y lo llevamos dentro.

Él no pudo oír bien ese breve intercambio de palabras, pero sabía que éramos Carey y yo, y los demás no tardaron en acercarse. Rosy le lamió la cara.

—¡Rosy! —exclamé—. ¡Largo de aquí!

Todavía ni rastro de Henry.

Al final le llegó el turno a Rory.

En algún momento tenía que meterse.

Nos dijo a todos que nos apartáramos de en medio de una puta vez, levantó a nuestro hermano y cargó con él. En sus brazos, Clay colgaba como un arco.

—Eh, Matthew —me llamó Rory—, mira esto: ¡de tanto practicar con los buzones! —Luego se volvió hacia Clay, hacia el rostro y la sangre—: ¿Qué me dices de este *tête-à-tête*? —Y, por último, su felicísima ocurrencia posterior—: Oye, ¿le diste una patada en las pelotas, como te pedí?

—Dos veces. La primera no fue lo bastante buena.

Y Rory se echó a reír, allí mismo, en los escalones, y al chico que llevaba en brazos le dolió.

Como había prometido y planeado, yo lo había matado.

Pero Clay, fiel como siempre a su palabra, no había muerto.

Qué bien sentaba volver a ser un chico Dunbar.

la me, la serpiente y luna

Compraron la casa, por supuesto que sí, y las cosas empezaron a empezar.

En el ámbito laboral, Michael seguía con sus trabajos en la construcción, con sus manos siempre polvorientas, y Penny continuaba con la limpieza, pero también estudió inglés hasta que llegó el momento. Le daba vueltas a dedicarse a otra cosa, y estaba dividida entre dos ramas de la enseñanza: la primera solo podía ser la música; la segunda, el inglés como lengua extranjera.

Tal vez fuera el recuerdo lo que la decidió:

La pista interior.

El calor de suelo a techo.

«¿Pasaporte?»

«Przepraszam?»

«Madre mía.»

Escogió el inglés como lengua extranjera.

Presentó una solicitud para la universidad, decidida a continuar limpiando por las noches —una empresa de contabilidad, el despacho del abogado—, y entonces llegó la carta de aceptación. Michael se la encontró sentada a la mesa de la cocina. Se detuvo no muy lejos del sitio exacto donde, muchos años después, un mulo lo miraría y lo interrogaría.

—¿Y bien?

Se sentó muy cerca de ella.

Vio la insignia, el membrete.

Algunas personas celebran las cosas con champán, o con una cena en un sitio agradable, pero en ese caso Penelope se quedó sentada; apoyó la cabeza en el hombro de Michael y volvió a leer la carta.

Y así, el tiempo siguió su curso:

Plantaron cosas en el jardín.

La mitad vivieron. La mitad murieron.

Vieron caer el Muro en noviembre de 1989.

A menudo veían los caballos a través de las rendijas de la valla trasera, y les encantaban todas las excentricidades del barrio del hipódromo: como cuando un hombre o una mujer se plantaban en plena calle, a media tarde, con una señal de stop para retener el tráfico. Tras ellos, un mozo cruzaba con un caballo que seguramente iba 10 a 1 en Hennessey al día siguiente.

La última peculiaridad del lugar, sin embargo, y la más importante ya por aquel entonces, era la cantidad de campos caídos en el olvido; solo había que saber adónde mirar. En algunos casos, como bien sabemos, esos lugares podían contener un enorme significado, y uno de ellos estaba cerca de las vías del tren. Luego vendrían Los Aledaños, claro, y la pista moribunda de Bernborough. Pero también ese fue crucial.

Así que te ruego por favor que lo recuerdes.

Lo tenía todo que ver con el mulo.

Cuando Penny llevaba tres años estudiando en la universidad, el teléfono sonó en el 18 de Archer Street; era el doctor Weinrauch.

Adelle.

Había muerto sentada a la mesa del comedor, seguramente entrada la noche, cuando acababa de mecanografiar una carta para una amiga.

—Parece ser que terminó, se quitó las gafas y apoyó la cabeza junto a la Remington —contó el hombre.

Era triste y doloroso, pero bello:

Una última combinación letal de letras.

Un funesto punto final tecleado con tesón.

Se fueron directos a Featherton con el coche, por supuesto, y Michael sabía que, comparado con Penelope, tenía suerte. Al menos podría asistir al funeral en la iglesia y sudar junto al ataúd. Podría volverse hacia el viejo médico jubilado y quedarse mirando su corbata, que colgaba como un reloj parado hacía tiempo.

—Lo siento, hijo.

—Lo siento, doctor.

Después se sentaron en la vieja casa, a la mesa, con las gafas de ribete azul y la máquina de escribir delante. Durante un rato él sopesó la idea de poner una hoja y teclear unas cuantas líneas. No lo hizo, sin embargo. Solo se la quedó mirando mientras Penelope preparaba un té. Se lo bebieron y salieron a recorrer el pueblo, luego acabaron en la parte de atrás, junto a la banksia.

Cuando ella le preguntó si se llevaría la máquina de escribir a casa, él contestó que ya estaba en casa.

—¿Estás seguro?

—Estoy seguro. —Se dio cuenta entonces—. En realidad, creo que sé lo que tengo que hacer.

Por algún motivo le pareció lo correcto y salió al cobertizo. Allí encontró la misma vieja pala y cavó un agujero más, a la izquierda de la perra y la serpiente.

En la casa, se sentó un último rato con la Remington.

Encontró tres plásticos grandes, rozados y resistentes, y la envolvió con ellos, tan transparentes que se veían las teclas: primero la Q y luego la W, después la sección central de la F y la G, la H y la J, y la sacó a ese viejo patio de un viejo pueblo de patios viejos, la dejó allí y la enterró en el suelo:

La ME, la serpiente y Luna.

No era algo que se pusiera en los anuncios de propiedades inmobiliarias.

De vuelta en casa, la vida tenía que continuar y así fue. Michael se quedaba despierto hasta tarde junto a ella mientras Penelope hacía sus deberes y los revisaba. Cuando hizo las prácticas la enviaron a Hyperno High. El instituto más duro de la ciudad.

El primer día llegó a casa derrotada:

—Se me han comido viva.

El segundo fue peor:

—Hoy me han masticado y escupido.

Había momentos en los que perdía del todo el control —de ellos y de sí misma— y los niños caían sobre su presa. Un día que casi explotó y les gritó un «¡SILENCIO!», luego masculló un «Cabritos» y la clase entera estalló en carcajadas. El bullicio y las burlas benévolas de los adolescentes.

El caso es que Penny Dunbar, sin embargo, a pesar de ser menuda y perpetuamente frágil, como sabemos, era una experta en encontrar la manera de sobrevivir. Se pasaba la hora de la comida con la clase llena; era la reina del castigo y el aburrimiento. Los subyugaba con un silencio organizado.

Resultó que era la primera candidata en años que duraba el período de prácticas, así que le ofrecieron un trabajo de jornada completa.

Dejó la limpieza para siempre.

Sus compañeras se la llevaron a tomar una copa.

Michael se sentó con ella al día siguiente, junto al retrete. Le frotó la espalda y le habló con dulzura:

—¿Son estos los privilegios de la libertad?

Ella vomitó y sollozó, pero se rio.

A principios del año siguiente, cuando Michael la fue a buscar al trabajo una tarde, la encontró rodeada por tres chicos enormes, con su sudor, sus cortes de pelo y sus brazos. Estuvo a punto de bajar del coche, pero entonces lo vio: ella tenía en las manos un ejemplar de Homero y estaba leyendo en voz alta, y debía de ser uno de los pasajes truculentos, porque los chicos no hacían más que poner muecas y soltar graznidos.

Penny llevaba un vestido en tonos menta.

Cuando se dio cuenta de que Michael había llegado, cerró el libro de golpe y los chicos le abrieron un paso.

—Adiós, señorita; adiós, señorita; adiós, señorita —dijeron, y ella subió al coche.

Pero eso no significa que fuera fácil; no lo fue.

A veces, cuando salía para ir a trabajar, él la oía dándose ánimos a sí misma en el cuarto de baño; era duro enfrentarse al día.

—¿Qué chico es esta vez? —le preguntaba él, porque su trabajo acabó siendo ocuparse de los más difíciles, en uno contra uno.

Unas veces le llevaba una hora; otras, varios meses, pero siempre acababa consiguiendo que se rindieran. Algunos incluso la protegían. Si otros chavales la incordiaban, se los llevaban a los lavabos y los arrinconaban entre los lavamanos. No te metas con Penny Dunbar.

En muchos sentidos, la denominación de «inglés como lengua extranjera» resultaba irónica, porque un buen porcentaje de sus alumnos eran chicos cuya lengua materna era el inglés, de hecho, pero que apenas sabían leer un párrafo…, y esos eran siempre los que albergaban más ira en su interior.

Ella se sentaba a su lado junto a la ventana.

Se llevaba un metrónomo de casa.

El niño se lo quedaba mirando, incrédulo.

—¿Qué cojones es eso? —decía.

A lo que Penny respondía con rotundidad:

—Lee al ritmo que marca.

Pero entonces ocurrió lo que tenía que ocurrir.

Después de cuatro años enseñando, una noche llegó a casa con un test de embarazo, y esa vez sí que salieron a celebrarlo, aunque esperarían toda la semana, hasta el sábado.

Mientras tanto, al día siguiente volvieron a trabajar:

Michael estuvo vertiendo hormigón.

Se lo contó a algunos de sus amigos de allí, que dejaron lo que estaban haciendo y lo felicitaron con un apretón de manos.

Penelope estuvo en el Hyperno, con un chico beligerante pero bello.

Leyó con él junto a la ventana.

El metrónomo hacía clic.

El sábado, fueron a comer a ese sitio tan lujoso de la Casa de la Ópera y se detuvieron en lo alto de la escalinata. El gran puente viejo colgaba allí cerca, los ferris entraban en la bahía. A media tarde, cuando volvieron a salir, un barco acababa de amarrar. En el paseo marítimo había montones de personas, y cámaras y rebaños de sonrisas. Junto al edificio y las cristaleras estaban ellos dos —Michael y Penny Dunbar—, y al pie de la escalera de la Casa de la Ópera aparecieron cinco chicos que se quedaron quietos… Y nuestros padres no tardaron en bajar a conocernos.

Nos marchamos todos juntos, por entre la muchedumbre y las palabras de la gente, y toda una ciudad henchida de sol.

Y la muerte caminaba con nosotros.

quinta parte

ciudades + aguas + criminales + arcos
+
historias

la entrada triunfal

Por supuesto, Henry tuvo que hacer su entrada esa noche de puños, plumas y hermanos.

Cuando pienso en ello, lo veo como la última ola de nuestra adolescencia colectiva. Esa noche significó para Henry, para todos, lo mismo que para Clay, a modo personal, aquella última vez que salió del túnel de Bernborough Park. A lo largo de los días siguientes habría, de manera intermitente, tanto un atrincheramiento en los últimos vestigios de juventud y estupidez como la aceptación definitiva de su final.

Nunca más volveríamos a ser lo que éramos.

No tuvimos que esperar demasiado. La tele estaba encendida.

Tras mucho discutir, *Rain Man* había acabado sustituida por una película que Rory me regaló una Navidad, *Despedida de soltero*. Según Rory, si teníamos que ver mierda de los ochenta, al menos que fuera de la buena. Según Henry, salía el Tom Hanks de los buenos tiempos, antes de que empezase a dar grima y a ganar Globos de Oro y hostias; se había informado.

Lo cuatro, allí sentados:

Yo tenía las manos metidas en hielo.

Rory y Tommy reían.

Héctor estaba despatarrado como una manta de rayas metálicas, ronroneando en el regazo de Tommy.

Clay estaba en el sofá, viéndola en silencio, sangrando en silencio.

Fue justo en la parte favorita de Rory —la del exnovio de la protagonista cayendo desnudo por el techo solar de un coche— cuando Henry hizo su entrada.

Primero hubo pasos.

Luego unas llaves dejadas de cualquier manera.

Luego entró.

Luego una cara ensangrentada y sonriente en la luz de la puerta de la sala de estar.

—¿Qué? —exclamó—. ¡Venga ya, cabrones! ¿Estáis viendo *Despedida de soltero* sin mí?

Al principio, ninguno se volvió.

En realidad, Clay sí, pero no podía moverse.

Los demás estábamos demasiado absortos en el caos de la pantalla.

Rory no vio en qué estado se encontraba Henry hasta que acabó la escena, tras lo que llegaron los tacos, el silencio atónito y los juramentos, todo lo cual rematé con un largo y contundente «Mecagüen… todo».

Henry se dejó caer en el sofá como si la cosa no fuese con él y miró a Clay.

—Siento llegar tarde, chaval.

—No pasa nada.

El plan de Henry había sido el siguiente: entrar más o menos de aquella guisa antes de que Clay llegase a casa, para distraerme. El problema era que se había tomado más tiempo del esperado —y bastante más alcohol— con los dos chicos de la marca de los doscientos metros así que, claro está, no había cogido el coche y había vuelto de Bernborough Park a pie. Para entonces estaba tan borracho y hecho polvo que más que andar se había arrastrado. La verdad es que, echando la vista atrás, fue uno de los momentos de gloria más estúpidos de Henry. Lo había planeado todo, y provocado todo, y todo por Clay.

Se lo quedó mirando con cierta satisfacción.

—Aunque me alegro de verte. ¿No es genial estar de vuelta en casa? Veo que el capullo del musculitos de Matthew ha sacado el felpudo de bienvenida.

—No pasa nada, me lo he buscado yo solo. —Clay se volvió hacia él y se quedó pasmado ante la magnitud de los daños. Los labios, en particular, que encogían el corazón solo con mirarlos; y los pómulos, calientes y carbonizados—. Aunque lo tuyo no lo tengo tan claro.

—Ah, ya lo creo, tío, ya lo creo —contestó Henry alegremente.

—¿Y bien? —Ese fui yo, de pie en medio de la sala de estar—. ¿Te importaría contarnos qué cojones ha pasado?

—Matthew —suspiró Henry—, estás interrumpiendo la peli. —Aunque Henry lo tenía claro: podía haberse camelado a Schwartz y a Starkey (y por lo visto a la chica de Starkey) para que lo molieran a palos, pero nada me impedía rematar la faena—. A ver, caballeros —dijo sonriendo, y los dientes parecían huesos para el caldo, un amasijo de un rojo espeso—, si alguna vez queréis tener esta pinta, solo necesitáis a un boy scout rubio con puños de acero, a un chulo con aliento rancio y, por último, a la novia del chulo, que pega más fuerte que los otros dos juntos...

Pretendía seguir hablando, pero no lo consiguió porque durante los segundos siguientes la sala de estar empezó a darle vueltas mientras el desmadre de *Despedida de soltero* llegaba a un punto álgido.

Finalmente intentó levantarse y se precipitó hacia delante, pasó por mi lado y derribó la tele con estrépito.

—¡Mierda! —bramó Rory—. Se está cargando una de las mejores pelis de todos los tiempos…

Pero se acercó enseguida, para pararlo, aunque los juegos de mesa no se salvaron. Ni la jaula, que cayó al suelo con el estruendo de una ovación digna de un estadio.

Todos nos agachamos a su alrededor de inmediato, entre la moqueta, la sangre y el pelo de gato. Y de perro. Y, joder…, ¿aquello era pelo de mulo?

Henry estaba inconsciente.

Cuando volvió en sí, primero reconoció a Tommy.

—El joven Tommy, ¿no? El coleccionista de mascotas… Y Rory, el grillete humano, y, ah, tú eres Matthew, ¿no? Don Responsable. —Finalmente, con cariño—: Clayton. El de la sonrisa. Es como si llevaras siglos fuera, tío, ¡siglos! ¡Te lo aseguro!

Se nos quedó grabado a todos.

La película continuaba, de lado, en el suelo; la jaula estaba inclinada y sin puerta, y un poco más allá, a la izquierda, cerca de la ventana, la pecera se había volcado en medio del caos. Solo nos dimos cuenta cuando el agua alcanzó nuestros pies.

Henry siguió viendo la película, para lo que tuvo que mover la cabeza, pero los demás miramos a Te, el palomo, que salió de la jaula, saltó al suelo y pasó junto al pez de colores para dirigirse derecho a la puerta de casa, que estaba abierta. Era evidente que el pájaro tenía las cosas claras y sabía que era mejor no aparecer por allí en unas cuantas horas. Bueno, eso y que estaba que trinaba. Un pasito y un aleteo, un pasito y un aleteo. Solo le faltaba la maleta. Incluso se volvió a mirar atrás:

«Muy bien, se acabó. —De verdad que pareció decirlo en medio de su arrebato gris y morado—. Me largo de aquí, gente... Ya os apañaréis.»

En cuanto al pez de colores, Agamenón, dio una vuelta a un lado, al otro, boqueó en busca de líquido y avanzó a saltitos por la moqueta. Tenía que haber agua en alguna parte, y vaya si iba a encontrarla.

criarse al estilo dunbar

Así que allí estaban, ya entrados en el futuro lejano:

Un pájaro cascarrabias.

Un pez de colores acróbata.

Dos chicos ensangrentados.

Y allí estaba Clay, en la historia de fondo.

¿Qué podemos decir de él?

¿Cómo empezó su vida siendo un niño, un hijo, un Dunbar?

En realidad es bastante sencillo, con muchísimo en su interior:

Una vez, en la marea del pasado Dunbar, hubo cinco hermanos, pero el cuarto fue el mejor de todos, un chico de múltiples cualidades.

En cualquier caso, ¿cómo llegó Clay a ser Clay?

En el principio estábamos todos; cada uno, una pequeña parte con que contar el todo. Nuestro padre había ayudado en todos los partos, los suyos fueron los primeros brazos que nos sostuvieron. Tal como a Penelope le gustaba contarlo, él estaba allí, completamente consciente, llorando junto a la cama, contento. Jamás se acobardó ante los despojos ni ante esas pieles con aspecto de quemadura cuando la habitación empezaba a dar vueltas. Para Penelope, eso era lo único que importaba.

Cuando ya había pasado todo, ella sucumbía al desmayo.

El pulso le latía en los labios.

También les gustaba contarnos lo curioso que era que todos tuviésemos algo que los enamoró cuando nacimos:

En mi caso fueron los pies. Los pies arrugados de un recién nacido.

En el de Rory fue la nariz respingona nada más salir y los ruiditos que hacía cuando dormía, como si combatiera por el título mundial, pero al menos así sabían que estaba vivo.

Henry tenía orejas de papel.

Tommy estornudaba a todas horas.

Y, por supuesto, también Clay, entre uno y otro:

El chico que salió sonriendo.

Según contaban, cuando Penny se puso de parto, nos dejaron a Henry, a Rory y a mí con la señora Chilman. Casi tuvieron que detenerse de camino al hospital; Clay tenía prisa. Tal como le explicaría Penny mucho después, el mundo esperaba ansioso su llegada, pero ella nunca preguntó por qué.

¿Para causarle sufrimiento y humillación?

¿O para amarlo y convertirlo en una gran persona?

Incluso ahora, resulta difícil saberlo.

Fue de buena mañana, un día de verano y de mucha humedad, y cuando entraron en la maternidad Penny gritaba sin haber llegado a la camilla, y la cabeza de Clay comenzaba a asomar. Más que venir al mundo, lo trajeron, como si el aire le hubiera dado un tirón.

En la sala de parto hubo mucha sangre.

Salpicaba el suelo por todas partes, como en la escena de un crimen.

En cuanto al niño, descansaba en medio del bochorno y sonreía de manera queda y extraña con su rostro cuajado de sangre, en absoluto silencio.

—¡Jesús! —exclamó una enfermera desprevenida al entrar, y se detuvo, boquiabierta.

Fue nuestra madre, medio desmayada, quien contestó.

—Espero que no —dijo. Nuestro padre continuaba sonriendo—. Después de lo que le hicimos…

De niño, como he dicho, era el mejor de todos.

Para nuestros padres, en particular, era especial. Estoy seguro, porque casi nunca se peleaba ni lloraba, y le encantaba oírlos hablar y que le contaran cosas. Noche tras noche, mientras los demás nos escaqueábamos, Clay les ayudaba a fregar los platos a cambio de una historia. Le decía a Penny: «¿Me cuentas otra vez lo de Viena y las literas? ¿O mejor esa otra? —Sin apartar los ojos de los platos de la cena, con la espuma entre los dedos—. ¿Me cuentas lo de la estatua de Stalin? Aunque… ¿quién era Stalin?».

A Michael le decía: «Papá, ¿me cuentas lo de Luna y la serpiente?».

Él siempre estaba en la cocina mientras los demás veíamos la tele o nos peleábamos en la sala de estar o en el pasillo.

Por supuesto, como suele ocurrir, nuestros padres también editaban lo que nos contaban:

Sus historias eran «casi todos».

Penny no le dijo entonces cuánto tiempo habían pasado en el suelo de un garaje para calentarse, quemarse y consumirse, para exorcizar vidas pasadas. Michael no le habló de Abbey Hanley, que luego había sido Abbey Dunbar y después Abbey Vete A Saber. No le contó que había enterrado la vieja ME, ni le habló de *El cantero* ni de que en otro tiempo le gustaba pintar. Tampoco le explicó por entonces nada sobre el desengaño amoroso ni sobre lo afortunado que dicho desengaño llegó a ser.

No, por el momento, bastaba con los «casi toda la verdad».

Michael consideraba que era suficiente con contarle que un día, estando en el porche, conoció frente a la casa a una mujer con un piano.

—De no ser por eso —le dijo con solemnidad—, no te tendría ni a ti ni a tus hermanos…

—Ni a Penelope.

—Tú lo has dicho —repuso Michael, sonriendo.

Lo que ninguno de ellos podía saber era que Clay oiría las historias íntegras poco antes de que fuese demasiado tarde.

Por entonces, ella ya izaría sus sonrisas.

Su rostro se hundiría.

Como puedes imaginar, sus primeros recuerdos eran vagos y de dos cosas en concreto:

Nuestros padres, sus hermanos.

Nuestras formas, nuestras voces.

Recordaba las manos de pianista de nuestra madre surcando las teclas. Tenían un sentido de la orientación mágico cuando pulsaban la M y pulsaban la E y el resto de POR FAVOR CÁSATE CONMIGO.

Para el niño, su cabello era radiante.

Su cuerpo era cálido y delgado.

Recordaba que, con cuatro años, le asustaba aquella mole marrón vertical. Mientras que los demás teníamos nuestra propia relación con aquel instrumento, Clay lo veía como algo ajeno a él.

Cuando ella tocaba, era allí donde él descansaba la cabeza.

En esos muslos de palillo que le pertenecían a él.

En cuanto a Michael Dunbar, nuestro padre, Clay recordaba el ruido del coche, del motor las mañanas de invierno. La vuelta al atardecer. El hombre olía a agobio, a días largos y a ladrillos.

De lo que pasaría a la posteridad como los Días de Comidas Descamisadas (a los que llegaremos enseguida), Clay recordaba sus músculos; porque además de todas las horas que dedicaba a la construcción, en ocasiones —y así lo contaba él— iba «a la cámara de tortura», que consistía en hacer flexiones y abdominales en el garaje. En alguna ocasión añadía una barra de pesas, aunque ligera. Lo importante era el número de levantamientos por encima de la cabeza.

Lo acompañábamos de cuando en cuando:

Un hombre y cinco niños haciendo flexiones.

Los cinco tirados por el suelo.

Y sí, en esos años de nuestra infancia, nuestro padre era un portento. Era de estatura mediana y delgado, pero firme y en forma; sin un gramo de grasa. No tenía unos brazos grandes o voluminosos, sino atléticos y cargados de significado. Transmitían cada movimiento, cada contracción.

Y todos esos malditos abdominales.

Nuestro padre tenía un estómago de hormigón.

Asimismo debo recordarme que, en aquella época, nuestros padres también eran insuperables.

Claro, a veces discutían y se peleaban.

De cuando en cuando la tormenta azotaba nuestro hogar, pero en general siempre fueron esas dos personas que se habían encontrado la una a la otra; eran dorados, brillantes y divertidos. A menudo parecían conchabados, como un par de presos reincidentes que deciden no escapar; nos querían, les gustábamos, y solo con eso ya nos tenían prácticamente ganados. A fin de cuentas, coge a cinco niños y mételos en una casa pequeña; ya me dirás cómo llamarías tú a eso: un potaje de desorden y peleas.

Recuerdo cosas como la hora de las comidas y que a veces la situación se salía de madre: tenedores que caían, cuchillos que apuntaban y todas esas bocas infantiles masticando sin parar. Había discusiones, codazos, comida por el suelo, comida por la ropa y «¿Cómo ha ido a parar ese cereal a la pared?», hasta que llegó la noche en que Rory le puso el broche y se tiró medio plato de sopa por encima.

Nuestra madre no perdió los nervios.

Se levantó, lo limpió todo y le dijo a Rory que se acabara lo que quedaba de sopa descamisado, circunstancia que inspiró a nuestro padre. Aún seguíamos celebrándolo cuando dijo:

—Vosotros también.

Henry y yo casi nos atragantamos.

—¿Cómo?

—¿No me habéis oído?

—Oooh, mierda —protestó Henry.

—¿Queréis que también os haga quitar los pantalones?

Comimos de aquella guisa todo un verano, con las camisetas apiladas junto a la tostadora. Aunque, para ser justo, debo decir que, a partir de la segunda vez, Michael Dunbar también se quitaba la camisa, lo cual dice mucho en su favor. Tommy, que todavía estaba en esa bonita fase en que los niños dicen lo primero que se les pasa por la cabeza sin filtros de ningún tipo, gritó:

—¡Eh! ¡Eh, papá! ¿Qué haces solo en tetas?

Todos prorrumpimos en carcajadas, sobre todo Penny Dunbar, pero Michael estuvo a la altura de las circunstancias. Un leve espasmo en uno de sus tríceps.

—¿Y vuestra madre, qué, chavales? ¿No debería quitarse también la camisa?

Ella nunca necesitó que nadie la defendiese, pero Clay solía prestarse voluntario.

—No —dijo, aunque ella lo hizo.

El sujetador era viejo y tenía un aspecto andrajoso.

Estaba descolorido; la tela parecía aferrarse a cada pecho para no caerse.

Penny comió y sonrió a pesar de todo.

—Ahora no os vayáis a quemar el torso —dijo.

Ya sabíamos qué regalarle por Navidad.

En ese sentido, siempre nos envolvió cierta sobredimensión.

Un reventar de costuras.

Daba igual lo que hiciésemos, siempre había más:

Más coladas, más fregados, más comidas, más platos, más discusiones, más peleas y empujones y golpes y pedos y «¡Eh, Rory, mejor que vayas al lavabo!» y, por supuesto, mucha más negación. Tendríamos que haber llevado estampado «Yo no he sido» en todas las camisetas, porque lo decíamos miles de veces al día.

Daba igual lo controlada que tuviéramos la situación o lo bien que la manejáramos, el caos esperaba a la vuelta de la esquina. Tal vez fuésemos flacos y no parásemos quietos, pero nunca había suficiente espacio para todo, de ahí que todo se hiciese al mismo tiempo.

Una de las cosas que recuerdo con mayor claridad es cómo nos cortaban el pelo; no nos podíamos permitir ir a la peluquería. El tinglado se organizaba en la cocina —una cadena de montaje con dos sillas— y allí nos sentábamos, primero Rory y yo, después Henry y Clay. Luego, cuando le llegaba el turno a Tommy, era Michael quien se lo cortaba para dar un pequeño respiro a Penny, quien posteriormente retomaba la faena y se lo cortaba a él.

—¡Estate quieto! —le decía nuestro padre a Tommy.

—Estate quieto —le decía Penny a Michael.

Nuestro pelo formaba montañitas en el suelo de la cocina.

En ocasiones, y este recuerdo me asalta con tanta felicidad que hace daño, nos montábamos todos en el coche, la tropa al completo, apretujados. En muchos sentidos, no puedo sino adorar la idea de que Penny y Michael, personas escrupulosamente respetuosas de la ley, hiciesen ese tipo de cosas. En realidad es uno de esos momentos perfectos, un coche con demasiada gente. Cuando ves a un grupo apiñado de esa manera —una bomba de relojería—, siempre están gritando y riendo.

En nuestro caso, delante, entre los huecos, veías sus manos entrelazadas.

La frágil mano de pianista de Penelope.

La polvorienta mano de albañil de nuestro padre.

Y a su alrededor una melé de niños, de brazos y piernas indistinguibles.

En el cenicero había caramelos, normalmente para la garganta, a veces Tic Tacs. El parabrisas nunca estaba limpio en ese coche, pero el aire siempre era fresco, era chicos chupando pastillas para la tos o un festival de menta.

Algunos de los recuerdos más entrañables de Clay relacionados con nuestro padre, sin embargo, eran las noches, justo antes de irnos a la cama, cuando Michael no creía sus respuestas. Se agachaba y le hablaba en voz baja: «¿Tienes que ir al lavabo, hijo?», y Clay negaba con la cabeza. Aún la movía de lado a lado cuando lo acompañaba al pequeño cuarto de baño de baldosas agrietadas, donde el crío procedía a mear como un caballo de carreras.

—¡Eh, Penny —la llamaba Michael—, aquí tenemos al puñetero Phar Lap!

Y le lavaba las manos y volvía a agacharse, sin decir nada. Y Clay sabía lo que significaba. Todas las noches, durante mucho mucho tiempo, lo llevó a caballito a la cama.

—Papá, ¿me cuentas otra vez lo de la vieja Luna?

En cuanto a nosotros, sus hermanos, éramos moratones, éramos palizas, en la casa del número 18 de Archer Street. Como buenos hermanos mayores, nos comportábamos igual que vándalos con todas sus cosas. Lo levantábamos agarrándolo de la camiseta por la espalda y lo depositábamos en otro sitio. Cuando llegó Tommy, tres años después, le hicimos lo mismo. Durante toda su infancia, lo trasladábamos detrás de la tele estilo grúa o lo soltábamos en el patio. Si lloraba, lo arrastrábamos al cuarto de baño, donde le esperaba un buen pellizco mientras Rory estiraba los dedos entrelazados.

—¿Niños? —oíamos en algún momento—. Niños, ¿habéis visto a Tommy?

Henry se encargaba de los susurros junto a la melena rubia del lavabo.

—Ni una palabra, enano.

Asentimiento. Asentimiento rápido.

Así era como se vivía.

Clay empezó a tocar el piano con cinco años, como todos los demás.

Las teclas del CÁSATE CONMIGO y Penny.

De muy pequeños, ella nos hablaba en su idioma, pero solo cuando nos íbamos a dormir. De vez en cuando se detenía y nos explicaba algo relacionado con la lengua, pero se nos fue olvidando con los años. La música, en cambio, era innegociable, y con ella había alcanzado distintos grados de éxito:

A mí no se me daba mal.

Rory parecía ensañarse con el piano.

Henry podría haber sido un virtuoso, si le hubiera interesado.

Clay tardaba bastante más en asimilarlo todo, pero cuando lo hacía, nunca olvidaba nada.

En cuanto a Tommy, llevaba muy pocos años de práctica cuando Penny se puso enferma, y tal vez ella ya se sintiera derrotada por entonces, sobre todo, creo, gracias a Rory.

—¡Muy bien! —gritaba nuestra madre a su lado, tratando de hacerse oír en medio de aquel maremágnum de música maltratada—. ¡Se acabó el tiempo!

—¿Qué? —Rory estaba profanando aquella propuesta de matrimonio que ya empezaba a desvaírse, y deprisa, aunque nunca lo haría del todo—. ¿Qué dices?

—¡He dicho que se acabó el tiempo!

Penny solía preguntarse qué habría pensado Waldek Lesciuszko de él, o mejor dicho, de ella. ¿Dónde estaba su paciencia? ¿Y la vara de pícea? ¿O, estando donde estaba, de eucalipto o calistemo? Sabía que existía una gran diferencia entre cinco chicos muy chicos y una chica estudiosa y ansiosa por complacer a su padre, pero aun así se sentía ligeramente decepcionada cuando veía alejarse a Rory la mar de ufano.

Para Clay, sentarse en el rincón de la sala de estar era una obligación, pero al menos estaba dispuesto a soportarla o, como mínimo, a intentarlo. Cuando terminaba, seguía a Penny a la cocina y le hacía su petición de dos palabras:

—Eh, mamá.

Ella se detenía en el fregadero. Le tendía un trapo de cocina a cuadros.

—Creo que hoy te contaré lo de las casas y que creía que estaban hechas de papel...

—¿Y las cucarachas?

Ella no podía reprimirse.

—¡Eran enormes!

No obstante, a veces creo que se preguntaban, nuestros padres, por qué habían escogido vivir así. Conforme el caos y la frustración aumentaban, saltaban por tonterías con mayor frecuencia.

Recuerdo un día de verano. Llevaba lloviendo dos semanas y llegamos a casa rebozados en barro. Penny perdió los papeles con nosotros, y con razón, y recurrió a la cuchara de madera. Nos dio en los brazos, en las piernas —donde pudo (la tierra era fuego cruzado, metralla)—, hasta que terminó por astillar dos de esas cucharas y decidió lanzarnos una bota al recibidor. De algún modo, la bota cogió impulso, y altura, mientras giraba sobre sí misma, vuelta tras vuelta, y finalmente alcanzó a Henry en la cara con un golpe sordo. Le sangraba la boca y se había tragado un diente flojo, y Penny se sentó en el suelo, junto al baño. Cuando varios de nosotros fuimos a consolarla, se levantó de un salto y gritó:

—¡Dejadme en paz!

Pasaron horas antes de que fuese a comprobar cómo estaba Henry, quien todavía no se había decidido. ¿Lo reconcomían los remordimientos o estaba furioso? Al fin y al cabo, perder un diente era bueno para el negocio.

—¡El hada de los dientes ya no me traerá dinero! —protestó, y le enseñó el hueco.

—El hada de los dientes lo sabe todo —dijo ella.

—¿Crees que te traen más dinero si te lo tragas?

—No si vas rebozado de barro.

Para mí, las discusiones más memorables que tuvieron nuestros padres a menudo estuvieron relacionadas con Hyperno High. Las correcciones interminables. Los padres groseros. O las contusiones por haber mediado en alguna pelea.

—Joder, ¿por qué no dejas que se maten entre ellos? —dijo nuestro padre una vez—. ¿Cómo puedes ser tan…?

A Penny empezó a hervirle la sangre.

—Tan… ¿qué?

—No sé, ingenua y tan… tonta para creer que conseguirás cambiar algo. —Estaba cansado, y resentido, tanto de la obra como de tener que aguantarnos. Señaló la casa con un aspaviento—. Dedicas todo tu tiempo libre a corregir exámenes e intentar ayudarlos y mira, mira cómo está la casa.

Tenía razón, había Legos por todas partes, y ropa y polvo como si los hubiera repartido una bomba de racimo. El lavabo recordaba un baño público de la época de sus privilegios de la libertad; ninguno de nosotros era consciente de la existencia de la escobilla.

—¿Y qué? ¿Entonces me quedo en casa y hago la limpieza?

—Bueno, no, no es eso lo que…

—¿Paso la puñetera aspiradora?

—Joder, no me refería a eso.

—BUENO, ¿Y A QUÉ TE REFERÍAS? —vociferó Penny—. ¿EH?

Empleó ese tono que hace que un niño levante la vista, el momento en que el enfado se desborda en ira. Esta vez va en serio.

Aunque la cosa no quedó ahí.

—¡SE SUPONE QUE DEBERÍAS ESTAR DE MI LADO, MICHAEL!

—¡Y lo estoy! —aseguró él—. Lo estoy.

Y la voz apagada, que era incluso peor:

—Entonces ¿qué tal si lo demuestras?

Luego, la calma tras la tormenta, y el silencio.

Como he dicho, sin embargo, se trataba de episodios aislados, y nuestros padres no tardaban en volver a reunirse frente al piano:

El símbolo de la tortura infantil.

Pero su remanso de calma en medio de la vorágine.

Una vez, él se quedó detrás de ella mientras Penny se recuperaba tocando Mozart; luego colocó las manos sobre el instrumento, en el trocito de sol que incidía sobre la tapa, junto a la ventana.

—Escribiría un «Lo siento» —dijo él—, pero no recuerdo dónde está la pintura…

Y Penelope se interrumpió un momento, con un atisbo de sonrisa ante el recuerdo.

—Bueno, eso y que no hay sitio —contestó, y continuó tocando sobre las teclas escritas.

Sí, ella continuó tocando, un conjunto musical de una sola mujer, y aunque a veces el caos se adueñaba de todo, también había lo que llamábamos discusiones normales —peleas normales—, las cuales la mayoría de las veces tenían lugar entre nosotros, los chicos.

Por ejemplo: Clay empezó a jugar al fútbol australiano con seis años, tanto al organizado como al que practicábamos en el 18 de Archer Street, desde la parte delantera a la trasera, rodeando toda la casa. Con el tiempo, los equipos acabaron estando formados por nuestro padre, Tommy y Rory contra Henry, Clay y yo. En el último placaje, podías patear el balón por encima del tejado, pero solo si

Penny no estaba leyendo en una tumbona o corrigiendo ese aluvión constante de trabajos.

—Eh, Rory —decía Henry—, ven a por mí, que te voy a machacar.

Y Rory lo hacía y le pasaba por encima, o Henry lo detenía y lo estampaba contra el suelo. No había partido en que no fuese necesario separarlos.

—Vale.

Nuestro padre los miraba, alternativamente.

Henry, todo rubio y rasguñado.

Rory, del color de un ciclón.

—¿Vale qué?

—Ya sabéis qué —contestaba entre resuellos y resoplidos, con los brazos arañados—. Daos la mano. Ya.

Y lo hacían.

Se daban la mano, aseguraban que lo sentían y luego:

—¡Sí, siento tener que darte la mano, capullo!

Y volvían a enzarzarse. En una ocasión hubo que sacarlos a rastras del porche trasero, donde estaba Penelope, con los trabajos de sus alumnos desperdigados por todas partes.

—Bueno, ¿qué habéis hecho esta vez? —preguntó, con un vestido y descalza al sol—. ¿Rory?

—Mmm.

Ella lo fulminó con la mirada.

—¿Quééé…? —cedió Rory.

—Recoge mi silla. —Echó a andar hacia la casa—. ¿Henry?

—Que sí, que sí.

Henry ya estaba de rodillas, reuniendo los papeles caídos.

Ella alargó una mirada a Michael, y un guiño completamente conchabado y cómplice.

—La madre que los parió…

No me extraña que yo saliera tan malhablado.

¿Qué más?

¿Qué más mientras avanzábamos de año en año como piedras rebotando sobre el agua?

¿He mencionado que a veces nos sentábamos en la valla de atrás para ver las sesiones de entrenamiento del final de la mañana? ¿He dicho ya que seríamos testigos del deterioro progresivo de aquellas instalaciones hasta que acabaron convertidas en otro campo caído en el olvido?

¿He mencionado la guerra del Conecta Cuatro cuando Clay tenía siete años?

¿O la partida de parchís que duró cuatro horas, si no más?

¿He mencionado que fueron Penny y Tommy los que por fin ganaron la batalla, en la que nuestro padre y Clay quedaron segundos, yo tercero, y Henry y Rory (a los que habían obligado a jugar juntos) los últimos? ¿He mencionado que se echaron las culpas el uno al otro, acusándose de tirar los dados de pena?

En cuanto a lo que ocurrió con el Conecta Cuatro, dejémoslo en que meses después aún seguíamos buscando las fichas.

—¡Eh, mirad! —gritábamos desde el pasillo o la cocina—. ¡Hay una incluso aquí!

—Ve a buscarla, Rory.

—Ve a buscarla tú.

—Yo no pienso ir, esa es de las tuyas.

Etcétera. Etcétera.

Etcétera.

Clay recordaba el verano que Tommy preguntó quién era Rosada mientras Penelope leía la *Ilíada*. Era tarde, pero aún estábamos despiertos, en la sala de estar, y Tommy descansaba la cabeza sobre el regazo de Penny y los pies sobre mis piernas. Clay estaba en el suelo.

Penny se inclinó y acarició el pelo de Tommy.

—No es una persona, idiota, es el cielo —contesté yo.

—¿Qué quieres decir?

Esta vez lo había preguntado Clay, y Penelope se lo explicó.

—Es porque ¿sabes cuando al amanecer y al atardecer el cielo se vuelve naranja y amarillo y a veces rojo?

Clay asintió desde debajo de la ventana.

—Bueno, pues cuando está rojo es porque tiene una tonalidad rosada, a eso se refería. ¿No es perfecto?

Clay sonrió y Penny hizo otro tanto.

Tommy volvió a poner cara de concentración.

—¿Héctor también es otra forma de llamar al cielo?

Aquello fue el colmo. Me levanté.

—¿De verdad hacía falta que fuésemos cinco?

Penny Dunbar no contestó, pero se echó a reír.

Con el invierno llegó de nuevo la temporada de fútbol organizado y las victorias, los entrenamientos y las derrotas. No era un deporte que entusiasmara especialmente a Clay, pero lo practicaba porque era lo que hacíamos los demás, y creo que eso es lo que hacen los hermanos pequeños durante un tiempo, fotocopian a los mayores. En ese sentido, debería decir que, aunque se distinguía de nosotros, también podía ser igual. A veces, durante un partido en medio de casa, cuando un jugador recibía un puñetazo disimulado, o un codazo, Henry y Rory enseguida empezaban con sus «¡Yo no he sido!» y sus «¡Venga ya, y una mierda!», pero yo había visto que había sido Clay. Sus codos ya eran mortíferos y repartían en todas direcciones; era difícil verlos venir.

Algunas veces lo admitía.

—Eh, Rory, he sido yo —decía.

No sabéis de lo que soy capaz.

Pero Rory no se lo tragaba; era más sencillo pelear con Henry.

Para remate de tanto despropósito (y de esta historia), qué más apropiado que, ya por entonces, Henry fuese pública y tristemente famoso en lo tocante a deportes y ocio después de ser expulsado por empujar al árbitro y luego condenado al ostracismo por sus compañeros de equipo tras haber cometido el mayor de los pecados futbolísticos. En el descanso, el entrenador les preguntó:

—Eh, ¿dónde está la fruta?

—¿Qué fruta?

—No vayáis de listillos, ya sabéis, las naranjas.

Pero entonces alguien se percató.

—¡Mirad, ahí hay un montón de mondas! ¡Ha sido Henry, ha sido el jeta de Henry!

Chicos, hombres y mujeres, todos lo fulminaron con la mirada.

Una gran afrenta para un barrio de las afueras.

—¿Es eso cierto?

Por mucho que quisiese negarlo, sus manos lo delataban.

—Me ha entrado hambre.

El campo estaba a seis o siete kilómetros de casa y habíamos ido en tren, y obligaron a Henry a volver a pie, como al resto de nosotros. Cuando alguno hacía algo por el estilo, acabábamos pagándolo todos, así que enfilamos la Princes Highway.

—De todas maneras, ¿por qué has empujado al árbitro de esa manera? —pregunté.

—No paraba de pisarme y llevaba tacos de acero.

—¿Y por eso tenías que comerte todas las naranjas?

Esta vez fue Rory.

—No, eso ha sido porque sabía que tú también tendrías que volver a pata, capullo.

—¡Eh! —Michael.

—Ya, ya… Perdón.

Pero en esa ocasión no hubo retractación de las disculpas, y creo que ese día, de algún modo, todos estábamos contentos, aunque pronto empezaríamos a desmoronarnos; como Henry, que vomitó en la alcantarilla. Penny estaba arrodillada a su lado, flanqueada por la voz de nuestro padre:

—Creo que estos sí que son los privilegios de la libertad.

¿Cómo íbamos a saberlo?

Solo éramos la tropa de los Dunbar, ajenos a todo lo que estaba por llegar.

peter pan

—¿Clay? ¿Estás despierto?

Al principio no obtuvo respuesta, pero Henry sabía que lo estaba. Algo muy propio de Clay era que apenas dormía. Lo que sí le sorprendió fue que encendiera la luz de lectura y que Clay tuviera algo que decir:

—¿Cómo estás?

Henry sonrió.

—Me escuece todo. ¿Y tú?

—Huelo a hospital.

—La vieja señora Chilman. No veas cómo dolía eso que nos ha puesto, ¿no?

Clay sintió una franja caliente en un lado de la cara.

—Aun así, mejor que un chorro de alcohol —dijo— o el Listerine de Matthew.

Antes de eso, habían ocurrido un buen montón de cosas:

Habíamos recogido la sala de estar.

Habíamos convencido al pez y al pájaro para que se quedaran.

El relato de las aventuras de Henry tuvo lugar en la cocina, y la señora Chilman pasó por casa. Había ido para remendar a Clay, pero Henry la necesitaba más.

Pero vayamos primero a la cocina. Antes de todo lo demás, Henry tuvo que explicarse, si bien más que contarlo, lo mencionó como de pasada. Habló de Schwartz y de Starkey, y de la chica, y ya no parecía tan alegre, ni yo tampoco. En realidad, estuve a punto de lanzarle la tetera o de estamparle la tostadora en la cabeza.

—¿Que hiciste qué? —No podía creer lo que estaba oyendo—. Pensaba que eras uno de los pocos listos de aquí. Eso me lo esperaría de Rory, pero de ti…

—¡Eh!

—Eso —convino Henry—, un poco de respeto…

—Yo de ti no empezaría con gilipolleces. —También le había echado el ojo a la sartén, que holgazaneaba en los fogones. No sería difícil darle algo que hacer—. Vamos a ver, ¿qué cojones ha pasado? ¿Te han dado una paliza o te han arrollado con un camión?

Henry se tocó un corte, casi con cariño.

—Vale, a ver, Schwartz y Starkey son buenos tíos. Les pedí un favor, bebimos un poco y luego —suspiró— se rajaron, así que me centré en la chica. —Miró a Clay y a Rory—. Ya sabéis, la de los morritos.

Te refieres a la del tirante del sujetador, pensó Clay.

—Te refieres a la de las tetas —dijo Rory.

—La misma —confirmó Henry, asintiendo alegremente.

—¿Y? —pregunté—. ¿Qué hiciste?

—Esa tía tiene unas tetas como bollos —insistió Rory.

—¿En serio? —dijo Henry—. ¿Bollos? Nunca se me habría ocurrido.

—¿Habéis terminado o qué?

Henry me ignoró por completo.

—Mejor que pizzas —admitió. Una conversación privada entre Rory y él: había que joderse—. O donuts.

Rory rio, luego se puso serio.

—Hamburguesas.

—¿Con patatas?

—Y Coca-Cola.

Rory soltó una risita. ¡Una risita!

—*Calzones.*

—¿Qué es un *calzone?*

—¡Mecagüen… todo!

Continuaron sonriendo como bobos, y a Henry le corría sangre por la barbilla, pero al menos había recuperado su atención.

—Pero ¿qué haces, Matthew? —protestó Rory—. Joder, ¡si es la mejor conversación que Henry y yo hemos tenido en años!

—Puede que en toda nuestra vida.

Rory miró a Clay.

—Nos estaba quedando un *tête-à-tête* redondo.

—A ver… —Señalé a uno y al otro—. Siento interrumpir el debate sobre pizzas, hamburguesas y *calzones*, y ese vínculo afectivo que estáis estableciendo gracias a un par de tetas recién salidas del horno…

—¿Lo ves? ¡Salidas del horno! ¡Ni Matthew puede resistirse!

—… pero me gustaría saber qué cojones ha ocurrido ahí fuera.

Henry miró hacia la zona del fregadero con aire distraído.

—¿Y bien?

Regresó con un parpadeo.

—¿Y bien qué?

—¡¿Que qué ha pasado?!

—Ah, ya… —Reunió fuerzas—. Bueno, pues eso, que no han querido pegarme, así que me he acercado a ella, ya iba bastante pedo para entonces, y se me ha ocurrido echarle mano, no sé si me explico…

—¿Y? —preguntó Rory—. ¿Qué tal?

—No sé… He dudado. —Lo pensó un buen rato.

—¿Y luego qué?

Henry, medio sonriente, medio serio:

—Bueno, ella me ha visto venir de lejos. —Tragó saliva y lo revivió todo—. Así que me ha dado cuatro puñetazos en los huevos y tres en la cara.

Se oyó un sincero y solidario «¡Joder!».

—Lo sé, la tía no se ha cortado ni un pelo.

Rory, sobre todo, parecía entusiasmado.

—¿Lo ves, Clay? ¡Cuatro! ¡Eso es entrega! No esa mierda de dos pataditas en las pelotas.

Clay rio de verdad. Con fuerza.

—Y luego —prosiguió Henry— los buenos de Starkers y Schwartz han rematado la faena. No les ha quedado otra.

Lo miré perplejo.

—¿Por qué?

—¿No es obvio? —contestó Henry con absoluta naturalidad—. Por si eran los siguientes.

Volvamos al dormitorio, ya pasada la medianoche. Henry se incorporó repentinamente.

—A la mierda —dijo—, estoy lo bastante sobrio, voy a buscar el coche.

Clay suspiró y se dio la vuelta para levantarse de la cama.

Caía una lluvia tan fina como el sudario transparente de un fantasma.

Casi se secaba antes de alcanzar el suelo.

Antes, poco después del enigma del semblante de Henry, y de la charla sobre los pechos bien hechos, alguien rascó la puerta trasera y alguien llamó a la delantera.

En la de atrás estaban Rosy y Aquiles, expectantes y a la espera.

—Tú, adentro.

Al mulo:

—Tú, mételo en esa cabezota. La cocina está cerrada.

En cuanto a la puerta delantera, la llamada vino acompañada de un anuncio.

—¡Matthew, soy la señora Chilman!

Le abrí a la mujerona menuda y de arrugas eternas, ojos brillantes y sin ánimo inculpatorio. Era muy consciente de que esta casa era otro mundo y ¿quién era ella para juzgar a nadie? Es más, desde que sabía que solo quedábamos los chicos Dunbar, nunca me había preguntado cómo vivíamos. La señora Chilman poseía la sabiduría de la vieja escuela; había visto enviar a chicos de la edad de Rory y la mía a morir a ultramar. Tiempo atrás nos traía sopa (un horror de grumosa y picante), y nos continuó pidiendo ayuda para que le abriéramos botes hasta el día de su muerte.

Esa noche, ya se había arremangado.

—Hola, Matthew, ¿cómo estás? He venido a echarle un ojo a Clay, que debe de estar hecho un Cristo —dijo sin andarse por las ramas—. Luego ya me encargaré de tus manos.

En ese momento llegó una voz desde el sofá y, adjunto a ella, un feliz Henry:

—¡Primero yo, señora Chilman!

—¡Virgen santa!

¿Qué tenía nuestra casa?

Parecía que animaba a todo el mundo a blasfemar.

El coche estaba en el aparcamiento de Bernborough Park, hasta el que se acercaron dando un paseo en medio de la humedad.

—¿Te apetecen unas vueltas? —preguntó Clay.

Henry tropezó con una risa.

—Solo si es en coche.

Circularon en silencio por calles y callejones cuyos nombres Clay fue catalogando. Pasaron por Empire, Carbine, Chatham Street y luego por Gloaming Road, donde se encontraban Hennessy y el Brazos Desnudos. Recordó todas las veces que había paseado por aquellas calles con la recién llegada Carey Novac.

Prosiguieron dibujando meandros mientras Clay iba contemplándolas con aire distraído.

—Eh. Eh, Henry —dijo cuando se detuvieron en el semáforo de Flight Street, aunque le hablaba al salpicadero—. Gracias por lo que has hecho.

Había que reconocérselo, sobre todo en momentos como ese. Henry le guiñó un ojo morado.

—Vaya con la chica de Starkey, ¿eh?

La última parada antes de dirigirse a casa fue junto al bordillo de Peter Pan Square, donde se detuvieron a contemplar el parabrisas y la estatua que se alzaba en el centro. A través del sudario de lluvia, Clay solo distinguía los adoquines y el caballo al que estaba dedicada la plaza. En el pedestal se leía lo siguiente:

PETER PAN
CABALLO DE GRAN GALLARDÍA
BICAMPEÓN DE LA CARRERA
QUE PARALIZA EL PAÍS
1932, 1934

Era como si él también estuviera observándolos, con la cabeza girada hacia un lado, pero Clay sabía por qué: el caballo respondía a una indicación, o a un mordisco de uno de sus rivales. Sobre todo Rogilla. Peter Pan odiaba a Rogilla.

Encima, Darby Munro, el jockey, también parecía estar vigilando el coche, y Henry giró la llave en el contacto. Cuando el motor se puso en marcha, los limpiaparabrisas bailaron al compás de un metrónomo cada cuatro segundos, y caballo y jinete se distinguían y difuminaban, se distinguían y difuminaban, hasta que Henry habló por fin.

—Eh, Clay —dijo, y sacudió la cabeza, y en sus labios asomó una delgada y desairada sonrisa—. Cuéntame qué tal le ha ido últimamente.

la guerra del piano

Durante aquellos años resultaba comprensible.

Que la gente no lo entendiera.

Todos creían que la muerte de Penny y el abandono de nuestro padre nos hizo ser como éramos —y sí, sin duda nos hizo más pendencieros, más rudos y recios, y aguzó nuestro instinto de lucha—, pero no fue lo que nos hizo fuertes. No, en el principio fue algo más.

Fue nuestro erguido maestro de madera.

El piano.

El caso es que empezó conmigo, en sexto, y ahora, mientras escribo esto, me siento culpable, así que pido disculpas. Al fin y al cabo se trata de la historia de Clay y escribo sobre mí, pero en cierto modo creo que es importante. Nos conduce a otra parte.

Hasta ese momento, todo iba bien en el colegio. Me gustaba ir a clase y nunca me quedaba fuera cuando se jugaba al fútbol. Tampoco me había peleado con nadie, hasta que a alguien le dio por fijarse y empezaron a burlarse de mí por tocar el piano.

Daba igual que nos obligaran o que el piano, como instrumento, arrastrase una larga historia de rebeldía: Ray Charles no podía molar más; Jerry Lee Lewis le prendía fuego. Por mucho que hubiese avanzado el mundo, desde la perspectiva de un niño del barrio del hipódromo, solo una clase de persona tocaba el piano. Daba igual que fueses el capitán del equipo de fútbol o boxeador juvenil amateur, el piano te convertía en algo, y ese algo, por supuesto, era lo siguiente:

Estaba claro que eras homosexual.

En realidad, hacía años que todo el mundo sabía que aprendíamos a tocarlo, aunque no se nos diera muy bien. Sin embargo, nada de eso importaba, porque, a lo largo de la infancia, los niños toman conciencia de las cosas según el momento. Pueden pasar de ti durante una década y hacerte la vida imposible en la adolescencia. Pueden considerar incluso «interesante» que en primero colecciones sellos y martirizarte por lo mismo en noveno.

En mi caso, como ya he dicho, ocurrió en sexto.

Solo fue necesario un crío unos centímetros más bajo que yo, aunque él era bastante más fornido; de hecho, era boxeador juvenil. Un crío llamado Jimmy Hartnell. Su padre, Jimmy Hartnell también, era el dueño del Club de Boxeo Tri-Colors, en Poseidon Road.

Jimmy, menuda pieza.

Tenía la planta de un pequeño supermercado:

Era compacto y salía caro si se cruzaba.

Su pelo era un flequillo pelirrojo.

En cuanto a cómo empezó todo, había chicos y chicas en el pasillo, y diagonales de sol y polvo. Había uniformes y voces, e incontables cuerpos en movimiento. Había belleza en la fatalidad de la escena, en cómo la luz se sesgaba en perfectos y largos rayos oblicuos.

Jimmy Hartnell avanzó por el pasillo a grandes zancadas, pecoso, seguro, directo hacia mí. Camisa blanca, pantalones grises. Parecía estar encantado. Era la chulería de patio de colegio en su máxima expresión; su olor, el olor de un buen desayuno; sus brazos, todo sangre y músculo.

—Eh, ¿ese no es el chico Dunbar? —preguntó—. ¿El que toca el piano? —Me golpeó con el hombro, obsequiosamente—. ¡Menuda «princesa»!

Ese crío había nacido para poner comillas.

La cosa continuó igual durante semanas, quizá un mes, aunque cada vez iba un poquito más allá. El hombro se convirtió en codo, el codo en puñetazo en las pelotas (aunque ni mucho menos tan letal como el de la querida Bollos), y lo que no tardó en convertirse en un clásico: retuercepezones en el lavabo de los chicos, alguna que otra llave de cabeza, y estrangulamientos en el salón de actos.

En muchos sentidos, echando la vista atrás, solo eran los privilegios de la infancia, el ser maligna y legítimamente mangoneado. No se diferenciaba tanto de ese polvo vapuleado por la habitación.

Aunque eso no significaba que me gustase.

O, es más, que no fuese a responder.

Igual que muchos otros en la misma situación, no me enfrenté al problema de manera directa, o al menos aún no. No, eso habría sido una soberana estupidez, de modo que contraataqué como pude.

En resumidas cuentas: culpé a Penelope.

La emprendí con el piano.

Por supuesto, hay problemas y problemas, y el mío en esos momentos era el siguiente:

Comparado con Penelope, Jimmy Hartnell era un blandengue.

Aunque nunca consiguió acabar de domarnos al piano, siempre nos obligó a practicar. Se aferraba a un borde de Europa, o a una ciudad, al menos, del Este. Por entonces, incluso tenía un mantra (y por Dios que nosotros también):

«Podrás dejarlo cuando vayas al instituto».

Aunque en ese momento no me servía de ayuda.

Estábamos a mediados del primer trimestre, lo que significaba que aún tendría que apañármelas para sobrevivir casi todo un curso.

Al principio empecé con poca convicción:

Iba al lavabo en medio de la práctica.

Llegaba tarde.

Tocaba mal a propósito.

Pero no tardé en desafiarla sin ambages negándome a tocar ciertas piezas y, poco después, a tocar siquiera. Penelope tenía toda la paciencia del mundo con aquellos niños conflictivos y consumidos del Hyperno, pero no la habían preparado para esto.

Al principio intentó hablar conmigo. Me decía: «¿Qué narices te pasa últimamente?», y «Vamos, Matthew, no me vengas con esas».

Por supuesto, no le conté nada.

Tenía un moratón en medio de la espalda.

Durante toda una semana o así, nos sentamos, Penny a la izquierda, yo a la derecha, y yo me quedaba mirando la partitura; las corcheas, el ritmo de las negras. También recuerdo la expresión de mi padre cuando entró en la cámara de tortura y nos encontró en plena guerra.

—¿Otra vez? —dijo.

—Otra vez —respondió ella, pero no lo miraba a él, sino al frente.

—¿Quieres un café?

—No, gracias.

—¿Té?

—No.

Penny permaneció sentada como una estatua.

En algún momento hubo malas palabras, masculladas entre dientes, y casi todas las pronuncié yo. Cuando Penelope hablaba, lo hacía con calma.

—¿No quieres tocar? —decía—. Muy bien. Nos quedaremos aquí sentados. —Su sosiego se hacía exasperante—. Nos sentaremos aquí cada día hasta que des tu brazo a torcer.

—No lo haré.

—Sí que lo harás.

Ahora miro atrás y me veo allí, ante las teclas escritas del piano. Pelo oscuro y revuelto, desgarbado, ojos brillantes, y definitivamente en aquella época tenían cierto color, eran azules y claros, como los de nuestro padre. Me veo tenso y sintiéndome desdichado mientras insisto:

—No lo haré.

—Te podrá el aburrimiento —contraatacó ella—, preferirás tocar a seguir de brazos cruzados.

—Eso no te lo crees ni tú.

—¿Disculpa? —No me había oído—. ¿Qué has dicho?

—He dicho —dije, y me volví hacia ella— que no te lo crees ni tú, joder.

Y se levantó.

Habría explotado a mi lado, pero para entonces ya había conseguido imbuirse del espíritu de su padre y su expresión no delató la menor perturbación. Volvió a sentarse y me miró fijamente.

—Muy bien, pues no nos moveremos de aquí —dijo—. Nos quedaremos aquí sentados a esperar.

—Odio el piano —susurré—. Odio el piano y te odio a ti.

Fue Michael Dunbar quien me oyó.

Estaba en el sofá y de pronto se convirtió en Estados Unidos interviniendo en la contienda con todos sus efectivos; cruzó la sala de estar de un salto y me arrastró fuera, a la parte de atrás, y podría haber sido Jimmy Hartnell al darme un empujón que me envió más allá del tendedero y me hizo pasar bajo las pinzas. Se le encogían los hombros cada vez que respiraba, agitado, mientras yo mantenía las manos contra la valla.

—En tu vida vuelvas a hablarle a tu madre de esa manera.

Y me dio otro empellón, con más fuerza esta vez.

Hazlo, pensé. Pégame.

Pero Penny estaba a un brazo de distancia.

Me miró, me examinó.

—Eh. Eh, ¿Matthew? —dijo.

Me volví, no pude evitarlo.

El arma de lo inesperado:

—Levanta y entra, nos quedan diez minutos. Joder.

Ya dentro de casa, me equivoqué.

Sabía que era un error admitirlo, ceder, pero lo hice.

—Lo siento —dije.

—¿El qué?

Ella miraba al frente.

—Ya lo sabes. Lo de «joder».

Muy quieta, continuó mirando al frente, ese lenguaje musical, sin pestañear.

—¿Y?

—Y lo de que te odio.

Hizo un levísimo gesto en mi dirección.

Un movimiento sin el menor movimiento.

—Puedes decir todas las palabrotas que quieras y odiarme cuanto te apetezca, si tocas.

Pero no toqué, esa noche no, ni la siguiente.

No toqué el piano durante semanas, luego fueron meses; ojalá Jimmy Hartnell hubiera podido verlo. Ojalá supiera por todo lo que estaba pasando solo para librarme de él:

A la mierda ella y sus vaqueros ajustados y la suavidad de sus pies; y a la mierda el sonido de su respiración. A la mierda los cuchicheos en la cocina —con Michael, mi padre, que la apoyaba sin reservas— y, ya que estamos, a la mierda él también, ese lameculos, y esa fijación con defender a Penelope. Podría decirse que lo único que hizo bien en esa época fue dar un tirón de orejas a Rory y a Henry cuando ellos pretendieron seguir mi ejemplo y negarse a tocar. Era mi guerra, no la suya, aún no. Que se buscaran su propia manera de hacer el cretino, que para eso les sobraba imaginación, créeme.

No, a mí aquellos meses se me hicieron eternos.

Los días se acortaron con la llegada del invierno, luego se alargaron con la primavera y Jimmy Hartnell continuó yendo a por mí, nunca se aburría ni perdía la paciencia. Me retorcía los pezones en los lavabos y sus puñetazos me dejaban la entrepierna magullada; se le daban bien los golpes bajos, ya lo creo que sí. Mientras Penelope y él esperaban, yo solo estaba allí para recibir empujones hasta que cediese.

¡Cuánto deseaba verla estallar!

Cuánto deseaba que se diera una palmada en el muslo o que se tirase de los relucientes pelos.

Pero no, claro que no, esa vez le hizo justicia a aquel monumento de silencio comunista. Incluso cambió las normas por mí: las horas de práctica se alargaron. Ella esperaba en la silla, junto a mí, y mi padre le llevaba café, tostadas con mermelada y té. Le llevaba galletas, fruta y chocolatinas. Las lecciones eran travesías de dolor de espalda.

Una noche nos dieron las tantas allí sentados, y esa fue la noche que se descubrió todo. Mis hermanos ya estaban en la cama, y ella, como siempre, esperó hasta que me di por vencido. Penelope continuaba sentada muy derecha cuando me levanté y me tambaleé hasta el sofá.

—Eh, eso es trampa —dijo—, el piano o a la cama.

Y fue entonces cuando me delaté; me desmoroné y sentí el error que iba a cometer.

Contrariado, me levanté; pasé junto a ella de camino al recibidor desabotonándome la camisa, y vio lo que había debajo, porque allí, en el costado derecho del pecho, estaban las marcas y las huellas dactilares de mi bestia negra de flequillo pelirrojo.

Rápidamente, alargó un brazo.

Sus finos y delicados dedos.

Me detuvo junto al instrumento.

—¿Qué es eso? —preguntó Penelope.

Como ya he dicho antes, por entonces nuestros padres eran, sin duda alguna, insuperables.

¿Los odiaba por lo del piano?

Por supuesto.

¿Los quería por lo que hicieron después?

Puedes apostar la casa, el coche y las manos.

Porque después vinieron momentos como estos.

Recuerdo que me senté en la cocina, en la desembocadura de la luz.

Me senté y lo solté todo, y ellos escucharon con atención, en silencio. Incluso durante las proezas pugilísticas de Jimmy Hartnell, al principio se limitaron a asimilarlo.

—Princesa... —dijo Penelope al fin—. ¿No ves lo tonto que hay que ser para decir algo así, y que está mal y... —parecía buscar algo más, lo más grave de todo— lo poco original que es?

Yo tenía que ser sincero:

—Lo que duele de verdad es lo de que te retuerzan los pezones…

Clavó la mirada en el té.

—¿Por qué no nos lo has contado hasta ahora?

Menos mal que mi padre era un genio de la perspicacia.

—Es un chico —dijo guiñándome un ojo, y entonces supe que todo iría bien—. ¿Tengo razón o tengo razón?

Y Penelope lo comprendió.

Se reprendió, de inmediato.

—Claro —susurró—, igual que ellos…

Los chicos del Hyperno High.

Al final todo quedó decidido en el tiempo en que Penelope tardó en acabarse el té. Tenían el triste convencimiento de que solo existía una manera de ayudarme, y no era presentándose en el colegio. No era buscar protección.

Michael dijo que muy bien.

Una declaración templada.

Añadió que lo único que podía hacerse era liarse a puñetazos con Jimmy Hartnell y zanjar el asunto. Básicamente fue un monólogo, y Penelope dio su conformidad. En cierto momento casi se echó a reír.

¿Estaba orgullosa de él y su discurso?

¿Se alegraba de lo que me tocaría pasar?

No.

Echando la vista atrás, creo que en realidad le parecía una lección de vida, imaginarme a mí enfrentándome a mis temores, lo cual, por supuesto, resultó la parte más sencilla:

Imaginarlo era una cosa.

Llevarlo a cabo parecía casi imposible.

Cuando Michael terminó y preguntó: «¿A vosotros qué os parece?», ella suspiró, aunque más que nada estaba aliviada. No se trataba de algo sobre lo que bromear, pero eso fue lo que hizo.

—Bueno, si pelearse con ese crío va a hacer que vuelva al piano, entonces no hay nada más que añadir.

Estaba cohibida pero también impresionada. Yo estaba total y absolutamente consternado.

Mis padres, que tenían la obligación de protegerme y educarme como un hombre de bien, me enviaban, sin pensárselo dos veces, a una inminente derrota de patio de colegio. Me sentía dividido entre el amor y el odio hacia ellos, aunque ahora comprendo que se trataba de un entrenamiento.

Al fin y al cabo, Penelope moriría.

Michael se iría.

Y yo, por supuesto, me quedaría.

Sin embargo, antes de que ocurriese nada de todo eso, Michael me enseñaría y me prepararía para enfrentarme a Hartnell.

Aquello iba a ser genial.

claudia kirkby, la de cálidos brazos

A la mañana siguiente, tanto Henry como Clay se despertaron con la cara hinchada.

Uno de ellos iría a clase, vapuleado, tranquilo y magullado, y el otro trabajaría conmigo, vapuleado, tranquilo y magullado, y empezaría la espera de la llegada del sábado.

Esta vez, sin embargo, era distinto:

La espera era para verla montar.

Ese primer día habrían de llegar muchas cosas, gracias principalmente a Claudia Kirkby. Pero antes Clay saludó a Aquiles.

Yo trabajaba cerca de casa, de modo que podíamos salir un poco más tarde, así que Clay fue al patio. El sol bañaba los animales, pero golpeó a Clay en la cara. Enseguida aliviaría sus magulladuras.

Primero Clay le dio unas palmaditas a Rosy, hasta que su lengua rozó la hierba.

El mulo sonrió desde debajo del tendedero.

Lo miró. Has vuelto, dijo.

Clay le acarició las crines.

He vuelto…, pero no por mucho tiempo.

Clay se agachó para examinar las pezuñas del mulo y Henry salió en su busca.

—¿Tiene bien los cascos?

—Sí.

—¡Pero si habla! ¡Debería bajar al quiosco!

Clay le concedió incluso más, levantando la vista del casco que tenía entre manos:

—Eh, Henry: del uno al seis.

Henry sonrió.

—Qué te juegas.

En cuanto a Claudia Kirkby, a la hora de comer, Clay y yo estábamos descansando en una casa, entre una partida de tablones para el suelo. Me había levantado para ir a lavarme las manos cuando sonó el teléfono y le pedí a Clay que contestara. Era la profesora que hacía las veces de orientadora. Ante la sorpresa de que hubiera vuelto, Clay le dijo que solo era temporal. En cuanto al motivo de la llamada, resulta que había visto a Henry, dijo, y quería saber si todo iba bien.

—¿Por casa? —preguntó Clay.

—Eh… Sí.

Clay miró al frente y medio sonrió.

—No, en casa nadie le ha dado una paliza a Henry. Ninguno de nosotros haría nunca algo así.

Me acerqué a zancadas.

—Dame el dichoso móvil.

Me lo dio.

—¿Señorita Kirkby? Vale, Claudia. No, no pasa nada, solo ha tenido un problemilla en el barrio. Ya sabes lo tontos que son los chicos a veces.

—Ah, ya.

Hablamos unos minutos, y tenía una voz tranquila —suave pero segura— y la imaginé al otro lado del teléfono. ¿Llevaría la falda oscura y la camisa de color crema? ¿Y por qué veía sus pantorrillas? Estaba a punto de colgar cuando Clay me pidió que le dijera que se había traído los libros que ella le había prestado.

—¿Quiere más?

Clay la oyó. Lo pensó un momento y luego asintió.

—¿Cuál es el que más le ha gustado?

—*La batalla de la calle Quince Este* —dijo él.

—Ese está muy bien.

—Me gustó el viejo jugador de ajedrez. —Esta vez un poco más alto —. Billy Wintergreen.

—Oh, es que es buenísimo —dijo Claudia Kirkby; yo estaba de pie, atrapado en medio.

—¿Queréis que os traiga algo? —pregunté (como cuando me vi entre Henry y Rory la noche anterior, cuando Clay volvió a casa), y ella sonrió al otro extremo de la línea telefónica.

—Venid y os lleváis los libros mañana —dijo—. Todavía estaré aquí un rato después de trabajar.

Los viernes, el personal se quedaba a tomar algo.

Cuando colgué, Clay sonreía de manera rara.

—Borra esa estúpida sonrisa de la cara.

—¿Qué?

—No me vengas con «qué», que agarres de ahí, joder.

Transportamos los tablones del suelo escalera arriba.

A la tarde siguiente, yo me quedé en el coche mientras Clay se dirigía al patio.

—¿Tú no vienes?

Ella estaba junto al aparcamiento.

Lo saludó con la mano, levantándola hacia la luz, y realizaron el intercambio de libros.

—Dios, ¿qué te ha pasado? —preguntó.

—No es nada, señorita Kirkby, era necesario.

—Los Dunbar nunca dejáis de sorprenderme. —En ese momento reparó en el coche—. ¡Hola, Matthew!

Mierda, ahora tenía que bajar. Esa vez me fijé en los títulos:

El aventador.

El aserrador.

(Ambos del mismo autor.)

El Chico y el Jefe.

En cuanto a Claudia Kirkby, me estrechó la mano, y sus brazos parecían cálidos mientras la tarde anegaba los árboles. Me preguntó qué tal iba todo y si me alegraba de volver a tener a Clay en casa, y por supuesto dije que por supuesto, aunque no se quedaría mucho.

Justo antes de irnos, detuvo su mirada en Clay unos momentos.

Lo pensó, se decidió y alargó una mano.

—Espera, dame uno de esos libros —dijo.

En un trozo de papel, anotó su número de teléfono y escribió un mensaje, que coló en el interior de la cubierta de *El Chico y el Jefe*:

En caso de emergencia
(como que continúes quedándote sin libros).
C. K.

Y efectivamente llevaba aquel conjunto, como yo esperaba, y lucía esa mancha de sol en mitad de la mejilla.

Tenía el pelo castaño y le llegaba a los hombros.

Me moría mientras nos alejábamos.

El sábado llegó el gran momento y los cinco al completo nos dirigimos a Royal Hennessey. Había corrido la voz: McAndrew tenía una nueva aprendiz que era una bala y que resultaba ser la chica del número 11 de Archer Street.

La pista tenía dos graderías distintas:

Los socios y la purria.

En la tribuna de los socios había clase, o al menos se fingía, y champán desbravado. Había hombres trajeados y mujeres tocadas, aunque algunos sombreros difícilmente podrían calificarse como tales. Incluso Tommy se paró y preguntó qué eran aquellas cosas tan extrañas.

Juntos, nos encaminamos a la purria —las gradas públicas de pintura desconchada—, con sus apostadores y fantoches, sus ganadores y perdedores, la mayoría de ellos orondos y ordinarios. Eran cerveza, nubes, billetes de cinco dólares y bocados de carne y humo.

En medio, por supuesto, estaba el paddock, donde los caballos daban vueltas lentas y pausadas acompañados por los mozos. Los jockeys estaban con los preparadores. Los preparadores con los propietarios. Había color y castaño. Sillas y azabache. Estribos. Instrucciones. Muchos asentimientos de cabeza.

En cierto momento, Clay vio al padre de Carey (que durante un tiempo fue conocido como Trotón Ted), alto para ser antiguo jockey, bajo para ser hombre, como Carey le había dicho una vez. Iba trajeado y se apoyaba en la valla con el peso de sus manos desmedidas.

Pocos minutos después también apareció su mujer, con un vestido verde claro y la melena rubio cobrizo suelta, aunque controlada: la formidable Catherine Novac. Hacía rebotar un bolsito a juego contra un costado, inquieta, un tanto enfadada y en silencio. En un momento dado se lo llevó a la boca, un poco como si le diera un mordisco a un sándwich. Era fácil adivinar que odiaba los días de carrera.

Subimos y nos sentamos al fondo de la grada, en asientos rotos y llenos de manchas de agua. El cielo estaba tapado, pero no llovía. Juntamos el dinero. Rory fue a apostar mientras mirábamos a Carey, que estaba en el paddock. La acompañaba el viejo McAndrew, que no decía nada, solo observaba. Aquel hombre era un palo de escoba cuyas extremidades recordaban las manecillas de un reloj. Cuando se volvió, Clay le vio los ojos, y eran claros y cristalinos, de un azul grisáceo.

Recordó algo que McAndrew había dicho una vez, y no solo de tal manera que él alcanzara a oírlo, sino junto a su cara. Algo acerca del tiempo y el trabajo y de podar la madera muerta. De algún modo, la idea había acabado gustándole.

Por supuesto, Clay sonrió cuando la vio.

McAndrew la llamó para que se acercara.

Cuando le dio indicaciones, se limitó a siete u ocho sílabas sucintas, ni más ni menos.

Carey Novac asintió.

En un solo movimiento, la chica dio un paso hacia el caballo y montó.

Lo sacó al trote por la puerta.

hartnell

En aquel entonces no podíamos saberlo.

Se nos venía encima un mundo que aún estaba por venir.

Mientras yo emprendía la tarea de enfrentarme a Jimmy Hartnell, nuestra madre no tardaría en empezar a morir.

Para Penelope fue muy inocuo.

Nosotros situamos aquí el momento:

Yo tenía doce años, estaba en pleno entrenamiento; Rory tenía diez, Henry nueve, Clay ocho y Tommy cinco, y el tiempo de nuestra madre se quitó la máscara.

Fue un domingo por la mañana, a finales de septiembre.

El ruido del televisor despertó a Michael Dunbar. Clay estaba viendo dibujos animados: *Rocky Reuben, el perro espacial.* Apenas pasaban de las seis y cuarto.

—¿Clay?

Nada. El niño se comía la pantalla con los ojos.

—¡Clay! —Esta vez lo susurró con mayor aspereza, y el chico volvió la cabeza—. ¿Podrías bajar eso un poco?

—Ah, lo siento. Vale.

Cuando hubo bajado el volumen, Michael ya se había despertado un poco más, así que se acercó y se sentó con él, y cuando Clay le pidió que le contara una historia, le habló de Luna y la serpiente y Featherton, y ni siquiera se le pasó por la cabeza saltarse ninguna parte. Clay siempre sabía si se dejaba algo, y remediarlo solo alargaba el asunto.

Cuando terminó, permanecieron sentados viendo la tele, con el brazo de Michael sobre los hombros del niño. Clay continuó atento al perro de pelo rubio reluciente; Michael se adormiló, pero no tardó en despertarse.

—Mira, ya se ha acabado —dijo, señalando el televisor—. Van a devolverlo a Marte.

—Eso es Neptuno, melón —le corrigió una voz a sus espaldas, haciéndose sitio entre los dos con suavidad.

Clay y Michael Dunbar sonrieron y se volvieron hacia la mujer del pasillo. Llevaba el pijama más viejo de todos los que tenía.

—¿Es que no tienes memoria? —insistió.

Esa mañana en concreto, la leche estaba cortada, así que Penny hizo crepes, y cuando aparecimos todos los demás, nos peleamos, derramamos el zumo de naranja y nos echamos las culpas.

—¡Ya habéis vuelto a tirar el *sumo* de naranja! —se lamentó Penny mientras lo limpiaba, y todos reímos, pero ninguno de nosotros lo sabía.

Y se le cayó un huevo entre los pies de Rory.

Y se le resbaló un plato.

En cualquier caso, ¿qué podía significar aquello?

Pero ahora, echando la vista atrás, veo que significaba mucho.

Empezó a dejarnos esa mañana; la muerte se había mudado con nosotros:

Estaba allí, encaramada en la barra de una cortina.

Balanceándose al sol.

Más tarde, descansaría con un brazo apoyado en la nevera en una actitud distante pero desenfadada; si estaba custodiando las cervezas, lo bordaba.

Por otro lado, en lo que se refiere a la pelea que se avecinaba con Hartnell, fue exactamente como lo había imaginado, genial. A lo largo del
camino que conduce a ese domingo normal y corriente en apariencia, habíamos comprado dos pares de guantes de boxeo.

Lanzábamos puñetazos, nos movíamos en círculos.

Oscilábamos el cuerpo de un lado al otro.

En aquella época vivía con esos gigantescos guantes rojos atados
a las muñecas.

—Me va a matar —dije, pero mi padre no pensaba permitirlo.

Por entonces era verdaderamente mi padre, y tal vez eso lo diga
todo. Es lo mejor que puedo decirte.

Fueron momentos como ese a los que puso fin más adelante.

Colocó su mano enguantada sobre mi cuello.

—Bien. —Lo meditó un momento y continuó hablando, tranquilo—: Entonces tienes que empezar a pensar de la siguiente manera. Tienes que convencerte a ti mismo. —Las palabras de ánimo acudieron a él con facilidad mientras me tocaba la nuca. Resultaba muy
tierno, entrañable. Una montaña de amor a mi lado—. Él puede
matarte cuanto quiera, pero tú no morirás.

Se le daban bien los «antes del principio».

En cuanto a Penny, aquello continuaba acercándose, y para nosotros
lo hizo de manera apenas perceptible. La mujer que habíamos conocido toda nuestra corta vida —la que nunca se había resfriado— a veces
parecía enferma. Sin embargo, se rehacía con rapidez.

Había momentos de aparente aturdimiento.

Otros de una tos distante.

Una especie de somnolencia a media mañana, pero trabajaba
mucho y eso lo explicaba, pensábamos. ¿Quiénes éramos nosotros
para asegurar que no se trataba del trabajo en el Hyperno, del con-

tacto con los gérmenes y los niños? Siempre se quedaba levantada hasta altas horas corrigiendo.

Lo único que le hacía falta era descansar.

Al mismo tiempo, puedes imaginar con qué épica entrenábamos: Peleábamos en el patio, peleábamos en el porche.

Peleábamos debajo del tendedero, a veces dentro de casa —allí donde podíamos—, y al principio solo éramos mi padre y yo, pero luego se apuntó todo el mundo. Incluso Tommy. Y Penelope. Su rubio se encanecía ligeramente.

—Cuidado con ella —nos advirtió nuestro padre un día—, tiene un izquierdazo ascendente que da miedo.

En cuanto a Rory y Henry, nunca se habían llevado tan bien como cuando se movían en círculos uno alrededor del otro, propinándose tortas y puñetazos en medio de un entrechocar de brazos y antebrazos. Rory incluso se disculpó en una ocasión, además de manera voluntaria —un milagro—, cuando le dio un poco más abajo de lo permitido.

Entretanto, en el colegio, yo lo sobrellevaba como podía —y en casa hacíamos trabajo defensivo («Mantén las manos arriba, vigila ese juego de piernas») y de ataque («Continúa con ese directo»)—, hasta que se acercó la hora de la verdad.

La noche anterior a que sucediera, tras la que me enfrentaría definitivamente a Jimmy Hartnell, mi padre vino a verme a la habitación, que compartía con Clay y Tommy. Ellos ya dormían en las camas inferiores de la litera triple, pero yo continuaba despierto en la de arriba. Como hacen la mayoría de los niños, cerré los ojos al oírlo entrar, por lo que me sacudió con suavidad.

—Eh, Matthew, ¿entrenamos un poco más?

No hizo falta que insistiera.

La diferencia estuvo en que, cuando alargué la mano hacia los guantes, dijo que no los necesitaría.

—¿Qué? —susurré—. ¿A puño limpio?

—Igual que cuando llegue el momento —contestó y, muy despacio, añadió—: He ido a visitar la biblioteca.

Lo seguí hasta la sala de estar, donde señaló una cinta vieja y un viejo reproductor de vídeo (una reliquia negra y plateada), y me dijo que la pusiera. Al final resultó que había comprado el reproductor rascando de aquí y de allá; lo poco que llevaba ahorrado para los regalos de Navidad. Mientras leía el título de la cinta, *Los últimos grandes pugilistas de fama mundial*, noté que mi padre sonreía.

—No está mal, ¿eh?

Vi que aquella cosa se tragaba la cinta.

—No está mal.

—Ahora dale al «play».

Y poco después estábamos sentados en silencio mientras una serie de boxeadores desfilaban por la pantalla; iban apareciendo como si fueran presidentes de grandes naciones. Unos en blanco y negro, desde Joe Louis a Johnny Famechon, Lionel Rose o Sugar Ray. Luego en color: Smoking Joe. Jeff Harding. Dennis Andries. Roberto Durán en tecnicolor. Las cuerdas se combaban bajo su peso. En muchos de los combates, los boxeadores caían, pero volvían a ponerse en pie heroicamente. Un tambaleo valiente y desesperado. Cerca del final me giraba hacia él. El brillo en la mirada de mi padre. Había bajado el sonido.

Sostuvo mi cara entre sus manos, con mucha calma.

Cerró sus dedos sobre mi mandíbula.

Por un momento pensé que iba a hacerse eco de la pantalla y que iba a decir algo en la línea del locutor. Sin embargo, se limitó a sujetar mi cara entre sus manos, en la oscuridad.

—Hay que reconocerlo, chaval, los tienes bien puestos.

El «antes del principio» de ese momento.

En el camino hacia ese día, para Penny Dunbar hubo una mañana señalada que compartió con un encanto de niña llamada Jodie Etchells. Era una de sus alumnas predilectas —la niña iba un poco retrasada por culpa de su dislexia— y trabajaba con ella dos veces por semana. Tenía ojos lastimeros, huesos largos y una trenza gruesa e infinita que le caía por la espalda.

Esa mañana, estaban leyendo con el metrónomo —el viejo truco— cuando Penny se levantó para ir a buscar un diccionario. Lo siguiente que recordaba es que la zarandeaban para despertarla.

—Señorita —la llamaba Jodie Etchells—, señorita. —Y—: ¡Señorita!

Penny volvió en sí, la miró a la cara y miró el libro, que estaba a unos metros. Pobrecita Jodie Etchells. Parecía a punto de desplomarse ella también.

—¿Está bien, señorita, está bien?

Tenía unos dientes pavimentados a la perfección.

Penelope intentó alargar la mano, pero el brazo parecía aturdido.

—Estoy bien, Jodie. —Tendría que haberla enviado a buscar ayuda, o un vaso de agua o cualquier otra cosa con tal de distraerla. En cambio, (¿podría haber algo más típico de Penny?) dijo—: Abre ese libro, ¿vale?, y busca, veamos, ¿qué te parece «alegre»? ¿O «sombrío»? ¿Cuál prefieres?

La chica, su boca y su simetría.

—Quizá «alegre» —decidió, y leyó las alternativas en voz alta—: «Contento, dichoso, feliz».

—Bien, muy bien.

El brazo seguía sin moverse.

Y entonces, en el colegio, llegó el momento, un viernes.

Volvieron a insultarme, Hartnell y sus amigos:

Se oyó «piano» y «práctica» y «princesa».

Sin saberlo, eran unos virtuosos de la aliteración.

Jimmy Hartnell llevaba el flequillo un poco más largo —hacía días que pedía un buen corte— y estaba apoyado, descansando los músculos. Tenía una boca pequeña, como una rendija, como una lata medio abierta, que no tardó en ensanchar en una sonrisa. Continué caminando en su dirección y reuní el valor para hablar.

—Te espero en las redes de críquet a la hora del almuerzo —dije.

La mejor noticia que le habían dado nunca.

Y entonces, otra tarde:

Como era su costumbre, Penelope leía a aquellos críos mientras esperaban ver aparecer los autobuses. Esa vez era la *Odisea*. El capítulo del cíclope.

Había niños y niñas de verde y blanco.

Los crímenes habituales contra el mundo del peinado.

Les leía sobre Odiseo, y cómo este había engañado al monstruo en su guarida, cuando las palabras empezaron a nadar sobre la página y la garganta de Penelope se convirtió en la cueva.

Vio la sangre al toser.

Salpicó el papel.

Su rojo, de tan brillante y brutal, la dejó extrañamente sorprendida. Y de pronto regresó al tren, al momento en que lo había descubierto; a aquellos títulos escritos en inglés.

¿Y qué fue mi sangre comparada con esa sangre?

Nada, nada en absoluto.

Recuerdo que era un día ventoso y las nubes apretaban su paso por el cielo, el cual tan pronto era blanco como azul. La luz cambiaba por momentos. Una de las nubes parecía una mina de carbón cuando me dirigí a las redes, que se encontraban en el lugar donde las sombras eran más profundas.

Al principio no vi a Jimmy Hartnell, pero estaba allí, en la cancha de hormigón. Sonreía cuan ancho era el flequillo.

—¡Ha venido! —anunció uno de sus amigos—. ¡La princesita ha venido!

Me acerqué y levanté los puños.

La mayor parte de lo que sucedió a continuación acude a mi memoria en círculos, en medias vueltas a izquierda y derecha. Recuerdo lo increíblemente rápido que era Hartnell y lo pronto que empecé a comprobarlo. También recuerdo el rugido de los niños a nuestro alrededor, como las olas de la playa. En cierto momento vi a Rory, y no era más que un crío. Estaba junto a Henry, flacucho y rubio como un labrador. Los vi musitar un «Dale» a través de los diamantes de alambre de la valla mientras Clay contemplaba la escena como aturdido.

Pero Jimmy era un hueso duro de roer.

Primero me alcanzó en la boca (fue como mascar un trozo de hierro), luego un ascendente a las costillas. Recuerdo que pensé que me las había roto, mientras las olas no dejaban de batir contra nosotros.

—Vamos, pianista de mierda —susurró el chico mientras se volvía a acercar con pequeños saltos.

Cada vez que hacía eso, conseguía rodearme y me alcanzaba con un golpe de izquierda, luego uno de derecha y otro más. Después de tres tandas por el estilo, caí.

Hubo vítores y miradas por si acudía algún profesor, aunque hasta el momento ninguno se había percatado de nada, al tiempo que yo me arrastraba y me ponía de pie lo más deprisa posible. Puede que a la de ocho.

—Vamos —dije, y la luz continuó cambiando mientras el viento aullaba en nuestros oídos.

Hartnell se acercó de nuevo con la intención de rodearme.

Esta vez, al igual que las anteriores, me alcanzó con un golpe de izquierda y prosiguió con la dura secuencia; sin embargo, el éxito de la táctica sufrió un revés ya que detuve el tercer golpe y mi contraataque impactó en su barbilla. Hartnell retrocedió tambaleante mientras farfullaba y trataba de corregir la posición, y resbaló. Dio un apresurado y conmocionado paso hacia atrás, que yo seguí al frente y a la izquierda, y me empleé con un par de cortos por encima de aquella rendija, por encima y directos a la mejilla.

Se convirtió en lo que los comentaristas de cualquier deporte —seguramente incluso jugando a las canicas— llamarían una guerra de desgaste, mientras intercambiábamos nudillos y manos. En cierto momento, hinqué una rodilla en el suelo; él me golpeó, pero se disculpó al instante y yo asentí; una integridad muda. Los espectadores habían crecido e iban acumulándose, con sus dedos aferrados al alambre.

Al final, había conseguido derribarlo dos veces, pero él siempre había contraatacado. Yo había caído cuatro, y la cuarta ya no logré levantarme. En ese momento percibí de manera vaga la llegada de las autoridades y la desbandada de olas y playas, todos los chicos repentinamente convertidos en gaviotas, todos menos mis hermanos, que permanecieron allí. Con suma elegancia —y, echando la vista atrás, no con menos coherencia—, Henry alargó la mano hacia uno de los niños que se daban a la fuga y este le entregó lo que quedaba de su almuerzo. Ya había organizado una apuesta y ya la había ganado.

En un rincón, cerca de los palos, Jimmy Hartnell esperaba vuelto de lado. Recordaba a un perro salvaje herido que inspira lástima y respeto al mismo tiempo. El profesor fue hacia él y lo agarró, pero Hartnell se zafó con un movimiento brusco del hombro, y casi se tropieza cuando se dirigió hacia mí. La rendija ya solo era una boca. Se agachó a mi lado y dijo:

—Si tocas como peleas, debes de ser bueno al piano.

Me palpé la boca con los dedos; la victoria del alivio.

Me tumbé de espaldas, sangré y sonreí.

Aún conservaba todos los dientes.

Y así fue.

Penelope acudió al médico.

Una procesión de pruebas.

A nosotros, de momento, no nos dijo nada y todo continuó como siempre.

Una vez, sin embargo, hubo una pequeña grieta, y cuanto más lo pienso y lo escribo, más claro y cruel se vuelve. La cocina es agua clara y cristalina.

Porque, una vez, Rory y Henry estaban enredando y peleándose en su habitación. Habían colgado los guantes y vuelto a la normalidad, y Penelope corrió hacia allí.

Los agarró a ambos por el cuello del uniforme.

Los sacó casi en volandas junto al tendedero.

Y los dejó allí colgados.

Una semana después estaba en el hospital; la primera de muchas visitas.

Pero antes, mucho antes, ese puñado de días y noches anteriores, había estado con ellos en aquella habitación, en aquella pocilga de calcetines y Legos. El sol se ponía tras ella.

Dios, voy a echar esto de menos.

Y había llorado y sonreído y llorado.

el triunvirato

El sábado, al caer la noche, Clay estaba sentado con Henry en el tejado.

Cerca de las ocho en punto.

—Como en los viejos tiempos —dijo Henry, y en ese momento, llenos de magulladuras, eran felices—. Ha sido una gran carrera —dijo también, refiriéndose a Carey.

Clay miraba fijamente en diagonal. Al número 11.

—Sí.

—Tendría que haber ganado. Una reclamación, hay que joderse.

Después, esperó.

Los Aledaños, y el sonido seguro de ella; el quedo susurro de pies.

Cuando llegó, no se tumbaron hasta que llevaban allí un buen rato.

Estuvieron sentados en el borde del colchón.

Hablaron, y él quería besarla.

Quería tocarle el pelo.

Aunque fuera solo con dos dedos, allí donde le caía junto a la cara.

En la luz de esa noche a veces parecía dorado y a veces rojo, y no había forma de decir dónde terminaba.

No lo hizo, sin embargo.

Por supuesto que no:

Habían fijado unas reglas, por algún motivo, y las seguían para no romper ni poner en peligro lo que tenían. Les bastaba con estar allí, solos, juntos, y tenían muchísimas otras formas de mostrarse agradecidos.

Sacó el mechero pequeño y pesado, con «Matador en la quinta».

—Es lo mejor que me han regalado nunca —dijo, y lo encendió un momento. Luego lo cerró—. Hoy has montado muy bien.

Ella le devolvió *El cantero*.

Sonrió.

—Sí —dijo.

Un rato antes también había sido una de esas noches buenas, porque la señora Chilman abrió su ventana.

—¡Eh, chicos Dunbar! —llamó gritando hacia la casa y el tejado.

Henry fue el primero en contestar.

—¡Señora Chilman! Gracias por remendarnos la otra noche. —Y enseguida se puso manos a la obra—: Eh, me gustan mucho esos rulos.

—Ay, cállate, Henry. —Pero sonreía. Sonreía incluso con las arrugas.

Los dos chicos se levantaron y se acercaron.

Se agacharon en el borde de la casa.

—Oye, ¿Henry? —preguntó la señora Chilman.

Todo aquello resultaba divertido, porque Henry sabía lo que vendría a continuación. Cada vez que la señora Chilman levantaba la mirada así, era para pedirle un libro de sus batidas de los fines de semana. Le encantaban las novelas románticas, las policíacas y las de terror; cuanto más ramplonas, mejor.

—¿Tienes algo para mí?

Él se burló.

—¿Que si tengo algo? ¿Usted qué cree? ¿Qué tal le suena *El cadáver de Jack el Destripador*?

—Ya lo he leído.

—*¿El hombre al que ocultaba en el sótano?*

—Ese fue mi marido… Nunca encontraron su cuerpo.

(Los dos chicos rieron. La mujer era viuda desde antes de que la conocieran, y ya bromeaba con ello.)

—Está bien, señora Chilman. ¡Joder, qué clienta más dura! ¿Qué le parece *El afanador de almas*? Pone los pelos de punta.

—Hecho. —Sonrió—. ¿Cuánto?

—Ay, venga ya, señora Chilman, no nos andemos con jueguecitos. ¿Y si hacemos lo de siempre? —Henry le dirigió un guiño rápido a Clay—. Digamos que se lo dejo *quid pro quo*.

—*¿Quid pro quo?* —La mujer miró hacia arriba, pensándoselo—. Eso es italiano, ¿verdad?

Henry soltó una carcajada.

Cuando por fin se tumbaron, ella recordó la carrera.

—Pero he perdido —dijo—. La he pifiado.

La tercera carrera.

En la Lantern Winery Stakes.

Mil doscientos metros y su montura se llamaba El Pistolero. La salida les fue fatal, pero Carey lo puso de nuevo en la pista. Se abrió camino entre los demás y lo dejó bien colocado, y Clay los contempló en perfecto silencio mientras el pelotón llegaba a la recta; un tumulto de cascos veloces, y los ojos y el color y la sangre. Y la idea de que Carey estaba entre ellos.

El único problema fue que, en la recta final, se pegó demasiado al segundo clasificado, Pump Up the Jam —como la canción; en serio, vaya nombre— y le arrebataron la victoria.

—Mi primera vez frente a los comisarios —dijo.

La voz de ella contra el cuello de él.

En el tejado, después de efectuar la transacción y que la señora Chilman insistiera en pagar diez dólares, preguntó:

—¿Y tú cómo estás, Clay? ¿Ya te cuidas últimamente?

—Casi siempre.

—¿Cómo que casi siempre? —La mujer se asomó un poco más—. Eso hay que hacerlo siempre.

—Vale.

—Muy bien, tesoro.

La mujer estaba a punto de cerrar la ventana otra vez cuando Henry apretó un poco más.

—Eh, ¿cómo es que a él lo trata de «tesoro»?

La señora Chilman volvió a salir.

—Tú tienes un piquito de oro, Henry, pero él es todo un tesoro. —Y se despidió, esta vez sí, con la mano.

Henry se volvió hacia Clay.

—No eres ningún tesoro —dijo—. Lo que eres, en realidad, es bastante feo.

—¿Feo yo?

—Sí, más feo que el culo de Starkey.

—¿Es que últimamente lo has estado mirando o qué?

Henry le dio primero un codazo y luego un manotazo inofensivo en la oreja.

Es un misterio, a veces incluso para mí, cómo los chicos y los hermanos se expresan su amor.

Hacia el final empezó a hablarle de aquello.

—Allí se está muy tranquilo.

—Supongo.

—Aunque el río está del todo seco.

—¿Y tu padre?

—Él también es bastante seco.

Carey se rio y él sintió su aliento, y pensó en esa calidez, en que las personas eran cálidas así, de dentro afuera; en cómo podía prender en ti ese calor y desaparecer, y luego prenderte otra vez, porque nunca había nada permanente...

Sí, ella rio.

—No seas idiota —dijo.

—Vale —fue lo único que respondió Clay.

El corazón le latía como si fuera demasiado grande para su cuerpo; estaba seguro de que el mundo podía oírlo. Miró a la chica que tenía al lado, y la pierna que le echaba por encima con languidez. Miró el ojal de más arriba, la tela de su camisa:

Los cuadros del estampado.

El azul que se había vuelto azul cielo.

El rojo descolorido a rosa.

Las largas crestas de su clavícula y el charco de sombra de debajo.

La levísima fragancia de su sudor.

¿Cómo se podía amar tantísimo a alguien y tener tanta disciplina, quedarse quedo y quieto tanto tiempo?

Tal vez si lo hubiese hecho en ese momento, si hubiese encontrado antes el valor, no habría ocurrido lo que ocurrió. Pero ¿cómo iba a predecir esas cosas? ¿Cómo iba a saber que Carey —esa chica tumbada medio encima de él y cuyo aliento entraba y salía rozando su cuerpo, que había tenido una vida, que era una vida entera— acabaría completando su triunvirato de amor y abandono?

No podía saberlo, por supuesto.

No podía.

Todo estaba en lo que estaba por llegar.

un solo cigarrillo

De vuelta a ese otro momento, a Penny Dunbar. Nuestra madre hizo las maletas para trasladarse al hospital y al mundo que allí la aguardaba.

La palparían, la pincharían y le cortarían pedacitos.

La envenenarían con su amabilidad.

La primera vez que hablaron de radiación, la vi sola en un desierto…, y entonces, ¡bum!, un poco como el increíble Hulk.

Nos habíamos convertido en nuestro propio cómic.

Desde el principio estuvo el edificio del hospital, y toda esa blancura infernal y las desagradables puertas de centro comercial; odiaba cómo se abrían hacia lado y lado.

Daba la sensación de que hubiéramos ido a ver escaparates.

Cardiología a la izquierda.

Ortopedia a la derecha.

También recuerdo cómo recorrimos esos pasillos los seis, atravesando el agradable terror del interior. Recuerdo a nuestro padre con unas manos meticulosamente lavadas, y a Henry y a Rory sin pelearse; esos lugares eran antinaturales, no cabía duda. Luego iba Tommy, al que se veía muy pequeñito, siempre con sus cortísimos pantalones cortos hawaianos; y también yo, todavía magullado pero recuperándome.

Al fondo, sin embargo, muy por detrás de nosotros, iba Clay, que era a quien por lo visto le daba más miedo verla. La voz de Penelope luchó por salir a pesar del tubo de la nariz:

—¿Dónde está mi niño, dónde está mi niño? Tengo una historia, es una buena.

Solo entonces se abrió paso entre nosotros.

Le costó la vida.

—Eh, mamá… ¿Me cuentas lo de las casas?

La mano de ella se alargó para tocarlo.

Entró y salió del hospital dos veces más ese año.

La abrieron, la cerraron y la sonrosaron.

La cosieron, heridas tiernas y brillantes.

A veces, aunque estuviera cansada, le pedíamos que nos dejara verlas:

—¿Puedes enseñarnos esa cicatriz tan larga, mamá? Ahí te hicieron un corte que te cagas.

—¡Eh!

—¿Qué? ¿Que te cagas? ¡Pero si ni siquiera es una palabrota de verdad!

Para entonces solía estar siempre en casa, de nuevo en su propia cama mientras alguien le leía algo, o tumbada con nuestro padre. Sus ángulos habían adquirido cierta peculiaridad: las rodillas dobladas y de lado, en cuarenta y cinco grados, su rostro apoyado en el pecho de él.

En muchos sentidos fue una época feliz, para ser sincero. Yo veo las cosas desde esa perspectiva, veo pasar las semanas en un omóplato, y los meses desaparecer en páginas. Él le leía en voz alta durante horas. Por entonces, sus ojos tenían los contornos desgastados, pero su aguamarina seguía siendo igual de extraño. Era una de esas cosas reconfortantes.

A veces pasamos miedo, claro, como cuando la veíamos vomitar en el fregadero, y ese olor espantoso del baño. También estaba más flaca, lo cual costaba de creer, pero consiguió volver a la ventana de la sala de estar. Nos leía la *Ilíada*; el cuerpo de Tommy, hecho pedazos, dormido.

Mientras tanto, hubo progresos.

Tocábamos nuestra propia música:

La guerra del piano continuaba.

Mi combate con Jimmy Hartnell pudo tener muchas consecuencias, y gran parte de ellas llegaron a materializarse. Él y yo nos hicimos amigos. Nos convertimos en esos chicos que se pelean para apuntalar su prestigio.

Después de Jimmy hubo muchos otros haciendo cola, y yo estaba dispuesto a batirme con todos. Solo tenían que mencionar el piano. Pero nunca llegaron a la altura de Hartnell. Fue con Jimmy con quien luché por el título.

Al final, sin embargo, no fui yo quien se ganó la reputación de rebelde; ese solo podía ser Rory.

En cuanto a edad, el año había cambiado y yo ya estaba metido en el instituto (libre de piano al fin), Rory iba a quinto y Henry un año por detrás de él. Clay acababa de empezar tercero y Tommy seguía en preescolar. Las viejas historias pronto quedaron varadas en la orilla, convertidas en recuerdos de redes de críquet y de chicos motivados.

El problema con eso lo tenía Rory.

Su fuerza era auténtica y aterradora.

Pero el después resultaba aún peor.

Los arrastraba por el parque, como en el brutal final de la *Ilíada*: como Aquiles con el cadáver de Héctor.

Una vez, los chicos de Hyperno High fueron a verla al hospital.

Penny estaba sentada, desinflada a pinchazos, en la cama.

Dios mío, debían de ser más de una docena, apretados y bullicio-sos a su alrededor, tanto chicos como chicas por igual.

—Son todos muy... peludos —comentó Henry señalando las piernas de los chicos.

Recuerdo que los mirábamos desde el pasillo, y que sus unifor-mes eran verdes y blancos; esos chicos grandullones, las chicas perfu-madas, los cigarrillos camuflados. Justo antes de que se marcharan, fue la chica de la que ya he hablado, la encantadora Jodie Etchells, quien sacó un regalo algo extraño.

—Tenga, señorita —dijo, pero se lo desenvolvió ella misma; Penny tenía las manos debajo de las mantas.

Y al instante, los labios de mi madre.

Se abrieron, secos y sonrientes:

Le habían llevado el metrónomo, y fue uno de los chicos quien lo dijo. Me parece que se llamaba Carlos.

—Respire al ritmo que marca, señorita.

Lo mejor, sin embargo, eran las noches en casa.

Noches de cabello rubio y negro entrecano.

Si no estaban dormidos en el sofá, estaban en la cocina jugando al Scrabble, o machacándose al Monopoly. O a veces sentados en el sofá pero despiertos, viendo películas toda la noche.

Para Clay hubo momentos que destacaron con claridad, y se pro-dujeron en viernes por la noche. Uno fue al final de una película que acababan de ver, mientras los créditos se deslizaban por la pantalla; creo que era *Good Bye, Lenin*.

Tanto Clay como yo salimos al pasillo después de oír que subían el volumen.

Vimos la sala de estar, luego los vimos a ellos:

Fuertemente abrazados delante de la tele.

Estaban de pie, estaban bailando, pero lento —sin moverse apenas—, y la melena de ella se aferraba aún a su amarillo. Se la veía débil y quebradiza; una mujer toda brazos y canillas. Sus cuerpos estaban muy apretados, y nuestro padre nos vio enseguida. Saludó con un silencioso hola.

Incluso formó unas palabras con los labios:

«¡Echadle un ojo a este bombón!».

Y supongo que debo admitirlo:

A través del cansancio y el dolor, con la alegría de esa mirada, por aquel entonces Michael Dunbar era espléndido de verdad, y un bailarín nada desdeñable.

El siguiente momento tuvo lugar en la entrada, en los escalones, en la neblina de un invierno helado.

En el Hyperno, unos cuantos días antes, Penelope estaba de vuelta como sustituta y había confiscado unos cigarrillos. En realidad nunca le pareció que fuera cosa suya decirles a esos niños que no fumaran. Cada vez que les quitaba algo por el estilo, les decía que volvieran después a buscarlo. ¿Era una absoluta irresponsabilidad? ¿O les mostraba así el debido respeto? No era de extrañar que todos ellos acabaran queriéndola.

En cualquier caso, fuera porque al alumno en cuestión le dio corte, o porque estaba avergonzado, nadie regresó a por esos Winfield Blues, y Penny volvió a toparse con ellos por la noche. Estaban aplastados en el fondo de su bolso. Cuando sacó el monedero y las llaves antes de acostarse, se encontró con los cigarrillos en la mano.

—¿Qué narices es eso?

Michael la pilló con las manos en la masa.

Y dirás que eran impulsivos, o ridículos, pero los quiero muchísimo por lo que hicieron esa vez. La enfermedad había remitido en aquella época, y salieron al porche. Fumaron, tosieron y lo despertaron.

Al entrar, unos minutos después, Penny fue a tirar los que quedaban, pero por algún motivo Michael la detuvo.

—¿Y si solo los escondemos? —propuso. Un guiño conspirador—. Nunca se sabe cuándo podríamos volver a necesitar uno... Será nuestro pequeño secreto.

Pero también lo sería de un niño.

Verás, ni siquiera cuando levantaron la tapa del piano y depositaron el paquete ahí dentro sospecharon nada, pero él los observaba desde el pasillo y, en ese momento, una cosa quedó clara:

Puede que nuestros padres bailaran bien.

Pero como fumadores eran unos aficionados, a lo sumo.

la estación central

Clay estuvo tentado de quedarse más, pero no podía.

Lo más duro era saber que se perdería la siguiente carrera de Carey, allá en Warwick Farm, pero, claro, ella esperaba que se marchase. Cuando lo dejó en Los Aledaños ese sábado por la noche, le dijo:

—Ya nos veremos cuando vuelvas, Clay. Yo también estaré aquí, te lo prometo.

Vio cómo se alejaba por el camino.

Cuando nos dejó a nosotros, fue igual que la última vez.

Lo supimos sin tener que decir nada.

Pero también fue del todo diferente.

En esta ocasión, obviamente, hubo mucha menos gravedad, porque lo que había que hacer ya estaba hecho. Todos podíamos seguir adelante.

Fue el lunes por la noche cuando por fin conseguimos ponernos a acabar de ver *Despedida de soltero*, y Clay se levantó para marcharse. Tenía sus cosas en el pasillo. Rory miró hacia allí, consternado.

—No pensarás irte justo ahora, ¿no? ¡Pero si ni siquiera han metido el mulo en el ascensor aún!

(La verdad es que asusta lo mucho que se parecía nuestra vida a esa película.)

—Es un burro —dijo Tommy.

Rory otra vez:

—¡Como si es un caballo de carreras cruzado con un puto poni de las Shetland!

Tanto él como Tommy se echaron a reír.

Entonces le tocó a Henry:

—Venga, Clay… Relájate. —Y, haciendo amago de ir hacia la cocina, lo lanzó sobre el sofá, dos veces; la segunda cuando intentaba levantarse otra vez. Aunque logró zafarse, Henry lo agarró con una llave de cabeza y le hizo dar vueltas—. ¿Qué tal sienta esto, eh, cabrito? Ya no estamos en el edificio de Crapper, ¿verdad?

Detrás de ellos, el desmadre de *Despedida de soltero* se volvía cada vez más absurdo y, cuando Héctor se fue con sus rayas a otra parte, Tommy saltó sobre la espalda de Clay, y Rory me llamó.

—Eh, joder, échanos una mano, ¿no?

Me detuve en la puerta de la sala de estar.

Me apoyé en el marco.

—¡Venga, Matthew, ayúdanos a inmovilizarlo!

Seguí en silencio, inmóvil.

Todo se detuvo.

Dada la forma física de Clay como rival, la respiración de todos ellos salía desde el fondo de sus pulmones. Por fin me acerqué.

—Venga, Clay, vamos a darles una paliza a estos cabrones.

Al final, cuando terminó la pelea, y también la película, lo acompañamos en coche a la estación central; la primera y la última vez.

Fuimos en el coche de Henry.

Él y yo en la parte de delante.

Los otros tres detrás, con Rosy.

—Mierda, Tommy, ¿tiene que jadear tan fuerte esa perra, joder?

En la estación, todo fue como te imaginarás:

El olor torrefacto de los frenos.

El tren nocturno.

Los globos naranja de las luces.

Clay tenía su bolsa de deporte, y en ella no llevaba ropa, solo la caja de madera, los libros de Claudia Kirkby y *El cantero*.

El tren estaba a punto de salir.

Nos dimos la mano; todos nosotros y él.

A medio camino hacia el último vagón, fue Rory quien gritó:

—¡Oye, Clay!

Se volvió.

—En las pelotas, ¿te acuerdas?

Y se subió al tren con alegría.

Y de nuevo, de nuevo, el misterio: nosotros cuatro montando guardia allí, con ese olor a frenos y a perro.

la mujer que se convirtió
en un chico dunbar

Al final de mi primer año de instituto era evidente que teníamos graves problemas. Por entonces, la ropa de ella estaba llenísima de aire; mejoraba cada vez menos. Había momentos que parecían normales, o algo así como una imitación de la normalidad. Falso normal, o normal falso, no estoy seguro de cómo lo hacíamos.

A lo mejor solo era que cada uno tenía una vida, o sea que había que apañárselas con todo y eso incluía a Penelope; los chicos seguimos siendo unos niños. Seguimos en pie.

Teníamos nuestro corte de pelo, teníamos a Beethoven.

Y cada uno de nosotros tenía algo personal.

Sabes que tu madre se muere cuando sale a solas contigo para hacer algo.

Avanzábamos de momento en momento como piedras rebotando sobre el agua.

Los demás estaban aún en primaria (Rory, en último curso), y todavía se esperaba de ellos que tocaran el piano, aunque ella estuviera en el hospital. Años después, Henry juraría que nuestra madre se había mantenido con vida solo para torturarlos haciéndoles practicar, o incluso solo para preguntarles por ello, estuviera en la cama que estuvie-

ra; las sábanas descoloridas de casa, o las otras, las amargas, tan per-
fectas, desinfectadas y blancas.

El problema era (y Penelope por fin se resignó a ello) que ella
debía afrontar la realidad:

Pelear se les daba muchísimo mejor.

Tocaban el piano que daba pena.

En cuanto a lo del interrogatorio, prácticamente se había reducido a un ritual.

Casi siempre en el hospital, ella les preguntaba si habían practicado y ellos mentían y le decían que sí. A menudo se presentaban
con los labios partidos y los nudillos abiertos, y Penny estaba apagada y con aspecto ictérico, pero también suspicaz, y con razón.

—¿Qué narices está pasando?

—Nada, mamá. De verdad.

—¿Has practicado?

—¿Practicado el qué?

—Ya sabes el qué.

—Claro que sí. —El que hablaba era Henry. Se señaló las heridas—. ¿Qué te crees que es todo esto? —Esa sonrisa, que ya empezaba a sesgarse.

—¿Qué quieres decir?

—Beethoven —respondió—. Ya sabes lo duro que es ese tío.

A ella le sangró la nariz al sonreír.

Aun así, cuando conseguía volver a casa, los sentaba otra vez allí para
que le hicieran una demostración mientras ella se iba descomponien-
do en una silla a su lado.

—No has practicado ni una vez —le dijo a Rory con un desdén
medio divertido.

Él bajó la mirada y lo admitió.

—Tienes toda la razón.

Una vez, Clay se detuvo a mitad de canción.

De todas formas estaba haciendo una carnicería con ella.

También él tenía una ligera sombra azul marino debajo de un ojo después de una enganchada con Henry.

—¿Por qué has parado? —Pero enseguida aflojó—. ¿Una historia?

—No, no es eso. —Tragó saliva y miró las teclas—. Pensaba... que a lo mejor podrías tocar tú.

Y lo hizo.

«Minueto en sol mayor».

Perfecto.

Nota por nota.

Había pasado mucho tiempo, pero él se arrodilló y apoyó allí la cabeza.

Los muslos de nuestra madre eran finos como el papel.

En esa época se produjo una última pelea memorable, volviendo a casa del instituto. Rory, Henry y Clay. Otros cuatro tipos contra ellos. Tommy se hizo a un lado. Una mujer los roció con la manguera del jardín; de las buenas, con buena boquilla. Buena presión.

—¡Eh! —les gritó—. ¡Dejadlo tal que ya!

—«Tal que ya» —repitió Henry, y recibió otro chorro—. ¡Eh! ¿A qué ha venido eso, joder?

La mujer iba en camisón y con unas chancletas gastadas, a las tres y media de la tarde.

—Por listillo. —Lo mojó de nuevo—. Y esta por malhablado.

—Muy buena, esa manguera suya.

—Gracias. Y ahora, largo.

Clay le ayudó a levantarse.

Rory iba delante de todos ellos, palpándose la mandíbula, y al llegar a casa encontraron una nota. Ella volvía a estar ingresada. Las temidas sábanas blancas. Al final había una carita sonriente, con pelo largo a lado y lado. Debajo, añadía:

¡ESTÁ BIEN! ¡PODÉIS DEJAR EL PIANO!
¡PERO LO LAMENTARÉIS, CABRITOS!

En cierta forma era como poesía, pero no en el sentido de belleza.
Ella nos había enseñado a Mozart y a Beethoven.
Nosotros habíamos ido mejorando poco a poco sus insultos.

No mucho después tomó una decisión:
Haría una cosa una vez con cada uno de nosotros. Quizá quería darnos un recuerdo que fuese solo nuestro y de nadie más, pero espero que lo hiciese por ella.
En mi caso fue una película.
Había un viejo cine, lejos, en la ciudad.
Lo llamaban el Sesión Discontinua.
Todos los miércoles por la noche ponían una película antigua, normalmente de otro país. La noche que fuimos nosotros tocaba una sueca. Se titulaba *Mi vida como un perro*.
Nos sentamos junto a una decena de personas.
Yo me terminé las palomitas antes de que empezara.
Penny intentó acabar con un helado recubierto de chocolate.
Me enamoré de la marimacho de la película, que se llamaba Saga, y me peleé con la velocidad de los subtítulos.
Al final, a oscuras, nos quedamos sentados.
Hasta el día de hoy, siempre me quedo a ver los créditos.
—¿Y? —dijo Penelope—. ¿Qué te ha parecido?

—Ha estado genial —contesté, porque era verdad.

—¿Te has enamorado de Saga? —El helado estaba muerto en su envoltorio de plástico.

Mi boca se quedó muda, sentí toda la cara colorada.

Mi madre era como un milagro, de melena larga pero frágil.

Me cogió de la mano y susurró.

—Está muy bien, a mí también me ha enamorado.

Con Rory fue un partido de fútbol australiano, en la parte alta de la gradería.

Con Henry fue un mercadillo de garaje donde él regateó y consiguió bajar precios:

—¿Un pavo por ese yoyó espantoso? Mira en qué estado está mi madre...

—Henry —se burló ella—, venga ya. Es barato hasta para ti.

—Mierda, Penny, le quitas la gracia a todo.

Pero hubo risas, cómplices. Consiguió el yoyó por treinta y cinco centavos.

Si tengo que elegir, sin embargo, diría que lo que tuvo mayor influencia, aparte de su momento con Clay, fue lo que hizo por Tommy. Y es que a Tommy se lo llevó al museo, y la sala que más le gustó fue la que se llamaba Planeta Salvaje.

Pasaron horas recorriendo los pasillos:

Una línea de montaje de animales.

Un viaje de pelajes y taxidermia.

Había demasiados para hacer una lista de favoritos, pero el dingo y los leones estaban en los primeros puestos, y el extraño y extraordinario tilacino. Esa noche, en la cama, no hacía más que hablar y hablar. Nos daba datos sobre los tigres de Tasmania, decía «tilacino» una y otra vez. Decía que en realidad se parecían más a un perro.

—¡A un perro! —gritó casi.

Nuestra habitación estaba a oscuras y en silencio.

Se quedó dormido a media frase, y el amor por esos animales lo llevaría hasta ellos: a Rosy y a Héctor; a Telémaco, a Agamenón; y, por supuesto, al más grande aunque terco. Todo aquello no podía terminar sino con Aquiles.

En cuanto a Clay, se lo llevó a muchos sitios y a ninguna parte.

Los demás salimos.

Fuimos a la playa con Michael.

Cuando ya no estábamos, Penelope lo buscó.

—Oye, Clay —le dijo—, haz un poco de té y sal al porche.

Aunque fue más bien un calentamiento.

Cuando Clay salió, ella ya estaba en el suelo del porche, con la espalda contra la pared, y el sol la bañaba entera. Había palomas en los cables eléctricos. La ciudad era infinita; oían su canto lejano.

Al beber, Penelope tragó todo un tanque, pero eso la ayudó a contar las historias, que Clay escuchó con atención. Cuando ella le preguntó cuántos años tenía, respondió que nueve.

—Supongo que ya eres lo bastante mayor para al menos empezar a saber que hay más…

Y a partir de ahí hizo lo que hacía siempre, pasó a las casas de papel y, al final, le avisó:

—Un día, Clay, te contaré algunas cosas que nadie sabe, pero solo si quieres oírlas…

En resumen, los «casi todos».

Fue un auténtico privilegiado.

Penny pasó las manos por su pelo infantil, el sol ya estaba mucho más bajo. El té se le había volcado, y el niño asintió con solemnidad.

Por la noche todos volvimos a casa con cansancio de playa y arena, y Penny y Clay estaban dormidos. Parecían hechos un nudo en el sofá.

Varios días después, casi se acercó a ella para saber cuándo llegarían esas últimas historias, pero tuvo la disciplina suficiente para no preguntar. En cierto modo, tal vez lo sabía ya: llegarían cerca del final.

No, en lugar de eso, lo que hubo fue nuestro desgobierno habitual a medida que las semanas se convertían en meses y ella tuvo que irse de nuevo a recibir tratamientos.

Se acabaron los momentos singulares.

Nos acostumbramos a las noticias incómodas.

—Bueno —nos dijo sin ningún rodeo—, se van a quedar con mi pelo. Así que ahora me parece que os toca a vosotros; ya puestos, mejor adelantarnos.

Los chicos formamos una cola; era el mundo al revés, los barberos haciendo cola para cortar. Se nos podía ver a todos esperando en la tostadora.

Hay varias cosas que recuerdo de esa noche: que Tommy fue el primero, aunque no quería. Ella consiguió hacerle reír, sin embargo, con un chiste de un perro y una oveja en un bar. Él seguía llevando esos malditos pantalones cortos hawaianos, y le dio un tijeretazo tan torcido que dolió.

El siguiente fue Clay, después Henry.

—¿Te vas a alistar en el ejército? —dijo Rory entonces.

—Claro —contestó Penny—, ¿por qué no? —Luego añadió—: Rory, déjame ver. —Y miró dentro de sus ojos—. Tú eres el que tiene los ojos más raros de todos.

Eran suaves pero pesados, como la plata. El pelo de Penny era cada vez más corto, desaparecía.

Cuando me tocó a mí, alargó el brazo hacia la tostadora para ver su imagen reflejada y me suplicó que tuviera un poco de piedad.

—Rápido e indoloro, por favor.

El último fue nuestro padre, que ocupó su lugar y no se escaqueó. Le colocó la cabeza, con cuidado y recta, y cuando terminó le dio un lento masaje; le frotó el pelo cortado a lo chico, y Penny se inclinó hacia delante, disfrutándolo. No podía ver al hombre que estaba detrás de ella ni el continuo cambio de expresión de su rostro, o el pelo rubio muerto junto a sus zapatos. No pudo ver lo destrozado que estaba, mientras los demás seguíamos allí, mirándolos a ambos. Ella iba en vaqueros, camiseta y descalza, y tal vez fue eso lo que acabó con nosotros.

Que parecía un chico Dunbar.

Con ese corte de pelo era uno de nosotros.

de vuelta en el río

Esta vez no esperó entre los árboles, sino que atravesó el corredor de eucaliptos y de pronto salió a la luz del otro lado con calma.

La zanja seguía allí, recortada y clara, pero había más terreno excavado, tanto curso arriba como curso abajo del Amohnu, para conseguir más espacio en el cauce del río. Los desechos que quedaban —la broza y el barro, las ramas y las piedras— se habían retirado y nivelado. En cierto lugar pasó una mano por encima de la tierra alisada. A su derecha vio rodadas de neumáticos.

Llegado al lecho del río se detuvo otra vez y se acuclilló entre todos sus colores. Antes no se había dado cuenta de la multitud que poseía; una lección de historia de las rocas. Sonrió.

—Hola, río —dijo.

En cuanto a nuestro padre, estaba en la casa, durmiendo en el sofá con una taza de café a medias. Clay lo miró un momento y dejó la bolsa en el dormitorio. Sacó los libros y la vieja caja de madera, pero dejó *El cantero* dentro, bien escondido.

Después se sentaron juntos en los escalones. A pesar de que el tiempo había refrescado, aquello estaba plagado de unos mosquitos atroces. Se posaban en sus brazos con patas ligeras.

—Madre mía, son monstruosos, ¿a que sí?

Las montañas se elevaban negras a lo lejos.

Y un panel de rojo tras ellas.

De nuevo, el Asesino habló, o lo intentó:

—¿Qué tal…?

Clay lo interrumpió.

—Has alquilado maquinaria.

Un suspiro cordial. ¿Lo había pillado haciendo trampa? ¿Había quebrantado la filosofía del río?

—Ya lo sé, no es muy… Pont du Gard, ¿verdad?

—No —dijo Clay, pero le dio un respiro—. Aunque ese lo construyeron más de dos personas.

—O el diablo, según…

—Ya lo sé —repuso asintiendo.

No podía confesarle el alivio que había sentido al ver que el trabajo ya estaba hecho.

Michael lo intentó otra vez entonces.

Terminó la pregunta interrumpida.

—¿… por casa?

—No ha estado mal.

Clay sintió que lo miraba, que veía las heridas casi curadas.

Se acabó su café.

Nuestro padre mordió la taza, aunque con suavidad.

Cuando paró, miró hacia los escalones, a ningún sitio cerca del chico.

—¿Matthew?

Clay asintió.

—Pero todo está bien. —Lo pensó un momento—. Rory acabó llevándome a cuestas.

Y se le escapó la más leve de las sonrisas delante de él.

—¿Les ha parecido bien que volvieras…, aquí, quiero decir?

—Por supuesto —dijo Clay—. Tenía que hacerlo.

Se levantó despacio aunque había muchas, muchísimas cosas más que decir, cosas que se le quedaron dentro; estaban Henry y Schwartz y Starkey (y no nos olvidemos de la chica de Starkey), y Henry y Peter Pan. Estaba Claudia Kirkby, y yo. Estábamos todos nosotros en la estación, sin movernos de allí mientras el tren se iba.

Y, por supuesto...

Por supuesto, estaba Carey.

Estaban Carey y Royal Hennessey, y cómo se abrió paso entre los demás caballos... y perdió contra Pump Up the Jam.

Pero, de nuevo, el silencio.

Lo no dicho.

Para romperlo, Clay anunció:

—Voy dentro, mientras todavía me quede algo de energía...

Pero entonces... ¿qué era aquello que sentía?

Menuda sorpresa.

Cuando ya casi estaba dentro, volvió a salir; de repente se encontraba comunicativo y hablador, lo cual para Clay eran siete palabras de más.

—Me gusta esto, me gusta estar aquí —dijo con la taza de café en la mano.

Y se preguntó por qué lo había hecho. Tal vez para reconocer una nueva existencia, tanto de Archer Street como del río, o incluso una especie de aceptación:

Su lugar estaba en ambos sitios por igual.

La distancia entre nosotros era él.

cuando los chicos no eran más que chicos

Algún día se tenía que acabar.

Las peleas a puñetazo limpio llegaron a su fin.

El cigarrillo encontrado se había convertido en colilla.

Incluso la tortura del piano había pasado ya.

Echando la vista atrás, fueron distracciones dignas, pero nunca lograron contener la marea de nuestra madre.

El mundo que llevaba dentro arreció.

Penny se vació, se desbordó.

En los meses que estaban por llegar, nuestra madre acabó tan castigada por aquellos tratamientos que solo tuvimos algunas muestras últimas de vida normal. La habían abierto y la habían vuelto a cerrar con decisión, como un coche en el arcén de la autopista. ¿Sabes ese sonido de cuando cierras el capó de golpe después de conseguir poner otra vez en marcha el maldito cacharro y rezas para que aguante unos kilómetros más?

Pues todos los días eran como arrancar así.

Avanzábamos hasta que volvíamos a calarnos.

Uno de los mejores ejemplos de lo que era vivir así tuvo lugar muy a principios de enero, en plenas vacaciones de Navidad:

El estreno y el esplendor de la lujuria.

Lujuria, sí.

En años posteriores puede que disfrutásemos del desnudo entusiasmo y la imbecilidad absoluta de *Despedida de soltero*, pero en aquel período del deterioro de Penny lo que vivimos fue el despertar de la depravación adolescente.

¿Perversión o la vida en toda su plenitud?

Según cómo se mire.

En cualquier caso, era el día más caluroso de todo el verano hasta la fecha, como un presagio de lo que estaba por llegar. (A Clay le gustaba la palabra «presagio», aprendida de un formidable profesor del colegio que tenía vocabulario para dar y tomar. Mientras que otros profesores se ceñían estrictamente al programa, este —el brillante señor Berwick— no hacía más que entrar en clase y ya los ponía a prueba con palabras que tenían «la obligación de conocer y punto»:

«Presagio».

«Abominable.»

«Atroz.» «Bagaje.»

«Bagaje» era una palabra estupenda, porque en ambas de sus dos acepciones era algo con lo que cargabas.)

Pero sí, el caso es que antes de finales de enero el sol estaba alto y dolorosamente ardiente. El barrio del hipódromo se abrasaba. El zumbido del tráfico lejano llegaba hasta ellos y luego daba media vuelta como si nada.

Henry había entrado en el quiosco de Poseidon Road, justo al final de Tippler Lane, y cuando salió triunfal arrastró a Clay hasta el callejón. Miró a izquierda y derecha y le dijo en un susurro enorme:

—Mira. —Se sacó el ejemplar de *Playboy* de debajo de la camiseta—. ¡No te lo pierdas!

Le pasó la revista y se la abrió por el centro, donde la doblez cruzaba el cuerpo de la chica; era dura y blanda, mordaz y asombrosa, cada cosa en el sitio perfecto. Y parecía más que entusiasmada con sus caderas.

—Está buena, ¿eh?

Clay bajó la mirada, por supuesto que sí, y ya sabía de qué iba eso —tenía diez años y tres hermanos mayores; había visto a mujeres desnudas en una pantalla de ordenador—, pero ahí encontró algo del todo diferente. Era el robo combinado con la desnudez, y en papel cuché. (Como dijo Henry: «¡Esto sí que es vida!».) Clay tembló presa de aquel júbilo y, aunque parezca extraño, leyó su nombre. Sonrió, miró más de cerca y preguntó:

—¿De verdad se apellida «Enero»?

Por dentro, el corazón le latía como loco, y Henry Dunbar sonrió mucho.

—Por supuesto —dijo—. Claro que sí…

Algo después, sin embargo, cuando llegaron a casa (tras varias paradas para comérsela con los ojos), sorprendieron a nuestros padres en la cocina. Estaban en el gastado suelo y apenas se tenían sentados.

Nuestro padre estaba apoyado en los armarios.

Sus ojos tenían un azul desgastado.

Nuestra madre había vomitado —lo había puesto todo perdido— y se había quedado dormida contra él; Michael Dunbar solo miraba al vacío.

Los dos chicos se quedaron allí de pie.

Sus erecciones desertaron de repente; desarmadas dentro de sus pantalones.

Henry exclamó algo, reaccionó y de repente se mostró bastante responsable.

—¿Tommy? ¿Estás en casa? ¡No entres aquí!

Mientras contemplaban la fragilidad de nuestra madre..., con miss Enero, enrollada, entre ambos.

Esa sonrisa, su constitución perfecta.

De pronto, solo pensar en ella dolía.

Miss Enero estaba tan... sana.

A principios de otoño tuvo que ocurrir; había una tarde predestinada para ello.

Rory llevaba un mes en el instituto.

Clay tenía diez años.

A Penny había vuelto a crecerle el pelo, de un amarillo extraño y más brillante, pero el resto de ella estaba tocada y hundida.

Nuestros padres salieron sin que nosotros lo supiéramos.

Era un pequeño edificio color crema cerca de un centro comercial.

El olor a donuts desde la ventana.

Una caballería de máquinas médicas, que eran frías y grises pero ardían, y el rostro canceroso del cirujano.

—Por favor —dijo—, siéntense.

Dijo «agresivo» ocho veces por lo menos.

Fue implacable en su comunicación.

Ya era tarde cuando regresaron, y todos salimos a recibirlos. Siempre ayudábamos a entrar la compra, pero esa noche no había bolsas. Solo palomas en los postes de la luz. No arrullaban, observaban.

Michael Dunbar se quedó junto al coche, inclinado y con las manos apoyadas en la calidez del capó, mientras Penny se detenía detrás de él, la palma de la mano contra su columna. En la luz suave y menguante, su pelo era como de paja, bien alisado y recogido hacia atrás.

Mientras los mirábamos, ninguno de nosotros preguntó nada. Quizá acababan de discutir.

Pero, por supuesto, visto desde ahora, en realidad la muerte también estaba allí esa noche, apostada en lo alto junto a las palomas, colgando como si tal cosa de los cables eléctricos.

Los estaba contemplando, desde muy cerca.

Esa noche Penny nos lo dijo, en la cocina; quebrada y rota de tristeza. Nuestro padre era un montón de añicos.

Lo recuerdo con absoluta claridad: cómo Rory se negó a creerlo, cómo enseguida se puso hecho una furia y empezó a decir «¿Qué?» y «¿Qué?» y «¿QUÉ?». Era duro como una madeja de alambre oxidado. Sus ojos plateados se oscurecieron.

Y Penny, tan esbelta y estoica.

Se ciñó a la realidad.

Sus propios ojos, verdes y agrestes.

Su pelo suelto y despeinado mientras lo repetía y nos decía:

—Chicos, me voy a morir.

La segunda vez fue la que acabó con Rory, creo:

Apretó los puños, luego los abrió.

Dentro de todos nosotros estalló un ruido —como un estruendo silencioso, una vibración inexplicable— mientras él intentaba pegarles una paliza a los armarios de la cocina y los zarandeaba. A mí me apartó de un empujón. Yo lo veía todo, pero no oía nada.

Luego agarró a la persona que tenía más cerca, que resultó ser Clay, y le rugió atravesándole la camisa; fue en ese instante cuando Penny se acercó a él e intentó separarlos, pero Rory no podía parar. Entonces la oí desde lejos, pero enseguida me barrió como un vendaval: una voz de pelea callejera dentro de casa. Rory seguía rugiéndole al pecho de Clay, atravesando los botones; le gritó directo al corazón. Arremetió contra él una y otra vez…, hasta que en los ojos de Clay se encendió un fuego y los de Rory se volvieron lisos y duros.

Dios, todavía lo oigo.

Hago todo lo posible por mantenerme alejado de ese momento.

A miles de kilómetros si puedo.

Pero, incluso ahora, la profundidad de ese grito…

Veo a Henry cerca de la tostadora, sin habla a la hora de la verdad.

Veo a Tommy a su lado, rígido, bajando la mirada hacia las migas borrosas.

Veo a nuestro padre, Michael Dunbar, irreparable, junto al fregadero; luego agachándose hacia Penny, con las manos sobre sus hombros temblorosos.

Y yo, yo estoy en el centro, reuniendo mi propio fuego; paralizado, con los brazos cruzados.

Y por último, por supuesto, veo a Clay.

Veo al cuarto chico Dunbar, con el pelo oscuro y derribado en el suelo, con el rostro vuelto hacia arriba levantando la mirada. Veo a los dos chicos y sus brazos enredados. Veo a nuestra madre como un manto a su alrededor…, y cuanto más lo pienso, puede que ese fuera el verdadero huracán de la cocina, cuando los chicos no eran más que eso, chicos, y los asesinos todavía eran hombres nada más.

Y nuestra madre, Penny Dunbar, con solo seis meses de vida por delante.

sexta parte

ciudades + aguas + criminales + arcos + historias + supervivientes

la chica que salió de la radio

El miércoles por la mañana, Clay corrió al pueblo cuando aún era de noche, llegó allí cuando ya era de día y compró un periódico en el pequeño súper de Silver.

Ya de vuelta, se detuvo a medio camino para estudiar el historial de competición.

Buscó un nombre en concreto.

Luego, mientras hablaban y trabajaban, escribían y planificaban, el Asesino se pasó toda la mañana intrigado por el diario, pero no se atrevió a preguntar. Se ocupó en otras cosas. Había hojas con bocetos y medidas. Había costes de la madera para la cimbra y el andamiaje. Había estudios sobre la piedra necesaria para los arcos, y que Clay se ofreció a financiar con algo de dinero, aunque el Asesino se apresuró a asegurarle que no hacía falta.

—Créeme, este lugar está lleno de agujeros —añadió—. Sé dónde encontrar la piedra.

—Como en ese pueblo —comentó Clay, medio distraído—. Settignano.

Michael Dunbar se detuvo.

—¿Qué has dicho?

—Settignano.

Y allí, con la cabeza en otra parte, Clay pasó de estar distraído a comprender súbitamente —lo que había dicho y, más importante aún, lo que había insinuado— y consiguió acercar al Asesino y al mismo tiempo apartarlo de sí. Había borrado de un plumazo la generosidad de la noche anterior —del «Me gusta esto, me gusta estar aquí»—, pero dejó entrever que sabía mucho más.

Ahí tienes. Dale vueltas a eso.

Aunque esa fue toda la ayuda que le prestó.

Poco después de las doce y media, el sol abrasaba el lecho del río.

—Eh, ¿te importa si cojo las llaves del coche? —preguntó Clay.

El Asesino chorreaba de sudor.

¿Para qué?

—Claro, ¿sabes dónde están? —contestó en cambio.

Ocurrió lo mismo antes de las dos, y luego una vez más, a las cuatro.

Clay corrió a los eucaliptos y se sentó al volante a escuchar la radio. Ese día, los caballos de Carey fueron Espectacular, luego Ardor y Pastel de Chocolate. Su mejor puesto de la jornada fue un quinto lugar.

—Gracias, no volverá a pasar, eso no ha sido muy disciplinado —dijo después de la última carrera, cuando regresó al río.

Michael Dunbar lo miró sonriéndose.

—Será mejor que hagas horas extra.

—Vale.

—Es broma. —Y entonces reunió el valor suficiente—: No sé qué andas haciendo allí… —los ojos aguamarina se encendieron momentáneamente en las simas de sus pómulos—, pero debe de ser muy importante. Cuando los chicos empiezan a dejar de lado cosas que hacían antes, suele haber una chica de por medio.

Clay se quedó atónito, como era de esperar.

—Ah…, y Settignano —prosiguió el Asesino (ya que lo tenía contra las cuerdas)— es donde Miguel Ángel aprendió a trabajar el mármol y labraba la piedra para sus esculturas.

Lo que significaba:

No sé cuándo.

No sé cómo.

Pero lo has encontrado, has encontrado *El cantero*.

¿También encontraste a la mujer, Abbey Hanley, Abbey Dunbar? ¿Es así como ha ido a parar a tus manos?

Sí.

Penny te habló de ella, ¿verdad?

Antes de morir.

Te lo contó, la encontraste y ella llegó incluso a darte el libro... El Asesino miró a Clay, y el chico parecía esculpido en mármol, como si estuviera hecho de sangre y piedra.

Estoy aquí, dijo Michael Dunbar.

Os abandoné, lo sé, pero estoy aquí.

Dale tú vueltas a eso, Clay.

Y Clay lo hizo.

las manos del matarife

En la marea del pasado Dunbar, transcurrieron tres años y medio, y Clay estaba tumbado en la cama, despierto. Tenía trece años. Era moreno, aniñado y flacucho, y sus latidos quemaban en la quietud que lo rodeaba. Un fuego ardía en cada uno de sus ojos.

Sin pensárselo dos veces, se levantó de la cama y se vistió.

Iba en pantalón corto y camiseta, descalzo.

Escapó al barrio del hipódromo y corrió por las calles y gritó. E hizo todo aquello sin hablar:

¡Papá!

¡PAPÁ!

¡¿DÓNDE ESTÁS, PAPÁ?!

Era primavera, poco antes del alba, y en su carrera arremetía contra los cuerpos de los edificios, contra las formas rumoreadas de las casas. Los faros de los coches lo iluminaban, como fantasmas gemelos, y luego pasaban y desaparecían.

Papá, lo llamó.

Papá.

Aminoró el paso hasta que se detuvo.

¿Dónde estabas, Michael Dunbar?

Ese año, antes, había ocurrido:

Penelope había muerto.

Había fallecido en marzo.

Había tardado tres años en morir; en principio, solo tendría que haber durado seis meses. Logró un «Jimmy Hartnell» en su máxima expresión: la enfermedad podía matarla cuanto quisiera, pero Penelope no moría. Cuando sucumbió al fin, sin embargo, la tiranía comenzó de inmediato.

De nuestro padre esperábamos esperanza, creo —valor y mayor cercanía—, como que nos abrazase, uno tras otro, o que nos reflotase tras vernos hundidos.

Pero no ocurrió nada de eso:

El coche patrulla y la pareja de policías se habían ido.

La ambulancia flotó calle abajo.

Michael Dunbar se volvió hacia nosotros, avanzó en nuestra dirección, luego salió y se alejó. Llegó al césped y continuó caminando.

Cinco de nosotros quedamos varados en el porche.

El funeral fue una de esas cosas inundadas de luz.

El soleado cementerio en la cima de la colina.

Nuestro padre leyó un pasaje de la *Ilíada*:

«Arrastraron sus naves al mar amigo».

Vestía el traje que había llevado el día de su boda, y el que llevaría años después, cuando regresó y se encontró ante Aquiles. Sus ojos aguamarina estaban apagados.

Henry pronunció unas palabras.

Imitó el acento exagerado que Penny adoptaba en la cocina y la gente rio, pero él tenía lágrimas en los ojos, y había al menos doscientos chicos, todos del Hyperno High, y todos perfectamente uniformados de un verde oscuro triste y pulcro. Chicos y chicas por igual. Hablaron del metrónomo. A unos cuantos les había enseñado a leer. Los más duros lo llevaban peor, creo. «Adiós, señorita; adiós, señorita; adiós, señorita.» Algunos tocaron el ataúd al pasar junto a él, bañados de luz.

La ceremonia se celebró en el exterior.

Volverían a entrarla para incinerarla.

El avance del ataúd hacia el fuego.

En realidad era como una especie de piano, aunque el primo feúcho del instrumento. Podías adornarlo como quisieras, pero no dejaba de ser un trozo de madera con margaritas encima. Penelope no deseaba que esparciésemos sus cenizas ni que las conservásemos en una urna, como si fuese arena. Pero pagamos un pequeño monumento conmemorativo: una lápida delante de la que poder plantarnos y recordar, para contemplarla sobre la ciudad.

La portamos después del oficio.

A un lado íbamos Henry, Clay y yo. Al otro, Michael, Tommy y Rory —igual que cuando formábamos los equipos de fútbol australiano en Archer Street—, y la mujer del interior era liviana. El ataúd, en cambio, pesaba una tonelada.

Penny era una pluma encerrada en un potro de tortura.

Al final del velatorio, y de su surtido de tés y pastitas, salimos a la puerta del edificio.

Todos con pantalones negros.

Todos con camisas blancas.

Parecíamos un grupo de mormones, aunque sin pensamientos caritativos:

Rory estaba enfadado y callado.

Yo, como una tumba más, pero con los ojos brillantes y en llamas.

Henry con la mirada perdida.

Tommy aún con regueros de lágrimas.

Y luego, por supuesto, estaba Clay, que acabó agachándose. El día que murió Penelope, Clay había descubierto que sujetaba una pinza en la mano, la misma que en ese momento apretaba tanto que empezó a dolerle, tras lo que se apresuró a devolverla al bolsillo. Ninguno de nosotros la había visto. Era brillante y nueva —amarilla—, y él le daba vueltas de manera compulsiva. Igual que los demás, esperaba a nuestro padre, pero nuestro padre había desaparecido. Pateábamos el corazón a nuestros pies; como si fuese carne, blanda y sanguinolenta. La ciudad lanzaba destellos a lo lejos.

—¿Dónde narices está?

Fui yo el que finalmente lo preguntó, tras dos horas de espera.

Cuando llegó, le costó mirarnos, y a nosotros mirarlo a él.

Estaba encorvado y deshecho.

Era un páramo con traje.

Son curiosos esos momentos posteriores a un funeral.

Hay cuerpos y heridos por todas partes.

La sala de estar se parecía más a la de un hospital, pero de esas que salen en las películas. Había chicos abrasados, descolocados. Nos amoldábamos a todo aquello sobre lo que descansábamos.

El sol no debería brillar, pero brillaba.

En cuanto a Michael Dunbar, nos sorprendió la rapidez con que aparecieron las grietas, aun teniendo en cuenta la situación en la que se encontraba.

Nuestro padre se convirtió en un padre a medias.

La otra mitad había muerto con Penny.

Una noche, pocos días después del funeral, volvió a desaparecer, y los cinco salimos a buscarlo. Primero probamos en el cementerio y luego en el Brazos Desnudos (siguiendo un razonamiento que aún está por llegar).

Cuando lo encontramos, a todos nos impactó abrir el garaje y verlo tumbado junto a una mancha de aceite, ya que la policía se había llevado el coche de Penelope. Solo faltaba una galería de Pennys Dunbar. Aunque, claro, nunca la pintó, ¿verdad?

Durante un tiempo todavía fue a trabajar.

Los demás volvieron a clase.

Por entonces yo ya llevaba bastante tiempo en una empresa de instalación de parquet y moqueta. Incluso le había comprado la vieja ranchera a un tipo con el que a veces trabajaba.

Antes de eso, llamaron a nuestro padre de los distintos colegios, en los que se presentó como el perfecto embaucador de posguerra: bien vestido, recién afeitado. Dueño de la situación. «Vamos tirando», les decía, y los directores asentían, los profesores se lo tragaban; jamás alcanzaron a ver el abismo que se abría en él. Se ocultaba bajo la ropa.

No era como muchos hombres, que se dan a la bebida o pierden los estribos y maltratan a quienes tienen a su alrededor. No, para él resultó más sencillo retirarse; estaba, pero sin estar. Se quedaba en el garaje, con una copa que nunca bebía. Lo llamábamos para comer, e incluso Houdini habría quedado impresionado: iba desapareciendo sin prisa pero sin pausa, como por arte de magia.

Nos fue dejando así, cada vez un poco más.

En cuanto a nosotros, los chicos Dunbar, así fue como vivimos esos primeros seis meses:

La maestra de primaria de Tommy estaba pendiente de él.

Según nos informaba, todo iba bien.

En cuanto a los tres que estudiaban en el instituto, tenían que ir a ver a un profesor que hacía las veces de una especie de psicólogo. Primero se ocupó uno que acabó marchándose, y a ese lo sustituyó un verdadero encanto: Claudia Kirkby, la de cálidos brazos. Solo tenía veintiún años. Era castaña y bastante alta. No se maquillaba mucho, pero siempre llevaba tacones altos. En la clase había colgado los pósters de Jane Austen y la barra de pesas y el de «Minerva McGonagall es Dios». En la mesa tenía libros y proyectos en distintas fases de corrección.

A menudo, después de haber ido a verla, Rory y Henry mantenían en casa las típicas conversaciones de chicos, conversaciones que no eran conversaciones.

—Vaya con la tal Claudia, ¿eh? —Henry.

—Menudas piernas tiene. —Rory.

Guantes de boxeo, piernas y pechos.

Eso los unió siempre.

—Cerrad la boca de una vez. —Yo.

Pero imaginaba aquellas piernas, ¿cómo no iba a hacerlo?

En cuanto a la propia Claudia, echemos un vistazo más de cerca: Tenía una atractiva mancha de sol en la mejilla, justo en medio. Tenía ojos castaños y amables. Dedicaba unas sesiones fabulosas de su clase de lengua a *La isla de los delfines azules* y a *Romeo y Julieta*. Como orientadora, sonreía mucho, pero no tenía mucha idea; en la universidad solo había estudiado un breve módulo de psicología que la cualificaba para ese tipo de calamidades. Lo más probable es que, al ser la profesora recién llegada al instituto, le pasasen todo el trabajo extra. Y tal vez más esperanzada que otra cosa, si los chicos decían que estaban bien, ella deseaba creerlos con toda su alma. Dos de ellos estaban efectivamente bien, dadas las circunstancias, pero el otro ni de lejos.

A medida que los meses se abocaban al invierno, tal vez fueron los pequeños detalles los que acabaron contando. Como verlo llegar a casa después de trabajar.

Sentado en el coche, a veces durante horas.

Con las manos polvorientas sobre el volante:

Ya no quedaban pastillas para la garganta.

Ni un solo Tic Tac.

O como que yo acabara pagando la factura del agua en lugar de él.

Luego la luz.

O la línea de banda en los partidos de fútbol de los fines de semana:

Los miraba, pero no los veía, hasta que dejó de ir del todo.

Sus brazos perdieron su carga de significado; colgaban lánguidos y sin sentido. Su estómago de hormigón se volvió mortero. Moría a medida que dejaba de ser él.

Olvidó nuestros cumpleaños, incluso el de mi mayoría de edad.

El paso a la edad adulta.

A veces comía con nosotros, y siempre fregaba los platos, pero luego salía y volvía al garaje o se quedaba debajo del tendedero, y Clay le hacía compañía, porque Clay sabía algo que nosotros ignorábamos. Si nuestro padre temía a alguien, era a Clay.

Una de esas raras noches que estaba en casa, el chico lo encontró frente al piano, mirando las teclas escritas, y se quedó allí, cerca de él, a su espalda. Sus dedos se habían detenido a medio CÁSATE.

—¿Papá?

Nada.

Deseaba decirle: «Papá, no pasa nada, no te preocupes, no pasa nada, de verdad, no le contaré a nadie lo que ocurrió. Nada. Nunca. Ellos nunca lo sabrán».

La pinza volvía a estar allí.

Dormía con ella, nunca lo abandonaba.

Algunas mañanas, después de dormir sobre ella toda la noche, se miraba la pierna en el baño y la veía dibujada, estarcida en su muslo. A veces Clay deseaba que él fuese a buscarlo a su habitación en plena oscuridad y lo despertase al arrancarlo de la cama. Ojalá nuestro padre lo hubiera arrastrado por la casa y lo hubiese sacado al patio, aunque estuviese en calzoncillos, eso no le habría importado, con la pinza encajada en el elástico.

Tal vez entonces podría haber vuelto a ser solo un niño.

Podría haber sido brazos flacuchos y piernas juveniles. Se habría estampado contra el palo del tendedero. Su cuerpo se habría topado con la manivela. El metal contra las costillas. Habría alzado la vista y en las cuerdas de lo alto habría visto las silenciosas hileras de pinzas. No habría importado que estuviera oscuro, solo habría visto la forma y el color. Podría haberlo soportado durante horas, con gusto se habría dejado apalear hasta la mañana siguiente, hasta que las pinzas eclipsasen la ciudad, hasta que compitiesen con el sol y ganasen.

Pero esa era justamente la cuestión.

Que nuestro padre nunca entró en su habitación y lo agarró de esa manera.

Solo fue aumentando su «cada vez un poco más».

Michael Dunbar no tardaría en abandonarnos.

Pero primero nos dejó solos.

Al final, habían transcurrido casi seis meses desde la muerte de Penny:

El otoño dio paso al invierno, luego llegó la primavera, y él nos dejó sin apenas decir nada.

Fue un sábado.

Fue en esa confluencia entre muy tarde y muy temprano.

En aquella época todavía teníamos la litera triple y Clay dormía en la cama de en medio. Se despertó hacia las cuatro menos cuarto. Lo vio a su lado; le habló a la camisa y al torso.

—¿Papá?

—Vuelve a dormir.

La luna estaba en las cortinas. El hombre continuó allí, inmóvil, y Clay lo supo, cerró los ojos, obedeció, pero siguió hablando.

—Te vas, ¿verdad, papá?

—Calla.

Por primera vez en meses, lo tocó.

Nuestro padre se inclinó y lo tocó, con ambas manos —y eran manos de matarife, ¿qué duda cabe?—, en la cabeza y luego en la espalda. Eran duras y polvorientas. Cálidas, pero curtidas. Amorosas, pero crueles, y carentes de amor.

Permaneció con él largo rato, pero cuando Clay volvió a abrir los ojos se había ido; el trabajo estaba hecho. Sin embargo, de algún modo, aún sentía las manos que le habían sostenido y tocado la cabeza.

Esa noche quedamos cinco en aquella casa.

Dormíamos y soñábamos en nuestras habitaciones.

Éramos niños, pero también un milagro:

Continuamos allí tendidos, vivos y respirando...

Porque esa fue la noche que nos mató.

Nos asesinó a todos en nuestras camas.

arkansas

En Silver, en el lecho seco del río, fueron apilando días hasta convertirlos en semanas, y semanas hasta completar un mes. Clay encontró una solución intermedia: volvía a casa los sábados para ir a Los Aledaños, pero solo cuando Michael estaba en las minas.

Aparte de eso, todos los días estaban en pie antes del alba.

Regresaban mucho después de que oscureciera.

Con la llegada del invierno, encendían hogueras en el cauce y trabajaban hasta entrada la noche. Para entonces, hacía tiempo que los insectos habían enmudecido. Había puestas de sol frías y rojas, y el olor del humo durante toda la mañana. Sin prisa pero sin pausa, un puente tomaba forma, aunque nadie lo hubiese dicho por su aspecto. El lecho del río recordaba el dormitorio de un adolescente, pero en lugar de haber ropa y calcetines tirados por todas partes, estaba sembrado de tierra removida y cruces y ángulos de madera.

Llegaban al alba y allí permanecían.

Eran un chico, un hombre y dos tazas de café.

—Prácticamente no se necesita nada más —decía el Asesino, pero ambos sabían que mentía.

También necesitaban una radio.

Un viernes fueron al pueblo.

Lo encontró en la Sociedad de San Vicente de Paúl:

Era alargado, negro y estaba muy rozado, un radiocasete que más o menos funcionaba, aunque solo si lo forzabas con un trozo de Blu Tack. Incluso contenía una cinta aún, una recopilación casera de grandes éxitos de los Rolling Stones.

Sin embargo, todos los miércoles y los sábados extendía la antena, inclinada en un ángulo de cuarenta y cinco grados. El Asesino no tardó en comprenderlo y saber qué carreras tenían importancia.

En los intervalos, cuando volvía a Archer Street, Clay se sentía sorprendentemente vivo y agotado; estaba polvoriento. Llevaba los bolsillos llenos de tierra. Cogía ropa, se compró unas botas, marrones, que luego fueron pardas y más tarde ya ni se sabía de qué color. No se separaba de la radio, y si Carey corría en Hennessey, iba a verla. Si se trataba de otro lugar —Rosehill, Warwick Farm o Randwick—, seguía la carrera a través de las ondas, dentro, en la cocina, o en la parte de atrás, solo, en el porche. Luego la esperaba en Los Aledaños.

Ella aparecía y se tumbaba a su lado.

Le hablaba de los caballos.

Él miraba el cielo y se lo callaba: que ninguna de sus monturas ganaba. Sabía que pesaba sobre ella como una carga, pero mencionarlo solo lo empeoraría.

Hacía frío, aunque nunca se quejaban, se tumbaban en vaqueros y con chaquetas gruesas. El rompecabezas de pecas encendido de sangre. Ella a veces llevaba puesta la capucha y se le escapan mechones de pelo por los lados que le hacían cosquillas a Clay en el cuello. Ella siempre encontraba la manera de llegar a él.

Típico de Carey Novac.

En julio, una noche que había ido a las minas, Michael Dunbar dejó nuevas anotaciones que se añadían a sus planes para el andamio y las dimensiones para las armaduras de los arcos. Clay sonrió al ver el dibujo de la cimbra. Aunque, por desgracia, tenía que volver a cavar, esta vez para construir una rampa y poder descargar los bloques de piedra.

Atacó las paredes del lecho y, poco a poco, fue dando forma a una pista; no solo estaba el puente, sino también todo lo que lo rodeaba, y en eso trabajó, incluso con mayor ahínco, cuando se quedó solo en el río. Escuchaba la radio mientras cavaba. Luego regresaba a casa con paso tambaleante y se desplomaba en el sofá hundido.

Desde Settignano, había habido un entendimiento tácito.

El Asesino no volvió a mencionarlo.

No le preguntó a Clay de qué se había enterado:

¿Qué sabía de *El cantero* y Miguel Ángel? ¿Qué sabía de Abbey Hanley, o Abbey Dunbar? ¿Sabía que pintaba? ¿Y de sus cuadros?

En ausencia de Michael, Clay leía sus capítulos favoritos, y los de Carey.

Para ella seguían siendo los de antes:

La ciudad y su educación.

La nariz rota adolescente.

El tallado de la *Piedad*, con Jesús —puro líquido— en brazos de María.

Para Clay, seguía siendo el *David*.

El *David* y los *Esclavos*.

Los adoraba del mismo modo que le había ocurrido a su padre.

También le gustaba una de las descripciones del libro, la que hablaba del lugar donde las estatuas se encontraban en ese momento, en Florencia, en la Galería de la Academia:

En la actualidad, el *David* se alza al final del pasillo de la galería, en una cúpula de luz y aire. Atrapado en la indecisión: por siempre temeroso, por siempre desafiante y decisorio. ¿Puede enfrentarse al poderoso Goliat? Mira al infinito por encima de nosotros mientras los *Prisioneros* aguardan a lo lejos. Llevan siglos en pugna, a la espera de que el escultor regrese y los acabe, y aún habrán de esperar unos cuantos siglos más...

En casa, cuando volvía, algunas noches subía al tejado. Otras leía en un lado del sofá, mientras yo hacía lo mismo en el otro.

A menudo veíamos películas juntos.

A veces hacíamos sesión doble.

Misery y *Mad Max 2*.

Ciudad de Dios. («¿Qué? —exclamó Henry desde la cocina—. ¡No me digáis que vais a poner algo de este siglo!») Y más tarde, para compensar, *La mujer explosiva*. («¡Eso ya está un poquito mejor, joder, 1985!») Esa última también había sido un regalo, conjunto, de Rory y Henry, esta vez para mi cumpleaños.

La segunda noche de sesión doble fue fantástica.

Nos sentamos todos juntos y vimos la tele embobados.

Las favelas de Río nos dejaron hechos polvo.

Luego Kelly LeBrock nos levantó el ánimo.

—¡Eh, rebobina un poco! —dijo Rory. Y—: ¡Tendrían que darle un Oscar a esta puta obra de arte!

En el río, junto a la radio, tras un puñado y luego decenas de carreras, la primera victoria de Carey continuaba mostrándose esquiva. De pronto, aquella primera tarde en Hennessey —cuando su maniobra le valió una reclamación— parecía algo muy lejano, aunque no lo suficiente para que hubiese dejado de escocer.

En una ocasión, la jockey atravesaba el pelotón como el rayo a lomos de una yegua llamada Bengala cuando otro jinete perdió la fusta delante de ella y la vara le golpeó por debajo de la barbilla. El incidente le valió una distracción y, en consecuencia, la yegua perdió velocidad.

Acabó cuarta, pero viva, y cabreada.

Al final llegó, sin embargo; no podía ser de otra manera.

Un miércoles por la tarde.

La carrera se celebraba en Rosehill y el caballo era un corredor de la milla llamado Arkansas.

Clay estaba solo en el lecho del río.

Había llovido durante días en la ciudad y ella había mantenido el caballo en el interior de la pista. Mientras que los demás jockeys habían desviado sus monturas hacia el exterior en busca de un suelo más firme, como parecía ser lo sensato, Carey había hecho caso a McAndrew.

—Tú no lo saques del barrizal, niña —le dijo acertada y secamente—. No te separes de los palos, quiero ver ese lomo manchado de pintura cuando cruces la meta, ¿entendido?

—Entendido.

Sin embargo, McAndrew vio que dudaba.

—Mira, nadie ha corrido por ahí en todo el día, aguantará, y les sacarás varias zancadas.

—Así ganó Peter Pan la Copa una vez.

—No, no fue así —la corrigió él—, hizo justo lo contrario, se abrió todo lo que pudo, pero la pista entera era un barrizal.

Era muy extraño que Carey cometiera ese tipo de errores; debían de ser los nervios, y McAndrew sonrió, a medias, tanto como jamás lo hacía en un día de carrera. Muchos de sus jockeys ni siquiera sabían quién era Peter Pan. Ni el caballo ni el personaje de ficción.

—Tú gana la puñetera carrera.

Y lo hizo.

En el lecho del río, Clay lo celebró:

Apoyó una mano en un tablón del andamio. Había oído decir a los hombres del bar cosas como «Tú dame cuatro cervezas y no habrá manera de borrarme la sonrisa de la cara», y eso era justo lo que le ocurría a él.

Carey había ganado.

La imaginó llevando el caballo hasta la meta, y el brillo y las manecillas de reloj de McAndrew. En la radio, no tardarían en conectar con Flemington, al sur, y el locutor terminó con una risa. «Mírenla, a la jockey, está abrazando al viejo y duro entrenador..., ¡y no se pierdan la cara de McAndrew! ¿Habían visto alguna vez a alguien tan incómodo?», comentó.

La radio lanzó una carcajada, y Clay hizo otro tanto.

Una pausa; luego, de vuelta al trabajo.

La siguiente vez que fue a casa, pensó y soñó en el tren. Concibió un sinfín de maneras posibles de celebrar la victoria de Arkansas, pero tendría que haber sabido que las cosas nunca salen como uno imagina.

Se dirigió derecho a las gradas de Hennessey.

La vio correr y obtener dos cuartos puestos y un tercero. Y luego su segundo primero. Fue con un velocista llamado Sangre en el Cerebro, propiedad del acaudalado dueño de una funeraria. Por lo visto, había bautizado a sus caballos con el nombre de afecciones mortales: Embolia, Infarto, Aneurisma. Su preferido era Gripe. «Muy infravalorada —decía—, pero implacable.»

En cuanto a Sangre en el Cerebro, Carey había dejado que corriera tranquilo y relajado y lo había espoleado en la curva. Cuando regresó junto a su entrenador, Clay observó a McAndrew.

Estaba tenso, aunque encantado, con su traje azul marino.

Casi consiguió leerle los labios.

—Ni se te ocurra abrazarme.

—No se preocupe —contestó ella—, esta vez no.

Después, Clay volvió a casa a pie.

Cruzó las compuertas de Hennessey, atravesó el humo del aparcamiento y las brillantes y rojas hileras de luces traseras. Salió a Gloaming Road, ruidosa y colapsada de tráfico, como correspondía.

Las manos en los bolsillos.

La ciudad se doblegaba ante la noche y entonces…

—¡Eh!

Se volvió.

—¡Clay!

Ella asomó por detrás de las puertas.

Se había cambiado, ya no llevaba la chaquetilla, sino unos vaqueros y una camisa, aunque iba descalza. Su sonrisa era de nuevo la de la recta.

—¡Espera, Clay! Espera…

Y él sintió su calor y su sangre cuando lo alcanzó y se quedó a cinco metros de él.

—Sangre en el Cerebro —dijo. Luego sonrió y añadió—: Arkansas.

Carey se abrió paso en la oscuridad y medio le saltó encima.

Casi lo derriba.

El latido del corazón de Carey era como un frente tormentoso —aunque cálido, en el interior de la chaqueta de Clay— y el tráfico continuaba detenido, continuaba paralizado.

Ella lo abrazó con una fuerza inusitada.

La gente pasaba a su lado y miraba, pero a ellos les daba igual.

Carey colocó los pies sobre sus zapatos.

Sus palabras en el hoyo de la clavícula de Clay.

El chico notó las vigas de su huesuda caja torácica, un andamiaje en sí mismo, mientras lo abrazaba con fervor y fiereza.

—Te he echado de menos, ¿sabes?

Él la estrechó hasta que dolió, pero les gustaba; y el suave pecho de Carey se aplastó con dureza contra él.

—Yo también te he echado de menos —dijo Clay.

—¿Luego? —preguntó ella cuando se soltaron.

—Claro —contestó él—. Allí estaré.

Allí estarían ambos, y serían disciplinados y observarían sus reglas y sus normas, tácitas pero siempre presentes. Ella le haría cosquillas y nada más. Nada más que contarle todo, y no decirle que lo mejor era aquello: poner sus pies sobre los de él.

los buscadores

En el pasado hubo hechos que nos endurecieron.

Nuestra madre había muerto.

Nuestro padre había huido.

Clay fue en su busca al cabo de una semana.

Hasta ese momento, algo había ido creciendo en él con cada hora que pasaba, pero no sabía muy bien de qué se trataba. Igual que los nervios antes de un partido, aunque aquello no parecía que fuese a sosegarse nunca. Tal vez la diferencia radicaba en que los partidos de fútbol se jugaban. Salías al campo y el partido tenía un principio y un final. Pero eso no. Eso era un principio constante.

Igual que los demás, Clay lo echaba de menos de una manera extrañamente extenuada.

Ya era bastante duro echar de menos a Penny.

Al menos en su caso sabías qué hacer con esa sensación; la belleza de la muerte estriba en que es definitiva. En el caso de nuestro padre había demasiadas preguntas, y los pensamientos eran mucho más peligrosos:

¿Cómo había podido dejarnos?

¿Adónde había ido?

¿Estaba bien?

Esa mañana, una semana después, al despertarse Clay, se levantó y se vistió en el dormitorio. Poco después salió de la habitación; necesitaba llenar ese vacío. Lo decidió de manera súbita y sencilla.

Salió a la calle y echó a correr.

Como ya he dicho, empezó con lo de «¡Papá!, ¡PAPÁ!, ¡¿DÓNDE ESTÁS, PAPÁ?!».

Aunque fue incapaz de gritar.

Era una fresca mañana de primavera.

La intensa carrera del principio, nada más salir de casa, se había transformado en un paseo con las primeras y aún oscuras horas del amanecer. Invadido por el miedo y el desasosiego, no sabía adónde iba. Descubrió que estaba perdido poco después de empezar a llamarlo en su interior. Tuvo suerte y continuó caminando hasta dar con el camino de vuelta a casa.

A su llegada, yo estaba en el porche.

Me acerqué a él y lo agarré por el cuello de la camiseta.

Lo rodeé con un solo brazo y lo estreché contra mí.

Como ya he dicho, había cumplido dieciocho años.

Pensé que debía tratar de aparentarlos.

—¿Estás bien? —pregunté, y asintió.

La sensación de vacío en el estómago se había atenuado.

La segunda vez que lo hizo, justo al día siguiente, no me mostré tan indulgente; igual que el día anterior, lo agarré por el cuello de la camiseta, pero esta vez lo arrastré por el césped.

—¿En qué narices piensas? —pregunté—. ¿Qué narices te pasa?

Pero Clay estaba contento, no podía evitarlo; había vuelto a mitigar esa sensación, de momento.

—¿Me estás escuchando?

Nos detuvimos en la puerta mosquitera.

El chico iba descalzo y con los pies sucios.

—Prométemelo —dije.

—¿Que te prometa qué?

Hasta ese momento no se había percatado de la sangre, como óxido entre los dedos de los pies. Le gustó y le sonrió, aquella sangre le gustó mucho.

—¡A ver si lo adivinas, listo! ¡Que dejes de desaparecer de una vez, joder!

Ya teníamos suficiente con la otra desaparición.

Lo pensé, pero aún no era capaz de decirlo.

—Vale, no lo haré más —aseguró.

Clay lo prometió.

Clay mintió.

Lo hizo todas las mañanas durante semanas.

A veces salíamos en su busca.

Volviendo la vista atrás, me pregunto por qué.

No se encontraba en un peligro extremo —lo peor que podía pasarle era que se perdiese—, pero por algún motivo nos parecía importante; era algo más en lo que atrincherarnos. Habíamos perdido a nuestra madre y luego a nuestro padre; no podíamos perder a nadie más. No lo permitiríamos. Dicho esto, también es cierto que no fuimos muy amables con él; cuando volvía, Rory y Henry lo pateaban hasta que no sentía las piernas.

Sin embargo, ya entonces el problema consistía en que por mucho daño que le hiciéramos no podíamos hacerle daño. Por mucho que tratáramos de contenerlo, era incontenible. Volvería a irse al día siguiente.

Una vez incluso nos lo encontramos.

Fue un martes, a las siete de la mañana.

Yo ya llegaba tarde al trabajo.

La ciudad había amanecido aterida y anubarrada, y fue Rory quien lo vio fugazmente. Estábamos varias manzanas al este, donde Rogilla se encontraba con Hydrogen Avenue.

—¡Allí! —gritó.

Lo seguimos hasta el callejón de Ajax Lane, con su hilera de cajas apilables, y lo acorralamos contra la valla; yo me llevé un pulgar lleno de astillas frías y grises.

—¡Mierda! —gritó Henry.

—¿Qué pasa?

—¡Creo que me ha mordido!

—Eso ha sido la hebilla de mi cinturón.

—¡Sujétale esa rodilla!

Él aún no lo sabía, pero en algún lugar en lo más hondo de sí mismo, Clay había hecho una promesa: nunca más volverían a sujetarlo de esa manera o, al menos, no con tanta facilidad.

Esa mañana en concreto, sin embargo, cuando lo llevamos a empujones por las calles, de vuelta a casa, también cometió un error:

Creyó que se había acabado.

No fue así.

Tal vez Michael Dunbar no hubiese sido capaz de arrastrarlo por la casa meses atrás, pero yo le eché una mano: empujé a Clay por el pasillo, lo lancé al patio y apoyé una escalera contra el canalón con un golpe seco.

—Venga, sube —le dije.

—¿Qué? ¿Al tejado?

—Sube o te rompo las piernas. A ver cómo corres entonces…

Y el corazón se le encogió un poquito más, porque cuando Clay llegó al caballete, comprendió a la perfección qué pretendía hacerle ver.

—¿Captas la idea? ¿Ves lo grande que es esta ciudad?

Le recordó algo que le había ocurrido hacía unos cinco años, cuando quiso hacer un trabajo sobre todos los deportes del mundo y le pidió a Penelope un cuaderno de ejercicios. Estaba convencido de que bastaría con hacer una lista de todos los deportes que conociese, pero a media página solo había anotado ocho míseras cosas y se dio cuenta de que era inútil, tan inútil, comprendió, como aquello:

Allí arriba, la ciudad se multiplicaba.

Alcanzaba a verla en toda su dimensión.

Era enorme, inmensa, descomunal. Era todas las expresiones que había oído utilizar para describir algo invencible.

Por un momento casi me arrepentí, pero tenía que metérselo en la cabeza.

—Puedes ir a donde quieras, chaval, pero no vas a encontrarlo. —Volví la vista hacia las casas, hacia la infinidad de tejados inclinados—. Se fue, Clay, nos mató. Nos asesinó. —Me obligué a decirlo. Me obligué a que me gustara—. No queda nada de lo que éramos.

El cielo era una sábana gris.

A nuestro alrededor no había nada salvo la ciudad.

A mi lado, un chico y sus pies.

Ese «Nos mató» permaneció suspendido entre nosotros, y de algún modo supimos que era cierto.

Ese día nació un apodo.

el caballo de la riverina

Desde lo del aparcamiento de Hennessey, algo nuevo se había puesto en marcha. En la superficie todo parecía normal mientras el invierno avanzaba a pleno rendimiento —las mañanas oscuras, la luz cristalina del sol—, igual que la construcción infatigable del puente.

En un reguero ininterrumpido de carreras, Carey ganó cuatro, lo que elevó el total a seis. Como siempre, salía de la radio y a él le encantaba sentarse a imaginarla. Hubo también tres terceros puestos, pero nunca un segundo. Parecía incapaz de acabar segunda.

Los miércoles que no estaba Michael y Clay sentía más añoranza de la habitual, el chico se llevaba la radio y la caja a los árboles. Sacaba el mechero y la pinza. Sonreía al ver la plancha y la pluma. Se sentaba entre las cortezas desprendidas, que parecían modelos o moldes de partes del cuerpo, brazos y codos caídos. A veces se levantaba, en la recta final:

Vamos, Carey, llévalo a la meta.

Un desfile de caballos:

Kiama, Narwee y Engadine.

(Por lo visto, a Carey se le daban bien los nombres de lugares.)

El Cortacésped. Kingsman.

A veces Guerra de las Rosas, de nuevo.

Lo montaba sin utilizar la fusta.

Y entonces llegó un día, y un caballo, en que un jockey se retiró de una carrera; un hombro dislocado. Y fue Carey quien se quedó la montura. El caballo llevaba el nombre de un pueblo de la Riverina, y las cosas estaban a punto de cambiar tanto para ella como para el curso de los acontecimientos.

Un caballo llamado Cootamundra.

Era agosto y las mañanas amanecían casi congeladas. Había madera y maderamen por todas partes. Había montañas de bloques y piedra. Trabajaban en silencio, con las manos desnudas, y parecía que estuviesen construyendo una gradería; tal vez en cierto modo así fuese.

Clay aguantaba tablones gigantescos donde él le decía.

—Ahí no —protestaba Michael Dunbar—, ¡ahí!

Y Clay volvía a alinearlos.

Muchas noches, cuando su padre regresaba a casa, Clay se quedaba en el río. Desbastaba la madera donde era necesario desbastar y frotaba una piedra contra otra hasta que encajaban a la perfección. A veces Michael sacaba té y ambos se sentaban en los sillares y contemplaban su obra, rodeados de monolitos de madera.

En ocasiones Clay trepaba a la cimbra, que crecía un día tras otro, con cada arco. La del primero casi fue una armadura de prueba (una cimbra de la cimbra), y la segunda fue más rápida y resistente; aprendían el oficio trabajando. A menudo pensaba en una foto: la famosa de Bradfield, el hombre que diseñó la Percha. El gran arco casi terminado y él con un pie a cada lado; el hueco abriéndose bajo él, como la muerte.

Como siempre, escuchaba la radio, ponían ambas caras de la cinta. Había varios temas emblemáticos, pero su favorito era «Beast of Burden», bestia de carga, tal vez en homenaje a Aquiles, aunque era más probable que se debiese a que le servía de pretexto para pensar en Carey. Estaba enterrada en las canciones.

Y entonces llegó un sábado, a finales de mes, y la radio estaba encendida para oír las carreras. Había habido un problema en la sexta, en la barrera de salida. Un caballo llamado Estás Soñando. El jockey era Frank Eltham. Una gaviota había espantado al animal y les había ocasionado muchos problemas. Eltham hizo bien en aguantar, pero justo cuando creía que lo había tranquilizado, el caballo volvió a tirarlo al suelo y se acabó; el hombre.

El caballo sufrió rasguños, pero sobrevivió.

Al jockey lo enviaron al hospital.

El joven iba a montar una verdadera revelación —el prometedor Cootamundra— en la última carrera del día. El propietario estaba con el preparador para asegurarse de que McAndrew escogía al mejor sustituto.

—No hay sustitutos. Era todo lo que tenía.

Los jockeys experimentados estaban comprometidos, así que tendrían que recurrir a la aprendiza.

—Eh, Carey —la llamó el viejo, volviéndose hacia atrás.

Carey se moría de ganas de participar.

Cuando le entregaron la chaquetilla de color rojo, verde y blanco, se dirigió derecha al Cagadero —el nombre que recibía el vestuario de las chicas, ya que no era otra cosa que un viejo lavabo— y salió lista para montar.

Estaba convencida.

El caballo iba a ganar.

A veces, decía, lo sabes.

McAndrew también lo sabía.

—Ponte en punta de inmediato y no te detengas hasta que llegues a Gloaming Road —le indicó, tranquilo aunque con aplastante contundencia.

Carey asintió.

El hombre le dio una palmada en la espalda cuando se dio la vuelta.

En Silver, en el Amohnu, oyeron lo de la inclusión de última hora, y cuando Clay dejó de trabajar en la armadura, a Michael Dunbar ya no le cupo duda.

Era ella.

Carey Novac.

Así se llamaba.

Se sentaron y escucharon la carrera. Fue justo como McAndrew había dicho: lo puso en punta a la primera. No consiguieron rebasarlo en ningún momento. Era grande, de un castaño intenso, un alazán. Le sobraba brío y fuerza. Ganó por cuatro buenos cuerpos.

A partir de ese momento, esto es lo que ocurrió:

Durante todo septiembre, en el río, cada vez que Michael regresaba de las minas, se estrechaban la mano y se metían de lleno en faena.

Cortaban, medían y serraban.

Rebajaban los bordes de las piedras, trabajaban en perfecta sincronía.

Cuando finalizaron el sistema de poleas, probaron el peso de un sillar. Hubo tímidos cabeceos —luego cabeceos decididos— de felicidad; las cuerdas aguantarían como los troyanos, las ruedas estaban hechas con acero descartado.

—A veces las minas nos tratan bien —comentó Michael, y Clay no pudo por menos que darle la razón.

Hubo momentos en que se percataban del cambio de luz cuando el cielo engullía el sol. Cuando los nubarrones se reunían en las montañas y luego parecían alejarse con fatiga. Todavía no tenían nada que hacer allí, aunque su día estaba por llegar, sin duda.

Con el tiempo planificaron el tablero, con qué iban a cubrirlo:

—¿Madera? —sugirió Michael Dunbar.

—No.

—¿Hormigón?

Solo podía ser de arenisca.

Y a partir de ese momento, esto es lo que ocurrió:

Al propietario le encantó la jockey.

Se llamaba Harris Sinclair.

Dijo que era valiente, y afortunada.

Le gustó su elocuente melena («Cualquiera diría que habla», comentó), y que fuese flacucha y pareciese tan campechana.

En los preámbulos del carnaval de primavera, Cootamundra ganó otras dos veces, a pesar de enfrentarse a rivales mejores y más experimentados. Carey le dijo a Clay que le encantaban los punteros, que eran los caballos más valientes. Era una huracanada noche de sábado. Estaban en Los Aledaños.

—Sale y corre, sin más —dijo ella, y el viento le arrebató las palabras.

Incluso cuando el caballo quedó segundo (la primera vez para Carey), el propietario la obsequió con un regalo: una cerveza de consolación recién comprada.

—¿En serio? —protestó el viejo McAndrew—. Traiga eso aquí, hombre de Dios.

—Ay, mierda… Disculpa, niña.

Se trataba de uno de esos empresarios de aspecto opulento, un abogado —con su voz profunda y autoritaria—, de esos que parece que acaben de comer; y podías jugarte lo que quisieras a que la comida había sido de órdago.

/

Llegado octubre, el puente avanzaba poco a poco y comenzaron las prestigiosas carreras de primavera.

Algunas se corrían en casa, pero la mayoría se celebraban en Flemington y otras pistas legendarias de por allí, como Caulfield o Moonee Valley.

McAndrew llevaría tres caballos.

Uno era Cootamundra.

Surgieron las primeras discusiones con Sinclair. Aunque antes estaba convencido del potencial de Carey —y de la gloria que le acarrearía por asociación—, ese segundo puesto había despertado sus dudas. Hasta el momento habían podido aprovechar el descargo, es decir, habían montado el caballo con menos peso porque el jockey solo era aprendiz. En las carreras grandes ya no se les permitiría. Una tarde, Carey los oyó en aquel despacho de McAndrew lleno de programaciones y platos de desayuno sin lavar. Ella estaba fuera, atenta, con la oreja pegada a la mosquitera.

—Mire, solo estoy estudiando otras opciones, ¿de acuerdo? —dijo Harris Sinclair con su voz pastosa—. Lo sé, sé que es buena, Ennis, pero estamos hablando del Grupo Uno.

—Es una carrera de caballos.

—¡Es la Sunline-Northerly Stakes!

—Sí, pero...

—Ennis, escúcheme...

—No, escúcheme usted. —La voz de escoba atajó limpiamente hasta ella—. No se trata de una cuestión sentimental, sino de que ella es su jinete, nada más. Si se lesiona, la suspenden o se pone como un tonel en las próximas tres semanas, de acuerdo, la cambiaremos, pero ¿ahora? ¿Tal como están las cosas? No voy a arreglar algo que no está estropeado. Confíe en mí, ¿de acuerdo?

Se abrió un abismo de silencio colmado de dudas antes de que McAndrew prosiguiese.

—Además, ¿quién es el entrenador, puñetas?

—De acuerdo… —le concedió Harris Sinclair, y la chica retrocedió de un salto y echó a correr.

Olvidó por completo que tenía la bici encadenada en la valla y corrió a casa para contárselo a Ted y a Catherine. Ya de noche, la emoción era tal que no conseguía dormir, así que se escabulló y fue a tumbarse en Los Aledaños, ella sola.

Por desgracia, lo que no oyó fueron las palabras que se pronunciaron después.

—Pero, Ennis —había añadido Harris Sinclair—, yo soy el propietario.

Había estado cerca, muy cerca, pero acabaron sustituyéndola.

la supervivencia de los chicos dunbar

Aquí, en el 18 de Archer Street, quedamos cinco de nosotros.

Éramos los chicos Dunbar, y seguimos adelante.

Cada uno a su manera.

Clay, por supuesto, era el callado, aunque no antes de ser el raro: el que corría por el barrio del hipódromo y el chico que encontrabas encaramado al tejado. Qué error cometí el día que lo hice subir allí; le faltó tiempo para convertirlo de manera clara y categórica en una costumbre. En cuanto a sus carreras por el barrio, por entonces ya sabíamos que siempre acabaría volviendo para sentarse entre las tejas y las vistas.

Cuando le pregunté si quería que corriese con él, se encogió de hombros y no tardamos en hacerlo así:

Un entrenamiento, una huida.

Felicidad y padecimiento perfectos.

Primero, entre medias, estuvo Rory.

Su objetivo era que lo expulsaran del instituto; quería dejarlo desde párvulos, y vio el cielo abierto. Dejó claro que yo no era ni su tutor ni su padre en funciones. Nadie podía acusarlo de no ser claro y directo:

Vandalismo. Absentismo reiterado.

Decirles a los profesores dónde podían meterse los deberes.

Alcohol dentro del recinto escolar.

(«¡Pero si solo es una cerveza! ¡No entiendo a qué vienen esas caras!»)

Por supuesto, lo único bueno que resultó de aquello fue la reunión con Claudia Kirkby la primera vez que lo expulsaron de manera temporal.

Recuerdo llamar a la puerta y entrar, y los trabajos que cubrían la mesa. Eran sobre *Grandes esperanzas*, y el primero de todos había sacado un cuatro sobre veinte.

—Joder, ese no será el de Rory, ¿verdad?

Trató de ordenarlos.

—No, en realidad Rory ha sacado un uno sobre veinte, y eso porque lo ha entregado. Lo que escribió no valía nada.

Aunque no estábamos allí por el trabajo.

—¿Expulsado? —pregunté.

—Expulsado.

Era franca pero cordial. Y me sorprendía su buen humor. Una expulsión no era ninguna tontería, pero había un deje divertido en su voz. Creo que pretendía reconfortarme. En ese lugar había alumnos de duodécimo que parecían mayores que ella y, aunque resulte raro, eso me alegró; de haber seguido mis estudios, los habría terminado el año anterior. Por alguna razón aquello me pareció importante.

Sin embargo, no tardó en entrar en materia.

—Entonces ¿está de acuerdo con la expulsión?

Asentí.

—Y su...

Supuse que estaba a punto de decir «padre». Todavía no les había informado de que nos había abandonado; se enterarían a su debido tiempo.

—En estos momentos está fuera; además, creo que puedo encargarme yo.

—Usted...

—Tengo dieciocho años.

No hacía falta que me justificase, dado que aparentaba más edad, aunque quizá esa solo era mi percepción. Clay y Tommy siempre me parecieron más pequeños de lo que eran. Incluso ahora, después de tantos años, debo recordarme que Tommy no tiene seis años.

Continuamos hablando en su aula.

Me dijo que solo serían dos días.

Aunque, claro, también estaba el otro tema:

Desde luego eran dignas de ver —sus pantorrillas, sus canillas—, aunque no cómo las había imaginado. Simplemente eran, no sé, suyas. No hay otra manera de explicarlo.

—¿Ha visto a la directora? —preguntó, interrumpiendo mi incursión hacia el suelo. Cuando levanté la vista, vi lo que había escrito en la pizarra. Con letra clara y redondeada, en cursiva. Algo sobre Ralph y Piggy y el tema del cristianismo—. ¿Ha hablado con la señora Holland?

Asentí de nuevo.

—Y, bueno... Comprenda que debo preguntarlo. ¿Es...? ¿Cree que se debe a...?

Estaba atrapado en la calidez de sus ojos.

Ella era como el primer café de la mañana.

Volví en mí.

—¿La muerte de nuestra madre?

No respondió, pero tampoco apartó la mirada. Les hablé a la mesa y las páginas.

—No. —Incluso iba a tocar una, a leerla, pero me detuve a tiempo—. Rory siempre ha sido así, aunque creo que ahora lo hace de manera intencionada.

Lo expulsaron en dos ocasiones más, lo que se tradujo en otras tantas visitas al instituto y, para ser sinceros, no me quejaba.

Fue la época más romántica de Rory.

Un Puck con dos buenos puños.

El siguiente fue Henry, que empezaba a labrarse su camino.

Era un palillo. Una mente afilada.

Su primer toque de genialidad fue hacer dinero en el Brazos Desnudos. Se le ocurrió al ver a aquellos bebedores de mediana edad allí fuera, de pie, delante de la puerta. Se percató de que todos tenían perro y de que los perros tenían sobrepeso, tan diabéticos como sus dueños.

Una noche, Clay, Rory y él volvían de hacer la compra cuando Henry dejó las bolsas en el suelo.

—¿Qué cojones haces? —preguntó Rory—. Recoge las bolsas, joder.

Henry se volvió hacia allí.

—¿Habéis visto esa panda de pringados de ahí fuera? —Tenía catorce años y mucha impertinencia—. Mirad, todos le han dicho a la parienta que iban a sacar el perro.

—¿Qué?

—Allí, ¿es que no tienes ojos en la cara? Dicen que salen a dar un paseo, pero se van a beber al bar. ¡Mirad cómo están esos chuchos! —Se acercó a ellos y les ofreció una sonrisa al bies, por primera pero no última vez—. A ver, panda de vagos, ¿alguno quiere que le pasee al perro?

Por supuesto, les cayó en gracia, los enamoró.

Les divirtió su absoluto descaro.

Se sacó veinte la noche durante meses.

A continuación, Tommy, y lo que estaba por llegar:

Tommy se perdió en la ciudad intentando encontrar el museo.

Solo tenía diez años. Como si no fuese suficiente con que Clay desapareciese cada dos por tres, aunque al menos Tommy llamó. Estaba en una cabina telefónica a kilómetros de casa y fuimos a buscarlo en coche.

—¡Eh, Tommy! —lo llamó Henry—. No tenía ni idea de que supieras qué era una cabina telefónica.

Acabó siendo una tarde genial. Estuvimos fuera horas, conduciendo por la ciudad y la costa. Le prometimos que lo llevaríamos otro día.

En cuanto a Clay, y a mí, el entrenamiento empezó una mañana.

Lo había pillado a punto de escaparse.

Apenas amanecía cuando salió por delante. Si le sorprendió verme junto al buzón, lo disimuló bastante bien: se limitó a continuar su camino como si nada. Al menos por entonces iba calzado.

—¿Te apetece compañía? —le pregunté.

Se encogió de hombros, volvió la vista hacia otro lado y empezamos a correr.

Corríamos todas las mañanas. Luego, yo volvía a la cocina y me tomaba mi café, y Clay subía al tejado. La verdad es que le encontré el aliciente:

Primero, las piernas, encendidas de dolor.

Luego la garganta y los pulmones.

Sabías que estabas empleándote a fondo cuando lo sentías en los brazos.

Corríamos hasta el cementerio. Corríamos por Poseidon Road. En Carbine corríamos por en medio de la calle; una vez un coche nos tocó la bocina y nos separamos, cada uno viró hacia un lado. Pulverizábamos los franchipanes podridos. Contemplábamos la ciudad desde el cementerio.

También estaban esas otras mañanas, igual de memorables, cuando nos topábamos con los boxeadores del Tri-Colors a primera hora, en pleno trabajo de carretera.

—Eh, tíos —saludaban—, eh, tíos.

Espaldas encorvadas y pómulos en proceso de curación.

Las zancadas de los corredores de nariz rota.

Por supuesto, uno de ellos era Jimmy Hartnell. Una vez retrocedió corriendo hacia atrás y me llamó. Como la mayoría de ellos, llevaba un lago de sudor alrededor del cuello de la camiseta.

—¡Eh, Piano! —dijo—. ¡Eh, Dunbar!

Luego saludó y continuó su camino. Otras veces, cuando nos cruzábamos, entrechocábamos las manos como jugadores suplentes; uno dentro, otro fuera. Atravesábamos todos nuestros problemas a la carrera.

A veces también venían con extras: jockeys jóvenes, aprendices de McAndrew. Era uno de los requisitos del preparador: durante el primer año de entrenamiento, tenían que correr con los chicos del Tri-Colors en días alternos. Sin excepciones.

También recuerdo la primera vez que corrimos en Bernborough:

Era domingo, un amanecer incendiario.

Las gradas ardían como una casa de vecinos —como si unos criminales le hubieran prendido fuego— y la pista ya estaba inundada de malas hierbas y de llagas y eccemas. El área interior aún no era una selva, pero desde luego estaba en camino.

Hicimos ocho cuatrocientos metros.

Treinta segundos de descanso.

—¿Otra vez? —pregunté.

Clay asintió.

Lo que habitaba su estómago había desaparecido, y el sufrimiento era de una belleza impecable. En Bernborough también retomó la costumbre de ir descalzo y con la pinza en el bolsillo de los pantalones cortos..., y a veces creo que lo tenía planeado. A veces creo que lo sabía:

Que correríamos por las calles del barrio del hipódromo.

Que él lo buscaría desde lo alto del tejado.

Con el pretexto de encontrar a nuestro padre, creo que Clay sabía que ahí fuera había algo, igual que yo ahora, porque allí, en aquel mundo de las afueras, entrenábamos de camino a él:

Corríamos para ir al encuentro de un mulo.

la foto

El fin de semana que Cootamundra corrió en la capital de las carreras del sur, Ennis McAndrew tomó una decisión, una decisión astuta:

Carey no montaría.

Le habían robado una carrera en la Sunline-Northerly Stakes —su primer Grupo 1— y aún tenía solo diecisiete años. McAndrew no se quedaría en la ciudad para servirle de consuelo, y desde luego no la llevaría consigo. Eso la habría matado, ver al gran alazán tomando la curva.

No, en lugar de eso le dijo simple y llanamente:

—Creo que te has ganado un fin de semana libre.

No era como los demás entrenadores.

Clay puso todo su empeño en regresar ese sábado. Durante la semana, en la radio se había hablado del caballo y de la sustitución del jockey.

El viernes por la noche, a la hora de partir, Michael Dunbar le tenía reservada una sorpresa.

Lo acompañó en coche a la ciudad, ambos sumidos en sus silencios habituales, pero cuando llegaron a la estación de tren, el hombre sacó un sobre de la guantera y lo dejó sobre el regazo de Clay. En él se leía: «Carey Novac».

—¿Qué es…?

—Tú dáselo y ya está, ¿vale? Le gustará. Te lo prometo.

No hubo ni un atisbo de «Dale vueltas a eso», solo un gesto de cabeza, lo indispensable. Las luces de la estación parecían encontrarse a kilómetros de distancia y el pueblo estaba prácticamente en silencio. Solo se oía el murmullo de un bar lejano. El hombre se parecía a lo que había sido una vez, y Clay le dio algo a cambio.

A plena vista, sacó *El cantero*.

Deslizó el sobre con cuidado en su interior.

Al día siguiente, en Archer Street, Ted y Catherine habían ido a trabajar, de modo que Carey y Clay estaban solos en la cocina.

Habían puesto la desvencijada radio negra.

Disponían de un bonito y pequeño equipo de música en la sala de estar, digital y todo lo demás, pero prefirieron seguir la carrera en esa otra. Nada más sentarse, Clay se dio cuenta de lo sorprendentemente limpia que estaba aquella cocina.

Intercambiaron breves miradas entre ellos.

Ninguno de los dos quería hablar.

El jinete era un profesional consumado, Jack Bird. Cuando la carrera dio inicio, cerca de las tres, el jockey se demoró demasiado en la salida, por lo que no consiguió la suficiente ventaja y acabó cerrado en la curva. Cuando le pidió al caballo que lo diera todo, ya no quedaba nada que dar. Clay escuchaba, aunque sobre todo miraba a Carey. Miraba su melena kilométrica, los antebrazos encima de la mesa y la cara sujetada con fuerza entre las manos. Carey se debatía entre la tristeza y la desdicha, pero lo único que dijo fue:

—Mierda.

Fueron a ver una película poco después.

Ella alargó una mano y cogió la de Clay.

Cuando él la miró, Carey estaba atenta a la pantalla, pero una lágrima le resbalaba por la cara.

Aquello era algo insólito.

Se inclinó hacia ella y le dio un beso en la mejilla.

Pese a todo, no era una violación de las normas; de alguna manera, ambos lo sabían. Clay probó el dolor de aquella gota salada y miró sus manos entrelazadas.

Más tarde fueron a Los Aledaños y ella se tumbó pegada a él. Por fin encontró el ánimo para decir algo más, un número que pronunció como si se tratara de un agravio:

—Séptimo.

Séptimo puesto, una derrota bochornosa.

En cierto momento Clay contó sus pecas; tenía quince en la cara, pero tan pequeñas que había que buscarlas. Y una decimosexta en el cuello. Eran mucho más rojas que el pelo, esa sangre sobre un sol de bronce.

—Ya lo sé, hay cosas peores —añadió, y las había, sin ninguna duda.

Apoyó un rato la cabeza sobre él.

Como siempre, Clay sintió su respiración, la calidez, el galope.

Tal vez suene ridículo hablar de la respiración de esa manera —como un trote, como un cuerpo en una carrera—, pero así la describió él.

Bajó la vista un momento.

Otra vez esa decimosexta salpicadura de sangre. Quería tocarla, dejar caer la mano, pero de pronto se descubrió hablando. Solo ella podría entender lo que dijo:

—Bonecrusher. Our Waverley Star. —Esperaba provocar algo en Carey—. Una guerra de dos caballos. —Luego—: Saintly y Carbine... —Se refería a una carrera en concreto y a los caballos que la habían ganado. Carey solo le había hablado de aquello en una ocasión, la primera vez que habían paseado por el barrio del hipódromo—. Y Phar Lap, el mejor de todos. —A continuación tragó saliva y prosiguió—: El Español. —Casi le dolió pronunciar ese nombre; El Español, del mismo linaje que Matador, pero aun así tenía que seguir—. Eh —dijo, y la abrazó, la estrechó contra sí, apenas un instante. Cerró la mano sobre su brazo de franela—. Pero siempre has tenido un único favorito y creo que es Kingston Town.

Por fin, un último latido más largo.

Clay sintió los cuadros cuadriculados.

—Madre mía, lo recuerdas —dijo Carey.

Clay recordaba todo lo referente a ella y jamás olvidaría cómo se aceleró cuando le habló de la Cox Plate de 1982. Qué apropiado que ocurriera en la época en que Penelope acababa de llegar aquí.

—«Kingston Town no tiene nada que hacer.» —Carey repitió lo que el comentarista había dicho ese día.

Él la envolvió y la sostuvo entre sus brazos.

—Siempre oigo al público volviéndose loco cuando él aparece de la nada —dijo Clay con algo a medio camino entre una voz y un susurro.

Poco después se levantó, después la ayudó a ella y entre ambos hicieron la cama del colchón. Lo cubrieron con el pesado plástico, que remetieron por debajo.

—Vamos —dijo Clay cuando salieron al camino. Llevaba el libro a un lado, con el sobre aún dentro.

Recorrieron Archer Street hasta el final y llegaron a Poseidon Road.

Carey le había cogido la mano durante la película, pero en ese momento hizo lo que solía hacer desde que eran amigos: lo tomó del brazo. Él sonrió y no le dio mayor importancia. Ni se le pasó por la cabeza que pudieran parecer una pareja mayor ni ningún otro malentendido por el estilo. Simplemente, ella hacía esas cosas.

Pasaron por calles conocidas, y con historias —como Empire, Chatham y Tulloch—, y por lugares que habían visitado el primer día, algo más allá, como Bobby's Lane. En cierto momento pasaron frente a una peluquería que tenía un nombre que les encantaba; y todo ello de camino a Bernborough, donde la luna asomaba entre la hierba.

Clay abrió el libro en la recta.

Ella iba unos metros por delante de él.

Estaba más o menos cerca de la meta cuando la llamó.

—Eh, Carey.

Ella se volvió sobre los talones, aunque despacio.

Clay se acercó y le entregó el sobre.

Ella lo sostuvo en la mano, examinándolo con atención.

Leyó su nombre, en voz alta, y en la pista de caucho carmesí de Bernborough, de algún modo, volvió a ser la de siempre:

Clay vio un destello de vidrio de mar.

—¿Es la letra de tu padre?

Él asintió, pero no dijo nada, y ella abrió el sobre blanco y fino, y miró la foto que contenía. Imagino lo que debió de pensar —algo como «preciosa» o «magnífica» u: «Ojalá pudiera estar ahí para verte así»—, pero por el momento lo único que hizo fue continuar mirándola y luego pasársela, despacio.

La mano le temblaba ligeramente.

—Eres tú —susurró. Y—: El puente.

el amor en los tiempos del caos

Al tiempo que la primavera daba paso al verano, la vida avanzaba por una doble vía.

Hubo entrenamientos, hubo cotidianidad.

Hubo disciplina, y auténticos idiotas.

En casa prácticamente nos gobernábamos sin timón; siempre había algo por lo que discutir o reír, a veces incluso al mismo tiempo, en paralelo.

En el barrio del hipódromo era distinto:

Cuando corríamos, sabíamos dónde estábamos.

En realidad era la mezcla perfecta, creo, de amor en tiempos del caos, de amor en tiempos del control; y nosotros, en medio, nos veíamos arrastrados a uno u otro extremo.

Corriendo arremetimos contra octubre, cuando Clay se apuntó a atletismo; ni a regañadientes ni remotamente emocionado. El club no estaba en Bernborough (las instalaciones se encontraban en muy malas condiciones), sino en Chisholm, cerca del aeropuerto.

Allí todos le cogieron manía:

Solo corría los cuatrocientos y apenas abría la boca.

Conoció a un chico, una bestia llamada Starkey:

Era el descomunal lanzador de peso y disco.

El especialista de los cuatrocientos era otro chico llamado Spencer. Clay se desmarcó cuando aún quedaban trescientos metros.

—Mierda —dijeron todos, el club entero.

Ganó, les sacó media recta.

En casa, una tarde.

Una más de una larga serie:

Pelea doscientos setenta y ocho.

Rory y Henry discutían.

Se oía jaleo en su habitación, que era la «habitación de chicos» por antonomasia, llena de ropa varada y olvidada, calcetines perdidos, malos humos y llaves de cabeza. Las palabras sonaban estranguladas:

«Te he dicho que guardes tus mierdas con el resto de tus mierdas y no paran de invadir mi espacio», y «Como si tuviera el menor interés en que mis mierdas invadan (madre mía, pero ¿tú te oyes?) tu mierda de espacio. Además, ¿tú has visto cómo lo tienes?», y «¡Pues si tanto asco te da, lo lógico sería que mantuvieras tus mierdas en el tuyo!».

Etcétera.

Entré al cabo de diez minutos para separarlos en plena discusión rubia y oxidada. El pelo apuntaba en todas direcciones, norte y sur, este y oeste.

—¿Vamos al museo o qué? —preguntó Tommy en la puerta. Qué pequeño era...

Fue Henry quien lo oyó y contestó, aunque se dirigió a Rory.

—Claro, pero espera un minuto, ¿vale? —dijo—. Danos un segundo para machacar a Matthew.

Y así, sin más, los dos volvieron a ser amigos.

Me enterraron, sin compasión ni cuartel.

Mi cara y el sabor a calcetín.

En la calle, ya casi teníamos una rutina:

Clay corría.

Yo las pasaba canutas para seguirle el ritmo.

Él y su bolsillo izquierdo abrasador.

—Venga, venga.

Por entonces, su conversación se reducía a aquellas dos palabras, si es que llegaba a pronunciarlas.

En Bernborough, siempre lo mismo.

Ocho cuatrocientos lisos.

Treinta segundos de descanso.

Corríamos hasta que estábamos a punto de desplomarnos.

Fuimos todos al museo y nos quejamos del precio, pero valió la pena, hasta el último centavo; valió la pena solo por ver a Tommy cuando el tilacino y él estuvieron cara a cara. Lo otro fue que, además, el niño tenía razón: era cierto, se parecía a un perro con una curiosa barriga con forma oval. Nos enamoramos del tigre de Tasmania.

Pero a Tommy le gustó todo de todo:

En lo alto, el esqueleto de la ballena azul, que se extendía como un edificio de oficinas puesto de lado. También el cuello distinguido del dingo. Y la variada procesión de pingüinos. Le gustó hasta la sección más escalofriante, sobre todo la serpiente negra de vientre rojo, y la elegancia y la tersura del taipán.

Para mí, sin embargo, allí había algo espeluznante; un cómplice de la taxidermia, algo muerto y reacio a partir. O, para ser justos, reacio a hacerlo de mi interior:

Por supuesto, la presencia de Penelope.

La imaginaba allí con Tommy.

La veía agachándose despacio, y creo que a Clay le ocurría lo mismo.

A veces lo sorprendía observando algo con atención, aunque a menudo dirigía la mirada unos milímetros a la izquierda del ejemplar expuesto, sobre todo cuando este se encontraba tras un cristal. Estoy seguro de que veía su reflejo, algo rubio y en los huesos, sonriente.

Cuando cerraron, nos apoyamos un rato en la pared, junto a la puerta del museo.

Estábamos cansados, todos menos Tommy.

La ciudad se movía a gran velocidad a nuestro alrededor.

Ocurrió en una de las ocasiones que salimos a correr.

Fue a primera hora de la mañana.

Los mundos se fundieron.

En realidad tendría que habérsenos ocurrido antes.

Corríamos con la primera luz del alba, en Darriwell Road, a pocos kilómetros de casa. Clay lo vio amarrado a un poste de telégrafo, allí plantado, y volvió atrás sabiendo lo que hacía. Se quedó mirando el anuncio que envolvía el madero:

Una gata acababa de tener gatitos.

¿Para qué llevar a Tommy a ver animales muertos si los vivos podían acudir a él?

Memoricé la primera mitad del número de teléfono y Clay la segunda, pero cuando llamamos, nos informaron de manera clamorosa de que el anuncio llevaba colgado tres meses y que hacía seis semanas que habían vendido el último gatito. Sin embargo, la mujer que contestó sabía exactamente adónde podíamos acudir. Tenía una voz masculina, tan cercana como expeditiva.

—En internet hay miles de páginas de animales, pero lo mejor que podéis hacer es mirar en *La Gaceta*.

Se refería a *La Gaceta del Barrio del Hipódromo*, y dio en el clavo, fue lista; la primera vez que buscamos en ese periódico —el diario local— había un collie a la venta, y un kelpie, y un par de cacatúas ninfa. Una cobaya, un papagayo australiano y tres gatos de distintas razas.

Sin embargo, él nos esperaba al final de todo, donde continuaría un poco más. Tendría que haberlo sabido por el fuego en los ojos de Clay, ambos sonreían de pronto cuando lo señaló con el dedo:

MULO TERCO, PERO SIMPÁTACO
NO COCEA NI REBUZNA
***
200 $ (negociable)
NO SE ARREPENTIRÁ
Llamar a Malcolm

—No se lo enseñes a Tommy, por lo que más quieras —le pedí, aunque Clay me ignoró por completo.

Volvió a señalar el anuncio con un dedo, apuntando al error de la mismísima primera línea.

—«Terco, pero *simpátaco*» —leyó.

Nos decidimos por uno de los gatos. Era de una familia que se iba al extranjero; salía demasiado caro llevarse el gato atigrado. Nos dijeron que se llamaba Rayitas, pero sabíamos a ciencia cierta que se lo cambiaríamos. Era un bicho enorme y ronroneante —labios negros y patas color asfalto—, y con una cola que parecía un arma de angora.

Fuimos en coche hasta Wetherill, dos barrios al oeste, y el gato se vino a casa en el regazo de Clay. No se movió ni un milímetro, solo ronroneó en armonía con el motor. Solo pandereteó con las patas sobre sus muslos, clavándole las garras.

Dios, tendrías que haber visto a Tommy.

Ojalá lo hubieras visto.

Llegamos al porche de casa.

—¡Eh, Tommy! —lo llamé, y él vino, y sus ojos eran jóvenes y eternos.

Casi se echó a llorar cuando estrechó el gato y las rayas contra su pecho. Le dio unas palmaditas, lo acarició, le habló sin hablar.

Cuando Rory y Henry salieron, los dos realizaron una de sus gloriosas actuaciones y se quejaron con una sincronía que parecía cosa de brujas.

—Joder, ¿cómo es que Tommy puede tener un gato?

Clay miró hacia otro lado. Yo contesté.

—Porque Tommy nos cae bien.

—¿Y nosotros no?

Poco después oímos el anuncio de Tommy, y la respuesta rotunda e inmediata de Clay.

—Voy a llamarlo Aquiles.

—No, a este no. —Brusco.

Me volví hacia él al instante.

Me mostré terco y ciertamente *antipátaco*:

No, Clay, maldita sea, dije, aunque con los ojos. En cualquier caso, ¿a quién pretendía engañar? Al fin y al cabo, Tommy sostenía el gato como a un recién nacido.

—Vale, pues entonces Agamenón —dijo.

Esta vez fue Rory quien le paró los pies.

—No te jode… ¿Y qué tal un nombre que sepamos pronunciar?

Sin desfallecer, nuestro hermano continuó rindiendo homenaje a Penelope:

—¿Pues qué os parece Héctor?

El campeón de los troyanos.

Hubo asentimientos de cabeza y murmullos de aprobación.

A la mañana siguiente, torcimos por calles del barrio del hipódromo que yo ni siquiera conocía y acabamos en Epsom Road. Cerca del túnel de Lonhro. Las vías del tren traqueteaban por encima de nosotros. Era uno de los muchos lugares abandonados de aquel barrio, con un único campo caído en el olvido. Las vallas se distribuían de manera caprichosa. Los árboles, eucaliptos en plena muda, se alzaban impasibles, manteniéndose firmes.

Al fondo había una pequeña parcela; y hierba, a puñados, en la tierra polvorienta. Había una alambrada oxidada. Una casucha que se había vuelto gris. Y una caravana, vieja y cansada; como un borracho a las tres de la mañana.

Recuerdo el ritmo de sus pasos sobre el asfalto lleno de baches y cómo fueron ralentizándose. Clay nunca aflojaba en ese punto de la carrera, era venga y solo venga, y no tardé en entender por qué. Una vez que vi la caravana y la parcela descuidada, comprendí que aquello no albergaba ninguna lógica, pero desde luego sí un mulo.

—Has llamado al teléfono de *La Gaceta*, ¿verdad? —dije, y caminé, indignado.

Clay continuó con paso resuelto.

Recuperó su respiración normal con una velocidad asombrosa, de agitada a cotidiana.

—No sé de qué me hablas.

Y entonces vimos el cartel.

Echando la vista atrás, aquello tenía algo de apropiado.

Aunque eso solo lo veo y lo puedo decir ahora.

En ese momento, sin embargo, me mostré receloso, y muy molesto, mientras nos acercábamos a la alambrada. El cartel había sido blanco en otro tiempo; anticuado y sucio, colgaba en diagonal en medio del alambre más alto. Debía de ser el mejor cartel de todo el

barrio del hipódromo, por no decir de todos los barrios con hipódromo del mundo entero.

Escrito con rotulador negro, grueso y descolorido, decía:

¡SE PROCEDERÁ LEGALMENTE
CONTRA QUIEN SUMINISTRE
SUSTENTO A LOS CAVALLOS!

—Dios, mira eso —dije.

¿Cómo se podía escribir mal «caballos» y redactar como un abogado? Aunque supongo que eso era el barrio del hipódromo. Por no
hablar de que no había caballos. Ni caballos ni nada, al menos durante un rato.

Pero entonces dio la vuelta a la casucha.

Una cabeza de mulo apareció casi sin darnos cuenta, y también
ese gesto que lo definía a menudo:

Nos observó, anotó todos los detalles.

Se comunicó.

Como un ser supremo aunque abandonado.

Ya poseía esa expresión de «¿Y tú qué miras?» en su alargada y
ladeada cara, hasta que se cansó de mirarnos y pareció decir: «Ah,
bueno».

Se aproximó con paso tranquilo y desgarbado entre las luces y las
sombras del amanecer.

De cerca casi resultaba simpático; era locuaz, aunque mudo, y afable. Su cabeza tenía textura, era un cepillo de fregar, y su pelaje mostraba una gama de colores cansados, desde el pajizo al óxido; su cuerpo, tierra de cultivo removida. Los cascos tenían la tonalidad del
carboncillo. ¿Y qué se suponía que debíamos hacer? ¿Cómo se le habla a un mulo?

Pero Clay aceptó el desafío.

Lo miró a los ojos, que parecían los de un becerro, dos corderillos enviados al matadero, pura tristeza pero sumamente vivos. Metió la mano en el bolsillo en busca de algo, y no se trataba de la brillante pinza amarilla.

No, aquello fue una muestra del mejor Clay Dunbar:

Una mano, un puñado de azúcar, de arena.

Era moreno y sabía dulce en su palma —el mulo no cabía en sí de gozo—, y a la mierda el cartel y la ortografía. Sus ollares dibujaron círculos nerviosos. Había abierto los ojos de par en par cuando le sonrió:

Sabía que algún día vendrías.

los esclavos

Había que reconocérselo al viejo Michael Dunbar.

Esa vez acertó:

La foto era una obra de arte.

Clay ya había vuelto a Silver y estaba en la cocina, cerca del horno.

—¿Al final se la diste?

Sus ojos hundidos lo miraban esperanzados.

Sus manos parecían vagas, distraídas.

Clay asintió.

—Le gustó mucho.

—A mí también me gusta. Tengo otra de antes. —Y, leyéndole el pensamiento, añadió—: Cuando estás ahí fuera, es muy fácil acercarse a ti sin que te enteres, andas perdido en otro mundo.

Clay le ofreció la respuesta correcta y, por primera vez desde que estaba allí, algo más.

—Me ayuda a olvidar —contestó, y levantó la vista del suelo para mirarlo—. Pero no estoy seguro de querer hacerlo. —Junto al fregadero había una tal Cometedora de Errores, la rubia Penny Dunbar—. Eh…, ¿papá? —Sus palabras los sacudieron, a ambos, y luego llegó un segundo estremecimiento, la réplica—. ¿Sabes…? La echo mucho de menos. La echo muchísimo de menos, papá, no sabes cuánto.

Y fue entonces, tras unos pasos, cuando el mundo cambió:

El hombre se acercó y atrajo al chico hacia sí.

Le rodeó el cuello y lo abrazó.

Nuestro padre se convirtió en su padre.

Sin embargo, luego regresaron al puente.

Como si no hubiera pasado nada.

Obraron en el andamio y rezaron por los arcos; mejor aún, por arcos que durasen para siempre.

Sin embargo, cuando te paras a pensar en ello, la verdad es que resulta curioso lo que llegan a parecerse padres e hijos, sobre todo estos dos en concreto. Existen cientos de pensamientos por cada palabra pronunciada, si es que llega a pronunciarse. A Clay le resultó especialmente difícil ese día, y los días que fueron apilándose tras ese. También es cierto que había mucho que contarle. Hubo noches que salía dispuesto a hablar y acto seguido regresaba a su habitación, con el corazón desbocado. Tenía un recuerdo muy vívido del niño que había sido, el que pedía que le contasen historias de Featherton. Al que, por entonces, llevaban a la cama a caballito.

Ensayaba frente al viejo y desértico escritorio, con la caja y los libros a un lado y la pluma de Te en la mano.

—¿Papá?

¿Cuántas veces podía repetirlo?

En una ocasión estuvo a punto de conseguirlo en la luz más pesada de la cocina, pero de nuevo regresó al pasillo. A la siguiente lo consiguió. Sujetaba *El cantero* con fuerza en la mano, y Michael Dunbar lo pilló:

—Pasa, Clay, ¿qué llevas ahí?

Y Clay quedó atrapado en la luz.

Levantó el libro, que colgaba a un lado.

—Solo esto —dijo—. Nada más. —Lo levantó otro poco.

El libro, blanco y baldado, con su lomo curtido y cuarteado. Le tendió Italia y los frescos del techo y todas aquellas narices rotas, tantas como las veces que ella lo había leído.

—¿Clay?

Michael llevaba unos vaqueros gastados y una camiseta; sus manos eran de hormigón erosionado. Tal vez se parecieran en los ojos, pero en los de Clay ardía una llama constante.

También había tenido un estómago de hormigón.

¿Lo recuerdas?

Tenías el pelo ondulado; todavía lo tienes, pero ahora te asoman las canas, porque moriste y envejeciste un poco y…

—¿Clay?

Finalmente se decidió.

La sangre se abrió paso a través de la piedra.

El libro, en la mano, tendido en su dirección:

—¿Me cuentas lo de los *Esclavos* y el *David*?

la mano entre las dunas

En muchos sentidos, podría sostenerse que el gato fue nuestro mayor error; el bicho tenía una serie de costumbres ignominiosas:

Babeaba casi de manera incontrolada.

Su aliento era repulsivo.

Tenía un verdadero problema de caída de pelo, caspa y tendencia a repartir la comida por todas partes cuando la engullía.

Vomitaba.

(«¡Mira esto! —gritó Henry una mañana—. ¡Al lado de mis zapatos!»

«Da gracias que no lo haya hecho dentro.»

«Que te calles, Rory… ¡Tommy! ¡Ven a limpiar esta porquería!»)

Maullaba toda la noche, ¡ese patético y agudo maullido! Y luego estaba lo del pandereteo de patas sobre el regazo del primero al que pillara y que tanto tocaba las pelotas. A veces, cuando veíamos la tele, iba pasando de chico en chico mientras dormía y echaba la casa abajo con sus ronroneos. Sin embargo, Rory era el que le tenía más manía y el que mejor nos representaba a los demás:

—Tommy, como ese puto gato empiece a trocearme las pelotas, te juro que lo mato, y, créeme, tú irás detrás.

Pero Tommy por entonces parecía mucho más contento, y Henry le había enseñado a contestar:

—Solo está intentando encontrarlas, Rory.

Ni siquiera Rory pudo contenerse —se echó a reír—, e incluso le dio una palmadita al gigantesco gato atigrado mientras este le atravesaba los pantalones con las garras. Aún quedaban por llegar el pez, el pájaro y Aquiles, aunque la siguiente de la lista sería la perra. Fue Héctor quien allanó el camino de Rosy hasta casa.

Ya nos habíamos plantado en diciembre y existía una única realidad inmutable:

Clay era un especialista de los cuatrocientos.

Destrozó todas las marcas.

No había nadie en Chisholm que pudiera hacerle sombra, pero encontraría quien lo retara. Con el nuevo año llegarían los campeonatos zonales y regionales, y si era lo bastante bueno, pasaría a los estatales. Busqué nuevos métodos de entrenamiento y recordé las viejas motivaciones. Empecé por donde había empezado otro antes que yo, por la biblioteca:

Busqué libros y artículos.

Rebusqué entre los DVD.

Todo lo que pude encontrar sobre atletismo, hasta que noté a una mujer a mi espalda.

—¿Hola? —dijo—. ¿Joven? Ya son las nueve. Es hora de cerrar.

Lo hizo poco antes de Navidad.

Héctor salió y no volvió.

Empezamos a buscarlo, y recordó bastante a cuando íbamos tras Clay, salvo que esta vez Clay nos acompañaba. Por las mañanas salíamos todos; luego los demás salían después de clase y yo me unía a ellos cuando volvía de trabajar. Incluso fuimos a Wetherill, pero el gato había desaparecido como por arte de magia. Ya ni las bromas nos hacían gracia.

—Eh, Rory —dijo Henry mientras recorríamos las calles—. Al menos tus pelotas ahora tienen la oportunidad de recuperarse.

—Ya iba siendo hora.

Tommy estaba en la periferia del grupo, loco de rabia y tristeza. Continuaban hablando cuando arremetió contra ellos y trató de tirarlos al suelo.

—¡Cabrones! —Escupió su dolor. Agitaba los puños tratando de pegarles. Les lanzaba golpes con sus bracitos de niño—. ¡Cabrones! ¡Sois unos putos gilipollas!

Al principio se les iluminó la cara en la calle oscura y se burlaron de él.

—¡Mierda! ¡No sabía que Tommy decía palabrotas!

—¡Ya, no ha estado nada mal!

Pero luego sintieron aquellos ojos suyos, y el dolor que atormentaba su alma de diez años. Del mismo modo que Clay se desmoronaría aquella noche, en el futuro, en la cocina, en Silver, Tommy lo hizo en ese momento. Fue Henry quien se inclinó para recogerlo cuando cayó rodillas; fue Rory quien lo sujetó de los hombros.

—Lo encontraremos, Tommy, lo encontraremos.

—Los echo de menos —dijo él.

Todos lo abrazamos.

Esa noche volvimos a casa en silencio.

Cuando los demás se iban a la cama, Clay y yo nos quedábamos viendo películas y leyendo la pequeña aglomeración de libros. Veíamos producciones sobre las Olimpiadas y documentales interminables. Cualquier cosa relacionada con correr.

Mi preferida era *Gallipoli*, recomendada por la bibliotecaria. Primera Guerra Mundial y atletismo. Me encantaba el tío de Archy Hamilton, el entrenador de gesto adusto y cronómetro en mano.

«¿Qué son tus piernas?», le decía a Archy.

«Muelles de acero», contestaba el chico.

La vimos muchísimas veces.

La de Clay era *Carros de fuego*.

1924.

Eric Liddell, Harold Abrahams.

Lo que más le gustaban eran dos cosas en concreto:

La primera era cuando Abrahams veía correr a Liddell por primera vez y decía: «¿Liddell? No he visto jamás ese impulso, esa decisión en un corredor… Corre como un animal salvaje».

Y luego la parte que más le gustaba de Eric Liddell: «¿De dónde proviene la fuerza para acabar la carrera? De dentro». Mejorada, si era posible, por el marcado acento escocés del actor que lo interpretaba, Ian Charleson.

Los interrogantes surgieron con el tiempo.

¿Y si poníamos un anuncio en *La Gaceta* para informar de la pérdida de un gato atigrado, por cargante que fuese?

No, ¿cómo íbamos a hacer algo tan lógico?

Allí estábamos Clay y yo.

Rebuscábamos entre lo que quedaba de la sección de clasificados, repaso que siempre culminaba en el mulo. Cuando corríamos, me llevaba hasta allí y yo me veía obligado a plantarme y a gritarle un rotundo «¡NO!».

Él me miraba, decepcionado.

Se encogía de hombros, insistía, «Venga».

Para mantenerlo a raya, acabé cediendo cuando apareció algo nuevo en un anuncio puesto por la perrera: una border collie de tres años.

Me acerqué en coche a buscarla y, cuando volví a casa, me esperaba la sorpresa de mi vida, porque allí, delante de mí, en el porche, todos reían, felices y contentos y, en medio de ellos, el puñetero gato. ¡El muy cabrón había vuelto!

Bajé del coche.

Miré aquel guiñapo atigrado sin collar.

Él me miró a mí; lo había sabido desde el principio.

Era un gato con un punto de sádico.

Por un momento, incluso esperé que saludara.

—Supongo que tendré que devolver el perro…

Rory arrojó a un lado a Héctor —que salió volando por los aires y recorrió unos cinco metros entre maullidos estridentes que helaban la sangre (seguro que estaba encantado de haber vuelto a casa)— y se acercó a zancadas.

—¿Y ahora el cabrito también tiene un perro? —protestó, aunque estaba a medio camino de una felicitación.

¿Y Tommy?

Bueno, Tommy cogió a Héctor, lo protegió de los demás, llegó junto a nosotros y abrió el coche. Abrazó a la perra y al gato al mismo tiempo.

—Jo, no puedo creerlo —dijo. Se volvió hacia Clay y preguntó; qué raro me resulta que supiese lo que tenía que hacer—: ¿Aquiles?

De nuevo, una negativa.

—En realidad es una chica.

—Vale, entonces la llamaré Rosada.

—Ya sabes que eso no es…

—Lo sé, lo sé, es el cielo.

Y por un momento volvimos a estar todos juntos:

La cabeza de Tommy en el regazo de Penny en la sala de estar.

A mediados de diciembre, un domingo a primera hora de la mañana, fuimos a una playa de más al sur, en pleno parque nacional. El nombre oficial era Prospector, pero la gente del lugar la llamaba la playa del Anzacs, el ejército nacional.

Recuerdo el coche y el viaje hasta allí:

Esa sensación de mareo y de falta de sueño.

Los árboles recortados contra la oscuridad.

El olor, por entonces ya característico, a moqueta, madera y barniz del interior.

Recuerdo que corrimos por las dunas, frescas al amanecer, aunque implacables, y que ambos acabamos de rodillas en lo alto.

En cierto momento, Clay me echó una carrera hasta la cima, y cuando llegó, no se tiró ni se tumbó, lo cual resultaba de lo más tentador, créeme. No, en su lugar, se volvió y alargó la mano hacia mí y hacia la orilla y el mar de telón de fondo. Tiró de mí y nos tumbamos en lo alto con el sufrimiento.

Cuando tiempo después me habló de ese día —cuando se abrió y me lo contó todo—, dijo: «Creo que fue uno de los mejores momentos que vivimos juntos. Tanto tú como el mar ardíais».

Por entonces, Héctor no solo había vuelto.

Se hizo evidente que nunca nos dejaría. Jamás.

Era como si hubiese catorce versiones distintas del puñetero gato, porque allí adonde ibas, él aparecía. Cuando te dirigías a la tostadora, estaba sentado a su derecha o a su izquierda, en medio de las migas que la rodeaban. Si ibas a acomodarte en el sofá, lo encontrabas ronroneando encima del mando a distancia. Incluso hubo una vez que fui al lavabo y descubrí que me observaba desde lo alto de la cisterna.

Luego Rosy, que no hacía más que dar vueltas al tendedero, como si pretendiera rodear sus sombras estarcidas. Ya podíamos sacarla a pasear durante horas: patas negras, manos blancas y ojos de motas de oro, que cuando volvía, continuaba corriendo. Hasta ahora no he comprendido por qué lo hacía. Sin duda quería acorralar los recuerdos —o al menos su rastro— o, peor, las almas atormentadas.

En ese sentido, por entonces había una agitación constante en la casa del número 18 de Archer Street. Para mí que fueron la muerte y el abandono, junto a nuestra tendencia innata a los disparates, lo que condujo a la locura de Navidad, más concretamente a la de Nochebuena, cuando llegaron a casa el pez y el pájaro.

Volví de trabajar.

Henry estaba loco de contento y tenía una sonrisa radiante.

Fue entonces cuando solté mi primer «Mecagüen… todo».

Por lo visto, habían ido a la tienda de animales a comprar el pez de colores que añadir a la lista, pero Tommy se había enamorado del palomo que vivía allí. Le había saltado al dedo y el crío había escuchado su historia: que una pandilla de manorinas abusonas se había metido con él en Chatham Street y que el dueño de la tienda había intervenido.

—¿Y no has pensado que a lo mejor se lo merecía? —apuntó Rory, pero Tommy se guio por su instinto.

Estaba en la otra punta, mirando los peces. El palomo se aferraba a su brazo, de lado.

—Vale, este —les dijo.

Las escamas del pez de colores parecían plumas.

La cola, un rastrillo dorado.

Ya solo faltaba llevarlos a casa y que yo me quedara plantado en la entrada al llegar y verlos. ¿Qué otra cosa iba a hacer si no entregarme a los juramentos mientras Tommy los bautizaba?

Por entonces ya había comprendido cómo funcionaba:

Ninguno de los dos se acercaba ni de lejos a un Aquiles.

—El pez de colores será Agamenón —me informó— y al palomo voy a llamarlo Telémaco.

El rey de hombres y el joven de Ítaca:

El hijo de Penélope y Odiseo.

La puesta de sol invadió el cielo y Rory miró a Henry.

—Voy a matar a ese cabrito.

carey novac en la octava

Después del fracaso espectacular de la séptima posición en la carrera de Grupo 1, a Cootamundra le dieron un descanso durante el verano. Al regresar lo montó Carey; cuatro veces, tres victorias y un tercer puesto.

Así que empezaba a estar muy solicitada.

Clay tenía la radio y el lecho del río, la ciudad y Los Aledaños.

Tenía el silencio del Amohnu, y también las historias que había oído en la cocina; porque esa noche se la habían pasado entera despiertos, después de que le preguntara por los *Esclavos* y el *David*, bebiendo café. Michael le habló de cómo había encontrado el calendario. De Emil Zátopek. De Einstein. De todos los demás. Y de que hubo una niña que una vez le rompió una nave espacial a un niño y que se sentaba delante de él en clase de lengua; el pelo le llegaba a la cintura.

A él no se le daban tan bien los detalles como a Penelope —él no estaba muriéndose, así que no era tan minucioso—, pero su esfuerzo era verídico, y veraz.

—No sé por qué nunca te había contado estas cosas —dijo.

—Lo habrías hecho —repuso Clay— si te hubieras quedado.

Pero no eran palabras pronunciadas con intención; solo quería decir que eran historias para cuando hubiera crecido.

Y me las estás contando ahora.

Estaba seguro de que Michael lo había entendido.

Era de madrugada cuando hablaron del *David*, y de los *Esclavos* atrapados en el mármol.

—Esos cuerpos retorcidos, en pugna —dijo Michael—, peleando por salir de la piedra. —Le contó que hacía décadas que no pensaba en ellos, pero que de algún modo siempre estaban ahí—. Daría la vida por alcanzar algún día una grandeza como la del *David*…, aunque solo fuera un momento. —Miró a los ojos del chico, frente a él—. Pero ya sé… Ya sé…

Clay contestó.

Fue un golpe duro para ambos, pero tenía que hacerlo:

—Vivimos las vidas de los *Esclavos*.

El puente era todo cuanto tenían.

A mediados de enero hubo una semana en que llovió en lo alto de las montañas, y el Amohnu empezó a bajar. Vieron cómo se aproximaba el gran cielo. Se subieron al andamio y a la pesada cimbra de madera bajo las esquirlas de lluvia.

—Podría llevárselo todo por delante.

Clay habló en voz baja pero segura.

—No lo hará.

Tenía razón.

El agua solo subió hasta la altura de las espinillas.

Era como si el río se estuviera entrenando.

Calentando al estilo Amohnu.

En la ciudad, a lo largo de marzo tuvieron lugar los torneos que culminaban en el carnaval de otoño, y en esa ocasión Carey se llevó la victoria de Grupo 1.

Cootamundra.

Octava carrera del Lunes de Pascua, en Royal Hennessey.

La competición era la Jim Pike Plate.

Clay había vuelto a casa ese fin de semana largo, por supuesto, pero también había hecho otra cosa, un poco antes.

Había recorrido Poseidon Road hasta una tienda de copias de llaves, arreglos de calzado y grabados. El dependiente era un viejo con una barba blanca como la nieve, un Santa Claus vestido con mono.

—Ah, me acuerdo de esto —dijo al ver el Zippo. Sacudió la cabeza—. Sí, eso es: «Matador en la quinta». Una chica… Algo extraño para grabar en un mechero. —Y la sacudida de cabeza se convirtió en un asentimiento—. Pero muy maja. —Le dio a Clay lápiz y papel—. Escribe con claridad. ¿Dónde lo quieres?

—Son dos.

—Dame, vamos a ver. —Le quitó el papel translúcido—. ¡Ja! —El asentimiento volvió a ser una imperiosa sacudida de cabeza—. Estáis como un cencerro. ¿Sabéis lo de Kingston Town?

Que si sabían lo de Kingston Town…

—Puede —dijo Clay—. Ponga «Carey Novac en la octava» debajo de la primera, y lo otro en el otro lado.

Santa Claus sonrió, luego soltó una risotada.

—Bien pensado. —Pero no fue un «jo, jo, jo», sino más bien un «je, je, je»—. «Kingston Town no tiene nada que hacer», ¿es eso? ¿Y qué se supone que quiere decir?

—Ella lo sabrá —dijo Clay.

—Pues eso es lo más importante.

El viejo se puso a grabar.

Cuando salió de la tienda, le vino a la cabeza.

Desde la primera vez que se fue de casa para ir al río, había pensado que el dinero —el fajo que le había dado Henry— serviría para construir el puente. Pero, en realidad, siempre había sido para eso otro. Utilizó un total de veintidós dólares.

En el 18 de Archer Street, dejó lo que quedaba del enorme fajo enrollado sobre la cama que había frente a la suya.

—Gracias, Henry —susurró—. Quédate con el resto.

Y pensó entonces en Bernborough Park, en aquellos chicos y hombres en ciernes, y se volvió para marchar hacia Silver.

A primera hora del Sábado Santo, dos días antes de la carrera, se levantó y se sentó a oscuras; buscaba el Amohnu. Estaba sentado en el borde de su cama y tenía la caja en las manos. Sacó de ella todo menos el mechero, luego metió una carta doblada.

La había escrito la noche anterior.

Ese sábado, por la noche, se tumbaron juntos y ella empezó a explicárselo:

Las mismas instrucciones de siempre.

Salir con fuerza.

Dejarlo correr.

Luego rezar y llevarlo hasta la meta.

Estaba nerviosa, pero eran nervios de los buenos.

Casi al final, preguntó:

—¿Vas a venir?

Él le sonrió a la miríada de estrellas.

—Pues claro.

—¿Y tus hermanos?

—Pues claro.

—¿Ellos saben algo de esto? —dijo, y hablaba de Los Aledaños—. ¿O de nosotros?

Nunca le había preguntado por ello, pero Clay estaba bastante seguro.

—No… Solo saben que siempre nos hemos llevado muy bien.

La chica asintió.

—Y, oye, tengo que decirte que… —Clay se detuvo—. También hay algo más… —Pero entonces se interrumpió del todo.

—¿El qué?

El chico se desdijo, con la misma serenidad de siempre.

—No. Nada.

Era demasiado tarde, sin embargo, porque ella ya se había incorporado sobre un codo.

—Venga, Clay, ¿qué pasa? —Alargó una mano y le dio un pequeño puñetazo.

—¡Ay!

—Dímelo. —Estaba preparada para lanzar otro ataque, justo entre las costillas, igual que había hecho ya en otra ocasión (en aguas que están aún por llegar), aunque entonces la cosa había acabado mal.

Pero esa era la belleza de Carey, su auténtica belleza; olvídate del cabello caoba y del vidrio de mar, lo importante era que arriesgaba una segunda vez. Se la jugaría, y lo haría por él.

—Dímelo o te arreo de nuevo —le dijo—. Te haré cosquillas hasta que pidas clemencia.

—¡Vale! Vale…

Se lo dijo.

Le dijo que la quería:

—Tienes quince pecas en la cara, pero hay que mirar mucho para encontrarlas…, y una decimosexta ahí abajo. —Le tocó ese punto del cuello.

Cuando quiso apartar el dedo, ella levantó una mano y lo atrapó. Su respuesta fue la forma en que miró a Clay.

—No —dijo—, no lo muevas.

Después, mucho después, fue Clay el primero en levantarse.

Fue Clay quien rodó para alcanzar algo y colocarlo junto a ella, en el colchón.

Lo había envuelto con la sección hípica.

La caja con el mechero dentro.

Un regalo dentro de un regalo.

Y una carta.

PARA ABRIR EL LUNES POR LA NOCHE.

El Lunes de Pascua, Carey apareció en la contraportada del periódico: la chica de cabello caoba, el palo de escoba del entrenador, y el caballo, castaño oscuro, entre ambos.

El titular decía «La aprendiza del maestro».

La radio retransmitió una entrevista con McAndrew, de la semana anterior, en la que cuestionaban su elección de jockey. Cualquier profesional del país habría montado ese caballo de tener ocasión, dijeron, a lo que McAndrew repuso simple y secamente:

—Me quedo con mi aprendiza.

—Sí, es una buena candidata, pero…

—No acostumbro a contestar este tipo de preguntas. —Su voz, pura aridez—. La primavera pasada, en la Sunline-Northerly, la cambiamos y miren lo que pasó. Conoce el caballo, y punto.

Lunes por la tarde.

La carrera era a las cuatro cincuenta, llegamos allí hacia las tres y yo pagué la entrada. Cuando íbamos a reunir el dinero para hacer fondo común cerca de los corredores de apuestas, Henry sacó el fajo y le dirigió a Clay un guiño especial.

—Dejadlo, chicos, hoy es cosa mía.

Con las apuestas hechas, fuimos para allá y subimos, pasando de largo por delante de los socios, hasta llegar a la purria. Las dos graderías estaban casi a reventar. Encontramos asientos en la fila de arriba del todo.

A eso de las cuatro el sol empezó a bajar, pero seguía blanco.

A las cuatro y media, con Carey inmóvil e impasible en el paddock, empezaba a amarillear tras nosotros.

Entre todos esos colores, el ruido y el movimiento, estaba McAndrew con su traje. No le dijo ni una sola palabra, solo le puso una mano en el hombro. Petey Simms, su mejor mozo de jockey, estaba allí también, pero fue McAndrew quien la izó hacia la mole de Cootamundra.

Ella se alejó al trote ligero.

En la salida, todo el público se puso en pie.

Clay tenía el corazón desbocado.

El caballo castaño oscuro, con su jinete en lo alto, se puso en cabeza de inmediato. Los colores, rojo-verde-blanco.

«Como era de esperar —informó el comentarista de la carrera—. Aunque esta no es una pista cualquiera, así que veamos qué nos tiene reservado Cootamundra… Veamos qué tiene que ofrecernos la joven aprendiza… Corazón Rojo segundo por tres cuerpos.»

Nosotros observábamos desde la sombra de la gradería.

Los caballos corrían en la luz.

—Madre de Dios —dijo el hombre que había a mi lado—. Cinco puñeteros cuerpos de ventaja.

—¡Vamos, Coota, cacho cabrón!

Ese fue Rory, creo.

En la vuelta, el pelotón se cerró.

En la recta ella le exigió más.

Dos caballos —Corazón Rojo y Diamond Game— se escaparon también, y el público empezó a jalear a los animales para llevarlos hasta la meta. Incluso yo. Incluso Tommy. Los gritos de Henry y de Rory. Rugimos por Cootamundra.

Y Clay.

Clay estaba en el centro de todos nosotros, de pie en su asiento.

No se movía.

No emitía un solo sonido.

Sin usar la fusta, la jockey consiguió que llegara el primero.

Dos cuerpos y una chica y el vidrio de mar.

Carey Novac en la octava.

Hacía mucho desde la última vez que se sentó en el tejado, pero ese lunes por la noche volvió a hacerlo; se camufló entre las tejas.

Aunque Carey Novac lo vio.

Tras llegar en coche con Catherine y Trotón Ted, se quedó de pie en el porche, sola. Levantó la mano, apenas un instante.

Hemos ganado, hemos ganado.

Luego, para adentro.

Querida Carey:

Si has hecho lo correcto (y sé que sí), estarás leyendo esto después de llegar a casa y Cootamundra habrá ganado. Les habrás arrebatado la victoria en los primeros doscientos metros. Sé que te gusta ese estilo de carrera. Siempre te han gustado los grandes punteros. Decías que eran los más valientes.

¿Lo ves? Me acuerdo de todo.

Me acuerdo de lo que dijiste cuando me viste por primera vez:

Allí arriba hay un chico, en ese tejado.

A veces como tostadas solo para escribir tu nombre en las migas.

Me acuerdo de todo lo que me has dicho, del pueblo en el que creciste, de tu madre y de tu padre, de tus hermanos…, de todo. Me acuerdo de que dijiste: «¿Y? ¿Es que no quieres saber cómo me llamo yo?». Eso fue la primera vez que hablamos en Archer Street.

Muchísimas veces deseo que Penny Dunbar todavía estuviera aquí, solo para que pudieras hablar con ella. Mi madre te habría contado algunas de sus historias. Habrías pasado horas en nuestra cocina… Ella habría intentado enseñarte a tocar el piano.

En fin, da igual. Quiero que te quedes el mechero.

La verdad es que nunca he tenido muchos amigos.

Tengo a mis hermanos y te tengo a ti, y nada más.

Pero, vale, me callo ya, solo diré que si Cootamundra, por alguna casualidad, no ha ganado, sé que habrá otros días. Mis hermanos y yo habremos apostado dinero, pero no apostamos por el caballo.

Besos,

CLAY

Y a veces, no sé, me lo imagino.

Me gusta pensar que esa noche les dio un último abrazo a sus padres, y que Catherine Novac estaba contenta, y que su padre no podría haber estado más orgulloso. La veo en su habitación; con camisa de franela, vaqueros y antebrazos. La veo con el mechero en las manos, y leyendo la carta, y pensando que Clay era especial.

¿Cuántas veces llegó a leerla?, me pregunto.

No lo sé.

Nunca lo sabremos.

No, lo único que sé es que esa noche salió de casa y que la regla del sábado se rompió:

El sábado por la noche en Los Aledaños.

No el lunes.

Nunca el lunes.

¿Y Clay?

Clay debería haberse ido ya.

Tendría que haber estado en un tren esa noche —de vuelta a Silver, al Amohnu, de camino a terminar un puente, a darle un apretón de manos a nuestro padre—, pero también él fue a Los Aledaños, y ella llegó con un susurro de pies.

¿Y nosotros?

Nosotros no podemos hacer nada.

Uno de nosotros escribe, el otro lee.

No podemos hacer nada más que, yo, contarlo, y tú, verlo.

Y aquí lo dejamos por el momento.

estatales y aniversario

Mientras los vemos a los dos dirigirse allí —a Los Aledaños, la última vez de todas—, el pasado se arropa en mi interior. Mucho de lo ocurrido en esa época los conduciría hasta allí, hasta esos pasos cada vez más próximos.

Estuvieron los zonales y luego los regionales.

El aniversario y los estatales.

Estuvieron los animales cuádruples de Tommy.

Cuando Año Nuevo dejó paso a febrero, estuvo Clay y la molestia de las heridas (un chico con pies de cristales rotos), y la promesa, o más bien la advertencia:

—Gano los estatales y luego vamos a buscarlo, ¿vale?

Se refería, por supuesto, a Aquiles.

Aquí podría seguir muchos órdenes diferentes, contarlo de muchas maneras distintas, pero me parece más adecuado empezar por cierto punto y dejar que el resto se vaya entretejiendo desde ahí:

Cómo fue el día del aniversario.

Un año después de la muerte de Penelope.

Esa mañana de marzo, todos nos despertamos temprano. Ese día no habría trabajo, ni clases, y a las siete ya habíamos ido al cementerio y habíamos trepado por las tumbas. A ella le habíamos llevado margaritas, y Tommy buscaba a nuestro padre con la mirada. Le dije que se olvidara de eso.

A las ocho nos pusimos a limpiar; la casa estaba hecha un asco, tuvimos que mostrarnos implacables. Tiramos ropa y sábanas. Erradicamos adornos y demás basura, pero nos quedamos con los libros de Penny y las estanterías. Sabíamos que los libros eran sagrados.

En cierto momento, sin embargo, todos nos detuvimos y nos sentamos en la cama, en el borde. Yo tenía la *Odisea* y la *Ilíada* en las manos.

—Venga —dijo Henry—, lee un poco.

La *Odisea*, libro doce:

«Desde las aguas corrientes del río Océano, mi nave se lanzó a mar abierto [...] donde el Alba siempre nueva tiene sus prados danzantes y el sol no tardaría en salir...».

Hasta Rory guardó silencio, y se quedó.

Las palabras siguieron su singladura con el pasar de las páginas; nosotros, en la casa, íbamos a la deriva.

El dormitorio bajó flotando por Archer Street.

Mientras tanto, Clay dejó de competir descalzo, pero tampoco se ponía zapatos.

En los entrenamientos no nos complicábamos mucho.

Corríamos temprano por la mañana.

Varios cuatrocientos en Bernborough.

Por las noches veíamos las películas.

El principio y el final de *Gallipoli*... ¡Madre mía, qué final!

Carros de fuego entera.

Rory y Henry afirmaban que las dos eran un tostón, pero siempre se quedaban a verlas; no se me escapaban sus expresiones cautivas.

El jueves antes de los zonales hubo un problema porque, a solo dos días de la carrera, algunos chicos se habían emborrachado en Bernborough y habían dejado la pista llena de cristales rotos. Clay ni siquiera los vio, y no se dio cuenta de que sangraba. Después, tardamos horas en arrancarle los añicos. Mientras lo hacíamos recordé lo inevitable, un momento de un documental (uno que todavía teníamos en casa):

Luces y sombras de las Olimpiadas.

Estábamos todos en la sala de estar otra vez cuando saqué la vieja cinta con la asombrosa pero trágica carrera de 1984 en Los Ángeles; de nuevo esa época, los ochenta. Tal vez sepas a cuál me refiero. Esas mujeres. Los tres mil metros.

El caso es que la atleta que ganó la competición (la magnífica y recta rumana Maricica Puic) no se hizo famosa por esa carrera, pero sí dos de las otras corredoras: Mary Decker y Zola Budd. Todos aguzamos la vista en la oscuridad —y Clay, sobre todo, horrorizado— cuando «la polémica Budd», como la bautizaron, fue acusada de hacerle la zancadilla adrede a Decker en el pelotón, en plena recta del estadio olímpico. (Aunque no hizo tal cosa, por supuesto.)

Pero también algo más importante:

Clay lo vio.

Vio lo que yo esperaba que viera.

—Dale al «pause», corre —dijo, y examinó con más atención las piernas de Zola Budd en plena carrera—. ¿Eso de ahí es... esparadrapo, en la planta de los pies?

Llegado el día del aniversario, las cicatrices ya se le estaban curando, pero habíamos empezado a vendarle los pies con esparadrapo, y era algo que le encantaba y que siguió haciendo. Cuando terminé de leer, en el dormitorio de Penny y Michael, se los estaba frotando, hacia dentro y hacia fuera. Tenía las plantas callosas pero cuidadas.

La ropa de nuestros padres desapareció al fin; solo hubo una prenda que conservamos. La saqué al pasillo y entre todos le buscamos un legítimo lugar de descanso.

—Aquí —le dije a Rory, que abrió la tapa de las cuerdas.

—¡Eh, mirad! —nos dijo Henry a todos—. ¡Un paquete de tabaco!

Primero dejé allí los dos libros, después el vestido azul de lana. A partir de entonces le pertenecieron al piano.

—¡Deprisa! —dijo Rory—. ¡Meted también a Héctor!

Pero ni siquiera él se vio con fuerzas. Posó una mano con delicadeza sobre el bolsillo y el botón que contenía; ella nunca había encontrado el ánimo para arreglarlo.

En el camino hacia ese día —durante enero y febrero de ese año—, soy consciente de que hubo dificultades. Pero también hubo buenos momentos, hubo grandes momentos, como Tommy y cada una de sus mascotas.

Nos encantaban los ardides de Agamenón, el apodado «rey de hombres», y a veces nos sentábamos a ver cómo daba cabezazos contra el cristal de su pecera.

—Uno… Dos… Tres… —contábamos, y al llegar a cuarenta ya solo quedaba Rory.

—¿No tienes nada mejor que hacer? —le preguntaba yo.

—No —decía—, nada.

Todavía iba camino de la expulsión, pero aun así hice un intento.

—¿Deberes?

—Todos sabemos que los deberes no sirven para nada, Matthew. —Estaba maravillado con la resistencia del pez de colores—. Este pez es el puto amo.

Por supuesto, Héctor seguía siendo Héctor, ronroneó y tocó las pelotas todo el verano, dedicado a observar el ajetreo del baño desde la cisterna.

—¡Oye, Tommy! —gritaba yo a veces—. ¡Estoy intentando ducharme!

El gato estaba encaramado allí como una aparición entre la bruma de sauna finlandesa que lo rodeaba. Me miraba fijamente y casi parecía sonreírme con malicia:

¡Pues yo estoy intentando darme un baño de vapor!

Se lamía las patas color asfalto, chasqueaba con los labios negro neumático.

Telémaco (a quien ya habíamos reducido a Te) desfilaba dentro y fuera de su jaula. Solo una vez lo atacó el troyano, y Tommy tuvo que gritarle «¡No!», y Héctor se volvió a dormir. Seguro que soñó con el vapor.

Luego estaba Rosy, y Rosy continuaba corriendo. Henry le llevó un puf que había encontrado un día de recogida municipal de muebles (siempre tenía los ojos bien abiertos) y nos encantaba ver cómo la perra lo lanzaba de un lado a otro. Cuando decidía usarlo para tumbarse en él, prefería el pleno sol; lo recogía y lo arrastraba siguiendo el camino de la luz. Luego cavaba para acomodarse en él, lo cual solo podía acabar de una manera:

—¡Eh, Tommy! ¡Tommy! ¡Ven a ver esto!

El patio cubierto por una nevada de bolitas de espuma de poliestireno del puf. El día más húmedo de todo el verano hasta el momento..., y Rory miró a Henry.

—Joder, eres un genio.

—¿Qué?

—¿Me tomas el pelo? Traer a casa ese puto puf...

—No sabía que la perra iba a destrozarlo. Eso es culpa de Tommy, y además...

Desapareció y regresó con la aspiradora.

—¡Eh! ¿Se puede usar la aspiradora para esto?

—¿Por qué no?

—No sé, te la cargarás.

—¿Te preocupa la aspiradora, Rory? —Esta vez fui yo—. Si ni siquiera sabrías dónde enchufar ese trasto, joder.

—Eso.

—Cállate, Henry.

—Ni cómo usarla.

—Cállate, Matthew.

Todos nos quedamos de pie mirando, sin embargo, mientras Henry terminaba el trabajo. Rosy saltaba hacia delante y hacia los lados, ladrando y sin parar de moverse, y la señora Chilman se asomó a la valla con una sonrisa enorme. Estaba de puntillas sobre una lata de pintura.

—Ay, estos Dunbar… —dijo.

Una de las mejores cosas del aniversario fue el gran intercambio de dormitorios que realizamos después de trasladar los libros y guardar el vestido dentro del piano.

Primero desmontamos las literas.

Cada una podía convertirse en una cama individual y, aunque no me entusiasmaba la idea, fui yo quien pasó al dormitorio de nuestros padres (nadie más quiso saber nada), pero me llevé mi vieja cama allí conmigo. Ni en sueños pensaba dormir en la suya. Antes de que nos ocupáramos de todo eso, sin embargo, decidimos que había llegado el momento de hacer un cambio, de que Henry y Rory se separaran.

Henry:

—¡Por fin! ¡He estado esperando esto toda la vida!

Rory:

—¿Que tú has estado esperando? ¡Me cago en todo, adiós muy buenas! Recoge tus mierdas y vete.

—¿Que recoja yo mis mierdas? ¿De qué vas? —Le dio un empujón generoso—. ¡No me voy a ninguna parte!

—¡Yo sí que no me voy!

—Ay, venga, callaos ya —dije—. Ojalá pudiera librarme yo de vosotros dos, pero no puedo, así que vamos a hacer lo siguiente: lanzaré esta moneda, dos veces. La primera para ver quién se va.

—Sí, pero él tiene más...

—No me interesa. El que gane se queda, el que pierda se marcha. Rory, ¿qué eliges?

La moneda salió volando y chocó contra el techo de la habitación.

—Cara.

Rebotó en la moqueta y aterrizó en un calcetín.

Cruz.

—¡Mierda!

—¡Ja, ja, aguántate, amiguito!

—¡Le ha dado al techo, no cuenta!

Entonces me volví hacia Henry.

Rory insistía.

—¡Que le ha dado al techo, joder!

—Rory —dije—, cállate. Bueno, Henry, voy a tirar otra vez. Cara, te toca con Tommy; cruz, te toca con Clay.

Volvió a salir cruz, y lo primero que dijo Henry cuando Clay se trasladó a la habitación fue:

—Toma, échale un vistazo. —Le lanzó el viejo ejemplar de *Playboy*, el de miss Enero.

Rory se reconcilió con Tommy:

—Quita al puto gato de mi cama, caraculo.

¿Cómo que tu cama?

Típico de Héctor.

Todavía en ese camino, a mediados de febrero, cuando Clay llegó a los campeonatos regionales, en el estadio de E. S. Marks —donde la grada era un coloso de hormigón—, habíamos convertido el trenzado de esparadrapo en un arte. Lo habíamos transformado en una especie de ritual; era nuestra versión del «¿Qué son tus piernas?» o de la fuerza que provenía de dentro.

Primero me agachaba a sus pies.

Desenrollaba el esparadrapo despacio.

Una línea recta por el centro.

Una cruz antes de los dedos.

Empezaba como un crucifijo, pero el resultado final era algo diferente, como una letra del abecedario perdida en el pasado; algunos de sus trazos se curvaban hacia el empeine.

Cuando anunciaron los cuatrocientos, me acerqué con él a la zona de jueces, y era un día de mucho bochorno y nada de brisa. Cuando fue para allá pensó en Abrahams, y en el hombre de la Biblia, Eric Liddell. Pensó en una sudafricana flaca y minúscula cuyos pies con esparadrapo habían inspirado los de él.

—Te veré después del final —dije.

Y en aquel entonces Clay llegó a responderme, con su pinza en los pantalones, en el bolsillo:

—Eh, Matthew. —Y luego solo—: Gracias.

Corrió como un auténtico guerrero.

Fue verdaderamente Aquiles, el rayo.

Al final, caía ya la noche de aquel día, de aquel primer aniversario, cuando Rory empleó el sentido común.

—Quememos la cama —dijo.

Juntos, tomamos la decisión.

Estábamos sentados a la mesa de la cocina.

Solo que no había nada que decidir.

Tal vez lo de los niños y el fuego sea una de esas verdades universales, igual que lo de tirar piedras. Las cogemos y apuntamos a cualquier cosa. Incluso yo, que me acercaba ya a los diecinueve:

Se suponía que era el adulto.

Si trasladarme al dormitorio principal era un acto propio de alguien maduro, quemar la cama correspondía al de un crío, y fue así como encaré el asunto; aposté a ganador y colocado.

En un principio no dijimos mucho:

A Clay y a Henry les tocó el colchón.

Rory y yo sacamos el somier.

Tommy, las cerillas y aguarrás.

Los sacamos por la cocina al patio de atrás, y de allí los lanzamos al otro lado de la valla. Más o menos en el mismo lugar donde Penelope, años atrás, había conocido a City Special.

Saltamos al otro lado.

—Bueno —dije.

Hacía calor y se había levantado una brisa.

Las manos en los bolsillos, un buen rato.

Clay con la pinza en un puño... Pero entonces volvimos a colocar el colchón sobre el somier y nos adentramos en Los Aledaños. Los establos ya estaban cansados, inclinados. La hierba era irregular y desigual.

Pronto vimos una vieja lavadora a lo lejos.

Luego un televisor destrozado y sin vida.

—Allí —dije.

Señalé —casi al centro, aunque algo más cerca de nuestra casa— y llevamos la cama de nuestros padres allí. Dos de nosotros nos quedamos de pie, tres se agacharon. Clay estaba a un lado, a unos pasos; él estaba erguido, de cara a la casa.

—¿No hace demasiado viento, Matthew? —preguntó Henry.

—Seguramente.

—¿Es de poniente? —Se hacía más fuerte a cada minuto que pasaba—. Podríamos prenderle fuego al campo entero.

—¡Mejor aún! —exclamó Rory.

Estaba a punto de llamarle la atención cuando la voz de Clay cruzó todo —campo, hierba, televisor— a través. La solitaria carcasa de la lavadora. Una orden:

—No.

—¿Qué?

Lo preguntamos todos a la vez, y el viento sopló con más fuerza aún.

—¿Qué has dicho, Clay?

Su frialdad contrastaba con la calidez del campo. El pelo corto y oscuro le caía lacio sobre la cabeza, y el fuego de su interior estaba encendido; lo dijo otra vez, en voz baja.

Un «No» claro y contundente.

Y lo supimos.

Lo dejaríamos todo como estaba. Dejaríamos que encontrara su propia muerte allí; o al menos eso creíamos, porque ¿cómo podíamos saber lo que ocurriría?

Que Clay regresaría y se tumbaría en ese colchón.

Que apretaría la pinza hasta que se le clavara en la mano.

La primera vez fue la noche antes de los estatales, después de pasar un rato sentados en la cocina, él y yo. Puso las cartas sobre la mesa:

Él ganaría los estatales, luego iríamos a buscar a Aquiles.

Tenía los doscientos dólares…, que debían de ser los ahorros de toda su vida.

Ni siquiera esperó mi respuesta.

Lo que sí hizo fue salir por la puerta principal para echar una suave carrera por el barrio del hipódromo, y darle de comer unas cuantas zanahorias al mulo, y acabó de nuevo en el tejado.

Después, mucho después, mientras todos los demás dormíamos, se levantó de la cama y salió al patio; escogió una pinza nueva. Trepó la valla y luego cruzó el ancho del camino. Estaba oscuro y no había luna, pero no le costó encontrar lo que buscaba.

Al llegar, se tendió encima.

La cama estaba en penumbra.

Se acurrucó como un niño.

Allí, tumbado en la oscuridad, soñó, y en ese momento no le importaban en absoluto ni los estatales ni la victoria. No, solo le habló a otro chico, de un pequeño pueblo, del campo, y a una mujer que había cruzado los océanos.

—Lo siento —les dijo a ambos—. Lo siento mucho, lo siento, ¡lo siento!

Tenía la pinza apretada en el puño y, por último, se dirigió a ellos una vez más:

—Prometo que os contaré la historia de cómo os traje a Aquiles a casa.

Ese mulo nunca fue para Tommy.

séptima parte

ciudades + aguas + criminales + arcos
+ historias + supervivientes
+
puentes

la niña de gallery road

Una vez, en la marea del pasado Dunbar, hubo una chica que conoció a un chico Dunbar, y menuda chica era.

Tenía el cabello caoba y ojos verde bueno.

Tenía un rompecabezas de pecas color sangre.

Era famosa por haber ganado una carrera de Grupo 1 y por morir justo al día siguiente, y Clay tuvo la culpa.

Él siguió viviendo y respirando y lo asumió.

Al final, les contó todo.

En el principio, sin embargo, y de manera muy apropiada, la primera vez que Carey vio a Clay, él estaba en el tejado.

Carey creció en un pueblo llamado Calamia.

Su padre era jockey.

El padre de su padre también.

Antes de eso, no tenía ni idea.

Adoraba los caballos, el entrenamiento y los récords y las historias de purasangres.

Calamia estaba a siete horas de viaje, y sus primeros recuerdos eran de su padre. El hombre volvía a casa por las mañanas después de entrenar con los caballos y ella le preguntaba qué tal había ido. A veces Carey se despertaba cuando él salía de casa, a las 3.45 de la mañana.

—Eh, Ted, ¿puedo ir yo también? —le preguntaba, frotándose los ojos.

Por alguna razón, cada vez que se despertaba en la oscuridad, llamaba a su madre Catherine y a su padre Ted, una peculiaridad que desaparecía con el día, cuando solo eran mamá y papá. Una de las muchas cosas de las que no se escribió ni se habló años después, cuando la encontraron en el suelo, y muerta.

Como he dicho, adoraba los caballos, pero no de la misma manera que la mayoría de las chicas.

Era el ambiente, no las cintas.

Eran las cuadras más que el espectáculo.

Cuando creció, durante las vacaciones escolares, sus hermanos y ella suplicaban que los dejasen ir a ver los entrenamientos, y adoraba esas mañanas oscurísimas, llenas del repicar de cascos entre la niebla. Adoraba ver salir el sol, tan cálido y colosal en la distancia, y el aire denso y frío.

Por entonces comían tostadas en la valla —toda blanca, toda pasamanos, sin estacas— y adoraban a los entrenadores y sus juramentos entre dientes, y a los viejos jockeys que andaban por allí como niños endurecidos y de voz profunda. Era curioso verlos vestidos con ropa de entrenamiento, con vaqueros y chalecos y cascos viejos.

Sus hermanos le sacaban cuatro y cinco años respectivamente y, cuando alcanzaron la edad mínima, también entraron en el mundo de las carreras; era evidente que lo llevaban en la sangre.

En las carreras siempre se habla de sangre.

O mejor dicho, se habla de líneas de sangre.

Igual que en el caso de Clay y el resto de nosotros, hay mucho que descubrir en el pasado.

Según Carey, su madre, Catherine Novac, era el único miembro de la familia que desconfiaba y despreciaba el mundo de las carreras, según del humor que estuviera. Podía ser acuarela azul claro y fría; o rubia cobriza y echar humo. Por descontado que adoraba los caballos y le gustaban las carreras, pero aborrecía el mundillo que lo rodeaba; los abandonos prematuros por accidentes o bajo rendimiento, la cría excesiva. Aquel vientre ceñido por una cincha implacable. Era como una bella prostituta a la que había visto desprovista de maquillaje.

Los hermanos de Carey la llamaban Catalina la Grande, pues era tremendamente seria y severa; nunca estaba para tonterías. Los días de carrera, cuando les decía que volvieran sanos y salvos, ellos sabían muy bien a qué se refería:

Nada de irle llorando si te caías.

La vida de los jockeys era dura.

La del caballo lo era aún más, muchísimo más.

Pasemos a Ted.

Trotón Ted.

Carey conocía la historia.

En los inicios de su carrera, tal vez fuese el aprendiz más prometedor del país, como un Pike, o un Breasley o un «Demon Darb» Munro. Con su metro setenta, era alto para ser jockey y bajo para ser hombre, pero tenía el físico perfecto para montar y un metabolismo envidiable; parecía incapaz de ganar peso. La única pega era su rostro: daba la impresión de que lo hubiesen montado a la carrera, como si el fabricante hubiese tenido prisa. Aunque eso dependía de a quién le preguntases. Una chica llamada Catherine Jamison pensaba que tampoco estaba tan mal. Adoraba su cara abigarrada y sus ojos verde bueno, y el hecho de que podía llevarlo en brazos. Hasta que un día sobrevino la tragedia.

Él tenía veintitrés años.

De la noche a la mañana, sufrió un repentino cambio metabólico.

Así como antes podía comerse un paquete entero de chocolatinas el mismo día de la carrera, a partir de ese momento solo pudo chupar el envoltorio.

Por entonces ya llevaban un tiempo en la ciudad, a la que se habían mudado para probar fortuna. Catherine trabajaba de enfermera en el Prince of Wales, cerca de Randwick.

Y de pronto, una semana, después de muchos años de estabilidad, Ted empezó a notar algo distinto. Ese día, unas horas antes de la primera luz del alba, realizó el viaje ritual al baño, donde le esperaba la báscula, y esta no mintió, ni el espejo tampoco. Estaba expandido y relleno a la vez, y ya no parecía que su rostro llegase tarde a todas partes. Pero ¿qué tenía eso de bueno? ¿Quería ser apuesto o montar el corredor de la milla perfecto en la Doncaster? El mundo dejó de tener sentido.

Lo peor fueron las manos.

Ni siquiera se planteó desayunar cuando se dirigió a la pequeña cocina del apartamento. Se sentó frente a la mesa mirando aquellas manos, lo más carnoso que había visto en su vida.

Trabajó y ayunó durante cinco largos años.

Se prescribía baños de vapor.

Se recetaba hojas de lechuga.

Para leer el periódico, se metía en el coche cuando más calentaba el sol, con las ventanillas subidas y enfundado en un chándal que se compró al efecto, el más grueso que encontró. Cortaba el césped con chaqueta y vaqueros, que llevaba encima de un traje de neopreno. Se sentía constreñido, estaba irritable. Corría con las piernas envueltas en bolsas de basura, ocultas bajo unos pantalones de lana de invierno. Aquellos eran los privilegios del mundo de las carreras; un millar de sueños reprimidos sobre barritas y pasteles de chocolate, y de pensamientos impuros con el queso.

Tampoco faltó el menú habitual de lesiones: lo derribaron y se rompió las dos muñecas; lo cocearon en la cara en las caballerizas; lo pisotearon dos veces durante el entrenamiento. En una ocasión, en la tercera carrera de la Warwick Farm, a uno de los caballos que iba delante se le soltó una herradura que le atizó con fuerza. Podría haber sido muchísimo peor.

En el ocaso de su carrera profesional, se sentía como un soldado o un antiguo auriga, cada carrera equivalía a entrar en batalla. Después del suplicio al que su estómago lo había condenado, los dolores de muelas, de cabeza y los mareos, el insulto definitivo llegó con un caso virulento de pie de atleta, contraído en las profundidades del vestuario de jockeys…

—Y eso es lo que al final pudo conmigo —bromeaba a veces con Carey, que por entonces tenía siete años, en el coche, de camino al entrenamiento.

Sin embargo, el caso es que Ted Novac mentía porque lo que al final pudo con él no fue el pie de atleta, ni el padecimiento por el hambre que pasaba, ni la deshidratación ni el resto de las privaciones. Fue, cómo no, un caballo:

Un castaño colosal, El Español.

El Español era un caballo sensacional, con un gran corazón, como Kingston Town o Phar Lap. Además, estaba entero, lo que significaba que podía tener descendencia.

Lo preparaba Ennis McAndrew, el destacado entrenador palo de escoba.

Cuando el caballo llegó a sus cuadras, McAndrew realizó una llamada.

—¿Cuánto pesas en estos momentos?

Había marcado el número de Ted Novac.

El Español corrió en casi todas las carreras importantes de una milla o más.

Podía ser velocista, fondista, hacía lo que le pidieras.

Quedar segundo o tercero era un fracaso.

Cuarto, una desgracia.

Y en la silla siempre iba Ted Novac; su nombre aparecía en los periódicos junto a una sonrisa desprevenida. ¿O era una mueca porque no podía rascarse? No. Jamás sintió ningún picor cuando iba a lomos de El Español. Dejaba que el caballo fuese a su ritmo la mitad de la carrera, luego lo atizaba poco a poco durante los últimos trancos y finalmente lo llevaba a la meta.

Hacia el final de la trayectoria del caballo en el mundo de la competición, Ted también se planteó dejarlo.

Solo se les había resistido una carrera, y no, no era La Carrera que Paraliza el País. Ni a McAndrew ni a Ted ni a los propietarios les importaba esa; la que codiciaban era la Cox Plate. Para los verdaderos expertos, no tenía parangón.

Para Ted era una burla de mal gusto.

Sobrepasaba el peso máximo.

Incluso en el peso por edad, cuyas desviaciones se conocían con bastante antelación, Ted se pasaba por mucho. Había hecho lo que siempre hacía. Había cortado un centenar de céspedes. En casa, se derrumbó en la ducha. La decisión se tomó una semana antes; una mano de escoba en su hombro. Y, por supuesto, El Español ganó.

A pesar de los años transcurridos, aún le resultaba duro cuando se lo contaba a Carey. Otro jockey —el bigotudo y siempre amable Max McKeon— lanzó el caballo por el exterior del pelotón en la recta de Moonee Valley, que desaparecía a ojos vistas, y El Español ganó por un cuerpo.

En cuanto a Ted Novac, siguió la carrera desde el coche, aparcado en la entrada de casa.

Por entonces ya se habían trasladado al barrio del hipódromo —al número 11 de Archer Street, unos años antes de Penny y Michael—, y había sonreído y llorado, llorado y sonreído.

Le picaba, pero no se rascó.

Era un hombre de pies ardientes.

Tras su retiro, continuó con los entrenamientos durante un tiempo y se convirtió en uno de los jinetes del alba más populares de la ciudad. Sin embargo, no tardaron en volver a su antiguo hogar. A Catherine le gustaba el campo, y la peor decisión que tomaron —aunque la más prudente— fue conservar la vieja casa de Archer Street. El mundo de las carreras les dio al menos para eso.

Con el transcurso de los años, llegaron los hijos. Ted alcanzó su peso natural, o unos kilos de más si se pasaba con el dulce. A aquellas alturas creía que se lo había ganado.

Trabajó de todo, desde comercial de calzado hasta dependiente de videoclub o mozo de granja de ganado, y alguno de aquellos oficios se le daba bien. Sin embargo, el que más le gustaba era el de las mañanas, cuando entrenaba en la pista del lugar. La llamaban Gallery Road.

Fue entonces cuando le pusieron su mote: Trotón Ted.

Hubo dos incidentes que lo definieron.

El primero ocurrió cuando el preparador, McAndrew, llevó a dos jockeys prometedores a ver el entrenamiento. Era martes. El cielo estaba rubio y radiante.

—¿Veis eso?

El preparador apenas había cambiado.

Solo había encanecido.

Señaló al jinete que pasaba por su lado como una bala.

—¿Veis los tobillos? ¿Y las manos? Va en el caballo como si ni siquiera lo montara.

Los dos críos venían con su arrogancia de serie.

—Está gordo —comentó uno, y el otro se echó a reír.

McAndrew les arreó sendos sopapos. En el mentón y las mejillas.

—A ver, que vuelve —les advirtió. Hablaba como todos los preparadores: mirando al frente—. Y para que conste, ese tipo ha montado más ganadores de los que vosotros dos, par de zoquetes, montaréis jamás en toda vuestra vida. Nunca conseguiréis tantas victorias como las que él consigue en los entrenamientos.

Justo en ese momento, Ted llegó a pie.

—¡McAndrew!

Y McAndrew sonrió, bastante abiertamente.

—Eh, Ted.

—¿Qué le parece?

—Ha sido verte y pensar: ¿qué narices hace aquí Pavarotti montando a caballo?

Se abrazaron de manera afectuosa, propinándose unos buenos palmetazos en la espalda.

Pensaron en El Español.

El segundo incidente ocurrió unos años después, cuando los chicos Novac tenían doce y trece años, y Carey, la niña, todavía ocho. Sería la última sesión de entrenamiento de Trotón Ted.

Fue en primavera, durante las vacaciones escolares. Había llovido y la hierba estaba verde y enhiesta (siempre me sorprende lo alta que dejan crecer la hierba para los purasangres). El caballo corcoveó y derribó a Ted. Todo el mundo presenció la caída. Los preparadores mantuvieron alejados a los chicos, pero Carey se las apañó para llegar hasta su lado. Los esquivó, se abrió paso entre sus piernas, y lo primero que advirtió fue el sudor y la sangre mezclada con la piel; luego la clavícula, rota y doblada.

Cuando Ted la vio allí, forzó una sonrisa.

—Hola, enana.

Ese hueso, tan blanco hueso.

Tan crudo y puro, como la luz del sol.

Estaba tendido de espaldas, y hombres con monos de trabajo, con botas, con cigarrillos, convinieron que no debían moverlo. Formaron un tupido corro a su alrededor y mostraron respeto. Al principio, Ted se preguntó si no se habría partido el cuello, porque no sentía las piernas.

—Carey —la llamó.

El sudor.

Un sol naciente y tambaleante.

Tapizó la recta.

Aun así, Carey, arrodillada a su lado, muy cerca, pegada a él, no pudo apartar la vista. Estaba absorta en la sangre y la tierra, que confluían como el tráfico en sus labios. Le cubrían los vaqueros y la camisa de franela, se atoraban en la cremallera del chaleco. Algo salvaje trataba de abrirse paso desde su interior.

—Carey —repitió Ted, aunque esta vez añadió algo más—: ¿Puedes rascarme los dedos de los pies?

Sí, claro.

El delirio.

Ted pensó que se encontraba en los felices días del pie de atleta, y esperaba poder distraerla.

—No te preocupes por la clavícula, ¡ese maldito picor está matándome!

Sin embargo, aunque lo intentó, no consiguió sostener la sonrisa.

Carey se acercó a las botas para quitárselas y lo oyó gritar de dolor.

El sol se desplomó y lo engulló.

En el hospital, pocos días después, un médico entró a visitarlo durante su ronda.

Les estrechó la mano a los chicos.

Le alborotó el pelo a Carey:

Una maraña de color caoba.

La luz era de un blanco clavícula.

Después de comprobar la evolución de Ted, el médico miró a los niños con afabilidad.

—¿Y vosotros tres qué queréis ser de mayores? —preguntó, aunque los chicos no tuvieron ocasión de meter baza, porque fue Carey quien lo miró, fue Carey quien sonrió, mientras entrecerraba los ojos para protegerse del resplandor de la ventana.

Señaló, con total naturalidad, a su maltrecho y molido padre y dio el primer paso:

Hacia aquí y hacia Clay, hacia Archer Street.

—Voy a ser como él —dijo.

las figuras del río

La corriente me arrastró hasta allí —entre los árboles— al día siguiente de Cootamundra.

Esperé inmóvil, solo entre los eucaliptos, con los pies entre las cortezas.

El largo cintarazo de luz frente a mí.

Oí aquella nota única y por el momento no pude moverme. Sonaba música en la radio, lo que significaba que Clay no lo sabía.

Los miré mientras estaban en el lecho del río.

No sé cuánto tiempo. El puente, aun a medias, era más bello de lo que imaginaba.

Los arcos iban a ser magníficos.

La curvatura de la piedra.

Igual que en el Pont du Gard, no iban a utilizar mortero; todo se basaba en la forma y la precisión. Resplandecía como una iglesia en medio del campo.

También lo supe por la manera en que se apoyaba en él y lo recorría con la mano.

Por cómo le hablaba y lo miraba; por cómo lo modelaba y se erguía a su lado:

Ese puente estaba hecho de él.

Pero ya no podía esperar más, tuve que obligarme.

Mi ranchera, detrás de mí.

Despacio, salí de entre los árboles y me acerqué a pie. Salí a la tarde, y las figuras del río se detuvieron. Siempre recordaré sus brazos, cansados pero curtidos de vida.

Levantaron la vista.

—¿Matthew?

Nada podría haberme preparado para el momento en que bajé hasta ellos. Me sentía como una carcasa vacía en lugar de lo que debía ser, porque no me esperaba aquello —tanto optimismo y tanta vida en la inclinación de su cabeza— ni un puente tan asombroso…

Y fui yo, no él, el primero que cayó de rodillas en la tierra del lecho del río.

—Es Carey —dije—. Ha muerto.

aquiles a las cuatro de la madrugada

¿Y si no hubieran conservado la casa?

La casa del número 11 de Archer Street.

Ojalá no hubieran vuelto.

¿Por qué no la vendieron y siguieron con su vida en lugar de actuar con prudencia y alquilarla?

Pero no... Tengo que dejar de pensar esas cosas.

Una vez más, lo único que puedo hacer es contarlo.

Ella llegó con casi dieciséis años a una calle llena de chicos y animales, entre los que en ese momento había un mulo.

En el principio, fue la noche del día de marzo que Clay había corrido y ganado los estatales.

En E. S. Marks.

Yo le había envuelto los pies cuidadosamente con esparadrapo.

El corredor que más se le acercó fue un chico de campo que era de Bega.

Me costó convencer a Clay de que se quedara.

No le importaba el podio, ni la medalla; él solo quería a Aquiles.

Había batido el récord estatal por algo más de un segundo, lo cual, según dijeron, era una locura para ese nivel de competición. Los jueces le habían estrechado la mano. Clay solo pensaba en Epsom Road.

Después de salir del aparcamiento e incorporarnos al tráfico de la tarde, eché un breve vistazo al retrovisor y vi que me miraba con atención. Siendo justos, parecía querer dar a entender algo. La medalla de oro colgaba alrededor del cuello de la dichosa Rosy, que jadeaba en el regazo de Tommy. Eché un vistazo atrás y lo dije sin abrir la boca:

Tienes suerte de no querer ponértela porque la usaría para estrangularte.

Ya en casa, hicimos bajar a Rory y a Henry.

También a la perra.

Cuando Tommy se apeó, Clay le puso una mano en el brazo.

—Tommy, tú te vienes con nosotros.

Cuando llegamos, ya de noche, nos esperaba en la valla y empezó a clamar al cielo. Recordé el anuncio de los clasificados.

—«No cocea» —dije—. «Ni rebuzna.»

Pero Clay me ignoró por completo y Tommy se había enamorado. El quinto de la cuadrilla inofensiva.

Esa vez, después de que ya lleváramos allí un rato, la caravana se movió y se meneó un poco, y de ella salió un hombre de manera atropellada. Lucía unos pantalones viejos y gastados y una sonrisa de camaradería. Se acercó lo más deprisa que pudo, como si empujase un camión con cojera, cuesta arriba.

—¿Sois los cabrones que habéis estado dando de comer a este otro cabrón infeliz? —preguntó, aunque con la sonrisa de un niño.

¿Era el mozo de cuadra que Penelope conoció aquella vez, al otro lado de la valla del número 18 de Archer Street? Nunca lo sabremos.

Para entonces, empezaba a oscurecer.

El hombre se llamaba Malcolm Sweeney.

Tenía el físico de un buñuelo con ropa.

Había sido jockey, luego mozo de cuadra y posteriormente paleador de boñigas titulado. Tenía una nariz alcohólica. A pesar de su aspecto juvenil, podías zambullirte en el dolor de su expresión. Se trasladaba al norte, con su hermana.

—¿Podría entrar el chaval a darle una palmadita? —pregunté, y Malcolm Sweeney accedió gustoso.

Me recordaba a un personaje de un libro que leí una vez y que se titulaba *El triste y tierno tipo tronado, tierno y truculento*, todo bondad pero también tristeza.

—¿Habéis visto *La Gaceta*? —preguntó—. ¿Y el anuncio?

Clay y yo asentimos. Tommy ya había pasado por encima de la valla y le daba palmaditas en la cabeza al animal.

Malcolm volvió a hablar.

—Se llama…

—No queremos saber el nombre —le informó Clay, aunque solo miraba a Tommy.

Sonreí a Malcolm Sweeney tratando de infundirle ánimos y luego hice un gesto en dirección a Clay.

—Le dará doscientos dólares para poder cambiárselo. —Estuve a punto de fruncir el ceño—. Pero no se corte y cóbrele trescientos.

El hombre soltó algo que recordaba a una risa.

—Doscientos, no se hable más —dijo.

Clay y Tommy estaban en la valla.

—¿Aquiles? —le dijo el uno al otro.

—Aquiles.

Por fin, pensaron, por fin.

Sin embargo, con Aquiles tuvimos que aprender a ser previsores, y hubo momentos de gran belleza y de estupidez, de sentido común y de puro disparate; es difícil saber por dónde empezar.

Consulté el reglamento y, efectivamente, existía una especie de ordenanza municipal —redactada en 1946— según la cual estaba permitido tener animales de granja siempre y cuando se llevara a cabo un mantenimiento adecuado de las instalaciones. «Bajo ningún concepto, dichos animales —proclamaba— atentarán contra la salud, la seguridad o el bienestar de los residentes de la propiedad, así como tampoco de aquellos adyacentes a esta», lo cual, leyendo entre líneas, significaba que podías hacer lo que quisieras siempre y cuando nadie se quejara. Lo que nos llevaba a la señora Chilman, la única verdadera vecina que teníamos.

Cuando fui a hablar con ella, la mujer me invitó a entrar, pero nos quedamos en el porche. Me preguntó si podía abrirle un tarro de mermelada, y cuando le mencioné lo del mulo, al principio crujió por dentro; las arrugas se hundieron más en sus mejillas. Luego prorrumpió en sonoras carcajadas que arrancaron de lo más hondo de sus pulmones.

—Vosotros, los Dunbar, sois de lo que no hay.

También soltó «maravilloso» tres o cuatro veces y hubo cierta emoción en su comentario final.

—Antes la vida siempre era así.

Y luego estaban Henry y Rory.

Henry lo sabía desde el principio, pero a Rory se lo ocultamos; su reacción iba a ser impagable (y posiblemente el motivo por el que accedí). Ya estaba de constante mal humor porque Héctor dormía en su cama, y en ocasiones hasta Rosy, o como mínimo descansaba el morro encima:

—Oye, Tommy —lo llamaba desde la otra punta de la habitación—. Quítame al puñetero gato de encima. —Y—: Tommy, dile a Rosy que deje de respirarme encima, joder.

Tommy hacía lo que podía.

—Es un perro, Rory, tiene que respirar.

—¡Pues que lo haga lejos de mí!

Etcétera.

Esperamos el resto de la semana para poder llevar el mulo a casa en sábado. De esa manera estaríamos todos para asegurarnos de que nada saliera mal (cosa bastante probable).

El jueves nos llevamos sus enseres. Malcolm Sweeney ya no disponía de un remolque para caballos, así que tendríamos que volver a casa dando un paseo. Lo mejor, convinimos, era hacerlo el sábado de buena mañana (a la hora de los entrenamientos de los caballos), a las cuatro de la madrugada.

La noche del jueves, sin embargo, estuvo muy bien; cuatro de nosotros y Sweeney. Rory seguramente se encontraba bebiendo en algún lugar. El cielo y las nubes eran rosa, y Malcolm los contemplaba con cariño.

Tommy cepillaba las crines mientras Henry echaba un vistazo a los utensilios. Se acercó con estribos y bridas y los levantó en alto en señal de aprobación.

—Con esta basura aún podremos hacer algo —dijo—, pero eso de ahí no sirve para nada.

Señaló al mulo con un breve gesto de la cabeza y una sonrisa.

Y así fue como nos lo llevamos a casa.

Una tranquila mañana de finales de marzo, cuatro chicos Dunbar paseábamos por el barrio del hipódromo flanqueando a un mulo con nombre griego.

Alguna que otra vez se detuvo junto a un buzón.

Avanzó con paso desgarbado y defecó en la hierba.

—¿Alguien lleva una bolsita para las cacas? —preguntó Henry.

Todos reímos junto a la acera.

Lo que siempre me llega al alma es el recuerdo de Malcolm Swee-ney llorando en silencio junto a la valla mientras nosotros nos alejá-bamos lentamente con el mulo. Se secó las abizcochadas mejillas y se pasó una mano por el pelo escarchado. Estaba bañado de emoción y del color del caqui; un anciano orondo y triste, y hermoso.

Y luego aquel eco:

El repiqueteo de los cascos por las calles.

Todo lo que nos rodeaba era urbano —la calzada, las farolas, el tráfico; los gritos que pasaban volando por nuestro lado de quienes aún seguían de fiesta— y en medio de todo ello el ritmo de las pezu-ñas del mulo mientras lo conducíamos por pasos de cebra y cruzába-mos la desierta Kingsway. Salvamos un largo puente peatonal y los tramos de oscuridad y farolas:

Henry y yo a un lado.

Tommy y Clay al otro.

Podías poner el reloj en hora con el compás de los cascos, y tu vida con la mano de Tommy mientras llevaba al mulo a casa con ca-riño, hacia los meses y la chica que estaban por llegar.

dos cofres del tesoro

Bueno, pues esto es lo que ocurrió:

Habían infringido las reglas no escritas.

El tacto de las piernas desnudas de Carey.

Clay recordaba la extensión de su cuerpo estirado, y la montaña de plástico a un lado; y cómo se movió y lo mordió con suavidad. Y el modo en que lo había atraído hacia ella.

—Ven aquí, Clay.

Lo recordaba.

—Con los dientes. No tengas miedo. No me harás daño.

Recordaba que se fueron a las tres de la mañana y que, ya en casa, permaneció despierto y poco después se dirigió a la estación central.

De vuelta al puente y a Silver.

Carey, por supuesto, fue a entrenar, al lugar en que el viejo veterano, Guerra de las Rosas, regresó de la pista interior al alba, aunque sin su jinete.

Carey se había caído en la primera recta.

El sol era frío y pálido.

El cielo de la ciudad estaba sereno.

La chica quedó tendida con la cabeza vuelta a un lado y todo el mundo acudió corriendo.

En el Amohnu, en Silver, cuando se lo dije, Clay echó a correr como un loco. Ascendió el cauce del río con zancadas tambaleantes.

Dios, la luz de aquel lugar se alargaba hasta el infinito, y lo divisé con claridad hasta que alcanzó la hilera de árboles y desapareció entre las piedras.

Mi padre me miró sin poder reaccionar, muy triste pero también con afecto.

Cuando hizo el gesto de seguirlo, lo toqué.

Lo toqué y lo retuve por el brazo.

—No, confiemos en él —dije.

El Asesino se convirtió en el Asesinado.

—¿Y si...?

—No.

Yo no sabía todo lo que necesitaba saber, pero respetaba las decisiones de Clay, y en ese momento él había escogido sufrir.

Acordamos que esperaríamos una hora.

En los árboles del curso alto del río, Clay cayó de rodillas sobre el empinado lecho; sus pulmones eran dos cofres del tesoro que contenían muerte.

Se echó a llorar, sin consuelo.

Finalmente comprendió que eso que oía era su voz.

Los árboles, las rocas, los insectos:

Todo se ralentizó hasta detenerse.

Pensó en McAndrew, en Catherine y en Trotón Ted. Supo que tendría que decírselo. Confesaría que todo era culpa suya, porque las chicas no desaparecían así sin más, no cometían errores si alguien no las empujaba a ello. Las Carey Novac no se morían, era los chicos como él quienes las hacían morir.

Pensó en las quince pecas.

Las formas y el destello del vidrio de mar.

Una decimosexta en el cuello.

Hablaba con él, lo conocía. Lo cogía del brazo. Y a veces lo llamaba idiota…, y recordó la suave esencia de su sudor, y el cosquilleo que le producía su pelo en el cuello; aún conservaba su sabor en la boca. Sabía que si la buscaba, cerca de la cadera, encontraría la huella de sus dientes, visible; permanecía como el recordatorio oculto de alguien, y algo, a los que había sobrevivido.

Carey, la de ojos claros, estaba muerta.

Cuando empezó a refrescar y sintió frío, rezó por que llegara la lluvia y se desatara la furia:

El ahogamiento del escarpado Amohnu.

Pero la aridez y su silencio lo abrazaron, y él se arrodilló como si fuera un desecho más, como un chico arrastrado hasta la orilla, río arriba.

las discusiones

Había que reconocérselo a la joven Carey Novac.

Tenía verdadera determinación.

A pesar de que sus padres se habían resignado al hecho de que sus hijos varones fuesen jockeys, a ella le negaron la misma pretensión. Cuando intentaba hablar del tema, ellos se limitaban a responder con un «No». De manera categórica.

Aun así, con once años empezó a escribirle cartas a un preparador de caballos en particular, de la ciudad, al menos dos o tres veces al mes. Al principio solo solicitaba información acerca de la mejor manera de llegar a ser jockey, a pesar de que ya lo sabía. ¿Cómo podía empezar a entrenarse? ¿Cuál era el mejor tipo de preparación? Firmaba las cartas como «Kelly del Campo» y esperaba la respuesta armada de paciencia. Utilizaba la casa de una amiga de Carradale (un pueblo vecino) como dirección de remite.

El teléfono no tardó en sonar en Harvey Street, en Calamia.

Más o menos a mitad de la conversación, Ted se paró un momento y dijo simple y llanamente:

—¿Qué? —Un momento después, prosiguió—: Sí, es el pueblo de al lado. —A continuación—: ¿En serio? ¿Kelly del Campo? Debe de estar de broma. Oh, desde luego que es ella, joder, estoy seguro…

¡Mierda!, pensó la niña en la sala de estar, desde donde escuchaba.

Se encontraba ya a medio camino de la entrada, en plena huida, cuando la voz atajó hasta ella.

—Eh, Kelly, no tan deprisa.

Aunque sabía que su padre sonreía.

Eso significaba que no estaba todo perdido.

Entretanto, las semanas se convirtieron en meses y años.

Era una niña que sabía lo que quería.

Era optimista y perseverante.

Trabajaba sin descanso en Gallery Road —una talentosa paleadora de boñigas de brazos esqueléticos—, pero también daba el pego en la silla.

—Nunca había visto un crío con tanto talento —confesó Ted.

Catherine no parecía excesivamente impresionada.

Ni tampoco Ennis McAndrew.

Sí, Ennis.

El señor McAndrew.

Ennis McAndrew tenía reglas.

La primera, hacía esperar a los aprendices. El primer año no montaban, nunca, eso siempre y cuando primero te hubiese escogido. Como es lógico, le interesaban las dotes para la monta, pero también se leía los expedientes académicos y, sobre todo, los comentarios. Si aparecía escrito «se distrae con facilidad», aunque fuese una sola vez, ya podías despedirte. Incluso tras aceptar tu solicitud, te hacía presentarte en los establos a primera hora de la mañana tres de los seis días de la semana. Podías darle a la pala y llevar el caballo del cabestro. Podías mirar. Pero nunca, en ningún caso, podías hablar. Tenías que anotar las preguntas que te surgieran o recordarlas y formularlas los domingos. Los sábados podías asistir a los encuentros. De nuevo, nada de cháchara. Él sabía que estabas allí si le apetecía saber que estabas allí. Con absoluta naturalidad, te recomendaba que te quedases con tu familia o que fueses con tus amigos, porque a partir del segundo año en adelante apenas los verías.

También podías aprovechar para dormir un poco más en días alternos de la semana, lo que se traducía en que debías presentarte en el Club de Boxeo Tri-Colors a las cinco y media de la mañana para hacer trabajo de carretera con los demás boxeadores. Si te saltabas una sesión, el viejo acababa enterándose; vaya si se enteraba.

Y a pesar de todo...

Nunca lo habían asediado de aquella manera.

Con catorce años, Carey retomó el envío de cartas, aunque en esa ocasión como Carey Novac. «Kelly del Campo» había desaparecido. Se disculpó por su error de juicio y esperaba que aquello no hubiese enturbiado la idea que tenía de ella. Era muy consciente de todo —de sus normas durante el aprendizaje— y estaba dispuesta a hacer todo lo que le dijeran; limpiaría los establos sin parar si hacía falta.

Finalmente recibió una respuesta.

Las idénticas e inevitables expresiones del apretado puño y letra de Ennis McAndrew:

«Permiso materno».

«Permiso paterno.»

Ese era el mayor problema de Carey.

Sus padres compartían su misma determinación.

La respuesta seguía siendo un rotundo no.

Nunca sería jockey.

A Carey le parecía que se estaba cometiendo un atropello.

Claro, qué bien, no existía absolutamente ningún problema con que los herejes de sus hermanos fuesen jockeys —y unos bastante vagos y mediocres, por cierto—, pero ella no. Una vez incluso descolgó de la pared de la sala de estar una foto enmarcada de El Español y se lanzó de lleno a la defensa de su postura:

—McAndrew incluso tiene un descendiente de este caballo.

—¿Qué?

—¿Es que no lees los periódicos?

Y luego:

—¿Cómo puedes haber vivido algo así y negármelo a mí? ¡Míralo! —Tenía las pecas encendidas. El pelo hecho una maraña—. ¿Ya no recuerdas qué se sentía? ¿Al tomar la curva? ¿O enfilar la recta?

En lugar de volver a colgarlo en la pared, lo estampó contra la mesita de café y el cristal se rajó por el impacto.

—Te va a tocar pagarlo —dijo él. Y tuvo suerte de que el marco fuese de los baratos.

Aunque no tanta (o tan poca, según se mire) como con lo que su padre dijo a continuación.

Mientras se arrodillaban y recogían los cristales, él le habló de manera distraída a las tablas del suelo:

—Claro que leo los periódicos, el caballo se llama Matador.

Catherine acabó propinándole un bofetón.

Es curioso la fuerza que tiene una bofetada:

Sus ojos acuarela brillaban un poco más que de costumbre, insubordinados, rugiendo de rabia. Tenía el pelo erizado, unos pocos mechones, y Ted estaba solo en el umbral de la puerta.

—No tendrías que haberlo hecho.

El hombre hablaba con Carey señalándola con el dedo.

Pero había algo más.

Catherine solo te abofeteaba cuando habías ganado.

Esto es lo que había hecho Carey:

Aquello ya pasó de castaño oscuro.

Vacaciones escolares.

Había salido por la mañana y se suponía que iba a quedarse a dormir en casa de Kelly Entwistle; en cambio, cogió un tren con destino a la ciudad. Hacia media tarde, llevaba cerca de una hora junto a los Establos McAndrew y aquella pequeña oficina a la que le hacía falta una buena mano de pintura. Consciente de que no podía entretenerse más, entró y se plantó frente al escritorio. La mujer de McAndrew estaba sentada al otro lado. Se encontraba en medio de cálculos matemáticos y mascaba una bola de chicle.

—Disculpe —dijo Carey visiblemente atacada, en voz baja—. Estoy buscando al señor Ennis.

La mujer del chicle y la permanente la miró con curiosidad.

—Supongo que te refieres a McAndrew.

—Ah, sí, perdone. —Medio sonrió—. Estoy un poco nerviosa.

En ese momento, la mujer se dio cuenta; alargó la mano y se bajó las gafas. En un solo movimiento había pasado de ir a la deriva a atar todos los cabos.

—No serás la hija del bueno de Trotón Ted, ¿verdad?

¡Mierda!

—Sí, señora.

—¿Tus padres saben que estás aquí?

Carey llevaba el pelo recogido en una apretada trenza de alambre que le caía por detrás de la cabeza.

—No, señora —contestó casi con remordimiento, casi con arrepentimiento.

—Por Dios bendito, niña, ¿has venido hasta aquí tú sola?

—Sí, he cogido el tren. Y el autobús. —Estuvo a punto de empezar a balbucear—. Bueno, primero me he equivocado de autobús. —Lo controló—. Señora McAndrew, vengo a buscar trabajo.

Y así, sin más, se la ganó.

La mujer se encajó el boli entre los rizos.

—¿Cuántos años has dicho que tenías?

—Catorce.

La mujer se echó a reír y soltó un bufido.

A veces Carey los oía hablar por la noche, en los confines de la cocina.

Ted y Catherine.

Catalina la Grande y Beligerante.

—Mira —dijo Ted—. Si va a hacerlo, Ennis es el mejor. Cuidará de ella. Ni siquiera les deja vivir en los establos, cada uno debe de tener su casa.

—Menudo tipo.

—Eh, cuidado…

—Vale. —Aunque no pensaba ablandarse—. Ya sabes que no tengo nada contra él, es ese mundillo.

Carey estaba al otro lado de la puerta entornada.

Pijama de pantalones cortos y tirantes.

Pies calientes y sudorosos.

Con los dedos en el rayo de luz.

—Ya estamos con el maldito mundillo de las narices —rezongó Ted. Se levantó y se dirigió al fregadero—. Ese mundo me lo ha dado todo.

—Ya. —Una verdadera maldición—. Úlceras, una salud de pena. ¿Cuántos huesos rotos?

—No olvides el pie de atleta.

Intentaba distender el ambiente.

No funcionó.

Ella prosiguió, igual que las maldiciones, que abatieron a la niña del pasillo.

—Estamos hablando de nuestra hija y quiero que viva de verdad, no que pase por el mismo infierno por el que pasaste tú o por el que pasarán los niños…

En ocasiones, esas palabras retumban en mi interior, y arden, como los cascos de los purasangres:

Quiero que viva.

Quiero que viva.

Carey se lo contó a Clay, se lo contó una noche en Los Aledaños.

Y Catalina la Grande tenía razón.

Tenía razón en absolutamente todo.

la combinación de la bicicleta

Lo encontramos río arriba, donde empiezan los eucaliptos rojos.

¿Qué podíamos decir?

Michael, sobre todo, permaneció a su lado; posó una mano sobre él, hasta que regresamos en silencio.

Me quedé esa noche, ¿cómo no iba a hacerlo?

Clay me hizo dormir en su cama mientras él se sentaba en el suelo, con la espalda apoyada en la pared. Seis veces me desperté y las seis lo encontré bastante derecho.

A la séptima, había caído.

Estaba de lado, dormido en el suelo.

A la mañana siguiente, se llevó solo el contenido de los bolsillos:

El tacto de una pinza pálida.

Durante el viaje de vuelta a casa, permaneció sentado a mi lado con la espalda muy recta. No dejó de mirar el retrovisor, casi como si esperase verla.

—Para —dijo en cierto momento.

Clay creía que iba a vomitar, pero solo tenía frío, mucho frío, y pensó que ella nos alcanzaría, pero se sentó en el borde de la carretera, solo.

—¿Clay?

Lo llamé cerca de una decena de veces.

Volvimos al coche y continuamos el viaje.

Los periódicos hablaban de una de las mejores jóvenes promesas en décadas. Hablaban del viejo McAndrew que, en las fotos, era un palo de escoba partido. Hablaban de una familia de jockeys y de que la madre había intentado detenerla e impedirle que entrase en aquel mundillo. Sus hermanos se desplazarían desde el campo para llegar a tiempo al funeral.

Decían que rondaba el noventa por ciento:

El noventa por ciento de los jockeys se lesionan cada año.

Hablaban de que se trataba de un oficio duro, mal pagado en general, uno de los trabajos más peligrosos del mundo.

Pero ¿y todo lo que no dijeron los periódicos?

No hablaron de cómo era sol cuando se conocieron, tan cercano y tan enorme, junto a ella. Ni de cómo resplandecía en sus antebrazos. No mencionaban el ruido que hacían sus pasos cuando iba a Los Aledaños ni cómo avanzaba entre susurros. No mencionaban *El cantero* ni que lo leía ni que siempre se lo devolvía. Ni lo mucho que le gustaba aquella nariz rota. De todas maneras, ¿para qué servían los periódicos?

Y por si eso fuese poco, tampoco mencionaban si se le había practicado una autopsia, o si la noche anterior pesaba sobre ella; estaban seguros de que se había tratado de una muerte instantánea. Una vida segada sin más, en un suspiro.

McAndrew se jubilaba.

Todos aseguraban que no había sido culpa suya, y tenían razón;

aquel mundo era así, esas cosas ocurrían, y la preocupación por sus jockeys siempre había sido ejemplar.

Lo dijeron todos, pero él necesitaba un descanso.

Más o menos en la misma línea que Catherine Novac, muy al principio, los protectores de los caballos admitieron que se trataba de una trágica noticia, pero también lo era la muerte de los équidos, sobreexplotados en la cría y en las carreras. Ese mundo los mataba a todos, dijeron.

Sin embargo, Clay sabía que él era la razón.

Al llegar a casa, permanecimos un buen rato en el coche.

Nos convertimos en nuestro padre cuando murió Penny.

Sentados. Mirando al frente.

Aunque hubiese habido Tic Tacs y pastillas para la garganta, estoy seguro de que no habríamos cogido.

Clay no paraba de darle vueltas, una y otra vez:

No ha sido el mundo de las carreras, he sido yo, he sido yo.

Y los chicos, hay que reconocerles el mérito, acudieron.

Acudieron y se quedaron en el coche con nosotros, y al principio lo único que dijeron fue: «Eh, Clay». Tommy, el más joven e inexperto, intentó hablar de los buenos momentos, como el día que la conocimos —en aguas que están aún por llegar— y que atravesó la casa como si nada.

—¿Te acuerdas, Clay?

Clay no dijo nada.

—¿Te acuerdas de cuando conoció a Aquiles?

Esta vez no corrió, solo deambuló por el laberinto de los arrabales, por las calles y los campos del barrio del hipódromo.

No comía ni dormía, y era incapaz de deshacerse de la sensación de estar viéndola. Era una chica presente en el borde de todas las cosas.

En cuanto a los demás, éramos muy conscientes de la dureza del golpe, pero no sabíamos ni la mitad… ¿Cómo íbamos a comprenderlo? No sabíamos que se veían en Los Aledaños. No sabíamos nada de la noche anterior, ni del mechero, ni de «Kingston Town» ni de «Matador» ni de «Carey Novac en la octava». Ni de la cama que al final no habíamos quemado.

Cuando nuestro padre llamaba, cosa que hizo varias noches seguidas, Clay me decía que no con la cabeza. Yo le aseguraba que lo cuidábamos bien.

¿Y el funeral?

Solo podía ser una de esas cosas inundadas de luz, aunque se celebrase a cubierto.

En la iglesia no cabía ni un alfiler.

Apareció gente de todas partes, desde personalidades del mundo de las carreras hasta locutores de radio. Todo el mundo quería conocerla. Muy pocos la conocían de verdad.

Nadie nos vio siquiera.

No oyeron las incontables confesiones de Clay.

Estábamos enterrados en el fondo.

Durante mucho tiempo fue incapaz de hacerle frente.

No volvería al puente, decía.

Se limitó a fingir que todo estaba bien:

Iba a trabajar conmigo.

Cuando llamaba nuestro padre, hablaba con él.

Era el perfecto embaucador adolescente.

Por la noche, observábamos la casa del otro lado de la calle, en diagonal, y las sombras que se movían en su interior. Clay se preguntaba dónde estaría el mechero. ¿Lo habría dejado debajo de la cama? ¿Seguiría en la vieja caja de madera, con la carta doblada dentro?

No volvió a sentarse en el tejado, ya no; la contemplábamos desde el porche delantero, aunque no sentados, sino de pie, apoyados en la barandilla e inclinados hacia delante.

Una tarde se acercó a Hennessey; las gradas eran espectadores indiferentes.

Una pequeña multitud se congregaba junto a los establos.

Durante veinte minutos estuvo observando a aquellos mozos y aprendices de jockey que, agachados, formaban un corro en la valla. No cayó en la cuenta hasta que se dispersaron: estaban intentando desatar la bici de Carey.

A pesar de sus recriminaciones internas y del vacío desolado de su estómago, se descubrió agachándose despacio frente a ella y tocando el candado de cuatro dígitos. Supo el número al instante. Supuso que había recurrido a algo que no tenía nada que ver con él, que había vuelto al principio de todo y al caballo y a la Cox Plate:

De treinta y cinco carreras, El Español había ganado veintisiete.

Era 3527.

El candado se abrió con suma facilidad.

Volvió a encajarlo y desordenó los números.

Sentía las gradas mucho más próximas, ambas abiertas en la oscuridad.

el artista rupturista

En muchos sentidos parece ridículo, incluso trivial, regresar al número 18 de Archer Street antes de la llegada de Carey. Algo he aprendido, sin embargo, y es que si la vida continúa después de una pérdida, también lo hace en los mundos que la precedieron.

Fue una época en la que todo estaba cambiando.

Una especie de preparación.

Su antes del principio de Carey.

Empieza, como debe ser, con Aquiles.

Para ser sincero, tal vez no me emocionase mucho gastar esos doscientos dólares de dudoso origen que nos gastamos, pero hubo una parte de la que siempre me alegraré y es la de ver a Rory en la ventana de la cocina la mañana que llevamos a Aquiles a casa.

Como cualquier otro sábado, Rory apareció sobre las once tambaleándose por el pasillo y de pronto pensó que seguía borracho y estaba soñando.

¿Eso es…?

(Sacudió la cabeza.)

¿Qué cojones?

(Se estrujó los ojos.)

Hasta que finalmente gritó a su espalda:

—Eh, Tommy, ¿qué está pasando aquí?

—¿Qué?

—¿Cómo que qué? ¿Te estás quedando conmigo? ¡Hay un burro en el patio!

—No es un burro, es un mulo.

—¿Qué más da? —La pregunta se pegaba a su aliento cervecero.

—Un burro es un burro, un mulo es un cruce entre…

—¡Como si es un cruce entre un caballo de carreras y un puto poni de las Shetland!

Detrás de ellos, los demás nos desternillábamos, hasta que Henry finalmente resolvió la cuestión.

—Rory, te presento a Aquiles —dijo.

Al cabo del día ya nos había perdonado…, o al menos lo suficiente para quedarse en casa. O al menos para quedarse en casa y quejarse.

Al caer la tarde estábamos todos en el patio, la señora Chilman incluida, y Tommy no paraba de decirle al mulo «Eh, chico, eh, chico» con la voz más adorable que puedas imaginar, y de darle palmaditas en el cogote. El animal lo observaba la mar de tranquilo mientras Rory le ponía la cabeza como un bombo a Henry.

—Hay que joderse, solo le falta sacarlo a cenar.

Ya de noche, Tommy durmió medio asfixiado debajo de Héctor y con los ligeros ronquidos de Rosy a un lado. Desde la cama de la izquierda llegó un reniego angustiado pero contenido.

—Estos animales van a acabar conmigo, joder.

En cuanto a correr, pensé que Clay reduciría el ritmo, o lo relajaría, puesto que los estatales habían acabado y ya teníamos el mulo. No podría haber estado más equivocado. Al contrario, aún puso mayor empeño, lo que en cierto modo me preocupaba.

—¿Por qué no te tomas un respiro? —le pregunté—. Acabas de ganar los estatales, por el amor de Dios.

Volvió la vista hacia el final de Archer Street.

A pesar de las veces que habíamos salido a correr, nunca me percaté.

Esa mañana no fue una excepción:

Le ardía en el bolsillo.

—Eh, Matthew, ¿vienes?

Los problemas empezaron en abril.

El mulo era un enigma.

O, mejor dicho, terco como él solo.

Quería a Tommy, de eso estoy seguro, pero resultó que adoraba a Clay, que era el único al que le permitía mirarle las patas. Nadie más conseguía que las doblara. Nadie, salvo Clay, era capaz de tranquilizarlo.

Algunas noches en particular, Aquiles se ponía a rebuznar como un poseso a altas horas, ya casi de madrugada. Aún oigo aquellos «hiaaa, hiaaa» tristes pero terroríficos —un llanto a mitad de camino entre una bisagra y un mulo— y, en medio de los berreos, las demás voces. La de Henry gritando «¡Mierda, Tommy!», y la mía, «¡Haz que se calle ese mulo!». También la de Rory, «¡Quítame al puto gato de encima!», mientras Clay dormía como un bendito.

—¡Clay! ¡Despierta!

Tommy lo zarandeó frenético, lo empujó y tiró de él hasta que Clay finalmente se levantó y se dirigió a la cocina. Vio a Aquiles por la ventana; el mulo estaba debajo del tendedero, bramando como una puerta oxidada. Estaba plantado, con la cabeza vuelta hacia arriba, apuntando el hocico hacia el cielo.

Clay se lo quedó mirando un momento, ensimismado, sin poder moverse; pero Tommy ya había esperado suficiente. Mientras los demás asomábamos la cabeza y el mulo continuaba berreando y cogiendo aire con cada rebuzno, fue Clay quien se encargó del azúcar. Le quitó la tapa al tarro, sacó la cucharilla encajada y salió al patio trasero con Tommy.

—Ven, ahueca las manos —dijo con voz firme junto al sofá del porche.

Salvo el mulo y la luna, todo estaba a oscuras. Tommy extendió las palmas.

—Vale, estoy listo —aseguró, y Clay volcó el tarro entero, un puñado de azúcar, de arena, una escena que yo ya había visto antes, igual que Aquiles.

El mulo se interrumpió un momento, los miró y se acercó con su caminar tranquilo. Terco y a todas luces encantado.

Eh, Aquiles.

Hola, Clay.

Menudo concierto has montando.

Lo sé.

Tommy alargó las manos cuando lo tuvo delante; Aquiles bajó la cabeza y se las lamió, pasó la aspiradora hasta por el último rincón.

La última vez había ocurrido en mayo y Tommy había tirado la toalla definitivamente. Había cuidado de todos los animales, de todos por igual, y para Aquiles habíamos comprado más grano, más paja y habíamos dejado todo el barrio del hipódromo sin zanahorias. Cuando Rory preguntaba quién se había comido la última manzana, sabía que el culpable era el mulo.

En esta ocasión, un viento nocturno del sur recorría las calles y los contornos de las afueras y traía consigo el traqueteo de los trenes. De hecho, estoy seguro de que eso fue lo que azuzó a Aquiles. No había manera de hacerlo callar. Aquiles incluso se sacudió a Tommy de encima cuando este acudió corriendo para intentar tranquilizarlo. El mulo rebuznaba con la cabeza inclinada en un ángulo de cuarenta y cinco grados y, por encima de ellos, el tendedero no paraba de girar.

—¿El azucarero? —le preguntó Tommy a Clay.

Pero esa noche le dijo que no.

Aún no.

No, esa noche Clay bajó el escalón del porche con una pinza pegada al muslo y lo primero que hizo fue quedarse a su lado. Luego se estiró, muy poco a poco, y detuvo el tendedero giratorio. Alargó la otra mano, incluso más despacio, y la posó en la cara del mulo, en ese seco y crujiente matorral.

—No pasa nada, ya está —le dijo, pero Clay sabía mejor que nadie que ciertas cosas no tenían fin.

Cuando Tommy, desoyendo las indicaciones de Clay, salió con el azucarero y Aquiles lo dejó limpio —los ollares rodeados de cristalitos—, el mulo continuó mirando a Clay.

¿Acaso distinguía el contorno del bolsillo?

Tal vez, probablemente no.

Lo que sí sé, sin embargo, es que el mulo distaba mucho de ser idiota; Aquiles siempre lo supo.

Sabía que aquel era el chico Dunbar.

El que necesitaba.

En aquella época corrimos mucho hasta el cementerio, colina arriba, y por dentro, en invierno.

Las mañanas eran cada vez más oscuras.

El sol se encaramaba a nuestras espaldas.

Una vez llegamos a Epsom y comprobamos que Sweeney era un hombre de palabra:

La caravana ya no estaba, pero la casucha continuaba apagándose.

Sonreímos y Clay dijo: «Cavallos».

Luego llegó junio y, en serio, creo que Aquiles era más inteligente que Rory, porque volvieron a expulsarlo de manera temporal. Se acercaba cada vez más a la definitiva; sus pretensiones estaban obteniendo respuesta.

Volví a entrevistarme con Claudia Kirkby.

Esta vez llevaba el pelo más corto, aunque de manera casi imperceptible, y un par de bonitos pendientes con forma de flechas livianas. Eran de plata, y colgaban ligeramente. Había trabajos desperdigados por toda la mesa y los pósters continuaban intactos.

El problema, esta vez, era que había llegado una profesora nueva —otra mujer joven— y Rory le había aplicado un castigo ejemplar.

—Bueno, por lo visto Rory estaba afanando uvas del almuerzo de Joe Leonello y lanzándolas a la pizarra —me comentó la señorita Kirkby—. La mujer se detuvo y se dio la vuelta, confusa. La uva se le coló por el escote de la blusa.

Ya tenía su don para la poesía.

Me levanté, cerré los ojos.

—Mire, si le soy sincera, creo que la profesora tal vez ha exagerado un poco —prosiguió—, pero no podemos seguir así.

—Tenía todo el derecho a enfadarse —admití, pero mi discurso no tardó en hacer agua. Estaba perdido en el crema de su blusa y en las olas y las ondas que formaba—. Es decir, ya es mala suerte. —¿Una blusa podía contener mareas?—. Mira que volverse justo en ese momento…

Me di cuenta en cuanto se me escapó. ¡Qué error!

—¿Está diciendo que ella tuvo la culpa?

—¡No! Yo…

¡Menudo corte me acababa de dar!

Se puso a recoger los trabajos. Sonrió de manera afectuosa, tranquilizadora.

—Matthew, no pasa nada. Sé que no lo ha dicho con esa intención…

Me senté en una mesa llena de grafitis.

La típica sutileza adolescente:

Un pupitre lleno de puñeteros penes.

¿Cómo no se me iba a contagiar?

En ese momento dejó de hablar y asumió un riesgo mudo y atrevido…, y eso fue lo primero que me enamoró.

Puso su mano en mi brazo.

Era cálida y delicada.

—A decir verdad, aquí ocurren cosas mucho peores a diario —prosiguió—, pero lo de Rory… es diferente. —Estaba de nuestra parte y quería demostrármelo—. Ya sé que no es excusa, pero lo está pasando mal… y es un chico. —Y con eso me mató, sin más, en un instante—. ¿Tengo razón o tengo razón?

Solo le habría faltado guiñarme un ojo, aunque no lo hizo, cosa que agradecí. Había repetido algo palabra por palabra y a continuación se había alejado. Ella también tomó asiento, en un pupitre.

Tenía que darle algo a cambio.

—¿Sabe? —pregunté, y me costó tragar saliva. Las aguas continuaban en su blusa—. La última persona que me dijo eso fue nuestro padre.

En cuanto a nuestras salidas por la mañana, algo estaba por llegar.

Algo triste, principalmente para mí.

Durante el invierno todo continuó más o menos como siempre; corríamos en Bernborough, corríamos por las calles y luego yo me tomaba mi café en la cocina y Clay subía al tejado.

Cuando lo cronometraba, nos topábamos con un curioso problema.

El dilema más temido del corredor:

Cada vez se esforzaba más, pero no ganaba velocidad.

Lo achacamos a una falta de adrenalina; de pronto carecía de motivación. ¿Qué otra cosa podía hacer además de ganar los estatales? Quedaban meses para el inicio de la temporada atlética, ¿cómo no iba a sentirse apático?

Sin embargo, Clay no parecía convencido del todo.

Yo iba hablándole, al lado, para animarlo.

—Venga, venga. Vamos, Clay. ¿Qué haría Liddell, o Budd?

Debería haber sabido que estaba siendo demasiado blando con él.

Tras esa última vez que expulsaron a Rory de manera temporal, me lo llevé conmigo y lo arreglé con el jefe. Después de tres días de moqueta y tablas de madera, una cosa quedó muy clara: no era alérgico al trabajo. Parecía entristecerle que se acabara la jornada. Poco después dejó el instituto de manera definitiva. Casi tuve que suplicárselo a la directora.

Estábamos en el despacho de la señora Holland.

Rory se había colado en la sala de profesores de ciencias y había robado la sandwichera.

—¡Es que ahí dentro se ponen como cerdos! —se justificó—. ¡Joder, estaba haciéndoles un favor!

Rory y yo estábamos sentados a un lado del escritorio.

Claudia Kirkby y la señora Holland, al otro.

La señorita Kirkby llevaba un traje oscuro y una blusa azul claro. La señora Holland, no lo recuerdo. Lo que sí recuerdo es su pelo plateado, peinado hacia atrás, sus suaves patas de gallo y el broche, en el bolsillo izquierdo. Era una flor de franela, el emblema del instituto.

—¿Y bien? —dije.

—¿Y bien, mmm, qué? —preguntó ella.

(No era la respuesta que esperaba.)

—¿Esta vez lo van a expulsar de manera definitiva?

—Bueno, a ver, mmm, no estoy segura de si esa es…

—Afrontémoslo —la interrumpí—, el imbécil se lo merece.

—¡Eh, que estoy aquí! —exclamó Rory, casi con alegría.

—Mírenlo —proseguí. Lo miraron—. La camisa por fuera, esa sonrisita… ¿Tiene pinta de que esto le importe ni remotamente? ¿Les parece compungido…?

—¿Ni remotamente? —Esta vez fue Rory quien intervino—. ¿Compungido? Mierda, Matthew, pásanos el diccionario si no te importa.

Holland lo sabía. Sabía que yo no era tonto.

—Para ser sincera, mmm, el año pasado nos habría gustado tenerte, mmm, con los de duodécimo, Matthew. Nunca se te vio muy interesado en quedarte, pero te habría gustado, ¿verdad?

—Eh, creía que hablábamos de mí.

—Cállate, Rory.

Esa fue Claudia Kirkby.

—¿Ves? Eso está mejor —contestó Rory—. Firme.

Miraba con firmeza a cierto lugar. Claudia se cerró la chaqueta del traje un poco más.

—Para —le advertí.

—¿El qué?

—Ya lo sabes. —Devolví mi atención a la señora Holland. Era por la tarde y había salido antes del trabajo para cambiarme y afeitarme, pero eso no significaba que no estuviera cansado—. ¡Si no lo expulsan de una vez por todas, saltaré por encima del escritorio, le arrancaré esa insignia de directora, me la pondré y echaré yo mismo al imbécil este!

Rory se emocionó tanto que casi se puso a aplaudir.

Claudia Kirkby asintió con aire sombrío.

La directora se tocó la insignia.

—Bueno, mmm, no estoy tan segura…

—¡Hágalo! —gritó Rory.

Y para sorpresa de todos, lo hizo.

Realizó el papeleo de manera metódica y nos propuso otros centros cercanos, pero le aseguré que no los necesitábamos, que se pondría a trabajar. Nos estrechamos la mano y eso fue todo. Las dejamos en el despacho.

A medio camino del aparcamiento, volví corriendo. ¿Fue por nosotros o por Claudia Kirkby? Entré en el despacho después de llamar a la puerta y allí seguían las dos, hablando.

—Señorita Kirkby, señora Holland, les pido disculpas —dije—. Siento mucho las molestias y… gracias. —Era una locura, pero empecé a sudar. Fue su expresión compasiva, creo, y el traje, y los pendientes dorados. Los pequeños aros que rodeaban un destello—. Y también… Disculpen que les pregunte esto ahora, pero siempre ando liado con Rory y nunca me intereso por cómo les va a Henry y a Clay.

La señora Holland le pasó el testigo a la señorita Kirkby.

—Les va bien, Matthew. —Se había levantado—. Son buenos chicos.

Sonrió y no me guiñó un ojo.

—Lo crean o no, el de ahí fuera también lo es —repuse, volviendo la cabeza hacia la puerta.

—Lo sé.

Lo sé.

Dijo «Lo sé» y su respuesta me acompañó mucho tiempo, pero empezó a hacerlo en la pared de fuera. Apoyado contra ella con tanta fuerza que casi me rasqué los omóplatos, por un momento albergué la esperanza de que ella saliera, pero solo apareció la voz de Rory:

—Eh, ¿vienes o qué?

Ya en el coche, preguntó:

—¿Puedo conducir?

—Y una mierda —contesté.

Al final de la semana había encontrado trabajo.

El invierno dio paso a la primavera.

Los tiempos de Clay eran cada vez peores y por fin ocurrió, un domingo por la mañana:

Desde que Rory trabajaba de chapista, se había convertido en un profesional de empinar el codo. Empezó a salir y a cortar con chicas. Hubo un desfile de nombres y observaciones: uno de los que recuerdo es Pam, y Pam era rubia y le apestaba el aliento.

—Mierda, ¿le has dicho eso? —preguntó Henry.

—Sí, me ha soltado un tortazo —contestó Rory—. Luego me ha dejado y me ha pedido un caramelo de menta. No necesariamente en ese orden.

Todas las mañanas volvía a casa tambaleándose. El domingo en cuestión fue a mediados de octubre. Clay y yo nos dirigíamos a Bernborough cuando Rory entró dando tumbos.

—Joder, pero ¿tú te has visto?

—Ya, lo que tú digas, Matthew. ¿Adónde vais, cabrones?

Típico de Rory:

A pesar de los vaqueros y la chaqueta empapada de cerveza, no tuvo ningún problema en acompañarnos. Igual de típico que Bernborough.

El amanecer se encarnizaba con la grada.

Hicimos juntos los primeros cuatrocientos.

—Eric Liddell —le dije a Clay.

Rory sonrió.

Fue más una sonrisita burlona.

En la segunda vuelta entró en la selva.

Tenía que echar una meada.

En la cuarta, se puso a dormir.

Sin embargo, antes de los últimos cuatrocientos, Rory parecía más o menos sobrio. Miró a Clay, luego a mí. Sacudió la cabeza con desaprobación.

—¿Y a ti qué te pasa? —pregunté en el rojo encendido de la pista.

Otra vez esa sonrisita satisfecha.

—No lo haces bien —contestó, y miró a Clay de soslayo, aunque el ataque iba dirigido a mí—. Matthew, es broma, ¿no? —prosiguió—. No me digas que no sabes por qué no funciona. —Parecía a punto de ir a zarandearme para que espabilara—. Vamos, Matthew, piensa. Toda esa mierda romántica. Ha ganado los estatales, joder, ¿y qué? Le importa una mierda.

¿Cómo era posible que sucediera aquello?

¿Cómo podía tener Rory esa claridad de pensamiento y alterar la historia de los Dunbar?

—¡Míralo! —exclamó.

Lo miré.

—No le va esta… esta… amabilidad. —Se volvió hacia Clay—. ¿Te sirve de algo, chaval?

Y Clay negó con la cabeza.

Y Rory no aflojó.

Me golpeó con una mano a la altura del corazón.

—Necesita sentirlo aquí. —De pronto lo envolvió una gran gravedad, un gran padecimiento, que se presentó con la fuerza de un piano. Las palabras más contenidas fueron las peores—. Necesita sufrir de tal manera que esté a punto de matarlo —prosiguió—. Porque así es como vivimos.

Me devané los sesos tratando de rebatirlo.

No se me ocurrió nada.

—Si tú no puedes, ya lo haré yo. —Respiraba con dificultad, como si le costara, hacia dentro—. No hay que correr con él, Matthew. —Y miró al chico agachado junto a mí, al fuego que ardía en sus ojos—. Hay que intentar detenerlo.

Clay me lo dijo esa noche.

Yo estaba viendo *Alien* en la sala de estar.

(¡Una desazón que le iba al pelo!)

Dijo que me lo agradecía y que lo lamentaba, y yo le contesté a la tele. Con una sonrisa para mantener el tipo.

—Al menos ahora podré descansar. Las piernas y la espalda me están matando.

Depositó una mirada en mi hombro.

Le había mentido; ambos fingimos que nos lo habíamos creído.

En cuanto al entrenamiento, era una genialidad:

Había tres chicos en la marca de los cien.

Dos en los doscientos.

Luego Rory, en la recta final.

Tampoco fue difícil encontrar chicos dispuestos a vapulearlo. Volvía a casa lleno de moratones o con un costado de la cara rasguñado. Se ensañaban con él hasta que sonreía, lo cual señalaba el final de la sesión.

Una noche estábamos en la cocina.

Clay lavaba los platos y yo los secaba.

—Eh, Matthew —dijo con suma serenidad—. Mañana correré en Bernborough. No me parará nadie. Voy a intentar hacer la marca de los estatales.

En cuanto a mí, no lo miré, aunque tampoco podía mirar hacia otro lado.

—Me preguntaba —prosiguió—, si no te importa. —Y la expresión de su rostro lo dijo todo—. Pensaba que igual podrías vendarme los pies.

A la mañana siguiente, fui a verlo a Bernborough.

Me senté entre las llamas de la grada.

Le había envuelto los pies en esparadrapo lo mejor que había podido.

Me debatía entre la tristeza de saber que era la última vez que se los vendaba y la alegría de habérselos podido vendar aunque solo fuese una vez más. Además, aquello también me permitía seguir la carrera de una manera distinta; lo veía correr solo por verlo correr. Como Liddell y Budd juntos.

En cuanto al tiempo, batió su mejor marca por más de un segundo, en una pista enferma y agonizante. Cuando cruzó la línea de meta, Rory sonreía, con las manos en los bolsillos. Henry gritó los tiempos. Tommy se acercó corriendo con Rosy. Todos lo abrazaron y lo llevaron a hombros.

—¡Eh, Matthew! —gritó Henry—. ¡Nuevo récord estatal!

El pelo de Rory estaba revuelto y oxidado.

Sus ojos, del mejor metal en años.

En cuanto a mí, bajé de la grada y les estreché la mano, primero a Clay y luego a Rory.

—¿Tú te has visto? —dije, y lo decía en serio, con toda la intención—. La mejor carrera que he presenciado en toda mi vida.

Después de eso, Clay se había quedado agachado en la pista, justo antes de la meta, tan cerca que olía la pintura. Al cabo de doce meses largos, volvería a entrenar en el mismo lugar junto a Henry y los chicos y la tiza y las apuestas.

Con el paso del alba a la mañana, por un momento se hizo un silencio sobrecogedor.

Clay, todavía en la pista de caucho, la palpó:

La pinza, intacta, dentro.

No tardaría en levantarse, no tardaría en caminar hacia el cielo de ojos claros frente a él.

dos puertas

Aparte de la combinación de la bici, todavía le quedaban dos puertas que franquear, y la primera era la de Ennis McAndrew, fuera del barrio del hipódromo.

La casa era una de las más grandes.

Vieja y bonita, con tejado acanalado.

Un porche gigantesco de madera.

Clay dio varias vueltas a la manzana.

Las camelias abundaban en los jardines del lugar, y también vio algún que otro magnolio inmenso. Multitud de buzones antiguos. A Rory le habría encantado.

No contó las veces que rodeó la manzana —igual que hizo Penny antaño, y Michael— hasta detenerse delante de una puerta en concreto en medio de la noche.

Era una puerta roja y rotunda.

Aún se veían los brochazos en algunas partes.

Aquellas otras puertas condujeron a momentos memorables.

Clay sabía que no ocurriría lo mismo con esa.

En cuanto a la segunda puerta:

En diagonal, al otro lado de Archer Street.

Ted y Catherine Novac.

La miraba desde el porche. Los días fueron configurando semanas mientras Clay me acompañaba al trabajo. No había vuelto a Bernborough, ni al cementerio, ni al tejado. Menos aún a Los Aledaños. Arrastraba la culpa tras él.

En cierto momento claudiqué y le pregunté si volvería al puente, pero Clay se limitó a encogerse de hombros.

Lo sé, le había dado una paliza, por irse.

Pero era evidente que debía terminarlo.

Nadie podía vivir así.

Finalmente lo hizo, ascendió los peldaños de McAndrew.

Una mujer mayor le abrió la puerta.

Iba teñida y permanentada, y en lo que a mí respecta, no estoy de acuerdo con él, pues esa puerta también condujo a un momento memorable, contenido en la decisión de presentarse allí.

—¿En qué puedo ayudarte?

Y Clay, peor que nunca, mejor que nunca, dijo:

—Lamento importunarla, señora McAndrew, pero, si no es mucha molestia, ¿existiría la posibilidad de poder hablar con su marido? Me llamo Clay Dunbar.

El viejo de la casa conocía su nombre.

En casa de los Novac también lo conocían, pero como el chico al que habían visto en el tejado.

—Pasa —dijeron, y ambos se mostraron exasperantemente amables con él, tanto que le resultó doloroso.

Hicieron té, y Ted le estrechó la mano y le preguntó cómo estaba. Catherine Novac sonreía, una sonrisa que le impedía morir, o llorar, o tal vez ambas cosas; Clay no supo cuál de las dos.

En cualquier caso, cuando se lo contó, procuró no mirar hacia el lugar que ella ocupó aquel día, cuando escucharon la carrera del sur, cuando el gran alazán fue derrotado. Su té quedó frío e intacto.

Les contó lo que significaba el sábado por la noche.

El colchón, la cubierta de plástico.

Les contó lo de «Matador en la quinta».

Les dijo que la quería desde el primer momento en que ella se dirigió a él, y que él tenía la culpa, que toda la culpa era suya. Clay se quebró, pero no se rompió, porque no merecía sus lágrimas ni su compasión.

—La noche antes de que se cayera, quedamos en ese lugar, nos desnudamos y...

Se detuvo porque Catherine Novac —con un ademán rubio cobrizo— se puso de pie y se acercó a él. Hizo que se levantara de la silla, con suavidad, y lo abrazó con fuerza, con mucha fuerza, y le acarició el pelo corto y lacio, y fue tan extremadamente tierna con él que resultó doloroso.

—Has venido a contárnoslo, has venido —dijo.

Ted y Catherine Novac no tenían nada que recriminar, al menos a ese pobre chico.

Ellos la habían llevado a la ciudad.

Ellos conocían los riesgos.

Luego estuvo McAndrew.

Fotografías enmarcadas de caballos.

Fotografías enmarcadas de jockeys.

La luz del interior era naranja.

—Sé quién eres —dijo. El hombre parecía más menudo, como una ramita partida en una butaca. En el próximo capítulo volverás a verlo allí, y verás lo que Ennis McAndrew dijo una vez—. Eres la madera muerta que le dije que debía podar. —Tenía el pelo blanco amarillento. Llevaba gafas. Una pluma en el bolsillo. Le brillaban los ojos, aunque no con alegría—. Supongo que has venido a echarme la culpa, ¿no?

Clay estaba sentado en el sillón de delante.

Se forzaba a mirarlo de frente.

—No, señor, he venido a decirle que tenía razón.

Aquello cogió a McAndrew por sorpresa.

—¿Qué? —preguntó, observándolo con atención.

—Señor, yo…

—Llámame Ennis, por el amor de Dios, y habla más alto.

—De acuerdo, bien…

—He dicho que hables más alto.

Clay tragó saliva.

—No fue culpa suya, sino mía. —No le contó lo que le había contado a los Novac, pero procuró que McAndrew lo entendiera—. Ella nunca acabó de deshacerse de mí del todo, ¿sabe?, y por eso pasó lo que pasó. Debía de estar demasiado cansada o desconcentrada…

McAndrew asintió despacio.

—Se distrajo, subida a la silla.

—Sí, creo que sí.

—Estuviste con ella la noche anterior.

—Sí —contestó Clay, y se marchó.

Se marchó, pero estaba al pie de los escalones cuando tanto Ennis como su mujer salieron y el viejo lo llamó.

—¡Eh! ¡Clay Dunbar!

Clay se volvió.

—No tienes ni idea de todo lo que he visto hacer a los jockeys a lo largo de mi vida. —De pronto sonaba comprensivo—. Y por cosas que valían mucho menos que tú. —Incluso bajó los escalones y se reunió con él en la puerta de la valla—. Escúchame, hijo —dijo, y en ese momento Clay reparó por primera vez en el diente de plata que se escoraba a la derecha al fondo de la boca de McAndrew—. Soy incapaz de imaginar lo que te habrá costado venir hasta aquí para contármelo.

—Gracias, señor.

—¿Por qué no vuelves a entrar?

—Será mejor que me vaya a casa.

—Muy bien, pero si hay algo, lo que sea, que pueda hacer por ti, dímelo.

—¿Señor McAndrew?

El anciano se detuvo con el periódico bajo el brazo y alzó la cabeza de manera apenas perceptible.

Clay estuvo a punto de preguntarle si Carey era muy buena, o si podría haber llegado a serlo, pero sabía que ninguno de los dos lo habría soportado, así que optó por algo distinto.

—¿Por qué no sigue entrenando? —le preguntó—. No es justo que lo deje, no fue cul…

Y Ennis McAndrew se detuvo en seco, se recolocó el periódico y desanduvo sus pasos.

—Clay Dunbar —masculló, aunque ojalá se hubiese explayado un poco más.

Tendría que haber dicho algo de Phar Lap.

(En aguas que están muy próximas, pero aún por llegar.)

En casa de Ted y Catherine Novac, solo le quedaba buscarlos:

El mechero, la caja y la carta de Clay.

Ellos no lo sabían porque todavía no habían tocado su cama. Estaba en el suelo, debajo.

«Matador en la quinta.»

«Carey Novac en la octava.»

«Kingston Town no tiene nada que hacer.»

Ted pasó una mano sobre las palabras.

En cuanto a Clay, sin embargo, lo que más lo desconcertó, y en última instancia le ofreció algo que llevarse consigo, fue el segundo de los dos objetos nuevos que contenía la caja. El primero era la foto del chico sobre el puente, la que su padre le había mandado, pero el segundo no se lo había dado él. Era algo que Carey había robado, y él nunca sabría exactamente cuándo.

Era clara, pero verde y alargada.

Carey había estado aquí, en el número 18 de Archer Street.

Había robado una puñetera pinza.

seis hanley

Ted y Catherine Novac no tuvieron que pensarlo mucho. Si Carey no se ponía en manos de McAndrew, acabaría en las de cualquier otro, por lo que más valía que se tratase del mejor.

Cuando se lo dijeron, hubo cocina y tazas de café.

El estruendoso tictac del reloj detrás de ellos.

La chica miraba la mesa y sonreía.

Tenía prácticamente dieciséis años, a principios de diciembre, cuando apareció en el césped de una casa de la ciudad, en el barrio del hipódromo, con el enchufe de la tostadora a sus pies. Se detuvo, aguzó la vista y dijo algo.

—Mira, allí arriba…

En la siguiente ocasión, por supuesto, era de noche cuando cruzó la calle.

—¿Y? ¿Es que no quieres saber cómo me llamo yo?

La tercera fue un martes, al alba.

La instrucción no empezaba hasta principios del año siguiente, pero ella ya corría con los chicos del Tri-Colors semanas antes de que McAndrew se lo indicase.

«Jockeys y boxeadores —se le había oído decir más de una vez al viejo preparador— prácticamente son lo mismo.»

Ambos estaban obsesionados con el peso. Ambos tenían que luchar para sobrevivir, y el peligro, y la muerte, siempre estaban a un paso.

Ese martes, a mediados de diciembre, Carey corría junto a esos boxeadores con un lago de sudor en el cuello. Llevaba el pelo suelto —casi siempre lo llevaba suelto— y se esforzaba para no quedarse atrás. Bajaron por Poseidon Road acompañados de los aromas habituales a pan recién horneado y metalisterías. Clay fue el primero en verla en la esquina de Nightmarch Avenue. En aquella época, entrenaba solo. Carey llevaba pantalones cortos y una camiseta sin mangas. Cuando levantó la cabeza, vio que la había visto.

La camiseta era azul descolorido.

Los pantalones, unos vaqueros cortados.

Se volvió un momento y se lo quedó mirando.

—¡Eh, tío! —lo saludó uno de los boxeadores.

—Eh, tíos —aunque en voz baja, a Carey.

La siguiente vez él estaba en el tejado, hacía calor y casi había anochecido, y bajó a su encuentro. Estaba sola en el camino de entrada.

—Eh, Carey.

—Hola, Clay Dunbar.

El aire se estremeció un instante.

—¿Sabes cómo me apellido?

De nuevo se fijó en sus dientes; vidrio de mar y no del todo rectos.

—Ya lo creo, los chicos Dunbar sois bastante conocidos, ¿sabes? —Estuvo a punto de echarse a reír—. ¿Es cierto que habéis acogido a un mulo?

—¿Acogido?

—¿Es que estás sordo?

¡Menudo corte le acababa de dar!

Aunque no muy grave, y divertido, y le apetecía responder.

—No.

—¿No habéis acogido a un mulo?

—No, que no estoy sordo —contestó—, y hace un tiempo que lo tenemos. También tenemos una border collie, un gato, un palomo y un pez de colores.

—¿Un palomo?

Se la devolvió.

—¿Es que estás sorda? Se llama Telémaco. Nuestros animales tienen los peores nombres que puedas imaginar, menos Rosy quizá, o Aquiles. Aquiles es bonito.

—¿Así se llama el mulo?

Clay asintió; la chica estaba más cerca.

Ella se dio la vuelta, hacia los barrios de las afueras.

Sin pensarlo, ambos echaron a andar.

Cuando llegaron a la desembocadura de Archer Street, Clay miró las piernas que asomaban bajo los vaqueros; después de todo era un chico, y se fijó. También vio cómo iban estrechándose sus tobillos, y las playeras gastadas. Cuando ella caminaba, era consciente de la camiseta de tirantes que llevaba y de otras prendas que había entrevisto debajo.

—La verdad es que no está nada mal acabar viviendo en Archer Street —comentó Carey en la esquina, iluminada por el resplandor de la farola—. Archer, el primer caballo que ganó La Carrera que Paraliza el País.

Clay intentó impresionarla.

—Dos veces. La primera y la segunda.

Funcionó, aunque solo hasta cierto punto.

—¿También sabes quién lo entrenaba?

En esa estaba vendido.

—De Mestre —contestó ella—. Ganó cinco y no lo sabe nadie.

Pasearon por el barrio del hipódromo, por calles que llevaban los nombres de purasangres. Poseidon, el caballo, era un campeón, y en su avenida había tiendas con nombres que adoraban, como la cafetería Caballo de Mar, la zapatería La Herradura, y un claro y hasta ese momento invicto ganador: la peluquería Poni Percherón.

Hacia el final, cerca de Entreaty Avenue, la calle que conducía al cementerio, había un pequeño desvío a la derecha, un callejón llamado Bobby's Lane, donde Carey se detuvo.

—Es perfecto —dijo, apoyándose en la valla y en su cortina de estacas—. Lo han llamado Bobby's Lane.

Clay se apoyó unos metros más allá.

La chica miró hacia al cielo.

—Phar Lap —musitó Carey, y aunque Clay creyó que estaría llorosa, vio que tenía ojos verdes y bondadosos—. Y mira, es un callejón, ni siquiera es una calle. Era su nombre de establo. ¿Cómo no va a gustarte?

Durante un momento hubo algo cercano al silencio, solo el aire de la decadencia urbana. Clay sabía, por supuesto, lo que sabíamos la mayoría sobre el emblemático caballo de nuestro país. Conocía la racha ganadora de Phar Lap, y que la directiva casi lo perjudicó al asignarle demasiado peso. Conocía su historia de Estados Unidos, que fue allí, que ganó una carrera y que murió de la noche a la mañana. (En realidad fue al cabo de unas dos semanas.) Le encantaba, como a la mayoría de nosotros, lo que decía la gente cuando hablaba de coraje o de atreverse con todo:

«Tienes un corazón tan grande como Phar Lap».

Lo que no sabía era lo que Carey le contó esa noche, mientras estaban allí apoyados, en aquel callejón anodino.

—¿Sabes?, cuando Phar Lap murió, el primer ministro era Joseph Lyons. Ese mismo día el Tribunal Supremo había fallado a su favor, ahora ya no importa sobre qué, y cuando bajó los escalones del juzgado y alguien le preguntó acerca de la resolución, contestó: «¿De qué me sirve que el Tribunal Supremo falle a mi favor si ya no está Phar Lap?». —Levantó la vista hacia Clay. Luego hacia el cielo—. Esa historia me encanta.

—¿Crees que se lo cargaron, como dice la gente? —no pudo resistirse a preguntar Clay.

—¡Qué va! —se le escapó a Carey con tono burlón. Contenta pero sumamente triste; y categórica—. Era un gran caballo —prosiguió— y con una historia perfecta. No lo querríamos tanto si hubiera vivido.

Después de eso, se apartaron de la valla y dieron un largo paseo por el barrio del hipódromo, desde Tulloch a Carbine y Bernborough —«¡Incluso le han puesto el nombre de un caballo a la pista de atletismo!»—, y Carey los conocía todos. Era capaz de recitar sus palmareses, podía decirte cuántos palmos medían de alto, o lo que pesaban o si les gustaba ir en cabeza o preferían esperar. En Peter Pan Square le contó que, en su época, Peter Pan era tan querido como Phar Lap y que era de crines rubias y un verdadero rufián. En la desierta plaza de adoquines, colocó una mano sobre el belfo de la estatua del animal y miró al jockey, Darby Munro. Le contó que, en una ocasión, aquel caballo había perdido una carrera al morder al pobre Rogilla, uno de sus grandes adversarios, mientras peleaban en la recta final.

Su carrera preferida, sin lugar a dudas, era la Cox Plate (la que adoraban los puristas) y le habló de los grandes que la habían ganado: Bonecrusher, Saintly y el colosal Might and Power. El incomparable Kingston Town: tres años consecutivos.

Luego, por fin le contó la historia de Ted y el caballo, El Español, y que su padre había sonreído y llorado, llorado y sonreído. Estaban en el túnel de Lonhro.

A veces imagino a Clay demorándose un momento mientras ella lo cruza. Veo las luces naranja, oigo los trenes pasar. Incluso hay una parte de mí que hace que la mire y que vea su cuerpo como una pincelada; su pelo, un trazo caoba.

Pero entonces paro, me quedo pensativo, y él la alcanza con facilidad.

Después de eso, como puedes suponer, se hicieron inseparables.

La primera vez que Carey subió al tejado también fue la primera vez que fueron a Los Aledaños, así como el día que nos conoció a los demás y tocó al gran Aquiles.

El año acababa de empezar y ella ya tenía una rutina de trabajo.

Ennis McAndrew utilizaba su propio método, por lo que algunos preparadores lo consideraban anormal. Otros decían cosas mucho peores, lo acusaban de ser humano. De verdad que hay que querer a la gente de ese mundillo, mucho. Como decían algunos: «Los de las carreras estamos hechos de otra pasta».

A diario, Carey se presentaba en Hennessey a las cuatro de la mañana o en el Tri-Colors a las cinco y media.

Había educación ecuestre y exámenes, pero aún le quedaba mucho para contemplar siquiera la posibilidad de realizar los entrenamientos a lomos de un caballo. Como decía Ennis, con su habitual porte de palo de escoba, no había que confundir la paciencia con la debilidad ni la protección con esperar demasiado. Tenía sus propias teorías acerca de los métodos de entrenamiento y del momento en que un aprendiz pasaba a la categoría de jockey. Hay que meterle pala a esos establos, decía.

A menudo paseaban por el barrio del hipódromo al anochecer. Ese día llegaron a Epsom Road.

—Lo encontramos aquí. ¡No te pierdas la ortografía de Sweeney! —dijo.

Carey conoció a Aquiles a la vuelta. Clay la metió en casa discretamente, como había acordado mucho antes con Tommy.

—¿Eso era una chica? —preguntó Henry.

Estaban repantigados viendo *Los Goonies*.

Incluso Rory se quedó de piedra.

—¿Una mujer acaba de cruzar la casa? Pero ¿qué cojones está pasando aquí?

Todos salimos dando saltos a la parte de atrás y la chica apartó la vista del cepillo de fregar y se acercó a nosotros con un aire entre solemne y nervioso.

—Siento haber pasado por vuestro lado hace un momento. —Nos miró a la cara, uno tras otro—. Me alegro de conoceros al fin.

Y el mulo se abrió paso a empujones. Llegó como un pariente inoportuno y, cuando ella lo acarició, él empujó y levantó la cabeza contra su mano. El mulo nos miró con gran seriedad:

A ver, cabrones, ni se os ocurra interrumpir, ¿entendido?

Joder, esto es vida.

En Los Aledaños había habido unos cuantos cambios:

La cama había quedado hecha añicos.

Habían robado el somier y lo habían quemado; algún crío que querría hacer una hoguera, supongo, cosa que a Clay ya le pareció bien. El colchón era más difícil de encontrar. Cuando dio con él y se quedó allí plantado, en silencio, la chica quiso saber si podía sentarse, en el borde.

—Claro —contestó Clay—, cómo no.

—Entonces ¿dices que… —preguntó ella despacio, y fue como si el aire y la hierba se detuvieran— a veces vienes a dormir aquí?

Clay podría haber contestado a la defensiva, pero decidió que con ella no tenía sentido.

—Sí, así es —reconoció, y Carey puso la mano en el colchón, como si pudiera arrancar un trozo si quisiera.

Además, si cualquier otra persona hubiera dicho lo que ella estaba a punto de decir, nunca le habría salido bien:

Carey bajó la vista hacia los pies.

Le habló directamente al suelo.

—Es lo más extraño y lo más bonito que he oído nunca. —Y luego, tal vez unos minutos después—: Eh, ¿Clay? —Él la miró—. ¿Cómo se llamaban?

Y en ese momento, con ellos dos sentados tranquilos y en silencio en el borde del colchón, Clay tuvo la sensación de que hacía mucho tiempo de todo aquello. La oscuridad no se encontraba muy lejos.

—Penny y Michael Dunbar.

Le enseñó en qué parte del tejado le gustaba sentarse, medio oculto entre las tejas, y Carey escuchó y contempló la ciudad. Vio los puntitos de luz.

—Mira allí —dijo—, Bernborough Park.

—Y allí —apuntó él, sin poder contenerse—, el cementerio. Podríamos ir…, si te apetece, claro. Te mostraré el camino hasta la lápida.

Arrastrarla a la tristeza le hizo sentir culpable —más de lo que ya se sentía—, pero Carey era abierta y ajena a toda esa parte de la historia. Para ella, haberlo conocido era una especie de privilegio, y tenía toda la razón; me alegro de que lo hiciera.

Había momentos en que Clay se sentía desgarrado por todo lo que mantenía alejado de la superficie. Pero en ese momento empezó a aflorar; ella era capaz de ver en él lo que a otros se les pasaba por alto.

Ocurrió esa noche en el tejado.

—Eh, ¿Clay? —Se había vuelto hacia la ciudad—. ¿Qué llevas ahí, en el bolsillo?

Unos meses después lo presionaría demasiado pronto.

A finales de marzo le echó una carrera en Bernborough.

Corrió como una chica capaz de correr los cuatrocientos sin que le importase dejarse la piel en ello.

Él persiguió su silueta pecosa.

Miró sus pantorrillas huesudas.

No la adelantó hasta que salvaron la red de lanzamiento de disco.

—Ni se te ocurra darme ventaja —le advirtió ella. Y no lo hizo.

Clay tomó la curva y aceleró. Al final estaban agachados y sin respiración. Tenían los pulmones llenos de dolor y de esperanza, y cumplían su función:

Eran dos pares de alientos ardorosos.

—¿Otra vez? —dijo ella, mirándolo.

—No, creo que con la última ya hemos tenido suficiente.

Esa fue la primera vez que ella alargó el brazo y lo enlazó con el suyo. Ojalá hubiese sabido la razón que tenía:

—Gracias a Dios —dijo—, me muero.

Y luego abril, un día de carreras, un acontecimiento que Carey había aguardado con ansiedad.

—Espera a ver el caballo —dijo, y hablaba, por supuesto, de Matador.

A Carey le encantaba ver a los apostantes y a los corredores de apuestas, y a esos manirrotos que rondaban la cincuentena, holgazanes sin afeitar que atufaban a ponientes ebrios. Tenían ecosistemas completos en las axilas. Los miraba con tristeza y afecto... El ocaso los envolvía, en muchos sentidos.

Lo que más le gustaba era estar junto a la valla, con la grada a la espalda, mientras los caballos entraban en la recta:

La curva, el rugido de un corrimiento de tierras.

Los gritos de hombres desesperados.

—¡Vamos, Bola de Caramelo, pedazo de cabrón!

Siempre en una onda larga y amplia de aplausos y abucheos, de amor y abandono, y una multitud de bocas llenas y abiertas. Contornos inflados hasta el límite que permitían las camisas y las chaquetas que los maldecían. Cigarrillos sujetados en distintos ángulos.

—¡Mueve tu maldito culo, Diabluras! ¡Vamos, hijo!

Los boletos ganadores se veneraban.

Con las pérdidas había que sentarse a hablar.

—Vamos —dijo Carey esa primera vez—, tienes que conocer a alguien.

Detrás de las dos grandes gradas estaban los establos; una amplia y larga hilera de cobertizos ocupados por caballos que o bien esperaban para salir a correr, o bien estaban recuperándose.

Aguardaba en el número 38, imponente, impasible. Un letrero digital anunciaba «Matador», pero Carey lo llamaba Wally. Un mozo de cuadra, Petey Simms, con vaqueros y un polo andrajoso atravesado transversalmente por una correa. Un hilo de humo se elevaba desde la plataforma de sus labios. Sonrió cuando vio a la chica.

—Eh, niña. Carey.

—Eh, Pete.

Clay tuvo la oportunidad de echarle un buen vistazo. El caballo era de un castaño intenso; una mancha blanca le recorría la cara como una grieta. Meneó las orejas para espantar las moscas, y tenía un pelaje suave pero recorrido por venas. Estaba plantado muy recto, como si las patas fuesen ramas. Llevaba las crines algo más cortas que la mayoría, pues por alguna razón atraía más porquería que cualquier otro caballo del establo. «¡Hasta la suciedad lo quiere!», era lo que solía decir Petey.

Finalmente, el caballo parpadeó al ver que Clay se acercaba. Tenía unos ojos grandes y profundos, de una especie de bondad equina.

—Adelante, dale una palmadita al mostrenco —lo animó Petey.

Clay miró a Carey en busca de su aprobación.

—Adelante, no pasa nada —le aseguró la chica.

Lo hizo ella primero para demostrarle que no debía tener miedo; incluso tocarlo era un placaje frontal.

—Mira que la quiere el puñetero caballo —dijo Petey.

No era como darle palmaditas a Aquiles.

—¿Cómo está el amigo?

La voz que oyeron a su espalda era desértica.

McAndrew.

Traje oscuro, camisa clara.

Una corbata que llevaba poniéndose desde la Edad de Bronce.

Sin embargo, Petey no contestó; sabía que el viejo entrenador no esperaba una respuesta, solo hablaba para sí mismo. El hombre se acercó con aire tranquilo y pasó las manos por el caballo. Luego se agachó para echarle un vistazo a los cascos.

—Perfecto.

Se enderezó y miró a Carey, luego a Clay.

—¿Quién narices es este?

—Señor McAndrew, Clay Dunbar —contestó la chica con voz dulce pero un tanto desafiante.

McAndrew sonrió, una sonrisa de escoba, pero algo era algo.

—En fin, chicos, disfrutad —dijo—, porque esto se acaba. El año que viene… —y esta vez habló con mayor gravedad, dirigiéndose a Carey, aunque refiriéndose a Clay—. El año que viene, viento. Tienes que podar la madera muerta.

Clay no lo olvidaría nunca.

Ese día se celebraba una carrera de Grupo 2, la Plymouth. A la mayoría de los caballos, una carrera de Grupo 2 les suponía realizar un esfuerzo formidable; para Matador era un calentamiento. Las apuestas estaban a dos contra uno.

Sus colores eran negro y dorado.

Chaquetillas negras. Brazos dorados.

Carey y Clay estaban sentados en las gradas. Era la primera vez en todo el día que se sentía nerviosa. Después de que el jockey montase, Carey se volvió hacia el paddock y vio que Petey le hacía señas para que bajase —estaba con McAndrew, junto a la valla—, y se abrieron paso entre la multitud. Tras el pistoletazo de salida, Clay siguió la carrera mientras McAndrew se retorcía las manos. El hombre bajó la vista a los zapatos.

—¿Posición? —preguntó.

—Antepenúltimo —contestó Petey.

—Bien. —Siguiente pregunta—: ¿Líder?

—Kansas City.

—¡Mierda! Ese penco… Eso quiere decir que es lenta.

El locutor lo confirmó:

«Kansas City supera a Vaso Medio Lleno y se pone a un cuerpo de Azul Imperial...».

—¿Qué tal va? —McAndrew de nuevo.

—Está peleando con él.

—¡Maldito jinete!

—Aunque lo está manejando.

—Mucho mejor, puñetas.

En la curva ya no hizo falta preocuparse.

«Aquí. Viene. ¡Matador!»

(El locutor sabía dónde colocar los signos de puntuación.)

Y sin más, el caballo se puso en punta. Se abrió y aumentó la distancia con el pelotón. El jockey, Errol Barnaby, estaba resplandeciente sobre la silla:

El alivio del viejo McAndrew.

Lo siguiente fue algo que dijo Petey, más ascua que cigarrillo:

—Está listo para la Reina, ¿no cree?

McAndrew torció el gesto y se fue.

La nota final, sin embargo, la dio Carey.

Se las había apañado para apostar un dólar y le había dado las ganancias a Clay, quien las invirtió sensatamente en el camino de vuelta a casa:

Dos dólares y algo de calderilla.

Patatas fritas y una montaña de sal.

Al final resultó que ese sería el último año de carreras de Matador, que ganó todas en las que participó, salvo las que verdaderamente importaban.

Las de Grupo 1.

En todas las de ese grupo se enfrentó a uno de los más grandes caballos de esta o de cualquier época. Era una yegua imponente, oscura y majestuosa, y el país entero la adoraba. Le dedicaban los epítetos más elogiosos y la equiparaban con la élite:

Desde Kingston Town a Lonhro.

Desde Black Caviar a Phar Lap.

Su nombre de establo era Jackie.

En la pista era Reina de Corazones.

Cierto, Matador era un caballo excepcional, pero lo comparaban con otro: un poderoso alazán llamado Hay List, que siempre perdía ante Black Caviar.

A Ennis McAndrew y al propietario no les quedaba otra opción que hacerlo correr. Había un número limitado de carreras de Grupo 1 a una distancia adecuada, y Reina de Corazones siempre participaría en ellas. Invicta e invencible ella también, batía a otros caballos por seis o siete cuerpos, dos si no se la atizaba hasta la meta. A Matador le sacaba un solo cuerpo o, una vez, media cabeza.

Sus colores eran los de una baraja de cartas:

Blanco con rojo y corazones negros.

De cerca, hacía que Matador recordara a un niño, o como mucho a un joven adulto desgarbado. Era del color castaño más oscuro que puedas llegar a imaginar, hasta el punto de confundirse con el negro.

La televisión siempre emitía primeros planos de la barrera de salida.

Despuntaba sobre los demás caballos.

Siempre estaba atenta y alerta.

Pistoletazo de salida y había desaparecido.

La segunda vez que corrieron ese otoño, en la T. J. Smith, todo indicaba que Matador por fin iba a superarla. El jockey dejó que se abriera bien antes de la curva y parecía imposible que pudiesen arrebatarle la primera posición. Pero Reina de Corazones se lo comió. La yegua se puso en punta con cinco o seis imponentes zancadas y se mantuvo en cabeza hasta el final.

En los establos, una enorme multitud rodeaba el cubículo 14.

Dentro, en algún lugar, estaba Jackie, Reina de Corazones.

En el cubículo 42 solo había unos pocos entusiastas despistados, Petey Simms y Carey. Y Clay.

La chica le acarició la mancha.

—Gran carrera, chico.

Petey coincidía con ella.

—Creía que ya lo tenía, pero esa yegua es mucha yegua.

A medio camino, hacia el cubículo 28, los dos preparadores se encontraron y se estrecharon la mano mientras intercambiaban impresiones sin llegar a mirarse nunca a los ojos.

A Clay, por alguna razón, le gustó esa parte.

Le gustó más que la carrera.

A mediados de invierno, tras la enésima derrota ante su verdugo —esta vez una verdadera escabechina, por cuatro cuerpos enteros—, Matador recibió un descanso. Apenas les sacó ventaja a los demás. Habían seguido la carrera por televisión, en el salón bar del Brazos Desnudos, donde la retransmitían en directo por Sky. La competición se celebraba en Queensland.

—Pobre Wally —se lamentó Carey antes de llamar al barman, un tal Scotty Bils—. Eh, ¿qué tal una o dos cervezas para ahogar las penas?

—¿Para ahogar las penas? —Scotty sonrió—. ¡Pero si ha ganado la yegua! Eso y que no tienes edad.

A Carey no le sentó bien el comentario. El primero, no el segundo.

—Vamos, Clay, arreando.

El barman miró a la chica y luego a Clay. Tanto Scotty Bils como el chico habían crecido. Scott sabía que lo conocía de algo, aunque no lograba ubicarlo. Pero había algo entre ellos, eso seguro.

Estaban a punto de salir cuando finalmente cayó en la cuenta.

—¡Eh! —los llamó—. Eres tú, tú eres uno de ellos, ya hace unos años, ¿no?

Fue Carey quien se encargó de responder.

—¿Uno de quiénes?

—¡Siete cervezas! —gritó Scotty Bils, que ya empezaba a quedarse sin pelo.

Clay regresó un momento junto a él.

—Ella agradeció esas cervezas —dijo.

¿Y qué te había dicho?

Carey Novac tenía un don para conseguir que le contases cosas, aunque nunca se había encontrado con un caso tan difícil como el de Clay. Fuera, cuando Clay se apoyó contra los azulejos del Brazos Desnudos, ella hizo otro tanto. Estaban cerca, sus brazos se tocaban.

—¿Siete cervezas? ¿De qué hablaba ese tío?

Clay metió la mano en el bolsillo.

—¿Por qué cada vez que te pones nervioso buscas lo que llevas ahí? —preguntó.

Lo miraba de frente, aumentando la presión.

—No es nada.

—Sí, sí que lo es —insistió ella.

Carey sacudió la cabeza y decidió arriesgarse. Alargó la mano.

—Para.

—¡Venga ya, Clay!

Carey se echó a reír y sus dedos rozaron el bolsillo mientras dirigía la otra mano a las costillas de Clay. Y siempre es algo angustioso y agobiante cuando un rostro se enciende y luego cambia de expresión. Porque Clay le cogió la mano y empujó a Carey para apartarla.

—¡QUE PARES!

Fue el rugido de un animal asustado.

La chica cayó hacia atrás, balbució. Una sola mano la mantenía alejada del suelo, pero se negó a que la ayudara a ponerse en pie. Se dejó caer hacia atrás, contra los azulejos, con las rodillas recogidas a la altura del cuello.

—Lo sien… —empezó a decir él.

—No, calla. —Miró con fiereza al chico que tenía al lado—. No, Clay. —Estaba indignada y quería devolvérsela—. ¿Qué narices te pasa? ¿Por qué eres tan…?

—¿Tan qué? ¿Qué?

Tan raro de cojones.

El lenguaje de los jóvenes en todas partes.

Las palabras, como una herida, se interponían entre ellos.

Después de aquello, debieron de quedarse una hora allí sentados mientras Clay trataba de encontrar la mejor forma de arreglarlo, si es que aquel regusto a conflicto desbordado tenía algún arreglo.

Sacó la pinza, despacio, y la sostuvo ante él.

La dejó sobre el muslo de Carey.

—Te lo contaré todo —dijo, aunque con voz queda—. Todo lo que puedo contarte, menos esto. —La miraron, posada entre ellos—. Lo de las siete cervezas, los apodos de mi madre… Que su padre tenía el bigote de Stalin. Decía que acampaba sobre su boca.

A Carey se le partió el alma. Sonrió.

—Así es como me lo describió una vez… —prosiguió Clay con una voz que se había convertido en un susurro—. Pero no me preguntes por la pinza. Todavía no.

De la única manera que podía vivir consigo mismo era sabiendo que tarde o temprano se lo contaría, cuando ella tuviese que olvidarse de él.

—Vale, Clay, esperaré. —Se levantó e hizo que se pusiera derecho. Lo perdonó siendo implacable—. Entonces cuéntame todo lo demás, por el momento. —Lo dijo como pocos saben decir esas cosas—. Cuéntame todo de todo.

Y eso fue lo que hizo.

Le contó todo lo que te he contado hasta ahora, y mucho más que está por llegar —menos lo de un tendedero de un patio trasero—, y Carey hizo lo que solo ella podía hacer: vio con claridad lo que él, de alguna manera, no podía ver.

Durante la siguiente visita al cementerio, con los dedos aferrados a la valla, ella le tendió un trocito de papel.

—He estado pensando —anunció, y el sol se echó para atrás— en la mujer que dejó a tu padre... y en el libro que se llevó.

Sus pecas eran quince coordenadas, con una última en el cuello, porque allí, en aquel trocito arrugado de papel, había un nombre y varios números, y el nombre que Carey había escrito era HANLEY.

—Hay seis en el listín —añadió.

aguas revueltas

Se despertó.

Estaba sudando.

Nadó hacia la superficie entre el mar de sábanas.

Desde la confesión de la verdad ante McAndrew y Ted y Catherine Novac, lo perseguía una pregunta insistente.

¿Había confesado solo por él?

No, no lo creía ni en sus momentos más bajos, lo había hecho porque era lo que debía hacer. Merecían saber por qué había ocurrido.

Muchas noches después, se despertó y la sintió encima de él:

La chica se apoyaba en su pecho.

Es un sueño, sé que es un sueño.

Ella acudía a voluntad de su imaginación.

La acompañaba el olor a caballo y a muerte, pero lleno de vida y muy realista; lo sabía porque ella seguía caliente. Estaba muy quieta, pero Clay sentía su respiración.

—¿Carey? —la llamó, y ella se movió.

Se incorporó, somnolienta, y se sentó a su lado. Sus vaqueros y sus brillantes antebrazos, como esa primera vez, cuando ella se acercó a su casa.

—Eres tú —dijo Clay.

—Soy yo… —Pero entonces le dio la espalda. Él le había tocado el cabello caoba—. Estoy aquí porque me mataste.

Clay se hundió en un canal de sábanas.

En la cama, pero atrapado en aguas revueltas.

Después de eso, volvió a correr, todas las mañanas antes de ir a trabajar conmigo. Su plan no tenía fisuras: cuanto más corriera, menos comería y más posibilidades habría de volver a verla.

El único problema fue que no ocurrió.

—Está muerta.

Lo dijo en voz queda.

Algunas noches iba al cementerio.

Se agarraba con fuerza a la valla.

Ansiaba ver a aquella mujer de nuevo, la del principio, la de cuando… La que le había pedido un tulipán.

¿Dónde está?, casi le preguntó.

¿Dónde está ahora que la necesito?

Habría mirado dentro del surco, de aquella arruga sobre las cejas.

En su lugar, corrió a Bernborough.

Lo hizo noche tras noche.

Al final, habían transcurrido bastantes meses cuando volvió a pisar la pista una medianoche. Se había levantado viento, y aullaba. No había luna. Solo farolas. Clay se detuvo cerca de la línea de meta y luego se dirigió hacia las hierbas altas.

Por un momento, deslizó el brazo entre la maleza, fría y poco agradable al tacto. Por un momento oyó una voz. Una voz que lo llamaba con bastante claridad. Por un momento quiso creer y por eso contestó «¿Carey?», pero sabía que no debía entrar.

Simplemente se quedó allí y repitió su nombre, durante horas, hasta el alba, y comprendió que aquello nunca acabaría. Viviría así, de la misma manera que moriría, no habría más amaneceres en su interior.

—Carey —susurró—. Carey. —El viento arreció a su alrededor hasta que por fin se calmó—. Carey —susurró con mayor desesperación. Y su acto final de futilidad—. Carey... —susurró—, Penny.

Y alguien, en algún lugar, lo oyó.

la chica del concurso

En el pasado, en el año que tuvieron para su amistad, hubo momentos en que era fácil ser Carey y Clay, porque tenían toda la vida por delante, siempre juntos. Aun así, hubo muchos momentos. A veces Clay paraba y se advertía a sí mismo:

No debería enamorarse de esa manera.

¿Cómo iba a merecer un amor así?

Sí, puede decirse sin temor a equivocarse que se querían; en tejados, en parques, incluso en cementerios. Paseaban por las calles del barrio del hipódromo y tenían quince y dieciséis años; había contacto, pero nunca se besaban.

Ella era una buena chica, de luz verde:

Carey Novac, la de ojos claros.

El chico era el chico con fuego en los ojos.

Se querían casi como hermanos.

El día del listín telefónico llamaron a todos los números, comenzando por el primero.

No había iniciales que empezasen con A, así que decidieron probarlos todos con la esperanza de que alguno resultase ser un pariente.

Fue el cuarto.

Se llamaba Patrick Hanley.

—¿Qué? ¿Quién? ¿Abbey? —dijo.

Fue Carey quien llamó. Habían ido turnándose, un número cada uno, y a ella le había tocado el segundo y el cuarto. Había obligado a Clay a que empezara él. Ambos pegaron la oreja al auricular y, por el tono receloso de la voz, dedujeron que por fin habían dado en el blanco. Los demás no sabían de qué les hablaban. Carey le informó de que buscaban a una mujer que había vivido en un lugar llamado Featherton. En el otro extremo, sin embargo, colgaron.

—Pues parece que habrá que ir hasta allí —dijo Carey, y buscaron de nuevo la dirección—. Ernst Place, Edensor Park.

Era julio por entonces y ella tenía un día libre, un domingo.

Cogieron el tren y el autobús.

Había un campo y un camino para bicis.

La casa hacía esquina en el lado derecho de una calle sin salida.

El hombre los reconoció de inmediato en la puerta.

Ellos se lo quedaron mirando junto al enladrillado.

Era moreno, llevaba una camiseta negra y lucía una pérgola que se hacía pasar por un bigote.

—¡Hala! —se le escapó a Carey Novac sin darse cuenta—. ¡Pedazo de mostacho!

Patrick Hanley ni se inmutó.

Cuando Clay reunió suficiente valor para hablar, sus preguntas se toparon con otra pregunta.

—¿Para qué narices buscáis a mi hermana?

Pero entonces le echó un buen vistazo a Clay, y Clay se parecía mucho a aquel otro Dunbar. El chico advirtió el momento en que ocurrió el cambio. ¿Patrick recordó a Michael? No solo al hombre con el que Abbey se casó, sino también al chico con el que su hermana paseaba por el pueblo.

Fuera por lo que fuese, el trato se volvió más cordial y pasaron a las presentaciones.

—Ella es Carey —dijo el chico— y yo Clay.

Patrick Hanley se acercó un poco más.

—Clay Dunbar —dijo con tal naturalidad que los dejó a cuadros. Era una afirmación, no una pregunta.

Abbey vivía en un espléndido edificio de apartamentos:

El suyo ocupaba varias ventanas brillantes en un Goliat de hormigón (de tipo capitalista). Fueron a visitarla unas semanas después, en cuanto Carey volvió a tener un día libre, una tarde de agosto. Se detuvieron a su imponente sombra.

—Esto llega hasta el cielo —comentó Carey y, como era habitual, llevaba la melena suelta. Sus pequitas de sangre estaban nerviosas—. ¿Listo?

—No.

—¡Venga ya, mírate!

Deslizó una mano para tomarlo del brazo. Podrían haber sido Michael y Abbey.

Aun así, Clay no se movió.

—¿Qué quieres que mire?

—¡A ti!

Como siempre, ella llevaba vaqueros, y gastados, además. La camisa de franela estaba descolorida. Una chaqueta negra medio abierta.

Lo abrazó junto al interfono.

—Yo tampoco aparecería en el listín si viviese en un sitio así —dijo Carey.

—Creo que es la primera vez que me ves con camisa —comentó Clay.

—¡Exacto! —Le apretó el brazo—. ¿Lo ves? Te lo dije. Estás listo. Pulsó el código 182.

En el ascensor, Clay no paró quieto, estaba tan nervioso que pensó que iba a vomitar, pero se encontró mejor cuando salió a aquel pasillo enlucido de blanco, con molduras azul oscuro. Al final se encontraban las mejores vistas de la ciudad que pudiesen imaginarse. Había agua por todas partes (de la variedad salada) y los edificios recortados contra el horizonte parecían al alcance de la mano.

A la derecha se veía la Casa de la Ópera.

A la izquierda estaba su eterna compañera:

Pasaron de las velas a la Percha.

Una voz se alzó detrás de ellos.

—Madre mía. —Tenía una amable mirada ahumada—. Sois como dos gotas de agua.

Dentro, el apartamento era el de una mujer.

Allí no vivía ningún hombre, ni niños.

De alguna manera, aquello resultaba obvio al instante.

Cuando miraron a la primera señora Dunbar, vieron que era, y que había sido, muy guapa. Vieron que tenía una melena bien cuidada, ropa buena, era atractiva en todos los sentidos, pero aun así, hubo amor y lealtad: aquella mujer no era Penelope. Ni se le acercaba.

—¿Os apetece un refresco? —preguntó.

—No, gracias —contestaron al unísono.

—¿Té? ¿Café?

Sí, sus ojos eran grises y gloriosos.

Con aquel pelo podría haber salido por televisión —llevaba una melenita corta que dejaba boquiabierto— y no hacía falta fijarse demasiado para volver a ver a la chica que había sido, delgaducha como un ternerillo.

—¿Y un vaso de leche con galletas? —contraatacó Carey tratando de distender el ambiente. Se sintió obligada a desafiar a Abbey.

—A ver, guapa… —contestó con una sonrisa la mujer, aquella versión mayor, que no solo lucía unos pantalones perfectos, también sabía llevarlos. Eso, y una camisa carísima—. Me caes bien, pero callada estás más mona.

Cuando Clay me lo contó, dijo algo muy curioso.

Dijo que la televisión estaba encendida y que de fondo se oía un concurso. De la misma manera que en otro tiempo Abbey adoraba *Mi bella genio*, en ese momento parecía que seguía ese tipo de programas. Clay no sabía de cuál se trataba, pero estaban presentando a los concursantes, uno de los cuales se llamaba Steve, un programador informático cuyos hobbies eran hacer parapente y jugar al tenis. Le gustaba leer y realizar actividades al aire libre.

Cuando se sentaron y Carey se hubo relajado, charlaron un rato sobre pequeñas cosas, las clases, el trabajo, que Carey era aprendiz de jockey, aunque solo intervino Clay. Abbey habló de nuestro padre, de que era un ángel y de cómo paseaba a la perra por Featherton.

—Luna —dijo Carey Novac, aunque en voz baja, casi para sí.

Clay y Abbey sonrieron.

Cuando por fin se animó a levantar un poco más la voz, fue para realizar una pregunta candente.

—¿Volvió a casarse?

—Eso está mejor —dijo Abbey. Y luego—: Sí, desde luego.

Clay miró a Carey pensando «Gracias a Dios que estás aquí» y al mismo tiempo se sintió cegado por la claridad de la estancia. ¡Aquel lugar estaba inundado de luz! El sol entraba a raudales y bañaba el moderno sofá, el horno kilométrico e incluso la cafetera como si fueran objetos sagrados, aunque Clay sabía que no había un piano. De nuevo, ella no era nada. La lealtad de Clay era incondicional y lucharía en silencio hasta el final.

En cuanto a Abbey, la mujer miró hacia otro lado, con la taza de café entre las manos.

—Sí, volví a casarme, dos veces. —De pronto, como si no pudiera esperar más, dijo—: Ven, quiero enseñarte algo. —Viendo que Clay vacilaba al comprender que quería que entrase en el dormitorio, insistió—. Venga, que no muerdo. Ven…

Y sí, ya lo creo que fue, porque allí, frente a la cama, en un tramo de pared, había algo que derribaría su corazón y luego se lo extraería poco a poco:

Era algo sumamente sutil y sencillo, en un marco plateado marcado de arañazos.

Un dibujo de las manos de Abbey.

Un esbozo de trazos truncados, pero delicados.

Truncados, pero suaves; podías acostarte en ellos.

—Diría que tenía diecisiete años cuando lo dibujó —dijo Abbey, y Clay la vio de verdad por primera vez, aquella otra belleza que se ocultaba debajo.

—Gracias por enseñármelo —repuso.

Abbey aprovechó el impulso.

Era imposible que ella supiera algo de Clay y Penny, o de los cinco hermanos, el ruido y el caos, o de las peleas por el piano, o de morir. Enfrente solo tenía a aquel chico y quiso que ese momento trascendiera.

—¿Cómo podría explicártelo, Clay? —Estaba entre los dos chicos—. Me gustaría decirte que lo lamento, que fui una tonta…, pero estás aquí, y me doy cuenta. —Por un momento miró a Carey—. ¿Él también es un ángel?

Carey le devolvió la mirada y luego se concentró en Clay. Las pecas ya no estaban nerviosas. Una sonrisa que recordaba el mar. Y, por supuesto, dijo:

—Por supuesto.

—Eso creía —convino Abbey Hanley con tristeza pero sin auto-compasión—. Supongo que dejar a tu padre fue el mejor error que he cometido —concluyó.

Después de eso, aceptaron un té, no podían rechazarlo, y Abbey tomó más café y les contó parte de su historia. Trabajaba en un banco.

—Es un tostón —dijo, y Clay sintió una punzada.

—Es lo que dicen mis hermanos de las películas de Matthew.

El humo de sus ojos se expandió ligeramente.

—Pero ¿cuántos hermanos tienes?

—Somos cinco, y cinco animales, incluyendo a Aquiles.

—¿Aquiles?

—El mulo.

—¿El mulo?

Clay empezaba a relajarse de verdad.

—En la vida ha visto una familia igual —comentó Carey sin pensarlo.

Y tal vez a Abbey podían herirle esas cosas, pensar en una vida que nunca tendría, y entonces todo se torcería, por lo que ninguno de ellos tentó a la suerte. No hablaron ni de Penny ni de Michael, y fue Abbey quien dejó la taza en la mesa.

—Miraos —dijo con afecto sincero.

Meneó la cabeza y se echó a reír, de sí misma.

Me recordáis a él y a mí.

Lo pensó, Clay lo supo, pero no lo dijo.

—Creo que sé por qué has venido, Clay.

Se levantó y regresó con *El cantero*.

Era claro y de bronce, con el lomo agrietado, pero la edad solo lo mejoraba. La ventana se oscurecía. Abbey encendió la luz de la cocina y cogió un cuchillo de la pared, junto a la tetera.

Con mucha delicadeza, en la mesa, practicó una incisión en el interior —justo junto al lomo— para retirar la primera página, la que contenía la biografía del autor. Luego lo cerró y se lo entregó a Clay.

En cuanto a la página, se la enseñó.

—Esta me la quedo yo, si no te importa —dijo Abbey—. «Amor, amor y amor», ¿eh? —Aunque lo pronunció con nostalgia más que con frivolidad—. ¿Sabes?, creo que siempre he sabido que no debería tenerlo yo.

A la hora de irse, los acompañó a la puerta y se detuvieron junto a los ascensores. Clay se acercó para estrecharle la mano, pero ella se negó.

—Anda, dame un abrazo.

A Clay le resultó una sensación extraña.

Abbey era más suave de lo que parecía, y cálida.

Nunca podría explicar lo agradecido que se sentía, tanto por el libro como por sus brazos. Sabía que no volvería a verla, que aquello era todo. En el último resquicio, antes de que bajara el ascensor, Abbey sonrió cuando las puertas se cerraron.

la última carta

No volvería a ver a Abbey:

Clay, por supuesto, se equivocaba.

Una vez, en la marea…

¡A la mierda!

Verás, se equivocó al pensar que nadie lo vio en el funeral de Carey Novac, en el que nos sentamos al fondo de la iglesia, porque entre los verdaderos dolientes y la gente y las personalidades del mundo de las carreras también había una mujer. Tenía amables ojos ahumados, vestía ropa bonita y llevaba una melenita corta que dejaba boquiabierto.

Querido Clay:

Lo siento por muchas razones.

Tendría que haberte escrito mucho antes.

Siento lo que le ocurrió a Carey.

Casi acababa de pedirle que dejase de hacerse la listilla y ella de decirme cómo se llamaba la perra de Michael… y de pronto (aunque ya había pasado más de un año) toda esa gente en la iglesia. Me quedé de pie junto a la puerta, entre los demás asistentes, y te vi al fondo, con tus hermanos.

Estuve a punto de acercarme. Ahora lamento no haberlo hecho.

Tendría que habéroslo dicho ese día: me recordasteis a Michael y a mí. Lo vi en lo cerca que os manteníais el uno del otro, a un solo brazo de distancia. Os protegeríais mutuamente de mí, o de cualquier cosa que pudiera hacerle daño. En la iglesia parecías destrozado. Espero que estés bien.

No preguntaré dónde estaba tu madre, o tu padre, porque sé que todos nos guardamos cosas, sobre todo las que les ocultamos a nuestros padres.

No te sientas obligado a contestar.

No te diré que vivas como ella hubiese querido, pero tal vez sí que lo hagas como debes.

En cualquier caso, tienes, creo, que vivir.

Siento si estas palabras están fuera de lugar; si es así, te pido disculpas.

Atentamente,

ABBEY HANLEY

Llegó unos días después de Bernborough, después de que se quedase en la pista hasta el alba. La carta se entregó en mano. Sin sello ni remite. Con un simple «Clay Dunbar» y dejada en el buzón.

Una semana más tarde, Clay atravesó el barrio del hipódromo, y la ciudad, hasta ella. Se negó a utilizar el interfono. Esperó a que entrase un vecino, se coló detrás de él y subió en ascensor hasta la decimoctava planta.

Se echó atrás cuando llegó frente a la puerta y tardó varios minutos en decidirse a llamar. E incluso entonces lo hizo con suma suavidad. Se sorprendió cuando ella acudió a abrir.

Igual que la primera vez, se mostró amable e impecable, pero no tardó en asaltarla la preocupación. Su pelo, y esa luz, eran letales.

—¿Clay? —dijo, y se acercó. Era hermosa aun estando triste—. Dios, Clay, qué delgado estás.

Necesitó de todas sus fuerzas para no volver a abrazarse a ella y que lo estrechara en la calidez de su puerta…, pero no lo hizo, no se lo permitió. Podía hablar con ella, pero nada más.

—Haré lo que dijo en la carta, viviré como debo hacerlo. Me iré y acabaré el puente.

Su voz era tan seca como el lecho del río. Abbey hizo las cosas bien. No le preguntó a qué se refería con lo del puente ni sobre cualquier otra cosa que él pudiera contarle.

Clay abrió la boca para añadir algo más, pero vaciló y se le anegaron los ojos. Se secó las lágrimas con furia, y Abbey Hanley asumió un riesgo y se la jugó, doble o nada y a la mierda el desasosiego, el lugar que ocupaba en todo aquel embrollo y lo correcto. Hizo lo que ya había hecho una vez:

Se besó los dedos, pero los colocó en la mejilla de Clay.

Él quería hablarle de Penny, de Michael, de todo lo que nos había ocurrido, a nosotros… y a él. Sí, quería contárselo todo, pero simplemente le estrechó la mano, cogió el ascensor y salió corriendo.

matador vs. reina de corazones

Y, de nuevo, así fue.

Clay y Carey no podían saber qué significaría la visita a Abbey Hanley, en la que esta arrancó la primera página de *El cantero*. En un primer momento, fue una referencia más; el inicio de otro principio en el discurrir de los meses.

En primavera regresaron ambos:

Matador y Reina de Corazones.

En verano, la angustia de la espera tras la advertencia a Carey:

La chica debía podar la madera muerta y Clay haría que lo cumpliese. Tenía un plan.

Entre unas cosas y otras, como puedes imaginar, la única constante —lo que ambos amaban de corazón— fue el libro de Miguel Ángel, a quien llamaban afectuosamente el escultor, o el artista, o su preferido: el cuarto Buonarroti.

Se tumbaban en la cama de Los Aledaños.

Y leían, un capítulo tras otro.

Llevaban linternas y pilas de recambio.

Para proteger el colchón cada vez más desteñido, Carey llevó un plástico gigantesco y, cuando se iban, hacían la cama, lo remetían por debajo. De camino a casa, ella lo cogía del brazo. Sus caderas se tocaban.

En noviembre, la historia se repitió.

Reina de Corazones era excepcional.

Habían corrido el doble de carreras y, a pesar de haber echado los restos, Matador había perdido fuelle. Pero aún quedaba otra oportunidad por llegar: a principios de diciembre se celebraría en la ciudad una carrera de Grupo 1 y Ennis McAndrew estaba preparándolo. Según él, el caballo no había destacado porque aún no estaba listo. Aquella era la que él quería, aunque tenía un nombre raro —nada de Copa, ni Plate, ni Stakes—: el Desfile de Santa Ana. Sería la última carrera de Matador. La quinta de Royal Hennessey. El 11 de diciembre.

Cuando llegó el día, hicieron lo que a ella le gustaba hacer.

Apostaron un dólar por Matador, en la quinta.

Le pidió a un holgazán que validara el boleto por ella.

El hombre lo hizo, aunque les dijo, risueño:

—Ya sabéis que ese pobre diablo no tiene ni una posibilidad, ¿verdad? Se enfrenta a Reina de Corazones.

—¿Y?

—Pues que no va a ganar ni en sueños.

—También decían eso de Kingston Town.

—Matador no es Kingston Town.

Carey decidió pasar al ataque.

—No sé ni para qué me molesto siquiera en hablar contigo. ¿Cuántos aciertos has conseguido últimamente?

El hombre rio de nuevo.

—No muchos.

Se pasó una mano por las mejillas patilludas.

—Lo que imaginaba. Ni siquiera eres lo bastante listo para fingir que sabes de lo que hablas. Pero, eh… —Sonrió—. Gracias por apostar por mí, ¿vale?

—A mandar. —Cada uno se había ido por su lado cuando el hombre se volvió hacia ellos una vez más—. ¡Eh, me parece que me has convencido!

Nunca habían visto tanto público como esa tarde. Reina de Corazones también se marchaba, igual que Matador, pero a pasar una temporada compitiendo en el extranjero.

Apenas había sitio en las gradas, pero encontraron dos asientos desde los que siguieron a Petey Simms, que daba vueltas con el caballo en el paddock. McAndrew, por supuesto, parecía cabreado. Pero aquello era lo habitual.

Carey le cogió la mano antes del pistoletazo de salida.

—Buena suerte —dijo él, mirando al frente.

Carey le dio un apretón y luego la soltó, porque cuando los caballos dejaron los cajones ese día, el público se puso en pie. La gente gritaba y algo cambió.

Los caballos encararon la curva; algo no iba bien.

Cuando Reina de Corazones se adelantó alargando el paso, Matador, negro y oro, mantuvo su mismo ritmo, uno al lado del otro, toda una hazaña teniendo en cuenta el tamaño de las zancadas de la yegua. Cuando Reina de Corazones aceleró, Matador no se quedó atrás.

La sombra de la grada hervía de nerviosismo.

Alentaban a la Reina con gritos estridentes, rayanos en el terror, porque aquello no podía ser, era imposible.

Pero lo fue.

Cuando cruzaron la línea, todo se redujo a cuál de los dos había levantado o bajado antes la cabeza.

Si daban crédito a sus ojos, la victoria era de Matador, y a sus oídos también, porque un suspiro recorrió el público.

Carey lo miró.

Lo aferró, con una sola mano.

Sus pecas estaban a punto de explotar.

Ha ganado.

Lo pensó, pero no lo dijo, y menos mal que no lo hizo porque era la mejor carrera que habían visto nunca —o de la que habían formado parte en las gradas— y sabían que esa idea estaba impregnada de poesía.

Tan y tan cerca y, de pronto, se esfumó.

La foto acabó demostrándolo:

Reina de Corazones había ganado por los ollares.

—¡Por los ollares, por los putos ollares! —protestó Petey después, en los confines de los cubículos, pero esta vez McAndrew sonreía.

Cuando vio a Carey tan dolida y abatida, se acercó a ella y le echó un vistazo. Como si la examinara. La chica temió que también le mirara los pies.

—¿Y a ti qué puñetas te pasa? El caballo sigue vivo, ¿no?

—Tendría que haber ganado.

—Tendría que haber nada, nunca lo habíamos visto correr de esa manera. —La obligó a mirarlo a aquellos ojos azules y duros de escoba—. Eso y que un día conseguirás esa Grupo Uno por él, ¿de acuerdo?

Los principios de una especie de felicidad.

—De acuerdo, señor McAndrew.

A partir de ese momento, Carey Novac, la niña de Gallery Road, empezaría su verdadero aprendizaje. Comenzó el 1 de enero.

Básicamente le tocaría trabajar las veinticuatro horas del día.

No habría tiempo para nada, ni para nadie.

Por fin montaría, haría más entrenamiento de caballos, entraría en las carreras de prueba y empezaría a suplicar para sus adentros que la dejara correr.

McAndrew se lo advirtió el primer día:

—Si me incordias, ya puedes olvidarte de todo lo demás.

Ella agacharía la cabeza, mantendría la boca cerrada y haría el trabajo de buena gana.

En cuanto a Clay, tomó una decisión.

Sabía que Carey tenía que dejarlo.

Él podía alejarla de lo que ella deseaba.

Clay había pensado en volver a entrenar, con dureza, y Henry se prestó a echarle una mano. Lo acordaron una noche, sentados en el tejado. Miss Enero estaba al tanto de todo. Obtendrían una llave del bloque de apartamentos de Crapper y volverían a Bernborough Park. Habría dinero y lloverían las apuestas.

—¿Hecho? —dijo Henry.

—Hecho.

Se estrecharon la mano, un gesto que resultó apropiado, porque esa noche Henry también se despediría de alguien, de aquella mujer de magnífica anatomía. Por la razón que fuese:

La dobló y la dejó en el tejado de tejas inclinadas.

La tarde del 31 de diciembre, Carey y Clay fueron a Bernborough.

Dieron una vuelta a la pista diezmada.

La grada parecía arder en el infierno con la puesta de sol; pero un infierno en el que entrarías con gusto.

Se detuvieron y él cerró la mano sobre la pinza.

La sacó despacio.

—Es el momento de que te lo cuente —anunció, y le contó todo de todo sobre esas aguas que siempre están por llegar.

Se encontraban a diez metros de la línea de meta. Carey lo escuchó en silencio, apretando la pinza que él apretaba en la mano.

—¿Lo entiendes ahora? ¿Lo entiendes? —dijo Clay cuando le hubo contado toda la historia—. Te he robado un año que nunca he merecido. Un año contigo. No puedes seguir conmigo.

Volvió la mirada hacia el área interior, hacia la selva, y pensó que era incuestionable; sin embargo, nadie podía derrotar a Carey Novac. No, los caballos podían perder, pero Carey no, y maldita fuera por ello, aunque hay que quererla, porque esto es lo que hizo a continuación.

Le obligó a volver la cara y se la sostuvo.

Cogió la pinza y le dio vueltas.

Se la llevó a los labios, despacio.

—Dios, Clay, pobre, pobrecito, pobrecito mío… —dijo. La grada le encendió el pelo—. Ella tenía razón, ¿sabes?, Abbey Hanley, dijo que eras un ángel, ¿no lo ves? —De cerca, Carey era ligera pero visceral, podía mantenerte vivo con sus súplicas; con el dolor de sus ojos verde bueno—. ¿No ves que no voy a dejarte nunca, Clay? ¿No ves que no voy a irme?

Clay parecía a punto de derrumbarse.

Carey lo envolvió con fuerza entre sus brazos. Lo abrazó y lo estrechó y le susurró, y él sintió todos los huesos de su cuerpo. Ella sonrió y lloró y sonrió.

—Ve a Los Aledaños —dijo—. Ve el sábado por la noche. —Lo besó en el cuello e intentó imbuirle de sus palabras—. Nunca te dejaré, nunca…

Y así es como me gusta recordarlos:
La veo abrazándolo, con fuerza, en Bernborough.
Son un chico, una chica y una pinza.
Veo la pista, y ese fuego, detrás de ellos.

la cama en llamas

En el número 18 de Archer Street, yo estaba exultante, aunque atemperado por la tristeza.

Clay estaba preparando la bolsa.

Estuvimos un rato, los dos solos, en el viejo porche trasero. Rosy dormía en el puf vacío, que habíamos colocado, gastado como estaba, en el sofá.

Aquiles estaba debajo del tendedero.

Masticaba su tristeza.

Permanecimos allí fuera hasta que el cielo apareció con las primeras luces. Pronto sería testigo de la perfección entre unos hermanos que no decían nada, pero sabían que uno de ellos se iba.

Verás, cuando Clay nos dijo que aún quedaba una cosa por hacer y que Tommy debía coger el aguarrás, pero no las cerillas, todos salimos en silencio. Fuimos a Los Aledaños.

Nos plantamos ante los monumentos de trastos viejos.

Ante su lejanía y su rendición.

Fuimos hasta el colchón y nos quedamos con Clay. No dijimos nada del plástico; no, todo lo que hicimos fue seguir allí cuando el mechero salió de su bolsillo. En el otro aún llevaba la pinza.

Continuamos allí cuando Tommy lo empapó y la llama se elevó en línea recta. Clay se agachó con el mechero, y al principio la cama se resistió, pero no tardó en empezar a rugir. Ese fragor, el fragor del oleaje.

El campo se iluminó.

Los cinco aguardamos inmóviles.

Cinco chicos y un colchón en llamas.

Cuando regresamos dentro, Los Aledaños se quedaron allí.

No hubo ni un pequeño soplo de poniente.

Se iría solo a la estación central.

Nos abrazó a todos, con sentimiento, y por separado.

Después de Tommy, yo fui el último, y ambos le dijimos que esperara, cada uno por su lado. En mi caso, levanté la tapa del piano y busqué el botón por el vestido. Sabía que los libros podían esperar.

Lo sostuvo en la mano, el botón de Viena.

Penny regresó en ese momento atrapado en la indecisión.

Estaba gastado pero parecía inmaculado en su palma.

En cuanto a Tommy, fue cerca de diez minutos después, cuando los demás estábamos en el porche viendo partir a Clay. De pronto hizo algo completamente disparatado:

Le confió Héctor a Rory.

—Toma, cógelo —dijo sin más.

Tanto Rory como Héctor recibieron aquello con horror y con una buena dosis de desconfianza. Mientras no se quitaban ojo, Tommy entró en casa a toda prisa y volvió corriendo enseguida dando la vuelta a la casa.

Estábamos allí, mirando a Clay.

Y de pronto Tommy corría tras él.

—¡Clay! —gritó—. ¡Eh, Clay!

Y por supuesto llevaba a Aquiles consigo, y el mulo, por extraño que parezca, corría. ¡Corría! Se oía el repicar de los cascos mientras nuestro hermano tiraba de él calle abajo. Clay se volvió para esperarlos y miró al niño y al animal.

Ni un solo segundo.

Ni un solo instante de vacilación.

Fue como se suponía que debía ser y alargó la mano hacia las riendas.

—Gracias, Tommy.

Lo dijo en voz baja, pero todos lo oímos. Dio media vuelta y echó a andar y se lo llevó cuando la mañana alcanzó con fuerza Archer Street, y todos fuimos a reunirnos con Tommy. Los miramos mientras nos dejaban atrás.

Allí, en el mundo de un barrio de las afueras, un chico recorría las calles con un mulo. Partían hacia un puente, en Silver, y se llevaron consigo las aguas más oscuras.

octava parte

ciudades + aguas + criminales + arcos
+ historias + supervivientes + puentes
+
fuego

la bromista del pasillo

Una vez —y es casi una de las últimas ocasiones en que escribo esto—, en la marea del pasado Dunbar, hubo una mujer que nos dijo que se moría, y el mundo acabó esa noche, en esa cocina. Hubo unos chicos en el suelo, ardiendo en llamas; y a la mañana siguiente salió el sol.

Todos nos despertamos temprano.

Nuestros sueños habían sido como un vuelo, como turbulencias.

A las seis de la mañana, incluso Henry y Rory, nuestros rematados dormilones, estaban en gran medida despiertos.

Era marzo, un mes inundado por los restos del verano, y nos reunimos en el pasillo, todos brazos flacuchos y hombros anclados. Aguardamos allí de pie, plantados, preguntándonos qué hacer.

Nuestro padre salió e hizo un intento; una mano en cada uno de nuestros cuellos.

Un intento de transmitirnos cierto consuelo.

El problema fue que, cuando se alejó, lo vimos agarrarse a las cortinas y apoyarse con una mano en el piano, aguantando; le temblaba todo el cuerpo. El sol entraba cálido y curvilíneo, y nosotros, detrás de él, seguimos callados en el pasillo.

Nos aseguró que estaba bien.

Cuando se volvió para mirarnos, sin embargo, sus ojos aguamarina no tenían luz.

En cuanto a nosotros:

Henry, Clay y yo llevábamos una camiseta y pantalones cortos viejos.

Rory y Tommy iban solo en calzoncillos.

Era con lo que habían dormido.

Todos tensábamos la mandíbula.

El pasillo estaba lleno de cansancio, de piernas y canillas juveniles. Todos junto a la puerta de su dormitorio, enhebrados hacia la cocina.

Cuando Penny salió, iba vestida para trabajar, con vaqueros y una blusa azul oscuro. Los botones eran hendiduras de metal. Se había hecho una trenza que le caía por la espalda; parecía lista para salir a montar o algo así. Nos la quedamos mirando, con cautela; y Penelope no pudo evitarlo.

Rubia y repeinada, radiante como era.

—Pero ¿a vosotros qué os pasa, chicos? —soltó—. No se ha muerto nadie, ¿verdad?

Y ese fue finalmente el golpe de gracia:

Ella se echó a reír, pero Tommy se echó a llorar, y Penny se agachó junto a él y le dio un abrazo… al que nos sumamos todos los demás, en camiseta y pantalón corto, cayendo.

—¿Me he pasado? —preguntó, y supo que sí por todos esos cuerpos que la emborronaban.

Sintió la fuerza de muchos brazos juveniles.

Nuestro padre miraba con impotencia.

el mulo de silver

Así que allí estaba.

Nuestra madre.

Hace todos esos años:

En el pasillo, por la mañana.

Y ahí estaba Clay, por la tarde, en un pasillo propio o, como él prefería llamarlo, un corredor.

El corredor de robustos eucaliptos.

Esta vez lo había llevado Ennis McAndrew, en una camioneta con remolque para caballos. Habían pasado por lo menos tres meses desde que Clay fuera a enfrentarse a él.

Lo genial era que McAndrew había vuelto a entrenar y, cuando lo vio en Hennessey con Aquiles, sacudió la cabeza, lo dejó todo y se le acercó.

—Vaya, mira a quién puñetas tenemos aquí —dijo.

Habían pasado gran parte del trayecto en silencio y, si hablaban, lo hacían mirando afuera, al mundo de más allá del parabrisas.

Clay le preguntó por El Español.

Y por el cantante de ópera, Pavarotti.

—¿Pava… qué?

Tenía los nudillos blancos sobre el volante.

—Se lo llamó usted a Trotón Ted una vez…, estando en Gallery Road. Había llevado a dos jóvenes jockeys a que lo vieran, ¿recuerda? Para que lo observaran y aprendieran a montar. —Pero entonces Clay apartó la mirada del parabrisas y la llevó hacia la ventanilla. Todos esos kilómetros y kilómetros de vacío—. Ella me contó la historia una vez.

—Ah, sí —dijo Ennis McAndrew, y siguió conduciendo muy pensativo—. Esos jockeys eran unos inútiles de mier… coles.

—¿De miércoles?

—Unos inútiles.

Pero entonces volvieron de nuevo al dolor.

Se sentían culpables de disfrutar de cualquier cosa.

Sobre todo del olvido.

Cuando llegaron a la salida, Clay dijo que a partir de ahí podía seguir él solo, pero Ennis no pensaba permitirlo.

—Quiero conocer a tu padre —dijo—. Quiero ver ese puente. Ya que estamos, maldita sea… Hemos llegado demasiado lejos para que me vaya sin verlo.

Subieron la colina, luego bajaron por el corredor, y los eucaliptos estaban igual que siempre. Seguían reunidos, esperando allí abajo, como muslos musculados en la sombra. Un equipo de fútbol de árboles.

Cuando McAndrew los vio, se dio cuenta.

—Madre mía —dijo—, mira eso.

Al otro lado, en la luz, vieron al hombre en el lecho del río, y también el puente, que se había quedado igual. Nadie había trabajado en él desde hacía meses, desde que yo caí de rodillas en la tierra:

La curvatura, la madera y la piedra.

Las piezas que aguardaban.

Ambos bajaron de la camioneta.

Al llegar junto al lecho del río y contemplarlo, fue Ennis el primero en hablar.

—Cuando esté acabado será magnífico, ¿verdad?

Clay contestó con sobriedad.

—Sí —se limitó a decir.

Abrieron el remolque y sacaron al animal, lo bajaron hasta el lecho de roca, y el mulo miró diligente a su alrededor. Estudió la aridez del río. Esta vez fue Clay quien hizo un par de preguntas.

—¿Qué? —le dijo—. ¿Qué tiene de extraño?

Bueno, que dónde está la dichosa agua.

Pero Clay sabía que llegaría, y en algún momento también el mulo se daría cuenta.

Mientras tanto, Ennis le estrechó la mano a Michael.

Hablaron con sequedad, como amigos, como iguales.

McAndrew acabó citando a Henry.

Señaló las bridas y el heno.

—Con todo eso de ahí aún podrá hacer algo —dijo—, pero el animal no sirve para nada.

Michael Dunbar sabía cómo contestar, sin embargo, y miró de manera casi ausente a Clay, y también a la sabiduría encarnada en el mulo.

—Verá —dijo—, yo no estaría tan seguro de eso; se le dan bastante bien los allanamientos de morada.

Aunque, de nuevo, hubo culpa y vergüenza; pero si McAndrew y Clay sabían contenerlas, el Asesino comprendió que también él debía hacerlo.

Durante un rato estuvieron contemplando cómo el mulo —el lento y serpenteante Aquiles— iba trepando por el terraplén del río y empezaba con su trabajo en el campo; se agachó y se puso a mascar con suma tranquilidad.

Sin pensarlo, McAndrew habló. Señaló al chico con un gesto de la cabeza, suave y seguro.

—Señor Dunbar, no sea duro con él, ¿de acuerdo? —Y esta vez, por fin, lo dijo—: Tiene un corazón como el del maldito Phar Lap.

Y Michael Dunbar estuvo de acuerdo.

—No sabe usted ni la mitad.

Diez minutos más tarde, después de que un café y un té ya se hubieran ofrecido y rechazado, McAndrew regresó a casa. Le estrechó la mano al chico, y otra vez a su padre, y arrancó hacia los árboles. Clay corrió tras él.

—¡Señor McAndrew!

En la sombra, la camioneta se detuvo y el palo de escoba del entrenador bajó. Salió de la oscuridad a la luz. Suspiró.

—Llámame Ennis, por el amor de Dios.

—Está bien, Ennis. —Y entonces Clay apartó la mirada. Los dos ardían bajo el sol, como leña de chico y de viejo—. ¿Sabe…? ¿Sabe que Carey…? —Solo decir su nombre dolía—. ¿Sabe su bici?

Ennis asintió, se acercó más.

—Conozco la combinación del candado: es treinta y cinco veintisiete.

Y el entrenador reconoció el número de inmediato.

Esos dígitos, ese caballo.

Regresó de nuevo, hacia la camioneta en la sombra.

—Se lo diré a Ted, se lo diré a Catherine, ¿de acuerdo? Pero no creo que vayan nunca a buscarla. Será tuya cuando quieras quitarle ese candado.

Y así fue como se marchó:

Volvió a subirse a la camioneta.

Levantó una mano de escoba, fugazmente.

Se despidió del chico por la ventana, y el chico regresó poco a poco al río.

antes de que el alba
alcanzara la casa

Así que a Penny le dieron seis meses…, y tal vez eso habría sido lo mejor. Sin duda no habría dolido tanto, o por lo menos habría sido más corto que esa épica hazaña suya a lo Hartnell de morir sin acabar de morir nunca.

Hubo toda clase de detalles sórdidos, por supuesto.

No les guardo mucha estima.

Todos los medicamentos suenan igual, al final, como un índice de variaciones. Es como aprender otro idioma, supongo, mientras ves morir a alguien; un estilo de entrenamiento completamente nuevo. Construyes torres con cajas de medicinas, cuentas pastillas y preparados venenosos. Luego, los minutos que se hacen horas en salas de hospital, y cuán larga puede ser la noche más larga.

Para Penelope sobre todo era un idioma, creo.

La muerte y su jerga particular.

A sus pastillas las llamaba «La Farmacia».

Cada medicamento, un «oxímoron».

La primera vez que nos hizo ese comentario fue en la cocina, después de estudiarlas casi con felicidad; todas esas cajas con pegatinas. Leyó los nombres en voz alta, desde Cyclotassin hasta Exentium o Dystrepsia 409.

—Vaya —dijo mientras las recolocaba; su primer cara a cara con la torre de medicamentos. Era como si la hubieran embaucado (y, afrontémoslo, así había sido)—. Todas me suenan igual.

En muchos sentidos había encontrado la descripción perfecta para ellas, además, porque era cierto que todas sonaban a extrañas figuras retóricas, a oxímoron con un componente de absurdidad —la idiotez de luchar contra ello—: matarte para sobrevivir. En realidad deberían haberlas vendido con advertencias como las del tabaco: «Tómese esto y muera despacio».

Por fútil que fuera, todavía quedaba una operación más, y el sabor a agonía de hospital.

Mira, cuando la gente habla del olor de los hospitales, no te dejes engañar. Llega un punto en que vas más allá, en que lo notas en la ropa. Semanas después, cuando ya estás de vuelta en casa, de pronto algo te recuerda... eso.

Hubo una vez, una mañana en el desayuno, en que a Rory le dio un ataque de escalofríos. Mientras le subían y luego le bajaban por el brazo, Penelope lo señaló.

—¿Quieres saber qué es eso? —preguntó. Había estado mirando concentrada su cuenco de copos de maíz, tratando de dilucidar si se los comía o no—. Significa que un médico acaba de removerse mientras dormía.

—O peor —dijo nuestro padre—, un anestesista.

—¡Sí! —exclamó Rory, sin que nadie lo animara, mientras le robaba una cucharada de cereales a nuestra madre—. ¡Esos cabrones son la peste, qué mal me caen!

—¡Oye! Que te estás comiendo mi maldito desayuno, chaval.

Empujó el cuenco hacia él y le guiñó un ojo.

Poco después, los tratamientos volvieron a llegar en oleadas, y las primeras fueron como azotes agrestes, como un cuerpo caído en unos disturbios. Luego, cada vez más profesionales; un acoso ocasional.

Con el tiempo se convirtieron en ataques terroristas.

En un desastre calculado.

Nuestra madre, incendiada, derribada.

Un 11-S humano.

O una mujer que se convierte en un país, y la ves abandonándolo, abandonándose. Como los inviernos de antaño en el Bloque del Este, las amenazas llegaban cada vez antes:

Las pústulas crecieron como campos de batalla.

Lanzaron una guerra relámpago sobre su espalda.

Los medicamentos le desbarataron el termostato; la abrasaban, luego la congelaban, luego la paralizaban y, cuando se levantaba de la cama, caía; su pelo era como un nido sobre la almohada, o un montón de plumas dejadas por el gato en el césped.

Para Penny, se notaba que era una traición. Estaba ahí, en los ojos verde desvaído; y lo peor era la decepción, pura y dura. ¿Cómo podían fallarle de esa manera, el mundo y su propio cuerpo?

De nuevo, era como en la *Odisea* y la *Ilíada*, donde los dioses intervenían…, hasta que algo se precipitaba hacia la catástrofe; así era también en su caso. Ella intentaba recomponerse, reconocerse a sí misma, y a veces incluso lo creía. Como poco, pronto acabamos hastiados:

La estúpida luz de las salas de hospital.

La extrema amabilidad de enfermeras encantadoras.

Cómo odiaba su forma de caminar:

¡Esas piernas enfundadas en medias de las enfermeras jefe!

Pero a algunas no podías evitar quererlas; cómo odiábamos querer a las especiales. Aun ahora, mientras aporreo las teclas contando lo que ocurrió, siento gratitud hacia todas ellas; su forma de recolocarla sobre las almohadas, como el objeto quebradizo que era. Su forma de sostenerle la mano y hablarle, enfrentadas a todo nuestro odio. Le transmitían calor, apagaban fuegos y, como nosotros, vivían y esperaban.

Una mañana, cuando la situación estaba llegando al límite, Rory robó un estetoscopio; supongo que para desquitarse, al ver que nuestra madre se había convertido en una impostora. Para entonces era del color de la ictericia, y ya nunca más lo fue del suyo propio. A esas alturas habíamos aprendido a percibir la diferencia entre el amarillento y el rubio.

Se agarraba a nosotros de los antebrazos, o de la carne de las palmas de las manos y las muñecas. De nuevo, la educación; qué fácil contar los nudillos, también los huesos de ambas manos. Miraba por la ventana a un mundo reluciente y despreocupado.

También es digno de ver cómo se transforma tu padre.
Lo ves doblegarse por sitios diferentes.
Lo ves dormir de otra manera:
Inclinado hacia delante sobre la cama del hospital.
Toma aire pero no lo respira.
Tanta presión contenida en su interior.
Se ha convertido en algo de aspecto cansado y desvencijado, en ropa que suspira por las costuras. Igual que Penny nunca volvería a ser rubia, nuestro padre perdería su físico. Personificaban la muerte del color y la forma. Cuando miras a una persona que está muriéndose, no es solo su muerte lo que ves.

Pero entonces… ella lo superaba.

De alguna forma salía de aquel abismo y conseguía cruzar las puertas del hospital. Volvía directa al trabajo, por supuesto, aunque llevara a la muerte en el hombro.

Esa vieja conocida ya no colgaba de los cables eléctricos.

Ni esperaba apoyada en la nevera.

Pero siempre estaba allí, en alguna parte:

En un tren o un autobús, o en un sendero.

En el camino de vuelta a casa, aquí.

Llegado noviembre, nuestra madre era un milagro.

Ocho meses y había conseguido seguir viva.

Hubo otro ingreso de dos semanas en el hospital, y los médicos solían mostrarse evasivos, pero a veces se detenían y nos comentaban:

—No sé cómo lo ha hecho. Nunca había visto algo tan…

—Como diga «agresivo» —interrumpió mi padre un día, y señaló con calma a Rory—, voy a… ¿Ve a ese chico?

—Sí.

—Bueno, pues voy a pedirle que le dé una paliza.

—Perdón, ¿cómo dice?

El médico se alarmó bastante y Rory despertó de pronto; esa frase era mejor que las sales aromáticas.

—¿De verdad? —Casi se estaba frotando las manos—. ¿Puedo?

—Claro que no, lo digo en broma.

Pero Rory intentó vender la idea.

—Vamos, doctor, al cabo de un rato ni siquiera lo notará.

—Todos ustedes —dijo ese especialista en concreto— están mal de la cabeza.

A su izquierda se oyó la risa de Penny.

Rio y luego acalló el dolor.

—Puede que así sea como he llegado hasta aquí —le dijo al médico.

Era una criatura feliz y triste envuelta en mantas.

En esa ocasión, cuando volvió a casa, habíamos engalanado todas las habitaciones:

Serpentinas, globos, Tommy hizo un cartel.

—Has escrito mal «bienvenida» —dijo Henry.

—¿Qué?

—La segunda es una v.

A Penelope no le importó.

Nuestro padre la llevó en brazos desde el coche, y ella le dejó hacerlo por primera vez. A la mañana siguiente todos lo oímos, antes de que el alba alcanzara la casa:

Penny estaba tocando el piano.

Tocó durante todo el amanecer, tocó mientras nos peleábamos. Tocó durante el desayuno y siguió hasta mucho después, y era una música que ninguno de nosotros conocía. Tal vez fuese malgastar lógica: pensar que, mientras tocaba, mantenía a la muerte alejada… Porque sabíamos que pronto volvería, que solo había saltado de un cable a otro.

De nada servía correr las cortinas ni cerrar con llave ninguna puerta.

Estaba allí dentro, allí fuera, esperando.

Vivía en nuestro porche delantero.

pacto con el diablo

Cuando Clay regresó corriendo de la camioneta de McAndrew, nuestro padre estaba junto a Aquiles.

Le preguntó a Clay si se encontraba bien.

Le dijo que lo había echado mucho de menos.

—¿No has construido nada mientras no estaba?

—No. —Le dio unas palmadas al mulo, con cautela—. Podría haber miles de personas trabajando en este puente, y el mundo vendría a verlo…, pero todos sabrían a quién le pertenece. —Le entregó el cabestro del animal—. Tú eres el único que puede terminarlo.

Durante mucho tiempo, Clay se quedó ahí fuera.

Vio a Aquiles comer.

La noche pronto caería sobre ellos.

Había una idea que lo abrumaba, y al principio no sabía por qué.

Me parece que solo quería hablar con él.

Sobre la leyenda del Pont du Gard:

Una vez, en Francia —que ni siquiera era Francia por aquel entonces, porque ocurrió en una época remota—, había un río que resultaba infranqueable. Ese río, hoy en día, es el Gardon.

Durante siglos, las personas que vivían allí no lograron terminar ningún puente, y si lo hacían, el río lo destruía.

Entonces, un día, el diablo llegó al pueblo y les hizo una oferta a los vecinos.

—¡Yo puedo construiros ese puente sin ningún problema! ¡Puedo construirlo en una sola noche! —anunció.

Y los vecinos casi se echaron a llorar.

—¡Pero…! —El diablo estaba loco de contento—. El primero que cruce el puente al día siguiente será mío para hacer con él lo que me plazca.

Así que en el pueblo celebraron una reunión.

Lo discutieron y por fin llegaron a un acuerdo.

Aceptaron la oferta del diablo y, completamente embelesados, presenciaron cómo este se pasaba la noche arrancando de lo alto de las montañas piedras y todo lo que encontrara. Lanzaba los sillares y hacía malabares con ellos, construía los arcos de dos en dos y de tres en tres. Levantó el puente y acueducto y, por la mañana, aguardó su pago.

Tenían un trato y él había cumplido con su parte.

Pero los vecinos, por una vez, fueron más listos que él: liberaron una liebre en lo alto del puente para que fuera la primera en cruzar el río.

Como era de esperar, el diablo se puso furioso:

Cogió la liebre y la estampó.

La lanzó contra un arco con una fuerza épica, y su silueta aún sigue allí en la actualidad.

Mientras Clay y Michael Dunbar aguardaban en el campo junto a Aquiles y el río, el chico paseó la mirada y preguntó:

—¿Papá?

Los insectos estaban casi en silencio.

Allí siempre tenían atardeceres sangrientos, y aquel era el primero para Aquiles. Pero el mulo no le hizo ningún caso, por supuesto, y siguió con aquello para lo que había nacido; aquel campo estaba para comérselo.

Michael se acercó y esperó.

Todavía no estaba seguro de cómo abordar a Clay, porque el chico había visto muchas cosas…, y entonces sucedió algo extraño:

—¿Te acuerdas de que me preguntaste si la conocía? ¿La leyenda del Pont du Gard?

—Claro, pero… —Michael se vio interrumpido a mitad de la respuesta.

—Bueno, pues yo no lo haría.

—¿No harías… qué?

Esta vez Aquiles también prestó atención; había levantado la vista de la hierba.

—No haría ningún pacto. Para que el puente se construyera en una noche.

A esas alturas ya había caído la oscuridad, era prácticamente absoluta, y Clay siguió hablando.

—Pero sí haría un intercambio por ellas. —Apretó los labios, luego los abrió—. Iría yo mismo al infierno con tal de que ellas volvieran a vivir… Podríamos ir los dos, tú podrías venir conmigo. Uno por cada una de ellas. Sé que no están en el infierno, lo sé, lo sé, pero… —Se detuvo y se inclinó. Luego habló otra vez—: Papá, tienes que ayudarme.

La oscuridad lo había partido en dos. Daría su vida por hacerlas regresar. A Penelope, pensó, y a Carey. Eso, como mínimo, se lo debía a ambas.

—Tenemos que conseguir que sea perfecto —dijo—. Tenemos que conseguir que sea extraordinario.

Se volvió para enfrentarse al lecho del río.

Un milagro, y nada menos.

las siete cervezas de penny dunbar

De alguna manera iba enhebrando los días.

Los convertía en semanas.

A veces solo podíamos preguntarnos:

¿Había hecho un pacto con la muerte?

En tal caso, era el timo del siglo: aquello era una muerte en vida.

Lo mejor fue cuando pasó un año.

Cuando los meses llegaron a trece, el número de la suerte.

En esa ocasión, al volver del hospital, Penny Dunbar anunció que tenía sed. Anunció que quería cerveza. Ya la habíamos ayudado a llegar al porche cuando nos dijo que no nos molestáramos. Normalmente no bebía nunca.

Michael la sostenía de los brazos en ese momento.

La miró y le preguntó.

—¿Qué pasa? ¿Necesitas descansar?

Pero la mujer contestó de inmediato, con empatía:

—Vámonos al Brazos Desnudos.

La noche había caído sobre la calle, y Michael tiró de ella hacia sí.

—¿Perdona? —preguntó—. ¿Qué has dicho?

—He dicho que vayamos al bar.

Llevaba un vestido que habíamos comprado para una niña de doce años, pero una niña que no existía.

Sonrió en la oscuridad de Archer.

Durante un momento muy largo, su luz iluminó la calle, y sé que eso suena bastante extraño, pero así es como lo describió Clay. Dijo que por entonces estaba ya muy pálida, que su piel era fina como el papel. Sus ojos seguían amarilleando.

Sus dientes se habían convertido en cimbra vieja.

Sus brazos estaban grapados por los codos.

Su boca era la excepción…, o su contorno, al menos.

Sobre todo en ocasiones como esa.

—Vengaaa… —dijo, y tiró de él. Resquebrajada y seca, pero viva—. Vamos a tomar algo. ¡Eres Mikey Dunbar, no lo olvides!

Los chicos no pudimos evitar hacer un poco el payaso.

—¡Sí! ¡Venga, Mikey! ¡Vamos, Mikey!

—¡Eh! —exclamó él—. Que Mikey todavía puede mandaros limpiar la casa y cortar el césped.

Se quedó en el porche cuando ella echó a andar por el camino, y supo que sería inútil intentar hacerla entrar en razón desde allí. Aun así, tenía que intentarlo.

—Penny… ¡Penny!

Y supongo que fue uno de esos momentos, ¿sabes?

Se podía ver lo mucho que la amaba.

Tenía el corazón arrasado, pero encontró la voluntad para seguir adelante.

Estaba cansado, agotado, en la luz del porche.

Un hombre reducido a pedazos.

En cuanto a nosotros, éramos chicos, deberíamos haber sido una *sitcom*.

Éramos jóvenes, los descerebrados e inquietos.

Incluso yo, el futuro responsable, claudiqué cuando él se reunió con nosotros.

—No sé, papá. A lo mejor tiene que hacerlo y punto.

—Nada de a lo mejor…

Pero ella le hizo callar.

Un brazo hueco, séptico.

Su mano extendida, como una garra de ave.

—Michael —dijo—. Por favor. Una copa no nos matará.

Y Mikey Dunbar aflojó.

Se pasó una mano por la línea ondulante del pelo.

Igual que un niño, le dio un beso en la mejilla.

—De acuerdo —dijo él.

—Bien —dijo ella.

—De acuerdo —repitió él.

—Eso ya lo has dicho. —Y lo abrazó. Le susurró—: Te quiero, ¿te lo había dicho alguna vez?

Y él se zambulló dentro de ella.

En el pequeño mar negro de sus labios.

Cuando quiso llevarla al coche, la ropa de mi padre colgaba húmeda y hosca sobre él, y de nuevo Penny se plantó.

—No —dijo—, iremos a pie.

Y la sola idea fue un golpe limpio para él.

Esta mujer se está muriendo y parece querer asegurarse de que me lleva con ella, maldita sea.

—Esta noche daremos un paseo juntos.

Una muchedumbre de cinco chicos y una madre, pues, cruzamos la extensión de la calzada. Recuerdo nuestros pantalones cortos y nuestras camisetas. Recuerdo las piernas infantiles de ella. Ahí estaban la oscuridad, luego las farolas y el aire todavía cálido de otoño. La imagen se forma lentamente en mi recuerdo, pero pronto se apaga:

Nuestro padre se había quedado en el césped.

Una parte de él estaba zozobrando allí mismo, y los demás nos volvimos a mirarlo. Qué solo se lo veía, joder.

—¿Papá?

—¡Venga, papá!

Pero nuestro padre se sentó, la cabeza entre las manos, y por supuesto, ¿quién iba a reaccionar si no Clay:

Regresó a nuestro césped de Archer Street y se acercó a aquella sombra de padre. Enseguida estuvo a su lado y, entonces, despacio, se dejó caer y se encogió… Y justo cuando yo pensaba que iba a quedarse allí con él, se levantó de nuevo, se puso tras él. Colocó las manos en esa zona que tiene todo hombre sobre la faz de la Tierra:

El ecosistema de cada axila.

Levantó a nuestro padre.

Los dos se pusieron de pie, se tambalearon y encontraron el equilibrio.

Al caminar, lo hacíamos al paso de Penelope, tan pálida en cada movimiento. Doblamos unas cuantas esquinas más, hasta Gloaming Road, donde estaba el bar, tranquilo y reluciente. Tenía azulejos color crema y granate.

Dentro, mientras los demás buscábamos un taburete, nuestro padre se acercó a la barra.

—Dos cervezas y cinco ginger-ales —pidió.

Pero Penny se le acercó desde atrás, toda sudor y huesos salientes.

Puso las manos encima del posavasos.

Hurgó en lo hondo de sus pulmones yermos.

Parecía estar rebuscando algo ahí dentro, algo que conocía y amaba.

—¿Qué te parece… —pronunció la pregunta trozo a trozo— si le decimos que sean siete cervezas?

El camarero era joven y ya se había vuelto hacia los refrescos. En su etiqueta decía que se llamaba Scott. Lo llamaban Scotty Bils.

—¿Perdón?

—He dicho —repitió, y lo miró directa a los ojos. Al chico empezaba a faltarle pelo, pero no iba corto de nariz—. Que sean siete cervezas.

Fue entonces cuando se acercó Ian Bils, el alma del Brazos Desnudos.

—¿Todo bien por aquí, Scotty?

—Esta señora —dijo Scotty Bils—, que ha pedido siete cervezas. —Su mano en el flequillo como una partida de búsqueda—. Esos chicos de ahí…

Ian Bils ni siquiera miró.

Mantuvo los ojos firmes en la mujer fluctuante que se había apuntalado en su barra.

—¿Le van bien unas Tooheys Light?

Penny Dunbar zanjó el trato.

—De perlas.

El viejo dueño asintió con solemnidad.

Llevaba una gorra con un mustang al galope.

—Esta ronda la paga la casa.

Hay victorias y victorias, supongo, y esa no parecía que fuera a salirnos barata. Pensábamos que se rendiría esa noche, cuando por fin la llevamos a casa.

Al día siguiente nos quedamos todos con ella.

La mirábamos y comprobábamos que respirase:

Sus brazos desnudos y el Brazos Desnudos.

Olía a cerveza y enfermedad.

Por la tarde redacté los justificantes de falta de asistencia.

Los mejores garabatos imitando a nuestro padre que pude conseguir: «Mi mujer está muy enferma, como saben…».

Aunque sé que debería haber escrito lo siguiente:

> Querida señora Cooper:
> Por favor, disculpe la falta de asistencia de Tommy de ayer. Pensaba que su madre iba a morir, pero no ha sido así y, si le digo la verdad, el niño también tenía un poco de resaca…

Lo cual, estrictamente hablando, no era cierto.

Dado que era el mayor, fui el único que consiguió acabarse la cerveza, y me supuso todo un esfuerzo, lo confieso. Rory y Henry se bebieron la mitad. Clay y Tommy consiguieron tragarse la espuma… Y aun así, nada de eso importó, ni remotamente, porque estuvimos mirando a Penny Dunbar, que sonreía para sí; huesos y un vestido blanco de niña. Su intención era hacer de nosotros unos hombres, pero aquello fue su sálvese quien pueda particular.

La Cometedora de Errores no se dejó llevar a error.

Se quedó hasta apurar la última gota.

el paseo por featherton

Cuando hablaron del Pont du Gard, fue para anunciar el principio del final.

Caminaron y empezaron a trabajar de nuevo.

Trabajaron y Clay ya no pudo parar.

De hecho, Michael Dunbar contabilizó ciento veinte días consecutivos que Clay trabajó en el puente, y muy pocas horas de sueño, muy poca comida; solo un chico capaz de manejar la polea y levantar piedras que de otro modo no habría tenido ningún derecho a mover.

—Ahí —le decía a su padre—. No, ahí no. Ahí arriba.

Solo paraba para estar un rato con el mulo; Clay y el leal Aquiles.

A menudo dormía fuera, en la tierra.

Cubierto por unas mantas y la cimbra.

El pelo enmarañado se le pegaba a la cabeza.

Le pidió a Michael que se lo cortara.

Cayó a sus pies convertido en terrones.

Lo hicieron fuera, junto al puente, en la sombra protectora de los arcos.

Clay le dio las gracias y siguió trabajando.

Cuando Michael se marchaba a las minas, obligaba a Clay a prometerle que comería.

Incluso nos llamaba a nosotros, aquí, para asegurarse de que le telefoneábamos para ver cómo estaba, y era algo que yo hacía religiosamente; lo llamaba tres veces por semana, y contaba veinticuatro tonos hasta que él lograba contestar; lo que tardaba en correr hasta la casa.

Solo hablaba del puente y de su construcción.

Que no fuéramos, decía, hasta que hubiese terminado.

El puente y su perfección.

Tal vez una de las mejores cosas que Michael hizo jamás fue obligarlo a que se tomara un descanso:

Un fin de semana.

Un fin de semana entero.

Clay, por supuesto, no quiso ni oír hablar de ello. Dijo que se iba al cobertizo; necesitaba otra vez esa pala torturadora.

—No.

El Asesino, nuestro padre, fue tajante.

—¿Por qué no?

—Te vienes conmigo.

No fue ninguna sorpresa que Clay se pasara todo el trayecto durmiendo en el coche mientras él se lo llevaba a Featherton; lo despertó cuando ya había aparcado en Miller Street.

Clay se frotó los ojos y se encendió.

—¿Es aquí donde las enterraste? —preguntó.

Michael asintió y le pasó una taza de café.

El paisaje empezó a dar vueltas.

Dentro de los confines del coche, mientras Clay bebía, nuestro padre rememoraba con afecto. No sabía si seguirían viviendo allí, pero los Merchison eran el matrimonio que había comprado la propiedad, aunque en esos momentos no parecía que hubiera nadie en casa. Solo las tres de la parte de atrás.

Durante un buen rato estuvieron tentados —de cruzar ese césped tostado—, pero después siguieron avanzando y aparcaron el coche cerca del banco. Recorrieron a pie el viejo pueblo y sus calles.

—En este bar de aquí es donde lanzaba ladrillos —explicó—. Le lanzaba ladrillos a un tipo encaramado a un andamio que a su vez se los lanzaba a otro tipo…

Y Clay dijo:

—Abbey estuvo aquí.

«¡Eh, Dunbar, pedazo de inútil, date brillo! ¡¿Dónde están los puñeteros ladrillos?!»

—Pura poesía —fue todo lo que dijo Michael Dunbar.

Después de eso, caminaron hasta entrada la tarde y llegaron a la carretera; allí, Clay pudo ver los principios de muchas cosas, como a Abbey comiéndose un helado, y a su padre y la perra que se llamaba Luna.

En el pueblo vio una consulta médica:

El infame potro de tortura del doctor Weinrauch.

Luego, a la boxeadora que trabajaba allí aporreando las teclas.

—No es como yo pensaba —dijo—, pero supongo que eso pasa siempre.

—Nunca imaginamos las cosas a la perfección —dijo Michael—, sino siempre un poco más a la izquierda o a la derecha… Ni siquiera yo, y eso que vivía aquí.

Por la noche, cerca del final, empezaron a dejar las cosas para más tarde.

Tenían que tomar una decisión.

—¿Querías acercarte a por ella? —dijo Michael—. ¿Querías ir a cavar y desenterrar la máquina de escribir? Seguro que a esa gente no le importará.

Pero entonces fue Clay quien decidió. Fue Clay quien se mostró claro y contundente. Fue entonces, creo, cuando se dio cuenta de algo:

Para empezar, la historia aún no había terminado.

E incluso cuando lo hiciera, no sería cosa suya.

La historia sí era de Clay, pero su redacción no le pertenecía.

Ya resultaba bastante duro vivirla y encarnarla.

comerciantes y estafadores

Las siete cervezas fueron otro principio:
Una cronología de muerte y acontecimientos.
Al echar la vista atrás veo lo maleducados que fuimos, tanto nosotros como la propia Penny; pura insolencia.
Los chicos peleábamos y discutíamos.
Gran parte de esa muerte nos hacía mucho daño.
Pero a veces intentábamos ganarle la carrera, o reírnos y escupirle a la cara…, todo ello sin dejar de mantener las distancias.
Como mucho, conseguimos interrumpirla.
Ya que la muerte había venido a llevársela, por lo menos podíamos tener mal perder.

Durante las vacaciones de invierno de ese año acepté un trabajo en una empresa de instalación de parquet y moqueta. Me ofrecieron una jornada completa.
En el instituto, a los dieciséis, se me daban bien muchas cosas y mal muchas otras, y mi asignatura preferida solía ser lengua; me gustaba escribir, me encantaban los libros. Una vez, nuestra profesora mencionó a Homero y los demás se rieron y lo ridiculizaron. Mencionaron a un personaje muy querido de unos muy queridos dibujos animados estadounidenses; yo no dije nada de nada. Ese día hicieron

bromas con el apellido de la profesora y, al final de la clase, me acerqué a decirle:

—Mi preferido siempre ha sido Odiseo.

La señorita Simpson se quedó un poco perpleja.

Me gustaban sus tirabuzones alocados y sus manos largas, estilizadas y manchadas de tinta.

—¿Conoces a Odiseo y no has dicho nada?

Me dio vergüenza, pero no podía parar.

—Odiseo, el ingenioso —dije—. Agamenón, rey de hombres, y… —deprisa, me la tragué—, Aquiles, el de ágiles pies…

Veía que la profesora estaba pensando: «¡Joder!».

Cuando dejé los estudios, no les pedí permiso:

Se lo anuncié a mi madre en su lecho de enferma y a Michael Dunbar en la cocina. Los dos dijeron que debía seguir, pero yo ya lo había decidido. Hablando de odiseas, las facturas empezaban a llegar a mares —desafiar a la muerte nunca ha sido barato—, pero tampoco fue por eso por lo que lo hice. No, solo me parecía lo correcto, eso es todo lo que puedo decir, e incluso cuando Penny me miró y dijo que fuera a sentarme a su lado, me sentí completamente seguro y con motivos de sobra.

Ella luchó por levantar una mano.

La alzó hasta mi cara.

Sentí su calor de tejado de chapa, incendiada como estaba sobre las sábanas; volvía a ser el efecto de uno de esos oxímoron: la hervía por dentro.

—Prométeme que seguirás leyendo —dijo. Tragó saliva como si fuera maquinaria pesada—. Prométemelo, promételo, ¿quieres, hijo?

—Por supuesto —dije, y tendrías que haberla visto.

Prendió en llamas, a mi lado, sobre la cama.

Su rostro de papel se incendió.

En cuanto a Michael Dunbar, en la cocina, nuestro padre hizo algo extraño.

Miró las facturas, luego a mí.

Después salió al patio con su taza de café y la lanzó contra la valla…, pero de algún modo erró el ángulo y la estrelló entre la hierba.

Al cabo de un minuto fue a recogerla y la taza estaba intacta.

A partir de ese momento, la puerta se abrió de golpe y la muerte entró desde todas partes; merodeó alrededor de todo lo que era de Penelope.

Aun así, ella no pensaba permitirlo.

Una de las mejores noches fue a finales de febrero (casi veinticuatro meses en total), cuando una voz llegó hasta la cocina. Hacía calor y mucha humedad. Incluso la vajilla del escurreplatos sudaba, lo que significaba que era una noche perfecta para el Monopoly. Nuestros padres estaban en la sala de estar, viendo la tele.

Yo era la chistera; Henry, el coche; Tommy, el perro; Clay, el dedal. Rory, como siempre, era la plancha (eso era lo más que se había acercado a usar una de verdad), iba ganando y nos los estaba restregando por las narices.

Rory sabía que yo detestaba las trampas, y el regodeo más aún…, y él estaba haciendo ambas cosas en nuestra cara. Nos alborotaba el pelo cada vez que teníamos que pagarle… Hasta que, al cabo de unas horas, se armó:

—Oye. —Ese fui yo.

—¿Qué? —Ese fue Rory.

—Que has sacado un nueve pero has avanzado diez.

Henry se frotó las manos; la cosa pintaba bien.

—¿Diez? Pero ¿qué me estás contando?

—Mira. Estabas aquí, ¿no?, en Leicester Square. Así que mueve tu culo planchado, retrocede una casilla hasta mi estación y apoquina veinticinco.

Rory no se lo podía creer.

—Era un diez. ¡He sacado un diez!

—Si no retrocedes, voy a quedarme con la plancha y a expulsarte de la partida.

—¿Expulsarme?

Sudábamos como comerciantes y estafadores, y Rory arremetió contra sí mismo, para variar: pasó la palma de la mano por el alambre de su pelo. En aquel entonces ya tenía las manos endurecidas. Y los ojos más aún.

Entonces sonrió, con peligro, hacia mí.

—Estás de coña —dijo—, no lo dices en serio.

Pero yo tenía que mantenerme firme.

—Joder, Rory, ¿a ti te parece que estoy de broma?

—Es un farol.

—Vale, se acabó.

Alcancé la plancha, pero no antes de que Rory le pusiera sus dedos sudados y grasientos encima también, y luchamos por ella, no, nos la birlamos uno al otro, hasta que oímos unas toses desde la sala de estar.

Paramos.

Rory soltó.

Henry fue a ver y, cuando regresó asintiendo para informarnos de que todo iba bien, dijo:

—Vale, ¿por dónde íbamos?

Tommy:

—La plancha.

Henry:

—Ah, sí, perfecto. ¿Dónde está?

Yo puse cara de póquer.

—No está.

Rory registró el tablero como loco.

—¿Cómo que no está?

Con más cara de póquer aún:

—Me la he comido.

—Venga ya. —Incredulidad—. ¡Tienes que estar de broma! —gritó.

Quiso ponerse de pie, pero Clay, en el rincón, le hizo callar.

—Es verdad —dijo—. Yo lo he visto.

Henry estaba entusiasmado.

—¿Qué? ¿En serio?

Clay asintió.

—Como si fuera una aspirina.

—¿Qué? ¿Y te las has tragado? —Henry estalló en una risa resonante, rubio en esa cocina rubio ceniza, mientras Rory se volvía deprisa hacia él.

—¡Yo de ti me callaría, Henry! —Y se detuvo un momento. Luego salió al patio y regresó con un clavo oxidado. Lo dejó con un buen golpe en la casilla correspondiente, pagó lo que debía y me fulminó con la mirada—. Ahí tienes, capullo. ¡Intenta tragarte eso!

Pero, por supuesto, no tuve que hacerlo, porque cuando retomamos la partida y Tommy tiró los dados, oímos la voz desde la sala contigua. Era Penny, medio ida, medio viva.

—Eh, ¿Rory?

Silencio.

Todos paramos.

—¿Sí?

Y ahora que lo recuerdo, me encanta la forma en que lo dijo: cómo se levantó, dispuesto a ir hacia ella, a cargar con ella o morir por ella si era necesario; igual que los griegos cuando los llamaban a las armas.

Los demás nos quedamos sentados, como estatuas.

Guardamos silencio y nos pusimos alerta.

Dios mío, esa cocina y su calor, y los platos con aspecto de estar nerviosos. Y esa voz que llegó tambaleándose. Se posó en el tablero, entre nosotros:

—Mira en su camisa... —La sentimos sonreír—. Bolsillo izquierdo.

Y tuve que dejarle hacerlo. Dejé que acercara la mano y la metiera.

—Joder, ya que estoy, tendría que retorcerte el pezón, capullo.

Pero enseguida consiguió encontrarla.

Su mano buscó y sacó la plancha. Rory sacudió la cabeza y le dio un beso; labios duros sobre una ficha plateada.

Entonces se la llevó hasta el umbral, y por un momento volvió a ser Rory, joven y sin endurecer; el metal se suavizó un instante. Sonrió y gritó con toda su inocencia, su voz subió hasta el techo:

—¡El cerdo de Matthew está haciendo trampas otra vez, Penny!

Y toda la casa tembló a nuestro alrededor, y Rory tembló con ella..., pero enseguida regresó a la mesa y dejó la plancha en mi estación, lanzó una mirada que se me vino encima a mí, y luego a Tommy y a Henry y a Clay.

Era el chico de los ojos de chatarra.

Pasaba absolutamente, de todo.

Pero esa mirada, tan asustada, tan desesperada, y sus palabras, como salidas de un chico hecho pedazos:

—¿Qué vamos a hacer sin ella, Matthew? Joder, ¿qué se supone que vamos a hacer?

fútbol en el lecho del río

Lo hicimos a principios de diciembre.

Nos subimos todos a mi ranchera y punto.

Clay podía decir lo que quisiera sobre que esperásemos a que lo hubiera terminado. Estábamos más que hartos, así que saqué mis herramientas y el equipo del trabajo, y metimos los brazos para enderezar los asientos. Rosy también se vino con nosotros. Tommy lo intentó con Héctor, pero le dijimos que no tentara a su suerte… Y, Dios, cómo pensamos en él mientras íbamos en el coche.

Esos kilómetros y kilómetros de vacío.

Viajamos casi sin hablar.

Mientras tanto, las nubes traían tormentas, lo cual conllevaba una de dos posibilidades.

Que pasaran de largo sin dejar lluvia, y entonces tendrían que esperar años a hacer la prueba. O que el diluvio llegara demasiado pronto, mientras aún trabajaban a la desesperada para terminar.

Seguramente el momento más espectacular se produjo cuando retiraron la armadura —la cimbra— para dejar que los arcos se tuvieran solos en pie. A aquellas alturas ya eran hombres de otra pasta —de tender puentes en lugar de muertes—, así que hablaban de la solidez de los sillares y de la esperanza que tenían depositada en cada clave.

Pero entonces la sencillez les ganó la partida, al menos a Michael, en el lecho del río:

—Esperemos que estos cabrones aguanten.

Era como ver unas aletas en mitad del océano: sabías que solo eran delfines, pero ¿podías estar seguro de verdad? No hasta que los vieras de cerca.

Sus corazones les decían que lo habían hecho todo.

Lo habían hecho todo para que fuese perfecto.

La arenisca relucía por las mañanas.

—¿Estás listo? —preguntó Michael.

Clay asintió.

Y, en la demostración más definitiva de todas, Michael se colocó debajo.

—Clay, tú quédate ahí, quédate en la luz —dijo, y acabó de desmantelar la cimbra, y los arcos, en efecto, siguieron de pie. Entonces llegó la sonrisa, y la risa también—: ¡Ven aquí! —exclamó—. ¡Ven aquí, Clay, ven aquí debajo!

Se abrazaron como dos niños bajo el arco.

Cuando llegamos, recuerdo que lo vimos.

El puente totalmente acabado, la arenisca del tablero bien lisa.

—Joder —dijo Rory—, mirad eso.

—¡Eh! —exclamó Henry—. ¡Ahí está Clay!

Saltó del coche en marcha:

Tropezó y se echó a reír, luego corrió y lo atrapó, lo placó y lo tiró al suelo.

De nuevo, solo una historia más.

De cómo los chicos y los hermanos se quieren.

Al atardecer jugamos al fútbol australiano en el lecho del río.

Era algo que había que hacer.

Los mosquitos casi no daban abasto con nosotros.

El terreno era de una dureza despiadada, así que nos placábamos pero nos sosteníamos unos a otros en pie.

También hubo momentos en los que paramos, sin embargo, y simplemente contemplamos el puente admirados: su tablero monumental, y los arcos, gemelos, ante nosotros. Sin duda alguna se alzaba con el aire de un edificio sagrado, como una catedral de hijo y padre. Yo estaba junto al arco izquierdo.

Y supe que estaba hecho de él:

De piedra, pero también de Clay.

¿Y qué otra cosa podía decidirme a hacer?

Todavía había mucho que desconocía y, de haberlo sabido, tal vez lo habría llamado antes, allí donde estaba, entre Rosy y Aquiles.

—¡Eh!

Y de nuevo:

—¡Eh! —exclamé, y casi lo llamé «papá», pero en vez de eso dije «Michael», y él bajó la mirada hacia mí, en el lecho del río—. Te necesitamos para igualar los equipos.

Y, por extraño que parezca, él miró a Clay.

Aquel era el lecho del río de Clay, el puente de Clay; y, por ende, también su campo de fútbol australiano. Clay asintió y Michael bajó enseguida.

¿Tuvimos entonces una buena charla, acerca de cómo estar más unidos que nunca, sobre todo en momentos como ese?

Por supuesto que no; éramos chicos Dunbar.

El siguiente en decirle algo fue Henry.

Le dio una lista de instrucciones:

—Puedes atravesar los arcos corriendo, ¿vale? Y chutar la pelota por encima. ¿Lo has entendido?

—Lo he entendido... —Y el Asesino sonrió desde años atrás, aunque solo fuera por una fracción de segundo.

—Y... —dijo Henry, para zanjar las cosas— dile a Rory que deje de hacer trampas, joder.

—¡Que yo no hago trampas!

Jugamos en la sangre del sol.

el mundial de la muerte

El reloj dio dos años con dignidad.

Después, con horror, dos y medio.

Ella volvió al trabajo como sustituta.

—Esta mierda de morirse es fácil —dijo.

(Acababa de vomitar en el fregadero.)

Cuando conseguía ir al trabajo, a veces no regresaba y teníamos que ir a buscarla por el camino, o al aparcamiento, dentro del último coche que quedaba allí. Una vez la encontramos junto a las vías del tren, reclinada en su asiento, cerca de la estación, y los trenes pasaban a un lado y el tráfico rugía al otro. Dimos unos golpecitos en la ventanilla para despertarla.

—Ah —dijo—, sigo viva, ¿no?

Algunas mañanas le daba por instruirnos:

—Si alguno de vosotros ve hoy a la muerte, que me la envíe a mí.

Sabíamos que solo era un alarde de valentía.

Los días que estaba demasiado enferma para salir, nos llamaba para que fuéramos al piano, donde estaba ella.

—Venga, chicos, dadme uno aquí.

Y hacíamos cola para darle un beso en la mejilla.

Cada vez podía ser la última.

Aunque nos ofreciera ligereza o algo con lo que mantenernos a flote, sabíamos que la zozobra no andaba lejos.

Resultó que la tercera Navidad sí fue la última para ella.

Nos sentamos a la mesa de la cocina.

Nos habíamos esforzado lo que no está escrito; habíamos preparado *pierogi* y un *barszcz* atroz.

Por entonces ya volvía a estar preparada para cantar «Sto Lat», y todos la entonamos por amor a Penelope, y también por Waldek, la estatua, pero no por ningún país. Cantamos únicamente por la mujer que teníamos delante. Cantamos únicamente por todas sus historias.

Pero pronto tenía que suceder.

Le dieron una última opción.

Podía morir en el hospital o morir en casa.

Miró a Rory en aquella habitación clínica, y luego a mí, y al resto de nosotros, y se preguntó quién debería decir algo.

Si hubiese sido Rory, habría soltado: «Eh, usted... ¡Enfermera! Sí, usted, eso es: desconéctela de toda esta mierda». Si hubiese sido yo, menos bruto, pero directo. Henry demostraría demasiado aplomo, y Tommy no habría dicho nada; era demasiado joven.

Tras una breve deliberación, nuestra madre se decidió por Clay, lo llamó para que se acercara y le susurró algo, y él se volvió hacia la enfermera y la doctora; mujeres ambas, ambas amables a más no poder.

—Dice que aquí echaría de menos su cocina, y que quiere estar en casa por nosotros. —Entonces ella le guiñó un ojo ictérico—. Y que tiene que seguir tocando el piano... y no perder de vista a este.

Pero no fue a Rory a quien señaló, sino al hombre que llevaba a Tommy de la mano.

La voz de Penny se levantó desde la cama.

—Gracias a las dos por todo —dijo.

Clay ya había cumplido los trece por entonces, estaba en su segundo año de instituto.

Lo llamaron al aula de un orientador, justo después de que Henry saliera de allí; le preguntaron si le apetecía hablar. Los días oscuros de antes de Claudia Kirkby.

Se llamaba señor Fuller.

El hombre no era psicólogo, como tampoco ella lo sería, sino un profesor asignado a ese puesto, y no era mal tipo, pero ¿por qué querría Clay hablar con él? No le encontraba ninguna utilidad.

—Verás —dijo el profesor. Era bastante joven y llevaba una camisa azul cielo. La corbata era de un estampado de ranas, y a Clay le dio por pensar: «¿Ranas?»—. A veces resulta más fácil hablar con alguien que no sea de la familia.

—Estoy bien.

—Vale, bueno, ya sabes. Aquí me tienes.

—Gracias. ¿Puedo volver ya a mates?

Hubo momentos duros, por supuesto, hubo momentos terribles, como cuando la encontramos en el suelo del baño, igual que una golondrina de mar que no había podido acabar la migración.

O también como cuando veíamos a Penny y a nuestro padre en el pasillo, y la forma en que él la ayudaba a caminar. Era así de idiota, nuestro padre, porque siempre nos miraba y formaba con la boca su frase —su «¡Echadle un ojo a este bombón!»—, pero llevaba cuidado de no hacerle moratones.

Moratones, rascadas. Lesiones.

No valía la pena correr el riesgo, por nada.

Deberían haberse detenido junto al piano, a hacer un descanso y fumarse un cigarrillo.

Pero en eso de morirse no hay descansos, supongo, es despiadado y sin piedad. Es absurdo describirlo con esas dos expresiones, lo sé, pero a esas alturas la verdad es que ya no te importa. Es como morir por partida doble.

O como cuando había que obligarla a desayunar, a que se sentara a la mesa de la cocina; nunca conseguía acabarse los copos de maíz.

Como una vez que Henry estaba fuera, en el garaje:

Se había liado a mamporros con una alfombra enrollada, pero entonces me vio y cayó al suelo.

Yo me quedé allí de pie, desvalido, desarmado.

Entonces di un paso y le ofrecí mi mano.

Tardó un minuto en aceptarla y que los dos saliéramos de nuevo al patio.

A veces nos quedábamos todos en su habitación.

En la cama, o tirados en la moqueta.

Éramos críos y cuerpos, expuestos ante ella.

Pasábamos el rato tumbados allí como prisioneros de guerra.

Y por supuesto, sería a nosotros mismos a quienes imitaríamos más adelante, el día del aniversario, cuando les leí la *Odisea* un rato a los demás.

Solo que esta vez era Michael quien nos leía:

Los sonidos del mar y de Ítaca.

Él, de pie junto a la ventana de la habitación.

Cada tanto venía una enfermera a comprobar cómo estaba. La entregaba entonces a la morfina y se esforzaba por encontrarle el pulso.

¿O acaso se concentraba de esa forma para olvidar?

O para hacer a un lado el motivo que la había llevado allí, y quién y qué era:

La voz de la rendición.

Nuestra madre era sin duda una maravilla por entonces, pero un milagro en triste descomposición.

Era un desierto recostado sobre almohadas.

Sus labios tan secos y áridos.

Su cuerpo volcado sobre las mantas.

Su cabello, que no cedía terreno.

Nuestro padre podía leer todo lo que quisiera sobre los aqueos y las naves listas para zarpar.

Pero ya no había aguas agrestes.

Ni un mar color vino oscuro.

Solo un único bote corroído, aunque incapaz de hundirse del todo.

Pero sí.

¡Joder, ya lo creo que sí!

A veces también había buenos momentos, había momentos geniales.

Como cuando Rory y Henry esperaron junto a la puerta de la clase de mates de Clay, o de ciencias, apoyados con chulería:

El pelo óxido oscuro.

La sonrisa sesgada.

—Venga, Clay, vámonos.

Regresaron corriendo a casa y los tres le hicieron compañía, y Clay leyó, y Rory dijo:

—Es que no entiendo por qué Aquiles es tan llorica.

Un movimiento mínimo agitó los labios de Penny.

Todavía tenía regalos para repartir.

—Agamenón le ha robado a la novia.

Nuestro padre se los llevó de vuelta al instituto en coche, dándole un sermón al parabrisas, pero ellos notaron que no iba en serio.

Había noches que nos quedábamos levantados hasta tarde, en el sofá, viendo películas antiguas, desde *Los pájaros* hasta *La ley del silencio*, o cosas que nunca esperarías de ella, como *Mad Max 1* y *2*. Sus preferidas seguían siendo las de los ochenta. En realidad, esas últimas dos eran las únicas que soportaban Rory y Henry; las demás les parecían demasiado lentas. Ella sonreía al oírlos quejarse y protestar.

—¡Esto es un tostón total! —se quejaban, y era un mantra, una rutina.

Un metrónomo.

Y, por último, la madrugada que estoy buscando, cuando ella debía de saber ya que le faltaba poco... y fue a despertarlo a las tres de la madrugada:

Cruzó la puerta de nuestra habitación arrastrando el gotero, y primero fueron a sentarse en el sofá.

Por entonces ella ya izaba sus sonrisas.

Su rostro se hundía.

—Clay, ha llegado el momento, ¿vale? —Y volvió a contárselo todo, esta vez la versión sin editar. Él solo tenía trece años, todavía era demasiado pequeño, pero ella decía que había llegado la hora.

Le relató escenas pasadas de Pepper Street, secretos de sexo y cuadros. Le dijo—: Algún día tendrías que pedirle a tu padre que dibuje. —De nuevo, se irguió y se derrumbó—. Y no hagas caso de la cara que ponga.

Al cabo de un rato dijo que tenía calor, sin embargo.

—¿Por qué no salimos al porche?

Estaba lloviendo, y la lluvia brillaba —tan fina que relucía entre las farolas— cuando se sentaron con las piernas estiradas. Se apoyaron contra la pared y ella fue tirando de él hacia sí.

Intercambió su vida por esas historias:

Desde Europa hasta la ciudad, y hasta Featherton.

Una niña llamada Abbey Hanley.

Un libro titulado *El cantero*.

Ella se lo había llevado cuando lo abandonó.

—Una vez tu padre enterró una máquina de escribir, ¿lo sabías? —dijo con la perfecta minuciosidad del moribundo. Adelle y sus cuellos con apresto, y cómo la había llamado «mi vieja y fiel ME», y que hubo un tiempo en que ambos regresaron allí, a un viejo pueblo de patios viejos, y enterraron la fantástica Remington… Y había sido una vida, dijo, lo había sido todo—. Es quienes somos de verdad.

Cuando terminó, la lluvia era aún más leve.

El gota a gota casi se había acabado.

El cuarto chico Dunbar estaba aturdido.

Porque ¿cómo va un chico de solo trece años a quedarse ahí sentado y hacerse cargo de algo así? ¿De todo lo que le caía encima de repente?

Pero, por supuesto, lo entendió.

Estaba medio dormido, pero también despierto.

Esa mañana, ambos eran un montón de huesos en pijama, y él era el único de todos nosotros. Era el que adoraba sus historias, el que las amaba con todo su corazón. Era en él en quien ella confiaba plenamente. Era él a quien había imaginado yendo un día a desenterrar la vieja ME. Qué crueles, esos giros del destino.

Me pregunto cuándo lo supo Clay:

Que me pasaría esas instrucciones a mí.

Faltaba todavía media hora para el alba, y a veces la buena suerte existe…, porque el viento empezó a cambiar. Llegó hasta ellos lanzando sombras sesgadas y los mantuvo en el porche, descendió y los envolvió. Y entonces:

—Oye —dijo ella—. Oye, Clay…

Y Clay se apretó un poco más contra nuestra madre, contra su rostro rubio y resquebrajado. A esas alturas había cerrado los ojos hundidos.

—Ahora cuéntame tú las historias a mí.

Y el chico podría haberse derrumbado entonces, haberse echado a llorar con desconsuelo en su regazo, pero lo único que hizo fue preguntar:

—¿Y por dónde empiezo?

—Por donde —tragó saliva— quieras.

Y Clay se atascó también, luego consiguió pasar el trago.

—Una vez —dijo—, había una mujer, y tenía muchos nombres.

Ella sonrió, pero mantuvo los ojos cerrados.

Sonrió y le corrigió lentamente.

—No… —dijo, y su voz era una voz moribunda—. Así… —Y una voz superviviente.

Un esfuerzo monumental para seguir a su lado.

Continuaba negándose a abrir los ojos, pero volvió la cabeza para hablar:

—«Una vez, en la marea del pasado Dunbar, hubo una mujer de muchos nombres...».

La voz recorrió una enorme distancia para llegar al chico desde ahí al lado, y entonces Clay exclamó algo en respuesta. Tenía algo propio que añadir:

—Y menuda mujer era.

Al cabo de otras tres semanas, ella se había ido.

retrato de un padre envejecido

Pronto no quedó nada más por hacer.

Habían terminado pero no sentían que hubiesen terminado, porque sabían que todavía faltaba algo por llegar.

En cuanto a la construcción del puente, sin embargo, la obra y las operaciones de limpieza habían acabado, y lo contemplaron desde todos los ángulos. Al atardecer parecía seguir brillando, como si se hubiera cargado con el calor del día. Estaba encendido, luego se desvanecía, luego desaparecía.

El primero en cruzarlo fue Aquiles.

Parecía que fuese a rebuznar, pero no lo hizo.

Por suerte para nosotros, no había ningún pacto con espíritus malignos ni tentadores; avanzó con recelo al principio, examinándolo, pero hacia la mitad ya se había hecho el amo:

Patios, cocinas de barrio.

Campos y puentes artesanales.

Todo era lo mismo para Aquiles.

Durante un tiempo no supieron qué hacer con sus vidas.

—Supongo que deberías volver al instituto.

Pero ese momento ya había pasado, sin duda. Desde la muerte de Carey Novac, Clay había perdido la voluntad de contar. Ahora no era más que un albañil sin una sola acreditación oficial. Por toda prueba tenía sus manos.

Cuando pasó un mes, regresó a la ciudad, pero no antes de que Michael le enseñara algo.

Estaban en la cocina, con su horno, y aquel no era un chico corriente. Nadie levantaba puentes a esa velocidad, y mucho menos de semejante magnitud. Los chicos normales no pedían construir arcos; pero, claro, los chicos normales tampoco hacían muchísimas otras cosas…, y Michael pensó en la mañana cuya riada los inundaría, en las últimas aguas todavía por llegar.

—Me vuelvo a casa a trabajar con Matthew —anunció Clay.

Y Michael dijo:

—Ven conmigo.

Primero se detuvieron debajo del puente, y su mano se posó en la curva del arco. Bebieron café en el frescor matutino. Aquiles estaba plantado por encima de ellos.

—Oye, Clay —dijo Michael con voz serena—. Esto todavía no se ha terminado, ¿verdad?

—No —respondió el chico, junto a la piedra.

Por la forma en que había respondido, se dio cuenta de que, cuando ocurriera, nos dejaría para siempre…, y no porque quisiera hacerlo, sino porque tenía que hacerlo y punto.

A continuación ocurrió algo que estaba preparándose desde hacía tiempo, desde Penelope, el porche y las historias:

Algún día tendrías que pedirle a tu padre que dibuje.

O que te enseñe a pintar.

—Vamos —dijo Michael—, ven.

Se lo llevó a la parte de atrás, al cobertizo, y Clay comprendió entonces por qué lo había detenido —aquel día que había querido ir a buscar la pala torturadora, cuando se lo llevó en coche a Featherton—, porque allí, medio inclinado en un caballete improvisado, se encontró con un boceto de un chico en una cocina, y en su mano tendía hacia nosotros… algo.

La palma estaba abierta pero curvada.

Al mirar con atención se podía adivinar lo que era:

Los pedazos de una pinza rota para la ropa.

Era esta cocina en la que escribo.

Solo uno de nuestros principios.

—Me lo contó, ¿sabes? —dijo Clay—. Y me dijo que te pidiera que me lo enseñaras. —Tragó saliva; pensó y mentalmente ensayó más palabras:

Es bueno, papá, es muy bueno.

Pero Michael se le adelantó.

—Lo sé —dijo—. Tendría que haberla pintado a ella.

Nunca lo había hecho, pero ahora lo tenía a él.

Dibujaría al chico.

Pintaría al chico.

Lo haría durante años.

Pero antes de ese otro principio había ocurrido lo siguiente:

el patio cegador

Las últimas semanas ya era prácticamente solo su carcasa lo que seguía con nosotros. El resto de ella quedaba fuera de nuestro alcance. Teníamos el sufrimiento, la enfermera y sus visitas; nos sorprendíamos leyéndole el pensamiento. O quizá eran pensamientos que nosotros mismos llevábamos escritos dentro desde hacía tiempo:

¿Cómo narices puede ser que aún tenga pulso?

Hubo un tiempo en que la muerte merodeaba por la casa, o se columpiaba de los cables eléctricos. O se apoyaba en la nevera con un brazo echado por encima.

Siempre estaba ahí para quitarnos algo.

Pero de pronto tenía tanto que darnos...

Hubo charlas tranquilas, tuvo que haberlas.

Nos sentamos en la cocina con nuestro padre.

Dijo que aún le quedaban algunos días.

Eso le había comentado el médico el día anterior, y también la mañana antes de eso.

Los días del «antes» se hicieron interminables.

Por entonces ya deberíamos haber echado mano de un cronómetro y de una tiza con la que escribir las apuestas; pero Penny seguía viviendo. Nadie se habría embolsado las ganancias.

Todos miramos a la mesa.

¿Alguna vez habíamos tenido un salero y un pimentero a juego?

Y sí, me pregunto por mi padre y por cómo debió de ser enviarnos todas las mañanas a que nos ocupáramos de nuestras cosas. Porque ese era uno de los deseos de Penny en su lecho de muerte, que todos nos levantásemos y nos fuésemos. Que todos saliésemos y viviésemos.

Todas las mañanas le dábamos un beso en la mejilla.

Parecía que la conservaba solo para eso.

—Ve, cielo mío... Sal ahí fuera.

No era la voz de Penelope.

Tampoco era ya su rostro esa cosa que se transformaba y lloraba.

Ese par de ojos amarillos.

Nunca nos vería crecer.

Solo lloraba, y lloraba en silencio.

Nunca vería a mis hermanos acabar el instituto, ni otros hitos del absurdo; nunca nos vería sudar y sufrir la primera vez que nos pusiésemos una corbata. No estaría aquí para someter a un interrogatorio a las primeras novias. ¿Esa chica había oído hablar de Chopin? ¿Sabía algo del gran Aquiles? Todas esas tonterías, todas cargadas de un hermoso significado. Ya solo le quedaban fuerzas para novelar, para inventar nuestras vidas antes que nosotros:

Éramos Ilíadas vacías y en blanco.

Éramos Odiseas a su disposición.

Y ella entraba y salía de ellas flotando sobre las imágenes.

Ahora sé lo que ocurría:

Todas las mañanas, ella le suplicaba que la ayudase.

El peor momento era siempre justo después de que nos marchásemos nosotros.

—Seis meses —le decía—. Michael… ¡Michael! Seis meses. Llevo muriéndome cien años. Ayúdame, por favor, ayúdame.

Tampoco era ya frecuente —llevaba semanas sin suceder— que Rory y Henry y Clay se saltaran las clases y volvieran para estar con ella. O al menos fueron tan tontos como para creer que así era; porque uno de ellos sí que regresaba a menudo, pero se le daba bien que nadie lo viera. Se escapaba en diferentes franjas horarias y la espiaba desde el borde del marco de la ventana, hasta un día en que no pudo verla. Había dado media vuelta nada más llegar al instituto.

En casa, recorrió el césped.

Se acercó a la ventana del dormitorio de nuestros padres.

La cama estaba sin hacer y vacía.

Sin pensarlo, dio un paso atrás.

Sintió la sangre y la urgencia…

Algo iba mal.

Algo va mal.

Sabía que tenía que entrar en casa, que debía irrumpir enseguida allí dentro y, cuando lo hizo, la luz le golpeó; llegaba desde el otro extremo del pasillo y le dio un cintarazo en los ojos.

Aun así siguió andando… y salió por la puerta de atrás.

En el porche, se detuvo al verlos.

Desde la izquierda le llegó el sonido del coche —una única nota sin afinar— y su corazón le hizo comprender la verdad: que ese coche no iba a salir del garaje.

Vio a su padre de pie, en la luz cegadora del patio, y a la mujer que llevaba en brazos: la mujer del piano perdido, que se moría pero no conseguía morir, o peor, vivía pero no conseguía vivir. Estaba tendida como un arco en sus brazos, y nuestro padre había caído de rodillas.

—No puedo hacerlo —dijo Michael Dunbar, y la dejó con delicadeza en el suelo. Miró hacia la puerta lateral del garaje y luego le habló a la mujer que tenía bajo él, con una palma de la mano en su pecho y la otra en su antebrazo—. Lo he intentado con todas mis fuerzas, Penny, pero es que no puedo, no puedo.

El hombre, arrodillado, temblaba levemente.

La mujer de la hierba se disolvía.

Y él, de pie, lloró. El cuarto chico Dunbar.

Por algún motivo recordó una historia:

La vio otra vez en Varsovia.

La niña en las aguas agrestes.

Estaba sentada tocando el piano, y la estatua de Stalin estaba con ella. Le golpeaba los nudillos con un azote económico cada vez que dejaba caer las manos o volvía a cometer un error. Había muchísimo amor callado en él; ella no era más que una niñita pálida. Fueron veintisiete azotes, por veintisiete pecados musicales. Y su padre le puso un apodo.

Se lo dijo al final de la lección, con la nieve cayendo fuera.

Eso fue cuando ella tenía ocho años.

Cuando tenía dieciocho, él lo decidió.

Decidió sacarla de allí.

Pero antes la haría parar de tocar.

Hizo que parase y le sostuvo las manos, azotadas y pequeñas y calientes. Se las apretó, aunque con suavidad, entre sus propios dedos obeliscos.

Hizo que parase y al final se lo dijo...

Y el chico.

Nuestro chico.

Este chico nuestro, joven pero endurecido por las historias, dio un paso adelante y creyó en todo.

Dio un paso adelante y se arrodilló despacio.

Despacio, habló con nuestro padre.

Michael Dunbar no lo oyó llegar, y si se sorprendió no lo dejó entrever; estaba entumecido en la hierba, inmóvil.

—Papá... No pasa nada, papá —dijo el chico, y deslizó sus brazos por debajo de ella, se puso de pie y se la llevó.

No miró atrás. Nuestro padre no reaccionó, y los ojos de ella no parecían amarillos ese día; eran los suyos y siempre lo serían. La melena volvía a caerle por la espalda, y tenía las manos livianas y limpias. No parecía en absoluto una refugiada. Se la llevó de allí con suavidad.

—No pasa nada —repitió, esta vez para ella—, no pasa nada. —Y estaba seguro de que la vio sonreír mientras él hacía lo que solo él podía hacer, y solo a su manera—. *Już wystarczy* —le susurró en voz baja, y luego le ofreció la traducción—: Ya es suficiente, Cometedora de Errores...

Se detuvo con ella bajo el tendedero, y fue entonces cuando Penny cerró los ojos, respirando todavía pero lista para morir. Mientras la llevaba hacia esa nota que oía, de la luz hacia el humo del umbral, Clay lo supo con absoluta certeza: lo último que Penelope vio en este mundo fue un tramo de ese cable y sus colores, las pinzas del tendedero, sobre ellos:

Tan ligeras como gorriones, y brillantes en la luz.

Por un momento eclipsaron la ciudad.

Acapararon el sol y vencieron.

la hora de la gran riada

Y así fue.

Todo ello conducía al puente:

Al final Penelope había dicho basta, pero para Clay fue otro principio más. A partir del momento en que se la llevó, la vida fue como nunca la había conocido. Cuando volvió a salir al tendedero, levantó la mano hacia la primera de sus pinzas.

Su padre no era capaz de mirarlo.

Nunca volverían a ser los mismos.

Lo que había hecho y aquello en lo que se había convertido se transformaría deprisa en arrepentimiento.

Nunca recordaría que volvió andando al instituto.

Solo el tacto liviano de la pinza.

Estaba sentado en el patio del recinto, perdido, cuando Rory y Henry lo encontraron, lo levantaron y medio cargaron con él.

—Nos llevan a todos a casa en coche —dijeron. Sus voces como pájaros partidos—. Es Penny. Es Penny, se ha…

Pero la frase nunca llegó a acabar.

En casa, la policía. Luego la ambulancia.

Cómo flotaba todo calle abajo.

A esas alturas ya era media tarde, y nuestro padre había mentido en todo; ese había sido siempre el plan de ella. Michael la ayudaría, luego declararía que había salido un momento. Había sido la propia Penny, tan desesperada, la que…

Pero el chico se había presentado en casa y lo había estropeado.

Se había presentado y había salvado la situación.

Llamaríamos a nuestro padre el Asesino.

Pero el asesino salvador fue él.

Al final siempre estaba el puente.

Se había construido y ya solo faltaba el diluvio.

La tormenta nunca llega cuando debería.

En nuestro caso, tuvo lugar en invierno.

El estado entero no tardó en quedar sumergido.

Recuerdo ese temporal interminable y la lluvia que fustigaba la ciudad.

No fue nada comparado con el Amohnu.

Clay seguía trabajando conmigo.

Corría por las calles del barrio del hipódromo, donde la bicicleta seguía atada, sorprendentemente; nadie había sacado las cizallas ni había conseguido adivinar la combinación. O tal vez nadie había querido hacerlo.

Cuando llegó la noticia del temporal, la lluvia ya había empezado a caer mucho antes; Clay se detuvo bajo las primeras gotas de agua y corrió a los establos de Hennessey.

Puso todos los números correctos en el candado y arrastró con cuidado la bicicleta. Incluso había llevado una mancha pequeña para inflar las ruedas deshinchadas. Cootamundra, El Español y Matador. El coraje de Kingston Town. Bombeó con fuerza, con esos nombres en su interior.

Cuando se montó y cruzó el barrio del hipódromo, vio a una chica en Poseidon Road. Estaba en lo más alto, cerca de la parte norte, cerca del club Tri-Colors y de la peluquería. El Poni Percherón. Era rubia contra un cielo que se ennegrecía.

—¡Eh! —la llamó.

—¡Vaya temporal! —exclamó ella, y Clay saltó de la vieja bici.

—¿Quieres este trasto para volver a casa?

—¡No tendré tanta suerte!

—Bueno, pues parece que sí —dijo él—. Venga, cógela.

Le puso la pata de cabra y se alejó. Aunque el cielo ya había empezado a desbordarse, se la quedó mirando mientras montaba.

—¿Conoces a Carey Novac? —gritó.

—¿Qué? —repuso ella también a gritos—. ¿Quién?

Qué dolor gritar su nombre, pero Clay se sintió mucho mejor por ello.

—¡La combinación! —exclamó a través del agua—. ¡Es treinta y cinco veintisiete! —Y lo pensó un momento más, mientras tragaba agujas de lluvia—. ¡Si se te olvida, busca El Español!

—¿El... qué?

Pero ya estaba ella sola a su suerte.

Clay la miró aún un momento, luego desapareció.

A partir de ahí, solo hubo más lluvia.

No serían cuarenta días y cuarenta noches.

Durante un tiempo, sin embargo, sí pareció probable.

El primero de ellos, Clay salió para ir a buscar el primer tren hacia Silver, pero el resto no pensábamos permitirlo. Nos apelotonamos los cinco en mi ranchera, con Rosy, por supuesto, en la parte de atrás.

La señora Chilman se ocupó de los demás.

Llegamos a Silver justo a tiempo:

Cuando cruzamos el puente con la ranchera, miramos abajo.

El agua golpeaba los arcos con fuerza.

Desde el porche, bajo la lluvia, Clay pensaba en ellos; se acordó de los árboles de aspecto recio de río arriba, y de las rocas y los enormes eucaliptos rojos. En ese momento todo estaba recibiendo una paliza, y los desechos bajaban arremolinándose por el río.

Pronto pareció que el mundo entero quedaba inundado, y la parte alta del puente se sumergió también. La riada siguió subiendo durante días. Su violencia a veces resultaba magnética; nos tenía con el corazón en un puño, pero era difícil no mirar para poder creerlo.

Y entonces, una noche, la lluvia cesó.

El río continuó rugiendo, pero con el tiempo empezó a retirarse.

Todavía no había forma de saber si el puente había sobrevivido..., o si Clay alcanzaría su verdadera meta:

Cruzar esas aguas.

Durante el día el Amohnu era marrón, y se batía como cuando se hace chocolate. Pero al amanecer y al anochecer tenía color y luz: el resplandor del fuego y luego su extinción. El alba era dorada, y el río ardía, y luego se desangraba en la oscuridad de la noche.

Esperamos tres días más.

Plantados allí de pie, mirábamos el río.

Jugábamos a las cartas con nuestro padre en la cocina.

Veíamos a Rosy acurrucarse cerca del horno.

No había camas para todos, así que reclinamos los asientos de la ranchera, y Rory y yo dormíamos allí.

Unas cuantas veces, Clay salió por la puerta de atrás para ir al cobertizo, donde Aquiles montaba guardia, y allí contemplaba las obras de arte empezadas. Una de sus preferidas era un boceto esquemático de un chico a los pies de los eucaliptos... Hasta que sucedió. Llegó el día, un domingo.

Como siempre, se despertó a oscuras.

No mucho antes del alba, oí pasos —corrían, chapoteaban—, y entonces oí también que se abría la puerta del coche y sentí la fuerza de su mano.

—Matthew —susurró—. ¡Matthew!

Luego:

—Rory. ¡Rory!

Y enseguida me di cuenta.

Se oía ahí, en la voz de Clay.

Nuestro hermano estaba temblando.

En la casa se encendieron las luces. Michael salió con una linterna, bajó hacia el agua y no tardó en regresar a la carrera. Mientras yo intentaba salir del coche, él se tambaleó pero me habló con claridad, y su expresión era de incredulidad y asombro.

—Matthew, tienes que venir.

¿Ya no estaba el puente?

¿Teníamos que ir a intentar salvarlo?

Pero antes de que pudiera dar un paso más, el alba alcanzó los prados. Miré a lo lejos y lo vi.

—Joder —dije—. Mecagüen... todo. —Y luego—: Eh —dije—. Eh, ¿Rory?

Cuando nos reunimos todos en los escalones de hormigón del porche, Clay estaba en el más bajo de todos y se oyó a sí mismo hablar desde el pasado.

«No he venido por ti», le había dicho —al Asesino, a Michael Dunbar—, pero allí de pie, en ese momento, supo que era otra cosa. Había ido allí por todos nosotros. Solo que jamás habría imaginado que dolería tanto verse ante algo milagroso.

Miró un segundo a la border collie, que estaba sentada lamiéndose los belfos, pero de repente se volvió hacia Rory. Hacía ya años que había ocurrido, pero se la devolvió con fuerza:

—Mierda, Tommy, ¿tiene que jadear tan fuerte esa perra, joder?

Y Rory, a su vez, sonrió.

—Venga —le dijo a Clay entonces. Lo más suave que le he oído hablar jamás—. Vamos a verlo juntos.

Vamos al río a verlo.

Cuando llegamos todos allí abajo, el amanecer seguía prendido en el agua. El río crecido estaba ardiendo, encendido por los penachos del alba, y el puente seguía sumergido, pero intacto, y hecho de él. Ese puente estaba hecho de Clay, y ya sabes lo que dicen del barro, ¿no?

¿Podría cruzar el Amohnu?

¿Podría ser sobrehumano, aunque fuera un momento?

La respuesta, por supuesto, era que no, al menos a esa última pregunta, y entonces lo vimos de cerca.

Las oyó entre nuestros últimos pasos:

Más palabras que se habían dicho allí, en Silver.

«Daría la vida por alcanzar algún día una grandeza como la del *David*...»

«Vivimos las vidas de los *Esclavos*.»

El sueño ya había acabado y había encontrado respuesta.

Clay jamás caminaría sobre esas aguas —un milagro hecho con un puente—, ni tampoco ninguno de nosotros; porque en el fuego que había prendido en los arcos, allí donde el río y la piedra sostenían en alto su figura, había alguien, auténtico y milagroso, y algo que jamás olvidaré.

Por supuesto, solo podía ser él.

Sí, él, erguido como una estatua, con tanta seguridad como si estuviera plantado en una cocina. Observaba y masticaba, indiferente —con esa expresión habitual en las greñas de su cara—, con los ollares hinchados, dominando la situación hasta el final:

Estaba rodeado de agua y alba; el nivel le llegaba unos centímetros patas arriba, tenía los cascos sobre el río y el puente. Y no tardó en sentirse impulsado a hablar. Sus preguntas habituales, sin dejar de masticar y con una sonrisa terca:

¿Qué?, dijo desde la luz de las llamas.

¿Qué tiene de extraño?

Si estaba allí para probar el puente por Clay —si era ese el motivo de su presencia—, solo podemos estar de acuerdo y reconocerlo: lo bordaba.

despúes del final

de vuelta a la vieja me

En el final hubo un río, un puente y un mulo, aunque esto no es el final, es después, y aquí me tienes, en la cocina, por la mañana, con el patio cegador detrás de mí. El sol está saliendo poco a poco.

Lo cierto es que, en realidad, no puedo decir nada más:

Solo cuánto tiempo ha pasado.

¿Cuántas noches he estado aquí sentado, en esta cocina que ha visto nuestras vidas? Hubo aquí una mujer que nos dijo que se iba a morir, y un padre que volvió a casa para enfrentarse a nosotros. Aquí fue donde a Clay le metieron el fuego en los ojos con un rugido, y eso son solo unas cuantas cosas de muchas. Estos últimos tiempos hemos sido cuatro; cuatro chicos Dunbar y nuestro padre, todos aquí de pie, esperando, juntos...

Pero ahora ya solo queda esto: yo, sentado, aporreando las teclas. Después de volver a casa desde Featherton con una máquina de escribir, una perra y una serpiente, he estado aquí noche tras noche, mientras todo el mundo duerme, para escribir la historia de Clay.

¿Y cómo puedo empezar siquiera?

¿Cómo te cuento las continuaciones, nuestras vidas desde que el puente se terminó?

Una vez, en la marea del pasado Dunbar, vino a casa con nosotros, aquí, a Archer Street, y luego nos abandonó, estábamos convencidos de que para siempre; y después los años trajeron consigo muchas cosas.

En el principio, cuando nos fuimos del río, Clay le dio un abrazo a nuestro padre y un beso en el carrillo a Aquiles. (Ese sinvergüenza estaba disfrutando de su momento; volvió a la orilla bastante a regañadientes.) Clay vivió un triunfo sin títulos oficiales, maravillado ante lo que había presenciado. Después, una tristeza insondable, incurable. ¿Adónde ir después de eso?

Mientras aún recogía sus cosas —su caja de madera llena de recuerdos, y sus libros, *El cantero* entre ellos—, miró hacia el puente desde la ventana. ¿De qué servía contar con la medalla de una obra maestra? El puente se había mantenido en pie para demostrar todo aquello por lo que él había trabajado, pero no había salvado absolutamente nada.

Cuando nos marchamos, le entregó algo a nuestro padre:

El libro de tapas claras y bronce.

—Ya va siendo hora de que te lo devuelva.

Mientras caminaba hacia mi ranchera, oímos un último jadeo de nuestro padre, que se acercaba corriendo deprisa, tras él.

—Clay… ¡Clay! —exclamó.

Y Clay supo lo que quería decirle.

Pero sabía que iba a dejarnos a todos.

—Clay… En el patio…

Y Clay lo interrumpió con la mano. Dijo lo que le había dicho años atrás, cuando era un niño y no un puente todavía:

—No pasa nada, papá. No pasa nada. —Pero enseguida añadió algo más—: Era estupenda de verdad, ¿a que sí?

Y Michael solo pudo darle la razón.

—Sí —dijo—, lo era.

Cuando subió al coche, Clay nos miró.

Todos le dimos la mano a nuestro padre.

Hablamos un poco, Tommy llamó a Rosy, y Clay se durmió con la cara contra la ventanilla de la ranchera.

Durmió mientras cruzábamos su puente.

En casa, tardamos casi todo un día y una noche, sentados él y yo en esta cocina. Mi hermano me lo contó todo —sobre Penelope y Michael, y nosotros—, y todo lo que había vivido con Carey. Hubo dos momentos en los que casi me vine abajo, y una vez pensé que iba a vomitar; sin embargo, aun entonces él siguió hablando y me rescató.

—Pero, Matthew, escucha esto —dijo.

Me contó que, cuando cargó con ella, volvía a ser esa chica pálida y de espalda rubia otra vez, y que lo último que vio fueron las pinzas.

—Ahora, Matthew, te toca a ti. Tienes que ir a decírselo. Tienes que salir y contárselo a papá. Él no sabe que es así como la vi. No sabe que ella lo vivió así.

Cuando terminó, pensé en Penelope, y en el colchón, en Los Aledaños. ¡Ojalá lo hubiésemos quemado en su momento! Dios mío, pensé tantas cosas. No me extraña, no me extraña. Nunca volvería a ser el chico que había sido; se marcharía y no regresaría jamás. Porque aquí aún quedaba demasiado de él: la carga de demasiados recuerdos. Pensé en Abbey Hanley, luego en Carey... y en cómo ella lo había descrito en Bernborough Park.

Habíamos perdido a nuestro ángel.

Cuando se marchó, al día siguiente, no nos dijimos mucho; a estas alturas ya sabes cómo somos. Fue Clay quien más habló, creo, porque era el que se había preparado.

—Echaré de menos nuestros *tetatets* —le dijo a Rory. Y se vio envuelto en óxido y alambre. Rieron para mitigar el dolor.

Con Henry fue sencillo.

—Buena suerte con los números de la lotería —le dijo—. Sé que vas a ganar.

Y Henry, por supuesto, le hizo un placaje a medias.

—Del uno al seis —repuso.

Cuando intentó ofrecerle algo de dinero a Clay una última vez, este se limitó a sacudir la cabeza como siempre.

—No pasa nada, Henry, quédatelo tú.

Y Tommy…, el joven Tommy.

Clay le puso las manos en los hombros.

—La encontrarás esperándote en el tilacino —le dijo.

Y eso fue lo que casi acabó con nosotros… Hasta que el único que quedaba era yo.

Por mí, fue capaz de esperar.

Pero pronto caminó entre nosotros, como hacemos los chicos a menudo. No nos importa tocarnos —hombros, codos, nudillos, brazos—, y Clay se volvió de cara a mí.

No dijo nada de nada durante un buen rato. Solo se encaminó hacia el piano y abrió la tapa sin hacer ruido. Dentro seguía estando el vestido, y la *Ilíada* y la *Odisea*.

Despacio, metió una mano y me entregó los libros.

—Venga —dijo—, abre el primero.

Dentro había dos notas distintas:

La primera era la carta de Waldek.

La segunda era algo más reciente:

En caso de emergencia
(como que continúes quedándote sin libros).

También tenía un número de teléfono y estaba firmada como «ck».

Casi le dije que lo dejara correr de una vez, joder, pero le fue fácil adelantarse.

—Lee todo lo que te dé, pero regresa siempre a estos dos. —Sus ojos tenían fiereza y un fuego encendido—. Y así, un día, lo sabrás. Sabrás que debes ir a Featherton, desenterrar la vieja ME. Aunque más te vale contar bien los pasos o acabarás desenterrando a Luna, o la serpiente... —Su voz se volvió un susurro—. Prométemelo, Matthew, promételo.

Y así fue.

Nos dejó casi de noche.

Vimos cómo salía por el porche y cruzaba el césped hacia Archer Street, y nuestras vidas se quedaron sin él. A veces entreveíamos una sombra, o lo veíamos caminar por las calles del barrio del hipódromo..., pero sabíamos que nunca era Clay.

A medida que los años fueron acumulándose, una cosa sí puedo decir:

Todos tuvimos nuestra propia vida.

De vez en cuando recibíamos una postal, de lugares en los que debía de haber trabajado nuestro hermano, como Aviñón o Praga o, más adelante, una ciudad llamada Isfahán, en Irán, y por supuesto eran lugares con puentes. Mi preferida era la del Pont du Gard.

Aquí lo echábamos de menos cada minuto, pero no podíamos evitar ser nosotros mismos. Los años llegaron a once, desde que nuestro padre había venido a preguntar si queríamos construir un puente.

Tommy, en todo ese tiempo, creció.

Fue a la universidad y no, no es veterinario.

Es trabajador social, en cambio.

Se lleva con él al trabajo un perro llamado O (a estas alturas ya deberías saber qué significa) y tiene veinticuatro años. Trabaja con chicos duros y difíciles, pero todos ellos adoran al perro. Sus mascotas vivieron para siempre, por supuesto, o para siempre hasta que nos dejaron. El primero en irse fue el pez de colores, Agamenón, luego Te, el palomo marchante, después Héctor y, por último, Rosy.

Rosy tenía dieciséis años cuando al fin ya no pudo caminar más, y nos la llevamos todos en brazos. En el veterinario fue Rory, lo creas o no, quien dijo:

—Me parece que estaba aguantando…, esperando, ¿sabéis? —Miró a la pared y tragó saliva. Esa perra que había sido bautizada por el cielo y por Penelope—. Creo que esperaba a Clay.

Solo Aquiles sigue aún con vida, en Silver.

Ese mulo debe de ser inasesinable.

Tommy vive cerca del museo.

Luego, Henry.

Bueno, ¿y qué imaginarás sobre Henry?, me pregunto.

¿Qué esperar del hermano número tres?

Fue el primero de todos en casarse, y siempre se presentaba sonriendo. Se metió en el negocio inmobiliario, por supuesto, pero no antes de amasar una fortuna… con las apuestas y todo lo que había ido ganando en los mercadillos de garaje.

En uno de sus «Saldos de Música y Libros Épicos», una chica subió por Archer Street paseando a su perro. Se llamaba Cleo Fitzpatrick. Para algunas personas la vida es una singladura sencilla, y Henry es uno de esos casos.

—¡Oye! —la llamó, y al principio ella, con sus pantalones cortados bien cortos y una camiseta, no le hizo caso—. ¡Oye, tú, la del
cruce entre corgi y shih tzu, o lo que sea eso!

La chica se metió otro chicle en la boca.

—Es un kelpie, capullo…

Pero yo estaba allí, y era fácil darse cuenta. Estaba en sus ojos
negros y terrenales. Le compró, muy oportunamente, un ejemplar de
El idiota de Dostoievski, y a la semana siguiente regresó. Se casaron
un año después.

En cuanto a Rory, por extraño que parezca, es el que ha vuelto a estar más cerca de nuestro padre y va bastante al puente. Sigue siendo
bruto como él solo —o más bruto que un arado, que diría la señora
Chilman—, aunque los años le han suavizado un tanto, y sé que
siempre ha echado de menos a Clay.

Fue no mucho después de que muriera la señora Chilman, de
hecho, cuando se trasladó a un barrio cercano: Somerville, a diez
minutos al norte. Sin embargo, le gusta venir aquí y sentarse conmigo a beber cerveza y compartir unas risas. También le cae bien
Claudia, y habla con ella, pero sobre todo estamos él y yo. Hablamos de Clay, hablamos de Penny, y así la historia pasa del uno al
otro:

—O sea que le dieron seis meses: ciento ochenta y tantos días.
¿Tú crees que tenían puta idea de con quién se las estaban viendo?

Igual que los demás, ahora ya sabe lo que ocurrió esa mañana
cegadora en el patio: que mi padre no fue capaz de hacerlo, pero
Clay de algún modo encontró la fuerza. Sabe lo que ocurrió un poco
más allá, con Carey y Los Aledaños; y aun así, inevitablemente,
siempre regresamos al mismo momento, a cuando nuestra madre
nos lo anunció, aquí, en la cocina.

—¿Qué dijo Clay sobre esa noche? —pregunta, y espera la respuesta al compás de sus latidos.

—Dijo que tu rugido le metió el fuego en los ojos.

Y Rory sonríe, cada vez.

—Lo tiré de esa misma silla en la que estás sentado.

—Lo sé —digo yo—, me acuerdo.

¿Y yo?

Bueno, pues me atreví.

Solo tardé varios meses, pero había estado leyendo los libros de Penelope —sus Everests de inmigrante— y había abierto la carta de Waldek; también había memorizado el número de Claudia.

Y entonces, un martes, no llamé por teléfono ni mucho menos, sino que fui directo al instituto. Ella seguía ocupando la misma aula, corregía redacciones y, cuando llamé, volvió la vista hacia la puerta.

Sonrió con una enorme sonrisa viva.

—Matthew Dunbar —dijo, mirándome, admirada. Se levantó tras su escritorio y añadió—: Por fin.

Tal como me había pedido Clay, también fui a Silver.

Estuve allí muchas veces, a menudo con Claudia Kirkby.

Vacilantes al principio, mi padre y yo intercambiamos historias; sobre Clay, como hijo y también como hermano. Le conté lo que Clay me había pedido, lo de la última vez que vio a Penelope..., como la chica que había sido. Nuestro padre se quedó bastante impresionado.

En cierto momento estuve a punto de decírselo, casi lo hice pero me contuve:

Ahora sé por qué te fuiste.

Aunque, como con muchas otras cosas, podemos saberlo pero no llegar a decirlo.

Cuando desmantelaron la gradería de Bernborough Park y sustituyeron la vieja pista de caucho carmesí, por algún motivo nos equivocamos de fecha y nos perdimos el infame momento.

—Cuántos recuerdos bonitos... —dijo Henry cuando nos acercamos a ver las ruinas—. ¡Todas esas apuestas estupendas! —Esos apodos y esos chicos en la valla..., esa esencia a hombres en ciernes.

Recordé las veces que Clay y yo habíamos ido allí, y luego a Rory, y el tratar de pararlo, y el castigarlo.

Pero, por supuesto, ese sitio es de Clay y Carey.

Es a ellos a quienes mejor imagino allí.

Están acurrucados, juntos, cerca de la línea de meta.

Era uno más de sus sitios sagrados, que habían quedado vacíos sin él.

En cuestión de sitios sagrados, Los Aledaños, no obstante, sigue ahí.

Hace mucho que los Novac se marcharon de Archer Street en busca de una vida en su casa del campo. Pero, tal como son los ayuntamientos, y también el sector de la construcción, en Los Aledaños todavía no se ha levantado nada; así que Carey y Clay siguen presentes en ese lugar, al menos para mí.

Si te soy sincero, he acabado por amar ese descampado, sobre todo cuando más lo echo de menos a él. Salgo por la parte de atrás, casi siempre de noche, y Claudia viene a buscarme. Me toma de la mano y paseamos por allí.

Tenemos dos hijas pequeñas, y son preciosas, felices; ellas son la música y el color de este lugar. ¿Te puedes creer que les leemos la *Ilía-*

da, y la *Odisea*, y que las dos aprenden a tocar el piano? Soy yo quien las lleva a las clases, y practicamos en casa también. Nos sentamos juntos frente a las teclas del CÁSATE CONMIGO y soy yo quien las vigila, metódicamente. Me siento con una vara de eucalipto y me dejan sin habla cuando paran y me piden:

—¿Nos cuentas algo de la Cometedora de Errores, papá? —Y, por supuesto—: ¿Nos cuentas algo de Clay?

¿Y qué otra cosa voy a hacer?

¿Qué voy a hacer sino cerrar la tapa del piano mientras vamos a ocuparnos de los platos?

Y todo empieza igual, de nuevo.

—Una vez, en la marea del pasado Dunbar…

La primera es Melissa Penelope.

La segunda es Kristin Carey.

Así que llegamos a esto:

Hay una historia más que puedo contarte, antes de dejarte en paz. Para ser sincero, también es mi historia preferida: la historia de Claudia Kirkby, la de cálidos brazos.

Aunque también es la historia de mi padre.

Y de mi hermano.

Y de mis otros hermanos, y de mí.

Verás, una vez… Una vez, en la marea del pasado Dunbar, le pedí a Claudia Kirkby que se casara conmigo; se lo pedí con unos pendientes y no con un anillo. Eran unas simples lunas de plata, pequeñas, pero le encantaron y dijo que eran estupendos. Le escribí también una carta larga acerca de todo lo que recordaba, acerca de cómo la conocí, y sus libros, y lo amable que había sido con los Dunbar.

Le escribí acerca de sus pantorrillas, y esa mancha de sol en mitad de la mejilla. Se la leí en el escalón de la puerta de su casa, y ella lloró y me dijo que sí…, pero ya sabía lo que pasaría después.

Sabía que habría problemas.

Lo vio en la expresión de mi cara.

Cuando le dije que debíamos esperar a Clay, me estrechó la mano y dijo que tenía razón; y así, los años empezaron a acumularse. Se acumularon y tuvimos a nuestras hijas. Vimos cómo todo se formaba y cambiaba, y aunque temíamos que él no regresara nunca, pensamos que esperar podía ser justamente lo que nos lo trajera. Cuando esperas, empiezas a sentirte merecedor.

Habían pasado cinco años ya, sin embargo, y dudábamos.

Lo hablábamos de noche, en el dormitorio que una vez había sido el de Penny y Michael.

Acabamos tomando una decisión después de que Claudia me preguntara por fin:

—¿Qué te parece cuando cumplas los treinta?

Estuve de acuerdo y, una vez más, los años pasaron y ella me concedió uno de gracia; pero los treinta y uno serían el límite, según parecía. Por aquella época hacía mucho que no recibíamos ninguna postal, y Clay Dunbar podía estar en cualquier sitio… Fue entonces cuando por fin se me ocurrió:

Me subí al coche y conduje hasta allí.

Llegué a Silver de noche.

Me senté con nuestro padre en su cocina.

Tomamos café, como él había hecho a menudo con Clay, y yo miré aquel horno, y sus dígitos, y me quedé un poco más y casi rugí y rogué. Lo miré desde el otro lado de la mesa:

—Tienes que salir en su busca.

Michael se fue al extranjero en cuanto le fue posible.

Tomó un avión hacia una ciudad y esperó.

Todas las mañanas salía al alba.

Llegaba a aquel lugar a la hora de abrir y se marchaba de noche, cuando cerraban.

Allí nevaba en esa época, hacía muchísimo frío, y él se las arreglaba con unas cuantas frases en italiano. Contemplaba el *David* con cariño; los *Esclavos* eran todo lo que había soñado. Peleaban y luchaban, se retorcían en busca de aire mientras se debatían por librarse del mármol. El personal de la Academia empezó a conocerlo, y se preguntaban si estaría loco. Como allí era invierno, no había muchos turistas, así que al cabo de una semana todos se habían fijado en él. A veces le llevaban algo de comer a mediodía. Una tarde no pudieron evitar preguntarle.

—Ah, solo estoy esperando… —dijo—. Si tengo suerte, puede que venga.

Y así fue.

Durante treinta y nueve días, Michael Dunbar fue a diario a la Galería, en Florencia. Para él era increíble estar tanto tiempo con ellos; porque el *David*, esos *Esclavos*, eran fabulosos. También había momentos en los que se quedaba medio dormido, inclinado simplemente allí donde se sentaba, junto a la piedra. Eran los guardias de seguridad quienes lo despertaban muchas veces.

Pero entonces, ese día número treinta y nueve, una mano se alargó hasta su hombro, y un hombre se encorvó por encima de él. A su lado se veía la sombra de un *Esclavo*, pero la mano cayó cálida sobre su ropa. Estaba más pálido, y ajado, pero no cabía duda de que era el chico. Tenía ya veintisiete años, pero fue parecido a aquel otro momento, hacía tantos años —Clay y Penelope, el patio cegador—, porque lo vio como había sido una vez. Tú eres el que adoraba las historias, pensó; y de repente no había más que una cocina, cuando Clay, con su voz queda, lo llamó desde la oscuridad para arrastrarlo a la luz.

Se arrodilló en el suelo y dijo:

—Hola, papá.

El día de la boda no sabíamos nada.

Michael Dunbar había hecho todo lo posible, pero si esperábamos que apareciera era más por pura desesperación que por una esperanza real.

Rory sería el padrino.

Todos nos habíamos comprado trajes y zapatos bonitos.

Nuestro padre también estaba con nosotros.

El puente requería una construcción constante.

La ceremonia tendría lugar al atardecer, y Claudia se había llevado a las niñas.

Por la tarde, nos reunimos; de mayor a menor: yo, Rory, Henry, Tommy. Poco después llegó Michael. Estábamos todos aquí, en Archer Street, vestidos de traje pero con las corbatas sueltas. Esperábamos, como tenía que ser, en la cocina.

Hubo momentos, por supuesto, en que oíamos algún ruido.

Quienquiera que saliese, regresaba.

Todas las veces la cosa acababa en un «Nada», pero entonces Rory, con una última esperanza, dijo:

—Eso.

Dijo:

—¿Qué cojones ha sido eso?

Había pensado en hacer casi todo el trayecto a pie, pero al final había cogido el tren y el autobús. Bajó una parada antes, en Poseidon Road, y el sol era cálido y afable.

Echó a andar y se detuvo, se apoyó contra el aire… y, antes de lo que había esperado o imaginado, se vio en la desembocadura de Archer Street, y no hubo alivio alguno, pero tampoco terror.

Solo la certeza de que estaba allí, de que lo había conseguido.

Como siempre, tenía que haber palomas.

Estaban posadas en lo alto de los cables eléctricos cuando pisó el jardín delantero. ¿Qué otra cosa podía hacer sino seguir caminando?

Lo hizo, y enseguida se detuvo.

Se quedó plantado en el césped y, tras él, en diagonal, estaba la casa de Carey, donde ella se había detenido con el cable de la tostadora colgando. Clay casi se echó a reír al pensar en nuestras peleas: la violencia juvenil y fraternal. Vio a Henry en el tejado, y a sí mismo, como si fueran unos niños a los que conoció y con los que habló una vez.

Antes de darse cuenta siquiera, pronunció una palabra:

—Matthew.

Solo mi nombre, nada más.

Calmado y en voz baja, aunque Rory lo había oído. Y todos nos levantamos, juntos, en la cocina.

No estoy seguro de poder llegar a explicarlo jamás, ni de tener la esperanza de conseguirlo, ni soltando un «Mecagüen… todo».

¿Cómo podría describirlo, joder?

Así que lo único que puedo hacer es aporrear con más fuerza aquí, para ofrecértelo todo tal como fue:

Verás, primero salimos corriendo al pasillo y arrancamos la mosquitera de las bisagras… y allí, desde el porche, lo vimos. Estaba algo más abajo, en el césped, vestido de boda, con lágrimas en los ojos pero sonriendo. Sí, Clay, el de las sonrisas, sonreía.

Sorprendentemente, nadie se le acercó:

Todos nosotros, convertidos en estatuas.

Pero entonces, muy deprisa, nos movimos todos a la vez.

Yo di un paso, y a partir de ahí, de pronto, la cosa fue fácil. Dije «Clay», y «Clay», y «Clay, chaval», y las ráfagas de mis hermanos me adelantaron a toda velocidad; bajaron los escalones del porche saltando, lo placaron en el césped. Eran una melé de cuerpos y risas.

Y me pregunto qué debió de parecerle aquella imagen a mi padre, que era un guiñapo en la barandilla. Me pregunto cómo debió de ser para él ver que todos, Henry y Tommy, y luego Rory, se retiraban de encima de mi hermano. Me pregunto cómo debió de ser ver que enseguida le alargaban una mano y él se levantaba y se sacudía el polvo, y que yo me acercaba esos últimos metros para saludarlo.

—Clay —dije—. Hola, Clay...

Pero no había nada más que pudiera decir en ese momento, cuando ese chico, que también era el hombre de esta casa, se dejó caer por fin hacia mí, y lo estreché en mis brazos como al amor mismo.

—Has venido —dije—. Has venido.

Lo abracé con fuerza, y todos nosotros, todos los hombres que estábamos allí, sonreímos y lloramos, lloramos y sonreímos; porque siempre habíamos sabido algo, o al menos él lo había sabido:

Habrá muchas cosas que un chico Dunbar pueda hacer, pero siempre debe asegurarse de volver a casa.

agradecimientos

No habría chicos Dunbar, ni puente, ni Clay, sin la dureza, la risa y el gran corazón colectivo de Cate Paterson, Erin Clarke y Jane Lawson; todas ellas de mirada clara y palabras sinceras. Todas ellas chicos Dunbar también. Gracias por todo.

A mis amigos y compañeros: Catherine (la Grande) Drayton, Fiona (Riverina) Inglis y Grace (PP) Heifetz, gracias por seguir adelante. Gracias por vuestra buena disposición a envejecer una década o más en esos espartanos días de lectura.

Tracey Cheetham: Si lo de 2016 pudo ocurrir, esto también. La mejor del otro lado de esos puentes.

Judith Haut: Muy pocas personas han soportado mi idiotez más que tú. Es el Arkansas que llevas en la sangre. Gracias, siempre, por tu amor y tu amistad, sea en el río o en la ciudad que sea.

William Callahan: Puede que nunca sepas lo que has sido para este libro. Estuviste ahí para levantarme. Me sobornaste para sacarme del Hades.

Georgia (GBAD) Douglas: La penúltima última. Echaré de menos nuestros *tetatets*. Cargada de razón hasta la exasperación. Tenemos que hacer esas camisetas.

Bri Collins y Alison Kolani: Ambos, salvadores perennes; ambos, maestros. Irreemplazables.

A estos incondicionales (una palabras fantástica de verdad), gracias por ayudarme durante la década pasada, y en algunos casos más recientemente:

Richard Pine, Jenny Brown (la Más Amable de Todos los Tiempos), Kate Cooper, Clair Roberts, Larry Finlay, Praveen Naidoo, Katie Crawford, Kathy (la «arreglatodo») Dunn, Adrienne Waintraub, Dominique Cimina, Noreen Herits, Christine Labov, John Adamo, Becky Green, Felicia Frazier, Kelly Delaney, Barbara Marcus, Cat Hillerton, Sophie Christopher, Alice Murphy-Pyle y (las genios) Sandy Cull, Jo Thomson y Isabel Warren-Lynch.

A las siguientes personas, nunca subestiméis la amistad y la camaradería que nos habéis ofrecido tanto a mí como a este libro:

Joan DeMayo, Nancy Siscoe, Mandy Hurley, Nancy Hinkel, Amanda Zhorne, Dana Reinhardt, Tom y Laura McNeal, Andy, Sally, Inge, Bernd, Leena, Raff, Gus, Twain, Johnny y TW.

Una mención especial a:

Blockie: Por los paseos con Floyd; por escuchar. *Picasso*. Todos los caminos llevan a Huddart.

Angus y Masami Hussey: Le dais la vuelta a las reglas del juego, le dais la vuelta a la vida, lo mejor de continentes diferentes.

Jorge Oakim: Treparía a cualquier pared, en cualquier lugar. Gracias por todo.

Vic Morrison: No solo por su consejo sobre música y traslado (y afi-
    nación) de pianos, sino por una vida entera de arte y riesgo, y la
    historia que condujo a los Esclavos.
Halina y Jacek Drwecki: Por su amor y las discusiones sobre los por-
    menores del polaco, y por las historias de campamentos y cuca-
    rachas: «¡Eran enormes!».
Maria y Kiros Alexandratos: Por las primeras conversaciones sobre
    construcción de puentes.
Tim Lloyd: Por su ayuda y su consejo en todo lo equino, y no menos
    por darme una vuelta por todo Otford para encontrar algo que
    se acercase a un mulo.
HZ: Por su típico consejo sardónico sobre cómo darle una paliza a la
    lengua alemana.
Zdenka Dolejská: Por esa única línea en checo… Cada pequeño pe-
    dazo cuenta.
    Gracias.

Jules Kelly: Maravillosa guardadora de secretos.
La misteriosa Frau H.
Y Tim Smith: Por toda la inspiración, y por aguardar en el agua.

A la otra mz: las décadas no desaparecen sin más. Desaparecen así.
Gracias por hacerme ver lo que sería la vida *sin* acabar. Como siempre, tú supusiste la diferencia.

Y por último, a los lectores de todo el mundo; Esto no es nada sin
vosotros. Gracias por todo de todo.

M. Z.

índice

Markus Zusak (1975) vive en Sídney (Australia). Con *Cartas cruzadas* (Lumen, 2011) ganó el Children's Book Council, uno de los premios más prestigiosos que su país dedica a la literatura juvenil. *La ladrona de libros* (Lumen, 2007), que se inspira en lo que sus padres vivieron en Alemania y Austria durante la Segunda Guerra Mundial, recibió el Premio Michael L. Printz en 2007 y se convirtió en un fenómeno editorial en todo el mundo. Philip Ardagh, en la recensión que firmó para *The Guardian*, señaló: «*La ladrona de libros* ha sido publicado como libro juvenil en algunos países y como novela para adultos en otros, pero la verdad es que deberían leerla todos. Inquietante, reflexiva, vitalista, alegre y trágica, esta ladrona es ya un personaje imprescindible de nuestra literatura». *El puente de Clay* es la nueva novela de Zusak.